U0565860

献给中国原生文明的光荣与梦想

——题记

大秦帝国

点评本

第三部　金戈铁马

上卷

孙皓晖　著

谢有顺　胡传吉　点评

河南文艺出版社

目　录

第三章 东方龙蛇

第四章 鏖兵中原

第五章 冬战河内

第六章　滔滔江汉

第七章　兴亡纵横

第八章　幽燕雷霆

楔　子

五月初，一道惊人的军报传来——秦王亲率五万铁骑向洛阳开来！

秦武王神力，第三部一开头，就是杀气腾腾，符合武王尚武好斗的性格。向洛阳杀来，周室告急。

古老的王城一片平静，没有惊慌议论，没有奔走相告，没有慷慨请战。国人一如既往地在古老的井田中默默劳作，收割着已经熟透的麰麦秾麦①，悠悠然地在收过麦子的田里翻地，为秋日再种做着有条不紊的备耕。王室的作坊依然叮叮当当，官市的交易依然童叟无欺，市人的脚步依然慢条斯理。甚至洛阳城头的王师老卒，也只对连番飞进城门的斥候漫不经心地瞥上一眼，依然抱着锈迹斑斑的斧钺矛戈在阴凉处打盹。

在这幅亘古不变的悠悠图画中，一辆轺车辚辚碾过郊野向王城疾驰。

善借史实。颜率（lǜ，律），善周旋，秦兴师临周求九鼎（《战国策·东周策》），颜率两度赴齐，成功化解危机。

太师颜率本来正在王田督耕，一闻惊讯立即赶了回来。他最担心的是，新近即位的少年天子能否经得住这次

① 麰（móu）麦秾（lái）麦，大麦小麦。

风浪。天子但有闪失，周室便将彻底被淹没。多少年来，洛阳王室在列国夹缝里腾挪，头上始终悬着不知多少口利剑，大国的威逼，小国的挑衅，从来都没有断过。只是借着“天子”的名义，靠着木然的忍耐，凭着老太师与上大夫樊余小心翼翼的周旋，王室才躲过了一次又一次灭顶之灾，神奇地在鼎沸的中原悄无声息地存活了下来。然这次非同一般，是天下望而生畏的秦国大军杀来，王室立时有覆巢之危。樊余又隐居归山了，老太师如何不心急如焚？

据《史记·周本纪》，“四十八年，显王崩，子慎靓王定立”，慎靓（jìng）王在位六年，崩。慎靓王在位时间短，作为亦不大。但周赧王更弱，所以作者把慎靓王打造得英勇一些。

一路郊野疾行，颜率悲哀地闭上了眼睛，不禁老泪纵横。

六百多年下来，天子部族的周人已经在久远的平静中变得麻木了，变得听天由命了。他们不会像当今战国庶民那样，面对家国兴亡慷慨赴战。甚至也不会像昔年宿敌殷商部族那样，面对亡国大险，在朝歌做最后的殊死一战。文王作《易》，周公作《礼》，几百年安享天下贡赋，周人渐渐变成了温柔敦厚的王化之民，尚武奋激的性格丝丝缕缕地化进了这松软肥沃的广袤平原，纵然天塌地陷，也无法使他们脚步匆匆。按说，目下新天子刚刚即位，在任何一国，这都是主少国疑的动荡时期。可在洛阳不然，不管天子换了谁，是垂垂暮年的老人，还是稚气未脱的少年，国人都安之若素，根本不会生疑生变，仿佛这天子压根儿与自己无关。国人若此，能指望他们浴血护国么？说到底，还得靠老颜率来拼力周旋。可这次老颜率实在是心中无底，甚至连他自己都产生了一种大限将至的恐惧。

“轰——轰——轰——”

轺车刚刚穿过大漆斑驳的红色宫墙，便听洪亮沉重的钟声轰鸣不断，宫城里到处都是急促杂沓的脚步声。老太师心中猛然一沉，脚底一跺，轺车还没有停稳，更不待驭手过来放下车机，已利落下车，踉踉跄跄向钟鼎广场奔来。及至看见那座厚重拙朴的钟亭，他惊讶得愣怔了，明明想喊一句，张开口却没了声音。

钟亭下，一个身披大红绣金披风、头戴一顶精美白玉冠、长发披肩的少年，抱着粗大的木柱钟杵，正奋力向大钟猛撞。朽蚀的木屑与厚厚的灰尘激荡飘飞，钟亭弥漫出一片烟雾。少年却全然没有理会这些从未见过的脏物，只顾一下又一下地愤然猛撞，那咬牙切齿涕泪交流血脉偾张的模样，使匆匆赶来的内侍与侍女相顾失色，没有一个敢走过去。

内心愤怨，要召诸侯来应对危机。

片刻之间，钟鼎广场已经聚了不少臣工，宫女、乐师、嫔妃们也惊惶地挤在一起，像是一团团浮动的红云。王城禁军也三三两两从阴暗幽深的宫门洞中跑出来，部伍不整地聚在四周。一名白发苍苍的老将军随后踉跄赶来，气喘吁吁地站在禁军前列却不知如何是好。大臣们的轺车陆续驶进广场，他们纷纷从车上跳下奔向钟亭。终于，颜率看见两辆华贵的青铜轺车飞进了广场，天子王畿的两个诸侯——东周公与西周公也匆匆赶来了。

据《史记·周本纪》，"慎靓王立六年，崩，子赧王延立。王赧时东西周分治。王赧徙都西周"。此东西周，并非通史上所称的西周、东周两个朝代名，应为周赧王时，而非慎靓王时。另据裴骃《史记·周本纪·索隐》，"西周，河南也。东周，巩也。王赧微弱，西周与东分主政理，各居一都，故曰东西周。按：高诱曰西周王城，今河南。东周成周，故洛阳之地"。

仿佛没有听见杂乱的响动，也没有看见纷至沓来的人群，少年依然抱着粗大的钟杵，费力地一下一下地向大钟撞去，满脸是汗，满眼是泪，手与胳膊已被钟杵磨破刺烂，鲜血一滴一滴地溅到大方砖上。

惊呆了的颜率终于清醒过来，大步冲进钟亭，老泪纵横地扯住少年衣角喊道："我王贵为天子①，须得为天下臣民保重！"

少年一个踉跄，不由松开钟杵，惨淡地笑着："天子？臣民？可，可有如此天子？如此臣民？"一声粗重的喘息之后，猛然挺身跃起，一头撞向大钟。一声清脆的金玉交击，伴着

---

① 天子，周赧王延。

洪亮的钟声响起，那顶精美绝伦的白玉冠被撞得粉碎，头上一股鲜血汩汩涌出！

老颜率没有来得及抱住少年，抱着那一领扯下的大红披风，随即又嘶声哭喊着扑上去抱住了少年："太医——快！太医！"东周公、西周公几乎与太医同时冲到，围住少年一阵忙乱。大臣嫔妃老军们不知所措，一片木然呆立，无声无息地跪倒成一片。

变起仓促，老太师蒙了。及至太医大汗淋漓地说了声："上天佑护，天子无碍。"老颜率顿时瘫软在地。良久回过神来，昏迷的少年天子已经被抬走了。老太师便将东周公、西周公并几个还算管事的大臣叫到一座偏殿，商议处置这起闻所未闻的天子自残事件，还得商议如何应对秦军逼来的灭顶之灾。

跟随天子的老内侍说，早晨起来，天子一直在钟鼎广场漫步，恰好遇到孟津斥候急报军情。老太师不在王城，天子又好奇追问，斥候便将急报交给了天子，并备细说了秦国的汹汹军势。天子一听大急，立即紧急召见东周公与西周公。君臣商讨了一个时辰后，老内侍见天子涨红着脸出了大殿，断然下令全副仪仗出巡。老内侍好不容易聚齐了六百禁军，却见天子两手包着渗血的白布走了出来。身后四名小内侍抬着一幅宽六尺长一丈的白布，上面是八个鲜血淋漓的大字——周室危难，国人用命！分明是天子切断手指写下的了。老内侍大惊失色，扯着天子衣襟哭谏，要太医治伤后再走。少年天子勃然大怒，一脚踢翻老内侍，声嘶力竭地喝令："走！发我国人！"

又断指。

走遍了洛阳城内的国人坊区，天子慷慨激昂地喊哑了嗓子，却只有十多个白发苍苍的老人愿意从军赴战。天子又马不停蹄地赶到郊野，派出禁军与内侍在郊野井田四处奔走，宣示征发王命，可那些悠悠然的农夫没有一个人理睬。

老内侍说，他怕天子太过伤悲，悄悄与禁军老将在一井台旁恫吓一群农夫，请他们“慷慨请战”，以抚慰天子忧国之心。可那群农夫一片哄然大笑。一个老人说：“洛阳国人都逃光了，我等留下给天子穷耕，已经是伯夷叔齐般孤忠了。要赴战，哼哼，我等今夜便到秦国去过好日子，谁稀罕守在这里了？”吓得老内侍与禁军老将连连赔罪，反复说天子本意是要国人奋起，不是强征拉丁。谁知不说犹可，一说之下，农人们愤愤之声大起。一个女人尖声哭叫：“穷耕的都是隶农，不是国人！平日谁管我等死活？要打仗了，找我等贱民。那些王族国人都做甚去了？”

国家不善待民众，民众就很难有认同感。

那女人的哭叫声天子也听见了。老内侍说，天子愣怔一阵，背过身去挥了挥手。就这样，天子悻悻地回到了王城，又在钟鼎广场无休止地转悠。午后时分，老内侍便听到了方才那不寻常的钟声。

“二位周公，天子与你等是如何商议的？”老颜率叹息了一声，已经隐隐明白了此事根源。

东周公黑着脸：“先王尸骨未寒，天子要三周合一，修改祖制。”

西周公淡漠非常：“天子要三周统兵抗秦，何人却敢应承？”

想作壁上观。

颜率不禁默然了。自从周考王在洛阳王畿分封了这两个诸侯，一周变成了三周，洛阳周室便没有一日安宁。仅有的星点儿力量也被拆成了破碎的三块，你掣肘我使绊闹得个不亦乐乎：东周欲种稻，西周不放水；西周欲通商，东周便设卡；闹哄哄一百多年，硬是成了天下笑柄。《周礼》以分封为本，诸侯一旦封定，只要朝贡如常不反天子，谁也没奈何，连天子也没有办法取缔。周显王想三周合一，没有成。周慎靓王也想三周合一，还是没有成。今日国难当头，这个少年周王又是自讨无趣。面对如此破局，他这个太师又能如何？思忖半日，颜率挥挥手正要说话，却闻门外一声长宣："天子驾到——"

颜率与大臣们愣怔了。

少年天子一身布衣，头上手上包着血迹斑斑的白布，胳膊上吊着一副夹板，乌黑的长发散乱在肩头脸庞，面色苍白地走了进来，活生生一个战场伤兵。在以礼制为法度的周人眼里，这可是大大地不合礼法，有失天子威仪。一时间，大臣们你看我我看你，竟不知如何是好。有几个老臣翕动着嘴唇便要直谏，目光闪烁中硬生生憋得满脸通红，却终究没有人开口。

究竟是手指断了还是胳膊断了？

天子失仪，国家惨淡。

"我王万寿无疆。"颜率站了起来，念诵了一句天子伤病时的颂词，再也没话了。

少年天子谁也不看，径直走到颜率面前："颜太师，王室土地尚有几多？"

颜率立即清醒过来："东周西周在外，洛阳王畿五十余里，分为十乡。"

"所余民众多少？"

颜率道："王城国人十万余，十乡隶农六万上下，共计人口不到二十万。"

"臣工吏员尚留几多？"

颜率苍老的声音中透着悲哀："禀报我王：自先祖显王起，王室臣工吏员流失颇多，朝臣所余不足五十名，吏员所余二百余名，宫中嫔妃、内侍、宫女、官奴等应有一千余名，总计不到两千人。"

少年天子没有任何表情："天子六军还有多少？"

颜率向那位白发苍苍的老将点头示意。老将军趋前躬身大声回答："启奏我王：天子六军所剩六千余人，老弱病残居多，兵器甲胄年久失修……"声音骤然小了下去。

少年天子惨淡一笑，走到王座前却依旧站着，看看殿前一片白头，叹息了一声道："难为诸位今日赶来勤王。洛阳王钟，已经百余年没有响了。今日本王撞响王钟，是要告知诸位：周室天命已绝，你等好自为之，作速逃生去。否则，秦军一到，想逃也是来不及了。本王不怨天不尤人，只怨列祖列宗没有恪尽王道，坐失大好河山……"

一片白头，没有朝气。

颜率惶急插话："我王不可造次！"

老臣们一齐拜倒在地，一片哽咽唏嘘中无一人说话。

按照惯例，这便是默认了天子王命，赞同了各自逃亡。虽然老臣们都是世袭罔替的高官显爵，可在几百年的风雨冲刷中，高官显爵早已经缩水干涸得只剩下古铜色的外壳了。在洛阳王畿这种没有财货流通的封闭天地里，大臣没有封地便等于没有一切，仅靠王室的赏赐，连体面的钟鸣鼎食都难以为继，遑论富贵威权？从心底里说，洛阳王畿已经没有了使他们留恋的财富根基，其所以还留在这片土地上苟延残喘，全是因了那虽然已经非常淡薄但毕竟有着久远积淀的"王民"情怀。而今天子有命，也实实在在地面临灭顶之灾，还要死守，似乎是不识时务了。

"我王且慢！"东周公与西周公一起离开大案，异口同声地喊了一声。

名义上的老大不玩了，做小的谁还能轻松地作壁上观？唇亡齿寒的道理，没理由不懂的。

少年天子冷冷一笑："两公有话？"

东周公与西周公却是真正地着急了。整个三百多里的洛阳王畿，这两个诸侯的封地占了十之六七，在整个王族与贵胄大臣的式微衰落中，唯有这两个诸侯富得流油，却偏偏又对王室不拔一毛。然而，他们心里却很清楚：天子旗号一倒，连宋国这样的二流邦国占领洛阳也易如反掌，更何况七大战国？有天子旗号在，纵然洛阳王畿被灭，也能保留一片体面的封地，维持钟鸣鼎食的日月也还是绰绰有余的。这是春秋战国的灭国传统——对国君王族总是保留些许体面，极少赶尽杀绝。若天子与王室大臣作了鸟兽散，则无论哪国灭周，都会拿他们两个天下不齿的诸侯做替罪羊，杀无赦。唯其心中雪亮，这两个诸侯才真正地急了，甚至比天子还要着急。

天子倒了，这东西周公就没法玩了。

"臣启我王：国难当头，当思克难之策！"东周公先慷慨激昂地甩出一句正辞，立即又急急跟上，"去国散臣，天子降于诸侯，臣以为甚是不妥。"

西周公立即附和："社稷存亡，臣亦以为天子处置不妥。"

老颜率冷冷插了一句："以两公之见，如何为妥也？"他要挡在前面，教天子有回旋的余地。这个少年天子不惜自残，硬生生逼出了这两个千夫所指的诸侯，老颜率已经大是敬佩了，如何能再教伤痛天子与他们喋喋纠缠？

原来姬平是这个意思，要逼两只老狐狸出手。

东周公心知老太师主事，"嗒"地一弹玉笏道："本公出兵八千，军粮十万斛，以为洛阳城防！"

西周公立即跟上："本公出兵六千，军粮八万斛，以为天子拱卫！"

"两公口贡多矣，如何取信国人？"老颜率罕见地刻薄了一句。

东周公黑脸涨得通红："明日午时，瓮城交兵，府库缴粮。"

"好！明日午时交兵缴粮。"西周公奋勇跟上。

老颜率松了一口气，转身向苍白冰冷的少年天子深深一躬道："柱石同心，臣请我王收回成命，容臣谋划全国之策。"少年天子沉重地叹息一声："但凭老太师做主了。"说罢大袖一甩，也不理睬东、西周公，径自去了。

老颜率与一班老臣并两公诸侯留下来商讨。老臣们个个气喘吁吁，说得囫囵话的都没有几个，只是唏嘘迷茫地点头摇头，实无一策可出。东周公与西周公除了出兵出粮，也是莫衷一是，只急得焦躁踱步。最后还是老颜率说了一番想好的应对之策，又对各人做了一番部署，方才散去，各自分头匆匆忙活去了。

次日清晨，老颜率带着天子的全副郊迎仪仗，北出洛阳，向孟津大道而来。

临行前，周王忍着伤痛前往太庙祷告并占卜吉凶。龟甲的裂纹却混乱不堪，令巫师难以拆解。虽然如此，随行的颜率还是大感欣慰，竟蓦然闪出一个念头：若当初的周显王是这个少年天子，周室岂能衰败若此？一个行将灭顶的王族，却出了如此一个刚烈睿智的少年天子，上天何其残忍也？当少年周王拉着他的手依依送别时，老颜率终于忍不住老泪纵横了，他破例地匍匐下年迈僵直的身子，伏地三叩，却连少年周王那清亮带泪的眸子看也不敢看，便匆匆走了。

可惜此君不寿，否则，还真可能有作为。

颜率兼程赶到大河南岸时，荒凉沉寂的孟津渡口，已是天地翻覆了。

第一章 无妄九鼎

一 奇兵破宜阳 千夫长崭露头角

启耕大典一过,秦武王嬴荡下令:“攻克宜阳,打通三川,五月进军洛阳!”

丞相兼领上将军甘茂精神大振,决意以赫赫武功在秦国站稳脚跟。他本是楚国下蔡的一个布衣之士,当年被频繁出入楚国的张仪说动入秦,又经樗里疾直接引荐给秦惠王,做了执掌机密的王室长史。这长史虽然兼领宫廷禁军,毕竟是文职大臣,在战国刀兵之世尚不是一等一的重臣,也不是名士谋求的功业目标,甘茂自然不甘久居在如此职位上。也是机遇际会,秦惠王恰恰在晚年得了怪诞的疯癔症,太子嬴荡又恰恰需要一个老师,张仪、樗里疾与司马错三位大才权臣,恰恰又忙得无法承担这个需要时间的职责。于是,秦惠王临机决断,教甘茂给太子做了没有太子傅爵位的临时老师。恰

攻宜阳倒确实是秦武王时的事,但当时的周天子应为周赧王,而非慎靓王。据《史记·六国年表》,周赧王八年,秦“拔宜阳城,斩首六万。涉河,城武遂”。另据《史记·樗里子甘茂列传》,“秦武王三年,谓甘茂曰:‘寡人欲容车通三川,以窥周室,而寡人死不朽矣。’”若按秦武王三年开始筹备攻宜阳,这时也应该是周赧王在位,而非慎靓王在位。但写小说不是写编年史,如何编辑剪裁史料并创作故事,难度非常大,错位、集中场景等手法就免不了。小说是看故事,但在看故事的同时,也有必要知道那些被小说隐去的真事。

恰这个太子嗜兵好武，与兼通杂学喜好谈兵机敏快捷的甘茂竟分外投机。此时又恰逢秦惠王疯癔症经常发作，甘茂自然成了太子斡旋朝局的柱石人物。及至秦惠王骤然崩去，张仪司马错先后去职离朝，甘茂骤然凸现出来，三个月间连升六级，做了丞相兼领上将军，权倾一身，炙手可热，在秦国历史上独一无二。

赢驷好歹有个磨炼期，这嬴荡磨炼期短，行事恐怕会鲁莽些。甘茂上位，也属正常，做君王的，总得找一些自己器重又有默契的臣子来合作，不是有才就必须得用，有才还必须有默契才好用。

然则，甘茂很清楚，在极为看重军功的秦国，不管你是何等高爵重臣，没有赫赫战功，便没有深植朝野的根基，对于外来名士，便不能算在秦国站稳了脚跟。赫赫大功如商鞅者，若没有一战收复千里河西的最后大手笔，在秦国也不会形成举国世族连同秦惠王一起也无法撼动的根基，生前如圣，死后如神，使秦国朝野永远在商鞅的轨迹上行进。在名义权力上，甘茂虽然已经可与商鞅比肩，但在实际根基上却是霄壤之别。且不说秦国民众大多不知甘茂为何许人也，便是在朝在国，他这丞相也远不能如张仪那般挥洒权力，他这上将军也远不能如司马错那般独领三军而举国倾心。有个总是嘿嘿嘿的右丞相樗里疾矗立在那里，甘茂的丞相权力就只能是个领衔架子。有个醉心兵事的新秦王，甘茂的上将军权力也只有大打折扣，实际上也就是个处置军务城防粮草辎重的国尉而已。说是国尉，也只是对上将军权力而言，而不是自己能真正地行使国尉权力。国尉府的那些大小司马及其管辖的府库要塞将领，个个都是浴血杀出来的悍将，人人都有一身疤痕晶亮的红伤，都有赫赫军功爵位，都能历数秦国名将的用兵战例，你没有大才奇功，休想教他们如臂使指般服从，事事都会碰到无数磕绊……所有这一切，甘茂都看得一清二楚，不打几场大胜仗，他在秦国必是长久的尴尬。

审时度势，甘茂似乎别无选择。

三月中旬春暖花开，甘茂统领十万大军直逼宜阳。

可就在大军开出函谷关的那天晚上，前军主将白山带着一干将领来到中军大帐，竟劝甘茂停止发兵宜阳。甘茂没有发作，只是黑着脸冷笑道："白山，你身为大将，不知王命不可违么？"白山不卑不亢道："将在外，君命有所不受。今日宜阳已经有备，我军纵然浴血攻下，究竟所得何益？望上将军陈明君上，莫使秦国锐士血流无谓。"甘茂压着怒火正色道："白山，秦王对本上将军说过一句话：兵车通三川，秦军入周室，死无恨矣！下宜阳、通三川、入周室，此乃秦王雄图大略也，你等敢以些许伤亡计较？"

帐中一时肃然无声，却有一个年轻将军从后排走出拱手道："上将军此言差矣。兵者，国之大事也。何能以秦王率性一言，而决大军所向？"

"你是何人，竟敢如此犯上！"甘茂终于忍不住了，拍案霍然起身。

"末将千夫长白起。有言如骨鲠在喉，不吐不快。"这个白起平静冷峻，全然不像一个小小的千夫长。

"白起？"甘茂心中一动。目下秦军中谁不知晓这个白起大名？秦王嬴荡在白起卒伍中做过力士卒，对白起赞叹得无以复加，甘茂如何不知？但在大军之中身为最高统帅，如何能教一个千夫长如此侃侃论兵？厉声呵斥，"一个千夫长也妄言军国大计，成何体统？！"

白起那张棱角分明的脸似乎从来都不会笑，正色庄重道："白起以为：商君变法以来，我秦国兵锋所向无敌，皆因上下同心。将士尽抒己见，庙堂方能算无遗策。今张仪丞相离朝，六国正欲恢复合纵。我大军轻率东出，必催六国合纵死灰复燃。宜阳之外，已有魏楚赵兵马十万之众，若久攻不下，大军陷入泥沼，楚国再从背后复仇，秦国岂非险境？望上将军三思上达，慎之慎之。"

甘茂一时无言以对。从内心深处说，他承认这个白起确实有见识，然大军已经发动，若不战而回，非但军功无望，还得落个轻率失策的口实，身为丞相上将军颜面何存？略一思忖，甘茂沉声道："列位将军：此战乃新王立威之战，意在震慑六国！诸将见仁见智，战后尽可上书秦王。然目下断无改弦更张之可能。唯有打好这一仗，使六国知难而退，秦王或可重定方略。否则，只有自乱阵脚。白山将军以为如何？"

白山是前军大将，秦军的绝对主力，来者又大都是他的部将，白起还是他的族侄，甘茂自然首先盯住他说话。也是白山沉稳持重，在军中极是顾全大局，甘茂也想教他体察自己的一番苦心，否则这仗是没法打的。白山一直在默默思忖，此刻看了白起一眼，大手一挥:“走!回帐准备去,好好打仗。牛曳马不曳,军法从事!”众将锵然一拱:“遵命!”一齐出帐去了。白山向甘茂一拱手道:“上将军,末将告退。”也径自走了。

甘茂虽然松了一口气,心中却老大不快。这十万旌旗究竟谁说了算?一个前军主将,竟然比他甘茂更有威慑力,哪个上将军受得如此窝火?可甘茂没有办法,秦王要立威,自己要军功,这仗肯定要打。可这些老军头个个都在商鞅、车英、司马错、樗里疾主军的时期磨炼出一副谋略头脑,连是否师出有名他们都要想,如何能教他们不分青红皂白地只管打仗了事?甘茂之所以不敢大动肝火,还有一个更重要的心病:他虽然喜好谈兵,但毕竟没有真正打过大仗,领兵十万攻城略地更是头一遭。打仗还得靠这些战将猛士,此时他若拿出镇秦剑行使军法,无异于引火烧身,甘茂岂能掂量不出此中轻重?虽说是自己忍下了,但看白山脸一沉将军们便慨然领命,甘茂还真有些不是滋味了。

甘茂急欲立功,听不进良言。

次日黎明,甘茂升帐发令:大军压向宜阳,午后立即发动猛烈攻杀。

十多年前,宜阳本来已经被秦军占领。但在秦国大破合纵联军后,张仪为了彻底拆散合纵,又将宜阳归还韩国,与韩国缔结了歇兵盟约。但韩国从此大为警觉,对宜阳铁山重兵防守,驻守了五万新军。如果仅仅是这五万韩国新军,也不在秦军话下。可秦惠王一死,张仪司马错同时离秦,紧盯秦国的山东六国情势骤然大变:魏赵楚三国立即呼吁恢复合纵联军,抗击秦国东出。韩国呼应最力,率先出兵五万。齐国虽想置身事外,但也不想开罪山东各国,便只出了八千铁骑。唯有燕国内事吃紧,破例没有出兵。在甘茂大军集结东出的同时,山东五国也同时向韩国边境集结了十万大军,连同驻守宜阳的五万韩军,十五万大军决意大战秦军。

联军主将是魏国老将晋鄙，宜阳守将是韩国上将军韩朋。这两人都是第一次合纵联军的参战大将，对秦军战力与神出鬼没的打法依然余悸在心，这次分外谨慎。两人反复计议，没有像第一次合纵那样摆开正面决战的架势，而是以“固守宜阳，耗秦锐气”为宗旨，扎成了遥相呼应的三角阵势：韩朋的五万韩军分为里外两大营驻扎，宜阳城堡内两万精锐步军全力固守，三万精骑驻扎城外铁山西麓，深沟高垒，在外围阻击秦军；晋鄙的十万大军则驻扎在宜阳东北位置的洛水北岸，背靠熊耳山，前临洛水河谷，可从侧后随时向西向南驰奔救援；三方相互距离不过十里，大军瞬息即至，策应极是快捷。

对于这种大势变化，秦武王知道，甘茂也知道。但君臣二人却丝毫没有在意，一拍即合，义无反顾地挥师东出了。在秦武王而言，自从以卒伍之身征战巴蜀两年，对秦军锐士的战力自信至极，根本没有将六国联军放在眼里，反而认为这恰恰是彻底摧毁六国战力的绝好时机。在甘茂而言，除了强烈的功名之心，也与秦武王完全一样，对秦军战力充满自信，对合纵联军视若无物。辞行之时，甘茂对秦武王慨然道：“秦国根基已固，东出函谷摧毁六国，此其时也！臣先行一步，三日攻下宜阳，恭迎我王驾临周室。”秦武王声震屋宇地哈哈大笑道：“好！本王处置好镇国事宜，与上将军会师孟津。”

这个秦王的心中，没有怕字。

大军兵临洛水，前军却停止了推进。自领五万中军的甘茂正在疑惑，前军斥候飞马来报：“宜阳阵势异常，前军不能攻城，前将军请令缓攻！”甘茂顿时愣怔，催马来到前军白山大旗下，却见大军在山下已经展开阵形，白山却带着十几员大将在山头瞭望。

甘茂飞马上山，身形与声音一齐落下：“白山将军，有何异常？”

来得好快！

“上将军请看。”前军主将白山一拱手，将甘茂请到最突出的山岩上。

甘茂遥遥望去，但见宜阳城头旗甲鲜明，城北铁山的西麓大营也是旌旗猎猎战马嘶鸣，东北河谷地带更是大营连绵不断。甘茂虽然没打过大仗，却也算得通晓兵家，心思敏捷，自然看出了其中奥妙，不禁皱眉道："莫非我攻任何一处，必遭两面夹击？"

白山答道："正是。我若攻城，山麓韩军必来袭击侧翼背后；我若先取山麓，必遭城内与河谷大军夹击；我若直取河谷，则两支韩军必然同时从背后掩杀。目下不能贸然攻城，需得一个万全打法。"这位在战场上威猛绝伦的前军大将，打仗却从来不鲁莽从事，这也是张仪喜欢带他领军出使震慑六国的因由。

"议出战法了？"甘茂显然有些着急。

"正在查勘，尚未计议，敢请上将军示下。"

白山本是一句职责所在的请示，可甘茂却骤然满脸通红。身为上将军，战法谋略本应在出兵时便已了然于胸并备细交代给领军大将。司马错是此等做法的极致，跟着他打仗，所有的将领都清清楚楚地知道自己在做什么。时日一长，将领们对司马错的军令几乎是不问所以便立即实施。在秦军而言，也从来没有出现过兵临城下尚无对策的尴尬局面。白山淡淡一问，事情便变得分外敏感，十几员大将的目光齐刷刷地聚到甘茂脸上，甘茂如何不感到难堪？虽然如此，甘茂毕竟聪颖练达，勉力一笑道："接掌三军，甘茂实是勉为其难，若一令出错而致败，甘茂领罪事小，大秦颜面何存？我等都是为国效命，打仗还得诸位将军切实谋划才是。"一席话倒是妥帖坦诚，将军们的目光也顿时温和了许多。

蒙骜出现得太早，此人为秦庄襄王时期的名将。白起则显于昭襄王时期，于昭襄王即秦昭王五十年十一月自杀。白起晚年多称病不出，二人共事于军中的可能性比较小，年龄相差太远。

白山爽朗一笑，大手一挥："也就三坨十五万，硬啃也行。都说话，如何打？"

一群大将都皱着眉头相互观望，一时没人开口。猛然，前军副将蒙骜伸手一指山岩边:“白起,你憋着看个甚?来说说看。”

甘茂蓦然回首,才看见山岩边伫立着那个敦实厚重的年轻千夫长,一尊石雕般独自凝目遥望,对身后的纷纭之声置若罔闻。听见蒙骜声音,他才转身大步走了过来向甘茂与白山拱手一礼道:“白起以为:三营虽成虎势,但可一鼓下之。”

甘茂眼睛一亮:“噢?快说。”

蒙骜一拍掌:“看,我就知道白起有主意。”

白山却是淡淡一笑:“你小子胆大,我听听。”

“诸位请看,”白起指着遥遥可见的茫茫军营与城堡,“敌军三营虽互成照应之势,然却有两道缝隙:宜阳城与铁山军营之间有一道流入洛水的小河,叫西渡水,河谷狭窄险峻;洛水东北的熊耳山双峦竞举,晋鄙大军救援宜阳的最近通道,便是这双峦峡谷。末将斗胆直陈:兵分五路,三面开打,一举攻下宜阳。”

一个千夫长能对地形如此熟悉,本来已经令人咋舌了,待“兵分五路,三面开打”一出,众将更是一阵愕然沉默。一城两营加两道峡谷,正是五处。秦军十万人马分作五路作战,显然是一场头绪繁多的高难大战。但凡将领,打仗最喜欢军令简单明确头绪少,若遇谋略之战,则必须有高明的统帅全盘调度,领军大将也需要用心掌控,否则很容易变成一场自相掣肘的混战。而今统帅,却是军前赖众谋的甘茂,谁敢指望他能统一掌控战局?前军主将白山,也历来是领军力战的勇猛大将,从来没有运筹过全局大战。而一个千夫长,更是不可能调度全军。纵然五路筹划可行,居中调度不力也是枉然。将领们心念电闪,谁也不敢可否了。

白山目光一闪:“上将军,我看还是另谋战法。”

“且慢!”甘茂大步跨前,逼到白起身前,“白起,你且说完。”

白起没有丝毫慌张,一拱手道:“第一路:三万铁甲步军开出双峦峡谷,列阵阻截晋鄙联军;第二路:步兵一万,夜晚从洛水上溯,潜入西渡水河谷,切断宜阳内外两营;第三路:五千精兵从双峦峡谷绕道铁山之后,夜袭铁山韩军;第四路:三万精锐铁骑在铁山前原野上严阵以待,当韩军混乱拥出大营,便在旷野展开截杀;第五路:两万重甲步兵全力攻城。此战并无繁复关节,要害在同时发起,攻杀猛烈,不给敌手喘息之机。”

“你是说,只要我军准时到位,同时发起,剩下便是全力攻杀?”甘茂目光炯炯。

“上将军所言极是,除此无他。”白起脆捷利落。

甘茂转过身来道:“白山将军以为如何?”

白山沉吟一阵,扫了将领们一眼,慨然拱手道:“以我军战力,只要居中调度不出差错,此法可行!”一句话意味深长。

甘茂毕竟也算通得兵家,有大将们认可的战力,自知其余关键在中军统帅,一时雄心陡长,慷慨高声道:“甘茂身为上将军,若在谋略议定之后尚不能调度全军,当真尸位素餐也!为使诸位将军放胆赴战,本上将军特简:千夫长白起晋升中军司马,訾议中军号令。”

善用人之人,受人拥戴。人心很重要,是根基,甘茂虽受秦王重用,但也不得不顾及人心。

一言落点,众将齐向甘茂投来敬佩的目光,异口同声一嗓子:“上将军明断!”

这就是军中将士:只要你实打实说话,不泛酸,有公心,便认你是个人物。当然,更重要的还是甘茂晋升了白起,将军们觉得高兴。若是凭斩首军功,白起早该做将军了,就是做前军大将,也是无人不服。曾在他卒伍下的大力士孟贲、乌获都做了秦王的殿前将军,爵位比白起高了六级;与白起同时做卒长的蒙骜,也已经是前军副将了。白起却是屡辞超拔擢升,硬是要一战一级地做,年轻的将军们便有了一种隐隐约约的愧疚,总盼白起早日做将军,他们才心安理得地做将军。今日甘茂将白起擢升为中军司马,这可是职同各军主将而又比主将更为要害的职位,白起当之无愧。

谁知白起却向甘茂深深一躬,慨然挺胸道:“白起请命上将军:自率本部千人,夜袭铁山韩军。”

“白起,你不做中军司马?”甘茂大为惊讶。

此人亦是秦国名将。此处出现,合情合理。

“回上将军:中军司马王龁才堪胜任,不须增添白起。”

“奇袭既要五千人马,何以自请一千?”

“回上将军:白起熟悉地形,部属有八百铁鹰锐士,骑步皆精。”

甘茂对秦军状况虽不是了如指掌,可也知道铁鹰锐士的威名,听说白起一个千人队中竟有八百名铁鹰锐士,不禁哈哈大笑道:“好,天意也!”转身对中军司马王龁一挥手,“传令三军扎营造饭,开掘壕沟设置鹿寨,聚将幕府大帐!”连珠发令,显然是成竹在胸了。

一阵悠扬的牛角号声,秦军在宜阳以西十里之外扎下了连绵大营,一片紧张忙碌中炊烟袅袅升起,向宜阳三大营弥漫了过去。幕府大帐中,甘茂与二十多个将军秘密商讨了一个多时辰,终于将各种细节一一稳妥落实,暮色时分,大军开始了隐秘的移动。

宜阳上将军韩朋终于松了一口气。

本来,三大营绷紧了心神,准备与秦军马到即战。这也是秦军历来战法:大军不显则已,显则立即接战,从不延误,几乎每次都是以雷霆万钧之力压倒对方。然则,这次却很奇怪,秦军推进到十里之遥停了下来,两三个时辰没有动静,扎营之后,又是一片忙乱地构筑壕沟鹿寨,紧接着又是炊烟四起,依旧没有攻城动静。韩朋在城头瞭望,不断接到斥候快报,对情势自然清楚,只是急切间弄不清其中奥妙,一时困惑莫名。看看秦军毫无攻城迹象,韩朋对宜阳守将叮嘱几句,飞马出城,从西渡水河谷的秘密小道来到晋鄙大营。

“老夫也一直在踏勘秦军动静。”

晋鄙虽然只有五十余岁,正在盛年,却总是自称老夫,厚重稳健中也不乏几分矜持。看韩朋情急模样,他捋着灰白的长须悠然笑道,“以老夫之见,秦军虽是虎狼,却是一时无处下口,要与我军对峙相持,找到破绽相机开战。上将军以为如何?”

“相持对峙?这在秦军可是闻所未闻。”韩朋突然有些兴奋,能与秦军相持,那在山东六国可是大大的风光了。

“此一时也,彼一时也。甘茂领军,一只老鼠率一群老虎,徒然鼠窜而已。”

“老将军是说,今日秦军已非昨日秦军?”

“正是。”

“我军当如何开战?”韩朋精神大振。

“开战倒是无须着急。”晋鄙是惯有的稳妥,“秦军远来,又急于求战,我等正当深沟高垒,待其疲惫松懈之时一鼓击之,方有胜算。”

“以老将军之见，秦军要久耗？”

“至少三日之内不会攻城。”

韩朋松了一口气道：“既然如此，我与老将军夜谋一宿，议出一个决胜打法。”

晋鄙黝黑的脸膛罕见地笑了：“来人，上酒！”

明亮的军灯下，两人痛饮笑谈，胸中快意尚未化作谋略，已经到了中夜时分。突然，随着军营刁斗之声，阵阵喊杀声随风隐隐传来。晋鄙一怔，勃然变色，一摔酒爵，尚未起身，斥候踉跄进帐：“禀报上将军：秦军夜战，宜阳城外一片火光！”韩朋脸色顿时铁青，爬起来跌跌撞撞出帐，边走边喊道：“老将军，我得立即赶回宜阳！”

晋鄙脸红得已经看不出黑，咬牙切齿道：“好！老夫亲率大军夹击秦军！”

轻敌之师，必败。

却说甘茂在幕府大帐调遣妥当后，暮霭沉沉时秦军开始秘密移动。五路大军中，白起一路最小，却最为关键——奇袭铁山韩军，既是发动宜阳夜战的实际号令，又是搅乱敌军全局的要害一击。夜袭成功，整个宜阳之战就成功了一半。甘茂心知要害所在，便将幕府大帐的具体调遣留给了中军司马王龁，自己飞马来到前军，要亲自看着白起一路隐秘出发。

白起这个千人队堪称三万前军的一把尖刀，实际上也是整个秦国新军的一把尖刀。其特异之处，是这一千人中有八百人是威震全军的铁鹰锐士。在老秦军时期，铁鹰剑士名闻天下，全军也只有堪堪百余人。司马错做上将军后，在保留铁鹰剑士简拔制的同时，创立了铁鹰锐士制。这铁鹰锐士不单剑术超凡，且马战步战一样精通，任何兵器到手都是一样娴熟。当世的步战士兵以魏国武卒最为精锐，天下呼之为

“魏武卒”。骑战则以赵国的“胡刀骑士”与齐国的“技击骑士”并称精锐。秦国变法后的新军在收复河西的大战中横空出世，被天下惊呼为“锐士”。司马错便借这个名号创立了铁鹰锐士：下马步战以超越魏武卒为准，上马骑战以超越赵齐骑士与匈奴胡骑为准。铁鹰锐士的简拔方法极为苛刻：首先是体魄关。吴起当年训练魏武卒手执一支长矛，身背二十支长箭与一张铁胎硬弓，同时携带三天军食，总重约五十斤，连续疾行一百里还能立即投入激战者，方可为武卒。司马错则在此之外又增添了全副甲胄、一口阔身短剑、一把精铁匕首与一面牛皮盾牌，总重约在八十斤。此关通过，方能进入各种校武。步战校武要在秦国新军的步军中名列一流，骑战校武要在秦军新军的骑兵中名列一流。单兵简拔过关后，还要过以各种阵式结阵而战的阵战关，过各种兵器的校武关。如此一一下来，凡能成为铁鹰锐士者，几乎个个都是无敌勇士。秦国新军二十万，铁鹰锐士却堪堪只有一千六百人，而其中一半都在白起千人队，岂非异数？当然，这也是司马错的刻意部署。在长达三年的长途奔袭巴蜀中，司马错发现了白起这个善于驾驭猛士的罕见兵头，便萌发了集铁鹰锐士于一旗[①]为全军锻铸一把尖刀的想法。巴蜀班师归来，白起晋升千夫长，可惜司马错未来得及亲自实施，便离朝去国了。前军大将白山知道司马错的想法，便在这次东出之前，将前军全部八百名铁鹰锐士悉数集中到白起千人队，虽然未经一战，可谁也不怀疑这个千人队的威猛战力。

装备重要。

山风掠过，还带着早春的寒意。高高的军灯下，秦国大营一片漆黑。

白起的千人队正在一条山溪边整装。甘茂赶来的时候，

---

① 战国军制是千人一战旗，千夫长立旗书姓，为最低层将旗。

白起正发出一声低沉的命令："十人一伍，间隔百步，沿河疾行，蛙鸣联络，开！"话音落点，第一团黑影倏忽飘出，在浩浩春风中几乎没有声音。甘茂确实感到惊讶，他不能想象一个全副甲胄全副五件兵器的重装士兵，如何竟能做到开步无声行如疾风？但此刻他已经顾不上揣摩细究，匆匆来到白起身旁道："白起，军食似可减下，少一些累赘。"

"回上将军，"白起低声道，"全套重装惯了，少一件反倒容易松垮响动。再者战场万变，不能少了军食。"

"去吧。我等你火号！"

"嗨！"白起一个挺胸拱手，转身疾步去了。甘茂清楚地看见，白起的身影眨眼间插进了连绵黑影的中段，当真是动若脱兔。

白起的一千勇士先沿着山溪流向隐蔽疾行，进入西渡水河道，再贴着河道两岸的山根向东北疾行十多里，便进入了宜阳城与铁山之间的小峡谷，再沿小峡谷东岸的山麓攀登而上，便到了铁山军营背后的北岭。宜阳城在洛水北岸①，铁山却在宜阳城外东北角，晋鄙的十万大军更在铁山东南的双峦之后，三大营向西形成一个扇形，铁山正在居中位置。白起一千人悄无声息地登上铁山北岭，右手宜阳城、左手晋鄙大营、脚下韩国军营、正对面秦国军营的连绵军灯遥遥在望，战场大势一目了然。

按事先约定，白起所部提前进入北岭大约小半个时辰。白起下令立即检查兵器甲胄，各百夫长齐报无误。白起立即下了第二道命令："半支细香，小打尖。"就是在半支细香的时间内迅速填补肚子以长劲力。一个多时辰的重装疾行，若能有时间咥下一块干饼夹一块酱牛肉，灌下半袋凉开水，对于这些食量惊人的猛士自然是最惬意的事。所谓小打尖，就是这种临敌接战前的些许垫补，正在饱与不饱之间，猛士们意犹未尽却又精神百倍。

刚刚打尖完毕收拾齐整，白起看见对面十多里之外的山头上两盏硕大的军灯一明一灭，反复三次。这是甘茂云车的信号：子时已到，开始攻杀。白起霍然起身，低声命令："三路摸进，攻入营寨中央，各人立即举火。开！"两手一挥，左右两路散开队形向山下无声逼近。白起自领一个百人队，跟着从中间地带插下，瞄着山根闪亮的韩军大营扑去。

铁山军营驻扎着三万骑兵，领兵大将是韩国世族段氏将领段弗成。其所以将骑兵

---

① 战国宜阳城在洛水北岸，是故得名，见《水经注》。今宜阳城在洛水南岸，在古宜阳东南。

驻扎城外，一则为驰援快捷，二则骑兵适宜野战而不宜改为守城步兵。韩国富铁，兵器历来精良，当年申不害训练的新军虽在抗击魏国中大部牺牲，但六国合纵后补充训练的新军也算得中原精锐之一了。尤其是这支骑兵，被韩国朝野呼为“王师铁骑”，战力远胜韩国步兵。段弗成一心要在抗秦大战中建立军功振兴段氏家族，白日见秦军开来，立即做好了出战准备。谁知一个时辰后传来韩朋将令：“秦军畏我不敢出战，待我与晋鄙老将军会商之后再行定夺，不得妄动！”段弗成与部将们大大泄气，各自回营休整歇息，等候韩朋将令。及至入夜，还不见韩朋将令，秦军又是毫无动静，铁山骑营大是松弛了。段弗成与前来请令的部将们索性饮了一通酒，骂骂咧咧地散去睡大觉了。

秦军的敌人怎么总是在睡觉？

正在酣梦之中，段弗成突闻杀声震天，一个激灵从军榻上滚了下来，脚步踉跄地爬起来冲出大帐。只见大片火把从山顶压来在军营晃动，中军幕府外已经杀成了一片，四面山野一片战马嘶鸣，连幕府的军吏、司马与卫士也一个个不见了人影。段弗成一身冷汗，顿时惊醒，反身进帐摘下长剑冲了出去，却见幕府外大纛旗下十多个军吏卫士被三个黑铁塔般的甲士逼得团团乱转。

段弗成大喝一声：“摆脱缠斗，上马列阵！”

一个司马一边踉跄闪避一边锐声急喊：“战马被秦军放火烧散了！”

一听战马被烧散，段弗成急怒攻心，狂奔上平日发令的土丘高台，抓起一对大槌猛擂战鼓。天下金鼓号令大同小异，“闻鼓而进，鸣金而退”更是相同的。此刻这鼓声，是韩军的聚将聚兵鼓，要将士闻鼓聚集成阵拚杀，也是段弗成此刻唯一的办法。鼓声大作之际，四面韩军一片呼啸，挣脱秦军缠斗向聚将鼓奔来。正在此时，一片火把如狂飙般从山腰卷来。火把下正是白起亲自率领的威风凛凛的百人锐士队。

白起情知一千人无论如何勇猛，也不能将三万韩军骑士尽数歼灭，只有尽可能地擒杀大将，尽可能烧散集中在马厩的战马而使大部韩军不能上马作战，尽可能地使韩军陷入全局性混乱。围绕这个目标，白起的军令简单明确：烧马、杀将、搅乱各寨。分兵攻杀也主次分明：一个百人队袭击马厩，一个百人队袭杀大将，其余八个百人队一律以“什”为单元，分作八十个小队同时袭击主要军帐。白起跟随司马错征战有年，对这位最擅长奔袭奇袭的上将军的破袭战法深谙其道，对部属卒伍规定的战法简单易行：偷袭岗哨，四面渗入军营，同时举火，突然发动猛袭。如此一来，韩军凡有将军的大帐与主要兵帐、马厩，几乎在同一时间起火受袭，相互不能为援，一时大为混乱。

小试牛刀，谋略过人！

写军阵，最耗神。古人写战事，多数只重胜败之结果。这中间的过程，全凭作者想象。作者善写军阵，场面好看。

白起亲率的百人队身负擒杀大将的重任，却没有一路寻觅酣杀。潜入铁山军营后，百人队主力一直隐蔽在幕府大帐后的嶙峋山石中，白起只派出了一个十人“什”对幕府大帐举火袭击，要诱出幕府所有将士，确认主将段弗成而一举击杀。白起打仗极是缜密，深恐主将不在幕府而轻易出击，军士最有威力的第一猛攻便做了空耗。及至段弗成奔上土台击鼓聚将，白起确认他便是主将，方才骤然举火全力杀出。此时恰逢四面乱军奔来，脚步隆隆势如潮水。白起大喝一声：“九什挡外，一什断后！”飞身直取高大鼓架下的段弗成。

段弗成也算得韩国一流武士，眼光四面一扫，见一排黑色重甲武士在前，十名铁塔又飞矗在了身后，一个黝黑的影子大鹰般凌空扑来。段弗成不及细思，双手鼓槌流星砸出，接着长剑在手迎面直刺。谁知对面黑鹰不闪不避，一对大鼓槌砸在铁甲之上直飞夜空。段弗成长剑堪堪伸直，便听一声金铁大响，长剑脱手飞出，迎面一道雪亮剑光闪电般“噗”地透胸而过。段弗成尚未喊出一声“好快”，已鲜血喷涌倒地身亡。

在万军之中取敌首级，读之令人神驰。

白起锵然落地，一剑割下段弗成头颅，大喝一声：“段弗成首级在此——”便将一颗血淋淋的人头飞掷了出去，连环飞动只在瞬息之间。四面拥来的韩军尚未与将台前的铁鹰锐士交手，便见一颗人头凌空飞来，火把之下，段弗成的长须白面清晰可辨。有韩军将领一声嘶喊：“将军战死，杀出山前——”

这一仗，要让白起立功。白起在小说中的地位重要。

韩军一片呼啸，又潮水般卷了回去，少部分拦住散马的上马带头，没有马匹的便跟在马后蜂拥而去。白起一声大喝：“收队，双峦峡谷——”千人队便迅速回卷，从山后向阻截晋鄙大军的熊耳山双峦峰疾行而来。

白起勇猛，也善使诈。

天亮时分，铁山韩军三万骑兵全部被歼，宜阳城两万没有主将的守城步兵献城投降，韩国上将军韩朋在西渡水河谷被秦军生擒。晋鄙大军在双峦峡谷前遭遇秦军三万步兵的强硬抗击，丢下了两万多具尸体，不能越雷池半步。红日东出，看着遍野尸体，看着宜阳城头黑色的“秦”字大旗，晋鄙咬牙切齿地一劈令旗：“收兵！”

飞马赶来的甘茂容光焕发，却没有下令追击。各路兵马聚集到宜阳城下清点，只有六百余名秦军战死，千余人负伤，白起的千人队毫发无损。此等战果是甘茂难以想象的，接连命令清点三遍，方才真正地相信了。兴奋之余，甘茂一面在宜阳城外大宴三军将士，一面飞马上书咸阳，请秦武王驾临宜阳，东进周室。

甘茂拔宜阳，其实没那么顺利。秦王派丞相甘茂将兵伐宜阳，“五月而不拔，樗里子、公孙奭果争之。武王召甘茂，欲罢兵。甘茂曰：‘息壤在彼。’王曰：‘有之。’因大悉起兵，使甘茂击之。斩首六万，遂拔宜阳”（《史记·樗里子甘茂列传》）。另据《战国策·秦策二》，“甘茂攻宜阳，三鼓之而卒不上。秦之右将有尉对曰：‘公不论兵，必大困。’甘茂曰：‘我羁旅而得相秦者，我以宜阳饵王。今攻宜阳而不拔，公孙衍、樗里疾挫我于内，而公中以韩穷我于外，是无（伐）[茂]之日已！请明日鼓之而不可下，因以宜阳之郭为墓。’于是出私金以益公赏。明日鼓之，宜阳拔”。甘茂受排挤，所以急需立功，这一点，作者抓得很准，又为了突出白起，就有意让白起建功。甘茂虽羁旅之相，但还是有其魄力所在。

二　秦武王隐隐觉得不妙

攻克宜阳如此快捷便当，甘茂捷报离大军东出只有三日之隔，以致秦武王连咸阳的镇国事宜还没有安排妥当。

本来，秦惠王之后的秦国已经非常强盛，留守镇国只是国事不可或缺的名义罢了，很容易处置好。但在秦武王是一个难题，全部原因，便在他没有王子而只有几个嫡庶兄弟。这些兄弟与他这个长子年龄悬殊，最小的庶弟嬴稷尚在少年，最大的嬴壮已经是二十六岁了。嬴壮与秦武王嬴荡几若嫡出同胞，为秦惠王正妻惠文后所养，秉性也与秦武王十分相似。因了秦武王年近三十无子，兄弟之中生出了许多微妙处。秦武王的强壮勇猛天下皆知，二十多名妻妾嫔妃几乎人人疲惫不堪，偏偏却无一有身孕。惠文后曾经到太庙祷告，请红衣大巫师钻龟占卜。那个一头霜雪的大巫师盯着散乱的龟纹看了半日，长吁一声道："天意也，老臣也是难以窥其堂奥矣！"惠文后懵懂不知所以，又想不出办法，只好不断祷告，祈望上天早日赐给自己一个王孙，使那股悄悄蔓延在咸阳宫廷的躁动早日平息下来。秦武王秉性勇武粗犷，可也对这种微妙的气息有所觉察，这就是他在留守镇国上的思量之处。

武王福薄。个中悲凉，旁人未必尽知。

反复思忖，秦武王邀"叔弟"嬴壮共同拜望了母后，当着惠文后的面，擢升嬴壮为左庶长，领咸阳城防镇国。惠文后看到两个儿子相互帮衬提携，大感欣慰，抹着眼泪笑道："荡放心去吧，娘也为你监国，看着叔弟。"嬴荡一阵大笑，出了后宫立即召樗里疾秘商。

当初，秦武王一心要挽留才具逼人的张仪，可有嬴华对他的疑虑，又担心张仪盯着父王死因做文章，只好无可奈何地放张仪走了。司马错却是他有意放走的，原因只有一个：秦国不缺将才，司马错资望太高，使自己在兵事上放不开手脚。这两人一走，国中老臣只留下樗里疾孤树参天了。偏是这个文武全才的三代老臣心志淡泊，称病不朝，大有就此撒手的模样。可嬴荡在大事上毕竟明白，只要樗里疾在国，嬴荡绝不逼迫任事，而只要这个老智囊应急便可，原本也不想教他参与日常国政。樗里疾功勋卓著，资望极高，更有寻常重臣不具备的根基：妻子是秦惠王堂妹雍城公主，有王族外戚的身份。国有变故，有如此才能如此权力如此根基的樗里疾自是要害人物了。秦武王也不明白自己如何心血来潮，立即召来樗里疾。毕竟，国中是平静的，可他总有一种奇特的感觉，竟对这位老臣一口气说了半个时辰。

清退有二心的，靠不住的，留下德高望重的，供起来也有好处。

“老臣知道。”樗里疾只有淡淡的一句话，昔日诙谐无影无踪。

秦武王还想说，终于甚也没说，对着樗里疾深深一躬，径自大步去了。

次日，秦武王率领全部大臣嫔妃，在六千王室禁军护卫下浩浩荡荡地东进了。三日之后抵达孟津渡口，甘茂已经率大军移师北上，驻扎南岸，亲率众将乘大舟横渡北岸迎来。浏览完甘茂递上的《军功册》，秦武王大是振作，站在轺车上宣布了三道王书：擢升白山为咸阳令，立即还都镇守咸阳城防；擢升白起为前军副将代行前军主将职权；其余有功将士尽皆按照《军功册》晋爵加职。王书一下，三军欢呼，人人振奋。当晚庆功大宴后，秦武王与甘茂计议斟酌，立派白山率领五万大军从函谷关返回秦国，将大军留驻蓝田大营，白山径回咸阳赴任；留下的五万大军，则由前军副将白起辅助上将军甘茂统辖节制，实则将具体号令权交给了白起。

论功行赏，皆大欢喜。

清晨卯时，太阳刚刚爬上宜阳城头，秦武王君臣嫔妃及兵将万余人，乘坐百余条大船渡过孟津，在大河南岸会齐五万大军，列开大阵向洛阳浩浩压来。

颜率的王室仪仗到达孟津渡口的时候，秦国的五万铁骑甲士刚刚渡过大河。绿色的原野上漫卷着黑色的战旗，孟津渡口檣桅如林，黑帆蔽日。南岸原野上，秦军铁骑在交相呼应的牛角号声中列成了三个巨大的方阵。中央方阵前的一辆铁轮战车上，矗立着一面三丈六尺高的“秦”字大纛旗，掌旗者正是殿前铁塔猛士乌获。大纛旗下，秦武王乘一辆特制的大型青铜战车，一身青铜甲胄，外披黑色绣金斗篷，头戴长矛形王盔，手扶车前横栏而立，傲慢冷酷地凝视着洛阳方向，恍若一尊金装天神。王车右手是另一个大力士孟贲，虽是徒步一柄青铜大斧，却与车上秦武王几乎一般高，俨然一座黑色云车矗立。王车左手是淹没在迎风飞舞的旗林中的甘茂等大队朝臣与一大群嫔妃。王车之后紧跟着一个千骑小方阵，阵前一面战旗大书一个“白”字，旗下便是那个年轻的新任前军副将白起。

秦武王扬起黑色马鞭高声问：“上将军，距洛阳路程几多？”

甘茂在马上高声答道：“八十里，铁骑大军半日可到。”

秦武王扬鞭大笑：“旬日之间，通三川下周室，死无恨也！”

“王驾起行——”甘茂高声下令，秦武王的大型战车在左右两座铁塔猛士的护卫下辚辚隆隆地启动了。王车仪仗之后，白起令旗左右一摆：“方阵推进！起——”身后战车上的三十六面战鼓隆隆轰鸣，大河草滩上刀矛齐举，战马沓沓，大军的骑兵方阵跟在秦武王的车驾仪仗之后，万仞绝壁般齐刷刷压过刚刚泛绿的草地。

突然，一队红色车骑从官道上迎面开来，乐声号角声隐约可闻。

“上将军，这也算是天子王师？”秦武王惊讶地打量着。

“启禀我王：臣料来者乃天子犒赏使节。”甘茂早已看见。

“犒赏？哼！”秦武王一阵蔑视的冷笑，“本王倒要看看，一个末路天子还能摆出甚谱犒赏我这个诸侯？”手中马鞭一挥，“大军列阵！”

战鼓号角交错中，白起挥动令旗，五万清一色的骑兵大军在王车两侧展开，骑士们举矛立刀，整齐肃然得犹如训练有素的战阵仪仗。

红色车骑驶到距秦军大阵一箭之遥，缓缓驻了车马。与秦军黝黑闪亮的军阵相比，这支车骑显得寒酸极了，衣甲旗帜破旧黯淡，连青铜轺车前那面“周”字大旗的旗枪枪缨都残缺不全了，骑队士卒更是老少参差萎靡不振，与威猛强盛的秦军对阵，形成一种荒诞怪异的对比。秦武王大瞪着双眼一阵端详，情不自禁地哈哈大笑起来。

周室衰微至此。

此刻，老颜率从一辆华贵陈旧的青铜轺车上被侍女扶下，步态艰难地走了过来，身后两名红衣侍女捧着大铜盘碎步紧随。终于，颜率走到了这辆比寻常战车高出许多的战车前，不卑不亢地一拱手："秦王入天子王畿，本太师犒赏三军来迟，尚请见谅。"苍老的声音不无悲凉，却没有一丝惊慌。

气势不能输。

"来者自来，何敢劳天子犒赏？"虽是邦交辞令，秦武王却说得冰冷生硬。

颜率毫无觉察一般再度拱手作礼道："周王特派老臣乘王车、捧王酒犒赏大军。周秦一源，同出西土，理当迎秦王入洛阳王城一游。"

秦武王冷笑："一游？本王若想灭周长住，又当如何？"

颜率不紧不慢道："周室衰败，名存实亡，不堪任何大国一击，况乎秦国铁骑？然周室无财，无地，无大军，纵然灭之，非但不增国力，反徒招天下非议。谚云：灭周无功。诚所谓也。"

灭周无功，甚是。灭周就相当于与天下为敌，名不正言不顺，行事将事事遇阻。

秦武王突然一阵大笑道："老太师明智，本王也没想灭周，只想看看洛阳气象而已。"

不可强力为之，换一种策略。

颜率顿时宽慰："秦王英明，敢请秦王下车，接受天子赐酒。"

突然，秦武王又是傲慢矜持地冷笑："周王是王，本王也是王，何须下车？"

傲慢。

颜率面色涨红，据《礼》辩争道："天子礼仪：战车之上，无得受酒。"

"为何不能？！"车侧孟贲一声大吼，惊得颜率一个踉跄几乎跌坐在地。此时孟贲大步跨到两名侍女身前，两只大手伸开，一手卡住一名侍女的细腰，两手一展，竟将两名侍女骤然举起。两名侍女脸色发青未及尖叫，便莫名其妙地飘上了大型战车，惶恐地拥在秦武王两侧。

> 夸张手法，却符合一个粗鲁将军的性格。

孟贲大吼一声："跪下！敬酒！"

"礼崩乐坏矣！"颜率痛苦地嘟哝一句，闭上了老眼，两行老泪骤然涌流面颊。

两名侍女吓得完全忘记了神圣的赐酒礼仪，不由自主地惊慌跪倒，双手捧起青铜大爵，却不想忘记了一手扶住托盘。铜托盘在大风中落下，"当"的一声碰到战车铜栏上，飞滚出战车，闪着古铜色的亮光滚到了颜率脚下。铜盘下的那方红绫被河风掀起，飘挂到那面黑色"秦"字大旗的旗枪尖上，猎猎飞舞不停。

两名侍女低头捧爵惶恐万状："敬，请大王饮酒……"

秦武王哈哈大笑道："天子敬酒，焉得不饮？快哉快哉！"一只大手将两只铜爵揽起，长鲸饮川般一气而下。两名侍女被这种闻所未闻的巨人气势吓得瑟瑟发抖，完全不知道该做什么，竟抱着秦武王两腿蜷缩成两团。秦武王大笑，一手抓住一个侍女："天子侍女，胆小如鼠也！"两手一扬抛出，两名侍女又树叶般飘了起来。只听两声惊叫，两名侍女从空中飘然落地，一起跌在了颜率身上。

> 武王天生神力，能举鼎，抓举侍女，姑且信之。

老颜率大窘，慌忙将两名侍女推倒在地，甩袖起身。

秦武王大笑着扬鞭一指道："老太师，请与本王同车。"

颜率连忙摇手道："多谢秦王，老夫不耐战车颠簸，自乘王车随后可也。"

秦武王顿时冷了脸："战车？本王战车比你王车平稳百倍，老太师试试。"

颜率尚未说话，孟贲两手一卡颜率腰身，已将老人提到了大型战车中。颜率大皱眉头，只能强作笑容："秦王请了。”秦武王没有理睬颜率，马鞭一劈下令：“兵发洛阳！”大型战车便辚辚隆隆地启动了。老颜率带来的天子仪仗与秦武王仪仗并行，猥琐得令颜率不忍卒睹。

大势已去，忠臣也无力回天。但这衰败的过程令人惋惜。

大军推进两个时辰后，洛阳王城遥遥在望。秦武王极目看去，一座硕大的孤城矗立在春日夕阳之下。正当蓬勃的春耕时节，这里却是满目荒凉一片萧疏。田野里没有农夫，官道上没有车马，既没有他所想象的游人踏青春歌互答的王畿国风，更没有他所向往的商旅仕宦辐辏云集的繁华……在秦武王的三川之梦里，洛阳王室是天下文明的渊薮，是金碧辉煌光焰万丈的殿堂，纵然军力不济，财富风华仍当是天上仙境一般。如今看着王城破败若此，一片冰凉骤然渗透了身心。看着城外大亭下一片暗淡的红色人群，秦武王连询问的兴趣都没有了。

老颜率站了起来道：“秦王请看：周室群臣正在代天子郊迎。”

这也是代天子郊迎？两队老少“天兵”排在大石亭外，一直延续到城门，红衣红甲破旧不堪，刀矛锈蚀得一片斑驳，比犒赏仪仗还要寒酸；一群服饰陈旧的老少官员恭谨惶恐地排成了两列，一方巨大的旧红毡铺在亭外，红毡上是勉强还算齐全的王室乐队，乐师却全是白发苍苍的老人与姿色平常的中年女子。两列衣饰略为鲜亮的年轻侍女排于官员队列之后，大约是郊迎队列中唯一的亮色了。

亭外司礼大臣一声长宣：“郊迎秦王，天子颂乐——”

宏大的乐声响了起来，侍女们歌声悠扬：

西有王客　和铃央央
周秦同宗　龙旗阳阳
降福王室　休有烈光

功业宣武 西有秦王

秦武王瞄着一片破败的王室仪仗，听着这有气无力的颂歌，只觉一片茫然。甘茂没有听清歌词，高声问道："是何颂词？未尝闻也！"颜率却是对着秦武王一拱手道："启禀秦王：这首《客颂》，乃天子特意为迎接秦王而作。"秦武王毫无表情地点点头，与孟津渡口的张扬风发判若两人。

"有气无力"四字甚好，合乎周室气象。

郊迎司礼大臣又是一声长宣："秦王入城——"

秦武王恍然醒悟，略一思忖向甘茂下令："大军驻扎城外，明日清晨入城。"

颜率愕然，转念间大感宽慰："老夫即行入城，奏请天子犒赏三军。"

秦武王马鞭敲着战车，分明极为不耐："甚个犒赏？不必聒噪，明日迎候便了。"老颜率更是轻松，深深一躬道："老臣明日恭迎秦王。"退到了一边。甘茂对秦武王秉性知之甚深，转身对白起下令："大军就地扎营。"白起早已将四周地形看得分明，令旗一摆："四面扎营，拱卫王帐。"五万铁骑立即按照部伍沓沓分开扎营，将秦武王的行营大帐拱卫在中央地带。片刻之后，炊烟四面升起，营地进入了秩序井然的夜营防守。

穷成这样子，估计也没啥可犒劳的了。

秦武王一夜都没有安宁，辗转反侧，总是抹不去一个突然浮现出来的念头——洛阳之行，得不偿失。仔细回味，在孟津渡口看见天子犒赏仪仗的刹那之间，这个念头便冒出来了，兵临洛阳城下，这个念头已不可遏制地凸显清晰了。三川这般索然无味，自己却当作第一件大事来做，非但逼得六国恢复了合纵，而且落得个"同源相残，非王非礼"的恶名。更重要的是，秦国负此恶名却一无所得。秦武王第一次隐隐约约地感到了自己的鲁莽，感到了父王与张仪的老

没捞到什么，反而增加了恶名，当然得不偿失。

辣——放着近在咫尺的洛阳王城就是不理，只是全力以赴地与中原战国斡旋。那时候，自己对父王与张仪的一力连横从内心是蔑视的，在他看来，有秦国熊罴锐士二十万，只要放开手脚从函谷关外排头杀去，三年内定然尽灭天下，何须来回扯锯？目下想来，似乎是哪里不妥了。不说别的，洛阳一班师，他便要面临与六国合纵开打的局面，而从宜阳之战的经过看，若非白起受司马错熏陶而提出的奇袭方略，战胜六国联军绝非易事。想着想着，秦武王有些埋怨甘茂了：一个丞相兼领上将军，如何不能提出更高明的方略，而只是顺着自己的心志？看来，必须在洛阳有所收获。然则，收获甚？洛阳有甚？

朦朦胧胧地，秦武王终究睡了过去。古老的黑鹰城堡在云彩间飘飘荡荡，他放开大步却无论如何也追不上。突然，一只黑色的大鹰从湛蓝的天空凌空扑来，他怒吼一声，抓住黑鹰翅膀便飞了起来。大黑鹰长唳一声直坠而下，眼前万丈深渊，一面绝壁张开獠牙向他扑来……

恶兆。

"啊——"秦武王长啸一声翻身坐起，发力之下，那张军榻顿时破裂成了碎片，他的双手犹自紧紧抓着榻边横栏。

孟贲乌获两座铁塔已经冲了进来："刺客何在?!"两声吼叫，声若雷鸣。

秦武王醒了过来，呵呵笑道："做梦打仗。没事，去。"两人一走，秦武王起身出帐，看着满天星斗，浑不知身在何处。双手捂住脸冷静片刻，方才回过神来，一直站到东方露出鱼肚白色，方才回到大帐。

红日初升，颜率率领着周室的老少群臣出城迎接了。甘茂赶来请令如何进城。秦武王第一次发问："丞相以为如何进城?"甘茂拱手答道："扬我军威，大军开进!"秦武王却淡然下令："大军驻扎城外，大臣嫔妃将领并一千铁骑入城。"

甘茂略一愣怔，大步去了。片刻之后，白起亲率本部千人队护卫着秦武王车驾，辚辚隆隆地开进了洛阳。

三 九鼎梦魇 幽幽血光

洛阳王城的宫殿群在春日的阳光下金碧辉煌。秦武王的大型青铜战车隆隆碾过长街，零落匆忙的国人连忙哗然闪开，没有一个人驻足围观。秦武王轻蔑地冷笑着，脚下一跺，大型战车抛下颜率一行，径自隆隆冲进了王城幽深的门洞。

王城内荒凉破败一如往昔，高高的宫墙殿脊遮住了明媚的春光，层层叠叠的宫殿楼宇如高山峡谷，使方方庭院都笼罩在深深的幽暗之中。秦武王抬头望去，只有头顶的一方蓝天白云悬在宫殿峡谷之上。眼前正殿广场的大青砖缝隙里荒草摇曳，雄伟的九鼎默然矗立，时有鸦雀从大鼎耳的巢中飞出，盘旋飞舞啁啾欢叫，使这沉寂的宫城如同深山幽谷一般。

城深如幽谷，悲凉感油然而生。

秦武王正在端详感慨，却闻一阵乐声，一队王室仪仗从东边偏殿缓缓拥出。后边匆匆赶来的老太师颜率一声高诵：“天子驾临——秦王觐见——”随着颜率苍老的声音，一个身披大红金丝斗篷、头戴高高红玉冠的少年从仪仗中央甬道走了出来。

秦武王心知这是新近即位的周王，却在战车上一拱手道：“秦王嬴荡，拜会周王。”这一完全没有觐见色彩的做法，在《周礼》中可是大大的僭越，老颜率一时竟不知如何保全天子颜面了。

少年周王却是浑然无觉，照样一拱手道：“秦王远方贵客，光临洛阳，不胜荣幸。”

到底是天子，无卑躬屈膝之色。

秦武王见这位少年天子还算知趣，不再做大，飞身跳下战车深深一躬道："嬴荡叨扰天子，幸勿怪罪。"

入乡尚随俗，何况见天子。有此"一躬"，秦王才不失身份。

少年周王勉力一笑道："周秦同宗，情如手足，秦王远来，王室自当设宴洗尘，请入大殿。"

颜率为免难堪，抢先一步高声道："老夫为秦王导引，请——"领着秦武王向东偏殿而来。殿中酒宴原已备好，秦武王一瞄座席位次，径自大步向并列的主案走去。身后的少年周王虽一脸苦涩笑容，却平静地走到了另一张主案前："秦王请入座。"

秦武王笑道："王城酒宴，生平所愿也，多谢周王。"

少年周王淡淡笑道："宾主之礼，原也应当，何须言谢？"

一时双方坐定，周王与秦武王同为面南主案，秦国丞相甘茂与周室太师颜率陪坐两侧，其余大臣依爵位高低分坐两侧。唯一的不同，是秦武王带来了十六名嫔妃，全是没有见识过洛阳王城的西部女子。她们五彩缤纷地在秦武王身后排开一片大案，似笑非笑地注视着案上粗简的酒菜，虽不能说叽叽喳喳，盈盈轻笑中却也充满鄙夷的神色。在以《周礼》为根基的周室君臣看来，成群嫔妃是根本不能在天子邦交大宴中就座的，更不要说一片嬉笑了。然则时也势也，面对秦武王这等视礼仪为粪土的强悍君主，面对这些缺少王化的西部女子，周室君臣只有无可奈何，只有尴尬地陪坐了。一时人人面红过耳，座中没有一丝迎宾喜气。

时也势也！

红衣司礼大臣一声高宣："为秦王洗尘，奏乐——"

随着悠扬的大雅乐声，周室君臣的僵滞方才松泛了一些。少年周王举起了青铜大爵道："诸位同干此爵，为秦王接风洗尘。"周室臣众按照礼制跟着一颂："秦王康健，再建大功。"谁想秦国大臣将军与嫔妃却是一声高呼："秦王万岁！干！"王城中顿时一片轰鸣雀鸦惊飞。周室臣众面面相觑，举着大铜爵不知如何应对。

秦武王举着酒爵哈哈大笑道："老秦人粗朴少文，来！干了便是。"也不向身边天子作礼谢恩，径自一饮而尽。秦国将领大臣与嫔妃又齐喊一声："干！"一片汩汩声中人人空爵。周室臣众却看着少年天子慢慢饮尽，方才默默啜干，双方一时毫不搭调。

一饮而尽，慢慢饮尽，这一对比有玄机。秦国虽强大，但霸天下的时机未到。

秦武王啧啧叹息着大是摇头道："洛阳王室，天子之酒，怎的这般薄寡无味？这菜，两方冷猪肉，有甚咥头？洛阳天子，当真破败若此么？"

颜率忙拱手赔笑道："秦王明鉴：周室素无土地民众之治权，百余年来，诸侯贡品日渐断绝，王室赋税连日常支用尚且难以维持也……"目光向衣衫破旧的大臣们一扫，众臣皆是面红耳赤。少年周王一声长叹，不由泪水盈眶。

"啪"的一声，秦武王拍案高声道："这天子有甚个当头！来人，搬出本王带来的大秦凤酒。再搬出行军牛羊鹿熊肉，大咥痛饮！"

话音落点，白起霍然起身出殿。片刻间一队兵士鱼贯而入，搬来五十个黑色大坛，每个大坛上贴一方红布，一个大大的"凤"字赫然入目。又有一队兵士鱼贯而入，捧进大盘酱色干肉，每案一盘，浓郁的肉香顿时弥漫开来。

秦武王大笑道："西岐风味，敢请天子品尝。"

这少年周旦，心地透彻。

少年周王浑身一颤道："多谢秦王情意……"一言未了，泣不成声。西岐本是周人发祥之地，那凤鸣岐山的故事更是周人永远的祥瑞。当年周人感念秦人再造大恩，将全部故土封给了秦人，自己东迁洛阳；本以为周秦同源可相互扶持，不想三百年后物是人非，秦成强横大宾，周却奄奄一息，睹物思情，如何不令这位聪慧刚强的少年天子感慨唏嘘？

秦武王一阵愣怔，显出罕见的宽和，拱手笑道："嬴荡鲁莽，天子恕罪。”

少年天子勉力一笑：“美味在前，秦王请。”

秦武王大笑道：“天子不扫兴便好。来，开咥！”

大殿内外顿时热闹起来。秦国的大臣将军与嫔妃无一例外地撸起大袖上手撕肉，大块咥肉，大爵饮酒，一片稀里呼噜狼吞虎咽，谁也不去计较吃相礼仪。原是秦军个个猛士，食量特大，犹以秦武王与孟贲乌获三人为最。秦武王每顿必得干肉六七斤、大面饼五六个、烈酒一两坛。只因昨夜卧榻不宁，秦武王早晨军食无心下咽，正要在王城大宴中补回来。在他想来，洛阳天子再穷酸，大肉美酒总是有的，总不至于连饭食也拿不上台面了。谁想周人历来简朴，与肉欲横流享受成习的殷商人恰是两端。周礼中的天子大宴，也只是中看不中吃：案中两鼎，一鼎事先蒸煮好的方肉，一鼎藿菜炖羊骨，合起来也没有一斤肉，且因事先准备，端上案来已经是冷猪肉了。如何能教秦武王这般饕餮猛士痛快淋漓？大军征战，饱食第一，亏甚也不能亏了将士肚腹。一国君主如秦武王者，自身便是饕餮力士，自然对行军征战的军食绝不会草率了事。

老秦人果然粗朴少文！

周室君臣们拘谨一阵，终于开始了放任吃喝。毕竟，无论你是天子大臣，还是一介庶民，吃饱总是最要紧的。虽说周人简朴，可这天子大宴也确实是无物可上，府库短缺那是谁也没有办法。在座君臣除了东周公与西周公说得上锦衣玉食之外，大约谁都不敢说自己能比秦军兵士吃得好。今日秦王虽然大违礼仪，但也是战国弱肉强食大势使然，只要不灭周室，便不能认真计较，不吃反而自讨无趣，何如大吃？

如此一来，王城大殿内外顿时成了饮宴场。殿外广场是一千骑士的正午大餐。白起破例下令：每人可饮一碗酒，并准许在就近宫殿观瞻游走，以示进入王城之庆贺。秦军将士

吃饱喝足，接下来该“问鼎”了。

们大是兴奋,以军中猛士特有的速度迅速饱餐一顿,立即三五成群地在王城看起了稀奇。毕竟,这些平民子弟大多生于山乡,又常年驻扎军营驰驱战场,对洛阳王城这样的天下第一大都,平日是连想也不敢想的。一番喧嚷游走,最后自然地围拢在九鼎之前啧啧评点,认为唯有这天下独一无二的九鼎是咸阳所没有的,惊讶欣喜呼喝叫嚷毫不掩饰,王城一片喧闹之声。

大殿内也开始松弛热烈起来。秦武王一阵大咥痛饮,已经是脸红耳热,听见殿外军士品评九鼎的惊喜喧哗,对周王一拱手道:"敢问周王,这九鼎神器几多重了?"

少年周王目光一闪笑道:"问鼎中原者不知几多?只是谁也不知九鼎重量。"

秦武王大笑道:"是么?那便试试。走,出去看看。"一群嫔妃立即一片欢笑,簇拥着秦武王出了大殿。少年周王与颜率并一班大臣也跟在秦武王后边,来到了九鼎之前。

九鼎在中央大殿前排成两列:左右各四鼎,大殿前方正中一鼎,自然形成朝臣上殿时的分道标志。王城虽然破败,这九鼎的气势却丝毫未减,纵是铜锈斑驳,反而在破败荒凉中显出一种亘古的峥嵘高贵与神秘。秦武王仔细打量,只见每座大鼎均矗立在三尺多高的石兽底座上,巍巍然有丈余之高,仰视而上,鼎中是苍黄泛绿的摇曳荒草,仿佛岁月的苍苍白发。秦武王心中一动,一个念头突然浮现:搬回九鼎,便是进军洛阳的最大战果!九鼎是天下王权之神器,秦得九鼎,便是天命所归,足可激励秦人震慑天下。

"敢问老太师,九鼎原本是周室之物么?"秦武王转过身来,一脸的嘲讽。

颜率一阵思忖,摇头解说道:"九鼎者,乃夏禹王收取九州贡金,各铸一鼎所成也。每州之鼎,刻有本州山川形势及田土贡赋数目。鼎足、鼎耳均有上古龙形文字,是以称九龙神鼎。夏传商,商传周,虽是三代传承之镇国神器,也是天命攸归。"

孟贲打雷般插问:"大鼎究竟几多重?"

颜率皱起了两道白眉,却又勉力一笑道:"九鼎宏大,无可称量,史亦无载,谁也不知几多重。武王灭商,从朝歌运到镐京,平王东迁,又从镐京运到洛阳,因无大车可以载此重物,均用兵卒徒步拉运。国史记载:每鼎九万人牵挽,九鼎便需八十余万人之力。据老臣测算,一鼎大约千钧之重,万余斤也。"

众人惊讶肃然,围在数步之外的兵士们也是一片惊叹。

秦武王不动声色道:"雍州之鼎是哪一座?"

颜率指点着:"中央大鼎乃豫州之鼎,中原之鼎也。东方四鼎是徐、扬、青、兖四州;

西方四鼎是幽、梁、雍、冀四州。”一指右手第三鼎，“那是雍州鼎了。”

秦武王没有说话，大步走了过去。

雍州大鼎巍然矗立在三尺高的石兽底座上，鼎身铜锈斑斑，三只粗大的鼎足已经是厚厚一层绿锈了，鼎身一个巨大的上古“雍”字与山川线条中的大河东折形隐约可辨。秦武王专注地盯着那个“雍”字，伸手轻轻抚摸着凸出的字形喃喃念叨：“雍鼎者，秦鼎也。雍鼎啊雍鼎，你在这里守了七八百年，该带着你回故土了，该做大秦之王权神器了。回到咸阳，你便立在中央了……”突然一阵狂放大笑，秦武王用力拍打着鼎身，“本王要将九鼎搬回咸阳！”

秦国将士群臣骤然高呼：“秦王万岁！”“九鼎归秦！”

故事写得巧妙，秦武王举鼎，伤重而死。作者借用“秦兴师临周求九鼎”（《战国策·东周策》）等史料，编出一个大故事，好！

周室群臣大是惊慌，一时无人敢说话。少年周王却淡然笑道：“秦王想搬便搬了。周秦本为同宗，咸阳洛阳，原本一样。”秦武王傲慢地一笑，对周室君臣如何说法毫不在意，一挥手道：“孟贲乌获，五年前本王要与你俩较力，惜乎无可比之物。目下九鼎在此，谁能举起，爵升护鼎君！”

此言一出，秦国大臣将领与一群嫔妃人人兴奋不已，有几个胡女嫔妃甚至尖声叫了起来。只有白起微微皱起了眉头，向孟贲乌获投去一个眼神：“不能！”孟贲、乌获却是但遇较力就兴奋得毛孔大张的猛士，如何还看得见白起的眼神？闻声雷鸣齐应：“嗨！”

“谁先上？”秦武王悠然一笑。

“嘿嘿，我先来。”乌获憨厚地应答一声，绕着雍州大鼎抓耳挠腮：“好大物事，却该如何下手？”孟贲也兴奋不已地跟着转了两圈道：“乌获，鼎脚。我擂鼓助威。”乌获用手拍拍大鼎笑道：“嘿嘿，雍州老家鼎，给点脸面了。”

孟贲已经飞步走到九鼎广场西北角的王鼓楼上，大喊一声:“擂鼓举鼎——”双手大木槌雨点般猛击,沉重密集的牛皮大鼓声在王城中骤然响起,回音相合,震耳欲聋。

乌获半蹲身体,双手抓牢两只鼎足,全身紧偎大鼎,大喝一声:“起——”大鼎却纹丝不动。乌获面色涨红大汗如豆,再度大喝一声,拼尽全力想提起鼎足,一发力却是两臂发抖大腿发抖面色骤然血红。突然一声闷哼,乌获滚下了石兽底座,一股鲜血箭一般从口中喷出,身子软软地倒在了地上。

“乌获——”鼓声戛然而止,孟贲一声嘶吼哭喊,凌空飞下扑到了乌获身上。面色惨白的乌获向孟贲一咧嘴,未及笑出,也没有说一句话,便瞪直了铜铃大的双眼。

人群一片慌乱,嫔妃们几乎是齐齐一声尖叫。

秦武王脸色铁青,大喝一声:“孟贲!害怕了?!”

孟贲从乌获身上跳起,雷鸣般大吼一声冲向大鼎,深邃的宫殿峡谷中发出滚滚轰雷般的共鸣。甘茂已经挺身站到大鼎前,手中令旗往下一劈,秦军仪仗大鼓与牛角军号骤然响起,气势如战场冲锋厮杀一般。嫔妃们立即噤声,惴惴不安地瞪大了眼睛。秦国铁甲骑士们士气大振,高举刀矛齐声呐喊:“勇士孟贲!神力无边——”秦武王冷冷地凝视着大鼎,腮边肌肉一阵抽搐。周室群臣不知是祸是福,围绕少年周王与颜率挤成了一圈,连乐师与侍女也紧张得忘记了各自操持,木桩一般钉在了原地。

孟贲冲上了雍州鼎的石兽底座,将黑色绣金斗篷一把扒下扔掉,又三两下将精铁甲胄褪去,全身上下唯余一片包身小布,赤身站立,全身黑毛,几乎与鼎耳等高,威武雄猛的气概引起秦兵一阵狂热欢呼。

秦武王捧起一坛凤酒大步走到鼎前:“孟贲,扬我国威,更待何时!”

孟贲双手接过酒坛,眼含热泪道:“臣一介武士,得有今日,死不足惜!”将一坛凤酒掀起,如长鲸饮川般一气吞干,右手甩出,大酒坛“啪”地碎在了广场中央,大鼓与号角再次响起。孟贲跨开马步,两只粗长黝黑的胳膊伸出,大手牢牢抓定雍州鼎的两只鼎足。全场屏息中,只听一声大吼响彻王城,孟贲全身肌肉如巨大石块绷紧凸显,雄伟的雍州大鼎骤然被拔起于基座,升离地面数寸。眼见鼎身微微晃动,秦国甲士一片呐喊:“起——”秦武王脸上荡开一片微笑,周室君臣脸上却淌下了豆大的汗珠。

倏忽之间,孟贲巨大的身躯拼命挺直,块垒重叠的大肌上汗水喷泉般涌出。全场静得如同深山幽谷,唯闻孟贲骨节发出“喀喀”的闷响。眼见孟贲双眼凸出,眼珠血红,全身黑毛笔直伸长,状如狰狞巨兽……就在这刹那之间,突然一声滚雷般惨号,孟贲两只大手从肘部“咔嚓”断裂,庞大的身躯飞到了空中,眼珠宛如两颗红色弹丸弹上天去,庞大的躯体弹开数丈,直飞王钟,击出一声令人心悸的巨大轰鸣……

再看雍州大鼎,两只血淋淋的手臂依然抠在鼎足,汩汩鲜血从断肘流向石座,雍州大鼎在血泊中冰冷地岿然矗立,几只乌鸦却从鼎耳巢中“呱——”地飞出,一片怪诞神秘立时在广场弥漫开来。全场惊骇愕然,周、秦两方的宫女嫔妃都不约而同地用大袖捂住了嘴巴,既不敢出声,更不敢呕吐。

“孟贲——”秦武王大叫一声,扑到了鲜血淋漓的尸体上。良久沉默,秦武王抱起孟贲,面色冷酷地缓缓走向雍州大鼎,将孟贲尸体平放到鼎前,愤然挺身道:“孟贲不要死。看本王为你报仇！为大秦举鼎扬威!”嘶声喊罢,解下绣金斗篷单手一甩,斗篷像展翼的黑色大鹰,竟平展展飞到“秦”字大旗的旗枪之上。

大臣将领嫔妃们猛然醒悟,顿时乱了阵脚。丞相甘茂大喊一声:“毋得造次。”扑上抱住秦武王双腿,“我王,不能冒此大险哪!”其余大臣嫔妃一齐拥过来跪倒:“我王万乘之躯,不可涉险啊!”一直大皱眉头的白起奋力挤到大鼎前,锵然躬身道:“臣启我王:一国之威在举国合力,不在匹夫之勇。大王纵能举起九鼎,于国何益？敢请我王以国家为重,三思后行!”冷冰冰硬邦邦振聋发聩。

秦武王冷笑道:“白起,你敢教训本王？举鼎后再杀你不迟。来人！拖开丞相。”

两名甲士将甘茂架走,甘茂犹自回头哭喊:“我王,白起说得对……”

秦武王脸色骤然狞厉:“有挡我举鼎者,便是这般!”顺手抓起乌获尸体,向那口千年王钟掷去,“轰——”的一声长鸣,乌获尸体碎片飞裂,血肉四散溅开。全场秦人面色苍白,一片死寂。白起却大步出场,锵然拔出长剑举过头顶:“秦国壮士,为我王助威。”一千铁甲骑士“唰”地举起刀矛,铁青着脸一声怒吼:“秦王大力神！万岁——”

秦武王掀去软甲头盔,露出一身黑丝短衣与披散的金色长发,腰间扎一条六寸宽的大犟牛皮带,两只赤膊尽皆金黄色长毛,身躯伟岸,俨然一头发怒的雄狮。甘茂踉跄冲进,双手举着一坛凤酒:“臣请我王饮酒壮行!”秦武王一手提起酒坛仰天大笑道:“大秦要平天下九州沧海,小小一鼎,何足道哉!”单手捧坛蛟龙吸水般一气饮干了一坛烈酒,扬手一甩，酒坛呼啸着飞向王钟，又是一声轰鸣，经久不散。

冷笑地看看春光下岿然矗立斑驳闪烁的雍州大鼎，秦武王正要伸手间，却闻空中一声尖厉的猛禽长鸣。一只黑色大鹰箭一般向大鼎俯冲而下，又骤然展翅升空。众人惊骇失色间，才发现大鹰叼着一条红色的大蛇飞向了高高的蓝天。

周人视蛇为神明，秦王以之为"妖"，恐非吉兆。

秦武王大是兴奋，向天上黑鹰遥遥一拱："鹰神为我去妖，大秦不负鹰神！"

周室君臣都知道，上古老秦部族是以黑鹰为神灵的。当年，还是太子的周平王跋涉陇西寻求秦人援手时，老秦部族的山地城堡还都是苍鹰展翅之形。黑鹰是老秦人的战神，它比那美丽的凤凰更使秦人热血沸腾。这天外黑鹰恰恰在此时出现，而且叼走了一条盘踞在雍州大鼎中的红色大蛇，在秦人看来自然是大大的吉兆了。

随着秦武王的誓言，全场秦人一声呐喊："鹰神在上！佑护我王——"

少年周王与周围大臣人人沮丧，面色难看极了。周人原本以龙为神物，周文王推演的《易经》八卦，多有以龙之变化预言人事变化的卦象。然则，自从有了凤鸣岐山的祥瑞，周人又以凤凰为神了。但是，凤神并未取代龙神，而只是并立为周人的佑护之神。更认真地说，在周人心目中，龙是威慑万物的战神，无论龙战于野，还是飞龙在天，那都是上天雷霆之威，非人力可及的。而凤则是柔和吉祥的孕育之神。两相比较，自然还是龙神第一。对龙的信奉，自然导致了周人对近似龙形的蛇的敬畏，甚至将龙蛇看作一体。对于出没在古老宫殿与府邸的各种蛇，周人都当作神明待之，祈祷佑护，根本不会去伤害。三百多年的洛阳王城，宫殿重叠如幽幽峡谷，大蛇出没便成为宫中常有的恐怖传闻。尤其是罕见的怪蛇出现，通常总是会引起诸多征兆猜测，甚至促使天子亲往太庙祷告祈卦。但最教周室君臣在意的，便是盘踞在雍州大鼎中的这条火红色大蛇。

周显王时的一个深夜，一个侍女从九鼎广场向昼夜乐舞的东偏殿送茶，脚步匆匆间，突然看见迎面黝黑的雍州大鼎上盘绕着一条红亮亮的锦带。侍女好奇走近，突闻咝咝喘息，一双碧绿的圆球正悠悠逼近，一股腥风迎面扑来。侍女尖叫一声顿时昏倒……及至周显王与乐师们闻声赶来，只见大青砖上一摊血迹，红色大蛇正盘在大鼎上昂头对着人群吐舌。周显王惊喜莫名，立即摆下牺牲焚香膜拜，红色大蛇才悠然地爬上了大鼎。王室太史令奉命占卜，卦象大吉，拆解卦象云：周为火德，尚红，源出雍州，今火龙盘踞雍州鼎，当主周室再度兴旺。一时之间，火龙护鼎成为洛阳王畿人人耳熟能详的故事，周室君臣也将这条火龙特意供奉，视为神圣。

而今，火龙被黑鹰叼走，岂非大大凶兆？

秦武王不知这些故事，大笑着走上石兽底座道："雍州大鼎，嬴荡来也！"回声在宫殿峡谷轰鸣间，秦武王马步半蹲，身形如渊渟岳峙威猛不可动摇，两只巨手伸开，铁钳一般钳紧了两只鼎足，眼见鼎身便是微微晃动。秦武王一声雷吼："起——"鼎足骤然被拔起半尺有余，稳稳上升。正在此时，秦武王脚下的牛皮战靴"叭"地裂开。秦武王身躯却纹丝未动，鼎足继续上升。突然，秦武王腰间的牛皮鞶带又"叭"地断开弹飞到空中，充血的一双大脚从战靴上滑出，双腿骤然从鼎足下伸出。

惊心动魄！

间不容发，秦武王身躯滑倒之时，大鼎的一足恰恰切向他的大腿。一声沉闷的惨号，千钧鼎足轻轻切断了一条大腿，切口白亮，带着铜锈的斑驳与肉色。随着这一声轻微的令人心悸的"咔嚓"声，沉重的鼎足落地之音重重地猛砸到人们心上。

据《史记·秦本纪》，"武王有力好戏，力士任鄙、乌获、孟说皆至大官。王与孟说举鼎，绝膑。八月，武王死。族孟说"。孟说因劝说武王举鼎，族诛。《史记·樗里子甘茂列传》载，拔宜阳后，"武王竟至周，而卒于周"。说明武王举鼎之事，确实发生于赴周期间。

全场惊骇震慑！人们梦魇般费力地、轻轻地“呵——”了一声。瞬息之间，秦武王大腿鲜血喷发，一道血柱直冲鼎耳。雍州大鼎沾满的血，又汩汩回流到石座与秦武王的身上脸上。

“秦王——”甘茂与白起同时大喊一声，扑向了大鼎，将秦武王抬出鼎下。御医们提着医箱踉跄奔来，围成了一圈。大臣嫔妃们也清醒过来，顿足捶胸，哭成了一片。铁甲骑士们慌乱不知所措，纷纷围到圈外紧张询问。

秦武王醒了过来，惨然一笑道：“白起，你……对……”

白起临危不乱，好将才！

白起含泪高声道：“秦国新军尚在，我王放心！”转身对着甘茂，“丞相，秦王交给你了。”说着霍然起身冲出人圈大喊一声，“大秦骑士，上马列阵！”一千铁甲骑士立即飞身上马，列成了一个整肃的方阵，刀矛齐举，一片杀气。

白起高声下令：“我王重伤，大秦铁骑就是擎天大柱。王龁，带三百铁骑守住王城大门，任何人不许出入！”

保军心不乱。

“嗨！”年轻的中军司马战刀一举，带着一队铁骑冲向了王城大门。

“蒙骜，带两百铁骑看守周室君臣。我王离开之前，不许一人走脱！”

“嗨！”前军副将长剑一挥，两百骑士沓沓散开，立即包围了周室君臣。

“其余甲士，随我夹道护卫！”白起令旗连摆，剩余的五百铁甲骑士从大鼎到秦武王大型战车之间，立即列成了夹道护卫阵式。此时甘茂一声嘶喊：“班师咸阳！”几名太医用一张军榻抬着秦武王，大步匆匆地走向了大型战车。

片刻之间，秦国的王车仪仗从洛阳王城幽深的门洞匆匆拥出，在北门外会齐五万铁骑，马不停蹄地向孟津渡口飞驰而去。一个多时辰后，孟津渡口遥遥在望，铁骑大军停止了前进，在暮色中扎营了。

洛阳王城内，周室君臣一片喜庆。

侍女内侍们笑闹喧嚷地忙着收拾狼藉残宴与钟鼓九鼎。少年周王立即下令摆设牺牲香案，隆重祭拜雍州大鼎。少年天子率领全部大臣跪倒大鼎前反复念诵着："九鼎神器，天人浑一，佑我周室，绵绵无期。"祭拜完毕，老太师颜率亢奋笑道："从今日后，九鼎稳如泰山，天下将无敢窥视周室也！"一班老少大臣们立即跟上，高声同诵："我王上通天心，社稷恒久！"

突然，少年天子一指擦拭大鼎血迹的内侍，厉声喊道："不许擦洗，大鼎血迹，乃天证也！"

不战而胜。天意。

"天证周室！社稷恒久——"一片颂词在幽深的王城久久轰鸣着。

夜色降临，大河涛声在浩浩春风中如天际沉雷。

秦军大营灯火点点，刁斗声声，战旗猎猎翻飞。白起单人独骑，快马在营地反复视察了两周，做好了一切临战准备，方才稍微松了一口气。上将军甘茂此时一刻也不能离开秦王，前军主将白山又离开了大军，保护秦国君臣的千钧重担骤然落在了他一个人身上，白起第一次感到了作战之外的另一种巨大压力。此刻，他已经来不及谴责秦王了。毕竟，一个更适合做猛士的国王——秦王，是要为大秦争回尊严的，假若不是牛皮战靴与腹间大带匪夷所思地断裂，而是给他一个更坚实稳固的根基，谁说他不能举起那令人望而生畏的雍州大鼎？可一切就那样不可思议地发生了，那一刻，白起几乎蒙了。若非他少年从戎屡经生死决于瞬息之间的战阵危难，他真不敢说自己还能冷静地想到全局安危。

“禀报前将军：秦王急召！”一骑迎面飞来，显是秦王的贴身护卫。

白起二话没说，飞马驰向中央王帐。

秦武王面色惨白地躺在卧榻上。甘茂与太医们环榻侍立，紧张得透不过气来。秦武王终于开口了，口吻惊人的平静：“丞相，嬴荡一勇之夫，有负列祖列宗，有负秦国大业，有负卿等耿介忠直，千秋之下，虽死犹愧也。”饶是平静如常，惨白的脸上已渗出了豆大的汗珠。

这一番话，终归不失王者风度。

甘茂痛心疾首泣不成声：“我王休得自责，臣忝居丞相高位，不能匡正君心，臣万死不能辞其咎也……王回咸阳，甘茂自裁以谢秦人！”

“丞相，差矣。”秦武王全力咬着牙齿道，“人非圣贤，孰能无过？丞相若能鼎力善后，安定秦国，不枉身为我师了……”

甘茂心中大恸，情不自禁地跪倒榻边抓住秦武王双手道：“我王但留遗命，臣死不旋踵！”

秦武王艰难地喘息着：“白起……白起……”

帐外脚步沉重急促，白起匆匆进帐道：“末将白起，奉召来见！”

秦武王一咬牙，又平静下来道：“白起，你有胆有识，日后必为大秦栋梁。本王托你为秦国办一件大事，与丞相共谋之。”

恐怕武王也想不到自己会这么早死。《史记·秦本纪》，“武王取魏女为后，无子。立异母弟，是为昭襄王。昭襄母楚人，姓芈氏，号宣太后。武王死时，昭襄王为质于燕，燕人送归，得立”。一说为赵武灵王派人迎送公子稷回国继位。小说写秦武王托孤，是要突出白起，让白起担起大任。

白起肃然躬身道：“愿闻王命。”

秦武王眼中涌出了两行泪水道：“本王无子，欲将王位传给庶弟嬴稷。他在燕国当人质，你，带兵接他回来，与丞相辅助他继位……此事多有艰难，燕国定要阻挡，一定要保他，万无一失……否则，秦国将生大乱……”

骤然之间，白起泪眼蒙眬：“我王毋忧，白起纵然赴汤蹈刃，亦不辱使命！”

秦武王难得地笑了：“丞相，白起有大功，即刻晋升前军主将，兼领蓝田大营。”

甘茂霍然起身应道：“我王明断！臣即刻向国中下书正名。”

秦武王向侍立榻侧的贴身卫士一瞥，卫士立即捧过了一个铜匣。秦武王粗重地喘息道：“白起，调兵龙符，交你掌管。国有危难，正要将军铁骨铮铮。”

白起冷峻的脸上双泪长流，接过兵符铜匣，深深一躬，说不出一句话来。

此时，秦武王目光迷离，口中喃喃自语：“九鼎九鼎，来生，再会了……”骤然大睁着两眼，双手软软撒开搭在了卧榻边上。

甘茂一惊，仔细凑前一看，猛然放声大哭：“我王何其匆匆也——”帐中卫士太医们也顿时哭成了一片。白起脸色铁青，大步上前扶起甘茂：“丞相，不能哭！”甘茂顿时醒悟，抽泣间断然挥手，帐中哭声戛然而止。白起在甘茂耳边一阵低语。甘茂略一思忖，回身低声下令：“秘不发丧，连夜拔营，班师咸阳。大军行止，听白起将军调度。”

一阵悠扬的牛角号，在呼啸的春风中响彻了大河南岸。

秦军大营在苍茫夜色中倏忽变成了一支从容行进的铁骑大军，王车依旧，大臣依旧，嫔妃依旧，谁也看不出这是一支突遭变故的大军。渡过孟津之后，秦军一骑快马飞入宜阳，大军却从容不迫地向西进发。驻守宜阳的两万秦军立即出城扎营，恰恰卡住了咽喉要道。直到次日，秦军铁骑进入函谷关，两万宜阳守军才拔营起城，放弃宜阳进驻函谷关。这一放弃宜阳的异常举动，使韩国大大愣怔，顿觉莫测高深，连忙派出特使到洛阳探听，方知秦武王横遭惨祸，连忙飞骑

马非百认为，“武王在位仅四年，而其在秦国统一运动上所建立之伟绩，厥有二端。其一为丞相制度之创立，其二为宜阳之再次攻拔”，“盖宜阳者，即今日河南省之宜阳县地，故城在今县东北十四里。乃韩国西部与秦接壤之最大城池，亦张仪取陕后韩国对秦之最后一道防线也。渑池、二殽，皆在宜阳境内，为控扼之要道。秦人如欲向东发展，此地实为其必由之门户”。武王虽在位时间短，但对秦统一天下亦立有大功。

知会山东六国。一时，函谷关外弹冠相庆，立即开始秘商再次合纵锁秦了。

却说秦国铁骑一进函谷关，甘茂便与白起秘密商议分头行动：甘茂带五万大军护送秦武王遗体回咸阳，镇抚朝野，秘不发丧；白起带旧部千人队，星夜兼程北上，赴燕国迎接新君嬴稷；新君不归，咸阳不发丧。甘茂忧心忡忡，担心白起一千人马太少，白起直率简约道："此等出使邦国之事，原不在以战取胜，大军反倒容易惹出事端，丞相放心便了。倒是咸阳头绪太多，安定不易。丞相若有难处，但请明言。"

甘茂原是大有担心，最不安的是自己在军中没有根基。当此非常之时，仅仅有上将军的兵权是远远不够的，可是能说甚话？自己是丞相兼领上将军，白起还能给他何等权力？有白起一道回咸阳最好，可偏偏又无人可以取代白起去接回新君。毕竟，新君是更为长远的根本，只有交给白起这种泰山石敢当的人去办才不致出错。如今见白起坦诚相向，甘茂猛然醒悟：白起职爵皆低，自己这个丞相上将军不问，他却如何以下支上？想得明白，恍然一叹道："将军见识果是不凡，我所虑者，军中无臂膀也！"

白起慨然拱手道："丞相毋忧，我有两个非常之法：其一，现任咸阳令白山是我族叔，丞相可持我一信，请我叔暗中运筹武事，至少军中郿县孟西白三族子弟决当生死；其二，我用秦王兵符留一道军令在蓝田大营，咸阳但有动静，听丞相号令行事。"

甘茂不禁大是宽慰，起身深深一躬道："甘茂虽是将相一身，却赖将军底定根基。秦国安定之日，甘茂当力荐将军掌兵，我固当辞。"白起连忙扶住甘茂道："赳赳老秦，共赴国难！丞相此言，教白起如何心安？"甘茂慨然叹息道："将军襟怀荡荡，不媚权力，唯国是举，甘茂何其惭愧也！"白起第一次被这位骤然飙升三军侧目的权臣打动了，不禁老老实实道："丞相无须过分自责，我王秉性，也未必听得铮铮良谋。安定秦国，开辟新天，丞相便当无愧于秦国朝野。"甘茂极是聪颖明智之人，听白起说得扎实妥帖，不禁大是感动；更重要的是，白起乃老秦猛士，虽然年轻，却以卓越的军功、超凡的才华与耿直不阿的品性在军中享有极高声望，获得了白起谅解，几乎等于获得了秦军将士的谅解，这对甘茂这个入秦无大功而骤居高位的山东士子来说，是比甚都重要的。心念及此，甘茂泪光闪烁，拉住白起唏嘘不止。

说得一时，白起告辞出帐聚集旧部千人队，趁着朦胧月色星夜北上了。

四 大雨落幽燕

公子稷质于燕，这时候，该交代燕国的情况了。

暮春时节，燕山仍是一片干冷。四面来风都在这里飘飘聚会竞相较劲，辽东群山的风，东南大海的风，阴山草原的风，流沙大漠的风，风向三两日一变，吹得春日脚步蹒跚。在这饱满绵长的风中，一支黑色骑队穿越秦国上郡①，北渡大河从九原②向东飞驰，进入云中③再东南直插雁门塞④，又东北越过平城⑤，在燕国西北的于延水⑥河谷驻扎下来。这便是白起的铁鹰锐士千人队。历经两旬，跋涉八千余里，他们终于秘密抵达了燕国防守最薄弱的侧背。

营地刚刚扎定，三骑飞马出营，骑士变成了着翻毛羊皮短装的匈奴商人。

一柱狼烟冲起，在河谷笔直地伸向蓝天。为首匈奴商人回头看了一眼狼烟方位，扬鞭一指："跟我来。"飞马向东南飞去，大约一个时辰之后，燕国蓟城已经遥遥在望。

虽是三月末，蓟城原野依旧一片苍黄，与一片绿野的秦川判若两重天地。匈奴商人随着熙熙攘攘的人流进了蓟城，既没有受到盘查，也没有被人注意。毕竟，这种反穿羊皮装、连鬓络腮大胡须的匈奴商人在这里是太多太多了，连蓟城的酒肆客店也都飘散着挥之不去的牛羊膻腥味儿。进得城门，

---

① 上郡，郡名，在今陕西榆林东南。

② 九原，古县名，在今内蒙古包头市西。

③ 云中，古县名，在今内蒙古托克托东北。

④ 雁门塞，山名，在今山西代县西北。古以两山对峙，雁度其间得名。

⑤ 平城，今山西大同，战国中期为燕、赵、中山、匈奴的拉锯地带。

⑥ 于延水，桑干河支流。

为首匈奴商人操着生硬的匈奴式燕国话洪钟般笑道:“各买各货,三日后一道回,各走各。”一扬手,三人散开在闹哄哄的市人中去了。

此时,燕国已经发生了中原人预料不到的天地翻覆。

苏秦在齐国遇刺身死,给燕国朝野带来了巨大冲击。身为摄政王的子之顿时觉得去了束缚,立即与苏代秘密商议,要逼迫燕王哙举行禅让①大典,好教子之做名正言顺的燕国国王。子之给苏代的许诺是开府丞相、爵封武成君。谁知苏秦之死却给了苏代当头棒喝,眼见苏秦因真心变法而血流五步,眼见子之当初信誓旦旦的变法宏图变作一片空言,苏代深深为自己将变法大志寄托于子之而痛悔不已。思忖之下,苏代假意答应了子之,却在当夜秘密逃往齐国,请求齐宣王发兵靖难,还政于姬氏王族。齐国君臣尚在犹疑之中,蓟城的子之却已经一不做二不休,亲自领兵进宫,逼迫燕王哙举行了禅让大典,自己登上了燕国王位并立即书告天下。

谁想刚刚书告三日,一直隐忍不发的太子姬平、燕易王王后栎阳公主与流散的王室贵胄力量一齐起兵发难,发誓要夺回王权。姬平联军一万余人以市被为大将,围攻子之王宫,却被子之两万精锐的东胡大军杀得落花流水,市被也做了俘虏。姬平正要联兵再战,不想市被却归降了子之,率领东胡铁骑来猛攻姬平联军。姬平联军本来就是燕国老兵与世族贵胄的私家武装凑起来的乌合之众,兼大将叛变,如何经得起猛攻,只好逃到辽东大山里去了。

如此一来,子之更加不可一世,亲自统领大军追剿王族势力,又在燕国横征暴敛扩充兵马要完成自己的霸业,竟连齐宣王派去追问割地的特使,也被他不客气地赶了出去。

齐宣王终于忍不住了,觉得这个子之在燕国掌权,无异于齐国背后蹲了一只猛虎,后患无穷。与孟尝君一商议,立即派新任上将军章之尽起齐国五都之兵十万大军讨伐燕国。子之闻讯,亲率五万东胡边军在燕国边界迎战,决意一战成就霸业。谁想燕国的东胡边军原本多是穷困低贱的猎农子弟,跟随子之,图的便是子之变法,脱除他们的隶籍,实实在在地分给他们一片土地。如今子之称王,完全忘记了当年慷慨激昂的承诺,反倒是比燕国老王族更加苛刻地盘剥国人猎农,边军的战心早已经悄悄地溃散了。两

---

① 禅(shàn)让,以帝位让人。

军一接战，齐国的十万大军势如破竹地攻破了燕军中坚阵营，昔日精锐无匹的东胡边军兵败如山倒，子之只带领五六千残兵逃出了重围。齐军一鼓作气追击到蓟城，偌大的燕国都城竟无一卒开战，连城门也不知被谁事先打开了。章之率军冲进王宫，三日大杀大抢，子之与燕王哙皆被乱兵杀死，蓟城变成了满目尸体的血城。

踌躇满志的章之正要席卷燕国，被奉命赶来的太子田地制止了。齐宣王的王书说："苏秦昔日告诫：齐军不可大肆杀戮燕人，以免积成国仇族恨。着章之立即回兵齐界驻守，由太子田地处置燕国善后事宜。"章之意犹未尽，却也只好悻悻班师了。太子田地驻守蓟城，立即下令寻觅燕国太子姬平。半月之后，太子姬平的残余人马终于回到了血腥未退的都城，在萧疏悲凉中登上了王位，这便是后来声威赫赫的燕昭王。

姬平即位，蓟城府库荡然无存，还将南部五城割让给了齐国以表谢意，燕国穷困衰弱得直如秋风中的败叶瑟瑟发抖。此时，神奇的事情发生了。一个月黑风高的夜晚，燕昭王案头突然落下了一个牛皮袋，打开一看，一方白绢与一张羊皮大图赫然在目。白绢大字曰："承武安君苏秦之命：王室藏宝悉数归燕，以资复国。可照藏宝图徐徐运回，慎之慎之。"燕昭王不及细看羊皮大图，疾步冲出书房望空高喊："王后回来！共谋国事——"却是残垣寒风，宫城寂寂，四面了无人声。燕昭王一声哽咽，拜倒在荒凉萧疏的庭院高声道："苏秦相国，夫人，你等是燕国恩人。姬平不振兴燕国，誓不为人！"

靠着这些财宝，燕昭王开始了艰难的复苏：资助商旅从匈奴东胡运回了皮革、马匹、牛羊，从中原运回了粮食、铁器、生盐、布帛、种子与农具。燕昭王布衣粗食，亲自督耕农田，

据《史记·燕召公世家》，子之专权三年，国大乱，齐湣王与燕太子平谋，欲共诛子之，"太子因要党聚众，将军市被围公宫，攻子之，不克。将军市被及百姓反攻太子平，将军市被死，以徇"，齐王从孟轲之说，攻燕，"燕君哙死，齐大胜"，"燕子之亡二年，而燕人共立太子平，是为燕昭王"。燕昭王期间，燕发愤图强，国势大振。《史记·燕召公世家》载，"燕昭王以破燕之后即位，卑身厚币以招贤者"，尊郭隗为师，"乐毅自魏往，邹衍自齐往，剧辛自赵往，士争趋燕。燕王吊死问孤，与百姓同甘苦"，"二十八年，燕国殷富"，攻齐，大败齐，齐湣王出逃，燕国得报一箭之仇。

巡视作坊,吊死问孤,与百姓同甘苦,直与当年的越王勾践一般无二。渐渐地,燕国有了一线生机。这时,燕昭王想到了人才,想到了招贤纳士,谦恭地到燕山脚下请燕国隐士郭隗出山。郭隗年逾六旬,虽是白发苍苍,却是贤达明智之士,对燕昭王说:"老夫平平,不堪治国大任。然则,王若真心求才,请先从郭隗开始。如此,贤于郭隗者多矣,岂远千里来投哉!"

燕昭王极是通达谙事,立即在破落的蓟城修筑了一座华贵府邸,并在庭院用青铜打造了一座台阁,而后用仅存的全副王室仪仗隆重地请郭隗出山,入住黄金台,拜为国师。消息传开,列国士子油然想起了当年秦孝公于穷困衰弱之际真诚求贤的先例,不禁大是景仰,纷纷投奔燕国,一时成为风潮。其中最著名者,有魏国名将乐羊的后代子孙乐毅,赵国的名士剧辛,齐国的稷下学宫令邹衍。乐毅拜亚卿,掌军政实权;剧辛拜上大夫,领政务民治;邹衍拜上卿,统领国政。

在秦武王张扬兵威的两三年里,燕昭王君臣同心协力在燕国力行变法,废除隶农旧制与老掉牙的井田制,推行平民皆有土的新田制;与此同时,乐毅招募丁壮、打造兵器,在短短两三年中训练成了一支五万多人的精锐新军;农田开垦,百工勤奋,商旅繁忙。渐渐地,古老的燕国如久旱逢甘霖,举国一片热气腾腾了。

所有这一切,白起都不知道。只是在北上途中不断听到草原牧民对燕国的惊叹,白起才敏锐地嗅出了一丝异常的味道。按照甘茂的说法:燕国子之曾与张仪事先有约,不会敌视秦国,只要来回路途不出事,迎接新君当无意外;最大的危险,是近几年醉心兵制变革的赵国与对秦国积怨极深的魏国。因为,回途不可能再耽搁一个月绕道九原,而必须经过赵魏,若两国阻拦,便会误了大事。之所以此行非白起莫属,正在于这两国很可能趁火打劫。白起原是低职将军,在

燕国不可小视,秦武王的看法是对的。

邦交大事上自然以甘茂决断为主。但一路行来，白起却生出了一丝警觉：燕国大势已经发生了变化，甘茂判断可能有误。若果真如此，事情会大大的麻烦，燕国会不会轻易放走嬴稷母子就成了第一难题。若贸然公开进入蓟城，使燕国觉察了嬴稷母子的未来身份，便有可能适得其反，如何行动，须得打探清楚再做决断。

白起一路冷静思忖，选定了在这个既便于骑兵机动又十分隐蔽的于延水河谷扎营探察。他派出的三人，是新任千夫长王陵与两名生于燕国的北秦子弟。这个王陵也是北秦子弟，非但长相做派酷似匈奴骑士，更有一样长处：极是机警灵动，不识字却记性惊人，举凡山川河流人物，走过见过一遍永久不忘，口述再长的军令也是一字不差，被军中戏称为“鹰眼狐心”，也是秦军的后起之秀。派他去，白起完全放心。

王陵一走，白起军营一日一换扎营地点，但那柱狼烟却始终在第一扎营处笔直插天。军旅大事力求牢靠再牢靠，王陵记性再好，也必须给他一个可靠标志。这一日狼烟骤然消逝，附近树林中埋伏的秦军骑士立即飞马狼烟处，将王陵带回新营地。王陵一番备细叙说，白起才明白燕国果然发生了乾坤大变，不禁陷入了深深的沉思。

“禀报前将军：我还见到了栎阳公主，知道了新君母子大略处境。”

白起恍然拍掌，只有脆捷的两个字：“快说！”

及至王陵一口气说完，白起更是沉默了。

在燕国天地翻覆的岁月里，各国的特使与人质大多是命蹇时乖。

由于子之在燕国非同寻常的权力膨胀，当时各国都深为不安。子之若“禅让”成功，天下王室权力的神圣性便会大为松动，会形成一种随时都可能出现的可怕取代——才智杰出之士非但可位极人臣，而且可君临一国。虽然是大争之世，臣子据封地而逐渐取代原来的君主已经屡见不鲜，远的不说，近在眼前的便有韩赵魏三家分晋，齐国田氏取代姜氏。但是，那毕竟都是发生在春秋三百多年中的一个个过时潮流了。进入战国，根基远远不能与春秋新兴地主相比的布衣之士，凭超凡才能出将入相匡定乾坤者大有人在，但由权臣而君主，却还没有一个先例。假如子之“禅让”成功，将给战国君主提出一个极为重大的挑战。在这“烨烨雷电，不宁不令，高岸为谷，深谷为陵”的岁月，一顶顶王冠落地再也寻常不过，谁敢说这个强横凌厉的子之一定不会做君主？谁又敢说这个子之不会引发天下布衣之士的夺位潮流？天下各国对这个老弱燕国的局势格外关注，根本原因在此也。正因如此，连燕国八竿子都打不着的楚国，也派出了长住蓟城的特使，小小蓟城一时竟成为邦交使节的云集之地。

当时，最关注燕国局势的是秦齐赵三国。齐国是燕国东邻，既是燕国多年的靠山，又企图在燕国变化中牟取最大利益；赵国是燕国南邻，与燕国是纠结重重的老冤家；秦国基于连横破除六国合纵之需求，与燕国结盟最深，要用燕国来牵制齐国赵国。张仪谋划将栎阳公主远嫁燕易王，又不遗余力地稳定子之，归根结底，为的便是要燕国成为秦国在东方的忠实盟邦。正是基于这种长远目光，在子之实际掌权之时，秦惠王反倒将自己最小的儿子派到燕国做了人质特使。这一决策是告诉燕国：不管燕国有何变化，秦国都会与燕国交好。其时，人质的实际含义是以王子做抵押，以保秦不负燕，秦若负燕，则王子任燕国处置。

既是特使，使命自然是单一明确：监视子之，不问燕政，随时向国君通报消息。这种特使虽然有很大风险，但很是消闲，大都住在本国商人开办的上等客寓里，只有没有本国客寓的楚国特使住在燕国驿馆里。秦国王子嬴稷有王族之身，又是最强大的秦国特使，获得了子之特有的关照：单独居住在一座三进庭院，仆役全部由燕国官府派出，还有二十名甲士专司保护。几年下来，嬴稷母子与这些特使一样，生计虽清苦，却也是平安悠闲。

及至子之禅让而燕国内乱爆发，进而齐国大军伐燕，嬴稷母子与各国特使顿时大祸临头了。太子姬平一发兵，子之部将便杀死了齐魏韩赵四国特使，而后书告天下，嫁祸于太子势力。栎阳公主告诉王陵：就在杀害四国特使的那天夜里，子之部将又去杀害嬴稷母子，嬴稷母子却突然失踪了，偌大庭院的七八个仆役没有一个人知晓。后来，蓟城成了半城废墟半城尸体，栎阳公主多方寻觅嬴稷母子，竟是毫无踪迹。直至王陵找到这个已经隐居在燕山的老公主，才知道了栎阳公主近日查访到的一个不确定消息：嬴稷母子可能还在蓟城，只是不知何处。

“栎阳公主凭甚有此推测？”白起冷不丁问了一句。

王陵低声道：“公主说，她的一个老侍女在燕王身边，燕王有次与乐毅秘商国是，老侍女听见了嬴稷的名字。她猜测，王子可能被燕王安置在一个隐秘处所了。”

白起瞄了王陵一眼：“你以为当如何行动？”

王陵思忖道：“末将以为：燕国秘密保护王子，必是要与秦国结好，将军以堂堂国使身份向燕王交涉，当无难处。”

白起用手中树枝不经意地点着地图上的燕国，摇摇头道：“开初可能是保护，然则我王在洛阳一出事，此事可能生变。新燕王雄心勃勃，又有乐毅、剧辛辅助，此举可能另有所图，否则如何连栎阳公主也被瞒了？如今山东六国，谁不期望秦国内乱？”

王陵思忖道：“向林胡借兵，胁迫燕国放人如何？”

白起一挥手道：“不行，一则延误时间，二则横生枝节，可能生出更大麻烦。”

白起有勇有谋。

王陵说：“但凭将军决断便是。”

白起吩咐道：“只有靠自己，秘密做了……”一番低声吩咐。

王陵一拍双掌：“妙极，我打头。”

暮色四合，蓟城倏忽陷入了无边暗夜之中。虽说燕国复苏，但蓟城毕竟商旅萧瑟，尚远远没有如临淄、大梁、咸阳那般繁华的夜市，加之春寒料峭，国人还未从窝冬期回转过来，天一黑便关门闭户歇息了。寻常人家要节省灯油，甚至连偶然的夜间劳作也是摸黑，更不用说睡觉点灯了。如此一来，白日闹哄哄人流四溢的蓟城一入夜万籁俱寂，一片茫茫昏黑，唯有王宫的点点灯火点缀出星星暖意。

在王宫的星星灯火中，王宫边墙的一点灯火闪烁着昏黄的微光，在远处宫殿明亮的大灯与游动内侍飘忽的风灯下，这点昏黄的微光几乎难以觉察。就在这昏黄的微光里，一个身影倏忽一闪飞进了高墙。片刻之间，又是一个身影闪过，墙内响起了两声短促的旱蛙鸣声，墙外也跟着响了两声，一切又归于沉寂。

借着远处的隐隐亮色，可见四面大约一人高的土墙在高大的砖石宫墙下围成了一座小庭院，墙边一座低矮的茅屋窗户摇曳着那盏豆大的昏黄灯光。白布窗上映出一个细瘦身影、一把短剑与正在擦拭短剑的细长手臂。

日后的宣太后。重要人物。

院中响起轻盈的脚步声，一个女子身影走到茅屋前，高挑丰满却又婀娜窈窕。

茅屋内传来沉稳清亮的声音："母亲么？进来便是。"

门无声地开了，女子飘然进屋，清晰的秦音传到了庭院中。

"稷儿天天拭剑么？父王赠你这把剑，硬是教你磨拭得薄了三分。"

"母亲，好剑当磨砺，锋刃方可出。"

"稷儿，你已磨了六年，娘都替你忧急了。"

"母亲莫急，总会回到咸阳。嬴稷杀敌立功，给母亲在渭水边建一座大庭院。"

"稷儿，娘不想你建功立业，唯愿不要老死燕国……能回咸阳，此生足矣！"

"母亲，我明日请准乐毅，给你猎一只狼回来！"

正在此时，一支袖箭从墙根茅草中飞出，"嘭"地扎到茅屋门额正中。

那个细瘦身影开门而出，不慌不忙立于门外向院中打量着："为质于燕，嬴稷母子早将生死置之度外。何方客人？不妨请现身了。"虽然少年音色，却是稳健冷静。

庭院中无人应声。细瘦身形微微冷笑，回身拔出门额袖箭，反身掩门进了茅屋。片刻之间，细瘦身形开门走到廊下向院中一拱手道："既是故人光临，请了。"

一个声音在他身后："王子请了。"

细瘦身形回身，却见一个威猛凌厉身穿翻毛羊皮短装的胡商站在眼前，目光一亮，脸上却是淡淡一笑："无论你是谁，都是我消遣长夜之高朋，请入茅舍一叙。"将客人让进了屋。

穿翻毛羊皮者进屋四面一瞄，拱手低声问："敢问王子，此间说话透风否？"

细瘦少年依旧一脸淡然微笑："买卖通天下，何怕透风？"

穿翻毛羊皮者一抖手腕，羊皮大袖口中滑出一物突然一亮："王子可识得这面令牌？"

灯光摇曳，一面比手掌略大的青铜镶黑玉牌赫然在目，黑汪汪玉牌中一只白色纹路的展翅苍鹰分外夺目。细瘦少年目光骤然锐利，眼盯着玉牌，右手熟练地挓起腰间鞶带上的一串佩玉，摘下了一片青铜镶边、白玉黑鹰的玉具举在手中伸了过来。穿翻毛羊皮者的黑玉牌与伸过来的白玉具一碰，只听"叮当"一声轻响，玉牌玉具成了一方白底铜边镶黑玉白鹰的令牌！

穿翻毛羊皮者道："山河既倒。"

细瘦少年应声答道:“老秦砥柱。”

穿翻毛羊皮者肃然深深一躬道:“在下千夫长王陵,参见王子。”

“千夫长?”细瘦少年目光一闪,正要说话,却闻高大书架后女子声音冷冰冰道:“足下不是胡商么?要开甚价?”随着话音走出一个高挑婀娜的布衣女子,一脸冰霜。

王陵肃然拱手道:“王妃勿要起疑,秦王特使在你身后。”

女子蓦然回身,却见书架后走出一个身形敦实散发无冠的布衣后生,不禁大吃一惊。方才她也在书架之后,何以毫无觉察?正在惊疑未定,布衣后生深深一躬道:“前将军兼领蓝田大营暂掌秦王兵符并北上特使白起,参见王子王妃。”

“多方执掌,倒是难得也。”细瘦少年揶揄地笑了。

“王妃王子疑心千夫长之职与王命无法匹配,白起禀报全职,无得有他。”

细瘦少年一怔,常挂嘴角的那丝揶揄微笑倏忽散去,不禁肃然拱手道:“特使正气凛然,嬴稷多有唐突,尚请见谅。此乃嬴稷母亲芈王妃。”自申两人身份,显得分外郑重,全然不像一个少年王子。

白起正要说话,布衣女子淡淡漠漠道:“将军果是使臣,何须以此等行径前来?”

白起肃然道:“燕国邦交大局正在暧昧之中,不得已出此下策,尚请王妃见谅。”说着从怀中拿出一只精致的皮袋,从皮袋中抽出一个细长的卷轴,“王子王妃看完这道王命,当能理会何以不能公然请见燕王。”说着双手递过密封卷轴。

“我来。”嬴稷正要接过,芈王妃目光一闪双手接过了卷轴,仔细地打量了一番,方才走到那张粗简的白木书案前用一把刻简刀拨开泥封,将卷轴打开递给嬴稷。白起看得仔细,明知这个芈王妃的警觉仍未解除,仍然是大为敬佩。常在异国,身为人质,没有这份永不松懈的警觉,大约也无法在动荡不宁的燕国生存下来。

嬴稷接过打开的卷轴,只浏览得一遍便木然愣怔在那里了。芈王妃惊讶地走了过来,从嬴稷手中拿过羊皮纸,只见几行暗红的血字触目惊心:

大秦王遗命:本王壮志未酬,惜乎角力举鼎而死。王弟嬴稷文武并重秉性沉稳,深得父王器重,特传王位于嬴稷。弟受命之日,当火速由前将军白起护送回咸阳即位。返秦事宜,悉听白起部署定夺。　秦王嬴荡二年春芈王妃双手微微颤抖，尚未放下王书便向白起深深一礼："将军肩负大秦兴亡，涉险犯难而来，芈氏铭记心怀。"白起慨然拱手："赳赳老秦，共赴国难。"此时王陵已经搀扶着嬴稷在案前坐好，白起肃然一躬："新君在上，白起参见。"嬴稷眼中已是泪水盈眶，扶住白起哽咽着："将军，父王如何？王兄他却如何便，便撒手去了……"芈王妃也是唏嘘拭泪，目光询问着白起。嬴稷母子在燕国五六年之久，秦国发生的突然变化与燕国发生的骤然战乱几乎在同一时期，颠沛流离之中几乎与世隔绝，对秦国的消息自是一无所知。

公子稷将当大任。看白起如何送公子稷出燕国。

白起心中明白，将几年来秦惠王病逝、张仪司马错离朝、秦武王东进三川入洛阳遭遇突然变故的事大体说了一遍。芈王妃嬴稷母子听得愣怔错愕，哭也无声，只是默默流泪。白起说罢秦国朝局变化，末了道："燕国当知秦国变化，却对王子王妃封锁消息，又将王子王妃移居宫墙之内，显然别有所虑。白起望王子王妃节哀，得从速议定离燕之法。"

芈王妃立即点头道："当初住进宫内，是亚卿乐毅的主张，我还很是感激。好，不说了，悉听将军调遣便是。"嬴稷也抹去了泪水道："将军但说，如何走法？"白起道："我率一千精骑秘密入燕，驻扎在于延水河谷。只要王子王妃能够出得蓟城，进入秘密营地，我等便星夜离燕，而后再通报燕王。为今之难，是王子王妃如何出城？"嬴稷芈王妃一时沉吟，竟想不出个妥当法子来。

一句"如何走法"，可知嬴稷决断力非凡。

门口望风的王陵突然回身低声道："王子说到过猎狼，能否出猎？"

嬴稷思忖道："出猎不难，只是乐毅每次都派五百人'保护'我。原先不知，目下看却是早已防着我了。"

白起轻轻一拍案："只要能到燕山出猎，就有办法。"

芈王妃一直在默默思忖，此刻抬头望着白起明朗果决地道："将军可筹划接应新君，但有机会，立即离开。我与楚姑留下来掩护新君。如此可保万无一失。"

临危不乱。宣太后乃史上传奇女子，不知道作者能否妙笔生花。

"母亲！"嬴稷一惊，"你不走，我也不走。"

芈王妃倏忽一笑，又庄容正色道："稷儿莫得意气用事。你回咸阳继承父兄王业，为秦国第一大事，不能出错。我留燕国，你与将军才能迅速隐秘地脱离险境。燕国不会轻易杀我。你越是安全离开，我就越是平安。晓得无？"

"母亲……"嬴稷抱着芈王妃哭了。

"起来，"芈王妃压低声音严厉呵斥一句，又是沉重一叹，"赳赳老秦，共赴国难。稷儿，天降大任于你，直起脊梁来，毋使嬴氏蒙羞也！"

嬴稷向母亲深深一躬："孩儿谨记母亲教诲。"

白起看在眼里，不禁也是深深一躬："王妃如此深明大义，白起感佩之至。"

芈王妃灿烂地笑了："将军，还是赶紧议定燕山接应之事。"

春日晴空，正是东南海风浩浩北上的时节。燕山的天空湛蓝如洗，群山下的茫茫草场已经泛出了星星绿色。大地复苏，一冬蜗居避寒的走兽们已经急不可耐地从洞穴中窜了出来，在群山草原寻觅食物了。这时虽是农户启耕的大忙时节，但对于无须耕耘的贵胄们与以狩猎为生的猎户们，三月尾四月头却正是春猎的黄金季节。寻常岁月里，燕山群峰间的河谷草原已经是骏马驰突猎犬飞窜的光景了。可在燕国遭逢大灾巨变的这几年里，燕山的春猎几乎是销声匿迹了。燕昭王复国变法之后，大部分奴隶猎户变成了拥有一片土地的平民农夫，此时已无暇出猎了。贵胄们更是劫后余生家徒四壁，想威风凛凛地狩猎也是不能了。于是，春日的燕山猎场有了一种空荡荡的落寞。

今日,燕山猎场却有了些许生气。一支红衣马队与一群猎犬在空旷的草场纵横驰突,从四周将狐兔野羊驱赶到草场中央,一个身形细瘦的黑斗篷少年手执长弓,腰挎短剑,纵马在猎场中射杀,虽然猎杀者寥寥,却是呼喝不止极是兴奋。两个布衣女子与一队红衣骑士在猎场边缘观望指点,不时发出一阵欢呼或是一片叹息。

突然,一只苍狼从茫茫苇草中蹿出,闪电般向两山间的峡谷奔去。

马队骑士们一片呼喊:"公子,苍狼——"

狼是兽中灵物,狡诈冷酷而又悍猛结群,是狩猎者最感刺激的对手。尤其是燕山苍狼,其声名几乎与中山狼相匹敌,令寻常猎手望而生畏。此时骑士们一片亢奋的叫喊,分明是提醒黑斗篷少年:苍狼危险,不能追杀。

黑斗篷少年却是满面红光喊道:"好！且看秦人手段!"纵马飞驰追了下去。红衣骑士们发一声喊一齐追来。正在奔驰之间,黑斗篷少年引弓劲射,长箭呼啸飞出,马前草丛中却有一物突起！战马惊恐嘶鸣跳跃不止,少年顿时被掀翻马下。红衣骑士们一片惊呼,马队风驰电掣般赶到。远处女子尖叫一声,纵马赶来,身后骑士也同时卷了过来。

苍黄泛绿的深深春草中,黑斗篷少年双腿沾满鲜血,面色苍白。女子飞身下马冲到少年身边道:"快！伤医。"黑斗篷少年摇摇手勉力笑道:"母亲莫急。另一只苍狼埋伏在草丛,马惊了。没事。"此时一个须发灰白的红伤军医已经查看完毕,拱手道:"王妃毋忧,公子跌伤胫骨,需就地静养三日,方能坐车乘马。"

"我儿好命苦,娘不要苍狼皮啊……"布衣女子一把抱住少年,放声大哭起来。

暮色降临,几座军帐在燕山脚下的草场扎了起来,几堆篝火也熊熊燃烧起来。虽说狩猎的主角负了伤,但对于燕军骑士来说却是无关痛痒,只要人不死不逃,他们无须担心。此刻,他们正守在这座大帐外的篝火前饮酒烤肉,喧哗笑闹,谈论着燕山苍狼的奇闻传说。

大帐中烛光昏暗,一个身着羊皮短装的少女站在帐口观望着,隐隐火光下可见她嘴角下有一颗鲜红的大痣,妩媚中倍显机警。听着帐中传出的隐隐哭声,少女不禁对笑闹不止的燕国骑士们投去冰冷的目光。

夜渐渐深了,白日里还可差强忍耐的春风变得刺骨般寒冷。骑士们带着几分酒意,纷纷嚷着回帐歇息。一个络腮大胡须骑士摇摇晃晃站了起来,走到帐口嘎声道:"王妃保,保重。我等明日再来探,探视公子。"红痣少女皱着眉头嘟哝道:"走就走了,晓得了,聒噪甚来?"络腮大胡须嘿嘿嘿笑着压低声音道:"小女子可人!明日跟大哥走,不做人质了。”红痣少女眼波冰冷地一闪，脸上溢满妩媚的笑意，轻轻一“欸”，却是楚人特有的唯唯之声，一副心领神会的温柔模样。络腮大胡须大喜过望，一挥手道：“走，回去睡觉，明早来。”踉跄着脚步与骑士们呼喝笑闹去了。

山风冰凉地呼啸着，夜黑如漆。骑士们的喧闹声没有了，四周几座帐篷中发出了一片片沉重的鼾声。唯有这座大帐篷前的高杆上闪烁着一盏军灯，灯下的三个巡哨骑士敲着刁斗在几座帐篷的外围游动，走着走着，刁斗没了声音，接着是粗重的呼噜声。

帐后的大山上响起了一声凄厉的鸮鸣，山根下响起了一声沉闷的苍狼长嗥。

大帐中传来女子的隐隐哭泣与少年梦呓般的呻吟。帐中烛光倏忽熄灭，几乎在这刹那之间，红痣少女两手一伸打了个长长的哈欠，高杆上的军灯骤然熄灭了。三个黑影从大帐后无声地飘出，消失于茫茫燕山之中。

天蒙蒙亮，大帐中女子突然哭叫起来：“稷儿！稷儿——你在哪里啊……”接着红痣少女也惊恐地尖叫起来：“公子！公子！你在哪里？快回来——”骑士们闻声赶来，拥进大帐一看，顿时人人噤声：军榻下一片血迹，军榻上却没有了黑衣少年。

“公子何处去了？”络腮大胡须恍然惊醒，一声怒喝。

红痣少女眼波汪汪地抽泣着：“我护着王妃在帐外小解，只得片刻，回帐已没有了公子，不晓得去了何处？”说着呜呜地哭了起来。

一个骑士低声惊恐道：“千夫长，莫非是，是燕山苍狼？”

络腮大胡须满脸涨红大喝一声：“看个鸟！上马进山，找不到公子，都给我死！”

五百马队一阵飓风般卷进了燕山。两个女子冷冷地笑

计已成。

了。

却说白起王陵带着嬴稷进入燕山峡谷，等候在那里的十名铁鹰锐士早已经备好三匹空鞍骏马，在夜风中飞驰北上，一个多时辰便进入了于延水河谷。马队立即拔营，人裹一块灰布，没有旗帜，也没有任何标志，南下直插燕赵边缘的代地①。白起的谋划是：出了代地东折，再沿易水南下进入赵国，绕过魏韩周三国，直接从上党北部山地渡过汾水，西进离石要塞，尽快进入秦国河西大营。

千骑锐士驰驱两日，将到易水北岸，却逢乌云四合，大雨连绵而来。这是春尾夏头的四月雨，既不是来去干净的急风暴雨，也不是初春的绵绵细雨，唰唰漫天，韧劲十足，往往一下便是三五日不止。兵谚云：行军有三怕，断粮伏兵连阴下。大雨连绵，道路泥泞，最是骑兵遭殃，非但不能飞奔驰骋，连走马也得看情形。大多时候，倒是骑士将衣服披在马背，人牵着马缰，小心翼翼地行走，比步卒还累。白起马队本是精锐铁骑，比寻常骑士更是重负。人多了铁甲兵器，马多了面具护甲，无论人驮还是马驮，都是见雨便多一百来斤。

大雨一下，王陵便朝天骂了一嗓子："鸟！你个老天爷，赶着脚下雨。"白起抬头四望了一阵，见天空乌云厚重，显然不是一洒而过的夏日白雨，立即高声下令："上雨布，疾驰半个时辰，在土城山下扎营。"马队闻命发动，人人从马鞍侧的夹层里抽出一块涂过大漆的本色粗织布，唰啦展开披在身上。要说，这也是秦国新军的特殊装备之一，一方可遮盖骑士与马背的大漆防雨布，三遍大漆刷过，布面光滑如油，水沾即滚，骤遇大雨，倒也真能解得一时之困。片刻间雨布上身，马队变成了一片黝黑的松林，在大雨中从斜刺里插向西南土长城。

在于延水河谷等待的几日，十名斥候已经将回程路途探查清楚。白起早在军图上做了特殊标记，知道易水西南是赵国修筑的依山土长城，扎营待晴不失为应急之策。这时大雨初起，地面尚硬，奔驰得一阵，翻过了一道山梁，赵国土长城已经遥遥在望。突然，却见雨雾中两面红色大旗从前面两侧山麓迎面包抄过来。没有战鼓声，也没有喊杀声，在大雨中保持着整齐的奔驰队列。显然，这绝不是一支散兵游勇。

① 代，古国名，在今河北蔚县。

“停!”白起断喝一声,正在从半山坡向下冲来的黑色马队竟齐刷刷勒马,马蹄沓沓间聚成了三个扇形小方阵,若鼓勇而下,正是两翼包抄中央突破的骑兵基本阵法。几乎就在同时,两面红旗在山坡下聚拢,红衣骑士横列成阵,大雨中立显一道刀枪鲜明的兵墙。旗下大将冷冷高声道:“乐毅在此,谁敢越境?”

白起眼光一扫,便见百步之外的这个乐毅三十余岁,除了黝黑的脸上一部络腮大胡须,大红斗篷猩红甲胄火红战马,如一团雨中的火焰。白起镇静地扯下身上雨布,骤然露出秦将特有的黑铁甲黑骏马。身后骑士也一齐扯下雨布,黝黑的松林骤然变成了铁黑的方阵。白起单骑向前,遥遥拱手道:“秦将白起,参见乐毅亚卿。”

乐毅扬鞭一指道:“白起,以此等行径带走人质,邦交何在? 作速交出公子稷,否则,乐毅断不会放你出境。”

白起沉稳答道:“亚卿既已知情,白起亦无须隐瞒:公子稷少年王子,留在燕国于燕无益,回秦则可保秦燕修好,正是两厢俱佳。若依邦交之道:公子稷本是特使,燕国安定后便当许其回秦复命。燕国却将特使软禁宫中仆役居所,又是何等行径?”针锋相对却又不卑不亢。

乐毅目光一闪道:“将军明告,公子稷回秦何事?”

“为大秦惠王守陵。”

“守陵?”乐毅微微一笑,“请出公子稷,我与他直接对答,以做国事交代。”

白起一拱手道:“亚卿见谅:公子稷已于两日前车骑出燕,此时当已进入河西了。”

白起机智,早预料乐毅会半路杀出。

乐毅一脸雨水,肃然正色道:“既已如此,请将军转告秦王:燕国暂留芈王妃,请速派专命特使赴燕会商。若盟约达成,燕国恭送芈王妃回秦。”

保秦燕交好。公子稷已出燕两日,再追来不及。既有王妃为质,乐毅也不好再发难。

白起慨然道："秦燕本是盟邦，秦未负约，何须新约？"

"新君当政，自当新约。将军记住了？"

"亚卿之言，白起谨记在心。"

"让开大路，恭送将军出燕。"乐毅长剑一挥，燕军哗然闪开中间山地。白起向后一招手，马队从空地中疾驰而过。最后的白起向乐毅一拱手道："敬佩亚卿。后会有期。"纵马去了。乐毅望着雨雾中白起的背影，点点头又摇摇头，愣怔良久方去。

白起马队进入赵国土长城下，找了一片地势较高的山林扎营避雨。这里正是燕、赵、中山三国交界的山地，山高林密，方圆百里没有驻军，原是异常的隐蔽。虽然如此，白起还是下令军中不得烟火起炊，一律冷食。铁鹰锐士们久经锤炼，只要有干肉春饼，再有一袋雨水，便是甘之如饴。可嬴稷很难，一则他有伤，二则身躯瘦弱又正在少年。白起给了他六个装凉开水的牛皮水袋与两个酒袋，包括白起自己与王陵的水袋酒袋，一起交给嬴稷解渴暖身。可嬴稷偏生不要，瘸着腿笑道："逃兵乱时，我连死蛇都咥过了，怕甚？有肉有饼，足矣足矣！"硬是与骑士们一起雨水冷食，使得骑士们感慨不已。

三日后天气放晴，万里碧空如洗，正是初夏好天气。白起马队拔营出发，三日之间向西出了中山国，越过晋阳①，渡过汾水，横穿介山②，极为隐秘地过了离石要塞，进入了秦国的河西高原。

---

① 晋阳，古邑名，在今山西太原市西南晋源镇。

② 介山，山名，在今山西介休东南。春秋时介之推隐居此山，故名。

第二章　艰危咸阳

一　修我戈矛　与子同仇

秦王车驾仪仗在五万大军护卫下一进入关中，甘茂立即开始了秘密筹划。

交接班很重要。

斡旋宫廷，甘茂自觉比运筹战场得心应手。他很清楚，在白起迎接新君返回之前，秦王仪仗既不能耽延在外，也没有必要火速回咸阳。因为，只要秦王大军一日在途，咸阳就一日无事，但入咸阳，秦王暴死的真相就随时有可能泄露，危险就随时可能发生。必须有备无患，方能进入咸阳。做了如是想，甘茂率大军缓缓西进，秦王车驾行止如常，沿途郡县守令的觐见礼仪也照常，各种书令照样发出，一切都没有丝毫的异象。

表面平静，暗潮汹涌。

这一日路过蓝田大营，正是日暮时分。甘茂命大军拱卫着王帐在蓝田塬下驻扎，自己只带着中军司马王龁与十名护卫骑士，飞马来到蓝田大营。一经通报，蓝田将军芈戎立即迎了出来。

这蓝田将军是秦军中的一个特殊职位：既是将军，却不归属上将军的作战序列，而是国尉府管辖下的武职文官。职爵虽然较低，只是相当于中大夫一级的中级将军，实权与地位却极为重要。这是商鞅创立新军时立下的法度，原因在于：蓝田大营是秦国新军的永久性驻军要塞，经常驻军五万以上，最多时甚至达到十万以上。也就是说，秦国除了边境关隘的守军，精锐的主力大军十之八九都在蓝田大营。若蓝田将军成为统兵将领，事实上便成了经常性手握重兵的大将，这与新法的掌兵体制是不合的。

重用，但不直接给予权力。

秦国军法的大脉络是：国尉府治军政后勤，并管辖边境要塞的防守，但没有调动大军的权力；上将军统兵出征，但调动大军却必须凭国君颁赐的兵符，无兵符不得统军出征。如此一来，国尉府、上将军府、国君三方面，就大体形成了全部军权的制约平衡。大军无战，长驻兵营，蓝田将军只有管理修缮营地、供应军粮辎重、监督军事操练等处置军中政务的权力，而不能调动一兵一卒。此等职司，类似于后世的基地司令，只管基地建设管理而不涉军事。虽则如此，一旦国中大政起了争端，蓝田将军的重要性便立刻凸显出来，成为制约大军行止的最关键环节。

稳住军队，大局可定。

甘茂要做的，是将这个关键人物牢牢掌握在自己手里，确保大军不生动荡。

进得大营幕府，甘茂命芈戎屏退左右，命王龁守在帐外，自己与芈戎整整密谈了半个时辰方才出帐。次日清晨，蓝田将军芈戎率领五千精锐铁骑，沿着南山北麓向西秘密开去了。与此同时，甘茂也将五万大军归制蓝田大营，护卫秦王车驾的只剩下了八千王室禁军。这也是秦国法统：班师入

芈戎，宣太后的同父弟。曾任昭王时左丞相，与宣太后、右丞相魏冄（亦作冉）为昭王时三贵。《大秦帝国》第一部重点写秦孝公与商鞅的君臣之交。第二部突出张仪与苏秦的合纵连横。第三部，当写到这三贵之显赫人生了。甘茂虽势大，但只是过渡性人物。抓住重点人物串写故事，不失为聪明的写作办法。

国，大军归制蓝田大营，不得进入咸阳，无论是国君还是大将统兵，一律如此。这样一来，秦王车驾的行程快捷了许多，半日行军便到了栎阳城南。

秦王行营刚刚在渭水北岸扎定，中军司马王龁飞马进了栎阳。

栎阳是秦献公东迁抗魏的都城，也是秦孝公与商鞅变法的发端地。都城西迁咸阳后，栎阳被秦人呼为“东都”，在秦人心目中具有极为重要的地位。但凡国君东巡西归，只要从栎阳经过，只要没有紧急军情，总是要进入栎阳巡视一番，虽说不是法度，却也是不成文的规矩。在秦国的地方大员中，“三都三令”最为显赫：一是新都咸阳令，二是西都雍城令，三便是东都栎阳令。遴选任职，这“三都三令”大都是王室族系的大臣出任，且爵位都稍高于其他郡守县令。

目下这个栎阳令，是个极为特殊的人物——芈王妃的同母异父弟魏冄。芈王妃本是楚国王族的远支旁脉，第一次六国合纵失败后，被赐以公主名号，被当时刚刚即位的楚怀王指嫁给了秦惠王，以为两国和好之纽带。芈王妃多情慧心，深得秦惠王喜爱。虽然楚国后来与秦国多次交恶，芈王妃都没有在宫中失势，反而将两个能干的弟弟都引荐给了秦惠王，扎扎实实地从小吏做起，显是决意在秦国扎根了。这两个弟弟，一个是这个魏冄，另一个便是蓝田将军芈戎。魏冄文武皆通，沉稳且有才略，由东部小县少梁的县吏做起，督耕极是扎实，三年后接任那个歌功颂德的屠岸忠做了少梁县令。又三年，魏冄将少梁县变成了富民一等县。张仪与樗里疾联名举荐，秦惠王擢升魏冄做了栎阳令。

甘茂要秦王接见这个栎阳令，是他有心布置的一颗极为重要的棋子。

然则，甘茂从来没有见过这个魏冄，心中确实拿捏不准对他说到何种程度。蓝田将军芈戎是芈王妃的同父异母弟，在礼法血统上要更近一层，加之芈戎军旅行伍出身，性格坦直，与国中大臣又素无瓜葛，甘茂将话题一开头，他便立即慷慨激昂地明誓。当甘茂拿出兵符，调定五千铁骑请芈戎率领时，芈戎没有丝毫的犹豫便答应了。人皆如芈戎，事情自然好办。然则，魏冄却大大不同于芈戎。据甘茂所知，魏冄非但与国中大臣多有交往，且与现职左庶长的王子嬴壮也颇有往来。当此微妙之时，他的真面目尚不清晰，遑论挺身而出？看清魏冄，说服魏冄，甘茂还真不敢说有几多成算。毕竟，权力场角逐，重的是权力得失，血缘亲情并非万无一失的纽带。这个魏冄已经在秦国做到了栎阳令的位置，安知他没有自己的朋党？

“禀报上将军，”中军司马王龁匆匆走了进来，“栎阳令奉书起行，随后便到。”

“如何起行？护卫多少？”甘茂立即跟上一句。

“轺车一乘，独自起行，无带护卫。”

甘茂眼睛一亮道：“好！你守在王帐外，不要教任何人进来。”

“嗨！”王龁应命，大步出帐去了。

国王车驾驻扎，寻常总是三层护卫：禁军营帐最外围，随行兵车圈起的辕门与兵车将士第二层，辕门内王帐外的贴身护卫为第三层。洛阳一场骤变，甘茂便成了常居王帐调度的“秦王”，非但日每要与太医商议如何给咸阳通报秦王伤情，还要应对一路上必须要秦王出面的各种觐见。也是甘茂久做长史，长于秘事，当初将秦惠王的病情瞒得铁桶也似，一路上小心翼翼，所幸没有出任何差池。甘茂心知维持宫闱机密的要害是左右心腹，所以在秦武王暴死的当晚，在孟津渡口将秦武王的原班内侍、侍女、随行嫔妃全部集中，编成了一个行军部伍，由王龁亲自挑选了一个铁骑千人队监管行军。部伍编成，甘茂请出秦武王亲赐的镇秦剑，当面对这些最知真情的王宫内僚下达严令：“不许与外部任何人会面，不许私相议论任何事，不许与监管军士说一句话。但有违反，立斩无赦！”非常时刻，内僚们见甘茂杀气腾腾的模样，自是噤若寒蝉，人人哑巴一般匆匆随军，还真没丝毫泄露消息。内僚一去，甘茂的王帐班底便只有五个人：一个外臣熟悉的老内侍，一个常侍秦武王身边的美妾，一个太医令，一个经常随从的贴身剑士，一个拟书出令的掌书。而这五个人，都必须听从王龁的号令定行止。日每一扎营，王龁仗剑守在王帐门口，甘茂则坐在外帐处置公文，其余五个符号人物各自在自己的位置上晃悠，守着人影幢幢一片草药气息的内帐，倒是与寻常时的行营王帐一般无二。

王龁刚刚在帐口站定，一辆青铜轺车辚辚驶到辕门口外，接着一声高亢明亮的楚音秦话：“栎阳令魏冄奉书晋见——”

王龁高声传进，便听帐内老内侍匆匆脚步与禀报之声。片刻间老内侍走到帐口，喊出一声臣子们极为熟悉的尖亮传呼：“栎阳令魏冄觐见——”话音落点，老内侍伸出长大的镶玉木蝇刷，“啪”地一挑，极为熟练地打起了帐口厚重的牛皮帘。

秦武王有个朝臣熟知的喜好——但凡居所行营，都要灯火大亮纤毫毕见。辕门内军灯高挑，风灯夹道，王帐内外一片通明。如此一来，正对着帐口坐在外帐大案前处置公文的甘茂，便与大步走进辕门的魏冄相互看了个一清二楚。只见来者身材高大，头上一顶四寸黑玉冠，身上一领黑丝斗篷，内穿本色牛皮软甲，脚下一双长腰牛皮战靴，一副连鬓络腮大胡须围着又长又方的白亮脸膛，斯文中透着威猛，虽然手无长剑，只提着一条短杆马鞭，却分明一位荆楚猛士。甘茂以杂学著称，对相学也算通晓，远看魏冄起脚飘悠，下脚却沉稳有力，步态方正而双肩略摆，迎面看来虎虎生风，心下暗暗赞叹："此人虎踞之相，只可惜霸气重了些许。"

魏冄大步进帐，只对迎面高座的甘茂一拱手，走到了内帐口深深一躬道："栎阳令魏冄，奉王命来到。"内帐传来一声粗重的呻吟，接着秦王掌书走到了帐口道："我王口书：丞相甘茂，暂署国政，栎阳令魏冄悉听丞相政令。"魏冄高声应命："臣遵王命。"转身走到甘茂案前一拱手道："栎阳令魏冄，参见丞相。"

甘茂微微一笑，指着左手长案道："栎阳令这厢入座。"

魏冄却站着道："属下公务繁多，领命便去，无须入座。"口气冰冷淡漠。

甘茂知道秦国朝野对自己多有微妙之辞，看来这魏冄也是偏见者之一了。当此非常之时，甘茂心下也不以为忤，依旧微笑道："今日关涉机密，终不能与足下慷慨高声也。"

魏冄目光只一闪，二话没说，大步跨到案前入座道："魏冄谨受教。"

此时内帐中走出了那个常随秦王的侍妾丽人，对老内侍吩咐道："我王伤痛初眠，熄灭帐内外大灯。"老内侍站在帐口一声低呼："王眠，灭大灯——"话音落点，王帐外辕门内的夹道风灯一齐熄灭，帐内周边六盏铜灯也一起熄灭，只留下甘茂公案边两盏铜灯，内帐灯火也全部熄灭，只有帐口一支蜡烛摇曳着豆大的微光。魏冄眉头不禁一皱道："秦王伤痛初眠，言谈不便，不若属下明日参见丞相。"

甘茂低声道："明月如天灯，你我到帐外叙谈如何？"

魏冄略一思忖道："丞相明日拔营，只好奉陪了。"

甘茂与魏冄出帐，王龁遥遥跟随在五六丈外，向渭水岸边去了。时当中旬，月明星稀，渭水如练，一片山水分外的幽静。一路漫步行来，甘茂一句话也没说。他原本想教魏冄主动开口询问，可魏冄一言不发，始终只是默默跟随。走到渭水岸边一座土丘上，甘茂停住了脚步突然道："秦王伤势，足下作何想法？"

魏冄没有片刻犹豫，立即接道："臣不窥君密。不知王事，亦无想法。"

甘茂肃然正色道："栎阳令，甘茂奉命告知：本王伤重难愈，栎阳令须得与丞相同心，匡扶王室，底定朝野！”

魏冄一阵愣怔恍然醒悟，深深一躬道：“臣，栎阳令魏冄遵命！”

“若天不假年，我王遭遇不测，足下以为何人可以当国？”甘茂声音虽轻，脸上却没有一丝笑意。魏冄目光突然锐利地逼视着甘茂，冷冷道：“魏冄可以当国！”甘茂大是惊讶，沉声道：“栎阳令慎言慎行。”魏冄冷笑道：“但为臣子，自当以王命是从。丞相不宣王命，却来无端试探魏冄，究竟何意？”

甘茂不禁大是宽慰。他之所以突兀发问，为的正是出其不意地试探魏冄的真心。寻常朝臣，都会在这种非常时候不自觉地脱口说出自己想要拥立的人选，更是期盼着顾命权臣与自己一心，极少能想到国君遗命所属。毕竟，春秋战国几百年，权力交接时刻出人意料的骤然变化是太多太多了，谁不想趁机浮出水面？然则，这个魏冄能在这种时刻有如此定力，足见其胆识超凡。但是，甘茂毕竟老于宫廷之道，他不相信一个与王室有牵连的外戚会没有心中所属的未来君主，而且越有胆识者越有主见，如果能教魏冄自己说出来，一切会顺当得多。心念及此，甘茂略带歉意地苦笑道：“非是试探，实在是秦王尚无定见，甘茂心急如焚，想兼听而已。”

“秦王勇武果敢，如何能在垂危之时没有定见？”魏冄立即顶上一句。

甘茂叹息一声：“足下是关心则乱？抑或是临事糊涂？秦王没有王子，储君必是诸弟，仓促之间，选定何人？设若足下为当事者，莫非能一语断之？”

魏冄默然片刻，慷慨拱手道：“丞相此言实情，属下方才唐突，尚请见谅。”

甘茂一挥大袖：“当此之时，辅助我王选定储君为上。些许言语，孰能计较？”

魏冄思忖道：“诸王子贤愚，难道先王没有断语判词？”轻轻一句，又推了回来。

“先王断语，秦王不说，我等臣下如何得知？”甘茂又巧妙地推了过去。

魏冄一阵默然，焦躁地走来走去，终于站在甘茂面前冷冷道：“属下却闻先王属意嬴稷，曾与秦王有约：三十无子，立嬴稷为储君！”

甘茂淡淡漠漠道：“纵然如此，嬴稷何以为凭？”

“丞相此话，魏冄却不明白。”

“诸王子各有实力：镇国左庶长有之，依靠王后成势者有之，与贵胄大臣结党者有之。”甘茂先三言两语撂出争立大势，又是一声粗重的叹息，“唯嬴稷远在燕国，又为人质，国中根基全无，纵然立储，谁能说不是砧板鱼肉？”

魏冄冷冷一笑："丞相差矣！若得正名，便是最大根基，何愁有名无实？"

甘茂望着月亮良久沉默，突然道："公能使其名归实至？"

"却要丞相正名为先！"魏冄硬邦邦紧跟，打定一个先奉王命的主意。

甘茂深深一躬："公有忠正胆识，大秦之福也！"

魏冄连忙扶住甘茂，口中急问一句："丞相之言，莫非秦王已有成命？"

甘茂心下一松，一声哽咽："不瞒公子，秦王已经暴亡了……"

魏冄却没有丝毫的惊慌悲伤，默然片刻，对甘茂深深一躬道："丞相毋得悲伤，秦王恃力过甚，暴亡也在天道情理之中。魏冄粗莽，今日明誓：修我戈矛，与子同仇！"

甘茂立即慨然一躬："修我戈矛，与子同仇！"

这句誓词，原本是在秦军骑士中流传的一首歌谣①，歌曰："岂曰无衣？与子同袍。修我戈矛，与子同仇！岂曰无衣？与子同泽。修我矛戟，与子偕作！岂曰无衣？与子同裳。修我甲兵，与子偕行！"歌词简单，格调激越，将军中将士的浴血情谊唱得淋漓尽致。当一个骑士磨剑擦矛，要与你慷慨同心，将你的仇敌也当作他的仇敌时，这种誓言便是生命与热血的诗章。魏冄将这句同仇敌忾的军中歌谣用来明心，如何不令甘茂感奋异常？

月光之下，甘茂对魏冄备细叙述了秦武王暴亡的经过与目下所进行的一切，两人又商议了诸多应对方略，直说到月上中天，方才回到王帐营地。魏冄没有在王帐逗留，连夜赶回栎阳去了。

次日清晨，秦王车驾缓缓启动。魏冄率栎阳全体官吏与族老在城外郊亭隆重送行。一应公务完毕，已经是过午时分。魏冄将两名得力干员唤到书房，秘密叮嘱了栎阳官署的诸多要害关节与应对之法。两名干员原是老吏，不消说已经心领神会。安顿完毕，已是暮色降临，魏冄带着两个精通剑术的族侄上马出了栎阳，月色下直向咸阳飞驰而去。

中夜时分，魏冄三骑到达咸阳城外的渭水南岸，只要越过那道横卧渭水的白石长桥，便能进入灯火煌煌的咸阳了。可魏冄没有上桥，而是沿着渭水南岸飞驰向西，拐进了莽莽苍苍的丰镐松林塬，片刻之间，凭着手中的黑鹰令牌进入了古堡一般的章台宫。

---

① 见《诗经·秦风·无衣》。

章台是秦惠王晚年经常居住的别宫。那时候,这座松林塬经常秘密驻扎着五千精锐步兵,戒备极是森严。秦惠王死后,秦武王躁烈尚武醉心兵事,从来不喜好住这幽静得令人心慌的大松林,近三年中没有来过章台一次。五千兵马早已经归制了,只留下一个步卒百人队,二十多个内侍、侍女与仆役守护。倏忽之间,章台成了荒凉的废宫。然则,正是因了它几乎已经被咸阳权臣层遗忘,甘茂与魏冄才将这里选定为“咸阳总署”。也就是说,新君即位之前,这里便是运筹谋划发布号令的大本营。甘茂身兼将相,必须守在咸阳做公开周旋。这座秘密大帐必须有能才坐镇提调,做好应变的周密准备。这个能才,甘茂终于选定了魏冄。

魏冄三骑刚刚进入章台,芈戎的五千铁骑也恰恰到达松林塬老营地。芈戎下令大军秘密扎营,亲自率领两百骑士来到章台。双方会合,魏冄立即开启章台书房,连续发出三道命令:第一道,原驻章台的一个百人队立即移营到芈戎的骑兵营地,未奉将令不许一人出营;第二道,三千骑士立即封锁松林塬所有入口,许进不许出;第三道,芈戎率领两千铁骑星夜北上,迎接嬴稷与白起马队秘密进入松林塬。

三道将令一发,松林塬立即忙碌起来。芈戎的马队一走,魏冄亲自巡视督导,连夜将章台宫内外齐齐收拾整治了一遍,关闭了所有用不上的殿堂寝室与空屋,只留下一间最大的正厅做出令堂,所有内侍仆役都集中住到出令堂旁边的几间大屋,不奉命令不许擅自出进。

天亮之后,魏冄又召来三名骑兵千夫长,备细议定了出入关防的各种口令与明暗哨之间的联络方式。魏冄给三名千夫长的最后一句话是:“回去转告士卒弟兄:一个月内不出差错,人各赐爵一级。但有差错,依战阵军法从事,立斩不论!”

秦国军法:战阵逃亡者,千夫长有当场斩杀权。所谓“不论”,便是无须像处置寻常罪犯那样须得经过高职将军的廷审与议罪,实际上便是当场格杀不论。军法归军法,在秦国新军中却几乎从来没有实行过。因为新军将士大多是今日平民子弟,更有许多是变法前的奴隶子弟,人人争相立功,从没有发生过战场逃亡。而今在非战之时,魏冄却祭出此等战阵法令,千夫长们匪夷所思,一时愣怔起来。

“非常之时,行非常之法。若不应命,当场革职。”魏冄又冷冰冰加上一句。

千夫长们见这个文臣猛士杀伐决断如此凌厉,竟是不容分说,心知定然是绝密大事,顿时醒悟,慷慨一拱齐声道:“赳赳老秦,共赴国难!”这是老秦人在兴亡关头才发的老誓，一旦出口，便意味着生死不计，决意死难家国。

魏冄正色站起，肃然向千夫长们深深一躬，一甩大袖径自去了。千夫长们回过神来，连忙对着魏冄背影一躬，对望一眼，匆匆分头部署去了。

一日忙碌，松林塬大营井然有序地开始运转。暮色再度降临时，一骑飞出松林塬，乘一叶小舟渡过滔滔渭水，又上了一辆四面垂帘的黑篷车，越过长长的白石桥，辚辚进入了灯火通明的咸阳城。

二　风雨如晦大咸阳

甘茂回到咸阳，大大皱起了眉头。

秦武王车驾一进宫，留守咸阳的左庶长嬴壮带着一班大臣前来晋见探视。大臣们在城外迎接时，太医令已经宣了王命："本王伤情怕风，诸位大臣各自勤政便是。"进宫后若再次阻挡，似乎难以成理。然则事已至此，硬着头皮也得挡住这些大臣，否则，日日前来，岂非大大麻烦？甘茂思忖一番，对着老内侍耳边一阵叮嘱，老内侍铁青着脸色走了出去。

公子壮，乃惠文王之子，昭王的异母弟，并非公子虔之子。小说将公子壮写成公子虔之子，可能是为避免线索过散。据《史记·六国年表》，秦昭[襄]王二年，"彗星见。桑君为乱，诛"，此桑君即为公子壮。武王死后，诸公子争立，公子壮自号为季君（亦为桑君），乱，后伏诛。

嬴壮与一班大臣正在外殿廊下等候，人人心头一片疑云，谁也不敢妄自猜度，更不便在此时此处公然询问议论，廊下一片忐忑不安的肃静。嬴壮一脸泰然神色，对等候的大臣们笑道："秦王天生异相，上天庇佑，必无大碍，诸位放心了。"大臣们一时恍然，连忙同声应和，种种祈求上天庇佑秦王的颂词言不由衷地哄嗡涌出，谁也听不清楚究竟说了甚话。

正在此时，老内侍佝偻着身子板着脸摇了出来，谁也不看便拉长声调高宣："秦王口书：诸位休得在宫中聒噪，回去理事,不奉书命不得进宫。左庶长当与丞相共理国政,无须挂怀本王。”说完又是谁也不看,身子一转径自摇着去了。

甘茂的拖字诀。

大臣们一阵愣怔,你看我我看你,顿时行止无措。秦王倒也真是此等性格,经常口出粗言,给大臣们难堪,他却哈哈大笑了之。这“休得在宫中聒噪”活脱脱秦王口语,大臣们倒是没有人生疑。然则国君遇到如此大变,多日来从山东飞进咸阳的流言令人心惊胆战,说秦王如何如何惨死的故事绘声绘色满天飞,大臣们谁不想在秦王进入咸阳的第一时刻,目睹一眼活生生的秦王?纵然伤残,只要秦王还活着,秦国就不会生乱,朝野立即就会安定下来。不看一眼秦王,谁都是七上八下不安生。身为大臣,久经沧桑,谁不知晓“王薨都外不发丧”这个古老的权谋?可目下却是怪异:秦王崩逝了么?车驾既已还都,且无发丧的任何迹象,那秦王分明健在,至多伤残而已;秦王健在么?偏偏谁都没见。依秦王的神勇生猛,纵然断去一条腿,也不会衰弱到不能露一面的地步。如此想去,人人木讷,口不敢言所想,也不敢第一个走去,人人窸窸窣窣地像钉在了廊下一般。

突然,一阵大笑传来。大臣们目光骤然齐聚,却是左庶长嬴壮。这个一身精铁软甲的高大猛士挥着大手笑道:“一个个霜打了似的。发个甚愣?我王清醒如许,岂有他哉!回去回去,各自理事是正干。走,我去见丞相了。”说罢黑斗篷一摆,径自大步去了。

领头羊。

监国左庶长如是说,其他大臣还能如何?一阵笑语喧哗,也纷纷散去了。

嬴壮何等人也,不可能轻易放手。私访乃以退为进、打探口风。武王无子,又暴亡,可想而知,争立之事,不可避免。

甘茂听老内侍宣罢秦王口书,立即从王城后门出宫回丞相府去了。不想刚刚回府,嬴壮跟脚就到。甘茂请嬴壮入座,吩咐侍女上茶,又吩咐书吏将近日所有公文抬来,分明是要郑重其事地与这位左庶长共商国务。嬴壮却站在当厅笑道："嬴壮今番跟来，只是恭贺丞相勤王有功。国事却无须交代，秦王平安还都，我这镇国左庶长，明日也该交权了。"甘茂豁达笑道："岂有此理？秦王明令：左庶长与我共理国政。王子交权，莫非也要逼老夫交权不成？"嬴壮哈哈大笑："丞相大权岂能交得？看来，嬴壮只有勉力奉陪了。"甘茂笑着点点头道："多谢左庶长了。"又指着抬来的公文大案道，"也无甚交代，一件事：秦王伤愈之前，咸阳城防民治仍然归你统辖。这是邦司空、关市、大内、宪盗[①]的相关文书，你搬去便了。"嬴壮连连摆手笑道："罢了罢了，嬴壮一介武夫，城防无事已是万幸，如何管得忒多事体？"甘茂笑道："王族重臣，岂能躲事？掌书，立即将案上公文妥善送到左庶长府。"

甘茂老奸巨猾，岂能不知公子壮的心思。一招四两拨千斤，卸去自己压力，又稳住了嬴壮。

相府掌书答应一声，一挥手，立即有两名书吏将公文大案抬到一边利落捆扎，片刻便装好了车辆。嬴壮无可奈何地笑笑："丞相逼着鸭子上架了。"甘茂不容分说地摆摆手："还有，秦王暂不能理事，城防事关重大。咸阳令白山只有五千兵马，若要增兵，你我共同请准秦王兵符。"嬴壮一拱手道："容我回府谋划一番再说。告辞。"转身大步走了。

甘茂看着嬴壮的背影远去，转身对身后老仆低声道："家老，备辎车。"白发老管家连忙碎步走去。片刻之后，一辆四面黑篷布的辎车停在了大厅廊下。甘茂便服登车，辎车辚辚驶出了丞相府后门，轻快地拐进了一条幽静的小街。

却说嬴壮回府，立即吩咐闭门谢客，大步匆匆地向后园走来。

嬴壮虽然做了左庶长，但府邸仍然是老府家宅。这座府

① 战国秦制：邦司空掌都城工程，关市掌都城商贾税收，大内掌都城王宫物资，宪盗掌捕拿盗贼。

邸很大,规格是九进一园两跨院,比丞相府邸还大,直与封君府邸同等。依嬴壮资历功勋,此等府邸自然不当,显然便是承袭了。王族大臣有如此府邸者,只有秦国王族的特殊人物——秦孝公的庶兄、秦惠王的伯父、当年的公子虔。公子虔当年支持商鞅变法,却在太子犯法之后因身兼太子傅而被商鞅处了劓刑——割掉了鼻子。从此后公子虔隐忍仇恨,闭门不出十多年。秦孝公死后,公子虔复出,辅助当初的太子(秦惠王)斡旋朝局:既利用老世族对变法的仇恨车裂了商鞅,又利用了朝野拥戴变法的力量根除了老世族,同时坚持商鞅法制不变,使秦国继续强盛。公子虔的特殊功勋与特殊地位,使秦惠王对这个伯父厚待无比,却是封无可封。公子虔虽是猛将,却不是轻率武夫,对朝野大局很是清楚,秦惠王亲政后又是蛰居府邸,极少与闻国政。秦惠王也是雄才大略权谋深沉,搁置公子虔,却重用公伯的儿女。在秦惠王时期,执掌对外秘密力量黑冰台的嬴华,便是公子虔的长女,秦惠王的堂妹。公子虔还有两个小儿子,一个是嬴离,另一个便是这个嬴壮。

有此家世,嬴壮在秦国自然是声威赫赫的重臣,不管他是否左庶长。

这座后园非同寻常,四面竹林草地围着五六亩地大的一片水面,水中没有山石岛屿,只覆盖着无边的芙蕖[①]绿叶与各色花草,茫茫的绿叶红花拥着中央一座古朴的茅亭,仿佛一只硕大无朋的花船镶嵌着一座舱亭一般。微风掠过,竹林沙沙,水鸟啁啾,绿叶婆娑,花木摇曳,遥望绿叶红花中的茅亭,令人心旷神怡。

嬴壮匆匆来到湖边,顾不得欣赏眼前美景,手指搭上嘴边,一个长长的呼哨伏着满池绿叶红花荡了开去。片刻之间,湖中一条孤木小舟穿花破叶漂了过来,一个蓑衣斗笠者站在小舟上荡着一支细长的竹篙,如江南渔人一般无二。小舟将及岸边五六丈处,蓑衣斗笠者竹篙一定,小舟稳稳钉在了万绿丛中。几乎同时,嬴壮跃身飞起,黑鹰般掠过绿叶红花,轻盈地落在了宽不过两尺的孤木小舟上。

"尚可将就。"蓑衣斗笠者淡淡一句,点下竹篙,一叶小舟如离弦之箭湮没在万绿丛中。不消眨眼工夫,孤木舟到了茅亭之下,在亭下石柱上一靠,微微一顿一退间,舟上两人同时借力跃起,稳稳地落在了茅亭之中。

嬴壮在茅亭石案前落座,径自拿起案上一只大陶壶咕咚咚大饮一阵,撂下陶壶一抹

---

① 芙蕖,春秋战国对荷花的称谓。

嘴:“大哥不饮酒,真乃憾事也!”

“无酒何憾?”蓑衣斗笠者已经脱去蓑衣摘下斗笠,转过身来,一个白丝长袍白发垂肩面戴白纱者赫然站在了嬴壮面前,与一身黑衣精铁软甲的嬴壮迥然。一开口,声音清亮得宛若少年:“壮弟风火前来,莫非事体异常?”

“大哥推测无差。”嬴壮拍案亢奋道,“秦王必死无疑!甘茂千方百计稳定朝局,非但不夺我城防之权,还连民治权都推给了我,咸阳城稳稳在我掌心了。”

“壮弟差矣。”少年声音淡淡笑道,“甘茂老于宫廷权谋,岂能给你实权?民治琐碎百出,只怕是日后问罪引子也。”

嬴壮顿时脸红道:“大哥高明。我也疑心甘茂,只是没有推掉。这只老枭!”

“却也不打紧。”少年声音又笑了,“将计就计,安知非福?目下最要紧者,十二个字:明晰朝局,策动后援,立即发动。”

“大哥以为朝局不明?”

“我明未必你明。”少年声音颇有训诫意味,“其一,秦王右腿被雍州鼎连根切断,之后一切平静如常,明其必死无疑;其二,不召你勤王,不宣你入宫,说明遗命新君另有所属;其三,名义增你权力,只是为了稳定王族,以利他等秘密准备。当此之时,若不快捷动手,定会与王位失之交臂。”

若真是嬴虔之子,按伦理,也轮不上嬴壮。看作者怎么自圆其说。

“秦王会将王位传给何人?”嬴壮不禁有些着急。

“嬴稷,别无他人。”

嬴壮面色铁青,啪地拍案道:“鸟!一个蒙童人质,未立寸功于国,凭甚立储称王?”

少年声音叹息了一声道:“嬴稷文弱过甚,若成国君,我老秦部族之勇武品性必将沉沦。先祖献公、孝公与先父之霸业远图,亦必将付诸东流。秦人要大出天下,舍壮弟其谁哉!”

白　起

武王死后，兄终弟及，属迫不得已之举。宗法制逐渐完善后，是父终子及。若算旧账，公子虔是孝公平辈，隔了惠文王(君)，再到武王，已是第三代，公子壮继承一说，“法理性”不强了。小说这样写，无非是要把世代的恩怨写长一点。历史恩怨导致公子虔的“儿子”有怨言，从小说线索上说得过去。

嬴壮咬牙切齿道：“先父本来就是储君，偏是让给了孝公嬴渠梁。若嬴荡有子还则罢了，既然无子，凭甚不将君位传我？”

少年声音沉吟道：“这是一个谜。按照嬴荡品性，以及与壮弟之特异情谊，当必选与他同样勇武的壮弟莫属。选立嬴稷，大体是临死一念之差。”

“不说他！”嬴壮霍然站起，“大哥只说如何动手？”

少年声音极是笃定：“此时三处要害：其一，谋得太后支持，以为正名；其二，引来一方外力，以为咸阳兵变增加成算；其三，也是最要紧之处，秘密集结一支精兵，直击宫廷要害，一旦占据枢纽，则大事成矣！”

嬴壮大是欣然道：“如此万无一失也。两头我有成算，只是这引外一事，眼下没有合适人选出使，却是难办。”

少年声音淡淡笑道：“既是同胞，我自当为壮弟效力一回。”

“大哥……”嬴壮骤然哽咽，对白衣人深深一躬。

少年声音的白衣白发人扶住了嬴壮，依然淡淡笑道：“人各有命也。为兄生成天残，是上天要给壮弟一个谋士了，何须见外生分？做你的事去，太后处要紧。”

作乱者身边，总要安排几个高人。嬴离天生残相，不宜出仕，只好做谋士。孙膑因身残，谢辞帅位，田忌坐正，孙膑坐于车内献策，小说写嬴离的手法，灵感恐怕来自于孙膑之事。

嬴壮又是深深一躬：“大哥保重了。”白衣人点点头，回身一拨另一张石案上的秦筝，叮咚一声长音，一个白衣少女撑着独木舟从万绿丛中悠然飘来。嬴壮飞身落下，小舟倏忽消失在茫茫暮色之中。茅亭中响起了秦人那独有的八弦筝声，冰冷地漫过蒙蒙水面。嬴壮的心在簌簌颤抖，血在烘烘燃烧，却终是没有回头。

没有片刻停留，嬴壮从后园出得后门，跨上一辆轺车，径直奔惠文后的寝宫而来。将近宫门，他竟情不自禁地生出一丝胆怯，紧张得粗声喘气了。自从呱呱坠地，他便生活在这片庭院里,在这里长大,在这里加冠成人。这片庭院的一草一木,都深深地刻在了他的心头。

那时候,父亲嬴虔闭门锁居,困兽般地折磨着自己。只有姐姐嬴华与一个胡人少女整日悄悄地跟随着父亲,怕他万一生出意外。那个胡人少女后来成了父亲的侍妾,再后来便有了身孕。那时候,父亲的府邸简直就是一座牢狱,那个胡妾在一间幽暗的小石屋里生下了他的哥哥嬴离。谁也说不清缘由,嬴离哥哥生下来便是白发红颜,小小的男根竟要费力端详才能勉强得见。父亲老虎般地啸叫着,要掐死这个怪物。可那个寻常温顺得小猫似的胡女却突然变得凶辣无比,尖声嘶喊着与父亲厮打在一起。姐姐嬴华趁机抱走了嬴离哥哥,哭求家老打开了狗洞似的后门,逃到了太子府,请求太子妃收养嬴离哥哥。当时,太子嬴驷刚刚返回咸阳一年多,娶了老秦世族的一个将军的女儿,太子妃恰是新婚少妇。这太子妃聪慧善良,深知嬴虔在老秦国人中的资望根基,更知嬴虔与太子的特殊亲情,便自家做主,派一个中年侍女秘密出宫,收养了这个怪异的婴儿。

写胡女时,手法皆怪异。

过得几年,太子已经成了国君,秦国的内政风暴也已经平息,父亲也已经是年届花甲的白发老人了。偏偏在这时候,那个胡女侍妾又有了身孕。父亲离群索居多年,顿时生出了一种怪诞念头:上天又来惩罚他,又要给他送来一个怪物。于是,父亲坚执要太医给胡女侍妾流产,咬牙切齿地说:“嬴虔宁可绝后,也不落他人口舌!”又是嬴华姐姐去求已经是惠文王后的太子妃,惠文后二话没说,来到嬴虔府邸接走了胡女。这次,胡女却生下了一个十来斤重的长大儿子,这便是嬴壮。

惠文后爱极了这个沉腾腾的襁褓男儿,喜滋滋地为他取名“壮”,留在宫中亲自抚养,只将胡女送回了嬴虔府邸。从此,胡女做了夫人,嬴壮却在惠文后宫中一直长到二十一岁加冠。直到父亲与母亲双双病逝,嬴壮才回到自家府邸顶门立户,也才将一直失散的嬴离哥哥找了回来。

小说自圆其说,加了一个身世之谜,又解决了嬴壮的名分,既是惠文后的"儿子",那还是要算在惠文王身上。

在嬴壮的记忆里,惠文后是他的母亲,这座寝宫是他童年少年的一切。按照血统辈分,惠文后只是他的长嫂。但是,嬴壮永远都将惠文后看作母亲,从来都不叫惠文后长嫂,而固执地叫娘。时日长了,惠文后也就应允了,真将他当作儿子一样了。如今,惠文后已经是惠文太后了,嬴壮也常常来看望她,如何竟突然生出一种莫名其妙的恐惧?不由自主地,他向那片碧池走去。初上的宫灯交汇着朦胧的月色,一个熟悉的身影正倚在白玉石栏上凝望着碧绿的池水。那婀娜的背影,那永远垂在肩头的瀑布般的长发,是烙在他心头的永远的标记。

"壮,还记得么?日每傍黑时分,娘便领你在这里观鱼。"婀娜身影没有回头,口吻中充满了溺爱与柔情。

"娘……"骤然之间,嬴壮的双眼潮湿了,轻轻走过去,将自己的斗篷披在她身上,梳拢拨弄着那瀑布般的长发,"白发又多了几绺,回去,你晚间怕凉。"

惠文后没有回头:"壮,一个人做了国王,是否心便冷了硬了?"

"娘……"嬴壮手足无措。

"壮,你与荡,名虽叔侄,实则情同手足。你说,荡会忘记我么?"

"娘,"嬴壮心中一颤,"荡是你亲生爱子,血肉交融。"

"不。"惠文后依旧倚着石栏,声音淡漠得有些冰凉,"荡,不是我亲生。他的母亲,也是个胡女,生下他,死了。"

"娘……这,这是真的么?"嬴壮震惊了。

身为王族子弟,又在宫中二十一年,与嬴荡朝夕相处,宫廷对于他没有任何机密可言,如何竟不知道嬴荡不是惠文后所生？一时间,嬴壮怀疑“娘”长久寡居而患失心疯了。他走到石栏边,亲切地揽过娘的头,想像以往那样抚慰她。谁知这张被他转过来的脸却令他大吃一惊——曾几何时,往昔丰满白皙的脸庞竟变得憔悴如刀削,片片老人斑清晰可见,亮如秋水的一双大眼变得空洞干涸,没有一丝泪水,冰凉的目光令嬴壮不寒而栗。

“娘……”嬴壮一阵酸楚,猛然搂住了惠文后,又骤然放开猛然跪地,“娘！嬴壮是你亲生儿子,你是嬴壮的亲娘!”

惠文后慈爱地抚摩着他的脸颊:“你,本来就是我的儿子。”嬴壮愣怔了,他不知道惠文后的“本来”是一种爱意,还是隐藏着更大的秘密,一时只是流着泪连连点头。惠文后却是一声轻轻地叹息:“起来了,说给我,他等为何不教我见荡?”

公子壮得到惠文后的支持,行动就能名正言顺。

嬴壮默然一阵,一咬牙低声道:“荡,已经,死了……”

惠文后无声地张了一下嘴,软软地倒在了嬴壮的怀里。嬴壮连忙抱起惠文后大步走到池边石亭下,将她放到石案上躺平,轻轻地掐着她的人中穴。片刻之后,惠文后睁开了眼睛,猛然抓住了嬴壮胳膊:“说,荡是如何死的?”

望着惠文后空洞的眼神,嬴壮断断续续而又点滴不漏地叙说了嬴荡惨死的经过。惠文后静静地听着,没有一次打断,也没有一滴眼泪,直到嬴壮说完,依然悄无声息地躺着。嬴壮太熟悉娘了,甚话也不说,只是握着她一双瘦削的手,默默地守候着。

母子情深。

“壮,抱我,到寝室去。”良久沉默,她终于气若游丝地开口了。

嬴壮轻轻抱起了惠文后,穿廊过厅来到了熟悉的寝室,侍奉她饮下了一盏滚烫的药酒。惠文后一身大汗之后,终于坐了起来,突兀一句道:"嬴壮,你敢不敢做秦王?"

嬴壮浑身一震!他此来宫中,不正是为的求得太后支持么?可从在碧池边看见惠文后倏忽苍老的容颜,却甚事也忘记了,只想永远守在娘身边,永远做她的儿子。此刻惠文后突兀一问,他方才恍然醒悟道:"娘,这是敢不敢的事么?"

惠文后微微一笑,起身走到帷幕后,拿出一方生满绿锈的铜匣道:"老法子,打开。"

嬴壮幼时很是顽皮淘气,整日用一支铜棍儿鼓捣宫内能见到的各种带锁铜匣,总是要打开方才罢手。惠文后寝宫的带锁箱匣虽不如王室书房多,可也为数不少,久而久之,竟被他悉数鼓捣开了。秦惠王知道后又气又笑,有次拍着书案上一只秘书铜箱板着脸道:"一个时辰,你小子要能戳腾开这只铜箱,赏你一口好剑。"嬴壮高兴得连蹦带跳,拿出那支五六寸长的铜棍儿,饶有兴致地鼓捣了一个时辰,却终是没有打开,噘着嘴巴老大不高兴道:"大哥,再给半个时辰,再要打不开,我永不开锁。"秦惠王笑道:"给半个时辰也可,只是无论打开与否,都得洗手。"嬴壮二话不说,点点头立即埋头折腾,过得片刻,竟生生打开了那只机关重重的铜箱。

交代嬴壮的"武功"来历。

惠文后却不管秦惠王的"洗手"禁令,依然有意无意地放些不打紧的带锁铁箱铜匣在寝宫里,供嬴壮偷偷地消磨时光。可嬴壮也忒煞怪,从此一锁不开,整日只是练那口月牙儿似的吴钩,十几年下来到加冠时,又练成了罕有敌手的铁鹰剑士,除了力道,丝毫不比嬴荡逊色。正因多年不练开锁了,嬴壮真不知道自己还能不能打开这把锈锁,心中不禁暗暗道:"若能打开这把锁,便是上天教我成就大业。"

"看看,这是谁个物事?"惠文后一抖衣袖,手心中一根亮闪闪的小铜棍儿。

"娘!"嬴壮心头顿时酸热了,这支早已经被他遗忘的小铜棍儿竟被惠文后珍藏如斯，虽是生母亦未必能为，况乎一个太后？终于，他小心翼翼地拿过小铜棍儿，小心翼翼地插进锁孔，稍一摆弄，铜匣“嘭”的一声弹开，红绫内匣顿时映在眼前。

“娘，这是甚个物事？”嬴壮莫名其妙地惶恐。

“自己看。”惠文后冰冷一句，再无下文。

嬴壮小心翼翼地掀开红绫内匣，只一瞄，双眼顿时放光，一只虎形兵符赫然在目。

惠文后淡淡地问：“够不够？”

嬴壮向惠文后肃然跪倒：“娘，八千兵马，于儿足矣！”

“起来，去吧。”惠文后轻轻一叹，“记住了，我不是你娘，不许乱叫。”一转身看也不看嬴壮一眼，飘然去了。嬴壮站起来四面打量，竟想不出这间小小寝室惠文后能去了哪里？愣怔片刻，嬴壮向帷幕后深深一躬，抱起兵符头也不回地出宫去了。

兵符在手，嬴壮可以呼风唤雨。这一情节，设计得奇巧。史籍只写其乱，详情无从得知。小说必须要填补这些细节。

此刻，甘茂在樗里疾府中啜茶闲谈。

甘茂原是有备而来，要请樗里疾出山稳定王族势力。但他想看看樗里疾风向，也不急于切入正题，先只说些无关紧要的琐事，想教樗里疾挑出话头，他好相机应对。他相信，樗里疾虽足不出户，但对国中大事必然是一清二楚，说不定比他还着急。谁知樗里疾不断眨巴着细长的三角眼，只是听他说，一句话也不插。及至他说完两三件不咸不淡的琐碎事，黝黑肥壮的樗里疾嘿嘿嘿一阵笑，接着海阔天空地说叨起来，天文地理风俗民情传闻掌故源源不断涌出，一个多时辰还打不住，大有吐尽胸中学问的架势。甘茂心中着急，知道自己的雕虫小技惹恼了这个老智囊，急切间却没个由头打住他的话头，看看已经是月上中天，多少急务等着料理，自己终不成老坐在这里消磨。

心思急转，甘茂站起来径直深深一躬道：“老丞相，甘茂得罪了。”

“嘿嘿嘿，这却是哪里话？”樗里疾笑着拍拍肥大的肚皮，“人老话多，憋得时日久了，只想碰个学问之士卖卖老，好好唠叨个三日三夜过过话瘾，丞相多嫌老夫聒噪了？”

“国有急难，老丞相教我。”甘茂再不多话，又是肃然一躬。

樗里疾嘴角一撇，终是将那嘿嘿嘿憋了回去：“要用老夫，别绕弯子说话。”

甘茂重新入座，正色拱手道：“甘茂一问：秦王崩逝，传位嬴稷，老丞相以为然否？”

“嬴稷虽则少年，沉稳厚重，可归秦人本色。然。”

“甘茂再问：国中若有夺位者，可能何人？”

“左庶长嬴壮。”

“甘茂三问：此人生变，路数何在？”

“外联援手，内发私兵。如此而已。”

“甘茂四问：内外交迫，如何破解？”

樗里疾不禁嘿嘿嘿笑了：“老夫不是丞相，如何得知？”站起来一甩大袖，径直出厅去了。甘茂无可奈何地摇头笑笑，也只好回府了。一路行来，终是想不通樗里疾如何突然嘿嘿起来拂袖而去了。刚进得府门，家老匆匆迎来禀报，说栎阳令魏Ｘ正在等候。甘茂抬脚向正厅走来，家老却低声道：“丞相，人在松竹园。”甘茂顿感心中一松，觉得魏Ｘ做事果然机警细密，懂得避人耳目。及至进得松竹园，却不见一个人影。这片松竹园是从整个后园中另辟出来的一个小园林，本来不大，又无水面亭台，魏Ｘ莫非还能躲在树后不成？

老狐狸甩手而去，是不想马上站队。嬴稷虽可造，但嬴壮根基太牢，争斗之下，谁能成为秦国新君，暂时不知。

甘茂正在竹林边转悠，不防身后突然传来一个声音：

“丞相，在下等候多时了。”甘茂一回身，一柱黑色大袍矗在婆娑摇曳的绿竹下，夜色下森然可怖，不禁惊讶道：“你这魏冄，藏在何处？”魏冄道：“在丞相脚边。”甘茂一低头，月光下可见一堆竹叶散落成一个人形，魏冄分明盖着竹叶在这里睡觉等候，不禁又气又笑道：“故弄玄虚，忒是小心。”魏冄却正色拱手道：“君失其密，则亡其国。臣失其密，则亡其身。丞相不以为意乎？”甘茂一阵默然，对魏冄的口气很是不悦，可偏他说的是正理，若稍有辞色，这个冷面外戚只会更加生硬，一挥手道：“章台如何？”魏冄慨然拱手：“一切就绪。”然后一宗一宗地说了章台的准备情形，末了道：“在下估算，五六日之后，新君一行可到章台。丞相如何部署？”甘茂沉吟道：“目下看来，咸阳尚无异动，不若等候新君归来一体商议。”

魏冄装神弄鬼，是为谨慎，此等机密大事，若走漏风声，不仅人头不保，还可能族诛。

“丞相差矣！”魏冄急迫道，“在下昔日听芈王妃说，秦国王室有一秘密祖制：老国君若病逝在先，必留一兵符于王太后以防不测。今惠文太后若有兵符，岂不大是麻烦？”

这确是大麻烦，不知甘茂能否拆解。

甘茂心下一惊——王太后兵符祖制，他如何从来没有听说过？果真如此，又是一大变数，却是如何应对？思忖有顷道：“有兵符不可怕，要害是惠文后会不会私授他人？先王乃惠文后亲生，果真惠文后有兵符，如何能断定她违背遗诏而属意他人？须知惠文后之贤明，可是有口皆碑也。”

“丞相差矣！”魏冄又是直戳戳先撂下一句评判，而后郑重拱手道，“权力大争，比贤愚更根本者是利害人心。在下看来，此事一目了然：惠文太后养育嬴壮二十一载，情逾母子，心结深不可测。丞相却何故疑惑不定？惠文太后若不支持嬴壮，在下愿将人头输给丞相。”

甘茂心中一沉，顿时想起一事，突兀问：“你说，樗里疾会如何应对？”

“樗里疾老谋深算，定是适可而止，绝不会一意助我。”

魏冄没有丝毫犹豫。

“如此说来，樗里疾晓得惠文太后这步棋？”

“智囊老狐，早看得入木三分，只不过老君臣情谊笃厚，宁愿不闻不问。”

魏冄虽后生，但眼光胆识不输樗里疾。

甘茂心中突然一亮：“走！找白山将军。”

魏冄笑着拉住了甘茂衣袖道：“可有丞相四更天出府造访之理？你我且在园中等候，白山将军片刻便来。”说罢嘴一咕哝，发出三声清脆的蛙鸣，竹林中一个黑色身影倏忽飘了出去。

甘茂大是惊讶：“你带武士来了？”

“文事必有武备而已。丞相见笑。”

甘茂一阵沉吟，突然道：“魏冄，此次大事头绪繁多，便由你来坐镇运筹。我只稳住朝局便是。”魏冄慨然一躬：“邦国危难，魏冄不辱使命！”没有丝毫犹豫辞让，一口应允了下来。经过几次交往，甘茂熟悉了魏冄秉性，不再计较这些细节，便一一交代了几件具体事务，主要是秦武王赐给白起为期三月的龙形兵符，以及白山的大体情形，叮嘱魏冄一定要在两个月内使新王即位，结束咸阳乱象。

只有三个月的期限。夜长梦多啊。

魏冄一拳砸在手心：“此等事体，须迅雷不及掩耳，月内定局！”

甘茂正色道：“务必准备妥当，万无一失方可。”

正在说话，便闻几声蛙鸣，两个身影从竹林中飘来。到得两人面前，却只剩下了一个，拱手作礼道：“咸阳令白山，参见丞相。”甘茂拱手笑道：“白山将军，别来无恙了。且到书房，有白起手书一封，先请将军看过。”白山道：“无须看了。老白氏三百余年军旅世家，自当以国难为先，丞相但发号令便是。”甘茂不禁慨然一叹：“将军真国家柱石也！来，认认，这位是栎阳令魏冄，新君舅父，我想请此公总揽大计，

白山、魏冄同朝为臣，互不认识？

将军以为如何？”

魏冄爽朗一笑道：“新君舅父算个鸟！丞相也用申明？”又向白山慨然拱手道：“将军威名素著，魏冄歆慕已久，若有不当，将军一脚踢开魏冄便是！”甘茂不禁皱眉，觉得这魏冄实在难以捉摸，如何这番话恁般粗鲁？不想白山却明朗笑道：“但有此言，便见足下看重真才。粗认粗，白山老军一个，信得足下！”甘茂不禁拍掌笑道：“好！三人同心，其利断金。走，到偏厢亭下去说，有得好酒。”

气味相投！

松竹园外的茅亭下，三人就着陈年凤酒直说到雄鸡高唱。

三　飘风弗弗　迅雷无声

嬴壮拿到虎符，却又费了思量。

秦国兵符分为三等：最高等黑鹰兵符，为国君亲掌，大战前授予上将军或统兵大将，每次可调兵十万；第二等龙形兵符，每次调兵两到三万，寻常授予要塞守将或小战将领；第三等便是这虎形兵符，每次调兵不超过八千，多授予特使出行或国中机密公干。商鞅变法后秦国私兵废除，新军统由国君掌控，军法臻于完善。但凡出兵，须左右兵符勘合，并向全体奉命将士公示，方得出发。军营掌兵将军自千夫长始，以职位高低，人各一尊虎形或龙形右符。战时统帅执国君授予的左符，当着全体将领与右符勘合，方得升帐行令。战事结束，左符立即交回国君。任何环节不符，调兵都难以成行。

孙皓晖总能把古之兵法、兵器、兵事写实，以此实证为基础，虚构的故事才有说服力。

虽则如此，战国大战连绵，各国都是举国同心，国君与统兵大将也极少龃龉。大将经常是连续作战，但有威望卓著的名将，便经常性地持有兵符，也常有不勘合兵符而调动大军者。但这都是浴血奋战将士同心时的特例，非如司马错这般名将而不能为，对将士生疏如甘茂者自然绝不可能。嬴壮不谙军旅，连嬴荡那般的军中历练都没有过，自然根本不可能法外调兵，想调兵，只有依法行事：勘合兵符而执行特命。

从调兵难，也可见秦法严密。

嬴壮之难，难在何处调兵。

秦国的精锐新军分作三处：一是咸阳城内的八千王室禁军，这是任何兵符都调不动的，只有国君密书与谁也无法知道而又经常变动的特殊信物，方能调动禁军；二是函谷关、武关、大散关等各要塞关口的守军，可这些关隘守军除了函谷关驻军一万外，没有一处超过八千人马，若一次调走一关的全部守军，这是任谁也会觉得怪异的，无异于自曝形迹；最后是蓝田大营，这是驻军最多也最是频繁调兵的营地，可如何调？何时调？又是难题了。如何调？便是调何兵种，骑兵还是步兵，军粮是国尉府调拨，还是当作紧急军务由军营自带几日军食？何时调也是一个难题。调早了，秘密军营选在哪里？军粮如何运法？由谁统兵提调？调迟了，赶不及岂非误了大事？所有这些事务，对于奉命开战的大军来说都不是难事，可作为秘密布署办理，便全部变成了难事。

商君变法之后，秦军军纪严明，军队对国君的忠诚度大大加强，内乱者的能量不至于强大到与国君对抗。军权互相牵制，以防生乱。看来嬴壮要成事，也不容易。

枯坐一个时辰，嬴壮思绪纷纭，终是想不定一个万全之策，心烦意乱中一跺脚，又来到了后园的芙蕖池。一叶扁舟漂来，侍女只对他笑了笑，扬手掷出一物，便飞舟去了。嬴壮打开竹筒封泥，一方白绢上赫然是嬴离遒劲的自创笔法：

且看这个隐形人如何兴风作浪。

> 我去邯郸也。若得兵符，可找显弟，昔日三星玉佩为凭，切记。

嬴壮眼睛一亮，顿时精神大振，回到寝室一阵收束，钻进一辆篷布极是严实的辎车，辚辚出了后门，迅速汇入长街车流之中。片刻之后，辎车出得咸阳东门，直向东南方向从容而去。

嬴壮作乱，诸侯、公子追随，具体哪些公子，不甚详，嬴显，纯属小说虚构。

蓝田军营湮没在火红的晚霞里，一阵阵悠长的号角四面响起，最后一场操演终于收队了。裨将军嬴显刚刚回帐，便接到大营游骑的通报："北营门有一楚商，求见将军。"嬴显高声笑道："我没有楚商亲朋，你传错消息，该当军法。"游骑骑士正色道："断无差错。这是楚商给将军的信物。"说罢一探身，递给嬴显一块碧绿的玉佩。嬴显接过一看一愣，又恍然笑道："噢，晓得了，我这便去。"待游骑飞马而去，嬴显立即进帐，唤过军吏一阵叮嘱，便站在营帐外等候巡行兵车。

蓝田军营常驻十数万大军，营寨层叠，严禁将士军营驰马。只要不打仗，纵然将军出营，也须走马或步行，若要快捷，便须等待专门在军帐与各营门之间巡回穿行的兵车。这种兵车在作战中已经被淘汰，不属大军，而是隶属于蓝田将军的军营配置，专门供百夫长以上的将士快速出营，每车可站五到八人，有固定的行车路线，既不干扰军营操练，又快捷便当，比备马骑马回来再喂马洗马省事了许多。

片刻之后，嬴显乘着一辆兵车来到北营门。下车出营，已经一片暮色，依稀便见一辆黄篷辎车停在鹿寨外的树林之中，倒还真是楚国商人的车形。嬴显握了握手中玉佩，向辎车大步走来。将近树林，林中走出一个黄衣少年，迎面一躬道："将军请了。主人正在车中等候。"嬴显点点头，向辎车走了过来。车帘从里边"啪"地打起，嬴显一脚跨上了辎车。

"营外时几多?"幽暗的车厢中一声急迫的问话。

"一个时辰。壮兄有话，但说无妨。"

幽暗之中，辎车启动，沿着山麓树林向官道走马而去。辚辚车声中，急迫低沉的声音连绵不断。车下官道，又拐了回来,渐渐驶进了蓝田大营北营门的刁斗军灯之下。

辎车停稳,一个长须黄衫的楚国商人下车,打开车帘挂起,向车内拱手作礼:"将军请了。"一身黑色软甲的嬴显跨步下车,回身一躬道:"末将军务在身,不能奉陪先生,尚请见谅。"楚商笑道:"千里会友,原求一晤足矣!来,给将军些许零碎,莫得见笑。"黄衣少年已经从车上搬下一只包有两道铜箍的极是精致的红木桶与一只牛皮大袋。楚商指点笑道:"自家出的兰陵酒、银鱼干而已,将军与弟兄们品尝指点了。"嬴显拱手笑道:"蓝田大营军法甚严,一向不许私带军食入帐,末将心领,告辞!"转身大步去了。

黄衣楚商啧啧赞叹,直看着嬴显的背影消失在高大的寨门之内,方才登车辚辚去远。辎车一驶上官道,一声鞭响,两匹骏马四蹄大展,辎车哗啷啷风驰电掣般西去了。

次日黄昏,左庶长嬴壮带着六名骑士护卫秘密进了蓝田大营,向暂主军务的前军副将蒙骜出示了兵符令箭,点名调裨将军嬴显所属之八千铁骑"护送惠文太后西去雍城颐养"。经与裨将军嬴显勘合左右兵符,八千铁骑星夜出营,随嬴壮飞驰西去。行过三十里直插南山北麓,秘密西进,在灞水北岸的密林高岗中扎营了。

理由充分,不让人生疑。

八千铁骑在手,又是嬴显掌兵,嬴壮顿感底气十足。

回到咸阳府邸,嬴壮专一拜望了几家有封地的王族贵胄。自商鞅变法之后,秦国世族贵胄保留的封地最多没有超过二十里者,非但土地少,且没有任何治权,唯独有数量很少的象征性赋税。此情此景,自然不可能蓄养私兵。这些王族贵胄所有的,只是在长期征战中累积门下的一些伤残旧部。这些旧部在从军之前,或是依附王族的隶农子弟,或是本族的平民支脉子弟,或是仆役子弟。他们跟随老主人长期驰驱沙场,伤残之后纵然有军功爵位,也仍然举家住在老主人的

不能养私兵,兵只能对国家(实则国君)忠诚。

封地里、家园里，与老主人终身相依。这些人虽不是私兵，也不会形成很硬实的战力，但忠实可靠，尤其有一样长处：人皆百战余生，个个胆色极正，若是为主人复仇效力，说杀人不眨眼毫不为过。若能将此等死士聚拢得数百上千，那便是一支冲击王宫的惊人力量。

但是，这几家贵胄的家主却都是白发苍苍的老秦臣子，都已经到了深居简出的晚境，平日里从不过问国事。要他们卷入争王旋涡，那是太难太难了。嬴壮虽然打着太后旗号，说是借老兵陪太后西行狩猎，也还是没有结果。最令嬴壮不解的是，一夜之间，这些老人竟然一齐聋了。任你在耳边高声嚷叫加比画，他只摇着雪白的头颅笑哈哈百般打岔，一句话也没办法说清。拜访几家后，嬴壮大觉蹊跷，立即中止了拜望。

妙。装聋作哑是官场最高水平的耍太极。

就在当天晚上，嬴壮接到密报：挂名右丞相樗里疾近日频频出入王族门庭，每次都是醺醺大醉地出门。“老匹夫！黑猪！”嬴壮怒火中烧，狠狠骂了一声，几乎要跳起来立即去杀了这个令人生厌的老外戚。仔细思谋一阵，嬴壮还是压下了怒火，策马直奔自己封地。

樗里疾这只老狐狸出手，嬴壮不是对手。

次日傍晚，嬴壮从封地回来，见书案上赫然插着一支野雉翎。那华丽绚烂的尾羽，一看便是赵国最有名的山雉翎。嬴壮惊喜过望，立即直奔后园芙蕖池，进得池中茅亭，白衣面纱的嬴离已在等候。

“赵国如何？动手么？”拱手之间，嬴壮的话已经急迫出口。

嬴离的少年嗓音悠然如故：“先入座了。红芙蓉，上酒。”话音落点，荷花扁舟中一声清丽的回应，一个红衣少女倏忽飞上茅亭，石案上有了一只精致的木桶与两只闪亮的铜爵。嬴离大袖一挥道：“来，兰陵美酒，壮弟心志！”嬴壮与父

仅靠八千铁骑，还不可靠，得找外援。反正大家五百年前是一家，横竖都扯得上一点亲戚关系，找外援也不是什么大逆不道之事。据《史记·赵世家》、《史记·六国年表》等所载，秦内乱时，赵忙于胡服骑射的改革，对外并无什么攻击性动作。小说在这里借势增加紧张气氛，也顺便让廉颇出场。《史记·赵世家》载，“（赵武灵王）十八年，秦武王与孟说举龙文赤鼎，绝膑而死。赵王使代相赵固迎公子稷于燕，送归，立为秦王，是为昭王”，按这个记载，赵国对立嬴稷反而是有帮助的。

亲一样急性子，对这位哥哥在紧迫时刻的神秘兮兮颇有些不耐，但又无可奈何，举起酒爵一饮而尽："好！也为哥哥接风洗尘。"只是将话题往回扯。嬴离举爵一呷，悠然笑道："还算顺当。赵王已经派出前将军廉颇率军八万，进入晋阳，旬日后开始猛攻离石要塞，压迫河西。"

"好！"嬴壮拍案而起，"有赵国出兵，大事底定。"

"先沉住气。"嬴离淡淡道，"赵国出兵有索求，赵雍又黑又狠也。"

"甚个索求？割地？"

"正是。'嬴壮即位之日，割让河西十二城'，此乃赵雍原话。"

"欺人太甚！"嬴壮面色铁青，一拳砸在石案上，震得大铜爵跳起落案，"当"的一声大响。嬴离的少年嗓音却笑得脆亮："壮弟何其憨直也？今日割给他，明日不能夺回来？"嬴壮黑着脸骂道："鸟！嬴壮称王，第一个便灭了赵国，看谁黑狠！"嬴离摇头笑了："壮弟总是太憨直。若得即位，当先灭燕国，以通燕卖秦之罪处死嬴稷母子，稳固根基，然后才说得灭赵。"嬴壮一阵思忖拱手道："哥哥高明，便是这般。"嬴离纤细的手指叩着石案问："调兵之事如何了？"嬴壮点点头道："事是顺当。我只放心不下这个嬴显，他与哥哥交谊深么？"

"你可晓得，嬴显本来姓氏？"嬴离轻声笑问。

嬴壮大惑不解："嬴显嬴显，还能不是嬴氏王族姓氏？"

嬴离微微叹息了一声，站了起来，望着月色下迷迷蒙蒙的芙蕖池，背对着嬴壮轻声道："嬴显，是芈王妃嫁到秦国前的生子，母姓芈氏，父姓至今不明。"

嬴壮大是吃惊道："芈王妃嫁前生子，惠王能不知道？如何还娶她过来？"

嬴离摇摇头道："楚秦两国风习奔放，几曾有人计较过婚前生子了？不闻秦谚：婚前生子，夫家大福。"

"倒也是。"嬴壮点点头，"听说芈王妃嫁来时，嬴荡尚未出生，惠王尚没有儿子。"

嬴离清亮的声音有些颤抖："嬴显与我一般，都做过伶仃子弟，我等一起浪迹过十年。"

"哥哥哪里话？芈氏楚人，我可是在濮阳①找见你的啊！"嬴壮云山雾罩了。

---

① 濮阳，今河南濮阳，战国时卫国都城。

“那是后话了。”嬴离断断续续地唏嘘叙说着，“三十多年前，我被惠文太后的宫女带出咸阳，在楚国云梦泽北岸隐居了下来。我长到五六岁的时候，经常与养母到云梦泽打鱼采莲。一次，遇到了同样在打鱼采莲的一对母子。我站在船头，惊讶地看着对面船头那个与我一般大小但却虎实得多的孩童，不想却滑到了水里。养母不善水性，急得高声哭喊起来。那个孩童一个鱼跃入水，将我举起来游到了船边。养母为了感谢那母子二人，留他们在小庄里住了三日。奇怪的是，三日之中，我与那个孩童只顾玩耍，两个大人也只是闲话鱼桑，谁也没有问对方的来历身世。从那之后，我几乎与那个孩童天天在水边见面，不是住在他家，就是住在我家。我喜欢那个孩童，是因为他从来不怕我一头白发一张红脸，处处都护着我。后来，我们都长大了，一起打鱼，一起练剑，一起读书。在十五岁那年的立春日，他突然来向我辞行，说他要到秦国咸阳去了……也就是那一日，我才知道了他的姓名——芈显。那块三星玉佩，便是他给我留下的念物。养母知道了这件事，惊讶得枯坐了一夜，第二天便带着我北上了。二十岁那年，养母辛劳成疾，昏倒在了院中的老桑树下，艰难说完我的身世，便死了……我回到咸阳后，花了三年工夫，才悄悄找到了芈显。那时，他已经是嬴显了。每次月圆之夜，只要他的军营在百里之内，他都会赶到这芙蕖园与我盘桓饮酒。他的军营要驻得远，我这闲人就去找他。你说，如此一个沧桑人物，不值得共艰危么？”

嬴离强调与嬴显的兄弟情、患难情，殊不知嬴显（芈显）与那个嬴稷是同母兄弟。

嬴壮听得一时回不过味儿来，口中只喃喃道：“好个芈显，好个嬴显，谁是谁也？真道个乱得糊涂。”

“何管谁是谁？只管我是谁。”嬴离回过身来，第一次掀开面纱，雪白的长发衬着鲜红的面容，令人心颤的妖冶怪诞！嬴壮虽然与这个哥哥同宅居住十余年，也常常为哥哥的命运暗自叹息，却从来没有见过这个哥哥的真实面目。今日月光之下，乍见白发如雪面容如血，竟不由自主地起了一身鸡皮疙瘩，情不自禁地打了一个寒战，向后退了两步。

嬴离两排牙齿森森然一闪，粲然一笑，又放下面纱悠然一叹："你我同胞骨肉，却有霄壤之别。此间秘密，谁能说清？即或说清，又有何用？时势需要你我做兄弟，便做兄弟，何须去问谁是谁？嬴显本姓是个谜，可后来姓了芈，十多年前又姓了嬴，你却说，他是谁了？我等母亲是胡人，可我们却都姓了嬴，做了秦国王族子孙。想想，假若我等生在胡地草原，还不得举着弯刀骑着骏马长驱南下抢掠秦人？冥冥上苍造化，谁能说得清白？"

嬴秦到底是西来者还是东来者，学术界有争议。血统纯不纯正，存疑。

嬴壮长叹一声，一拳砸下："不说了！旬日后动手！封地老军们，我也安顿好了。"

嬴离平静地点点头，突然曼声吟诵："无草不死，无木不萎，习习谷风，维山崔嵬！"清亮的嗓音有几分激越颤抖，"壮弟夺得天下第一王位，离也不枉在王室走了一遭，此生足矣！"

"大哥，"嬴壮心下一沉，"王位大业，是你我兄弟共创，属我两人。"

嬴离大笑一阵，声音如莺鸣鹤唳："错也！你便是你，我便是我。王位有共创，却没有共享！没有！嬴离要的，只是'人杰'二字，不要别的。兄弟，你，你可知道我心……"说话间一声哽咽，骤然伏案放声痛哭。嬴壮的泪水不禁夺眶而出，却只是木然地站着。

终身不得以真面目示人，内心的痛苦，无人可知晓。

月亮升上中天，星光稀稀落落地闪烁着。万绿丛中的哭泣仿佛细亮滞塞的琴声，又像曲折回环的莺鸣，洒落在绿蒙蒙的芙蕖园中，飘散在碧蓝的夜空里。

白起马队终于星夜兼程地赶回了咸阳。

过了离石要塞，一日之间进入了河西阳周[1]地面。阳周城西与秦长城相距五十余里，北与上郡治所肤施城相距一百余里，决然是秦军的有效控制区域了。虽则如此，白起还是没有进阳周城，只派出斥候持前将军令箭进城，向阳周将军通报过境，马队却开到城北一条小河的隐蔽河谷里驻扎。

白起传下军令：休整一宿，埋锅造饭刷洗战马，天明立即起程。马队千里驰驱，这是第一次埋锅造饭，铁鹰锐士们分外兴奋，营帐未扎好已是炊烟袅袅人喊马嘶了。须臾之间，白起派进阳周城的斥候飞骑归来，带来了阳周将军犒劳的一车青萝卜与十只宰杀好的肥羊，河谷里顿时一片欢呼。正在此时，又有斥候飞报：蓝田将军芈戎率两千铁骑到达阳周城南。白起心知是甘茂派来的迎接军马，蓝田将军芈戎又是新君嬴稷的舅父，立即来到一座护卫森严的小帐篷禀报。

嬴稷一路行来，都是完全的骑士装束，除了铁鹰锐士特有的铁甲重胄，几乎全然一个真正的快马骑士。白起派定王陵率一个百人队专门护卫照料嬴稷，严令不得有丝毫差错。王陵精明干练，出发时在燕国于延水草原准备了几只装满马奶的皮袋与几贴牧民疗伤镇痛的土膏药，派两个出身药农的骑士，专门照拂嬴稷吃喝上药。

一路驰驱颠簸，竟安然无恙地下来了。嬴稷虽是少年，在燕国也是饱经磨难，锤炼得稳健顽强，全然不像一个少不更事的十六岁少年。一路之上除了上药，他断然拒绝喝马奶，理由只是一句话："军中无王子，嬴稷与骑士无二！"硬是将马奶教大家均分了喝。骑士们感慨唏嘘，无不暗暗称赞这

其有帝王之相。

① 阳周，战国时秦国在黄河西岸的军事重镇之一，在今陕北绥德西南地区。

位小王子。便是那顶专门配给的牛皮厚帐篷，嬴稷也不愿一个人用，坚执要与十个骑士共住。王陵报给白起，白起一想也好，骑士们夹着他夜宿，一则更安全，二则也使王子多一番历练，便随了嬴稷。骑士们都是壮汉猛士，一旦撂倒身躯入睡，鼾声如雷咬牙放屁说梦话，满帐一片龌龊气息。嬴稷虽然也是年少睡深，毕竟从未有过如此经历，常常惊醒过来，耐心地一一将骑士们蹬开的被子或皮袄拉好，又将压在别人身上的粗腿搬开。有时童心大起，将一支毛毛草去抚弄鼾声最大的鼻孔，引来骤然爆发的一串喷嚏，他便哈哈大笑着歪倒在骑士们身边睡着了。可每次天亮醒来，嬴稷都发现自己总睡在最好的位置，盖得又暖和又严实，不禁常常双眼潮湿。

壮汉猛士有时也粗中有细。

白起大步赶到牛皮帐篷前时，嬴稷正与骑士们笑闹着大吃大喝。见白起到来，满嘴流油盘腿大坐的骑士们箭一般挺身弹起，"嗨"地一躬身散到四周去了。

"将军有事？要走了么？"嬴稷也霍然站了起来。

白起一拱手低声道："蓝田将军芈戎率两千铁骑来迎，王子是否愿会合南下？"

嬴稷目光一闪："将军之意？大军行止，嬴稷唯将军是从。"

接下来，嬴稷要熟识他将来的肱股大臣，白起、魏冉、芈戎等。这些人，将辅佐他稳登大位。

白起思忖道："当此非常时期，白起敢问：王子对舅父可知根知底？"

"这位舅父从来没有见过，但请将军决策。"嬴稷没有丝毫犹豫。

用人之道。用人不疑，疑人不用。

白起慨然一拱道："既然如此，王子可如常在帐。白起自有应对，安保王子三日抵达咸阳。"说罢转身匆匆去了。片刻之后，白起率领十骑出营，直向阳周城南的芈戎大营而来。刚到营门，便见芈戎带着一个百人队簇拥着一辆青铜轺车飞马驰出。

白起此时是前军大将，军中职级与蓝田将军相同，若论临危受命与兼掌兵符这两点，则身份远比一个尚在朦胧之中的王舅重要得多。但白起秉性冷静，绝不想在需要保密的非常时刻以秘密身份骄人。他遥遥看见芈戎出营，立即下马拱手肃立道边："前将军白起，拜会蓝田将军。"芈戎一马冲出，见道边一员大将拱手报号，骤然勒马道："你是何人？白起么？哎呀，不早说！"翻身下马一躬道，"芈戎久闻将军英名，得罪！"一派军营豪爽，毫无作态之相。

白起虽也知道蓝田将军芈戎名头，却是素不相识，眼前寥寥两句，便知芈戎是通达坦直的老军脾性，顿时感到舒心，不禁笑道："将军握我三军咽喉，白起何敢当得罪二字？"芈戎早听甘茂说了白起的诸般不凡，心下本就敬佩，今见这个年轻将军厚重礼让，不禁大生好感，哈哈大笑着一拍白起肩膀："有为难处，尽管找我！牛肉大饼给你最鲜的。"白起向来不苟言笑，也不禁大笑起来："好！但有仗打，少不得聒噪，白起先行谢过。"芈戎笑脸骤然收敛，低声道："快走！我得先见见国命根子。"白起双眼向四面一瞄，低声道："一过离石，命根子便由王陵护送南下了。我在后面掩护，此事怕后不怕前。"芈戎眉头一皱道："王陵是谁？几多人马？可靠么？"白起低声道："断无差错！他前行三十里，我等随时都可策应。"芈戎急得直搓手："误事了，老哥哥回去该狠狠骂我了。"白起一挥手："不误事，正要借重将军，听我说……"便在芈戎耳边一阵急促低语。芈戎大手一拍道："妙！便是这般！"立即回头高声下令，"移营城北河谷——"

月亮爬上山头的时候，芈戎与白起的营地合在了一起。

芈戎职司，几乎是秦军最直接的粮草辎重总管，北上人马又是有备而来，衣物军食带得很是充足。而白起马队北上时刚刚开春，骑士还是贴身棉衣外铁甲，再外罩翻毛皮筒。此刻已经是五月初将近麦收时节，一个月间征衣不解驰驱不歇，厚厚的衣甲缝中已经生满了虱子，一出汗瘙痒难耐，急需换单夹军衣。芈戎久做军需，自然深知军中时令。两营合并驻扎，芈戎立即下令将迎驾带来的单夹军衣全数搬出，教白起人马全部换装，又将换下的棉皮军衣连夜运往阳周军库，以蓝田将军名义下令："洗浆干净缝补妥帖，着军路驿站快马运往蓝田大营充库。"如此一来，白起马队人人轻装，可着劲儿高喊了一阵蓝田将军万岁。

天将黎明，拔营起行，两支人马分道扬镳：芈戎一军大张旌旗仪仗，密匝匝护卫着一辆青铜轺车向正南直下，过高奴，越雕阴，沿洛水直下关中；白起马队则偃旗息鼓，从西南方向沿北地郡进入泾水河谷,直下咸阳。

三日之后的夜半时分,乌云遮月,万籁俱寂,唯有一片蛙鸣回荡在田野池塘。咸阳城西北的山塬上,一支马队衔枚裹蹄,悄无声息地进入了北阪松林,又直下北阪涉过了沣水,终于悄悄地消失在沣水南岸的松林塬中。

静谧的章台顿时活起来了。

魏冄与白起马队一会合,一阵低声商议,立即将嬴稷接进章台,安顿在章台中心一座四面石墙的大屋里,由一个百人队住在屋外庭院专司护卫,其余铁鹰锐士由王陵率领驻扎在章台外围的松林里做机动策应。一阵忙碌完毕,魏冄对嬴稷一拱手道:"新君未即位,臣若烦琐多礼,反倒误事。王子但吃但睡,将息恢复。外事有臣等操持机断,王子无须操心。"嬴稷笑道:"正是如此,多头计议反倒误事,舅父相机决断便是。"魏冄一躬道:"王子深明事理,臣等自当全力以赴。"说罢对白起一挥手道:"走! 到我帐中,事稠着哩!"径自大步去了。白起向嬴稷一躬道:"栎阳令迅雷飙风,大秦有幸也。"嬴稷笑道:"这个舅父我还是五六岁时见过的。但有将军,嬴稷何虑。你去。"白起道一声"臣告辞",大步去了。

魏冄的总帐设在章台宫门,实际上便是刚进宫门的第一进,来过这里的大臣吏员们都呼之为前庭。寻常无事,这里都是当值吏员、内侍、护卫的公事房,分为两厢十间。中间一条宽两丈多的青石板庭院,尽头一座巨大的蓝田玉影壁,绕过影壁便进入了国君庭院。因了章台宫后依山冈密林,没有通道,一旦有事,这座前庭便是进出最为方便的通道。魏冄一眼看准了前庭是扼守章台的要害,直接将自己的公务堂设在了这里。两个心腹随员,一个贴身护卫,一间最简朴的书房,便是这座总署的全部。

白起走进书房时,魏冄正伏在大案上端详一幅羊皮大图。白起走近一瞄魏冄目光所向,慨然拱手道:"公若担心,白起亲率锐士千骑迎接蓝田将军。"魏冄抬起头大手一挥道:"精铁用在刃上,接他做甚? 将军且坐,你有更要紧的事。"白起席地坐在案前,终是思忖道:"也是白起思虑不周:蓝田将军地理不熟,若有意外,白起何堪?"魏冄哈哈大笑道:"如何老叨咕此事? 我就是等着他遭遇袭击,偏是我想不出此人来路,所以疑惑,将军且莫多心。"白起困惑道:"蓝田将军遭遇袭击,难道是好事么?"魏冄皱着眉头道:"蛟龙一出水,我心便安。这种事,打得越准越好! 他不露头,你却找谁?"白起恍然道:"依公之言,袭击蓝田将军护卫的王驾,便是谋逆铁证?"魏冄拍案笑道:"正是!疑人谋反，秦法可是不能治罪也。”白起不禁感慨道：“公大明也！若如白起，只知打仗，何能虑及战场之外？”魏冄不禁大笑道：“将军未免自谦了。魏冄一见将军，便知白起将成大秦栋梁！若无将军，这场大事任谁也拿不下来。”白起素来端严厚重，不禁红了脸拱手道：“公谬奖白起，愧不敢当。”魏冄揶揄笑道：“魏冄只会刻薄人，谬奖之事，历来不做。今日你我初识，魏冄一句断言：你我同心，大秦无敌！”白起慨然拱手道：“有公在前，白起服膺！”魏冄拍案大笑道：“快哉快哉！得将军此言，魏冄当浮一大白也！”白起笑道：“改日大白了，今日却要听公号令。”

魏冄笑容立即收敛，指点着案上大图道：“我已得到三处密报：其一，赵国廉颇兵出晋阳，企图进犯河西；其二，蓝田大营八千铁骑被左庶长嬴壮调出，去向不明；其三，嬴壮封地一千多老兵，已经秘密分批进了咸阳。将军以为，这三件事关联如何？”目光炯炯地盯着白起，似乎考校一般。

白起毫不犹豫道：“这却是一目了然：以赵国进犯为夺位时机，八千铁骑镇外围，一千老兵夺宫廷，使我内外不能兼顾，彼却一举成势。”

公子壮的准备功夫做得不够，重要的权臣谋士将士无人支持公子壮，这些人，一心一意辅助嬴稷。武烈王虽不长寿，但还是培养了一批死心塌地之臣子。

“正是如此。鸟，嬴壮这厮歹毒！”魏冄站了起来，狠狠骂了一句。

“白起敢问：八千铁骑，何人领兵？”

“裨将嬴显，还是个王子，直娘贼！”魏冄又骂了一句秦人土语。

“嬴显？”白起不禁一愣，“公不知嬴显何许人也？”

“何许人也？”魏冄双目突然圆睁，凌厉地盯着白起。

白起低声道：“嬴显本是前军部将，我接掌前军主将后查看过国尉府册籍，嬴显是当今王子的同母庶兄，芈王妃的亲生子,十年前从楚国入秦从军。"

魏冄惊讶得又气又笑:"你是说,这小子是我外甥?"

"正是。公需冷静思之。"

魏冄一时焦躁,绕着书案转了两圈突然站定道:"不用理睬!但入谋逆,便是谋逆,老天也救他不得!"白起却拱手道:"嬴显在军中也是猛士名将,素来没有歪斜行迹。以白起之见,此事可能有解。"

魏冄目光一闪道:"你且说来。"白起一阵低语,魏冄不禁拍了白起肩膀一掌:"想得妙！白起大将之才也。"立即拉着白起入座,一阵密商,白起匆匆去了。魏冄却从庭院绕过影壁,直然来见嬴稷。

灯火大亮,嬴稷正在案前擦拭那口须臾不离的吴钩。在燕国几年,由王子特使而沦为人质,嬴稷已经对上层权力场的冰冷与无常有了超越年龄的感触。好端端一个燕国,竟被一个阴鸷凶险的子之搅得几乎亡国,燕国王族也几乎在这场大乱中玉石俱焚,甚至被连根铲除。这一切,都是燕易王过分信任子之,教子之拥兵坐大造成的。在那些大乱的日子里,燕国一片血腥。先是子之与燕国太子姬平双方都追杀自己的政敌,平民国人也趁机抢掠商贾富家,王公贵胄与外国使节变得比寻常平民更危险更可怜。后来又是齐国占领军的大肆杀戮劫掠,使蓟城几乎成了一片焦土废墟。若不是母亲机变,千方百计地找到了栎阳公主的下落,带他到残留燕国的北秦部族落脚,嬴稷母子几乎要死在拉锯杀戮的蓟城了。

历经劫难,好容易燕国动乱平息,空前的饥荒与瘟疫却又降临了。饿殍遍野,白骨当道,燕国举目荒凉。半农半牧的北秦部族本来就储粮不多,又要支撑栎阳公主与太子姬平的部分军粮,动乱平息时,战死饿死了几乎一半精壮。那时候,嬴稷母子只有跟着余下的老弱病残走进了燕山,扒树皮、挖野菜、徒手狩猎,过起了茹毛饮血刀耕火种的穴居生活。三年之中,嬴稷学会了辨认各种树皮与野菜野草,也学会了徒手追捕野羊,更学会了拼命逃脱猛虎、豹子与燕山苍狼追杀的本领。已经是十三岁的少年了,却长得精瘦的一个长条儿,根根肋条骨都清楚地暴露在一身粗布短褂的外面。便是如此精瘦的一副骨头架子,嬴稷却机敏矫健得惊人。爬树赛过猴子,奔跑可追野羊,逃命可躲苍狼豹子,抓起一条山蛇能"唰"地撕开蛇皮将血肉生吞。每晚回洞,还总能给母亲带回些许猎物,不是一只兔子一只山鸡,便是一只半只野羊。就在他们母子已经对回到秦国绝望的时日,燕国新君却派人寻觅他们来了。嬴稷记得很清楚,来使是个将军,自报亚卿乐毅。那个乐毅与母亲在洞中说了半日,赶他狩猎回来时,母亲已经答应了随乐毅回蓟城。于是,嬴稷被母亲逼着换上了一件宽大得累赘的布袍,坐着乐毅带来的一辆牛车回到了蓟城。

忙中交代嬴稷的成长经历及德行,至少要说服读者,新君是可造之才。

乐毅将他们母子安顿在王宫后园,住在宫女内侍们的庭院里。年轻的燕国新王来过一次,便再也没有下文了。只有那个乐毅总是在月末来探望他们,每次都带来一匹粗布或一袋舂得很精细的白米。嬴稷知道,那是乐毅专门给母亲的。母亲是水乡女子的鱼米口味,几年大饥馑,几乎已经不识白米为何物了,憔悴干瘦得令人不忍卒睹。由于乐毅的照拂,母亲渐渐地恢复了,两三年中竟又变得惊人的美丽——婀娜秀美,比深居秦宫时更多了几分别有韵味儿的丰满。每逢乐毅来访,母亲都要亲手烹制乐毅带来的水中鲜物,或是一条大鱼,或是几段莲藕,留他小酌,与他盘桓叙谈。嬴稷不耐听这些絮叨,甚至有些厌烦这个乐毅——既有权力,便当放他母子归秦,方为大丈夫;既不放人,又来纠缠母亲,实在不是英雄做派。可他毕竟已经学会了忍耐,也总是应酬两句,便到院中练剑,直等乐毅告辞才回屋吃饭。母亲见他绷着脸,也只是笑笑,从不试图解释给儿子。

美貌是王道。

在白起突然到来的那个深夜,嬴稷突然明白了母亲的良苦用心。他总是隐隐约约地觉得:若非母亲与乐毅熟悉,他们母子的燕山脱身之计便不可能顺利成行,母亲留燕作为人质更是危险。一路想来,嬴稷不禁有些佩服母亲的胆识气量了。擦拭着吴钩,嬴稷想起了燕山狩猎临别的那天晚上。母亲悄悄在他耳边叮嘱:“回到秦国,一定要寡言少事,忍耐为上。”嬴稷霍然起身,举着吴钩对母亲发誓:“若咸阳有变,我立即剖腹自杀!有乐毅在燕,母亲不要回秦,孩儿放心。”

没有宣太后的周旋，恐怕嬴稷早已不知身在何处了。言传身教，有这样的母亲，嬴稷何愁不成大器。

母亲低声却又严厉地呵斥他："小小年纪晓得甚来！不许胡思乱想。记住，只要沉住气，秦国便是你的。"是的，一定要沉住气，目下还远远不是说话的时候。

与秦国臣子接触，仅仅是白起与魏冄，嬴稷立即感到了一股逼人的气势，与在燕国见到的臣子大不一般。白起虽然年轻，但那厚重坚刚的秉性与处置军情危机的超凡胆识，已经像一道闪电使嬴稷目眩神摇了。乐毅也是大将，而且是名将之后，但乐毅给嬴稷的感觉是睿智沉稳，虽然也不乏果断明晰，但决然没有这位年轻将军夺人心魄。嬴稷朦胧地闪过一个念头：乐毅就像苍翠的山岳，白起却是一道万仞绝壁。面对如此将军，还需要自己在军事上问来问去么？而掌总运筹的这位大舅父，更是凌厉锋锐，言谈举止无不透出一股笃定的霸气。看来，这位舅父的才干是不用怀疑的。这种人，最好教他全权谋划，运筹独断，等自己熟悉了他的秉性后再相机过问不迟……

这个比喻好！

突然，庭院传来急促沉重的脚步声，嬴稷仔细倾听，依然专心地擦拭着吴钩。

"魏冄参见新君。"灯光一摇，魏冄高大的身躯已经带着风站在了案前。

"啊，舅公到了，快请入座。"嬴稷恍然站起，放下吴钩一躬。

魏冄直而有理。

"国君无礼于人。日后无须如此。"魏冄坦然入座，又一挥手道，"坐了，大事要紧。"

嬴稷也不多说，席地坐在案前道："舅公请说。"

"第一件，"魏冄直截了当，"你将即位，日后毋得以舅公称我。君是君，臣是臣，莫使魏冄成千夫所指。"嬴稷刚刚应了一句是，魏冄便转了话题，"第二件，你母亲可曾对你说起过嬴显此人？"嬴稷目光一闪，思忖点头道："说了，是嬴稷同母庶兄。只是我尚未见过。"魏冄手指叩着书案道："她晓得嬴显在军中为将，没有叮嘱你找他？”嬴稷摇摇头道：“没有。母亲只说，大事悉听秦王遗命。”魏冄不禁皱起了眉头道：“如此说来，嬴显便撞在了刀口上。”嬴稷惊讶道：“舅公此话何意？”魏冄阴沉着脸道：“正是他为虎作伥，领兵助逆。”嬴稷恍然道：“想起来了，母亲给显兄有一信，舅公交给他便了。”说着从贴身衣袋里摸出一个泥封竹管，“母亲也没说写了甚，只说交给他便了。”

魏冄显然有些不悦道：“如此大事，如何等到我来问才想起了？孩童心性！”接过竹管右手拇指一掰，“啪”地剥去了泥封，抽出了一卷白绢。嬴稷阻止已是不及，惊讶道：“剥去泥封，显兄岂不起疑？”魏冄盯着嬴稷道：“非常时刻，不能教妇人之仁坏事！她写得有用，我自会教嬴显相信。否则，不如不送！”说着话低头浏览，一眼瞄过，脸上舒展开来，两手已经利落地将白绢卷起塞进了竹管，“好！也许管用。”站起来一拱手道，“我去分派了。你只管放心将息，舅公保你月内即位。”不待嬴稷回答，大步匆匆地去了。

此事成为挫败夺位之乱的关键。只要嬴显一倒戈，嬴壮之事便成泡影。

嬴稷愣怔良久，轻轻地叹息了一声，竟不知如何是好了，厅中转悠一圈，毫无睡意，便出了廊下天井，到园中漫步去了。章台依山傍水，所谓宫中园林，实际上除了秦孝公修建的一片玄思苑外，实则石墙圈起来的一大片松林而已。一到夜晚，万籁俱寂中唯闻谷风习习，山林深处间或传来虎啸狼嗥，大是荒凉空旷。嬴稷对这里很是生疏，转悠片刻终觉有些害怕，回到了宫中书房，睡不着便在厅中踱步，不知不觉彷徨到了天亮。

四　扑朔迷离起雷霆

甘茂有些惴惴不安起来。嬴壮没有动静，魏冄也没有动静，咸阳城一片宁静，静得他心慌。借着视察咸阳民治，甘茂与白山密谈了一阵，白山却是笃定地笑了笑："有栎阳令，有白起，丞相但放宽心。"显然，白山也是一无所知，只不过不着急罢了。

甘茂坐不住了。毕竟，自己是接受遗命的主事大臣，又是秦国有史以来第一位丞相兼领上将军，秦武王与自己情谊笃厚，临终时对自己即或有所不满，也依然将底定国家的重任交给了自己。除了白起与自己共同受命，魏冄还是自己遴选倚重的，最终，要对朝野说话的还得是自己。一想到这里，甘茂坐不住了，暮色降临时秘密出城渡过沣水，径直来到章台找魏冄。

非常时期，甘茂鲁莽了。

在松林塬进入章台的入口处，秘密游动步哨拦住了甘茂。甘茂哭笑不得，拿出了秦王金令箭，还是不能放行。甘茂勃然大怒，厉声高喝："魏冄想反叛王室么？教他出来！我是丞相兼领上将军甘茂！"那个带领游动步哨的百夫长听说是甘茂，连忙深深一躬："公子军法森严，明令不能放任何人进入章台，我若违令，立斩不赦。请丞相恕罪，我即刻通报。"甘茂怒火中烧，放开喉咙大喊："魏冄——你出来——你敢拥兵自重，甘茂第一个不饶你！"百夫长本来正要去通报，见甘茂声色俱厉，又连忙拦挡，怕他与甲士动起刀剑，正在乱哄哄不可开交时，突闻马蹄声疾，一人高声喝道："立即噤声！违令者斩！"呵斥声落，一领黑斗篷展开，马上骑士黑鹰般从马上飞下，正是魏冄。

"魏冄，嘿嘿，你好威风！"甘茂脸色铁青地冷笑着，"给你个狗胆，杀了甘茂！"

气势对比，日后甘茂一定不是魏冄的对手。

"丞相？如何深夜闯到这里？"魏冄大步拱手，显然惊讶异常，"说好的，有事我自来禀报。"声音冰冷凌厉。

甘茂更是声色俱厉："你且先说：秦王金令箭，为何进不得你这三尺禁地？”

魏冄冷冷道：“敢问丞相，左庶长府有无金令箭？惠文太后宫有无金令箭？”

“我说了，我是丞相兼领上将军甘茂！”

“丞相久居枢要，善处秘事，岂不闻‘大密有约’四字？白龙鱼服，单人匹马，突兀而来，还要长驱直入，若你我颠倒，不知丞相何以处之？”魏冄话锋凌厉非常，毫不相让。

甘茂悻悻片刻，低声道：“你过来。事体究竟如何？片言只字皆无，我却如何放心？”

魏冄慨然拱手道：“我快马出来，正是要进咸阳向丞相禀报，谁想丞相如此躁动？”

“好了，是我鲁莽。你且说情势如何？”甘茂不想纠缠，急迫问话。

魏冄拉着甘茂走到一棵大松树背后低声道：“王子嬴稷已经回到章台，单等芈戎兵马一到，便可动手。”

“芈戎何时可到？”

“若无意外，当在今夜天亮之前。”

“好！那明晚便可动手了？”

“正是。”

“白起如何？”甘茂恍然，又是骤然紧张。在他心目中，白起更有实力，更是托底柱石。

见甘茂如此紧张地询问白起，魏冄自然心下明白，一拱手笑道：“丞相毋得担心，白起自是做最要紧的事去了。还要我明说么？”

“你是说，白起到河西抵抗赵军去了？”

“战阵之间，无人取代白起。只要赵军攻势瓦解，谁也休想蹦跶出风浪！”

甘茂松了一口气：“你准备如何动手？”

山风呼啸，魏冄机警地四面看了一番，然后凑在甘茂耳朵边一阵急促低语，末了分开道：“丞相以为如何？”甘茂思忖点头道：“釜底抽薪，很好。但还是不能大意，一定要教白山将军托底，他在军中资望极深。”

“丞相叮嘱，魏冄铭记在心。”

又约定了几件具体事宜，甘茂策马回城了，进得咸阳南门，立即拐进了白山府邸，直到四更天方才出来。

此刻，左庶长府一片紧张忙碌。

暮色时分，嬴壮接到嬴显快马密报：白起率领五万铁骑开赴河西；芈戎率领两千铁骑，从洛水护送嬴稷南下。这两则消息令嬴壮一惊一喜，一时拿捏不定了。白起北上，莫非是甘茂他们已经觉察到了赵国异动，针锋相对地准备与赵国开战了？嬴离原本与赵国议定，是要对河西发动奇袭战的，如何未开战便走漏了消息？奇袭变成了公开攻防，赵国胜算肯定不大，说不定还会就此罢手。若赵国罢手，嬴壮便只有两途：要么偃旗息鼓，要么孤注一掷。否则，这曳到半坡的战车可如何撒手？芈戎护送嬴稷南来的消息，却使嬴壮怦然心动，朦朦胧胧地觉得上天将一个大好机会送到了面前。忐忑片刻，嬴壮还是来到了后园芙蕖池。

偷袭之事要告吹。

“嬴显不会出错。”一阵沉默，嬴离终于有了第一个评判，“你许他封侯之位，我与他情同手足，他断不会临阵倒戈。”

“既然如此，不能寄厚望于赵国，只有自己动手！”嬴壮激奋不已，一拳砸在石案上。

嬴离思忖片刻悠然一笑道：“壮弟，我须问你一句：交权谢罪，贬黜隐居，此等日子你可过得？”

问得好。

“哥哥甚话？”嬴壮惊讶地看着那张白纱遮盖的朦胧红颜，“你我兄弟，原本是为振兴嬴氏武运而作此番谋划，太后支持，兄弟同心，便是到地下也可对列祖列宗，何有交权谢罪之说？你若心生退意，我自做了！”

“此事若败，连坐三族，嬴虔一脉将从此消失。”

“王位有天价。不能遂我壮心，何如一刀断头！”

事到如今，哪有回头路。

“好！”嬴离的少年嗓音有些嘶哑，“败局想得明白，事情便好做。”

“大哥只说，如何动手?”嬴壮显然着急了。

嬴离冷冷一笑：“教嬴显带三千精锐去洛水，袭杀嬴稷！”

“我派府中五百老军跟随。”

“不用。我随他去。”

“大哥！”嬴壮骤然哽咽了。

嬴离平静得出奇：“记住，封地老军是最后的利器。旬日之内我无消息，便是最后时刻了。”

嬴壮深深一躬：“哥哥保重。”转身大步去了。

中夜时分，一辆篷布辎车在川流不息的商旅车马中出了咸阳南门，过了渭水白石桥，飞进了灞水河谷的密林之中。天将四更时分，三千铁骑从灞水秘密营地开出，凭着左庶长府的特急金令箭，向东北开过渭水，再经下邽[①]北上，两日后进入了洛水河谷的鄜山[②]峡谷，悄无声息地埋伏了下来。

芈戎的两千军马大张“迎公子稷回秦”的大旗，一路上辚辚隆隆，完全按照使节常规：卯时上路，午时歇息进食，日暮扎营夜宿，日行六十里，不紧不慢。芈戎与白起商定的方略本来是兼程南下，之所以兵分两路，为的只是掩护嬴稷一路安全返国。即或兼程疾进，因了路途绕远，也必然在嬴稷一路之后，所以没有必要徐徐行进。不料上路三日之后，芈戎却接到魏冄的快马严令——按使节路速行进，不许疾进。芈戎逍遥了起来，走得舒服至极，心里却是忐忑不安。

这一日兵进鄜山，正是午后时分，芈戎不由自主地紧张起来。他虽然是蓝田将军，却毕竟不是战场大将，实际打仗的时候极少，每遇险地总是要念叨几句兵书，想想要是当真遇敌该如何处置。这鄜山峡谷地形险要，两山夹峙，中间一条洛水穿过，仅有河东山下一条车道。兵家说法，这叫“间不方轨”——车马想打转都转圜不开。兵书所说的六险之地——绝涧（两岸峭壁，水流其间）、天井（四周高峻而中间低洼）、天牢（山险环绕，易进难出）、天罗（荆棘丛生，难于通过）、天陷（丛林山塬，道路不明）、天隙（两山夹峙，通道狭窄），这鄜山峡谷就占了绝涧、天隙两险。

---

① 下邽，古县名，秦置，在今陕西渭南市东北。

② 鄜山，洛水东岸山地，战国秦时为雕阴县，在今陕西中部富县地区。

芈戎遥望山口，不禁喃喃念叨："六险之地，伏奸之所也，必亟去之，勿近也。"念叨之间却又无可奈何。要南下，唯此一条路，此时要退回绕道少说也得半年时光，更不说招人耻笑了。

心念闪动，芈戎拔剑高声下令："单骑雁队，急速过山！"

秦军铁骑训练有素且久经战阵，闻得一声军令，前军千夫长骤然勒马，长剑指向山口高声喝道："卷起旌旗！飞骑连环！走马进山！"话音落点，十名斥候骑士当先飞出探路，其余大队骑士毫无停留地沓沓走马，首尾相连地进了山口。一个千人队之后，芈戎带着一个最精锐的百人队前后夹护着那辆青铜轺车，也进入了山口。直至后面一个千人队全部进入山口，前哨斥候与后卫游骑也没有发现任何异常，芈戎不禁松了一口气。

正在此时，突然一阵雷鸣般的大鼓隆隆滚过峡谷，两岸密林中响起山呼海啸般杀声，一片片红色甲胄在幽暗的峡谷如同闪亮的蟒蛇从两岸高山扑下，杀入正在行进的铁骑之中。中央两股最为凶猛，直扑青铜轺车而来。

芈戎勃然大怒，举剑大吼："赵军偷袭，拼死血战！杀——"

两军杀到一处，持久难解难分。芈戎正在惊讶赵军战力之强，一个百夫长飞马冲来急匆匆大叫："将军，不是赵军，是秦军自家人！有鬼！"芈戎猛然醒悟，跳上轺车下令："来，跟我喊！新军将士——反叛连坐——罢兵有功——"先是百人高喊，接着两千人齐声高呼，"反叛连坐，罢兵有功"的吼声响彻山谷。

正在此时，一个骑士急匆匆挤到芈戎车前，猛然亮出一面黑玉牌便飞身上车，在芈戎耳边一阵急促喊叫。芈戎大怒："铁鹰百人队，跟我来！"飞身跳上战马，带着最精锐的铁鹰锐士队呼啸着冲向半山腰。

山腰密林的一座青色岩石上，身披红色斗篷的嬴离正在遥望山坡河谷里的激烈厮杀。他对自己的筹划很是满意：伪装赵军，截杀嬴稷，釜底抽薪。纵然万一不能如愿，暴露的也只是嬴显，只要甘茂等手忙脚乱地查究案情，嬴壮的咸阳奇袭便能一举成功。在出发时，他已经代嬴壮对嬴显明确许诺：截杀成功，嬴显便是秦国左庶长，封侯百里，位极人臣。嬴显哈哈大笑道："助君之力，全在与兄情谊，与官爵何干！"虽然如此，嬴离对嬴显还是心有疑虑。毕竟，嬴显在秦国的十多年军旅他是太少知情了，信与不信，便看今日了。及至伏兵杀出，搏杀惨烈，他的心才定了下来。

谁知刚刚过得片刻，他便听见了谷中不断的呐喊，立时变得惊疑不定。他飞身跳下岩石，要冲到山腰大旗下责问嬴显，谁知刚刚冲出丈许之遥，一片黑色铁骑竟从山坡树林中神奇地渗透出来，人无呐喊，马无嘶鸣，杀气腾腾，森森可怖！嬴离心中一凉，一声尖厉的长啸，从林间飞身向青色岩石纵跃。他已经事先看过，那座岩石后是一道悬崖绝壁，若有突变，他便纵身崖下，绝不能生身落入敌手。依嬴离的轻身功夫，若无树木阻挡，一个纵跃便可上崖，偏偏的与马队撞个正着。芈戎眼见一道白影掠起，一声大吼："活擒此妖，加爵一等！"

这个百人队是白起专门留给芈戎的铁鹰锐士，人人神勇超凡，早已经先于芈戎看见了林间飞掠的白色身影。不待将令，已经有十几人从马上飞身跃起，虽是上坡且一身重甲，却依然在电光石火间抢在了嬴离之前，黑铁塔般钉在了岩石半腰，长剑迎面伸出，齐齐一声大吼："何方妖人？掷剑受缚！"

这一个回合，嬴离虽则跃上一棵大树，却已经清楚地知道了自己的处境，骤然一声响亮凄绝的呼喊："芈显！负心贼子也——"飞身而起，空中一片鲜血喷出，一道白色身影挂在了一根横空伸出的巨大枯枝上，面纱被山风揭开，雪白的长发垂在空中，血红的面容迎着夕阳，十分怪诞可怖。

"禀报将军：妖人，咬舌自尽。"百夫长情不自禁地打了个寒战。

"收起尸体，运回咸阳。"芈戎打量着这个怪诞的天残异人，皱着眉头思量，他方才喊的芈显是谁？是嬴显么？嬴显为何成了芈显？

暮色四合，黑红两支人马分道扬镳：芈戎的黑色车骑依旧从洛水南下，那支红色赵军却径向西南，经频阳①进入关中了。芈戎原想与"赵军"将领秘密会面，问问他究竟何许人也？却被一支泥封竹管挡了回来。那是"赵军"一个斥候飞马拦住他交给他的，打开一看，白绢上是魏冄的一行大字——嬴离尸体交来人，速回咸阳，毋管其余！芈戎二话不说，交出了那具令人毛骨悚然的尸体，也不去过问"赵军"行止，整顿军马上路了。

却说嬴显率领"赵军"秘密回到灞水，命令军马安营，带着两名恢复了秦军装束的铁鹰锐士快马西来，一个时辰后进了咸阳城，直接来到左庶长府。府门车马场挤满了各色轺车与骏马，从车身泥土马腿脏污看，许多是远来的王族贵胄。邦国动荡，人心生疑，陇西、北地、雍城、栎阳等王族聚居之地的王族支脉与老世族们，纷纷派来嫡亲子弟打探咸

① 频阳，战国秦县，今陕西中部富平县地区。

阳朝局的动向,身板硬朗的则亲自出马。到了咸阳,这些王族元老与老世族功臣,首先想到的自然是素有声望的左庶长嬴壮,因为他是威名赫赫的嬴虔的嫡系亲子,正宗王族重臣。而丞相甘茂却是楚人,与老臣子们不贴心。甘茂的丞相府倍显冷落。王宫又不许朝臣入宫,自然也是门可罗雀。如此一来,左庶长府成为咸阳王城唯一的朝臣行走处,大大地热闹风光起来。

嬴显见状,绕道后门,对当值门吏一阵嘀咕,门吏匆匆进去禀报了。不消片刻,门吏匆匆而来,将嬴显三人领到了后园一座石亭下。

“快说!事体如何?”嬴壮紧张焦躁得声音都有些嘶哑了。

“禀报王叔:截杀成功,这是人头。”嬴显一挥手,一个锐士捧过一个木匣打开,一颗血淋淋的长发人头赫然在目。

嬴壮喘着粗气一阵打量:“黝黑干瘦!这是嬴稷?”他只见过孩童时的嬴稷,对于已经长到十六岁的嬴稷想象不出,脱口一问。

“禀报王叔:燕国多有兵祸饥荒,嬴稷饱受折磨,燕人呼为‘人干稷’。这是他的随身玉佩。”嬴显从怀中摸出一个黑亮亮的玉牌递了过去。

玉佩是时人喜爱的饰物,也是一种身份的标志。平民士子寻常只是一两块挂在腰间。贵族则将美玉琢成各种形状,成串地佩在胸前或腰间,若有盛大礼仪场合,佩玉的材质良莠与数量多少、做工精细程度,便成为一个人身份的信物。秦风历来粗简,自然不像中原各国如此看重此等虚物,佩玉简单多了。即或贵族公子,也大多只有一两片佩玉,但必有一块是特定的身份标记。秦国王室成员,每人都有一块特定的生身玉佩,正面是苍鹰图像,背面有父母题刻的名讳生辰。此等玉佩非但在王室典籍库有记档,而且有尚坊玉工的特殊标记,是无法伪造的。嬴壮本是王族子弟,自然知道其中奥秘,上手一个反正,见这只玉佩正面是一条虬龙,背面三行刻字“父驷母芈　嬴稷　戊辰春月”,背面边缘是秦国尚坊玉工的字号“有枳氏琢”,便知确实是嬴稷玉佩无疑,不禁大喜过望道:“好!显侄首功!大秦栋梁!”

“嬴显不敢贪功,自甘领罪,请王叔处罚。”嬴显深深一躬,一阵哽咽。

“这是何意?”嬴壮大是惊讶。

“显护卫不力,离王叔他……阵亡了……”

嬴壮眼前一黑,一个踉跄靠在了亭柱上:“你,说甚来?再,再说一遍?”

“离王叔，阵亡了。”嬴显抢地叩头，号啕大哭。

嬴壮的脸色苍白，嘴唇颤抖：“尸体，尸体何在？”

一个铁甲锐士卸下身上一个长大的白布包袱，默默地放置到亭中石案上退开。嬴壮艰难地挪动到石案前，簌簌打开三层白布，一具蜷缩成一团的白发红颜的纤细躯体森然现在眼前，牙关紧咬，双眼圆睁，狰狞不忍卒睹。

“大哥——”嬴壮一声嘶吼，扑到了嬴离的尸体上昏厥了过去。

嬴显翻身跳起，连忙抱住嬴壮，掐住了他的人中穴。片刻之后，嬴壮睁开眼睛，猛然推开嬴显，又抱住嬴离尸体放声痛哭。嬴显肃立一旁，低声道：“王叔毋得悲伤，惊动外人，大是不便。非常时刻，大事要紧。”

终于，嬴壮止住了哭声：“说，他是如何死的？”声音冰冷得可怕。

“离王叔原在山坡密林掌旗号令。芈戎带一队锐士偷袭，包围了离王叔。身边三十名甲士全部战死，离王叔不能脱身，咬舌自尽了……我与将士们在河谷拼杀，得报后冲上山坡已经迟了，虽然杀死了芈戎一个百人队，却教芈戎趁乱逃脱了。”

嬴壮咬牙切齿道：“芈戎，我要教你死无葬身之地！”转身对着嬴离尸体，轻轻伸手抹下了他的眼帘，“大哥，嬴稷已经死了，你就闭了眼。今夜我便夺宫，三日后以秦王之礼安葬哥哥，使天下皆知，嬴离乃第一人杰也……”说罢泪如泉涌，抱起嬴离尸体走进了树林后的芙蕖池。嬴显怔怔地看着嬴壮的身影去了，不禁沉重地摇头叹息。

嬴显改变了格局。

暮色降临，一辆黑篷辎车随着车流进了咸阳南门，辎车后是夹杂在人群中的三三两两的布衣壮汉。黑篷辎车直入王宫南街的甘茂丞相府，壮汉们则趁着暮色陆陆续续地从各个侧门进了咸阳宫。与此同时，咸阳令白山的官署却关闭了大门，开在僻静小街的后门却是快马频繁出入，一片紧张气氛。入夜，南门守军骤然增多，南门内六国商人聚居的尚商坊也骤然出现了许多游动夜市的布衣壮汉。

将近子夜，灯火阑珊的尚商坊依旧车马如流酒香飘溢，六国商人们的夜生活依旧热气腾腾。坐落在尚商坊边缘的左庶长府却是静谧异常，连大门也关闭了。随着南门箭楼上打响三更的刁斗声，那些游动夜市的布衣壮汉脚步匆匆地向王宫方向聚拢而来。突然之间，宫门一阵杀声，布衣壮汉们陡然变成了剑气森森的武士，潮水般冲进宫中。

谋划不差。

嬴离原本的谋划，是以左庶长拥有的金令箭为凭，使藏匿在府中的封地老军以工匠身份分批进入王宫；在深夜秘密突袭寝宫与秘殿地宫，搜出秦武王尸体；而后立即公诸朝野，以“谋逆弑君”问罪于甘茂一党；再后便以肃逆靖国之功即位称王。只要秦武王尸体一出，甘茂一班实权大臣便难逃“谋杀国君”的大罪。纵是嬴壮军力稍差，愤怒的老秦人也会举国讨贼，仅是咸阳老秦人也会撕碎了这班没有根基的新宠。这里的根本因由是：在国人眼里，秦王虽然负伤，却还健在王位，骤然出现死去已久的秦王尸体，不是谋逆弑君却是甚来？那时，秘不发丧一事甘茂一党无法辩驳清楚，嬴壮也根本不会给他辩驳的机会。如此做来，即或万一失败，嬴壮嬴离兄弟也是国人眼中的护国猛士。

嬴壮本打算暗中行事，然后嫁祸于人，取得合法权。岂料人算不如天算，终致身败名裂。看来，要成大事，光有一个勇字还是不行的。

可是，哥哥嬴离的惨死，却使嬴壮怒火中烧，立即接受了嬴显的进言：“末将愿亲率两千锐士进入咸阳，同时猛攻甘茂芈戎府邸，为离王叔雪此大仇。”于是，原本的秘密突袭变成了公然攻杀，由王宫入手变成了三处同时发动猛攻。

嬴壮熟悉宫廷，亲自率领老军进攻王宫。嬴显的两千布衣壮汉却兵分两路，同时猛攻丞相府与蓝田将军府。这两座府邸都在王宫广场外的正阳坊，与王宫相距仅有两箭之地，相互杀声可闻，王城内外立即大乱了。

王宫广场外与寻常时日一样，只有一个百人队巡守。王室护军虽然精锐，但毕竟极少打仗，且有宣示威仪之使命，手中军器以显赫的矛戈斧钺为主。这几种兵器完全是春秋形制，头体分离，外形长大，打造得极为精良，纵是夜间也熠熠生光，但使用起来却远不如长剑与短刀顺手，在战场上早已经被淘汰，与战国中期的连体铸造的实战兵器剑、矛、大刀等根本无法相比。嬴壮的六百老军个个都是百战死士，人人一口十多斤的精铁重剑，或一口厚背宽刃短刀，猛勇杀来，禁军百人队片刻崩溃，尸横当场，鲜血汩汩流淌在广场的白玉大砖上。

广场百人队一崩溃，侍女内侍尖叫着惊惶四窜，却没有护军源源开来。见此情景，嬴壮立时料定甘茂一党毫无防备，立即大手一挥下令："三路分进，务必搜出我王尸身！"六百老军闻声飞动，在熟悉王宫的向导带领下立即分成三路杀进寝宫、秘殿与地宫。

嬴离曾经提醒："王尸所在，必是寝宫冷室。"因为尸身在夏日必得大冰镇之，方可防止腐臭气息弥漫宫中。但为万无一失，嬴离事前还是谋定了三处藏尸处所。嬴壮对宫廷无处不熟，非常赞同嬴离的判断，此时亲自率领二百老军进入了寝宫。

从广场冲到寝宫，沿途要经过三座大殿与曲曲折折的回廊殿阁。一路上侍女内侍四散飞窜，嬴壮的二百老军全然不理，只轰隆隆向寝宫冲来。及至冲到寝宫的石墙大门，却有一个百人队严阵以待。嬴壮也不多说，只一声大吼："杀——"便当先冲杀了过去。嬴壮本是猛壮绝伦，手中又有一口世无其匹的家传利器——蚩尤天月剑，剑气森森，当者披靡。一个猛冲，据守高大石门的百人队死伤遍地，老军们呼啸喊杀着一拥而入。

王城大寝宫是一片占地百余亩的殿阁园林，其中又分为若干小庭院。国君寝宫与王后寝宫相邻，坐落在整个大寝宫的中央地带，左池右林，前竹后山，异常的幽深静谧。除了朝会，国君时常也在寝宫的书房里处置公文。嬴壮在惠文后的寝宫里住了二十一年，对这里的一草一木都熟悉不过，杀完百人队便带着老军一鼓作气冲进了东面的国君寝宫。

冲过庭院，冲过竹林茅亭，是一座围成方形的高大房屋。这房屋外表朴实厚重，实际上却是大石砌墙三重屋顶，非但坚固得无与伦比，更是冬暖夏凉惬意非常。每边六开间，二十四间房屋围成一个天井式庭院。当嬴壮老军冲进天井时，整个寝宫在大片火把下人影皆无，一片寂然。嬴壮心头倏忽一凉，一种不祥的预感使他猛然一怔。

正在此时，屋顶猛然一阵哈哈大笑："左庶长，来得正好！"

嬴壮抬头，朦胧夜色中赫然一座黑铁塔矗立在屋顶正北，声音生疏不辨，不禁沉声喝道："你是何人？竟敢入宫谋逆！"

屋顶黑铁塔又是一阵大笑："在下栎阳令魏冄是也。谁个谋逆？刀剑说话了！"说罢他手中一面令旗"啪"地劈下，一阵尖厉的牛角号骤然划破了夜空。随着尖厉的牛角号，寝宫四面沉雷滚滚，四面屋顶骤然竖起了四道黑色人墙。

"左庶长，四面伏兵围了寝宫！"一个府吏举着火把冲进来惊慌高喊。

嬴壮尚未开口，屋顶魏冄高声道："老军们听了：嬴壮狼子野心，格杀勿论！尔等老秦功臣，走出寝宫，一概不究。但从谋逆，连坐同罪！"嬴壮冷冷一笑，对老军们环绕拱手，慷慨激昂道："原想大功告成，与诸位共享秦国。不想中贼恶计，诸位都有妻室家园，快出宫各自去了！"火把下，两百老军却"唰"地举起刀剑齐声大吼："赳赳老秦，共赴国难！誓死追随公子！"嬴壮双眼顿时湿润了，向老军们深深一躬，转身对着屋顶一声嘶吼："魏冄楚贼，嬴壮纵死，也要将贼罪恶大白于天下！"蚩尤天月剑一挥，"冲进寝宫，搜出王尸！"两百老军呐喊一声，鼓勇向四面大屋中冲去。

此时，一阵更加猛烈的呐喊骤然响起，在小小的天井庭院汇合着老军呐喊，炸雷当头般令人震颤。随着这声炸雷，四面大屋中轰轰拥出四排顶盔擐甲的黑色铁塔，甲叶铿锵，重剑生光，青铜面具一片森然。一看阵势，便知这是秦军的铁鹰锐士到了。嬴壮一怔，还没来得及发令，老军们已齐齐呐喊一声："杀——"冲上去杀在了一起。

这些老军原是身经百战，人怀必死之心，越是遇到强敌斗志越是勇猛，此刻见铁鹰锐士出动，更是激起了好胜杀心，那股腾腾杀气分明是以杀死一个铁鹰锐士为无上荣誉。虽则如此，老军们毕竟都是四五十岁的人了，且大多都有累累伤病在身，冲到铁鹰锐士队前，像碰到了铜墙铁壁一般。秦军的铁鹰锐士都是千万选一的猛士，一身精铁甲胄就有百斤左右，每口量力特殊打造的重剑至少都在二十斤之内，再戴上青铜面具，穿上外镶铁叶的牛皮战靴，往当地一矗，活生生一座丈二铁塔，比布衣老军们足足高出两头有余。虽然每排只有五个铁鹰锐士，间距展开，却将每面走廊堵得严严实实。老军们呐喊杀来，几乎是十对一的围杀。黑铁塔们却肃立无声，但有刀剑到来，重剑伸出只一绞，总有四五口刀剑带着尖锐的哨音飞上屋顶。片刻之间，老军们手中的刀剑十之七八脱手去了。

老军们气血上涌，四面嘶吼，一齐徒手扑来。按照战阵传统，这种不要命的同归于尽的死打死缠，是最令强者一方头疼的。这也是兵法反复提醒将士们“穷寇勿追”“置之死地而后生”的诸般道理所在。

然则，此刻景象却令人惊骇，连站在廊下的嬴壮也被震慑得目瞪口呆。

若铁鹰锐士们抡开重剑，这些徒手老军的血肉之躯，如何经得住能在战阵百人围困中独自激战而矗立到最后的铁塔猛士们的片刻屠杀？也许，老军们此刻求之不得的正是这种惨烈的死法。可怪异的是，铁鹰锐士们一齐抛开了手中重剑，徒手抓起一个个老军向房顶抛去，只见一个个身影嗖嗖直上夜空，恰似一个个老军轻身飞去一般。尚未被扔出的老军们有的爬，有的站，有的跳，或抱住黑铁塔的腿腰猛力拉扯，或在黑铁塔的背部头部猛烈捶打。可黑铁塔依然是黑铁塔，座座纹丝不动，没有一座移动位置，没有一座停止手臂的挥舞飞掷。不消片刻，随着屋顶连珠大鼓般的高声报数，天井中的两百老军踪迹皆无。

嬴壮毛发倒竖血脉偾张，炸雷般怒吼一声倏地飞身上了屋顶：“魏冄楚贼！敢与嬴壮单兵决斗么？”令嬴壮惊异的是，屋顶上竟只有寥寥几个身影。

朦胧月色下，魏冄哈哈大笑道：“嬴壮，仗恃你那蚩尤天月剑欺侮老夫么？”

“宵小楚贼！”嬴壮大喝一声，右手只一甩，弯弓似的蚩尤天月剑闪出一道青色光芒，“嘭”地钉在了屋脊石鹰上。嬴壮冷笑道，“收拾你这楚贼，用得着玷污天月剑？”

“好！嬴壮算得一条硬汉。”魏冄高声赞叹间，手腕一抖，铁剑也“噗”地插进了大瓦之中，“今日魏冄也武他一回！”踩着硕大厚实的瓦片大步走了过来。

正在此时，却闻寝宫一声高喊：“大哥且慢！芈戎来也——”天井中嗖地蹿上了一条黑影，恰恰落在了嬴壮面前，悠然一笑，“左庶长，不想杀芈戎么？”

嬴壮听得芈戎二字，齿缝间咝咝喷出冷气：“芈戎，是你杀死了我嬴离哥哥？”

“乱国贼子，人人得而诛之。杀死奸妖，芈戎大功！”

“楚贼！你敢咒骂他。”嬴壮一声大喝，从战靴中嗖地拔出一口青光闪烁的匕首，仰天大叫一声，“离大哥，看我手刃楚贼，为你复仇！”一个前扑，匕首直刺芈戎胸前。

芈戎是一口半月吴钩，当胸一个斜划同时向后一跃，人已闪开在两步之外。芈戎职司军政，虽不擅战阵，个人剑术决斗却是一流的吴钩高手。吴钩本是江南三强楚吴越的特殊剑器，恰恰合了江南人的灵动之相，与关西秦人的剑器路数大是不同。前者轻灵飞动，后者大开大合。嬴壮本是老秦大将世家，加之力大猛勇，手中虽是一把尺余匕首，也是威猛绝伦地硬实拼杀。芈戎身材瘦长，纵跃腾挪极是灵便，半月吴钩划劈刺挑点，电光石火般挡住了嬴壮的杀手攻势。

魏冄已经退到了对面屋顶，看看芈戎未必能战胜嬴壮，将手中令旗一劈，顿时从寝宫庭院飞上了五名铁鹰锐士，踩得屋顶一阵咯吱乱响。魏冄此时是朝政谋划：决斗能杀则杀，决斗不能杀则阵杀，绝不能以迂腐的决斗规矩走了这个大奸元凶。此时，芈戎与嬴壮斗得难分高下。芈戎轻灵，却无法近身致命击刺。嬴壮猛勇力大，却总在致命一击时失之毫厘。

魏冄猛然大喊一声："太后请回宫！与你无干。"

嬴壮正被不断纵跃的芈戎引到屋檐，闻声不禁回头，芈戎恰好一脚踹到胸前，嬴壮一个踉跄轰然后倒，直挺挺跌落在天井石案上，只听一声沉闷的号叫，没有了声息。

夺位之乱告一段落。嬴稷一路走来，凶险至极，高潮不断。作者写宫廷政变，大开大合，好看。

魏冄高声下令："收拾尸体，撤出寝宫！"

片刻之后，魏冄接到三路捷报：寝宫另外两支老军被两百名埋伏的铁鹰锐士如法炮制，全数活擒；进攻甘茂丞相府与芈戎府邸的嬴显部卒佯攻一时，便与白山的一千铁骑会合，包围了嬴壮府邸，将府中人口全部拘押；甘茂亲自率领一千甲士进入王宫守护，各个要害重地均被看守戒严。

甘茂与魏冄在王宫广场会合，第一句话便是："嬴壮如何？不能留口！"

魏冄哈哈大笑道："英雄所见略同，来，请丞相验明正身！"

嬴稷最大的障碍已除。《史记》所载，嬴壮之乱，当是秦昭王二年所发生的事。小说直接将这事提前到嬴稷未立之前，故事更紧凑。

两个士卒抬过一具尸体，甘茂举着火把一端详，长吁一声软倒在地上。

五　慨其叹矣　遇人之艰难

苍莽的河西高原上，一支马队飞驰向北，又一次越过了九原，沿着阴山草原向东面的燕国兼程疾进。马队前列一面黑旗大书“秦王特使白”五个大字，旗下一辆虚空的青铜轺车，车旁一员黑色斗篷的年轻大将，却正是白起。

一月之前，白起率领五万大军兼程北上离石要塞，准备抵抗赵国的突然袭击。白起对各国战事与领兵将领历来留心，听说赵国是廉颇统兵，直感赵国可能未必全力攻秦，而是要试探一番，绝不会贸然行事。白起这种直感的根由在于两个事实：其一是赵国的赵雍刚刚即位三年，正在筹划一场雄心勃勃的变法，此时轻易不会冒险寻衅；其二是两个月前三晋联军在宜阳新败，赵国对秦军战力依旧心怀忌惮。以此推测，很可能是赵国因无法断定秦国内政局势，而对嬴壮虚应故事，派出廉颇为将有着另一种意味。

廉颇者，赵国马邑①人也。少年从戎，胆气豪壮，每战必鼓勇冲锋，凭着血战之功从卒长一步步地做到了将军。赵肃侯二十年时，廉颇已经是最年轻的赵军大将，成为赵国专门对付匈奴、东胡、林胡的北军的颇具威名的大将。此人多在阴山草原与匈奴骑兵周旋，打仗勇猛顽强。一次带领两千骑兵护送赵国马群南下，不想却被草原深处倏忽杀来抢掠马群的万余骑兵包围。部将皆有惧色，纷纷建言弃马南逃。年轻的廉颇厉声高呼：“军马为国本！弃马逃命，何异叛国？谁敢言走，立斩军前！”将士闻声肃然，同声齐吼：“愿随将军死

《史记·廉颇蔺相如列传》，“廉颇者，赵之良将也。赵惠文王十六年，廉颇为赵将伐齐，大破之，攻阳晋，拜为上卿，以勇气闻于诸侯”，可惜晚年不得志，若赵重用廉颇，廉颇与白起战，长平之战可能改写。廉颇，悲情之将。

① 马邑，赵国西北要塞，在今山西朔县地区。

战报国!”廉颇立即下令将马群赶到最近的山头后面,而后派出飞骑南下搬取救兵,接着以这座月牙形的山包作为依托,将两千精骑分作四队:一队正面在山口迎敌,两队从左右两翼出击,一队在山坡高处相机策应薄弱处。当匈奴骑兵乌云沉雷般隆隆卷来的时候,廉颇振臂高呼:“猛士报国——杀——”散发袒臂身先士卒,亲自率领五百骑士从正面杀出。

匈奴战法简单,刚刚冲进山坳,见三面红色骑兵如漫天红云般掩杀而来,当即惊慌后撤。廉颇立即回军。片刻之后,匈奴大将见赵军沉寂,又派出两千骑兵试探进攻,又被廉颇的三面包抄加压顶一击斩杀大半。匈奴大将虽然惊骇,却也看清了赵军虚实,休整片刻,立即派出五千骑做第二波猛攻。廉颇如法炮制,又斩杀匈奴骑士千余人。此时天色已晚,双方遥遥对峙扎营。廉颇亲自站在山头,一直瞭望到夜半,听得随风飘来的匈奴大营的狂呼痛饮声,廉颇断然下令三百骑士圈赶马群悄悄远撤,其余骑士夜袭匈奴。廉颇一马当先,千余骑士分作三面杀出,猛烈攻入敌营。匈奴不明真相,大是惊慌,丢下两千多具尸体逃遁而去。

经此一战,年轻廉颇的勇气闻名天下,被呼为“冠军勇将”。

如此一个年轻勇将,做了前军大将后却惊人的持重谨慎,从不贸然作战。赵肃侯死后,赵雍即位,擢升廉颇为前将军。这前将军不是前军主将,而是整个赵国的前敌大将。赵国当时还没有大将军,经常是国君亲自统兵。廉颇这个前将军实则便是号令战阵的主将,成了事实上的掌军大将。令天下刮目相看的是,廉颇初掌高位,用兵持重,每战必先坚守,待敌松懈而后猛攻,很少出过差错。如此一来,廉颇又有了一个称号——善守廉颇。如此一个行伍出身的年轻名将,他能贸然偷袭秦国?

白起想得透彻,也做得扎实。大军一路北上,大张旗鼓,尽显军威,同时派出大批斥候化装成平民到赵国晋阳散布秦国大军北上的消息。在离石要塞扎营后,秦军更在大河两岸大张旌旗,号称“铁骑十万抗赵军”,日每大肆操演,喊杀震天,明知有赵国斥候探营也毫不介意。同时,白起将三万铁骑在一个没有月亮的夜晚,秘密开到离石要塞东北的大峡谷中埋伏起来。这里是赵军从晋阳攻秦的必经之路,若赵军当真袭击,白起便要在这里痛下杀手。

终于,旬日之后,探马来报:赵国军马从晋阳回撤,进驻赵国腹地——邯郸东北的漳水河谷。一场秦国很不愿意开打的大战，便这样消弭于无形了。

以廉颇之智，这仗打不起来。新君之外危解除。

就在白起准备回军蓝田时，咸阳的快马特使来到，带来了全副出使仪仗与国书，也带来了甘茂魏冄合署的密件，要白起做“迎后特使”，到燕国迎接芈王妃回咸阳。那封短短的密件，白起几乎能一字不差地背下来：“咸阳大事底定，谋逆全数伏法，新君已入王城，正在发丧国葬。将军熟悉燕国，可以特使之身北上，迎接芈太后作速回秦。”白起自然立即掂量到了“太后”两字的分量。新君母子患难与共，新君又正在少年之期，尚未加冠，国中权臣林立，用春秋老话说，这正是“主少国疑”的微妙时期。当此之时，一个素有根基且久经沧桑的太后可是非同一般。也就是说，正因为事关重大，与迎接新君一般要紧，咸阳诸方才让白起这个目下不可或缺的大将做了特使。

半个月后，白起的特使马队终于到了燕山脚下，蓟城箭楼遥遥在望了。

按邦交礼仪，特使只能带十名护卫进入国都，一千铁骑不能入城。白起下令铁骑在城外三十里扎营，自己带领两个文吏与十名铁鹰锐士并全副仪仗，换乘青铜轺车，辚辚进了蓟城。

进得蓟城，白起径直来到亚卿府拜见乐毅。燕国在子之之乱后，戒惧大权旁落，燕昭王索性不再设置丞相，而以上卿、亚卿分署政务。而此时上卿只是虚位，只有乐毅这个亚卿是实权军政大臣，中大夫剧辛辅助。所以这亚卿府实际上是燕国政务中枢，凡有特使，必先在亚卿府勘验国书印鉴并沟通出使使命，而后由亚卿府根据特使职爵高低与使命重要程度，安置驿馆的待客等级，再禀报国君确定是否会见特使。这一切，在中原战国，都是由丞相府的一个专门官署完成的，秦国、赵国叫行人署，魏国叫典客署，齐国叫诸侯主客，楚国则叫谒者。燕国初复，亚卿府属吏很少，与各国来往也很少，没有专司外事的官署，一切都得晋见乐毅才能完成。

这一闲笔，颇具人物性格。

亚卿府是一座简朴的三进庭院，门前车马场也只有两三排拴马桩，而没有专门停车的空场。白起高车骏马而来，在连牛车都很少的蓟城如鹤立鸡群一般。白起素来厌恶浮华，更不擅排场，一箭之外早早下马，徒步走到了亚卿府门，对着门吏肃然拱手道："秦国新君特使白起，请见亚卿。"

门吏已经早早看见了这一队煊赫车马与特使大旗，心想强秦特使必倨傲无礼，整整衣衫对门廊四名甲士高声咳嗽示意，要精神抖擞地给秦国特使一个软钉子碰。正在此时，却见白起徒步走来，门吏正在暗自惊讶，不防这位高冠斗篷的特使竟是拱手礼让，门吏顿时觉得大是风光，连忙深深一躬道："特使稍待，小吏即刻禀报亚卿。"一溜儿碎步消失在影壁后面。

片刻之间，门内一阵笑声，乐毅亲自迎了出来，在廊下遥遥拱手道："白起将军，别来无恙乎？"身后却是一个大袖飘飘的红衣中年人。

乐毅，魏国名将乐羊后人。初为赵将，赵主父（赵武灵王）沙丘被围杀后，离赵赴魏，后为燕昭王亚卿，辅助燕昭王，屡破齐。齐燕有怨，子之之乱，齐趁乱攻燕，燕对此耿耿于怀，"燕昭王怨齐，未尝一日而忘报齐也"（《史记·乐毅列传》）。

"末将白起，参见亚卿。"白起没想到乐毅亲自出迎，肃然躬身一个大礼。

乐毅已经大笑着走了过来，拉住白起的手道："将军做特使，当真难为也。"说着一指身后的红衣人笑道，"这位是稷下名士、中大夫剧辛，认认了。"

红衣人一直在端详白起，目光炯炯发亮，浑然无觉。白起久在军旅不擅应酬，被他看得有些发窘，连忙拱手一礼道："末将白起，见过中大夫。"

剧辛恍然醒悟，哈哈大笑道："将军异相也，剧辛失礼，幸勿见怪。"

乐毅笑道："剧辛曾师从相学名家唐举，对将军定有评点。走，府中说话。"

剧辛自赵至燕。

随着乐毅过了影壁，白起略一打量，见这个燕国权臣的三进府邸竟是一眼望穿：中间一片竹林庭院，正北一座六开间的国事堂，东边一排青砖瓦房是属吏官署，西边一排是护卫仆役的住房；国事堂后空空荡荡，显然是一片后园了。院中除了那片翠绿的竹林，一切都是灰蒙蒙的。乐毅见白起似有惊讶之色，悠然笑道："乐毅也爱广厦高车，惜乎蓟城毁于战火，将相皆是牛车蓬荜，将军见笑了。"白起肃然拱手道："时穷志节显，亚卿居高位而节用，白起景仰之至，岂敢心存轻薄？"白起不擅笑谈周旋，一番庄重竟使豁达豪爽的乐毅哈哈大笑起来："些许细节，竟得将军如此奖掖，乐毅诚惶诚恐也。"说是诚惶诚恐，脸上却写满了何足道哉，说话间乐毅拉着白起进了国事堂旁边的一间大厅。

"上酒！"尚未落座，乐毅一声吩咐。

白起一拱手道："国事重地，不当饮酒，何敢叨扰亚卿？"

乐毅笑道："别个来，乐毅也不想饮。将军前来，却要破例。"

剧辛喟然一叹："亚卿律己甚严，今日破例，难得也。"

说话间，一名老仆已经抱来了三坛燕酒，又有一名小厮捧来了一个大木盘，盘中三只陶碗三方红亮的酱肉，仅此而已。片刻摆得齐整，乐毅亲自开坛为白起、剧辛斟酒，而后归座举碗笑道："乐毅久闻白起军中人杰，相见恨晚也。来！为将军洗尘，共干一碗！"说罢举着大碗汩汩饮尽了。白起双手举碗道："亚卿名将世家，白起行伍后进，何敢当亚卿如此奖掖？谢过亚卿！"也举起大碗汩汩饮尽了。乐毅摇头道："将军差矣！岂不闻名相起于州部，猛将发于卒伍？战阵死生之地，最见真才。世家云云，岂是我等所看重？"白起

乐毅有胸怀。

原是本色秉性，最为厌恶名门后裔的虚荣浮华，见乐毅非但不以名将之后骄人，反倒鄙薄此等行径，不禁心中一热大是感慨："亚卿之言，正是雄杰情怀，燕国大幸也！"乐毅大笑，拍案道："剧辛大夫兼通相学，且说说座中雄杰何人？"白起道："亚卿笑谈了。星相占卜，军旅大忌，白起历来不信，何足为凭？"

"将军差矣！"一言落点，剧辛大摇其头，"星相占卜之用，在谋不在断。断事决策不以星相占卜为凭，而以恪尽人事为根基，此乃事之本也。然其所以长盛不衰，便在于补人谋之短，揣测冥冥未知之奥秘。人世天道既有奥秘，则必有不测之变。是以，星相占卜常多名实相违，使人错愕不已，雄杰贤智便大多视为虚妄。譬如周武王兴兵伐纣而占于太庙，时当雷电交作，太公奋然踩碎龟甲，大呼：'吊民伐罪乃天下正道！当为则为！何须问腐朽龟甲也？'由此观之，将军所言乃是正道也。然若用于观人谋事，星相占卜则往往能料人谋之不能料处，解惑补差，而未必处处荒诞不实。其中更有天赋异禀者，其神异之能，往往令人咋舌！以孔夫子之博大，不言怪力乱神，却修《易》而韦编三绝，况于我等乎？究其实，星相占卜为器用之学，用之当则当，用之不当则不当。一言抹杀，将军却有失偏颇也。"一席话名士论学一般细密。

白起听得一怔，拱手道："大夫之论，诚为一家之言。白起谨受教。"

对此等学问，白起原本不甚了了，军旅实战更是实打实地凭实情断事，从来没有过观星看相占卜的经历。从少年知书习武，白起便信奉"兵家以人事为本"，从不相信所谓的天官阴阳望气断兵之类的虚妄之说。在他的记忆里，所有的兵家大师都是这样的。

天下君主，魏惠王最是信奉这些东西，却是仗越打越败北，人越用越平庸。到了晚年，百思不得其解，专门与精通兵法的国尉缭（尉缭子）探究此中奥秘，开口便问："人言黄帝《天官》之学，可以百战百胜，究竟有无此等学问？"尉缭子回答得明白简单："黄帝者，人事而已矣。如攻不能取，战不能胜，非无时可用也，皆人谋之失也。"紧接着，尉缭子对爱听故事的魏惠王说了两则故事：第一则，武王伐纣——依据《天官》书：背水为阵乃死地，向阪（山坡）驻军为废军。可周武王率领两万两千五百精锐士兵开战时，是背靠济水面向大山列阵，商纣的十多万大军却被杀得望风溃逃。末了，尉缭子问："聪颖勇武如纣王者，莫非不知周军违背了天官阵法么？"第二则，春秋楚齐之战——依据《天官》书：两军交战彗星出，星柄所指向的一方获胜，对方则不应发动攻势。楚大将公子心领大军北上，在琅邪与齐国大军相遇，恰在这时彗星出现，且星柄正在齐军方向。副将们劝公子心赶快回军，公子心却哈哈大笑道："彗星蠢物，何知军事？用扫帚相斗，正要用扫帚柄打人啦！"次日立即发动猛攻，大破齐军十五万。

末了，尉缭子举出了《黄帝经》的一句话："先神先鬼，先稽我智！"——先听信鬼神，不如先考察我的智谋。并一言以蔽之地告诫："人言《天官》，人事而已，岂有他哉！"

凡此种种，白起当然不会赞同剧辛的说法。但身负使命，白起不想与人争辩这种虚妄故事，勉为其难地认了对方是"一家之言"，也礼仪性地表示了"谨受教"，便不想再说了。

剧辛心性旷达，也听出了白起的言下之意，看着白起笑道："方才虚论而已，原是见仁见智，将军莫要上心。今日得见英雄，剧辛自感荣幸，愿为将军进一言，以做日后佐证如何？"虽是笑意殷殷，却也认真诚恳。

初交礼仪，所谓进言，自然是对对方缺失有所劝谏。白起虽然严正，却从来虚怀若谷，听剧辛诚恳言辞，肃然一拱道："白起粗莽，先生教我。"

乐毅大手一挥笑道："酒意快言，将军何须过谦？且听剧辛妙论便了。"

剧辛悠然一笑，打量着白起道："将军头骨如长矛，锐气灌顶盈出，此谓兵神之相也。更兼鹰隼角目，腮纹入颊极深，主沉雄坚刚锋锐无匹。十年之后，将军威名将赫赫大出。二十余年之后，天下将无人敢与将军对阵也。"

看面相，说白起之奇。

剧辛说话时，乐毅瞄了白起一眼，初次认识一般瞪大了眼睛。白起此来是文职特使，虽然内穿牛皮软甲，外边却是斗篷玉冠，没有了上次的戎装甲胄，更显得头尖如矛，再加一顶四寸黑玉冠，整个头形竟比寻常铁矛还长得些许，一头长长的黑发拢在脑后，活生生如大旗铁矛下的黑缨一般。一眼望去，一双细长的三角眼炯炯生光，庄重肃杀而又凛冽难犯。乐毅不禁长长地“噫”了一声，惊奇的笑意溢满了脸膛。

骤然之间，白起哈哈大笑道：“天下之大，白起纵有战阵之名，如何便能吓退天下劲敌？有乐毅亚卿在座，白起焉能没有对手？先生笑谈了。”

剧辛丝毫没有笑，向乐毅一瞄，稍事沉吟道：“乐毅亚卿自是名将大才，然则时也势也，不可尽言。将军之相，却是万不失一。”

白起拱手道：“先生之言，暂且存疑了。愿闻‘然则’之后。”

剧辛喟然一叹，果然一句“然则”，接着道：“将军刀眉横阔，眉宇间肃杀充盈，此谓杀气过甚也。战阵之间，将军若能得止且止，可成万世之功也。”

白起杀气过甚，临死才有悔意。

白起眉头大皱，终于忍不住冷冷一笑道：“得止且止？兵者，死生之地也，何能如宋襄公一般迂阔[①]？如此‘然则’之言，不听也罢。”率直得有些生硬。

乐毅拍案赞叹：“初交不违本心，将军本色英雄也。”

白起却对剧辛拱手歉疚笑道：“白起鲁莽，尚请先生见谅。”

不违本心，乃见本色。大争之世、机巧不如朴拙可行。

剧辛爽朗笑道：“不事折冲，发乎本心，真大将也。剧辛景仰不及，何敢有他？”

“如此谢过亚卿、大夫。”白起一拱手转了话题，“身为特使，白起不敢耽延，尚请亚卿府即刻勘验一应文书，并排定觐见燕王日期。了却国事，白起当与两位开怀痛饮。”

乐毅悠然笑道：“将军毋忧。秦国大势既定，芈王妃自

---

① 宋襄公率军击楚，恰逢楚军渡河。军前大将力主半渡击之。宋襄公却斥责将军违背王师仁义。待楚军完全渡河后列阵而战，宋军大败，成为春秋战国之笑谈。

当回国。将军歇息一晚,明日我陪将军觐见燕王。”

白起惊讶道:“亚卿未看国书,白起亦未说明,何以对白起使命了如指掌?”

剧辛笑道:“乐毅虽是兵家,却有策士之才,谋国料事如将军临阵料敌一般。他早料定秦国大势将定,将军将为特使来燕。”

白起不禁由衷赞叹:“亚卿大才,白起景仰之至!”

乐毅连连摆手大笑:“哪里话来?国有斥候,消息流布,稍加留心,何人不能知之料之,剧辛何独谬奖乐毅?”

剧辛笑道:“岂不闻‘知易断难’乎?正因了消息流布,才易惑人耳目。若得一消息便能断事,天下人人大才也,何有昏君辈出之事?”

白起拍案慨然道:“先生此言大是。赵国与秦为邻,却不知秦国大势,岂非明证?”

“将军说赵雍么?”乐毅摇头笑道,“这个赵王可是了得,雄才大略,其心难测。乐毅冒昧揣测,赵雍是对秦国施障眼之法,行韬晦之计。”

乐毅赴燕,乃赵武灵王沙丘被围杀之后的事。小说把诸事杂在一起写,是为了删除枝蔓,使叙事更吸引人。

“愿闻其详。”白起一脸肃然,极想听乐毅说下去。

乐毅摇头笑道:“此乃后话,今日却难说得明白。”

白起见乐毅不愿再说,一拱手道:“敢问亚卿,白起今晚欲先行觐见芈王妃,不知可否?”

乐毅目光一闪笑道:“芈王妃住在燕山行宫,明日觐见燕王之后,我与将军同去迎接如何?”

“如此甚好。”白起说着站了起来,“多有叨扰,白起告辞。”

乐毅也没有挽留,笑着起身又与白起同饮了一碗,将白起殷殷送到府门,又嘱咐剧辛将白起一行再送到驿馆安歇,自己即刻进宫了。

却说白起到得驿馆住好，心中老大忐忑。从大处看，燕国正在艰难复兴，也图谋与强大的秦国罢战修好，放芈王妃回秦大约不会有变。既然如此，乐毅为何委婉地拒绝了他要在晋见燕王之前先见芈王妃一面？作为秦国特使，提出先行会见即将归国的王妃，礼仪是通达的，芈王妃毕竟不是人质。作为想与秦国结好的燕国权臣，乐毅的拒绝是难以理解的，此中因由究竟何在？

“禀报将军：密行斥候在外候见。”随行军吏快步走进厅中。

白起回头：“快，教他进来。”

一个锦衣商人模样的年轻人匆匆走了进来。一进小厅，年轻商人立即变成了军人步态，一拱手道：“禀报将军：芈王妃下落已经探明，寄居在渔阳[①]要塞外沽水河谷的狩猎行宫之内，行宫已经多年不用，目下只是一座庄园。”

“狩猎行宫？”白起突然问，“可是乐毅封地？”

“正是。狩猎行宫外是乐毅的五十里封地。”

白起思忖片刻断然下令：“即刻准备，半个时辰后出城。”

“嗨！”密行斥候大步去了。

白起立即唤来随行军吏一阵吩咐，便进了寝室，一时出来，一身布袍青布包头，俨然一个胡地贩马的商人。走到廊下，正有一辆单马乌篷的辎车等候，不言声跨进辎车，脚下一跺，辎车哐啷咣当地出了特使庭院，出了驿馆大门。时当夕阳将落，商旅出城，国人回城，人车马牛川流不息，乌篷辎车的驭手一亮亚卿府行车令牌，杂在商旅车流中顺利出城。行不到里许之地，闻身后号角悠扬响起，蓟城隆隆关闭了。

战乱方过，一出蓟城城门满目荒凉，就连函谷关外的热闹繁华也没有，更别说与咸阳四门外的客栈林立灯火煌煌相比了。眼见血红的太阳沉到了山后，一抹晚霞消散，黑黑的夜色倏忽之间笼罩了原野。辎车驶到一片荒凉的山弯，只听一声短促的蛙鸣，辎车停了下来。白起利落下车，跳上一匹空鞍战马，轻喝一声：“走！”山弯连串飞出五骑，一串当先去了。白起一抖马缰，风驰电掣般追上插到五骑中间，马队直向西北沽水而来。

沽水从北方高原的大漠密林而来，在蓟城西面四十里流过，南下直入大海。在沽水流经蓟城西北的百余里处，是一片苍莽山地，只有这沽水河谷是通过这片山地的唯一路

---

① 渔阳，战国时燕国要塞，大体在今北京的怀柔与密云之间。

径。匈奴南下，这里是必经之途。很早以前，燕国在这里建了一座驻军要塞，因了沽水在这里汇聚成一片大泽，岸边的燕人大都以渔猎为生，要塞叫作了渔阳堡。有山有水又有草原密林，自然是狩猎的好去处，于是自然有了燕国王室的狩猎行宫。子之秉政燕国内乱以来十几年间，朝野惶惶，王室更是大灾频仍，这座行宫便无人光顾了。渔阳要塞形同虚设，匈奴游骑趁机南下劫掠，行宫遂成了胡将歇马的好去处，虽然临走时抢掠一空，却没有被付之一炬。燕昭王即位，将渔阳之南这片丰腴而又有胡骑劫掠风险的土地连同空荡荡的行宫，一起封给了乐毅。

密行斥候已经将路径探听得清楚。虽是黑夜，依然一路快马，一个多时辰后便到了沽水河谷的山口。刚进山口，白起从迎面风中嗅出了一丝战马驰过的特异汗腥味儿，一声短促的呼哨，马队立即拐进了一个山弯。白起低声命令："两人在此留守，三人随我步行入谷！"五名骑士立即下马，两人将马缰收拢在手，拉到了隐蔽处。密行斥候带路，白起紧跟，两名铁鹰锐士断后，一个步军卒伍的三角锥便沿着山根大步唰唰地进了山谷。暗夜之中，山谷渐行渐宽，脚下也变成了劲软的草地，白色的河流也变宽了，谷口的涛声变成了均匀细碎的哗哗流淌。可以想见，这片谷地原是一片外险内平水草丰腴的宝地。燕昭王将如此肥美的河谷封给乐毅，可见对乐毅的倚重。白起边走边想，油然生出一阵感慨。

突然，前方出现了隐隐灯光，前行斥候低声禀报："将军，狩猎行宫到了。"

白起低声对后面两名铁鹰锐士下令："你俩隐蔽守望。"又一挥手，"斥候随我进庄。"密行斥候便领着白起，从东边山下的草地一路飞步过去，片刻之间到了行宫背后的山根下。白起一个手势，两人快步上山，隐蔽在大树后向行宫瞭望。

这座行宫很小，实际上也就是一个一圈房屋的小庄园而已。高挑的风灯下，隐隐可见巨石砌就的庄门与高大的石墙，似乎比院中的房屋更为气派。从山腰遥遥望去，院中石亭有一盏风灯闪烁，似乎隐隐有人说话。白起略一思忖，一个手势，两人飞身下山，几个纵跃到了靠山根的大墙下。白起一摆手，示意密行斥候守候接应，自己抠住墙间石缝壁虎般游了上去。

到得墙上，白起俯身端详，发现高墙与屋顶间覆盖着一片带刺的铜网。虽则如此，白起并未感到意外，因为狩猎行宫必在野兽出没之地，为了防备山中野兽从山坡进入庄园，狩猎山庄通常都有这种叫作天网的防备。白起出身行伍，对士兵克难克险之法最是精心揣摩，常常有别出心裁的战阵动作在军中传播，无论是骑士还是步卒，都以能在白起麾下作战而自豪——战功最大，伤亡最小。对面前这片铜网，他没有片刻犹豫，将身上布袍一紧，朝着铜网滚了过去。原是他内穿精铁鳞甲，外包一身布夹袍，提气一滚，纵然将夹袍扎破，人也是安然无恙。

滚过铜网，到了东面屋顶，院中情形看得清楚，亭中说话声也清晰可闻。

石亭下，正是乐毅与芈王妃两人。乐毅一身布衣，散发无冠，腿边一条马鞭，坐在一片草席上正在捧着陶罐汩汩大饮，不知是酒还是水。芈王妃一身楚女黄裙，脖颈上一条燕国贵胄女子常有的大红丝巾，一头黑发瀑布般垂在肩上，也不见她说话，只在乐毅面前悠然地走动着。

"芈王妃，你在燕国多少磨难，终究到头。乐毅为你高兴。"

"人各有命。芈氏女在燕国很快乐，没觉得有甚磨难。"

"芈王妃胸襟开阔，乐毅佩服。"

"乐毅，休做糊涂状。"芈王妃似乎生气了，声音有些颤抖，"甚个胸襟开阔？我不走，只是因了你，芈氏女喜欢你！"

白起一个激灵，头皮骤然一阵发麻。芈王妃将为秦国太后，如此作为岂不令天下嘲笑？正在此时，却听乐毅喟然一叹："造化弄人，时势使然。若秦国动荡，王妃无可投国，乐毅岂是无情男儿？然秦国已经安定，嬴稷已经称王，王妃如何能留在燕国？乐毅当初鲁莽造次，王妃见谅。"

"乐毅，不要那样说。"芈王妃似乎也平静了下来，"我情愿那样做。在我母子濒临绝境之时，你真诚地照拂了我与稷儿。我为秦王八子，原非节烈女子，你纵然倚仗权力欺凌我，芈八子也会顺从你。可你没有，你只是真诚地照拂我，丝毫没有因同僚的侧目嘲讽而有所改变。我便真的喜欢上了你。我晓得，你也真心地喜欢我，是么？"

"芈王妃差矣！"乐毅急迫地打断了芈王妃，"乐毅照拂王妃母子，原是燕王之意。燕国要对秦国真诚修好，无论何人在秦国为君，无论何人在燕国为质，燕国都要善待秦国特使人质，以便将来与秦国结盟。乐毅所为，原与私情无关。若非如此，乐毅岂能以一己之身，私相照拂一国人质？此乃真相，万望王妃莫将此情看作乐毅本心。"

芈王妃咯咯笑了，笑声在幽静的山谷是那样妩媚清亮："乐毅啊，你不说，我也晓得如此。可你说了，我更喜欢你了。"说着悠然一叹，"身为权臣，谁也难脱权谋。可权谋施展处，也辨得英雄小人。难道那一袋黑面、半只野羊、一坛苦酒、些许布帛，也都是燕王教你送的么？稷儿回秦，我孤身留燕，你不教我住在驿馆，也不教我住进王宫，却安顿我住在你的封地庄园，难道这也是燕王之命么？”

“那是为王妃安危着想，并无他意。”乐毅又一次打断了芈王妃。

芈王妃又咯咯笑了：“乐毅啊乐毅，此等事越抹越黑，你却辩解甚来？我芈八子不想回秦做冷宫寡妇，就要在燕国，就要守着你，你能如何？”远远听去，像个顽皮的少女，任谁也想不到她是久历沧桑的秦国王妃。

乐毅显然着急了，站起来深深一躬道：“王妃所言极是，乐毅无须辩解。只是王妃须得体谅乐毅，顾全大局，回到秦国为上策。”

“是么？我想听听下策。”芈王妃顽皮地笑着。

“乐毅剖腹自裁！了却王妃一片情意。”乐毅毫不犹豫。

芈王妃显然愣怔了，良久沉默，方才长长地叹息了一声道：“乐毅，芈八子服了。我答应你，回秦国便了。”

“谢过王妃！”

“别急哟。我却有个小条件，晓得无？”芈王妃的温软楚语分外动听。

“王妃但讲。”

“你，今夜须得留在这里，陪我。”

“王妃……”这次却是乐毅愣怔了。

“你不答应，芈八子宁死不回秦国！”说罢，芈王妃转身飘然去了。

白起心头一颤，分明看见木头般愣怔的乐毅一拳砸在石柱上，将那个大陶罐双手捧起一阵汩汩大饮，紧接着“哐啷”一声，大陶罐在石柱上四散迸裂，乐毅摇摇晃晃地走进了亮灯的大屋。

趴在屋顶的白起乱成了一团面糊，这在他实在是从来没有经过的事。星夜入渔阳，为的是探听王妃下落，并与王妃面谈，一则禀报咸阳大势，二则落实王妃在燕国有无需要料理的秘密事宜，以及是否受到过刁难，他好以特使身份交涉。如今看来，这一切都是多余的了。咸阳大势路上禀报不迟，芈王妃一直有乐毅照料，谅也不会受人欺侮刁难。需要料理的秘事，看来只有自己看到的这一桩，而这件事，非但自己永远料理不了，而且连知道也不能知道。看来自己的事只有一桩，接回芈王妃万事大吉。乱纷纷想得内心粗疏如白起，不可能想得通这里面的乾坤。英雄未必读得懂儿女情长。作者初写宣太后（芈八子）的手段。

一阵，白起紧身一滚，到了石墙立即跳下，一挥手领着密行斥候往回疾走。到了山弯，上马一鞭，连夜回了蓟城。

次日过午，一辆牛车咣当咣当驶到驿馆门口，乐毅来请白起进宫。白起已经没有兴趣询问任何事，也没有心绪邀乐毅叙谈，略略寒暄两句随着乐毅进了王宫。

燕国宫室本来不算简朴狭小，一场大乱下来，却有大半被毁，只剩得几座残破的偏殿与一片光秃秃的园林庭院。王宫大门已经稍事修葺，虽未恢复原貌，毕竟尚算整齐。进得宫中，处处断垣残壁，满目荒凉萧疏，虽然正是盛夏，却没有一棵遮阳绿树，没有一片水面草木，触目皆是黑秃秃的枯树，扑鼻皆是呛人的土腥。暴晒之下，尘土瓦砾在车轮下扑溅，两车驶过，腾起一片大大的烟尘。几经曲折，来到一座唯一完整的大瓦房前，乐毅下车拱手笑道："东偏殿到了，将军请下车。"

白起虽然也知道燕国惨遭劫难，但无论如何想不到竟是如此凄惨，王宫尚且若此，可见市井村野。可他同时感到奇怪的是，燕国市容田畴民居似乎恢复得还不差，王宫如何丝毫未见整修重建？面前这座东偏殿，实际上只是未被烧毁的一座四开间的青砖大瓦房而已，假如没有这座东偏殿，整个王宫简直无处可去了。白起站在廊下一番打量，不禁脱口问道："如此王宫，燕王的居所却在何处？"乐毅道："燕王，暂居一座绝户大臣的府邸，还没有寝宫。"

白起真正惊讶了，燕国毕竟是大国，国君无寝宫，当真天下奇闻也。他皱着眉头，一副难以置信的模样道："人言燕王得历代社稷宝藏，做了何用？"话一出口便觉不妥，歉疚地笑着拱手，"白起唐突，亚卿恕罪。"

"无妨也。"乐毅喟然叹息，"一则招贤，二则振兴农耕市井。郭隗有黄金台，剧辛有三进府邸，乐毅有狩猎行宫与五

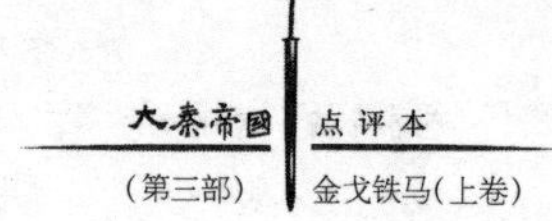

十里封地。每户农人得谷种，作坊得工具，商旅得贩运牛车。耗财多少，难以计数，唯独燕王宫室不花半钱。”

“大哉燕王也！”白起不禁由衷赞叹，“有君若此，何愁不兴？”

乐毅笑了：“燕王得将军如此赞语，乐毅倍感欣慰。来，将军请。”

进得殿中，一名老内侍匆匆上茶，又在乐毅耳边低声说了几句。乐毅笑道：“将军入座稍待，燕王正在巡查官市，片刻即到。”白起向来敬重奋发敬业之人，更何况一国之君，慨然拱手道：“但等无妨。”乐毅自然不能教白起干坐，举起茶盏笑道：“尝闻将军善战知兵，不知师从何家？”但凡谈兵论战，白起便来精神，慨然一叹道：“秦人多战事。白氏家族世代为兵。白起生于军旅，长于行伍，酷爱兵事而已，无任何师从。与将军饱读兵书相比，原是文野之别。”“你，此前没读过任何兵书？”乐毅惊讶地睁大了眼睛摇头一叹，“乐毅却是惭愧也。”见乐毅惊讶的模样，白起连连摆手道：“兵书倒是读了几册，只是记不住罢了，临战还得自己揣摩。此等野战，成不得大气候。”

“将军天授大才也！”乐毅不禁拍案赞叹，话音落点，却闻屏风后一阵笑声：“却是何人？竟得亚卿如此褒奖？”随着笑声，从本色大木屏风后走出一个黝黑精瘦看不清年龄与身份的人，一身褪色红袍，一顶竹皮高冠，一片络腮短须，虽是衣衫落拓，步态眉宇间却是神清目朗英风逼人。乐毅连忙起身拱手笑道：“臣启我王：此乃秦国特使白起将军。乐毅感叹者，正是此人。”听说是燕王，白起倒真是吃了一惊，却又十分的敬佩，不禁肃然起身一躬：“秦国特使白起，参见燕王。”

燕昭王抢步上前扶住了白起笑道：“闻得将军胆识过人，果然名不虚传。亚卿所赞，显是不虚了。来，将军请入座。”说罢亲手虚扶着白起入座。

白起不是托大骄矜之人，此刻却不由自主地被燕昭王“扶”进了坐案，那种亲切自然与真诚，使他无法从这个虚手中脱身出来，连白起自己都觉得奇怪，坐进案中又觉不妥，一拱手作礼道：“谢过燕王。”额头不禁出了一层细汗。

燕昭王自己走到正中大案前就座，看着白起笑道：“一暗一明，将军两次入燕为客，也算天意。燕国百废待兴，拮据萧疏，怠慢处请将军包涵。”亲切得朋友一般，全无一国君王的矜持官话。白起由衷赞叹道：“燕国有王若此，非但振兴有时，定当大出天下了。”燕昭王哈哈大笑：“将军吉言，姬平先行谢过。但愿秦燕结好，能与将军常有聚首之期也。”白起坦直道：“惠王之时，秦燕已是友邦。新君即位，对燕国更有情义，绝不会无端生出仇雠。”燕昭王叹息一声道：“芈王妃母子在燕国数年，正逢燕国战乱动荡之期，我等君臣无以照拂，致使新君母子多有磨难。此中难堪处，尚请将军对秦王多有周旋。”白起慨然拱手道：“白起实打实说话，无须妄言：我王对燕国君臣多有好感，芈王妃明锐过人，原是感恩燕国君臣，燕王但放宽心。”燕昭王一笑一叹：“看来也，我是被这邦交反复做怕了。燕齐友邦多少年？说打便打，说杀便杀，朝夕之间，燕国血流成河矣！此中恩仇，却对何人诉说？”一声哽咽，双眼潮湿。

白起一时默然。两次入燕，他已经明显察觉到燕国朝野对齐国的深仇大恨。今日进宫目睹王宫惨状，一个念头突然冒了出来——燕昭王不修宫室，就是要将这一片废墟留作国耻激励燕人复仇？虽不能说，但这个念头却始终不能抹去。他同情燕国，也体察燕国，然则作为秦国特使，他自然首先要从秦国角度说话。秦国与齐国相距遥远，自秦惠王与张仪连横开始，齐国便是秦国拆散六国合纵的最可能的同盟者，虽说秦国总是最终不能结好齐国，却从来不愿主动开罪于齐国。更何况秦国目下这种情势——主少国疑、最需要稳定的微妙时期，他能以特使之身与燕国同仇敌忾么？

燕昭王治下，燕国大有起色。

良久，白起低声道：“燕国日后若有难处，可以亚卿为使入秦。”

燕昭王面色已经缓和，拍案笑道：“原是一时赶话而已，将军无须当真，说正事了。亚卿已经验过国书，将军交付王室御书便了。迎接芈王妃，由亚卿陪同将军。明日王妃离燕，由亚卿代本王送行，将军见谅。”

白起站起一躬：“多谢燕王。”

出了尘土飞扬的王宫，乐毅笑道：“我陪将军去接芈王妃。”白起心念一闪道：“容我回驿馆准备仪仗车马，片刻便来。”乐毅低声道：“蓟城目下多有胡人齐人，没有仪仗正好。”白起恍然道:“亚卿周详,这便去?”乐毅将短鞭向牛背一扫,牛车咣唧唧向北门而去。白起既惊讶又好笑,此去渔阳百里之遥,这牛车何时咣唧得到？乐毅这是做甚？缓兵之计么？或是芈王妃又有了变化？种种疑惑一时涌上心头,偏白起又不能说破,只好随着乐毅穿街过巷,约莫小半个时辰出了北门。白起此番进宫,按照礼仪,乘坐了特使的两马轺车,虽有一个铁鹰锐士做驭手,算是重车,也比牛车快捷得多,却只有跟在牛车后面款款走马。白起实在不耐,向牛车遥遥拱手道:“亚卿,我这轺车有两马,你我换马如何?”乐毅回头笑道:“莫急莫急,这便到了。”白起又是一惊,却又恍然醒悟——芈王妃已经离开渔阳河谷,回到了蓟城郊野。

又行片刻,牛车拐进了山道边一片树林。过了树林,绿草如茵的山凹中一座圆木围墙的木屋庭院,鸟鸣啾啾,幽静极了,若非四周游动着几个红衣壮汉,简直一处隐士庄园。白起笑道:“芈王妃得亚卿如此保护,却是难得。”

“将军请下车。”乐毅已经跳下牛车,“自将军接走嬴稷,芈王妃一直住在渔阳河谷的狩猎行宫,昨日才移居蓟城郊野。燕国大乱初定,多有匈奴东胡偷袭,齐国细作渗透谋杀,乐毅不敢造次。”一番话真诚坦荡,除了无法说的,几乎全都说了。白起深深一躬道:“亚卿以国家邦交为重,襟怀磊落,白起感佩之至。”乐毅不经意地笑笑:“利害而已,何敢当此盛名？将军随我来。”

进得圆木墙,便见院中一个布衣少女的背影正在收拾晾杆上的衣物。乐毅一拱手笑道:“请楚姑禀报王妃:乐毅陪同秦国特使白起前来,求见王妃。”叫楚姑的少女回眸一笑,答应一声轻盈地飘进了木屋。片刻之后,芈王妃走了出来,遥遥看去,虽是布衣裙钗,依旧明艳逼人,信步走来步态婀娜,比那美丽的少女平添了别一番风韵。

白起肃然一躬:“前军主将白起,参见王妃。”芈王妃粲然一笑:“白起啊,你来接我了?”白起慨然挺胸拱手:“白起奉秦王之命,恭迎王妃回归咸阳!”“晓得了,好啊!”芈王妃很是高兴,“离秦多年,我也想念咸阳了。进来坐得片刻,待楚姑收拾好便走。”白起恭谨道:“无须坐了,末将在这里恭候王妃便是。”芈王妃笑道:“白起自家人好说,亚卿是客,不进去失礼也。”乐毅连忙拱手笑道:“多谢王妃美意,乐毅与将军正有谈兴,也在这里恭候王妃。”芈王妃目光一闪笑道:“也好,我片刻便来。”飘然进了木屋,果真是片刻又出了木屋。

白起原以为芈王妃要换衣物头饰,方才辞谢不入,此刻见芈王妃布衣依旧,只是手中多了一支绿莹莹的竹杖，身后多了一个背着包袱持着一口吴钩的楚姑，便有些后悔方才的辞谢耽搁了芈王妃与乐毅的最后话别。正在此时，芈王妃已经笑盈盈地来到两人面前，竹杖轻轻一点道："亚卿大人，这支燕山绿玉竹，我带走了，晓得无？"乐毅大笑一阵道："目下燕山，也就这绿玉竹算一样念物了。燕国贫寒，无以为赠，乐毅惭愧。"芈王妃笑道："本色天成，岁寒犹绿，这绿竹比人心靠得住。白起，走！"说完，大袖一摆走到轺车旁跨步上车，那个少女楚姑一扭身飘上了驭手位置。

乐毅浑然无觉，对白起一拱手道："牛车太慢，将军与我同骑随后。"原来在等候之时，白起的铁鹰锐士已经卸下了一匹驾车驭马，准备白起骑乘，不想多了一个楚姑做驭手，便少了一匹马。乐毅清楚非常，已经吩咐护卫木屋庄园的甲士头目牵来了三匹战马，他自己也弃了牛车换了战马。如此一来，芈王妃的轺车仍旧两马驾拉，铁鹰锐士车旁护卫，乐毅白起两骑随后，一路车声辚辚马蹄沓沓，暮色降临时分进了蓟城。

将芈王妃护送到驿馆，乐毅告辞去了。用过晚饭，芈王妃将白起唤进了外厅，备细询问了咸阳的诸般变化，连白起退赵的经过也没有漏过。芈王妃除了发问便是凝神倾听，没有一句评点。后来，芈王妃与白起海阔天空起来，对白起叙说了燕国内乱的经过，又说了自己如何在燕山学会了狩猎，在乐毅封地还学会了种菜，亲切絮叨得家人一般。后来，芈王妃又问到了白起的种种情况，家族、身世、军中经历、目下爵职，显得分外关切。白起素来不喜欢与人说家常，对王妃的询问尽可能说得简约平淡。芈王妃却很认真，那真切的惊讶、叹息、欢笑甚至泪水盈眶，使白起恍惚觉得面前是一个亲切可人的大姐一般，不由自主地一件一件说开去了。不知不觉，便闻院中一声嘹亮的鸡鸣。白起大是惊讶，连忙告辞。芈王妃却兴犹未尽，笑着叮嘱白起日后还要给她说军旅故事，方才将白起送出了前厅。

次日午后时分，白起的全副仪仗护送着芈王妃出了蓟城，在城外会齐了前来接应的千人骑队，向南进发了。到得十里郊亭处，乐毅与剧辛并一班朝臣为芈王妃饯行。按照礼仪，饯行是用酒食为远行者送行，要紧处只在一爵清酒祝平安。在邦交之中，饯行原非固定礼仪程式，是否饯行全在两国情谊与离去者地位而定。芈王妃即将成为秦国太后，且又有燕昭王口书，于是便有了乐毅剧辛率领群臣饯行。白起事先知晓且已经在行前对芈王妃说过，下令马队仪仗缓缓停在了郊亭之外，高声向青铜轺车中的芈王妃做了禀报。

芈王妃淡淡笑道："乐毅偏会虚应故事。传话：多谢燕王，免了虚礼。"

白起拱手低声道："末将以为，事关邦交，王妃当下车受酒。"

芈王妃眉头微微一皱，起身扶着白起臂膀下车，悠然走向简朴粗犷的大石亭。乐毅剧辛并一班朝臣在亭外齐齐拱手高声道："参见芈王妃！"芈王妃笑道："秦燕笃厚，何须此等虚礼？多谢诸位了。"却钉住脚步不进石亭。乐毅笑道："王妃归心似箭，我等深以为是，礼节简约便是。"一挥手，两名内侍分别捧盘来到芈王妃与乐毅面前。乐毅捧起盘中大爵道："燕国君臣遥祝王妃一路平安。"芈王妃微笑地打量着乐毅，只不去端盘中铜爵。瞬息之间，白起已经双手捧起铜爵递到芈王妃面前："王妃请。"芈王妃接过酒爵悠然笑道："谢过燕王，谢过诸位大臣。"径自举爵一气饮尽，将大爵往铜盘中一搁，大步回身去了。

乐毅一阵愣怔，又立即躬身高声道："恭送芈王妃上路！"大臣们也齐声应和，声音参差不齐，哄嗡一片。白起连忙对乐毅剧辛拱手道："王妃昨夜受了风寒，略感不适，亚卿大夫见谅。"乐毅笑道："原是无妨，将军但行。后会有期。"白起也是一声"后会有期"大步去了。

乐毅安排周全。芈八子不简单。

车马辚辚南下。芈王妃突然笑了："白起，生我气了？"白起走马车旁，一时没有说话。芈王妃一声叹息："惜乎世无英雄也！一个人胸有功业，便要活到那般拘谨么？"白起不知如何应对，也是一声叹息。从此，芈王妃一路不再说话，只是频繁地换车换马，一路交替颠簸，马不停蹄地到了咸阳。

第三章 东方龙蛇

一 邦有媛兮 不让须眉

秦武王的葬礼完毕,咸阳刚刚松了一口气,旋即又紧张起来。

这次是甘茂与魏冄起了摩擦,先是小别扭,接着起了冲突,相互都坚持着要罢黜对方。嬴稷刚刚即位,两眼一抹黑,夹在中间不知如何是好,索性闭门不出以静制动,只是等芈王妃回来。

说起来,这次是因了秦武王的葬礼。秦武王年轻暴亡,一切都没有预先谋划,甘茂与魏冄便在诸多细节上有了歧见。甘茂主张按照最隆重礼仪安葬秦武王,朝野举哀一月,行国葬大礼。魏冄则认为秦孝公秦惠王尚且无此等铺排,秦武王无功暴死,咸阳举葬足矣,不当扰民一月。两人当殿争辩,大臣们个个骑墙,唯独咸阳令白山支持了魏冄,甘茂只有无奈让步。接着为安葬墓地又起争端。秦国君主向来安葬在雍城老墓园,老秦人称为“雍州国公陵园”。自秦孝公开始,秦惠王随同,都葬在了咸阳北阪的松林塬,莽莽苍苍,气象自然比雍州陵园大为宏阔。秦国朝野也都将咸阳秦陵看作秦国大功君主的墓地。甘茂感念秦武王知遇大恩,一力主张将秦武王安葬在咸阳北阪。也是心里有气，甘茂不与魏冄商议，便用大印发下丞相书令：咸阳北阪即时动工兴建陵园，限旬日完工。修建陵墓要咸阳令征发劳役，白山觉得工程太大期限又太紧，便来找魏冄商议。魏冄秉性刚烈，一听怒火上冲，对白山说一声："此事你莫再管！"便带着嬴显来丞相府找甘茂理论。

两人在丞相府国事堂吵得面红耳赤。魏冄说，雍州有现成一座陵园，何须再劳民伤财？甘茂说，公墓在雍州，王墓在咸阳，不能乱了国家法度。魏冄说，秦法无私，嬴荡误国无功，当回到祖宗面前自省，不当在咸阳陵园充数。甘茂揶揄冷笑说，若不是嬴荡无功，你魏冄岂有今日？此话一出，连新君嬴稷也隐隐包了进来，旁边的嬴显也涨红了脸。魏冄勃然大怒高声吼道，天下为公，唯有才德者居之；大臣不思国家艰难，只在王宫做功夫，枉为名士也！于是两人各不相让，相互讥刺，各自黑着脸拂袖而去。甘茂深悔自己当初不慎，将一个狂妄不知感恩的霸道小人引进了朝堂，于是连夜上书嬴稷，坚执请求罢黜魏冄的栎阳令之职，否则"臣将归隐林泉"。魏冄也是无法平息怒火，同样连夜上书嬴稷，坚请罢黜甘茂此等"不知理国，唯知钻营之误国奸佞"！

写魏冄与甘茂的冲突，为秦国权臣上位铺路。甘茂亡秦入齐，实并非魏冄所迫。甘茂与向寿、公孙奭不和，甘茂主张以魏取齐，而公孙奭主张以韩取齐，后甘茂被二人排挤，"甘茂竟言秦昭王，以武遂复归之韩。向寿、公孙奭争之，不能得。向寿、公孙奭由此怨，谗甘茂，茂惧，辍伐魏蒲阪，亡去。樗里子与魏讲，罢兵"（《史记·樗里子甘茂列传》）。

这番波浪一起，给本来动荡不宁的咸阳更添了几分乱象。朝臣惶惶，无人敢于主事。嬴稷无奈，夜访樗里疾求教。这个老丞相毕竟睿智，听完嬴稷一番叙说，点着手杖嘿嘿笑道："做事，魏冄在理；做人，甘茂在理。老臣敢问我王：此番即位，做事第一，做人第一？"嬴稷板着脸道："老秦规矩，几曾做人第一了？"樗里疾目光大亮，笃笃点杖道："既如此，没有解不开的死结。我王明日朝会便是。"

次日朝会，嬴稷申明只决一事——先王如何安葬？余事一概不论。甘茂魏冄各自慷慨陈情，殿堂又是一时沉默。此时，樗里疾带着一班白头元老上殿，异口同声地请求将秦武王安葬回雍州陵园。樗里疾没有嘿嘿一声，点着手杖黑着脸道：“武王在位两年余，丢弃连横，不修国政，仗恃一己武勇而无端树敌于天下，一朝暴亡，正见天道昭昭。若得配享孝公、惠王之侧，奖功罚过之秦法何在？老臣一言，我王定夺。”这番话一出口，举殿肃然无声。甘茂尴尬得无从反驳，一怒之下，拂袖去了。

武王享位四年，真正在位应该是三年有余。

樗里疾倚老卖老，说话有分量。不过，武王于秦统一并非无功。樗里疾议先君，其实是于理不合。

安葬难题解决了，急需整肃的朝政却是谁也不敢下手。嬴稷又求教于樗里疾，老丞相又嘿嘿一笑：“急不得，急不得，没有杀伐决断之力，还是等等再说。”嬴稷虽是聪明睿智，但想到这些权臣在朝野都是盘根错节，不得死士襄助如何能去触动？叹息之下，索性深居简出了。

嬴稷还做不了主。

此时，芈王妃回到了咸阳。

旬日之间，芈王妃的小小寝宫门庭若市。先是甘茂捷足先登，单独与芈王妃会谈了整整一个白天。接着是魏冄，又与芈王妃整整说了一个通宵。没得休憩片刻，芈戎、嬴显又相继前来密谈，直到暮色降临。夜来正要歇息，又是白头元老们三三两两地前来拜谒，一则探望这位多年不见的昔日王妃今日太后，二则便是漫无边际的絮叨。偏芈王妃丝毫不见疲态，来一拨应酬一拨，笑脸春风人人满意。如此三五日一过，又是昔日的老宫女老内侍们见缝插针络绎来见，人人都要说一番思念之情，都请求再回到太后身边。芈王妃好耐心，对这些下人分外在心，一一接见抚慰，多少都要赏赐一些物事，能留则留，不能留便安插到宫中作坊做个小头目，又是皆大欢喜。与此同时，元老大臣们的妻妾也一茬一茬地来了。这些妻妾不言国事，带着各色珍贵礼物，带着年少的儿子女儿，有亲情的叙亲情，无亲情的诉说仰慕之心，熙熙攘攘絮絮叨叨，芈王妃照样一团和气，人人皆大欢喜。

刚回国，当然要弄得一团和气，以笼络人心，顺便察言观色，为理顺朝政打下基础。如果弄得杀气腾腾，新君的局面不好打开。

嬴稷自然是天天要来拜望母亲，可每次来都逢母亲与人说话，不是密谈，便是宾客满堂，白日如此，夜晚如此。旬日之间，嬴稷竟没有和母亲坐下来说一句话。好容易插得一个空儿，母亲却打了个长长的哈欠，刚刚看得嬴稷一眼，便伏在座案上睡了过去。嬴稷大是生气，下令楚姑守在寝宫门口，不许任何人晋见太后。说也奇怪，楚姑提着吴钩往宫门一站，三日之中竟无一人求见，与前些日的热闹相比，几是门可罗雀。芈王妃也是不可思议，三日大睡，不吃不喝，直到第四日方才醒来。

“母亲如此拘泥于俗礼酬酢，委实令人不解。”嬴稷实在忍不住，第一次对母亲生了气。

“你何时能解，也就成人了。”芈王妃没有生气，微笑地看着儿子，径自梳拢着长长的黑发，“还有几个人没有来过，得我去看望了。”

“还有人没来过？”嬴稷不禁惊讶了，“人流如梭，门庭若市，还有谁没来？”

“老丞相樗里疾、咸阳令白山、前军主将白起。晓得了？”

嬴稷笑道：“樗里疾是老疾不便出门，白山是不想凑热闹，白起刚刚迎接母亲回来，来不来有甚要紧？母亲倒是计较。”

芈王妃看了儿子一眼：“你懂个甚来？好好学着点儿。这三个人才是柱石，一个是元老魁首，两个是大军司命，若是白氏生变，你那兵符也不值几两！”

姜还是老的辣。

嬴稷不以为然道：“此次大事由舅公执掌运筹，丞相兼领上将军甘茂镇守咸阳，此两人才是柱石。”

“稷啊，不能勘透人事者，何以为君？”芈王妃叹息了一声，“你舅公魏冄才具宏阔，但秉性刚烈，霸气太过，可靖难平乱，可治国理民，却不可长期秉政。甘茂者，志大才疏，机变

宣太后有帝王之才，可惜身为女子，无法有更大的作为。

有余而心胸狭隘，分明无兵家之才，却领受上将军要职，看似权兼将相，实则一权难行。否则，他何以要将这场功劳拱手送于你舅公？这便是他的虚荣处，既无根基，又无大才，却总想在权衡折冲间建功立业。此等人物可维持朝局，不可开拓大功。嬴荡以甘茂为柱石，下场如何？你又视甘茂为柱石，想重蹈覆辙么？想落万世骂名么？”

宣太后之能，此时的嬴稷也未尽知。

嬴稷惊讶了。在他的心目中，母亲从来只是个智慧贤良心志坚韧的女人而已。为了儿子的安危，母亲可以惊人的耐心在燕国周旋。然则，那是母亲的护犊之情，嬴稷从来没有将这些作为往才能方面去想，甚至本能地觉得，一个好母亲该当如此。母亲极少谈论国事，更没有过条分缕析地臧否过人物朝政，反而是对嬴稷在艰难的人质日子里经常冒出来的雄心与见解，一概地大加褒奖。于是，嬴稷更加认为母亲只是一个慈爱贤良的母亲而已，从未想到过她能在国事上有过人见解，等候她回来，原本也只是指望她稳住那些白发元老而已。正因为如此，嬴稷对母亲回到咸阳后的多方应酬才生了气——见见老人消消郁闷便行了，如此来者不拒，真是妇人之仁！这种生气埋怨在燕国也是常有，尤其是在乐毅来访之后，嬴稷几乎每次都要生一阵气。然则，母亲对他的埋怨生气似乎从来不放在心上，总是一句话一个微笑轻轻荡开，依旧我行我素，从来不多说。今日母亲破例了，一席话使嬴稷深为震撼。对舅公，对甘茂，母亲的评点简直是入木三分，自己内心隐隐约约的念头，母亲三言两语点个通透。

借嬴稷的角度说出，效果更好。宣太后的锋芒，慢慢地透出来。

嬴稷天赋极高，本来就是罕见的少年早成，如何掂不来其中分量？想想自己的柱石之说，不禁大是惭愧，对着母亲深深一躬：“母亲所言大是，稷受教。”

“稷，我是这般想。”芈王妃似乎根本没有在意儿子少有的郑重恭谨，从铜镜前站了起来道，“咸阳大势初定，目下要务是理清这团人事乱麻。这种开罪于人的事，你不要出面，娘替你料理了。日后朝局纳入正轨，你去建功立业便了。”

“母亲所言，稷所愿也！”嬴稷轻松地长吁了一声，“我要多读书，多看一阵，心里才有底。只是累了母亲，儿心难安。”

芈王妃笑了，亲切地拍了拍少年嬴稷的头：“哟，一朝做了国君，长大成人了。说得好！你是要多读些书，多经些事。你幼时离开咸阳，离开父王，对朝局大政所知甚少，是要多看看多想想，学会如何做个好君主。晓得无？你父王当初也是远离国政多年，回到咸阳后跟商君历练了五年国政，才放开了手脚。”

“知道了。稷定然像父王那般沉得住气。”嬴稷说了句教母亲高兴的话，低声问，“母亲以为，从何入手可理乱象？”芈王妃笑道：“这便开始学了？听着了：釜底抽薪，从宫中开始。”嬴稷大是愣怔，略一思忖惊讶道：“母亲是说，惠文太后？”芈王妃点点头：“对，她是嬴壮的主根，是元老们的指望。有她在，后患无穷。”

嬴稷心中一颤，默然无对。按照宫中礼法，惠文太后是他的正宗母亲，芈王妃是他的生身娘亲。虽然秦国不像中原列国那样拘泥，但在名义上还是如此这般的。况且惠文太后端庄贤良，对每个王子都是慈爱有加督导无情，只是因了芈王妃坚持要自己抚养嬴稷，且宁肯离开秦惠王也要陪着儿子去燕国，否则，嬴稷可能也会在惠文太后的身边读书长大了。虽然嬴稷不曾在惠文太后膝下生活，却也对惠文太后有一片敬慕之心，乍听母亲一说，不由自主的心中冰凉。

这种默然如何瞒得过芈王妃眼睛？她看看嬴稷一声叹息，声音却是冰冷清晰：“稷啊，王权公器，概无私情，古今如此。要做大事，要立霸业，便得扫清路上的一切障碍，纵然是你的骨肉血亲。有朝一日，娘如果成了绊脚石，你也必须将

嬴稷年少，还需点化。

娘扫开。这便是公器无私。既做国君,这是铁则。谁想做仁慈君主,谁就会灭亡。"

"娘……"嬴稷不由自主地一抖,喃喃道,"先祖孝公,不是威严与仁慈并存么?"

芈王妃冷笑道:"谁个说的?孝公终生不用胞兄嬴虔,却为何来?纵然嬴虔始终支持变法,临终之时,孝公还要处死嬴虔。若不是嬴虔以秘术假死,岂能后来复仇杀死商君?你父王更不消说,车裂商鞅,架空嬴虔,远嫁栎阳公主,用亲生爱子做人质,又是所为何来?往远说,虽是圣王贤哲,为了维护权力,也照样得铁了一颗心。舜逼尧让位,禹逼舜让位①,伊尹放太甲②,周公挟成王③,哪朝哪代没有权力相残?你只记住一句话:王权是鲜血浇灌出来的,没有鲜血浇灌,就没有王权的光焰!"看着目光惊愕的儿子,芈王妃冰冷的面容绽开了一丝笑意,"自然,娘说的只是一面之词。历来国君之大者,功业自是第一。有了富国强兵的大功业,君王的铁石心肠也才有得落脚处。否则,千夫所指,众口铄金,你也就只是个人所不齿的暴虐君主而已。"

后人所说的"一将功成万骨枯",道理一样。儒家不得志于春秋战国,乱世行不了仁道。一国之君,霸王之道与妇人之仁须并行,止于妇人之仁,则不能王天下。专制社会的必然逻辑,没有道理可讲。

嬴稷终于松了一口气:"娘是说,铁着一颗心,为的是建立帝王功业。"

"哟!侬晓得了。"芈王妃不自觉冒出一句吴语,表示了对儿子的衷心赞赏。

嬴稷一走,天便落黑了。芈王妃三日睡来,精神大振,草

---

① 有一种观点认为,尧舜的禅让都是被迫的,而不是自愿的。

② 伊尹为商初大臣,帮商汤攻灭夏桀。汤去世后,历佐卜丙、仲壬二王。仲壬死后,其侄太甲当立,伊尹篡位自立,放逐太甲。七年后,太甲潜回,把他杀死。

③ 周公,姬姓,名旦,周武王弟。曾助武王灭商。武王死后,成王年幼,由他摄政。

草进过晚饭，立即唤来楚姑一阵低声叮嘱。楚姑点点头回到自己的寝室准备去了。大约三更时分，一道纤细的身影飞出了这座庭院，从连绵屋顶悠然飘到了寝宫深处。

在整个后宫的最深处，也就是最北面，有一座独立的庭院，背靠咸阳北阪，面临一片大池，分外清幽。这便是秦国独一无二的太后寝宫。此刻，除了宫门的风灯，宫中灯火已经全部熄灭。但这里却有一点灯光，透过白纱窗洒在静静的荷花池中，在月黑之夜分外鲜亮。在这片隐隐光亮之中，一叶竹筏无声地穿过密匝匝的荷叶，飞快地逼近了亮灯的大屋。在竹筏靠近岸边石栏时，一个纤细身影倏忽拔起，轻盈地飞上了亮灯的屋顶。

高高的一座孤灯照着宽敞简约的书屋：一圈本色木架上码满了竹简图策，一座剑架立在书架前，横架着的一口长剑已经是铜锈斑驳了，书屋正中的大案上有一副紫红色的秦筝，筝前端坐着一位白发如雪的老者，若非那撒开在座席上的大红裙裾，谁也不会从那枯瘦的身躯看出这是个女子。她肃然端坐案前，手中拨弄着秦筝，时不时长长地一声叹息。

“惠文太后，因何烦恼？”一个吴语口音的甜美声音在幽静的大屋荡了开来。

“是芈八子之人么？”白发女子依旧肃然端坐着。

“太后明锐，小女子无须隐瞒。”甜美的声音飘荡着。

“一朝掌权，痛下杀手，芈八子何须出此下策？”白发女人舒缓地抚弄着竹简。

“太后年高，无疾而终，当是上策。”

“请转告芈八子：她可以杀我，然不可以误秦。”白发女子的声音突然严厉，“否则，她将无颜见先王于九泉之下！”

中国女性之伟大，常以大局为重。

“小女子谨记在心。”

白发女子站了起来。那座剑架轻轻地摇晃了一下。灯光下，她是那样枯瘦衰老，仿佛全部的血肉都干涸在了那副嶙峋的骨架里。一副瘦骨高挑着空荡荡的大红长裙，衬着雪白的长发与苍白的面容，在影影绰绰的灯光下森森可怖。若在平日，任谁也想不到这是昔日风韵倾国的惠文后。她空洞的眼神盯住了那座剑架，叹息一声道："姑娘，你站在那里给我听着：嬴稷虽是芈八子所生，但更是先王骨血，是秦国君主。本太后，给嬴稷留下了一件镇国利器。芈八子，一定要妥善地交付与他。"说罢走到屋角一口大铜箱前轻轻一叩，"这口铜箱。这是钥匙。"当啷一声，一支六寸长的铜钥匙丢在了箱盖上。

这变化也太大。脸谱化的写作特征明显。

惠文太后识大体。

"小女子谨记在心。"甜美的声音微微发颤，依旧是那样恭谨。

白发女子转身，背负双手，坦然发问："说，想教本后如何去法？"

少女似乎有了一种感动："太后请坐。小女子当报太后谋国之心。"

白发女子走到大案前席地就座，猛然挥臂而下，秦筝突然间叮咚而起，沙哑的嗓音发出激越悲伤的吟唱：

幽幽晨风　莽莽北林
未见君子　钦钦忧心
如何如何　忘我实多
隰有桃李　山有松柏
未见君子　荡荡痴心
如何如何　忘我实多
……

战国乐谚：激哀之音，莫大秦筝。这种乐器原本是驰驱马背的老秦部族所发端，因其激越悲怆而又急促浑厚似兵争之象，故名之为筝（争），时人称为秦筝。此等激哀之器夜半大作，更有心碎待死之绝唱相伴，激越回荡，令人心痛欲裂。

可视为送惠文太后上路的礼乐。

秦筝歌声中，剑架后走出了一个黑色的纤细身影。只见身影在惠文后身后遥遥推开，双手虚空按摩一般，一团淡淡热气生出扑向秦筝，浓浓热气中闪烁出一束极细的七色光芒，直贯入惠文后脑后。惠文后迷惘地呻吟了一声，似乎怀着甜蜜的梦幻微微一抖，随即扑倒在了大案上，满头白发顿时撒满了秦筝，只听轰然一声大响，秦筝弦断声绝。

纤细的身影颤抖着走到案前，纳头一拜，倏忽消失了。

次日清晨，甘茂接到宫中长史急报：惠文太后不幸薨去。此时新君方立，一切大政事务还都是甘茂的丞相府料理处置。虽然这是宫中事务，但太后丧葬历来在国事之列，须得有外臣主理。甘茂立即下令知会太医令、太史令会同前往，以定死因，以入国史。

《史记·秦本纪》："昭襄王元年，严君疾为相。甘茂出之魏。二年，彗星见。庶长壮与大臣、诸侯、公子为逆，皆诛，及惠文后皆不得良死。""不得良死"，是隐讳的说法。据裴骃《史记·穰侯列传·集解》，"徐广曰：'年表曰季君为乱，诛。本纪曰庶长壮与大臣公子谋反，伏诛。'"。另据司马贞《史记·穰侯列传·索隐》按，"季君即公子壮，僭立而号季君。穰侯力能立昭王，为将军，卫咸阳，诛季君及惠文后，故本纪言'伏诛'。又云'及惠文后皆不得良死'，盖谓惠文后时党公子壮，欲立之，及壮诛而太后忧死，故云'不得良死'，亦史讳之也。又逐武王后出之魏，亦事势然也"。而《史记·穰侯列传》又称惠文后"先武王死"。是以惠文后之死为疑案，但肯定不是死于武林高手之手。武王后本为魏女，归之魏，合理。

日上三竿，三方会齐，方才进了王宫。及至太医令仔细勘验完毕，甘茂便问是何病因？太医令摇头叹息道："面如婴儿之恬淡，无疾而终。以情理推测，当是忧喜过度，心力交瘁而亡也。"甘茂松了一口气，转身问太史令："如何刻史？"太史令拱手道："秦王嬴稷元年七月十三，惠文太后薨，无疾。"甘茂点头道："惠文二字，原是惠文王谥号，做了太后名号倒也贴切，便是这般了。"转身吩咐长史，"即刻通会秦王与芈王妃，勘验之后再定葬仪。"长史匆匆去了。

片刻之后，秦王嬴稷与芈王妃匆匆来到。进得太后寝宫书房，却见物事齐整，除了那一头不忍卒睹的白发与那干瘪的身躯，太后伏案如安眠一般祥和。芈王妃一见，扑上去抱住了惠文太后的尸体放声痛哭："姐姐呀！芈八子正说要来看你，你却如何匆匆去也!”一阵哽咽窒息，当场昏了过去。一时人人感慨唏嘘，哭声一片。

做戏要做全套。

好容易芈王妃苏醒过来，甘茂便会同诸臣并国君王妃勘验遗物。这也是例行公事，以确定遗物归属而不致生出争端。若死者对诸般遗物没有明确遗命，则由长史分类清理，上报国君处置。对于与国君同礼的太后，最重要的自然是书房，所以先行勘验书房。及至一件件看过，并无特异之处。正要移到寝室，长史却道:“禀报丞相:屋角尚有一口铜箱。”甘茂道:“打开了。”长史拿起箱盖钥匙一捅，铜箱“嘭”地跳开，箱面赫然一方白绢，暗红的血字触目惊心:“嬴稷谨记:《商君书》国之利器也，长修之，恒依之。弃商君之法者，自绝于天下也！慎之慎之。”拿开白绢，是整整一箱捆扎整齐的竹简。

大哉，商君!

嬴稷从长史手中接过白绢，面色苍白，一声哽咽:“母后！嬴稷来迟了……”已软倒在了铜箱上。芈王妃抹着泪水笑道:“秦王挺起来。这是惠文太后的遗愿，岂能以泪水没了?”嬴稷踉跄站起，捧着白绢转身对着惠文后尸体深深一躬道:“母后，嬴稷记住你的话了。”

甘茂大是感慨道:“秦王不知，老臣曾听惠文王说过，这《商君书》共八十卷，是先王姑母荧玉公主于二十年前秘密派人送来也。举世唯此孤本，连老臣也是第一次得见。只是这，这……”甘茂突然尴尬地打住了。

芈王妃笑道:“丞相是想说，这《商君书》为何没有留给先王嬴荡，是么?”

甘茂大窘。秦武王嬴荡已经被朝野看作蛮勇君王，虽不能说坏了商君之法，却也是没有弘扬秦法大业的荒诞君主。秦惠文王没有将《商君书》传给嬴荡，分明是一件尴尬的事。加之甘茂历来受秦武王重用，几乎是人人皆知的事实，话到口边生生缩了回去,却又被芈王妃一语道破,更是难堪。

嬴稷没有理睬,肃然一挥手道:“长史,立即护送《商君书》到政事堂密室。”长史匆匆去传唤甲士了。芈王妃微微一笑,仿佛刚才只是一句笑谈而已,看着甘茂道:“丞相,惠文太后大德大功,当以王礼隆重安葬,如何?”

王妃笑得不是时候。

甘茂慨然拱手:“臣亦赞同!秦王下书,臣立即发丧。”

次日,秦王嬴稷书告朝野:惠文太后薨,旬日之后行国葬。此谓发丧,也就是将死亡消息通告国人。按照春秋时期诸侯国葬礼仪,发丧之后,是朝野举哀,禁止饮酒举乐;死者尸体要在榻上停留几日,而后入殓进棺;进棺之后再停留五日,称为殡;殡后再停留五个月,而后送葬入土。这一整套葬礼走下来,几乎是整整半年,还不说葬礼之后的守陵长短。“在床曰尸,在棺曰柩,动尸举柩,哭踊无数”[①],整整半年之内,生者天天都要痛哭无数次,任你多么重要的事体也得停下。唯其如此,到了战国时期,这种耗时耗财摧残生者身体的葬礼已经大大简化,各国都是据实而行,不拘长短。

目下正在盛夏酷暑之日,纵有大冰镇之,尸体灵柩又能停留得几日?甘茂当机立断,将停尸三日改为一日,再加太医令勘验证实死者确实不能复生,方才入殓进棺。之所以如此,在于这丧礼环节中“停尸三日”是关键,其他环节的压缩往往容易被人接受,停尸日期的压缩则往往会招来朝野指责。其中缘由,便在这“停尸三日”来源于古老的对起死回生的祈盼。

古人以为,人死之后,魂灵尚在飘荡,孝子亲属的哀哀痛哭,往往能使死者还魂再生。事实上,也曾经有过死而复生的故事。于是,停尸三日以祈祷死者还魂再生,便由祈盼变

---

① 见《礼祀·问丧》。

成了葬礼必须遵守的环节。《礼记·问丧》备细解说了这种缘由："死三日而后敛者，何也？曰：孝子亲死，悲哀志懑，故匍匐而哭之，若将复生然，安可得夺而敛之也？故曰：三日而后敛者，以俟其生也！三日而不生，亦不生矣，孝子之心亦益衰矣。家室之计，衣服之具，亦可以成矣。亲戚之远者，亦可以至矣。是故圣人为之断决，以三日为之礼制也。"

甘茂精明，同时将太医令对惠文太后的勘验诊断与太史令的刻史断语，专发了一道丞相文告于各官署郡县。秦王嬴稷行亲子大礼，麻衣重孝，辞政守尸，哀哀之情令朝臣下泪。芈王妃也是一领麻衣，亲自看着女巫为惠文太后入殓，并亲手将秦国王室最珍贵的一件雪白貂裘放进了棺椁，白头元老们无不为之动容。旬日之后，咸阳再次举行国葬大礼，惠文太后被安葬在北阪秦惠文王的山陵一侧，这件事终于告结束了。

快刀斩乱麻，以免节外生枝。

国葬一毕，嬴稷除去重孝，一头埋进书房揣摩《商君书》去了。回咸阳半年，他实实在在地觉得自己的器局才具大是欠缺，不说人事难以勘透迷雾，便是国事，也断不出利害根本，若有几次大错失，这王位也未必坐得稳当。这是战国大争之世，外战频仍，内争迭出，几个大错下来，不是外战亡国，便是内争失政，要想建功立业做真霸主，先得自己精刚刚一身是铁。否则，这天下第一强国的王冠不是枷锁，便是坟墓。与其此时毛手毛脚地坐在王座上发号施令，何如潜心打造自己？从母亲回来后对咸阳朝政的评判料理看，母亲完全有魄力坐镇国政，自己急吼吼上前，非但不足以服众，且可能画虎不成反类犬焉。想得明白，嬴稷便深居简出，除了礼仪需要，整日的在书房与典籍库里徜徉。

居高位，而能思己之不足，不易。

芈王妃却是大大地忙了起来。惠文太后安葬之后，樗里疾等一班老臣上书，请尊芈王妃为惠太后，名号自然也从的是秦惠王了。甘茂闻讯,别出心裁地上书,请为太后另立名号,以示大秦新政之发端。此举得魏冄芈戎嬴显白山白起等一班新锐呼应,又经秦王嬴稷首肯,便进芈王妃为太后,定名号为“宣”。宣者,大玉也①(璧大六寸为宣),布新也,合起来是“大玉布新”之意。于是,芈王妃成了宣太后。

名号既定,宫中之患已了,宣太后放开了手脚。她先秘密探访了老丞相樗里疾,安定了一班元老重臣,再探访了咸阳令白山,与白山密谈了整整两个时辰。过了两日,宣太后一辆辎车直奔蓝田大营,在已经回到军营的前军主将白起的大帐里盘桓到天亮。回到咸阳,宣太后召来魏冄、芈戎与嬴显三人议事。魏冄一看全是芈氏族人,不禁皱眉道:“当此非常之期,老姐姐召来家人在宫中聚商,不怕物议么?”

宣太后冷冷道:“但为国事,何惧物议?此处没有姐姐,只有太后,依晓得了?”

芈戎怕魏冄生硬,打圆场笑道:“太后有事便说,左右我等听命便是。”

宣太后点着手中那支碧绿的竹杖:“我先说得明白,芈氏入秦二十余年,今日始有小成。能否成得气候,便在我等事秦之心。”

整天拄着这竹杖(极容易让人想起黄蓉的打狗棒,黄蓉拿了一段时间也厌了),有损宣太后的美貌形象吧!

芈戎点头道:“我等芈氏,与楚国王室芈氏相去甚远,在楚国已经没有根基牵连,自然是以秦为家为国,太后何虑之有?”

“话虽如此,却也未必。”宣太后板着脸道,“只怕手中有了些许权力,有人便要胡乱张扬了。”

魏冄目光一闪,慨然道:“太后所虑者,魏冄而已。我今日立誓:但有不轨,任凭处置!”

---

① 《尔雅·释器》:“璧大六寸谓之宣。”宣,通“瑄”。

“单单立誓不行，我要与你等三人约法三章。”宣太后郑重地站了起来，每说一句竹杖重重一点，“其一，不得与楚国王室有任何来往。其二，不得与秦国王室任何人为敌。其三，但处公事，不得相互徇情枉法。你三人想想，若做不到，当下说话！”辞色凌厉，与平日的满面春风大不相同。

三点，均是要害所在。

一直没有说话的嬴显吭哧着道：“只是这，这第二条难办。儿臣纵然容让，王室有人硬是与我纠缠，如何计较得清楚了？”他是宣太后从楚国接来的儿子，本姓芈，入秦而改姓嬴，虽是小心谨慎，却也多有王室子弟冷嘲热讽说他是“隔山王子”，有此顾虑，原也平常。

宣太后冷笑道：“只要你心在功业，是非自有公断，何来个不好计较？原是你心中出鬼。”丝毫地不留情面。嬴显还想辩驳，终究是没有开口。

“太后之言，是为至理。魏冄遵从。”最是桀骜不驯的魏冄率先认同。

“芈戎遵从。”

“儿臣听命。”嬴显虽心有顾忌，还是明朗地表示了认可。

“这便好！”宣太后笃地一点竹杖，“我芈氏一族，也将刻进大秦国史。”

三日之后，咸阳举行了新君即位后的第一次盛大朝会，秦王嬴稷与宣太后并坐高高王座，主旨却只有一个：论功行赏，理清朝局。秦王当殿颁布王书：擢升魏冄为丞相，恢复樗里疾右丞相之职，二人总领国政；封芈戎为华阳君，兼领蓝田将军；嬴显为泾阳君，兼领咸阳令；白山为栎阳君，兼领栎阳令；白起为左更，兼领前将军。王书宣读完毕，举殿欢呼，一片生气。

《史记·穰侯列传》：“昭王少，宣太后自治，任魏冄为政。”慈禧太后的祖祖奶奶在这里，但慈禧太后的治国手段远逊于宣太后，当然，慈禧时代所面对局势之险恶，又是宣太后时所不能比。

颁布王书之后，宣太后说话了，虽然是满脸带笑，话却扎实得掷地有声:“我有两句话说。历来新君即位,都要大赦罪犯,都要满朝加爵。然我大秦从商君变法起,便废除了这两个旧规矩。这规矩废得好,国法如山,虽君王而不能移。耕战晋爵,虽王族而无滥封。功劳爵位是要自己挣的,不是凭改朝换代混的。方才擢升之臣,职是实职,爵,却都是虚爵,没有封地。因由何在?是他们功劳还不够。‘无功之爵,加身犹耻!’这话是白起说的。大秦爵位二十等,依白起之大功,左更前将军才第十二等,谁不说小?可白起历来是无战功拒晋职爵,连左更都连辞了三次。这便是大秦臣工的楷模!因了白起风范,我已经事前对方才擢升之臣言明:任职半年,无功即行罢黜。大争之世,无功便是过!晓得了?人都说‘主少国疑。少做事,混功劳’。错也!谁指望在老身这双老眼下翻云覆雨,混个高爵,你便来试试。”

一席话落点,举殿肃然无声。宣太后谁也不看,点着竹杖笃笃去了。

最惊讶的还是甘茂,他确实愣怔了。丞相没有他,上将军呢,似乎还挂着个虚名,但仔细一想,有了白起这个左更前将军,他这个上将军还不明是个摆设?何时拿掉,已经只是个早晚了。回到府中,甘茂愤懑至极,觉得自己总算也是楚人,宣太后如此做法未免太过无情,当初假如不是自己稳住秦国局面,而是与嬴壮同谋,岂有宣太后母子今日?然则,这便是权力官场,关涉的只是实力与利害,自己又能如何?多年来,自己一心只在宫廷经营,既没有朝臣人望与庶民根基,又没有军中实力,虽说是权兼将相,可从来都没有统摄过国政一日,一朝被半罢黜半冷落,没有一个实力人物为自己说话。如此秦国,难道还要耗在这里么?郁闷在心,甘茂交了政务,称病在家了。

甘茂直接被架空了。不得不走。

过得几日,忽然传来一个惊人消息:齐国要起兵灭宋!

甘茂心思灵动,立即上书秦王,请求出使齐国。甘茂自然知道主政的是宣太后,但他已经从宣太后的作为中看出:宣太后不会公开主政,一切国事都还是以秦王的名义处置;虽然是上书秦王,然首肯此事,还得宣太后。

果然,上书次日,宣太后在东偏殿召见了甘茂。宣太后亲切地抚慰了甘茂,絮絮叨叨地说了许多表示歉意的话,竟容不得甘茂诉说。自然,也是甘茂不想多说。他知道,越是诉说,越是讨人嫌。末了,宣太后笑着切入了正题道:"齐国灭宋,与我井水不犯河水。上将军出使,这国书如何写法?"显出一副全然不谙邦交的样子。

宣太后恩威并施,甘茂找不到出口发作,也没有办法发作,江山不是自己的,做臣子的,永远只能观风向而行事。

甘茂心中明白,正色拱手道:"齐国灭宋,看似与我井河无犯,实则大大相关。齐本强国,若再灭宋,国土人口骤增,顿时独大中原而无与抗衡。其时野心膨胀,也必然成为合纵抗秦之中坚,秦国连横当大受挫折。万一有差,秦国被再次锁于函谷关之内,岂非前功尽弃?唯其如此,臣以斡旋齐宋冲突为名,实则寻求遏制齐国之策。太后以为然否?"

宣太后点头笑道:"是个事,也没那么厉害。想去便去,走走转转开开心也好。"

"敢问太后:上将军印暂交何处为好?丞相府还是前将军?"

"放我这里了,也免他等与你聒噪。"

宣太后举重若轻。

甘茂便这样轻而易举地得到了宣太后的允准,心中空荡荡的更觉得人情萧瑟。及至到丞相府办理国书,署理公务的却是老丞相樗里疾。这个须发已经雪白脸却依旧黝黑的老臣子坐在大案前没有起身,只是嘿嘿一笑道:"尊驾不愧文武全才,这回又要做纵横家,老夫实在佩服也。"说着伸出长长的手杖,一点对面的书案,"尊驾久为长史,公案老吏了,自己动手。老夫出不得手了。书吏动笔,只怕未必入尊驾法眼。”叨叨几句,甘茂不好推托,也不再多说,坐到书案前铺开一张羊皮大纸,略一思忖挥毫疾书,不消片刻,国书便已拟就。甘茂看看老态十足完全没有起身意思的樗里疾,捧起羊皮纸起身放到他面前笑道:“老丞相看过了。”樗里疾嘿嘿笑道:“看甚? 用印。”一名年轻的掌印吏捧来一方铜匣打开,在羊皮纸的留空处盖下了鲜红的阳文方印。

甘茂笑道:“多谢老丞相。我进宫盖王印去了。”樗里疾嘿嘿笑道:“左右是公事,尊驾歇息便是,教后生们多跑跑腿。”甘茂自然知道,这原本便是丞相府的事务——特使一旦奉命,一应文书皆由丞相府之行人署办理。他之所以想亲自进宫,实际上是想见秦王一面,看能否在最后时刻改变自己心中的那个决策。此刻见樗里疾如此嘿嘿嘿将这桩公事揽了过去,却不知这头老狐的虚实,想想也不能妄动,就座笑道:“好! 我陪老丞相说番闲话。”

有一搭没一搭地说了几句,甘茂突然问道:“老丞相识得孟尝君否?”樗里疾嘿嘿笑道:“你说孟尝君? 此等贵公子,老夫如何识得?”甘茂又道:“老丞相以为,目下齐国何人当道?”樗里疾又是嘿嘿道:“齐国齐国,自然是齐王当道,用问么?”甘茂摇头道:“只怕未必,齐王田地乃新君,能左右孟尝君田文、上将军田轸、上卿苏代一干权臣乎?”樗里疾恍然笑道:“尊驾所言极是,入齐必得从此三人着手。”甘茂不禁哈哈大笑。

片刻之间,掌印吏返回,甘茂带着国书并一应关防文书走了。

走得体面。宣太后没有把人赶尽杀绝。

甘茂刚走,魏冄匆匆回到丞相府来找樗里疾。魏冄说了一个重要消息:边地斥候密报,甘茂妻小家眷已经于三日前出了咸阳,正随楚国商人的车队南出武关! 魏冄之意:立即禀报太后,命蓝田大营派出一支铁骑追回。樗里疾却摇摇头此话似曾相识。

笑道:“天要下雨,娘要嫁人,随他去。”魏扜急道:“甘茂多年将相,若通连外国,秦国岂不尽失机密?”樗里疾嘿嘿笑道:“塞翁失马,安知非福?太后原是有意放甘茂一马。此中深意,日后便知。”魏扜思忖一番,似乎也揣摩出了其中道理,不再提说此事了。

暮色时分,甘茂的特使车马出了咸阳,太阳升起时出了函谷关,向东面的齐国辚辚去了。

二 临淄霜雾浓

秋风一起,黄叶萧瑟,齐国便是“中酉”节气了。

说天气与节气,貌似闲笔,却最能见出作者是否有识见、有偏才。

齐国文明素来自成一格,与中原有很大的不同。就说这历法节令,中原各国是二十四节气,齐国一年却有三十个节气。按照春夏秋冬四季分,齐国的春季从正月到四月上旬,有八个节气:地气发、小卯、天气下、义气至、清明、始卯、中卯、下卯;夏季从四月中旬到六月底,有七个节气:小郢、绝气下、中郢、中绝、大暑至、中暑、小暑终;秋季从七月到十月初,有八个节气:期风至、小酉、白露下、复理、始前、始酉、中酉、下酉;冬季从十月中旬到腊月,有七个节气:始寒、小榆、中寒、中榆、寒至、大寒之阴、大寒终。如此一来,春季、秋季分别是三个月还多一旬,夏季、冬季分别是两个月又两旬。

这种节令划分,从春秋时期的老齐国就开始了。老人们说,这是当时齐人不善耕作,首任国君太公望为了整齐民俗,便将农耕收种与官府政令按照次序细致编排为三十个节气,使农人有章可循,官府督耕也大为方便。一年中最重要的是春秋两季。春季地气发,准备春耕;小卯,下田出耕;天气下,春耕完毕;义气至,修理门户庭院;清明祭奠先祖;始中下三卯，婚娶时日。秋季期风至，准备收藏；小酉，秋收；白露下，秋收结束；复理，谷粟入仓；始前，交纳赋税；始中下三酉，婚娶时日。始寒，官府断刑决狱，朝野进入窝冬期。

节气重要，依时而耕，即便打仗，也要看节气，冬天打，肯定是兵家大忌。

官府政令也随节气划分，每季五政。春季五政：抚恤孤幼鳏寡，赦免罪犯，督民整修沟渠平整道路，裁决地界纠纷，禁止随意捕杀狩猎；夏季五政：开挖古墓以泄地之阴气，打开菜窖以使干燥，禁止戴斗笠操扇子以顺自然，督促种菜，整修园圃；秋季五政：禁止民人赌博，禁止口角闲话，催督秋收，修整仓库城墙补缺堵漏，准备过冬物事；冬季五政：断刑决狱，抚老恤幼，祭祀祖先，捕捉奸盗，禁止迁徙。

虽然是细致繁难，却也是政久成习，官府与平民都觉省心。战国时期的新齐国，也就延续下来了这种节令之政。于是，就有稷下学宫的士子们做了考究，说齐国时俗是："明国异政，民人殊俗，不及天下。"也就是说，齐国的节令时俗是一种"异政"，没有流布天下，是独一无二的。在中原各国都大力移风易俗简化时政的大势下，齐国却依旧是这种古老的三十节气，还当真有些特立独行。

甘茂很熟悉齐国，知道一过"始寒"便是齐国人的窝冬季节。其时朝野尽皆蜗居，几乎任何大事都要等到来年春季的清明之后。这"中酉"到"始寒"，只有一个多月的时日，若走动顺利，心中所想之事大体上还是有个定准的。要想在齐国施展，甘茂反复思忖，还得先见苏代这个显赫人物。

苏代、苏厉初事于燕，后子之弄权，燕国大乱，此时苏代正"侍质子于齐"，"齐伐燕，杀王哙、子之。燕立昭王，而苏代、苏厉遂不敢入燕，皆终归齐，齐善待之"（《史记·苏秦列传》），二苏在齐国的日子过得还挺不错。

一进临淄，甘茂的特使车马直驶上卿府。门吏却说，上卿拜望孟尝君去了。甘茂精于应酬，送给门吏一袋十个装的秦国金币，提出请见诸侯主客。这诸侯主客是齐国掌管外事的官员，是邦交大臣的属吏。目下，上卿苏代执掌着齐国邦交大权，诸侯主客是上卿府的属员，虽然不是大臣，却执掌着迎送安排外国使节一应活动的实权。寻常时日，使节必得先行拜会邦交大臣，而后由邦交大臣根据使节的国书使命及来使身份确定来使等级，再下令诸侯主客办理接待事宜。而今门吏揣着一袋沉甸甸光灿灿的金币，自是高兴万分，当即将甘茂领到了诸侯主客的小官署。

甘茂一瞄这个目光炯炯干瘦黝黑的主客吏，便知是个不好相与的能吏。门吏一走，甘茂立即捧出一口一尺多长的短剑笑道："文事当有武备，阁下看看这口胡人猎刀如何？"主客吏一看那酱色牛皮鞘陈旧暗淡，嘴角一撇冷冰冰道："齐国尚武之邦也，此等破刀出得手乎？"甘茂笑笑也不说话，只走到厅中剑架前取下那口三尺余长剑："此乃齐国武士的天池剑了？"主客吏冷笑道："大人不入眼么？"甘茂说声"拿着"，将天池剑塞到了主客吏手中，然后左手一搭牛皮鞘，一道细亮的青光闪烁，胡刀业已出鞘。

主客吏目光一闪，心下明白，随手一顺天池剑锵啷出鞘，不用看便是个剑道高手。这天池剑是齐国骑士的统一用剑，因了铸剑作坊设在临淄以北的天池边，用的天池水铸剑，所以叫作天池剑。此剑精铁铸就，虽没有独铸剑的那种慑人光芒，却是长大厚重，威力惊人，非常适宜骑兵马上砍杀。主客吏有此等长剑，显见原先是一个骑兵将军。他右手长剑一伸，嘴角一撇，左手向甘茂一勾，傲然站在了小厅中间。

甘茂微微一笑也不说话，光芒一闪，胡刀从下往上向天池剑轻轻一撩。只听噌啷一声金铁交鸣，天池剑断为两截，前半段已经大响着砸在了青砖地面上。

主客吏大惊，连忙向甘茂深深一躬："小吏有眼不识利器，实在惭愧！"甘茂已经将胡刀入鞘，亲切自然地塞到了主客吏手中道："此刀名虽胡刀，却是春秋时胡人南下中原，用战马与吴国铸剑师交换的。听说，也只十多口，大都在胡人头领之手。此刀遇你，也算异数。"主客吏惶恐笑道："受此

前倨后恭者太多。

大礼，小吏何以回报？”甘茂笑道：“我听上卿说过，主客吏曾为孟尝君门客，高义武勇，心尝爱之，何求回报也？”主客吏谦恭拱手道：“在下夷射，蒙大人奖掖，敢不效命？大人既为特使入齐，夷射先护送大人在驿馆安歇。上卿但回，自当立即前来拜会大人。”

甘茂原未指望如何，只想先在上卿府的这个要害官署通个关节，以便日后经常走动方便；如今见这主客吏夷射如此口气，竟能使苏代来拜会自己，便知此人定然是个人物，心下自是庆幸，豁达笑道：“恭敬不如从命，听阁下是也。”

“来人！”夷射一声吩咐，一名书吏走了进来，拱手听命。夷射利落下令道：“先行到驿馆号定头等庭院，迎接秦国特使！”书吏一声答应，先行去了。夷射立即办理了甘茂出使的一应文书勘验盖印，片刻完成了使节入国的各道关口，然后亲自护送甘茂到了驿馆，住进了最为华贵的特使庭院。一阵寒暄，夷射匆匆去了。

掌灯时分，甘茂正要出门再到上卿府，却闻庭院门前车马辚辚，门吏一声高宣报号：“上卿大人到——”甘茂大是惊喜，连忙静静心神迎到院中。池畔的石板小径上，一盏风灯悠悠飘来，灯下一个红袍高冠三绺长须面白如玉的长身男子，遥遥看去，在夹道花木中仙人隐士一般清雅。甘茂遥遥一躬：“下蔡甘茂，恭迎上卿。”红袍男子拱手朗朗笑道：“丞相上将军名满天下，苏代何敢当‘恭迎’二字？”甘茂已经迎上前来拱手道：“苏子纵横列国，叱咤风云，岂是甘茂虚名所能比之，惭愧惭愧！”苏代爽朗大笑一阵道：“人言甘茂权兼将相，威压天下。如此谦恭，岂不折杀苏代？”甘茂豁达地笑道：“此一时彼一时也。请上卿入内叙话，甘茂自当倾诉心曲。”说罢拱手一礼，将苏代让到了前边。

苏代原是傲岸之士，与其兄苏秦相比，虽厚重宏阔不足，敏锐机变却是过之。苏秦以长策大谋纵横天下，一介布衣开合纵先河，鼓动六国变法强国，为战国第三次变法潮流做了皇皇基石。苏代却是个讲求实在的人物，当初一心要将兄长的“空谋”变成实在，在燕国跟随子之夺权谋政，想与子之合力开辟战国“强臣当国变法”的大功业。不合子之是个志在权力，而只将变法愚弄国人的野心家，使苏代陷进了泥潭，几为子之殉葬。在最后关头，苏代大彻猛醒，逃出燕国，跑回洛阳老宅隐居。苏秦遇刺后，苏代又到了齐国。齐宣王敬重苏秦，便重用苏代做了上卿，专司齐国邦交。几年下来，苏代利用苏秦之声望，加上自己的机变谋略，折冲中原，使齐国的邦交斡旋大是增色，名望鹊起，成了苏秦张仪之后的又一个最享大名的纵横策士。齐国新君即位，苏代依然是齐国的赫赫权臣之一。

宣太后

甘茂出使来齐，苏代自认不出两端：不是结盟齐国，便是阻挠齐国灭宋，心中早已谋划好对策。不期今日一见，甘茂却是如此谦恭，身为丞相上将军，比他的官爵显然高出一等，却对他一躬到底。他没有还此大礼，甘茂竟毫无觉察一般，一点名士尊严也没有。邦交使臣，最讲究礼仪对等，甘茂才智名士，如此谦卑大大地出乎预料。苏代敏锐机变，顿时疑惑起来，面上却依旧谈笑风生不着痕迹。

进得正厅，甘茂将苏代让到了面南上座。按宾主之礼，苏代来到驿馆是尊贵宾客，坐于上位也不为过。于是苏代也没有谦让，笑着入座了。一时童仆上茶完毕，甘茂掩了厅门入座，慨然一叹，道："十余年前，甘茂曾与尊兄苏秦有过几次交往，倏忽苏兄亡去，令人扼腕也！"苏代拱手一礼道："多谢丞相念及昔日交谊。家兄泉下有知，亦当欣慰。"甘茂打量着苏代又是感慨道："甘茂素来敬慕苏氏三杰，虽与上卿初识，却是如对春风，心下倍觉甘之如饴。"苏代笑道："素闻丞相风骨凛然，如何来到齐国多了些许柔情，在下如何消受得起？"言语之间，显然露出一丝讥讽意味。

甘茂面上不禁微微一红，站起来对着苏代深深一躬道："甘茂落难，上卿救我。"苏代不禁悚然一惊，上前扶住甘茂笑道："丞相何出此言？秦齐邦交，苏代敢不效力？"甘茂一声哽咽道："非为邦交，实是一己琐事。"苏代更是困惑莫名："公乃强秦将相，天下第一权臣，有何等一己之难？"甘茂又是一躬道："上卿且坐，容我分说。"苏代落座，甘茂便从一年前进攻宜阳说起，一宗宗一件件地备细诉说，直说到自己被罢黜相职及虚空上将军，末了感慨唏嘘涕泪交流。

苏代原是邦交纵横人物，对秦国的大变化自然知晓，然而对其中的细致冲突却是不甚了了，如今听甘茂说来，秦国这场内乱竟是惊心动魄，心中不禁怦然一动，似乎朦胧地捕

苏代理解甘茂的处境。

捉到一丝亮光。虽则如此，面上却浑然无觉，只是深重地叹息了一声："公之处境，人何以堪？"再没有了下文。

甘茂一阵唏嘘，突然抬头问："君为达士，听过'借光'一说么？"

"苏代孤陋，未尝闻也。"

甘茂一抹眼角泪水，微微一笑道："甘茂昔年居楚。村社一女家贫，无夜织灯光。临家有富人女，与贫家女同在溪边漂布。贫家女对富人女说：'我家无钱买烛，而你家烛光有余。你若能分我一丝余光，既助我夜织，又无损你一丝光明，岂非善举？'富人女点头称是，于是两厢得便，富人女成名，贫家女脱困，成一时佳话也。"

"在下愚鲁，愿公点拨。"苏代依然困惑地眨着眼睛。

甘茂心下明白，一咬牙道："目下甘茂困境，君却如日中天，且必将出使秦国。唯愿君有善举，以余光振甘茂于困窘之地。此中大恩，不能言报。"

苏代目光一闪道："公如何知我必将出使秦国？"

甘茂笑道："齐国要灭宋，宋国却亲秦，齐国不通秦国，如何灭得宋国？"

"如此说来，阁下使齐，使命是遏制齐国？"苏代目光骤然凌厉。

甘茂悠然一笑："名义如此，实则避祸，君当见谅。"

苏代沉吟不语，手中捧着茶盏，眼光却只是看着甘茂。默然片刻，甘茂决然道："君若助我，我必助公！"苏代笑道："公无余光，何以助我？"甘茂叹息笑道："虽无余光新织，却有陈年老布，如何？"苏代大笑起身："好！公且安歇驿馆，过得三两日，夷射自会引公晋见齐王。"甘茂顺势问道："一介主客吏，竟能越过上卿，直然面君？"苏代一挥手道："公但在齐，日后自知，何须心急？告辞。"说罢飘然而去。

《史记·樗里子甘茂列传》："甘茂之亡秦奔齐，逢苏代。代为齐使于秦。甘茂曰：'臣得罪于秦，惧而遁逃，无处容迹。臣闻贫人女与富人女会绩，贫人女曰：'我无以买烛，而子之烛光幸有余，子可分我余光，无损子明而得一斯便焉。'今臣困而君方使秦而当路矣。茂之妻子在焉，愿君以余光振之。'苏代许诺。"甘茂以这样的故事比喻自己的处境，可见真的是走投无路，欲绝处求生。其妻子均在秦国，并非小说所写的，全身而退。

甘茂难以安枕,在庭院看着天上明月反复转悠。看来,自己日后要做逃国之臣了。虽说此等事自春秋以来屡见不鲜,单是那个犀首,就先后在十多个邦国任职,反倒是名望越来越高。但甘茂明白,大凡如犀首那样的逃国名士,多半是因为大材小用而走,走得理直气壮,自然落下了大才高风之口碑,他国重用也会毫无忌讳。然则,像自己这种做了丞相上将军还要逃国的权臣名士,却是少而又少,战国以来,也只一个吴起而已。但吴起却是一个特例:文可安邦治国,武可开疆拓土,出走楚国依旧是令尹权臣,数年变法使楚国强盛,率军大败中原诸侯而使楚国大出天下。如此千古难逢的大才能臣,纵然逃国,各国也视若珍宝。与吴起相比,自己不值一提,既没有治国业绩,又没有名将战功,凭甚他国要再次重用你?对苏代折节相求,也实在是无可奈何也。苏代似乎愿意帮他脱困,然看苏代样子,似期待他必须有所回报。甘茂也清楚,苏代此等人物,不是几样珍宝所能回报,他要的是功业襄助。往好处说,他甘茂必须辅助苏代建功立业;往不好处说,他甘茂必须做苏代手中的棋子甚至是工具,听凭他的摆布。拒绝么?自己何处安身?接受么?真是心有不甘……反复琢磨,甘茂还是心乱如麻,理不出个头绪,不知不觉间天已亮了。

囫囵睡到午时,老仆匆匆来到面前道:"禀报家主:诸侯主客夷射留下一书走了。"

"夷射?他来过?如何不叫醒我?"甘茂懵懂间颇见惊讶。

"主客吏不教叫醒家主。这是留书。"老仆是从下蔡老家带出来的老人,不管甘茂做多大的官,他只叫甘茂做家主,绝没有第二种称呼。

来到齐国,不可能不与孟尝君打交道。

甘茂一看这个竹管带有"诸侯主客"泥封,认定是官文公事，及至抽出羊皮纸一看，眼睛顿时放出了光彩。纸上两行大字是："孟尝君闻公入齐，欲与公晤面一叙。晚来时分，夷射当接公前往。"甘茂连着在大厅转了几个圈子，才回过神来仔细揣摩这件事的意味。

苏秦死后，孟尝君很是被年老昏聩的齐宣王冷落了一阵子，只有回薛邑封地带着一班门客终日狩猎校武。新齐王田地即位后，孟尝君却又成了齐国柱石。中原流传的说法是：这个新齐王雄心勃勃，决意一统天下，是以重新起用孟尝君为丞相总领国政、苏代为上卿主理邦交、田轸为上将军担征战大任，加上新君齐湣王这匹辕马，齐国这驷马战车要踏平天下。

可甘茂断事，历来不看大政征候，而是更重视那些隐秘的背后纠结。秦惠王曾经说他"权谋为体，非正才大道"，所以虽有张仪举荐，甘茂也只做了长史。但不管别人如何品评，甘茂却坚信这些隐秘的利害联结是权力分割之根本。在有心离秦之后，他派出了秘密斥候打探齐国内情，报来的消息说：本来齐国的几个老臣都反对孟尝君为相，理由是孟尝君不善治国理政；可齐湣王秉性武勇刚烈，喜欢交结猛士豪客，更喜名车骏马与美女，与深谙此道的孟尝君意气相投，竟不顾老臣反对，一力起用了孟尝君。

甘茂据此推测：不管真相如何，孟尝君目下都是齐国第一个炙手可热的权臣无疑；他与苏秦休戚与共，与苏代自然也必是交谊深厚，此两人同盟，又必是以孟尝君为根基。如此一来，孟尝君的权力只会更加稳固，唯一缺憾是没有军权。而齐国的军权自田忌孙膑之后，历来都是国君亲掌，上将军只是战时带兵打仗而已，对国政的左右没有多大力量。就实而论，孟尝君的权力比齐宣王时大出了许多，甚至可以说，孟尝君就是半个齐国。

如此一个孟尝君，为何要在公事法度之外见他？按照齐国法度，使节来往，由执掌邦交的大臣处置，大事不决，可报丞相或国君。苏代目下是邦交大臣，已与自己晤面，也知道了自己的处境，在没有妥当谋划之前，苏代当不会将自己直接推给孟尝君。看境况，只能是夷射报给了孟尝君，而孟尝君自己决意要私下会晤甘茂。

思忖良久，甘茂心中一亮，顿时有了谋划。

屋顶的一抹晚霞刚刚褪去，轺车辚辚驶到了驿馆门前。驿丞大为惊喜，还没进头等庭院，尖亮的声音就传了进来："孟尝君驷马轺车到！有请特使大人——"甘茂从容含笑，赏赐了驿丞两个金饼，带了两个护卫骑士来到驿馆大门。抬头一看，一辆锃亮的青铜轺车便在车马场中央，车厢宽大，伞盖六尺有余，四匹一色的火红色骏马昂首嘶鸣，在暮色中分外鲜亮精神。再看驭手座上，竟是夷射亲自驾车。

见甘茂出门，夷射将轺车一圈，辚辚来到面前拱手道："小吏夷射，恭迎丞相。"

一看如此车马，如此迎客吏，甘茂便知孟尝君仍然将自己做秦国丞相礼遇，心中一热，面上却只拱手淡淡笑道："多谢诸侯主客。"向侧门出来的两名护卫骑士一挥手，跨上了宽大舒适的轺车，手扶伞盖，脚下轻轻一点。夷射一抖马缰，四匹火红色骏马同时出蹄，轻盈走马，沓沓马蹄伴着辚辚车轮，平稳得令人心醉。甘茂心中不禁喟然一叹："大丈夫者，高车骏马也。如此日月，不知能有几多?"

轺车始终行驶在没有车马行人的僻静小巷，拐得几个弯子，进了一条幽深的石板街，来到一座石砌门楼前停了下来。门前没有甲士，也没有车马场，只有一盏无字风灯孤零零地挂在门廊下。夷射跳下车拱手道："丞相请。"便伸手来扶。甘茂自然不会教他扶着，利落下车问了一句："孟尝君府邸如此简朴?"夷射笑道："这是孟尝君别居，等闲人来不得也。"

正说话间，门廊下走出一位精瘦黝黑的长袍汉子，向甘茂一拱手道："贵客请随我来。"夷射道："丞相请先行，我安置好车马便来。"说罢一圈驷马，轺车辚辚转了回去。甘茂觉得这条小巷总透着一种蹊跷神秘，却也不能出口，跟着长袍汉子进了石门。借着门廊下风灯的微光，绕过一座将门厅视线完全遮挡的巨大影壁，面前豁然开朗。秋月之下，迎面一片粼粼池水，四岸垂柳，中央一座茅亭，不见一座房屋，极是空阔幽静。长袍汉子领着甘茂走下一条深入到水面两丈余的石板阶梯，便见石板梯旁泊着一条悠悠晃荡的独木舟。长袍汉子脚下一点，轻盈飞上了独木舟，回身拱手道："贵客但请登舟。"甘茂对舟船尚算熟悉，随声看去，那方才还悠悠晃荡的独木舟，此刻纹丝不动地钉在水中，不禁大是惊讶，跨步登舟，脚下如同踩在石板路面。

"壮士好水功!"甘茂不禁由衷赞叹一声。

长袍汉子不说话，竹篙一点，独木舟箭一般向中央茅亭飞去，片刻之间靠上了茅亭下的石板阶梯。甘茂刚刚踏上石板，便听岸上一阵笑声："远客来矣，维风及雨。"抬头望去，只见石板阶梯顶端站着一人，朦胧月光下宽袍大袖散发无冠，恍若隐士一般。甘茂遥遥拱手一礼："为君嘉宾，忧心悄悄。"岸上人又是一声长吟："君子之车，驷马猎猎。"甘茂喟然一叹吟诵道："今我来思，雨雪霏霏。"说话间拾级而上，深深一躬道，"下蔡甘茂，见过孟尝君。"散发大袖者笑道:"丞相纵然有困,田文何敢当此大礼?"如此说法间却只虚手一扶,竟任甘茂拜了下去。甘茂老实一躬到底,直起身突兀道:"赫赫我车,一月三捷!"对面孟尝君愣怔片刻,方才拱手笑道:"田文得罪了,请公入亭叙谈。"

方才这番对答,是春秋以来名士贵胄应酬与邦交礼仪斡旋中的一种特殊较量,叫作赋诗酬答。究其实,是借着赋诗表明自己的意向并试探对方。春秋之世,赋诗对答的风习很是浓厚,但凡邦交场合或名士贵胄聚宴,都要在涉及正事前的饮酒奏乐中反复酬答,若有一方酬答不得体,赋诗未完便会不欢而散,连涉及正事的机会都没有。所谓赋诗酬答,是以《诗》三百篇为大致底本,先由主人指定宴会乐师奏其中一首,然后自己唱出几句主要歌词,委婉地表达心迹。宾客听了,重新指定乐曲并唱和诗句,委婉表明对主人的回答。当初,晋国的重耳,也就是后来的晋文公,在逃亡中寻求列国支持。进入秦国后,在秦穆公为重耳举行的接风宴席上,秦穆公先后奏了四曲并亲自唱诗提问。重耳在学问渊博的赵衰指点下,每曲之后唱答的诗篇都恰到好处。秦穆公大是赞赏,非但将女儿嫁给了重耳,且立即派重兵护送重耳回国即位。

进入战国,此等拖沓冗长的曲折酬答几乎完全销声匿迹了。纵是一些特立独行的名士贵胄,也至多只是念诵一两句《诗》表达心曲而已,且未必全都是《诗》中语句。方才孟尝君与甘茂的几个对答,孟尝君第一诵主句是《诗·小雅》中的《谷风》,隐含的意思是:远方来客啊,像春日的风雨。甘茂酬答的主句是《诗·小雅》中的《出车》,隐含的意思是:做您的嘉宾实在惭愧,我有深深的忧虑难以言说。孟尝君第三句是《诗·小雅》中的《采薇》,隐含是:没有觉察啊,君乃风

以《诗》为外交辞令,春秋战国常见之事,若酬唱得当,则于国有利,如酬唱不得当,则有可能引发争端乃至战争。此三四段,写得尤其有说服力,作者所下功夫之巨,由此亦可见一斑。

光人物。甘茂酬答的第四句同样是《诗·小雅》的《采薇》,隐含是:我的路途风雨泥泞,忧思重重。最后一句突兀念诵,主句"一月三捷"也是《采薇》名句,隐含是:我有实力,能使君大获成功。正因了这突兀一句,孟尝君才惊讶赔罪,甘茂才获得了眼看就要失去的敬重。

进入茅亭,没有风灯,一片月光遍洒湖中斜照亭下,倒是另一番清幽。甘茂笑道:"素闻孟尝君豪气雄风,不想却有此番雅致,佩服。"孟尝君一指石案两只大爵笑道:"雅致不敢当,此处饮酒方便而已。请。"

甘茂在阔大的石案前席地而坐,只一瞥,见月光阴影里满当当码起了两层红木酒桶,不禁惊讶笑道:"孟尝君果然英雄海量,甘茂难以奉陪也。"孟尝君大笑道:"论酒,你确是没此资格。这堆酒桶,是当年我与张仪一夜喝光的,留下,只做个念想了。"说罢喟然一叹,"英雄豪杰如张仪者,此生难求也!"甘茂不禁默然,想那张仪苏秦纵横天下,一个豪饮惊人,一个烈酒不沾,却都一般的英雄气度,无论为敌为友,都与孟尝君这天下第一豪客结下了生死之交。心念及此,甘茂一声感慨长叹:"然也! 张仪明与六国为敌,却是邦交无私情,交友不失节,英风凛凛,赢得敌手尊之敬之。此等本领,甘茂实在是望尘莫及也。"

孟尝君笑道:"公有此论,尚算明睿。田文便不计较你这个张仪政敌了,来,先饮一爵!"也不看甘茂,径自汩汩饮尽,酒爵"当"的一声蹾到石案上,收敛了笑容,"公言一月三捷,却何以教我?"甘茂放下铜爵拱手道:"锁秦、灭宋、做中原霸主,算得一月三捷否?"孟尝君顿时目光炯炯:"三宗大事,公有长策?"甘茂悠然一笑:"纵有长策,亦无立锥之地,令人汗颜也。"孟尝君爽朗大笑:"公若能一月三捷,何愁一锥之地?"甘茂立即跟上:"天下皆知,孟尝君一诺千金,在下先行谢过。"孟尝君却不笑了:"直面义士,田文自是一诺千金。公为策士,以策换地,却是不同。"甘茂拍案道:"好个以策换地,孟尝君果然爽利。甘茂亦问心无愧了。"说罢从大袖皮袋中拿出一卷羊皮纸递过,"此乃甘茂谋划大要,请君评点。"

孟尝君接过羊皮纸卷,哗地打开,就着月光瞄得片刻,不禁微微一笑:"只是这锁秦一节,还需公拆解一二。"甘茂一听,心知自己的谋划已经得到了孟尝君认可,顿时大感宽慰,站起来舒展一番腰身,在月光下踱步侃侃,备细说明了秦国的朝野情势、权力执掌与目下的种种困境,一口气说了半个时辰。

“以公之见,目下是锁秦良机?”孟尝君径自饮了一爵。

“正是。主少国疑,太后秉政,外戚当国,战国之世未尝闻也!”

“秦国君暗臣弱,良相名将后继无人?”

“正是。”甘茂感慨良多,评点之间激动得有些喘息,“秦王秉性柔弱,魏冄刚愎自用,芈戎嬴显纨绔平庸,樗里疾虽能,也是老迈年高受制于人。大军无名将统帅,唯余白氏一班行伍将军掌兵。宣太后纵然精明强干,无大才股肱支撑,也是徒然。”

“我却听说,白起谋勇兼备,颇有大将之才。公不以为然?”

“白起者,卒伍起家也。”甘茂又是微微一喘,“其人不读兵书,不拜名师,千夫长擢升前军主将,全然因魏冄一力举荐,并未打过任何大仗,何论兵才?就实说,此等人物战阵杀敌尚可,率数十万大军决战疆场,必是败军之将也。”

甘茂此论,意气之言。

孟尝君默然片刻,站起身来一拱道:“三日之后,请公晋见齐王。”

孟尝君爱才,亦仁,他不愿意放过任何一个有才能的士子,何况甘茂自秦国来,大有用处。

残月西沉时分,甘茂回到了驿馆。听得雄鸡一遍遍唱来,甘茂难以安枕,独自在庭院漫漫转悠。眼看着浓浓的秋霜晨雾如厚厚的帷幕落下,天地一片混沌,甘茂的心中也是一片混沌。恍惚间,甘茂觉得自己看到了咸阳,看到了自己的丞相府,不禁一声高喊:“秦国秦国,甘茂何负于你,落得受嗟来之食!”心中一阵颤抖,在大雾中放声痛哭了。

三　东海起大蛟

节令还在中酉,距离始寒还隔着一个下酉,临淄王宫已经一片忙碌了。

所忙碌者,多方准备窝冬物事也。在齐宣王之时,这种忙碌只是在始寒到来时才有几日的。如今大大地提前了,忙碌的做派也更大了。牛车络绎不绝地运进木炭,工匠昼夜连轴地修缺补漏,内侍们脚步匆匆地给每座殿堂安装外挂厚棉布帘的木架,侍女们则忙着给所有的门厅、长廊、房屋安置生火的燎炉。执掌王室事务的大夫,则忙着从官市上购进名贵的皮张,好教齐王在始寒那日给每个后妃赏赐一领上好的皮裘。而随时进宫的官员们则免不了一番评点,时不时指出各种纰漏,甚或亲自给齐湣王提出种种奇思妙想的建言:燎炉应当装上轮子,木炭不当有丝毫烟气,棉布帘应当亮色,王座下当有暖裆的小燎炉,等等。齐湣王一高兴,会站出来高声号令一番,而后便是种种奉命修葺奉命更改,更是忙得不亦乐乎。如此一来,王宫进进出出,川流不息,俨然一片生气勃勃。

这番从未有过的王室气象,全因了太庙巫师的一则龟卜。

古时常有"与神遇"之传说,以渲染其帝王之相。

当初,齐宣王刚刚即位,王后便生下了一个儿子。侍女急急报来,齐宣王竟撇下了正在议事的群臣,风风火火地赶到后宫探望。王后说,临盆之时,她分明看见一条无角青龙从云中向她飞扑下来!齐宣王大是惊愕,立即赶到太庙请大巫师占卜。鹤发童颜的大巫师破例选择了古老的钻龟之法,来占卜这则非同寻常的预兆。当那支红亮得几乎发出黄白色的尖锐契柱[①]刺进龟甲钻孔时,"咔"的一声轻微炸裂,龟甲便有了粗细不等的裂纹。老巫师一阵端详,良久愣怔不语,之后对占卜官断然下令:"再钻!"如此连烧九支契柱,刺

① 契柱,龟卜工具,即削成尖锐形状的坚硬木材,烧红吹亮,灼入事先钻好的龟甲孔洞,使龟甲裂纹。

灼九片龟甲，裂纹走向竟是大体不差。老巫师大皱眉头，对守候在外室的齐宣王喟然一叹道："九钻如一，未尝闻也！此兆上应天河青蛟，吉凶难明也。"

齐宣王疑惑不定，将稷下学宫的阴阳家大师邹衍秘密召到宫中求教。邹衍思忖一阵道："拆解龟纹，国师为上，邹衍不敢妄言。然则史有先例，商汤灭夏，钻龟七十二而龟纹皆同。以此证之，当为吉兆无疑。且齐居东方，青龙之位也。天河青蛟垂于王室，正应齐国大兴之象也。"邹衍学问渊深，为阴阳家之大宗师，对天文星象、堪舆占卜、命相术数、阴阳五行，几乎都有精到揣摩，一番广博论证，齐宣王大喜过望。

这个上应天河青蛟的王子，正是目下的齐湣王田地。因了这则大兴之兆，田地在满月之时，便被破天荒地立为齐国太子。及至二十岁即位称王，当初的青蛟之兆又沸沸扬扬地在齐国复活了。于是，种种与青蛟对应的规矩，也就不期然地蔚然成风了，种种与龙蛇相关的神话也悄悄地弥漫开来了。譬如冬令为龙蛇蛰伏保养元气的季节，王宫便要分外铺排地准备窝冬，而且一切都要沾上潜龙征候才算上上功夫。

青蛟之说，是被齐国的方士们大大散播开来的。齐国本是方士的生发之地，逢此良机，方士们精神大振，四处奔走传言：蛟、虬、蜦、蝹四神蛇，都是无角之龙，蛟居四神蛇之首，青蛟又居诸蛟之首，几乎与龙同样神圣尊贵，且蛟性善战，比龙更为凶猛，正是东方青龙的霸主之象。秘闻随着口舌流淌，齐王在国人心目中便成了天授霸主，方士们自然也成了王宫的座上嘉宾。

秘闻归秘闻，这个齐湣王田地，也实在是与常人大异。

从总角小儿开始，田地就深信自己生具龙性霸气，言语敏捷，举止刚烈，虽是昂昂童声，却是大有做派。上马，要内侍跪伏在地做上马石；下马，要选白嫩侍女跪伏在地高翘肥臀做下马石。但有闪跌，立即一剑砍翻。做了二十年太子，宫女内侍被他杀了六十余人。五岁一开始读书，田地更显才气过人，生生赶走了两个蒙学老师。后来，齐宣王亲自请来稷下学宫以论战辩才著称的名士田巴为太子傅。第一次未及开讲，田地便高声发问："敢问先生，何为五怪？"田巴一怔，正色答道："治学以经典为本，何言怪力乱神？"田地咯咯笑道："不知便不知，世间有怪，不能说么？"田巴大窘，红着脸道："太子便说，何为五怪？"田地昂昂高声道："水怪为罔象，石怪为魍魉，木怪为夔，土怪为羵羊，火怪为宋无忌！"田巴直是哭笑不得："此等学问，在下没有。"说完拂袖而去，立即辞了太子傅。从此后，齐国放着一个天下名士渊薮的稷下学宫，却无人愿做这太子傅。后来，田地索性拒绝任何老师，自己读书，自己习武，不要任何教习，竟然练得了一身本事，强记善辩，勇武过人。如此一来，朝野哗然，“青蛟天授”的秘闻更传得令人咋舌了。

写其怪异。齐湣王行事，确实不大按常理出牌。

即位称王之后，齐湣王大刀阔斧地开始了青蛟霸业。第一道王令是加收赋税一倍，府库大是充盈。接着是征发精壮三十万成军，连同原来的三十万大军，齐国骤然有了六十万大军，一举成为七大战国之首。然后是一连串的秘密谋划，只在选择一个蛟龙出水的恰当时机。

正在这杀气弥漫的时日，孟尝君禀报说：秦国失意权臣甘茂到了。齐湣王一听甘茂失意入齐，一声冷笑道：“权臣既败，便当一死了之。来齐国滥竽充数么？”孟尝君一番密语，齐湣王方才有了笑意：“好！见见这支滥竽。”此刻，齐湣王在大殿廊下来回转悠，眼前王宫广场川流不息的送货牛车与宫女内侍们忙碌的身影，恍然化成了呐喊驰骋的千军万马，山呼海啸般杀进函谷关，无数的秦国黑旗望风披靡，齐国的紫色大旗一举冲进了咸阳，齐湣王不禁纵声大笑……

“禀报我王：孟尝君与秦国甘茂已到宫门！”宫门司马的声音又高又急。

齐湣王厉声呵斥：“身后有盗么？慢点说！”宫门司马还没回过神来，齐湣王已经转身下令，“来人！拿下这个不知礼仪的竖子，宫门斩首！”

这一下宫门司马大惊，一边在甲士圈中挣扎一边大喊：“我王明鉴！是我王立规：青龙之威，震彻天宇，宫中武士不得低声——”

齐湣王狞厉地一笑：“时令已变，青龙蛰伏，万物噤声。不知罪么？”

宫门司马目瞪口呆，绝望间声嘶力竭：“巧言无常，君道何在！”

齐滑王大怒，顺手抽出腰间长剑当胸直刺，“噗”的一声闷响，鲜血飞溅数丈，当面的齐滑王顿时一身血红。一圈甲士手足无措，一齐抛开矛戈跪倒低头，谁也不知该说何辞。血红的齐滑王站在甲士圈中，骤然大笑道：“冬令见血，来春大吉！宫门甲士，人各晋爵一级。”甲士们惊慌失措，参差不齐地大叩其头，“谢我王恩”的声音却嗡嗡一片全无气力。齐滑王厉声呵斥：“青龙卫士，力道何在！没吃饭么？”甲士头目连忙惶恐叩头：“青龙蛰伏，万物噤声。小军等无敢违背。”齐滑王狡黠一笑：“蛰伏之期，将到未到，但凭龙心断之，可知法度？”甲士们恍然，一齐高声大喊：“我王神明！万岁——”齐滑王哈哈大笑道：“好！如此甲士，堪成本王大业。”甲士们又是一声齐吼：“多谢我王褒奖，万岁！”连忙爬起，手忙脚乱地收拾尸体去了。

将此齐王打造成暴虐之王。

这场突如其来的变故，被刚进宫门的孟尝君与甘茂看了个清清楚楚。孟尝君嘴角抽搐着要上前劝谏，被甘茂一把扯住了衣襟道：“且慢。‘将到未到’，莫找难堪。”孟尝君一咬牙，拉着甘茂又到了宫门外等候。甘茂低声笑道：“君有悟性，尚可自全。”孟尝君黑着脸一句话不说，只石人般伫立在肃杀的秋风之中。

片刻之后，宫中遥遥传出洪亮的宣呼：“伯父携秦使晋见——伯父携秦使晋见——伯父……”波波相连，连绵不断。甘茂不禁一笑。孟尝君大眼一瞪道：“笑从何来？”甘茂低声道：“六宣大礼，天子之志，甘茂敢不笑颜？”孟尝君却沉着脸道：“忒多聒噪！走，上殿！”甘茂又扯住了孟尝君大袖急促道：“君听我言无差，以六宣大礼晋见！”孟尝君瞬息犹豫，已经被甘茂扯着衣袖拜倒在地齐声高呼，孟尝君呼的是：“伯臣来朝！我王万岁——”甘茂呼的却是：“外臣来朝！万寿无疆——”呼罢连叩头六次，方才起身。接着一名礼宾官前来导引，孟尝君前行，甘茂随后，进了一片忙乱的王宫。

方才这一番折腾，却有个原委：齐湣王喜欢出其不意地显示学问才能，若臣下或使节不知应对，便很难说是何种结局了。举朝之中，除了孟尝君与苏代没有遭遇过这种尴尬，越是有才名的臣子，越是常遇离奇诘难。时日一长，齐国臣子入宫晋见或例行朝会，都是提心吊胆了。寻常时日，搜肠刮肚地揣摩稀奇古怪的礼节与书缝旮旯里的学问，生怕一旦被问倒，便有杀身之祸。今日齐湣王本来心情颇为平和愉悦，可那个宫门司马喊破了他的大梦后，又骤然焦躁了。及至杀了那个宫门司马，齐湣王又突然变成了那个顽劣不堪酷好恶作剧的少年王子，于是才有了这番早已进入坟墓的六宣大礼。

齐地繁文缛节多。

六宣大礼，是周天子接见诸侯的觐礼。周礼规制：与王族同姓的大诸侯通称为“伯父”，同姓小诸侯则通称为“叔父”，异姓大诸侯通称为“伯舅”，异姓小诸侯则统称为“叔舅”。总归起来，无非是宣示君臣血缘之礼法。诸侯要听宣叩拜，方可进宫。宣呼也有讲究：大诸侯六宣，由天子出令，由殿口的“上摈”第一次宣呼，再由殿门的“承摈”第二宣呼，殿阶下的“末摈”第三宣呼，然后是王宫车马广场到宫门的下介、中介、上介（合称三介）依次做第四次、第五次、第六次宣呼，直到声浪达于宫门候见的诸侯。这便是在战国早已销声匿迹的六宣大礼。

孟尝君乃齐国王族，于是有了“伯父”的高宣。可惜孟尝君一代豪士，最是蔑视那些已经作古的腐朽礼节，哪里知道此中讲究？听在耳中只觉得怪诞累赘，在甘茂面前又要维护齐湣王的英主名声，要拉着甘茂长驱直入。可甘茂却是天下一等一的杂家名士，一听便知此中奥妙，也才有了慌忙扯住孟尝君的举动。孟尝君毕竟精明机变，甘茂一扯之下，没有强项硬进，心中老大一股憋闷。

进得殿门，甘茂又是一扯孟尝君。孟尝君心下恼火，大袖一拂，径自从中门昂昂进殿。甘茂叹息一声，低头拱手，从右边门轻步进殿，到殿中深深三躬，依旧低头。

“叔舅抬头。”殿中浑厚一声，一片嗡嗡共鸣。

甘茂这才一声高呼：“下蔡甘茂，参见齐王。”呼罢抬头，不禁一阵惊愕——六级王阶上肃然端坐着一位古装天子，身材高大，一脸蜷曲的连鬓大胡须蓬松到颈下胸前，使那张古铜色大脸竟似神灵一般。更为奇特的是，面前大案上赫然摆着一口裸身长剑，剑尖直指殿右。甘茂抬头一瞥，又立即低眉敛目，等待“天子”发问。

古装一词，用得实在蹊跷。

“叔舅外臣，可知本王服饰之法度乎？”浑厚的声音又是一片共鸣。

甘茂低头，双手执玉佩作拱道：“此为天子衮冕，为天子六服第二等。”

齐湣王嘭嘭叩着左右两张玉几：“两几是何法度？”

“此为古礼：神位设右几，人位设左几，天子至尊，设左右几。”

齐湣王冷冷一笑：“本王这口裸身外向之长剑，是何礼法？”

甘茂惶恐低头：“王心如海，不可尽知。不见经传之创举，外臣不敢妄测。”

齐湣王突然轰轰大笑：“能如甘茂，终有不知，难为你也，入座！”

甘茂更显惶恐：“外臣无知，尚请王言教我。”

甘茂一再惶恐，似乎不合做过秦国丞相之风度。

“好！”王阶上的声音充满兴奋，“本王明示于你：长剑出鞘，直向西方！记住了？”

“外臣受教。”甘茂肃然一躬，走到与孟尝君相对的长案前就座。

孟尝君看得大皱眉头,凌厉的目光盯着甘茂,透着显然的厌恶。甘茂正襟危坐坦然自若面含微笑,仿佛礼仪大宴上文质彬彬的君子嘉宾。孟尝君终于收回目光,对着齐湣王一拱手道:“臣启我王:甘茂之谋,臣已禀报,尚请我王明断,臣当奉命实施。”齐湣王一拍王案笑道:“甘茂博古通今,谋划当无差错。来春青龙抬头,派苏代出使秦国。”

孟尝君又道:“甘茂去留,亦当我王决断。”

突然之间,齐湣王冷笑了几声:“一个逃国臣子,还想如何? 随他去。”

孟尝君正要说话,王座前老内侍锐声高宣:“散朝——”随着话音,四名侍女将那座绣有天子斧钺的大屏隆隆推将过来,齐湣王连同王座竟倏忽消失了。孟尝君大是愣怔,不禁愤然起身,要冲进去理论。“且慢!”甘茂一个箭步拉住了孟尝君,声音都有些颤抖了。孟尝君看了甘茂一眼,一声长叹,大步去了。出得王宫广场,孟尝君不由分说将甘茂扯到了那座幽静的别居。

“你且说说,如何三番五次扯我? 君有错失,臣子不当劝谏么!”孟尝君面色铁青,语气从未有过的凌厉。

甘茂悠然一笑:“孟尝君莫得怨我,甘茂过来人而已。”

“过来人?”孟尝君揶揄笑道,“你是齐王肚皮里的蛔虫?”

甘茂一声叹息:“以君之见,目下齐王与秦武王可是一路?”

孟尝君一怔:“此话怎讲?”

甘茂苦笑道:“在下不才,发迹于秦武王,根基是在秦武王做太子时扎下也。嬴荡武勇刚烈,少时常有荒诞之举,与目下齐王颇有相似处。也是甘茂杂学小成,时不时以稀奇古怪之学问伎俩引导嬴荡,才稳住了嬴荡的太子根基。久而久之,对此等生于深宫的怪诞少年,甘茂便有了一些揣摩。除此之外,何得有他?”

“倒也是。”孟尝君点点头,“以你揣摩,齐王与秦武王有何不同?”

甘茂叹息一声道:“秦武王秉性刚烈,极端尚武,情急处人不能犯,却没有戾气,在大错铸成之时尚能自省。齐王秉性却是怪诞暴戾,求奇求新,无常难测。甘茂今日进宫,也是诚惶诚恐做孤注一掷,侥幸得成而已。”

“侥幸得成?”孟尝君打量怪物一样看着甘茂,“骂你逃国,你倒成了?”

“孟尝君恕我直言。”甘茂淡淡一笑,“此等君主,一味只想显示其天威难测,使臣下慑服，故而风雷无常。前赞我才，后斥我行，无非使甘茂心怀畏惧而已，却无驱逐之意。适当时机，若有人进言，齐王必用甘茂。”孟尝君听得愣怔，细细一想却是分明如此，点头叹息道：“人云一物降一物，柳木降牛角，果然不差也。此等君王，唯甘茂可对了。”甘茂笑道：“此情此景，揣摩而已，何敢做人肚皮里蛔虫了？”

“原是田文粗鲁，得罪。”孟尝君拱手一笑，却又骤然低声，“如此说来，唯有逆来顺受了？”甘茂一番思忖笑道：“至少，情急处不能逆鳞。譬如今日无端诛杀、突兀散朝，孟尝君若上前劝谏，必是言辞愤激，后果不堪设想也。秦武王并无此等乖戾，如张仪之能者，尚且退避三舍，何况齐王如此乖戾暴烈，孟尝君岂有他哉？”良久默然，孟尝君仰天长叹一声，向甘茂深深一躬，甩开大袖去了。

次日清晨，孟尝君接到王室宣令：三日后秋狩阅军，丞相率百官并列国使节同行。孟尝君闷闷不乐，请上卿苏代知会各国驻临淄使节，吩咐属吏知会各个官署，自己却闭门不出整整大睡了一日。亲信门客大是惊讶，心知孟尝君必是遇到了前所未有的烦心事，守住了各个门口不许任何官员探访。一时间，门庭若市的孟尝君府难得地清净了两日。

中酉最后一日，齐湣王的狩猎马队并随行百官使节浩浩荡荡地开出了临淄王宫。齐湣王一身青铜甲胄，一领紫红斗篷，身背最硬的王弓①，箭壶中插着十六支上好的兵矢②，腰间一口阔身长剑，脚下一辆驷马青铜战车，上下一团金光灿灿，直是天神一般。出得王宫，临淄国人潮水般涌来瞻仰青龙齐王的风采，“东方青龙！天下霸主！”的欢呼声响彻了连绵街市。齐湣王面对国人的狂热膜拜最有耐心，一路缓缓行来，还时不时地举起手中长剑于民安抚。车马仪仗好容易拥出临淄西门，已经是正午时分了。会齐城外列阵的六千铁骑，齐湣王一声令下，直向西北方向的济水河谷压来。

翻过一道草木苍黄的山塬，辽阔的谷地旌旗飞扬金鼓震天人喊马嘶，直是战场一般。

这段河谷临近济水入海处，山塬起伏，大海苍茫，林木葱茏，苇草荒莽，原是珍禽异兽龟蛇水鸟栖息出没的渊薮之地。每到秋草枯黄的季节，这里是临淄贵胄的上佳猎场。

---

① 王弓，古代弓箭中硬度最高的长弓，宜于战场远射。

② 兵矢，镞头最粗长锐利的长箭，可穿甲破盾。

但是，自齐湣王即位以来，这片猎场却被圈做了王室禁苑。但凡出猎，非齐王亲笔王书，任何贵胄不得靠近。虽然做了禁地，齐湣王却从来没有来这里狩猎过。他即位的第二年，这片河谷变成了一座辽阔的军营。举国新征发的精壮男子，都全部集中到了这里。浩浩荡荡三十万，从此在这片水天相连的山塬地带开始了声势赫赫的大训。六年过去，齐湣王第一次来到这片军营。

凝望片刻，齐湣王高声下令："号令田轸，整肃三军！"

三十六支螺号呜呜吹起，王车后那座三丈六尺高的云车上的紫色王旗急剧地左右摆动起来。须臾之间，辽阔的军营里号角连绵大锣声声，四野旌旗向中央地带飞速聚拢。正在此时，一片烟尘大起，一支马队风驰电掣般卷来。倏忽之间，一片大将滚鞍下马，为首斗篷飞动者拱手高声禀报："上将军田轸率军营三十六将，参见我王！"

齐湣王向田轸一点头，大手一挥："王师成列，进入军营！"

王师大将令旗一摆，螺号吹动，顷刻间马蹄隆隆，六千护卫王师便在王车仪仗之后列成了一个行进方阵。齐湣王脚下一跺，青铜战车轰隆隆飞出。田轸一摆手，三十六将一齐飞身上马，分列于王车两侧护卫疾进。

谷地中央的校军场上，已经列成了一个巨大的扇形阵，扇形两侧的山塬也是紫蒙蒙一片。放眼望去，大军无边无际直与大海相连，从未有过的壮观。齐湣王虽是雄心勃勃，可也从未见过如此壮阔的军阵，不禁高声赞叹："好！当真青龙天军！"话声方落，辽阔的谷地一片山呼海啸："青龙天军——战无不胜——"及至战车直接驶上了建在一座小山头的中央将台，齐湣王鸟瞰谷地，只见方圆十数里的谷地山塬变成了茫茫无涯的刀丛剑树，战旗猎猎甲胄生光，不觉胆气顿生，不待田轸司礼前导，登上将台最高处一声高喊："青龙天军将士们：尔等东海神兵，秉承天威。必将荡平四海，成我霸业！"

又是一阵撼动天际的山呼海啸："青蛟出海！齐国霸业！"

齐湣王哈哈大笑，雷鸣般声震山谷："好！来春蛟龙抬头之日，尔等大出之时！谁敢当我兵锋，教他死无葬身之地！"

"青蛟出海！天下无敌！"

齐湣王锵然拔出长剑直指天空："苍天在上！青蛟奋威，尔等勇士，各显本领，高官显爵，本王不吝！"话音落点，突然转身对田轸下令，"开始校武！"

本来，大军集结操演是一场繁难操持，其细密程度绝不亚于一场大战，更何况将三十万大军如此密集地排列在一片谷地，简直比打仗还难。可齐湣王就是要这种“亘古未有，气吞山海”的气势，又能奈何？连日来，田轸与一班将领精心谋划反复操练，才差强人意地将每个山头都站满了兵士，各种号令衔接也做了极为严厉的规定。可无论如何都是谋划赶不上变化，齐湣王率意即兴的阵阵发作，弄得田轸无所措手足。本来，操演与校武是两阵。操演在前，看的是阵列变化；校武在后，看的是士卒功夫。此时王命一下，竟要直接校武，田轸一阵愣怔，一时不知如何应对。孟尝君在旁看得分明，一个眼神示意，田轸恍然醒悟，挺胸一声：“嗨！”一劈令旗，“取消操演，即行校武！”中军司马一声应命，轧轧转动那面装在高大木架上的中军司命大纛旗，二十一只螺号“呜——”地响了起来，十六面牛皮大鼓也紧一阵慢一阵地隆隆发动。

大纛旗发出的第一个号令是取消操演，螺号同时发出的号令是准备校武，牛皮大鼓是指引各军的进出位置。三十万人密集集结，当真是无边的人山人海。本来谋划，是要借操演阵法一支支退到山上，空出中央校军场来校武。如今大军未退，却要参加校武的部伍就位，显然要相互冲突拥挤。且不说操演阵法与校武原是两套甲胄，操演之后卸去重甲大盾，方能展现齐军最为擅长的技击与射艺。此刻一变，校武部伍要忙着卸甲去盾，骑兵要忙着将显示声威的长矛大戈换成骑士用剑，而身边又是摩肩接踵的人群，找不到一个空间落脚。兵急将更急，一时呼喝连声，哄哄嗡嗡地乱了起来。

田轸向谷中一瞄，知大事不好，眼见齐湣王嘴角抽搐络腮胡须翘成了大卷儿，不禁冷汗淋漓双腿发颤。正在此时，将台后的使节群中却有一人高声赞叹道：“争相瞻仰天威，齐军忠诚，天下无双也！诸公以为然否？”一班使节纷纷应和：“秦使言之有理，齐王上应天心，下顺民意，诚可敬也！”田轸猛然心中一亮，精神一振，赳赳大步走到齐湣王身侧拱手高声道：“军心敬王若天神，臣请我王矗立片刻，容臣调遣部伍依次通过将台，以瞻仰我王天神之威！”齐湣王骤然开怀大笑道：“好！忠者，德之首也。本王矗立竟日，也是无妨。”

“我王神明！”田轸顿时精神大振，不禁冒出了一句平日羞于启齿的颂词，转身高声发令，“三军整肃，步先骑后，依次通过将台，瞻仰我王神威！”

中军司马长吁一声，顾不得满头大汗，立即向战鼓螺号发令并同时转动大纛旗。随着号令大旗的红光，谷中川流不息的兵士们欢呼雀跃鼓噪欢呼。齐湣王伫立在高台大山巨石般岿然不动。饶是如此，兵马长河也一直流淌到第二天红日高升。最后的骑兵纵是呼啸飞过，这场瞻仰神威的盛大礼仪，也直到暮色再度来临时才告结束。

丑化齐湣王的目的基本达到。

暮色苍茫之中，只听中军司马一声惊叫："不好！太医！"齐湣王面色苍白，一座铜像般轰然倒下了。

四 布衣柴门千里驹

碧绿的秋水中，一叶独木舟漫漫漂游。

孟尝君哭笑不得了。一场匪夷所思的狩猎大阅兵，竟成了唯独瞒住了齐湣王的荒诞笑料。大军的乱象与田轸的恐慌，骤然显出了这支"青龙天军"的根底。甘茂的救急与列国使节心领神会的应和，则分明透出了一种心照不宣的莫大嘲讽。身为丞相，孟尝君在那一刻简直羞得要找个地缝钻了。那日晚上，神圣的瞻仰刚刚完毕，孟尝君不由分说将田轸扯进了自己的军帐，夹头盖脑一通斥责："天下可有你这等上将军？三十万大军，竟塞到一片河谷之地！谁教给你的？仗白打了，兵白带了，齐国耻辱也！田氏耻辱也！"田轸本是孟尝君同族晚辈，更兼性情宽厚，黑着脸一言不发，末了只硬邦邦一句："叔父说，王命如此，该当如何？"孟尝君被噎得半晌无话，跺脚一声长叹："呜呼上天！如此作践齐国，田文颜面何存也！"愤激难耐，竟破天荒地放声痛哭了。吓得田轸连忙扑上来抱住孟尝君，硬是将他拖进了后帐。偏是孟尝君恼羞成怒，一脚踹翻田轸，窝到后帐蒙头大睡去了。

回到临淄，孟尝君称病不出，整日架着一叶小舟在后园大湖中飘荡。

看看秋阳西斜，小舟悠悠荡到了西岸，却有门客总管冯驩守在岸边高声道："禀报孟尝君：鲁仲连到了。"孟尝君懵懂抬头，随即大是惊喜："谁？鲁仲连？在何处？快快有请！"话音落点，岸边黄叶萧疏的树林中一阵大笑："鲁仲连来也！孟尝君好兴致。”随着笑声，一个红衣大袖手持长剑的英挺人物已经到了岸边。

“仲连来得好！”孟尝君一声笑叫，从独木舟站起要跃上岸来，不料小舟一个晃悠，却一个趔趄结结实实跌坐到了船中。鲁仲连一阵大笑：“客随主便，我下来说话。”一个轻身飞跃，展着长衣大袖落到了方不过一尺的小小船头，小巧的独木舟纹丝未动。孟尝君兀自扶着船帮笑个不停：“好！好功夫。”鲁仲连已经跨步到了船尾，拿起竹篙只一点，一叶小舟水鸟般轻盈地掠了出去，三两点便到了湖心。

“仲连此来，何以教我？”面对这个显然年轻的士子，孟尝君热诚坦荡中透着敬重，与甘茂面前的孟尝君判若两人。

鲁仲连丢下竹篙任小舟游荡，坐到了孟尝君对面正色道：“齐国危如累卵，孟尝君当真无觉？”孟尝君惊讶道：“危如累卵？仲连何出此言？”鲁仲连道：“赋税加倍，民怨载道，财货缺少，物价日高，国人金钱却大肥了外商。甲兵六十万，空耗府库。法令不固根本，宣王苏秦之法日见流失。贵胄封地虽无增加，兼并之土地已远远大于封地，赤贫流民已经遍于国中。当此之时，倘有外战，定一发不可收拾。君为丞相，竟不觉危如累卵乎！”

“仲连，纵然觉察，又能奈何？”孟尝君喟然叹息一声，沮丧非常。

鲁仲连一怔，不禁红了脸膛：“曾几何时，孟尝君如此英雄气短？莫非那青蛟神话也使你懵懂了不成？”孟尝君摆摆手道：“仲连莫急，你是有些言过其实了，国势还没有衰颓，容我慢慢设法。”鲁仲连冷笑道：“孟尝君违心之言，天下还有何人可信？鲁仲连实言相告：孟尝君至少须得阻止齐国四面树敌。否则，十年之内，亡国之期！告辞。”一言说罢，霍然起身。

“仲连且慢！”孟尝君连忙拉住鲁仲连衣襟，“来来来，坐

这一小节的重点是写鲁仲连。鲁仲连才不下苏秦张仪，却比二人超越得多。《史记·鲁仲连邹阳列传》：“鲁仲连者，齐人也。好奇伟俶傥之画策，而不肯仕宦任职，好持高节。游于赵。”鲁仲连屡立奇功，但从不逐富贵，凡遇赐官爵，必隐逃。《史记》以外，《战国策》之齐策、赵策，《太平御览》皆记载有鲁仲连的事。鲁仲连的口碑很好，又有传奇色彩，文人雅士爱之。

了，听我说。”鲁仲连喘息着勉强坐下。孟尝君低声道，“仲连，托你一事如何？”鲁仲连道：“先说何事？”孟尝君微微一笑：“做一回无冠使节，如何？”鲁仲连目光一闪：“要我探察列国对齐动向？”孟尝君笑道：“果然千里驹！一点便醒。只是，不仅探察，还得斡旋，齐国之危，更在其外。”鲁仲连点头道：“齐国有一个死仇，一个强敌，半个盟友，其余三个非敌非友。齐国若不审时度势而强做霸主，只怕上天也无能为力。”孟尝君点头道：“是了。幸亏这个死仇目前尚无还手之力，那个强敌也似乎没有异常动静，半个盟友也还没有滑脱得很远。只要斡旋得当，该当还有转机。若能不战而消弭兵祸，国人之福也。”

“孟尝君有报国之心，鲁仲连何惜驰驱。”

“鲁仲连有救世之志，便是齐国根基。”

“啪”的一声，两人手掌相击，一阵放声大笑。

暮色时分，苏代来访，与孟尝君商议如何处置甘茂。孟尝君便将那日进宫经过以及与甘茂的对谈，对苏代备细说了一遍，末了道：“此人当得一头官场老狐，不须我等操持了。”苏代听得仔细，却摇头道：“纵然老狐，此刻也是雪中觅食之时。若无我等扶持，老狐必是冻僵饿死无疑。我只是要问孟尝君：此人若在齐国，可能为我所用？”孟尝君思忖一阵道：“甘茂虽非大才，也缺失正气，但机谋多变，亦无大奸大恶之心。依我看，倒是可做你臂膀辅助。”苏代点头道：“甘茂本是楚人，斡旋楚齐邦交，倒是正选人物。”孟尝君笑道：“如此说来，你操这个心。若要我出面，说一声便是。”苏代笑道：“冬日将到，先安顿他做个客卿。来春我出使秦国，此事当有分晓。”孟尝君一拍掌：“便是如此！吐了这口痰也轻快。”苏代讶然笑道：“如何？甘茂如此讨嫌么？”

孟尝君大摇其头，不胜感慨地一声长叹：“世间人事，鬼神难明也！按说甘茂至少不坏，对老夫还颇有启迪。然一见

甘茂乃入世之人，鲁仲连乃出世者，当然不可同日而语。

此人，我便胸闷如堵，忒煞怪也。可一见鲁仲连，老夫便高兴，便想大笑痛饮，此等快活，唯昔年张仪可比也。你说，这人之于人，为何如此不同？忒煞怪也！”苏代听得哈哈大笑：“田兄真道可人也。原是你秉性通达，与豪杰之士意气相投，岂有他哉！”孟尝君连连摇头：“非也非也。不是豪杰之士者多了去，若个个令人胸闷，岂不早死了去？忒煞怪也，忒煞怪也！”苏代笑得不亦乐乎：“好了好了，毕竟田兄性命要紧，日后我来应对甘茂便是。”

一番笑谈，孟尝君郁闷大消，兴致勃勃地摆了小宴与苏代痛饮。

应酬周旋之道，苏代与其兄苏秦大是不同。多年在燕国与子之一班豪士共处，苏代非但善饮，且酒量惊人，虽不能与张仪孟尝君这等酒神相比，却也是邦交名士中极为少见。再者，苏代诙谐善对，急智极是出色，往往对临场难题有出人意料的精彩对答，较之苏秦的庄重端严长策大论却是另一番气象。孟尝君对苏氏兄弟一往情深，更受苏秦临终之托，将苏代延入稷下学宫修习三年，脱燕国之困后在齐国做了上卿。以交谊论，孟尝君对苏秦敬若长兄，对苏代却是爱若小弟。但要说饮酒叙谈，孟尝君却更喜欢苏代的洒脱不羁，竟自常常酒后感慨：“兄债弟还。苏秦欠我酒账忒多，上天便赐我一个苏代也！”苏代举着酒爵大笑：“亏了二哥欠得多，否则一介布衣，苏代却到何处去找如此多陈年美酒？”

也是憋闷了几日，两人饮得两桶陈年赵酒后，孟尝君海阔天空起来，说了不少猎场趣事，末了又回到饮酒，兴致勃勃地举着酒爵问：“三弟博学，可知酒德酒品之说？”

“酒有三德。”苏代笑道，“明心、去伪、发精神，是为万世不朽。”

“噫！”孟尝君惊讶了，“我原是说饮者之德，三弟却生发出酒德，大妙！想那女娲造出人来，原是不会说话，憋在心里要闷死人也。这一碗酒下肚，面红耳热滔滔不绝，不虚不伪，句句真心。若有危难，大呼奋勇！世间无酒，岂不闷杀人也？酒者，当真是万世功德！”

苏代大笑：“田兄演绎得更妙！也许，酒就是女娲所造，补偿造人之疏忽也！”

“正是如此。”孟尝君开怀大笑，“炼石补天，造酒补人，女娲神明！”

笑得一阵，苏代慨然一叹：“虽则如此，豪饮而不为酒困者，唯孟尝君也！”

“不不不！”孟尝君闻言大是摇头，“善酒而不乱心性者，前有张仪，后有鲁仲连。舍此二人，天下酒人不足论也。”这次却是苏代惊讶了：“张兄不消说得。这鲁仲连却是何人,竟能与张兄相比,得田兄如此敬重?"孟尝君哈哈大笑:"千里驹鲁仲连,苏代上卿竟然不知,当真孤陋寡闻也。"苏代悠然一笑:"我既不知,当是千里驹尚在马厩,可是了?"孟尝君笑道:"然则一旦出厩展蹄,此人便要叱咤风云了。"苏代思忖道:"此人当是齐国名士,否则,孟尝君不会如此上心。然则此人官居何职?身在何署?我竟一无所知?"孟尝君"啪"地一拍长案:"这便是千里驹之奇!不做官,不爱钱,高节大志,专一地救急救难。"苏代揶揄笑道:"不做官,不爱钱,又救急救难,除了墨家,还有了第二人?"孟尝君没有理会苏代的怀疑讥讽,感慨长叹道:"呜呼!与鲁仲连相处,我等直是污泥浊水也!"苏代这才认真起来,肃然拱手道:"田兄有此自比,足见此人必是奇伟之士,愿闻其详。"

这番对话,是要交代鲁仲连的来历。

孟尝君大饮一爵,侃侃说起了鲁仲连的故事:

即墨城[1]多鲁国移民。到了齐威王时候,即墨鲁氏已经成了一个很大的部族。鲁人不善商旅,不谙官场,更不掺和那些莫名其妙的仇杀私斗,只在耕读两字上默默做功夫。族人个个知书达理,奉公守法,勤做善耕。几代人下来,鲁氏成了即墨城最有人望的大族。齐国官署但缺文职吏员,十有八九都到即墨鲁氏去找,随意拉一个出来,都极是称职。久而久之,有了一句民谚:"齐人粗,鲁人补,临淄十吏九为鲁。"也是文华流风久成俗,这即墨鲁氏便有了一个独特的规矩:族长与族中大事,不是长老议决,而是由族中布衣士子们公议推举。而要在鲁氏部族中成为公认的布衣士子,仅仅识字是不行的,还得通达诗、书、礼、乐、射、车,鲁族人呼为"六才"。也不知这六才是否得了孔夫子教习弟子的六艺传承,反正很是实在,前四样为学问才华,后两样为实用

① 即墨城,古邑名,在今山东平度东南。

技能，无论从军征战还是被选为吏员，都是立身本领。通达六才之后，还得由族长主持举行士冠礼，隆重地将一顶族中制作的四寸皮冠戴到有成后生头上，方可成为参与公议的布衣士子。唯其如此，鲁氏部族的事务百余年井井有条，没有出过一个昏聩族长，族中也没有发生过一次自相残杀，鲁氏便蓬蓬勃勃地兴旺了起来。

渐渐地，即墨鲁氏成了齐国望族，鲁氏族长也自然成了赫赫乡绅，非但即墨县令敬若上宾，纵是齐王，也必在启耕大典之后亲来拜望。谁想，在齐宣王十三年的时候，即墨鲁氏的布衣士子们经过公议，却推举了一个最为木讷平庸连大字都识不得几个的粗汉做了族长。

消息传出，即墨哗然。

这个粗汉叫鲁大杠。大杠者，本是鲁人对那种凡事都吃亏且竟日乐滋滋脾性却又耿直倔强的粗憨汉子的善意讥讽，说的是此等人如大木杠子般又粗又直又实。这鲁大杠也是奇特，谁家有忙都去帮，哪怕自家活计没干完。帮便帮，还自带干粮不吃主家饭，如跟随大禹治水的子民一般。谁家精壮男子病了，他便去顶替这家劳役，若要给钱粮回报，他便立即红脸。寻常间但凡有人喊他大杠，他乐呵呵答应一声，从无半点儿颜色。后来官府料民造册，他竟将“大杠”做了官名登了册。这在文采风华的鲁氏族人看来，直是滑稽莫名有伤大雅，若是别个，也许连族长都不能通过。毕竟这是鲁大杠，族长笑着说了声：“人贵本色，正是大雅。”便过去了。因了如此，鲁大杠与其说是名字，毋宁说是一个绰号。可正是如此一个人物，鲁氏族人却举族拥戴，非但布衣士子公议推举，而且族人还给鲁大杠茅舍门前立了一块白玉大碑，赫然刻着“族望千里”四个大字。

这一切，都因为鲁大杠有个不世出的奇特的儿子。

物化神奇，本是人所难料。鲁大杠憨得实，娶了个妻子憨得更实。此女身板结实丰满，生得银盆大脸，脚大手大力气大，走路如风，爱说更爱笑，不知忧愁为何物，睡觉呼噜声比鲁大杠还要响亮。无论见了谁，是男子叫一声大哥，是女子叫一声大姐，无分老幼，更无第二样称呼。鲁大杠给谁家帮工，她便跟脚给谁家主妇采桑帮厨，饭做好了撂下布裙一溜烟离去，任谁也找她不见。回到茅舍，常常与鲁大杠算账，不是唠叨鲁大杠出力不够，便是埋怨鲁大杠去哪家帮工慢了。鲁大杠嘿嘿一笑，她便俨然一个聪明女子般骂一声：“公石头！憨木头！”往往是话未落点已呼噜声大作，乐得鲁大杠嘿嘿笑个不停，也骂一声：“母石头！憨木头！”久而久之，族人便呼她做“杠姐儿”，认为这夫妻直是一对大杠。

鲁大杠夫妻和睦笃厚,第三年生下了一个胖大男孩。这孩子一生下来大哭不止,响亮得连稳婆也惊讶连连。刚哭了一阵,稳婆尚在手忙脚乱,这孩子却又是咯咯长笑。吓得稳婆一跌在地,爬起来飞也似的去向族长禀报。老族长当即带着正在议事的布衣士子们赶来了,有个学问之士将这孩子端详了一阵,不断惊叹:"面如朗月,一痣虎颌,此儿异相也!长哭长笑,天赋忧乐也。奇哉奇哉!"老族长与布衣士子们一阵公议,当即议决:鲁大杠家境寻常,此儿由族人共养共教。鲁大杠不知如此这般一番公议,只嘿嘿嘿给每个人拱手道谢,请老族长与士子们给儿子议个名字。老族长与士子们一阵计议,便道:"此儿便叫鲁仲连。居中为仲,兼得为连,居中而兼济四海,此儿不可量也。"

古代有许多这种天生异相的故事及传闻。

鲁大杠虽然不懂这些斯文讲究,却明白是说儿子有出息,兀自手舞足蹈地跳了起来,口中嘶喊一般地唱起了一首古老的鲁歌:"駉駉牡马吔,在郊之野吔!有车彭彭吔,思马斯才吔!"这首鲁歌,本来是鲁人赞颂正在放牧的骏马的一首老歌:膘肥体壮的雄马啊,正在原野放牧!我有一辆好车,正缺这样的良马来驾。可鲁大杠粗着大嗓门吔吔走调地一唱,竟惹得族人哄然大笑。一个学问士子高声笑道:"鲁大杠临盆放歌,诗卜吉兆也!鲁仲连必是骏马良才!"族人们原是感念鲁大杠夫妇本色古风,此时一口声呼应:"鲁仲连!千里驹——千里驹!鲁仲连——"

倏忽之间,鲁仲连长到了五岁。布衣士子们一番公议,将鲁仲连送到了即墨老名士徐劫门下做弟子。鲁氏族人的拜师礼非同寻常,一辆价值千金的驷马高车,外加整整一辆牛车的五百条干肉。徐劫大是惶恐,坚辞不受。白发苍苍的老族长对着徐劫深深一躬道:"非是鲁氏坏先生高风,实因此儿天赋甚高,指望先生带他周游天下以博学问,堪堪薄资,何敢有他也！”徐劫仍然是大摇其头一言不发。正在此时，门外的鲁仲连昂昂走进厅中，老族长未及阻挡，稚嫩的嗓门尖亮地响了：“物成人事！一物累心，老师何堪大学之人？”徐劫大是愣怔，思忖片刻，老眼骤然生光，对着老族长与五岁的鲁仲连深深一躬：“徐劫受教，敢不承命？”于是，鲁仲连做了徐劫的弟子。

拜对了师傅。

这个徐劫，原本是徐国公族支脉，做过徐国太史令。徐国被楚国吞并之后，逃亡齐国做了治学隐士。此人虽非经世大才，却是学问大家，更有两样难能可贵处：一是志节高洁，二是藏书极丰。徐劫一见鲁仲连，心知此儿非同寻常，便将他与门下三十多个弟子分开，从来不教他与师兄弟们一起听老师讲书。徐劫只给鲁仲连排出读书次序与读完每本书的期限，除了生字，从不讲解书意。每读完一书，徐劫便教鲁仲连自己释意讲说，徐劫反复辩难。令徐劫惊讶的是，这个少年非但读书奇快，过目成诵，而且每每有匪夷所思的见解。说起话来正气凛然，一副天生的大器。鲁仲连十一岁那年，徐劫想试试鲁仲连在人前的论辩才能，破例教鲁仲连给三十多名弟子讲解《书》，而后由弟子们自由发难。这班弟子都是齐国的才俊之士，即便最小者，也在十八岁上下，在徐劫这里修业六年，大多到稷下学宫论战成名，而后再周游天下修业立身，原本个个都是能才。

面对如此一群师兄，十一岁的鲁仲连从容不迫出语惊人：“《尚书》二十余篇，典谟训诰之文也！除《洪范》八政些许精华，余皆不足为论也。读之无益，弃之无害，与今世流传之《商君书》相比，一堆竹简耳，何堪列为必读之经？”此语一出，满厅哗然，三十余名师兄当即群起而攻之。鲁仲连舌战群士毫无畏惧，逐一列举《尚书》的迂腐泥古之处与今世治国之论相比，批驳得一班师兄哑口无言。

在师兄弟面前先露一手，意在让鲁仲连技惊四座。但若说鲁仲连赞《商君书》，可疑！

老徐劫本是儒家名士，眼见被儒家列为五经之首的《书经》被这个黄口小儿批驳得体无完肤，却分外高兴，捋着花白的胡须笑道："吾有鲁仲连，不枉为人师一世也！"开春之后，老徐劫出动了那辆驷马高车，带着十二岁的鲁仲连到了稷下学宫，要鲁仲连在这名士云集的学问渊薮里见见世面。

此时，正逢稷下学宫一年一度的论战擂台大较量。这论战擂台，原是稷下学宫的独特创举，每年在阳春天气开擂，为的是考校新来名士的真实功底。但凡有名士上台，除了几个如孟子、荀子、慎到一般的大宗师讲学，学宫士子都会云集而来，反复与上台名士论战。上台名士只有在擂台大案前坚持到无人前来挑战，方可成为稷下学宫承认的"宫士"，获得一顶稷下学宫特有的士冠——六寸红玉冠。

这一年，上擂者是齐东名士田巴。田巴学问博杂，自称"天下书无不通读，无不精熟"！更兼见解奇异，辩才过人，一个月的时间里，折服了几近千人的诘难，连续战胜了稷下学宫士子的轮番挑战。涉及学问无所不包，从三皇五帝到三王五伯，从离坚白到合同异，举凡百家学问，无一人问倒田巴。

正在此时，徐劫带着少年弟子鲁仲连到了。师生坐在擂台下整整听了三日，鲁仲连沉着小脸无动于衷。老徐劫以为这个少年弟子被吓住了，晚间特意笑着叮嘱："仲连啊，学问如海，留心便是，莫要失了志气也。"少年鲁仲连却睁大了眼睛道："老师，如此士子也逞口舌之利，这稷下学宫原也寻常。"徐劫惊讶得胡子一翘一翘道："你？你，也忒狂妄了，此乃稷下学宫！不是即墨也。"鲁仲连高声道："稷下虽大，何如天下？原是田巴迂腐，却非鲁仲连狂妄也。"徐劫又气又笑道："好好好，你明日胜了田巴，老师便服了你。否则，休说大话！"鲁仲连一拱手脆生生道："弟子遵命！"

次日清晨，红日初上，学宫论战堂又是人头攒动。卯时三刻，一阵隆隆战鼓，擂主田巴赳赳上台高声道："学如战阵！今日最后一战，但凡有真知灼见者，便请答话！"语气张扬，不可一世。原是一月论战，稷下士子们几乎问遍了所有能想到的难题，今日最后一日，士子们都等着看隆重的士冠大礼，异口同声喊道："田巴学问，我等佩服！"而后满场肃然。学宫令邹衍放眼打量，见无人出题挑战，正要开口宣布士冠大礼开始，却听一声响亮童音："我有难题，请教先生！"众人侧目，却是不见人影。

哄嗡一声，场中哗然。邹衍高声道："挑战士子何在？上台论战！"

原是鲁仲连少年矮小，淹没在人群中难以寻觅。中间一名士子高声笑道："小名士在此！我来送他。”双手举起鲁仲连，将他托到了台上。士子们一看，是个长发少年，不由满场大笑，一片掌声中喝出了长长的一声：“彩——”此时此地，这却分明是一声倒彩。偏是田巴没有笑，对着这个布衣少年肃然一拱手：“才无老幼，敢请赐教。”稷下士子见田巴此等风范，自感方才有失浅薄，立即肃静了下来。

少年鲁仲连冷冷一笑，一脸肃然之色，昂昂高声道：“尝闻厅堂未扫，不除郊草。白刃加胸，不救流矢。生死存亡之际，不可问玄妙空灵之事！先生以为然否？”

田巴一怔，顿时收敛笑容：“愿闻下文。”

少年伸手直指田巴：“目下燕国欲报国恨，秦国虎视眈眈，楚国背盟进逼，赵国西面蚕食，齐国面临四面压力，邦国危在旦夕，敢请问先生有何良策？”激昂稚嫩之音响彻全场。

田巴大是尴尬：“此等经世之策，我却素无揣摩……”一时无言以对。

少年冷笑：“燃眉之急，生死之危，先生束手无策，却要论争五帝三王之道，空谈坚白之分，辨析合同之异，醉心马之颜色、鸡之脚趾、鸟之卵蛋，远离民生国计，竟日空谈不休，不觉无趣么？劝先生为苍生谋国，莫以此等无用空话蛊惑国人！”

田巴脸上红一阵白一阵，终于深深一躬，坦诚认输：“一个少年，尚知邦国忧患庶民生计，田巴汗颜无以自容也。今日受教，田巴终身不复空谈。”说罢对邹衍一躬，又对着台下茫茫士子一躬，红着脸匆匆去了。稷下学宫的士子们大觉尴尬，没有一个人说话，偌大的论战堂一时静得唯闻喘息之声。

倏忽之间，千里驹鲁仲连声名鹊起，稷下学宫各家大师争相延揽。可鲁仲连心志奇伟，竟要先到墨家总院修习，而后再入稷下学宫。徐劫感慨万端，便将鲁仲连送到了墨家总院做院外弟子，叮嘱他两年之后一定回稷下学宫，自己又回

关于十二岁鲁仲连驳倒田巴之事，可参张守节《史记·鲁仲连邹阳列传·正义》，鲁仲连子云：“齐辩士田巴，服狙丘，议稷下，毁五帝，罪三王，服五伯，离坚白，合同异，一日服千人。有徐劫者，其弟子曰鲁仲连，年十二，号‘千里驹’，往请田巴曰：‘臣闻堂上不奋，郊草不芸，白刃交前，不救流矢，急不暇缓也。今楚军南阳，赵伐高唐，燕人十万，聊城不去，国亡在旦夕，先生奈之何？若不能者，先生之言有似枭鸣，出城而人恶之。愿先生勿复言。’田巴曰：‘谨闻命矣。’巴谓徐劫曰：‘先生乃飞兔也，岂直千里驹！’巴终身不谈。”“空谈误国”之说，无人能驳。但完全扼杀了“空谈”，也是误国，此为题外话。与田巴一辩，鲁仲连得名扬于天下，田巴“终身不谈”，亦是愿赌服输。

到了齐国。一到即墨,却不想田巴已经在徐庄等候多日。田巴对老徐劫说:“鲁仲连乃天上飞兔,岂止千里驹也!田巴愿与先生隐居即墨,修习学问,终身不复空论。”老徐劫不能推脱,与田巴做了临庄挚友,时相酬酢切磋,倒甚是相投。只是那徐劫多次请田巴给弟子们讲书,田巴都只是一句回绝:“不敢食言自肥,贻笑天下也。”竟是当真终生不论虚学了。

……

这一番故事,听得苏代嗟呀感叹不止,见孟尝君戛然打住,不禁急迫问道:“后来如何?鲁仲连呢?鲁大杠呢?还有那个杠姐儿呢?快说!”孟尝君哈哈大笑:“看看,比我还着急。鲁仲连么,我正要对你提说,他做的事可是与你这个上卿有关。至于鲁大杠与杠姐儿如何,左右你要与鲁仲连相识,自己去问了。”苏代一听,心知鲁仲连必是为齐国秘密奔走,心下不禁一阵感慨,意犹未尽地赞叹一声:“天道昭彰也!齐国出此纵横名士,羞煞稷下清谈士子了。”孟尝君笑笑,将他与鲁仲连的计议说了一番,叮嘱苏代来春出使时多多留意。苏代听得仔细,也连连点头,末了却沉吟不语。孟尝君疑惑道:“三弟信不得鲁仲连么?”苏代一笑:“哪里话来?我是在推测,鲁仲连必是另一条路子,与我这邦交斡旋相得益彰。”孟尝君笑道:“噢?如何另一条路子?”苏代将自己的预料说了一遍,孟尝君良久沉默,末了叹息一声道:“也好啊,有个为国忧患的风尘名士,我等也免来日葬身鱼腹。”大饮一爵,噔地撂下铜爵,伏在案上大睡了。

苏代怅然一叹,向帐后侍女招招手示意扶走孟尝君,自己起身踽踽去了。

五 两使入秦皆惶惶

节气刚到“义气至”,齐滑王下书苏代立即出使秦国。

出使秦国是窝冬时的谋划,苏代自然在心。他原本想在清明之后西行,届时冰开雪消,一则路上快捷,二则也与使节三月春行习俗相合,不使秦国感到突兀。苏代没有想到齐滑王比他更急,竟是立催上路。齐国三十节令,纵是清明节气,也比中原的清明早了十多日,这“义气至”头上,实际还在二月初旬,正是春寒料峭路面冰封原野皑皑的时分,甭说使节,连商旅也极是稀少。然则齐滑王的秉性是不容违拗的,没奈何,苏代只有上路了。

虽然走得早，路上却走得慢，一是快不了，二是不想快。苏代很清楚，邦交斡旋的奥妙全在于自然得体，尤其是探察对方动向，更要不着痕迹。春寒之际急吼吼入秦，却只说些见机而作的话，十有八九是要难堪的。而邦交失败了，朝野只会谴责苏代，谁也不会去指责齐湣王而为他开脱。只要出了临淄，快慢是自己的事，这也算是“将在外，君命有所不受”了。于是，苏代一路缓缓西行，到得咸阳已经是杨柳新枝的三月初了。

苏代第一个想见的，是樗里疾，第一个要见的，也是樗里疾。之所以想先见樗里疾，是因为此人与苏秦张仪孟尝君都是交谊笃厚，对他苏代也算熟悉，说起话来方便自在，不像新贵丞相魏冄那般生硬。而这个樗里疾又恰恰是右丞相，分掌秦国外事，邦交官署“行人”由他统辖，但凡外国使节都必须先到这里交验文书、排定面君日期并安顿驿馆等级。如此这般，正合了苏代心意，一辆青铜轺车十名护卫骑士，辚辚隆隆地到了右丞相府。

先“收买”樗里疾。樗里疾圆滑，不会当场让人下不了台。

秦国素来没有令人心烦的门吏关节，插有“齐国特使”车旗的马队刚一停稳，便有门吏大步迎来：“敢问特使高名上姓，可是即刻晋见丞相？”苏代车后书吏一报名一点头，门吏便快步走到门厅对着院内一声传呼：“齐国特使苏代请见丞相——”呼声迭次传进，片刻间一名黑衣官员快步迎出，在车前一拱手道：“丞相行走不便，在下职司行人，恭迎特使。”苏代道一声多谢，下了车带着一名书吏跟着这个行人进了府门。

“嘿嘿，上卿远来，老夫失礼了，请入座。”樗里疾显然老了，阳春已暖却还是一领翻毛皮袍，案旁一个木炭红亮的燎炉，黝黑的脸膛上已经有了一副花白的胡须，除了那双依旧明亮的眼睛,乍一看去,眼前俨然一个胡人老酋长。

苏代深深一躬道:“丞相老寒腿,孟尝君托苏代带来了一味海药,或许有用。”说罢一摆手,身后书吏捧过一个两尺多高的铜匣,恭敬地放到樗里疾面前的大案上。苏代上前一摁铜匣顶端,“当啷”一声,铜匣变成了四张铜片摊在了案上,一个细脖大肚的陶瓶赫然立在了眼前。陶瓶肚上画着三样完全不相干的物事:一条五色斑斓的怪蛇,一枝外形似麦却又开着蓝色花儿的怪草,一只酱红色的怪异甲虫。三物盘曲纠缠,分外夺目。

樗里疾打量笑道:“嘿嘿,孟尝君又来折腾老夫,此等怪物便是海药?”

“老丞相,此乃海上渔人部族之秘药,叫大散寒。”苏代饶有兴致地指点着陶瓶画,“你看了:这种怪草叫莃,产于大河入海处的孤岛,每年七月成熟,却不能立即采割,须得渔人扎帐守望,直到冬日枯干方能连根拔起。渔人叫这莃草为‘禹余粮’,说是大禹治水时天寒地冻,将谷饼冻成了石块,人不能食。大禹命抛于河中以水化之,却不想经河水一泡,谷饼便筋韧可口,但咬一口,人便浑身热汗。大片饼渣随波漂流入海,被海浪激上小岛,便生出了这种莃草。莃草果实如麦粒,渔人又呼为‘自然谷’,热力奇佳,入药为驱寒神品也。”

李珣《海药本草》载,“(莃草)其实如球子,八月收之。彼民常食之物。主补虚羸乏损,温肠胃,止呕逆。久食健人。一名自然谷。中国人未曾见也”。陈藏器的《本草拾遗》对此草早有收录,《本草拾遗》早于《海药本草》,是以李珣“中国人未曾见也”不可信。参见《海药本草》(辑校本),(五代)李珣著,尚志钧辑校,人民卫生出版社,1997年。

“嘿嘿嘿,这条怪蛇如何?”樗里疾见苏代讲说得明白,也来了兴致。

“这是东瀛海蛇,色如火红,长在冰海极寒中游食,极难捕捉。渔人远舟入海,唯在冬日登荒无人烟之孤岛,方可偶然在海潮鱼群中捕得一两条而已。但有一蛇入舟,渔船便温暖如春,渔人又称火海蛇。入药妙用无穷也!”

海蛇入药,对风湿麻痹等症有疗效。尤其是入酒,当然少不了蛇。

“嘿嘿,讲究如此之多?这只带毛甲虫如何?”

苏代指点道："甲虫叫射工虫，还有三个名字：射影、短狐、蜮。此虫生于吴越山溪阴湿处，性极阴寒，口成弓弩形，于丈余之外能以寒气射人。但中气射，人便生出热疮，急需大冰镇敷三日，否则无以救治。此三物各一，入兰陵果酒一坛，浸泡三冬，便成绝世大散寒。"

《抱朴子·内篇·登涉》载，"又有短狐，一名蜮，一名射工，一名射影，其实水虫也，状如鸣蜩，状似三合杯，有翼能飞，无目而利耳，口中有横物角弩，如闻人声，缘口中物如角弩，以气为矢，则因水而射人，中人身者即发疮，中影者亦病，而不即发疮，不晓治之者煞人。其病似大伤寒，不十日皆死"。

樗里疾不禁喟然一叹："此等功夫，难为孟尝君了，老夫受之有愧也！"

"老丞相何出此言？"苏代笑道，"孟尝君附有一信，老丞相一看便知。"

三样都是罕见难得之物。泡酒喝，乃以毒攻毒之法。此药想得奇巧，赞一句！

樗里疾打开泥封铜管，抽出一方白绢，几行大字赫然在目：

> 樗里子如晤：倏忽十年，念公如斯！昔年一知樗里子寒腿痼疾，便欲早成此药。奈何三物难得，又浸泡三冬，竟致耽延十年之久，以致樗里子老境维艰，心下何安矣！苏子入秦，邦交大义与你我交谊无涉，公但心知。

樗里疾揉揉眼睛笑道："嘿嘿，此药神奇，只怕是不好喝也。"

有压力，怕苏代所求之事难办。

苏代笑道："此药有射工虫，最是好喝。老丞相请看。"说罢从摊开的铜片上拿下一只镶嵌的陶杯，又拔下一根镶嵌的铜针，将陶杯口倾斜对准陶瓶大肚一黑点下，而后用铜针向陶瓶大肚的黑点上只一刺，一股红亮的汁液激射而出，顷刻半杯。苏代迅速伸掌一拍陶瓶，红亮汁液便骤然断线。苏代捧杯笑道："此坛有射工之气，不可开封。每三日，饮半杯，丞相记住了。常人几杯便可散寒，丞相老寒腿，一坛之后若未痊愈，孟尝君当再为设法。来，敢请丞相饮了此杯。"樗里疾悠然一叹："此等天地神奇，一坛不可，便是老夫命该如此也，何敢当再为设法。来，老夫便饮！"

旁边的行人突然一步跨前："禀报丞相：此药诡谲，容太医验过再饮不迟。"

樗里疾哈哈大笑："不信孟尝君，天下信得何人也！"举起陶杯"吱"的一声吸啜个干净，向苏代一亮杯底，"好！说公事。行人先带书吏去勘验文书，上卿坐了。"

苏代入座拱手道："苏代此次出使，原是两事：一则说一件人事，二则为齐秦旧盟新续。两事均非吃紧，想先行与老丞相叙谈一番。"樗里疾飞快地眨了眨小眼睛，摆摆手笑道："邦交规矩，使节无私语，叙谈个甚？再说老夫这分掌行人，也只是个迎送而已。正事么，待老夫排定面君之期，你再说不迟。"苏代机敏无双，见樗里疾不想多说，悠然笑道："如此也好，我歇息两日，看看咸阳新气象了。噫？老丞相头上恁多汗水？"

说话之间，樗里疾额头大汗淋漓，黑脸涨红，连叫："怪煞怪煞！如何这般燠热，搬开燎炉。"及至搬开案旁木炭火燎炉，樗里疾犹自喊热，竟将那领翻毛大皮袍也脱了，站起来嘿嘿笑道："直娘贼，开春了就是不一样，热得好快。噫！不对也，这膝盖骨酸痒得甚怪……"苏代蓦然醒悟，惊喜笑叫："大散寒！见效了？没错，老丞相大喜也！"樗里疾也明白过来，嘿嘿嘿只笑个不停："直娘贼，田文这小子有手段，却教老夫落个还不清的大人情。嘿嘿嘿，忒煞怪了，四肢百骸都软得要酥了，酥了……"说着脚下一软，竟跌坐在苏代身边。苏代兴奋得满面红光，连喊："来人！"两个侍女飞步而来，苏代一声吩咐："快！抬竹榻来，教老丞相安卧歇息。"一时可坐可卧的竹榻抬来，樗里疾被两名侍女扶上竹榻犹自嘿嘿笑个不停："直娘贼，酥软得好快活，比田文小子当年骗老夫

这个礼物，比什么金银珠宝强多了。要投其所好才有用。熟知官场"潜规则"，才有此奇招。

到那绿街热水泡，强到天上去了！”苏代见樗里疾兀自嘿嘿嘟哝，一派天真快活，不禁大是感慨。

原来，苏代对孟尝君托他带来的这色小礼也没在意，只做了说开话题的引子而已，不想这坛海药竟神奇得立见功效，如何不使他大有光彩？毕竟，樗里疾是秦国王族老臣，又是天下智囊名士，若能使他从半死不活的僵卧中恢复如常，孟尝君这份情意便太大了，他这邦交斡旋也无形中风光了许多。

在咸阳转悠得一日，苏代接到行人知会：宣太后与丞相魏冄明日召见。

次日清晨卯时，行人领着王宫车马仪仗来接苏代。到得王宫广场，淡淡晨雾已经消散。咸阳宫小屋顶的绿色大瓦在春日的阳光下一片金红灿烂，粗玉大砖铺成的广场上垂柳成行，更兼庭院草地上遍地杨柳，轻盈的柳絮如飘飞的雪花弥漫了宫廷，竟使这片简朴雄峻的宫殿有了几分仙山缥缈的意味。苏代不禁从轺车中霍然站起念诵：“昔我往矣，杨柳依依，今我来思，雨雪霏霏，飞飞霏霏，柳絮如斯！”吟罢一声赞叹，“宫柳风雪，无愧咸阳美景也。”

“上卿好诗才！”一阵洪亮的笑声从缥缈的柳絮风雪中传来，“魏冄迎候上卿。”

苏代连忙下车遥遥拱手：“丞相褒奖，愧不敢当。齐使苏代，参见丞相。”

魏冄笑着快步迎来：“苏子天下名士，何当如此拘泥？”走到面前握起了苏代的右手，“来，你我同行！”执手并肩进宫，将迎候使节的诸多礼仪一概抛在了脑后。苏代没想到进入秦宫如此简单，匆忙之下，竟无以应对，被魏冄拉着手匆匆大步地进了东边一座宫殿。直到绕过殿中一座黑色大屏，魏冄才放开苏代，径自向上一拱手：“禀报太后：齐国上卿苏代到。”苏代醒悟，未及细看便对着中央一躬：“齐国特使，职任上卿苏代，参见太后。”

“苏代，我在这里，你向何处看了？”东面传来一阵明朗的女子笑声。

苏代大窘，抬头一看，才知中央王座是空的，只东首一张大案前坐着一位宽袍大袖的女子，除了高高的发髻中一支长长的碧绿玉簪，没有任何珠玉佩件，惊人的简朴干净。然则那一阵泼辣讥讽的笑声，却令任何使节都不敢轻慢。苏代久有阅历，自然一眼便知，此等不靠排场作势的太后才真有分量，重新郑重一躬，又一次报号参见。

“苏代，入座便了。”宣太后笑道，“秦王西行巡视，便由本后与丞相见你了。子为邦交高手，入秦何事，但说便了。”说话间，煮茶的侍女已经给苏代捧来了一盏热气腾腾的红茶。苏代举盏呷了一口,表示了对主人礼敬的谢意,一拱手笑道:“苏代虽奉王命入秦,却想先说一件使命外之事,不知太后可否允准?”宣太后尚未开口,魏冄高声道:“国使无私语。既知使命之外,上卿何须再说?”宣太后一摆手笑道:“使者也是人了,如何说不得私话?说,想说甚说甚,晓得无?”一番秦楚相杂的口语,家常自然得没有任何礼仪拘泥。

苏代一拱手道:“丞相所言,原也正理。只是此事非公亦非私,虽在使命之外,却与秦国利害相关,故而请准而后言,无得有他也。”

听说与秦国利害相关,魏冄顿时目光炯炯:“如此甚好,上卿但说。”

“苏代一事不明,敢问太后。”先引开一个话头,苏代悠然笑道,“甘茂奉命出使齐国,已有半年有余,太后见我,如何不问甘茂使命成败?”

“哦,甘茂呀。”宣太后目光一闪,恍然醒悟般笑道,“使者不回,便是使命未完,何须探问?又不是小孩童出门做耍忘记了回来,可是了?”

“太后若有如此心胸,苏代自是景仰,也便无话可说了。”苏代说罢,端起茶盏悠闲地品啜起来。旁边的魏冄着急,一拱手急迫道:“上卿明言,甘茂究竟如何了?”苏代却不说话,只是微笑品茶。宣太后情知苏代要她开口,轻轻笑道:“上卿想说但说便了,何须卖弄关节?”苏代心知已是火候,放下茶盏一声叹息道:“不知何故,甘茂已经向齐王请求避难,不愿再回秦国。”宣太后笑道:“齐王封了甘茂几百里啊?”苏代正色道:“齐秦素来结好,齐王自是不敢轻纳。目下,甘茂只是暂居客卿而已。兹事体大,不知太后要如何处置?”魏冄顿时满脸冰霜,啪地一拍长案道:“叛国贼子!齐国当立即递解与我,明正典刑!”宣太后看了魏冄一眼道:“少安毋躁,急个甚来?”转对苏代笑道,“苏子既说,必有良策,不妨教我了。”

苏代笑道:“既蒙太后垂询,自当知无不言。方今天下,名士去国者数不胜数,若以去国之行即加叛逆大罪杀之,无异于自绝天下名士入秦之途,诚非良策也。然则甘茂曾为将相,深知秦国要塞虚实与诸般机密,若联结东方大国攻秦,岂非心腹大患?唯其如此,甘茂不可流于他国。为秦国计,不若许甘茂以上卿高位,迎其回秦,而后囚禁于机密之地,似为万全。太后丞相以为然否?”

“此计大妙!”魏冄拍案笑道,“我看可行。上卿果真名士良谋也。”

“苏代呀,”宣太后微微一笑,“甘茂与你相熟,你出此计,图个甚来?”

“一则为公，一则为私。”苏代毫不犹豫，“为齐秦之好，齐国不好容留甘茂。为私人计，齐有甘茂，孟尝君与我何以处之？”

宣太后笑了：“这话实在，我信了。”

魏冄也醒悟过来：“如此说来，秦国要报答齐国了？”

“丞相何其直白也。”苏代一阵大笑，“邦交来往，利害为本。齐国吊民伐罪兴兵除害，秦国若能助一臂之力，相得益彰也，何有报答之说？”

“吊民伐罪？”魏冄冷冷一笑，“齐国又要吞灭谁家了？”

苏代正色拱手道：“太后丞相尽知，宋偃即位称王以来，残虐庶民，亵渎天地，横挑强邻，夺楚淮北之地三百里，夺齐五座城池，又吞灭滕国薛国，天怒人怨，天下呼之为‘桀宋’。齐国讨伐此等邪恶之邦，岂非吊民伐罪？若能得秦国襄助，东西两强之盟约便将震慑天下。此，邦国大利也，愿太后丞相思之。”

“秦国出兵，可能分得宋国一半土地？”魏冄沉着脸硬邦邦一句。

苏代笑道：“秦国助齐灭宋，齐国便助秦灭周。三川之地虽不如宋大，丰饶却是过之。”

“也就是说，秦国只出兵，不得地。”魏冄硬生生将话挑明。

宣太后笑道：“上卿说明了便好，丞相何须如此急色。苏代呀，此等灭国大计，容我等想想再说了。三日，我便回你。”说罢起身径自去了。

“行人送上卿出宫。”魏冄吩咐一句，也大袖一甩去了。

此时只能客随主便，苏代微微一笑回了驿馆。用完晚汤，苏代在驿馆庭院中转悠思忖起来。苏代明白，此行只是试探，既是试探，便无须一定要秦国一个明朗承诺，尽可先说开话题，教秦国君臣去计议。尽管没有明朗，苏代还是敏锐觉察到了宣太后与魏冄对齐国灭宋的冷漠，甚至隐隐地嗅到了一种强烈的敌对气息。灭宋尽管是齐国数十年来的梦想，但没有适当时机，没有天下大国的默许与盟约，这个梦想很难成真。根本因由，在于宋国是一个仅次于七大战国的中原王国，吞灭滕薛两国后，宋国更成为卡在楚、魏、齐、韩之间的一片辽阔缓冲地带。谁但灭宋，便立即直接面对其他大国，形成对中原几个战国的直接威慑。且不说秦赵两国，便是楚、魏、韩，也不会赞同齐国独吞宋国。正是因了这种牵制，对宋国垂涎欲滴且都有实力灭宋的几个大国，却谁也不能动手。偏是这个宋康王狂妄热昏，竟果真以为战国诸强对他奈何不得，十数年间东征西战，趁着山东六国与秦国拉锯大战,夺齐五城,夺楚三百里,还吞灭了两个小国,依然无人干涉。于是,宋国成了中原唯一不是战国的大国,比另一个趁乱称王的中山国强大了许多。宋康王也是老而弥辣,竟在八十岁的高龄上雄心勃勃,自诩"皓首中兴",要恢复宋襄公的宏图霸业。

如此一来,灭宋成了一个更棘手的难题。

齐宣王时期几次想灭宋,都在苏秦的坚执反对下作罢,原因是投鼠忌器,时机不到。齐湣王即位,以灭宋为大业根基,可苏代与孟尝君也是一力拖延,根本原因,也是在等待时机。以苏代的谋划,齐国得首先了了与燕国的仇恨,然后以"分宋"为盟约,联合至少四国灭宋,方可成事。然则,秉性乖戾的齐湣王却是一意孤行,断然要独吞宋国。只是因了苏代与孟尝君的反复劝谏,齐湣王才勉强赞同苏代出使结盟,但有一条铁则:只能谋取他国出兵,不得答应他国分宋。如此盟约,能有谁家欣然赞同?本想以处置甘茂的谋划换取宣太后与魏冄的支持来灭宋,谁知却碰了个软钉子,宣太后显然不悦,只是没有公然发作罢了。

"禀报上卿,"一个扮作文吏的随行斥候匆匆走来低声道,"一辆辎车接走了宋国特使。"

"何时?接到何处去了?"苏代顿时警觉起来。

"大约半个时辰前。末将跟出驿馆尾随,看着辎车进了丞相府。"

苏代此行,一为甘茂,二为灭宋争取秦之支持。前者略写,后者详写。

"好,继续盯住这个宋使。但有异常,立即来报。"

"嗨!"斥候转身大步匆匆地去了。

原来,宋康王对齐楚韩魏四国也是紧盯不放。

二十多年来,不管中原战国如何咒骂"桀宋",如何咒骂老宋偃"皓首匹夫",老宋偃都没有松了心劲。相反,恰恰是这种铺天盖地的咒骂斥责，反倒助长了老宋偃的雄心气焰。在夺得齐国五城的庆功大典上，老宋偃对忠诚追随他的一班将军说："本王五十三岁即位，不畏天命，不畏鬼神，唯以中兴先祖霸业为重任！普天之下，除了秦国，任谁也挡不住我大宋战车。"众将军一阵齐声高呼："宋王万岁！中兴霸业！"老宋偃则是一阵哈哈大笑："本王只一个字：打！先打到天下第八战国再说。"这个目标似乎近在眼前，将军们更是一片呐喊："皇皇大宋！第八战国！万岁！"

正在老宋偃与将军们秘密商议，准备对韩国发动一次灭国大战的时日，斥候传来了齐国要发动三十万大军灭宋的消息。老宋偃再狂妄，毕竟还知道三十万大军的分量，沉吟一阵，冷冷一笑道："谁说田地是青蛟？一条海蛇而已。老夫来一次上兵伐谋，合纵秦国，切了这条海蛇！"大尹华蓼立即赞同，慷慨请命出使秦国。

老宋偃一点头，华蓼轻车简从连夜奔赴咸阳。

大尹，是宋国的主政大臣。在春秋之期，宋国是一等诸侯大国，为了撑住殷商王族后裔的体面，官职设置皇皇齐楚，六卿、四师、五司等，仅大臣职位就有四十二个。官职虽然很多，任事却是一团乱麻。当时天下对宋国的官职设置有个评判，说是"宋之执政，不拘一官，卿无定职，职无定制"。几百年下来，官职盈缩无定，大臣事权不明，便成了宋国传统。进入战国以来，宋国就像泄气的风囊般干瘪了，国中大臣官署也寥落得只剩下七八个了。因了在战国初中期宋国曾经长期依附楚国，便在官制上向楚国靠拢，六卿五师等执政大臣全部莫名其妙地没有了，原先很不起眼的仅仅相当于中大夫的"大尹"却成了唯一的执政官，而且名称也改叫了楚国的"令尹"。其余一班将军则随事定名，没有任何成法。到了老宋偃夺君称王，文职大臣几乎只剩下这一个大尹了。

这个大尹，是宋国老世族华氏的第十三代，叫作华蓼。华蓼的先祖华元、华督等，都在宋庄公、宋景公、宋共公时期做过上卿、右师等显赫高官，此后代有重臣，竟似宋国的常青树一般。到了老宋偃即位，这华蓼雄心未泯，与一班将军牢牢跟定了这个雄主，一心要做第八个战国。华蓼多有奇谋，为老宋偃谋划了一个又一个令天下目瞪口呆的惊世举动——射天、鞭地、称王、攻韩、攻齐等。于是，老宋偃对这个半文半武之才信任有加，将一应治国大权全数交付华蓼，自己只管扩军打仗。于是，华蓼成了举国唯一的一个文臣，所有的政务都由他的大尹府料理，倒也是事半功倍效率奇高。

以华蓼谋划，宋国与秦国不搭界，秦国不会灭宋，宋国也不会攻打秦国，只要宋秦两国合纵,便是天下无敌。而合纵秦国之要,在于结好权臣。对于目下的秦国来说,就是要结好宣太后与丞相魏冄,许其好处,秦国的力量便是宋国的力量。华蓼在宋国烂泥沼摸爬滚打数十年,深信在这个利欲横流的大争之世,土地财货的力量是无可匹敌的。

谁知到了秦国,不说宣太后,连魏冄也见不上。丞相府的行人只撂下一句话:"丞相公务繁忙,无暇会见特使,大人能等则等,不能等则请自便。"言下之意,是要驱赶他回去。华蓼自然不相信这种托词,写了一个泥封密件,又用重金贿赂了那个行人,托他将密件务必交到丞相手中。大约是看在那一袋金灿灿的"商金"面上,行人总算沉着脸答应了。密件刚刚送走,华蓼就看见插着"齐国特使苏"的轺车驶进了驿馆,连忙闭门不出。他只打定一个主意:会见魏冄之前,绝不能与这个精明机变的苏代碰面。谁知刚刚关上门小憩了片刻,驿丞[1]悄无声息地进了门,说是丞相府派辎车来接他。华蓼一听大喜,立即翻身坐起,带好宋康王密信疾步到了角门,钻进了四面垂帘的辎车。

"大尹匆匆入秦,究竟何干?"魏冄一句寒暄礼让没有,黑脸兜头一句。

华蓼连忙深深一躬:"丞相明鉴,宋国心意,密件中尽已明白。"

"密件?噢,我还未及打开。"魏冄一摆手,"大尹先请入座。"拿起了书案上一个泥封竹筒,撞得旁边一个紫色皮袋哗啷一响。华蓼心中不禁一沉,这分明是他送给行人的那袋商金,如何到了魏冄案头?行人不爱钱?还是魏冄太黑太狠?一时竟想不清楚。

魏冄看完了密件,悠然踱着步子道:"大尹是说,要将陶邑[2]割给本丞相做封地?"

"丞相明鉴。"华蓼跨前一步,"陶邑,乃陶朱公发迹之福地,被天下商贾呼为'天下之中',一等一的流金淌玉商会。华蓼以为,天下唯丞相配享此地也。"

"也好。"魏冄淡淡一句撂过陶邑,"太后,大尹用何礼物说话?"

华蓼顿时愣怔了。天下公例:贿赂权臣只能一人,其余关节当由受贿之权臣打通。如何给丞相割了如此一块心头肉,这丞相还要宋国给太后献礼?难道宋国还有比陶邑更丰饶的都会么?猛然,华蓼一瞥书案金袋,顿时恍然醒悟,这魏冄实在是太黑太狠了,小到吃下属吏贿金,大到独吞陶邑,当真是天下罕见的巨贪权臣。可自己又能如何?合纵秦国的使命一旦失败,那个说变脸便变脸的老宋偃要找替罪羊,如何饶得了他?华蓼

---

① 驿丞,秦国驿馆的馆长,归属行人署。

② 陶邑,宋国最大的商市都会,中原大市之一,在今山东定陶西北。春秋越国范蠡辞官后在此经商,号称陶朱公,大富甲天下。

思忖片刻，一咬牙道："若得与秦国合纵，愿将齐国五城献于太后。"

"齐国五城？是宋国夺下的那五城么？"魏冄冷冷一笑。

"正是。巨野泽[①]畔，齐西五城，百里沃野！"华蓼骤然又是精神大振。

"然则，本丞相如何教太后相信？"

"这是宋王亲笔书简，请丞相呈于太后。"华蓼连忙从大袖中捧出一支细长的铜管。

"打开。"魏冄一声吩咐，旁边的书吏接过铜管，割开封泥掀开管盖抽出一卷羊皮纸双手递上。魏冄哗地展开羊皮大纸，一眼瞄过随手丢到书案上冷冷道："此乃宋王私笔，并非合纵盟约，作不得数。"

"丞相差矣！"华蓼大急，"大宋朝野皆知，宋王亲笔最见效，比寻常国书有用多也。"

魏冄罕见地呵呵笑道："还是大宋？老宋王一纸私书便想合纵连横，已是天下一奇。大尹久掌国政，竟然也公行此道，更是天下大奇也。"一脸的鄙夷与嘲讽。华蓼不禁满脸涨红，连忙深深一躬："丞相明鉴，宋国久不与天下来往，原是对邦交生疏了许多，该当如何，敢请丞相指点。"魏冄又黑了脸道："其一，要立盟约。其二，要彰诚信。"华蓼思忖道："立盟约好说，旬日便可办好。这彰诚信，敢请丞相开我茅塞。"魏冄冷笑道："大尹偏在要紧处茅塞了？本丞相明告于你：彰诚信者，大尹所许之地，得秦国先行驻军！"

华蓼顿时惊讶得目瞪口呆。以老宋王与他的秘商，陶邑只是吸引秦国与宋国合纵的"利市"，若秦国果然出兵保护宋国并真的战胜了齐国，陶邑才能交割；即便在那时，老宋王也明白无误地告知华蓼：只能割让陶邑城外的土地民户，不能割让陶邑城这块大利市；万一齐国灭宋只是虚张声势一场，拒绝割让陶邑自然更是顺理成章。至于献给太后的齐国五城，本来就是华蓼的随机应变之辞，老宋王根本没此打算，过后还得想方设法地抹平了此事。在华蓼想来，纵横策士派现世以来，战国邦交尔诈我虞，苏秦张仪等不都是凭着能言善辩风光于列国么？更不说张仪以割让房陵行骗楚国，天下谁人不知。正是有了这个想头，华蓼才口舌一滑，许下了献给太后齐国五城。可他万万没有料到，魏冄竟要先行在这些地面驻军！如此一来，大宋国岂不是未得利便先出血？若万一齐

---

① 巨野泽，战国时济水中游大湖，位于齐魏宋边界，大约在今山东郓城、梁山东南。后与济水一起干涸消失。

国不打宋国了,这大片土地要得回来么?

“哼哼,”见华蓼愣怔,魏冄脸色顿时阴沉下来,“一彰诚信,便见真假,合纵个鸟!”粗骂一句,大袖一甩向后便去。

“丞相且慢!”华蓼连忙上前扯住了魏冄衣袖,又是深深一躬,“在下只是在想,要否禀报宋王而后定夺,并无他意。”

“岂有此理!”魏冄一抖衣袖转过身来,“没有老宋王授权,你这大尹算甚个合纵大臣? 还是回去等着做齐国俘虏,才是上策。”说罢抬脚又要走。

“丞相且慢。”华蓼一咬牙,“但依丞相。只是,在下尚有一请。”

“说。”

“一则,陶邑与齐国五城之宋军不撤,共同驻防。二则,秦军驻扎兵力可否有个数,最好,最好以五万为宜。否则,在下实在不好,不好对宋王回禀。”华蓼满脸通红,总算是期期艾艾地说完了。

魏冄踱步思忖一阵道:“也罢,给大尹全个脸面,便这般定了。”

“谢过丞相!”华蓼心中一块大石顿时落地,“在下这便回去,旬日之后带来国书盟约,便是宋秦一家。”

“大尹且慢。”魏冄冷着脸,“邦交大事,岂能口说便是? 方才允诺,大尹须得先行立约。否则,我如何向太后禀报?”

华蓼又吭哧了,口说容易,他见宋王还有转圜余地,若与魏冄当场立约,黑字落上白羊皮,那便是拴死了宋国,当真教人为难。可魏冄的行事强横敢作敢当是出了名的,看那张黑脸,若不立约,合纵肯定告吹。思忖再三,华蓼断然道:“好! 便依丞相。只是立约须得申明一款:立约之后,秦国大军得开出函谷关,防备齐军偷袭宋国。”

“依你。”魏冄哈哈大笑,“旬日之内,大军出关。大尹要是赞同,我还可给商丘①城外派驻五万铁骑,如何啊?”分外的豪爽痛快。

华蓼不敢再接话了,若再擅自答应秦国给宋国都城驻军,宋国简直就成了秦国属地。看着书吏一直在大笔摇动,华蓼来到大书案前问道:“可是方才所议约定?”书吏拱手作答:“回禀大尹,小吏只是录写丞相与大尹对答。立约,还须大尹亲笔,方显邦交诚

---

① 商丘,宋国都城,今河南省商丘地区西南。

信。”

魏artifacts冉悠然一笑道：“大尹，动手了。”

华蓼无话可说，坐到书吏为他预备好的大书案前，提起了那支铜管鹅翎笔写了起来。及至在羊皮纸左下手空白处写下自己的官号名讳，魏冄走了过来，也不说话，弯着腰拿过华蓼手中的铜管鹅翎笔，龙飞凤舞地画下了几个大字。饶是华蓼学问广博，也识不得他笔下物事，不禁皱起了眉头：“敢问丞相，这是秦国文字么？”魏冄哈哈大笑道：“这是老夫自创文画，任谁模仿不得。秦国上下，但见此字如同亲见老夫一般，大尹放心。”华蓼心中一动道：“既是盟约，便当各有一份，在下再写一张，也请丞相大笔印记。”旁边书吏双手捧过一张羊皮大纸道：“宋国一份在此，请大尹收好。”

华蓼接过一看，竟是书吏看着他下笔的同时誊抄的一份，连他那工整的古篆官号名讳也一并在上，分毫不差。旁边是鲜红的朱文“秦国丞相之玺”大印。华蓼双手递向魏冄：“敢请丞相押字了。”魏冄大袖一甩道：“大尹当真颟顸也！方才老夫说过，此字只对秦国上下。对宋国么，丞相大印自然便是国家名号，老夫涂鸦，岂非蛇足？”末了哈哈大笑着径自去了。华蓼愣怔在厅中，不知如何是好。旁边书吏拱手笑道：“大尹安心回国便是，丞相做事最是有担待，旬日之内必有兵马进入陶邑。”

恍然醒悟间华蓼正要告辞，却见那个行人走了进来，向书吏一点头，将魏冄书案上的那袋金币提起来走了。华蓼大奇，连忙大步赶了出来，在粗大的廊柱下追上了行人，喘着粗气问道：“敢问行人，你又将这金币收回来了？”行人上下打量华蓼一眼，揶揄笑道：“如何？给了人又心疼？”华蓼连忙摆手道：“非也非也。我只是新奇莫名，这金币本是送给足下，何以要交给丞相？既给了丞相，又如何能拿走？”行人眯起眼睛冷笑道：“大尹操心不少啊。”华蓼低声道：“好奇而已，岂有他哉！行人若得实言相告，我再奉上两方老商金了。”行人嘴角绽开了笑意：“老商金何在啊？”华蓼立即从胸前贴身皮袋中摸出两方金币，手指一捻锵啷一阵金声。行人笑道：“嗬，手法娴熟，显见老于此道也。好，在下便对大尹说了：秦国吏员不拒使臣礼金，然却不得中饱私囊；但收礼金，须得禀报上司并经查点，而后缴于府库。”华蓼大是惊讶：“那你这是……？”“上缴府库啊。”行人一笑，顺手一掠，华蓼的两方老商金锵啷易手，留下一串笑声，行人飘然去了。

华蓼愣怔半日，一时回不过味来，只觉得这秦国处处透着古怪：官员权臣不爱钱不贪私，人人拼命为邦国争夺土地财货，到头来究竟图个甚？叹息一声秦人可怜，华蓼匆收买不成，无功而返。

匆回到驿馆，一番收拾，连夜出了咸阳。

五鼓鸡鸣时分，苏代接到斥候密报，惊讶莫名，一时揣摩不出此中虚实。

“华蓼进丞相府几多时辰?”苏代皱着眉头问。

“回上卿，至多一个时辰有余。”

“华蓼出驿馆，可有大臣送行?”

“回上卿，华蓼一车十骑，没有任何人送行。”

“函谷关之内，华蓼有无停留?”

“回上卿，末将一直跟随华蓼到函谷关方回，未见他有片刻停留。”

这可当真是苏代斡旋邦交以来碰到的第一桩奇事。按照邦交常例：使节会见丞相，只能确定使命的大体意向；最终决策立约，一定得在晋见国君之后。纵然某国丞相是权臣，某国国君是虚设，邦交大礼还是有定数的。强横如燕国子之者，每有邦交立约，也都是燕王出面。一个使臣在会见丞相一个多时辰之后便匆匆离去，且没有任何爵位对等的大臣送行，其意含何在？猛然，苏代心中一亮——华蓼说秦不成，宋秦合纵破裂。对也，一定是！魏冄做派强横，一定是想大占宋国便宜；而老宋偃则正在气焰嚣张之时，专一地横挑强邻，如何容得被秦国大占利市？一个强横霸道，一个气焰嚣张，自然是一碰生火，岂有他哉！

苏代精神大振，天蒙蒙亮驾着轺车辚辚入宫请见秦王。此时咸阳宫广场已经是车马如梭人影流动，所有的官员都奔赴官署，准备在卯时开堂。早朝当值的内侍刚刚精神抖擞地走出来，便遇见了苏代手捧玉笏求见秦王，随即一声高宣传了进去。片刻之后，一个老内侍匆匆走出正殿高宣：“秦王口书：齐国上卿苏代在东偏殿候见。”

苏代知道，咸阳宫正殿只是礼仪性的场所，这东偏殿才是秦王处置国务的日常处所，秦王要在这里召见他，意味着秦国君臣要认真与他商讨邦交大计了。想到华蓼负气出秦，秦宋合纵破灭，苏代觉得分外舒畅。他已经隐隐地有了一种预感——秦国不理睬宋国，齐王灭宋的宏图就要实现了。一想到这里，苏代的脚步分外轻捷，虽然自己与孟尝君反对灭宋，但若秦国放弃了对宋国的保护，齐国在无可阻挡的情势下一举吞灭一个大国，又何乐而不为？再说，此事若成，他苏代分化秦宋合纵是大功一件，他在齐国的地位便会大大巩固，岂非天遂人愿。

"齐国上卿苏代进殿——"一个尖锐细亮的声音响彻大厅。

苏代恍然抬头，见一个黑服玉冠的年轻人正站在大书案之后微笑地打量着他，这是在燕国久为人质的秦王嬴稷么？遥遥看去，这个嬴稷虽然正在即将加冠的年岁上，可那黝黑劲健的身姿却分明渗透出一种与年龄极不相称的沧桑风尘，任谁也不敢将他做寻常的弱冠少年对待。苏代虽然久在燕国，却从来没有见过嬴稷，今日第一次见这个少年秦王，心中不禁油然感慨：如何上天独佑秦国，一代少年君王也是如此出色。饶是感慨良多，苏代也无暇品味，一个躬身大礼道："外臣苏代，参见秦王。"

"上卿黎明即起，大非齐国富贵气象了。"嬴稷亲切地笑着。

"人云：见贤思齐。秦人勤政，苏代何敢放任？"

嬴稷朗声大笑："秦人苦做成习，何敢劳上卿思齐？来，上卿入座。"

苏代坐进左下手的第一张大案，略一打量，见与秦王大案并排的左手还有一张空案，心知那是宣太后的位置，自己对面遥遥相对处也只有三张长案空着，可见这里只是秦王与几个栋梁大臣议事的殿堂，不禁大是欣慰，直觉今日必成大事。

"上卿匆匆来见本王，何以见教？"嬴稷笑着开了头，分明是要苏代说话。

苏代拱手笑道："想必秦王已经知晓，齐国欲与秦国结盟，伸张天下公理，铲除桀宋。"

"齐国想灭宋。"少年秦王粲然一笑，"宋国夺齐国五城，齐王心疼？"

"秦王差矣！"苏代正色道，"老宋偃射天鞭地，穷兵黩武，大行苛政，人神共愤，天下呼为桀宋。齐国吊民伐罪，岂能以五城之恨论之？"

"说得好听呢！"猛然听得大屏后一阵清亮的笑声，走出一个散发长裙丰腴高挑的女子，不是宣太后却是谁？她瞄了苏代一眼，径自坐到少年秦王旁边的长案前笑道："吊民伐罪,那可是圣王大道。齐王不是青龙现世么,自顾去做便了,何须一呼拢拉上他人,莫得夺了齐国风光?"脸上写满了嬉笑辛辣。

苏代何其机敏,立即拱手跟上道:"太后明鉴,战国攻伐,利害相连。况桀宋横挑强邻,攻楚攻齐攻韩攻魏,为所欲为而无人抑其锋芒。唯其如此,皆因天下战国相互牵制,全无公理大道。今齐王攘臂举旗,自是吊民伐罪,即或不联秦国,亦当与楚韩魏赵联兵,绝非市井之徒群强欺弱,何来齐国独占风光?"一席话竟是不容辩驳的架势。

"不愧苏秦弟也。"宣太后赞叹一句沉下了脸,"邦交根本,不在说辞。我问上卿,这利害相连,却是甚个说法?灭宋但能分给秦国三成土地,秦国自然出兵。不然么,齐国大可去攘臂举旗,休来咸阳聒噪。"

苏代大出预料,如何这秦国与宋国翻了脸,竟还坚持要分土才能出兵?莫非是自以为苏代不知情而漫天要价?可是,苏代不能答应他国分宋,这是齐王的严令。蓦然之间,苏代计上心来,微微笑道:"太后之意苏代明白,秦国隔岸观火,既不保宋,亦不干预他国联兵灭宋。若得如此,太后大是明断。"

宣太后咯咯笑了:"我却看你不明白,竟来糊弄一个女子,说我要隔岸观火,我说过么?想教秦国闪开道,听任齐国独吞了这块天下最肥的方肉?嘿嘿,上卿果然灵性!"

"太后明鉴,齐国是联兵灭宋,何曾想独占宋国?"

"苏代啊,你就别给我施障眼法了。"宣太后揶揄地笑着,"若不想独吞,如何一说到分地便装聋作哑?我问你,联兵必分地,可是春秋以来联兵灭国的常例?避而不谈,不是独吞却是个甚来?老身不答应,便教我作壁上观,听任你等灭了宋国,可是?此等雕虫小技,也亏了你苏代堂而皇之地卖弄。嘿嘿,还纵横名士,说得出口么?"

苏代大窘,一时满脸通红,不禁亢声道:"苏代唯问太后,秦国可是明白了要自外于中原六国,硬是要做桀宋后盾?"

"嘻嘻,不知道。"宣太后顽皮得像个小女孩一般笑着。

猛然,殿中一阵沉重急促的脚步声,一个粗重的声音扑了过来:"苏代休得聒噪,魏冄与你说话。"话音落点,一身黑色甲胄的魏冄铁塔似的矗立在面前,"宋国已是秦国驻军属国,齐国要灭宋,先过我秦军大关再说!"

这一来,苏代惊诧莫名。宋国几时成了秦国的属国?还是驻军属地?直是滑天下之大稽也。蓦然之间,苏代哈哈大笑:"丞相之言,未免滑稽过甚。苏代敢请秦王一句口书定夺，秦国可是与宋国结盟了？”明知少年秦王不做主，苏代偏是要名正言顺地给魏冄一个难堪，若是缺乏邦交阅历的秦王说出一两句可供利用的话来，便有得机会了。

“上卿果然精明。”少年秦王悠然一笑，“吾爱宋国，如爱新城、阳晋①同也，岂有他哉！”说罢大袖一甩径自去了。

秦王、魏冄、宣太后皆笑，但笑不同，可见性情不同。

魏冄哈哈大笑：“苏代啊，便宜没占上，快点儿回去准备灭宋了。”

宣太后冷冷一笑：“一条海蛇，竟做飞龙在天了？”说罢也径自去了。

苏代大是尴尬，羞恼攻心，一句话也不说，转身大步出宫。回到驿馆，草草收拾，立即出了咸阳，走到日暮时分，函谷关遥遥在望，才猛然想起还没有向樗里疾辞行，然则事已至此，再回咸阳岂不落人笑柄？想想一咬牙，脚下一跺：“出关！”一行车马辚辚隆隆出了函谷关向东去了。

苏代试秦。宣太后、魏冄强硬，不易被说服。

六　几番折冲　大起战云

齐湣王很有些着急，整日在王宫后园的大湖边焦躁地转悠。

眼见已经到了四月末，“绝气下”一过，进入“中郢”，便是收种农忙时节，农忙一过又是酷暑，这段时光都不宜大军征战。再刨去窝冬之期，一年中能打仗的时月也就是春秋两季，若春日晃过，便只有秋季两三个月了，对于一场灭国大战，显然有些太过仓促。按照齐湣王掐尺等寸的谋划，苏代

① 新城，战国时韩国西部要塞，在今河南省伊川西南；阳晋，战国时齐国西部要塞，在今山东省兖州西北。

出使秦国来回最多一个月，回来时正好三月初旬“始卯”；筹划一旬立即发兵，赶在五月中旬的“中绝”之前，灭宋大战便可大体告一段落；纵有善后小战，也可在秋高气爽的八九月了结，如此可在今年之内了了这个头等心愿。如今四月将完，这个苏代还没有音信，堪堪一个用兵大好季节被白白错过，齐湣王如何不急火攻心？

这一日转着转着，齐湣王心中突然一亮——左右是要打仗，何不先将军马粮草调集齐整，一过夏忙到“期风至”（立秋），立即发兵灭宋。主意一定，齐湣王立即急召丞相孟尝君与上将军田轸入宫。

两位大臣刚刚坐定，齐湣王便急迫说了自己的谋划，末了激奋道：“灭宋大业，贵在出其不意。目下立即着手，今秋一举灭宋！”谁知两位大臣听完，一时默然，仿佛不知从何说起。齐湣王素来简洁快捷，说到臣子面前的事便是必须要办的事，所谓君臣共商，实际上只是个臣子受命的过场而已，如今这将相二人非但没有惯常的“谨遵王命”的高声领命之辞，反倒是低头思忖面有难色，齐湣王老大不高兴，沉着脸道：“灭宋大业，两位不以为然么？”

田轸猛然抬头，拱手高声道：“臣谨遵王命！”

“这便是了。”倏忽之间，齐湣王笑了，“孟尝君，以为然否？”

“臣启我王，”孟尝君不卑不亢，“灭国事大，牵涉天下。上卿未归，大势不明。臣以为我王不宜轻举妄动。一旦三十万大军集结边境，势成骑虎，届时若有不测之变，便是进退维谷，给人以可乘之机。臣望我王三思。”

“危言耸听。”齐湣王冷笑一声，“但有三十万大军，灭宋牛刀杀鸡，何来骑虎难下？孟尝君，你倒是跟着苏秦学会了一套说辞。”说着脸色黑了下来，旁边田轸大是惶恐，看看暴烈无常的齐湣王即将发作，竟不知如何是好。

正在此时，宫门内侍一声高宣：“上卿苏代请见齐王——”

“上卿？快，快宣！”齐湣王大步走向宫门，要亲自迎接苏代。

伴随着内侍的宣呼，齐湣王大笑着进殿，仿佛迎回了一个不世功臣，又仿佛得到了一个天大的喜讯。孟尝君心中一动，总觉得那熟悉的脚步声急促而沉重，那施礼寒暄的话语似乎也没有往日那般从容，莫名其妙地一阵不安，不禁大皱眉头。这片刻之间，齐湣王已经拉着苏代的手到了殿中，一边亲自扶苏代入座，一边高声吩咐内侍上茶，高兴得有些手忙脚乱起来。待苏代刚刚饮下了一盏凉茶，齐湣王忍不住道：“上卿，本王等你等得好苦也。快说说，秦国出兵几多？”苏代笑道：“我王莫急，此事头绪颇多，须一宗一宗说来。”齐湣王笑道：“好事多多，那便快说，第一宗？”

苏代拱手道：“第一宗，秦国欲召回甘茂，委以上卿之职。以臣之见，甘茂为邦交之才，对齐国有用，愿我王留任甘茂，共图大业。”

“好说！”齐湣王一摆手，“任甘茂为上大夫。御史[①]，宣甘茂进殿议事。”

如此快捷利落，大出苏代意料，看样子齐湣王早已经忘记了对甘茂的不满，甘茂倒是料得丝毫不差。倏忽之间，苏代有些懊悔，觉得此事说得太早，然则一句话已将生米煮成了熟饭，也是无可奈何了。眼看着齐王目光炯炯地盯着自己，焦急地等待第二宗第三宗好事，苏代也只有振作心神说下去了：“第二宗大事，宋国与秦国结成了合纵盟约，秦国决意保护宋国。”一言落点，齐湣王脸色沉了下来：“如此说来，上卿劳而无功？”苏代拱手道：“我王明鉴，秦国并非坚执护宋，然却一定要秦齐分宋才出兵，而我王严令臣不得答应分宋。臣虚与周旋，企图使秦作壁上观，不干涉齐国灭宋。然则宣太后与秦王、魏冄一意孤行，臣实在是无可奈何也。”

“区区两件事，花得两个月时间？”齐湣王顿时没了热气。

“我王明鉴，臣之所以迟归，是因为经过陶邑与巨野泽时，暗访了旬日有余，得知秦国已经在陶邑与巨野泽西岸驻扎了五万铁骑，并非无端耽延时日。”苏代知道这个齐王喜怒无常，只有将话说得明白无误，才能免得他无端生疑。

齐湣王在殿中慢慢地转悠着，虽然一句话没说，脸色却

苏代入秦，甘茂之事倒是成了。《史记·樗里子甘茂列传》：“已，因说秦王曰：‘甘茂，非常士也。其居于秦，累世重矣。自殽塞及至鬼谷，其地形险易皆明知之。彼以齐约韩魏反以图秦，非秦之利也。’秦王曰：‘然则奈何？’苏代曰：‘王不若重其贽，厚其禄以迎之，使彼来则置之鬼谷，终身勿出。’秦王曰：‘善。’即赐之上卿，以相印迎之于齐。甘茂不往。苏代谓齐湣王曰：‘夫甘茂，贤人也。今秦赐之上卿，以相印迎之。甘茂德王之赐，好为王臣，故辞而不往。今王何以礼之？’齐王曰：‘善。’即位之上卿而处之。秦因复甘茂之家以市于齐”。有人争，身价就高了。甘茂借苏代之计，得以保全自己及家人。

① 御史，战国时齐国官职，几类国君秘书长，与秦国长史同。

是越来越阴沉。苏代见孟尝君毫无表情的模样，料到他有难处，还得自己说话，于是一拱手道："臣启我王，为今之计，当暂缓灭宋，候秦宋合纵瓦解时，再徐徐图之。"齐湣王猛然转身，勃然大怒直指苏代面门吼道："说得出口！徐徐图之？分明是与秦国一个声气，不要本王灭宋，瓦解本王霸业！"

苏代入世以来何曾受过如此公然斥责，当年纵是强横如燕国子之者，对他也是礼敬有加，加之有苏秦名望，在列国从来都被当作邦交大师奉为座上宾，此时受此无端斥责，顿时大是尴尬，突然气血上涌，拱手亢声道："我王不纳臣言犹可，如何能无端指责臣与秦国沆瀣声气？邦交有道，使臣有节。我王如此指斥，臣却何以自容？"

齐湣王不理睬苏代，啪地猛拍书案："上将军，你说！"

"臣，唯以王命是从！"田轸慷慨高声毫不犹豫。

齐湣王辞色稍缓："孟尝君之意如何？"

孟尝君淡淡道："田文以为，上卿谋国老成，我王当善纳其言。螳螂捕蝉，黄雀在后。非宋国不当灭，投鼠忌器，情势使然也。"

正在此时，甘茂匆匆进殿。齐湣王劈头一句道："上大夫，我欲灭宋，秦国当道，你说，本王该当如何？"甘茂极是机警，一瞄殿中几人面色，大体明白了君臣正在激烈争执，齐湣王当头一句响亮的"上大夫"，分明是要他抗衡谁个。能有谁？看脸色便知定然是苏代无疑。可甘茂如何能给苏代这个恩公难堪？装作思忖了片刻，甘茂肃然一躬道："我王明鉴，灭宋为小业，抗秦方为大业。以臣愚鲁之见，若能借此机会，重新发动六国合纵，进攻秦国，不失为将计就计之霸业远图也。"

甘茂一言，举座愕然。既回避了灭宋，又将事体引上了合纵抗秦的大道，倒真是别开生面。眼见齐湣王眼珠连转，

顺齐王意。

阴云顷刻散去，搓着手惊喜笑道："你是说索性合纵攻秦？上大夫果真高明也！"甘茂恭敬答道："此乃上卿谋划，甘茂不敢居功。"一句话将这个大大的功劳给了苏代，而后依旧是恭敬惶恐，"臣闻上卿已对宣太后与秦王言明，桀宋乃天下公愤，秦不出兵，必致六国合纵重起也。上卿未及对我王提起，臣拾人余唾而已，但凭我王决断。"一番话落点，齐湣王哈哈大笑："好啊！不吃小鱼吃大鱼。上卿、丞相，本王重开合纵抗秦大业，你等还有何说！"兴奋之情，从每个毛孔都喷发出来，且着意将苏代提在孟尝君之前，显然是对方才的指斥苏代委婉致歉了。

孟尝君与苏代一时默然了。

合纵抗秦，对于这两人来说，都是刻骨铭心的天下大道。孟尝君半生追随苏秦，为的便是合纵抗秦。苏代继承兄长名望，究其实，内心图谋也是纵横天下。可鬼使神差，两人都没有转过这个弯，却教甘茂出了个大大的彩头。然则事已至此，两人又能如何？想想毕竟也是自己当作的大事，孟尝君慨然拱手道："合纵锁秦，为上卿与臣之毕生心愿，我王若能攘臂举旗，臣与上卿自当一力驰驱！"孟尝君怕苏代意气用事拉不下脸面而与齐王真正闹僵，此刻特意将苏代拉了进来，算是替苏代表示了赞同。

偏是齐湣王性情古怪，盯住了苏代笑道："上卿，国事为重，不说话么？"

"合纵抗秦，历来是臣之本意，自当驰驱效命。"苏代明明朗朗毫无难堪。

"好！"齐湣王击掌大笑，"君臣同心，合纵攻秦。丞相说，如何分头合纵？"

孟尝君思忖道："臣以为，上卿出使燕赵，上大夫出使楚国，臣入魏韩两国，似为妥当。"

"好！"齐湣王又是击掌大笑，"三日之后，立即出使。约定列国三月后出兵，入秋灭秦。本王与上将军调集兵马，压向中原！"

一场有可能君臣失和的僵局，片刻间神奇地化作了同仇敌忾。齐湣王大是兴奋，连呼"上天助我"，立即下令大摆宴席为上卿洗尘。君臣四人开怀痛饮，备细商议了合纵攻秦的诸多细节，直到夕阳衔山方才散去。

夜来回府，孟尝君心有不宁，直在后园大湖边转悠。合纵攻秦自是人心所向，以齐国目下六十万大军，比秦国兵力还强盛，只要精诚合纵打败秦国，齐国便是天下第一霸主无疑，假以时日，统一天下也未可知。然则，这个齐王却始终教人忐忑难安，一惊一乍反复无常，论事但凭好恶，定策急功近利，大臣擢升贬黜易如反掌，如此国王，能走得几步之遥？正在踽踽漫步，亲信门客报说苏代到了。孟尝君二话没说，吩咐亭下煮茶。

两人月下对座，一时相对无言。良久，苏代喟然一叹："田兄，合纵攻秦一了，我想辞官归隐也。"孟尝君不禁惊讶："此话却是从何说起？"苏代又是一叹："殷鉴不远，在夏后之世。君不记田忌孙膑了？"孟尝君默然无对，良久道："齐国气象，我也难安，且看得一阵再说。"苏代道："此等国君，唯甘茂可事。公忠谋国，终难长久也。"孟尝君又是一阵沉默，末了一声叹息。正在此时，门客又报说甘茂前来辞行。孟尝君大是惊讶，莫非甘茂也要辞官离齐？忙吩咐门客："请上大夫进来。"待甘茂入座，孟尝君劈头便问："上大夫欲去何方？"

甘茂拱手笑道："明日入楚，合纵攻秦，岂有他哉？"

孟尝君释然一笑："上大夫勤于国事，难得。"

"孟尝君谬奖也。"甘茂轻轻一声叹息，"流落之身，不敢留恋中枢是非之地而已，何有如此大义高风？"又转身对苏代一拱，"甘茂今日唐突，尚请上卿见谅。"苏代揶揄笑道："哪里话来？上大夫解我僵局，送我一彩，何敢不识抬举也。"甘茂怅然道："非是茂左右逢源，实在是此公乖戾，难以侍奉，但有一言不合，立有杀身之祸。名士如上卿者，死于此公之手，未免可惜也。茂非逞能之辈，此中苦衷，难以尽述也。"苏代心中一动，欲言又止，终是叹息一声了事。

孟尝君突然哈哈大笑："各有天命，丧气个鸟！合纵攻秦，先轰轰烈烈一场再说，终不能目下作鸟兽散。"

"还是孟尝君！"甘茂赞叹一声笑问，"我欲入楚，君可有叮嘱之事？"

"你不说，我还真没想起。"孟尝君拍着石案笑了，"第一件，替我向春申君讨一口吴钩。第二件，再将这口吴钩赠给一个你必能遇到的奇人。"

"此人不是楚人？"

"自然不是。"

"此公高名上姓？"

孟尝君笑道："我只说一句：你但遇此人，便知我要送剑于他。遇与不遇，皆是天意了。"

"妙！此等揣摩行事，正是甘茂所长，断无差错。"甘茂乐不可支。一言落点，孟尝君与苏代同声大笑。

次日清晨，一队车骑出了临淄南门兼程疾进，直向楚国去了。过得两日，孟尝君与苏代的车骑大队也隆重出行，向西进入中原。

齐国的合纵攻秦战车隆隆启动了。

却说甘茂一路兼程，旬日之间进入了郢都。此时的楚国，正是无所事事而又惶惶无计的时日。自屈原的八万新军在丹阳之战殉国，楚国便像泄气的皮囊瘪了下去。北上中原没了气力，国政变法更是无人再提，眼看着齐国、赵国、燕国都在蓬蓬勃勃地强大，楚国竟似没有舵手的大船悠悠漂荡，谁也不知道它要漂向何方。大臣们惶惶不安，几个新锐人物常常来找春申君问计，并时不时从流放地带来屈原壮怀激烈的信件，要春申君敦促楚王振作，力行变法。纵是昭睢一班老世族，也是终日谋划要北上争霸，恢复楚国的霸主地位。可屡次求见楚怀王陈说，楚怀王都是笑嘻嘻一句嘟哝：“多事。太平日子多好，优哉游哉，晓得无？总想打仗，当真木瓜了。”

春申君与几个新锐求见，激烈直陈秉承先王遗志，要推行二次变法。楚怀王不胜其烦：“好了好了，先王变法，变出个太平来了？朝中咬成一片，整日死人打仗！如今有何不好？朝野安乐，太平岁月，好日子过腻了？日后谁再说变法，立即贬黜三级！晓得无？”春申君挺身抗辩，提出恢复屈原官职，楚怀王更是烦躁：“屈原屈原，屈原只会惹是生非。杀张仪，打私仗，连八万新军都被他赔了还不够？用他，谁答应？乱成一团你来收拾？不办好事，只会添乱，就是屈原！晓得无？”

下得殿来，春申君一声长叹，拔剑便要自杀。几个新锐臣子连忙死死抱住，夺下长剑。春申君放声大哭，当场昏倒，被抬到府中卧病不起了。一个年轻将军站在榻前低声道：“春申君，楚国要好，必除两个人物！”春申君霍然睁开眼睛：“你说，谁？”将军咬牙切齿道：“一个郑袖，一个靳尚，楚王被这两个人妖蛊惑，连说话都变得娘娘腔了，楚国能好么？”春申君闭目思忖良久，一声长叹道：“纵无人妖，此公又能如何？徐徐图之了。”

从此，楚国果真平静了许多。殿堂无人聒噪，边境无有战事，楚怀王整日忙着与郑袖靳尚并一班嫔妃侍女玩乐，世族大臣们忙着蚕食国田扩张封地，春申君一班新锐则气息奄奄地闭门不出。这个地广人众的南方大国在短短三五年中，仿佛从天下游离出来了一般。

正是此时，甘茂来到了郢都。甘茂本是楚国下蔡名士，在楚国朝野倒是人头活络，但既然有孟尝君的托付，自然是先见春申君为上策。春申君此刻仍然执掌邦交，例行拜访也是无可厚非。但甘茂对楚国官场风气熟透不过，知道此刻不能教楚国老世族认定自己是春申君一党，须得在行止上保持不偏不倚，便先在驿馆住好，然后大张国使旗帜前去拜访春申君。轺车驶到府邸门口，却见名重天下的春申君府前门可罗雀。白发苍苍的总管家老见威势赫赫的齐国特使郑重拜访，喜出望外，鞍前马后地倍献殷勤，非但亲自将甘茂扶下轺车，且一溜碎步一直将甘茂领到后园竹林一座茅亭前，正要前去禀报，却被甘茂摆手制止了。

茅亭外，几个女乐师正围坐在绿茸茸的草地上司钟操琴，专注地奏着一曲悲怆的长歌。女乐师们脸上挂满了泪珠，一个散发长须身形消瘦的中年人迎风伫立在茅亭廊柱下，正在放声长歌，悲怆激越的歌声令人断肠：

陶陶孟夏兮　草木莽莽
伤怀永哀兮　汩徂南土
……
变白以为黑兮　倒上以为下
……
党人之鄙妒兮　羌不知余之所臧
……
浩浩沅湘兮　分流汩兮
修路幽拂兮　道远忽兮
怀质抱情兮　独无匹兮
伯乐既殁兮　骥焉程兮
民生禀命兮　各有所错兮
……
知死不可让兮　愿勿爱兮
明告君子兮　吾将以为类兮①

① 见屈原《九章·怀沙》。

一声响遏行云的长啸，歌声戛然而止。黄衫者猛烈地捶打着廊柱愤声长呼："屈子，你不能这样走啊！你走了，黄歇何以自处也！"

甘茂听得痴迷，早已经是感慨唏嘘热泪纵横，不禁上前深深一躬道："公子勿得伤悲，屈子之心，虽愤慨伤怀，却未必心存死志也。"

黄衫者猛然转身嘶声大喊："子乃何人？能读懂屈原？能解得烈士情怀！"

"修路幽拂兮，道远忽兮！"甘茂长声吟哦一句庄重一躬，"愿公子参量。"

"足下是说，屈原未必就死？"

"诗心虽烈，犹抱希冀。楚国没走到绝路，屈子定会等待。"

黄衫人长叹一声，大袖挥泪，颓然跌坐在廊柱下的石案上，良久默然，方才缓过心神，起身一躬道："黄歇心志昏乱，多谢先生了。"

"在下甘茂，不能为春申君分忧，惭愧。"

春申君大是惊讶，双眼冒火，霍然起身："如何？你是秦国丞相甘茂？"

"在下事体多有曲折，这是孟尝君亲笔书简一封，春申君看罢便知。"甘茂大见尴尬，勉力笑着，递上了一支泥封铜管。春申君打开抽出一卷羊皮纸展开，浏览一遍，愣怔半日无语，良久一声长叹："噢呀，蜗居三五载，天下日新月异也！屈兄呀屈兄，你可知道，天下又要变了，又要变了！"末了一声大喊又哈哈大笑起来，"亭下设酒，为上大夫洗尘。"

女乐师们立即抹去泪水，笑盈盈地穿梭忙了起来。不消片刻，酒宴在茅亭下摆好。饮得一爵洗尘酒，春申君慨然拱手道："先生有所不知，前日我的门客去探望屈原兄，屈兄托门客带来《怀沙》一篇，辞意痛切，如同与黄歇告别之绝笔。方才失态，却是惭愧了。"

甘茂肃然拱手道："两兄大节坚贞，壮怀激烈，甘茂感佩不已，岂敢有他？"

"噢呀，先生入楚，不知使命如何了？"春申君稍感轻松，终于切入了正题。

甘茂便将秦国阻挠灭宋，齐国欲合纵六国抗秦除暴的诸般来由说了一遍，末了恭敬一句："公子向为合纵栋梁，尚请教我。"春申君听得极是专心，拍案而起道："大妙也！桀宋千夫所指，秦国助纣为虐，两恶沆瀣，天下侧目！这次合纵大义凛然，各国断不会首鼠两端。只是……"春申君沉吟片刻，目光大是困惑，"桀宋恶行，天下唾弃，秦国如何能公然袒护？莫非有不可告人之图谋？"

"春申君多心了。"甘茂此刻极是自信，"张仪已去，今非昔比，秦国已无智计谋略之士，谈何图谋？究其竟，无非笃信实力强横霸道而已，岂有他哉！"

“噢呀大是。”春申君恍然大笑,“张仪甘茂不在,秦国也只剩下生猛硬做了。”

“有春申君鼎力操持,楚王定然出兵。”

春申君连连摇头:“噢呀,也是今非昔比了。目下楚王,当真难说也。”随即将几年的国事争执说了一遍,摇头叹息毫无底气。

甘茂笑道:“此一时,彼一时。变法与合纵本来不同,且容在下试说楚王。”

“好！上大夫有此心志,黄歇自当通融。”春申君说罢,转身向侍立亭外的一个沉静的侍女招手,侍女上前,春申君一阵低声吩咐,侍女飘然去了。

“噢呀还有何事？上大夫但说了。”

“孟尝君有言,请在下代他向春申君讨一口吴钩,再送给一个天晓得能不能遇到的奇士。”甘茂说着先自笑了,“此事蹊跷,春申君斟酌。”

春申君听得大笑:“噢呀,有甚蹊跷了？孟尝君此等事多了去,原不稀奇了。”说罢起身,“上大夫随我来。”领着甘茂出了茅亭,踏着石板小道,曲曲折折往竹林深处而来。走得一阵,便见四株合抱粗的古柏围着一座大石砌成的低矮房子,门前一方与人等高的荆山白玉,玉身赫然镶嵌着两个硕大的铜字——剑庐。甘茂大体一瞄,知这座石屋半截埋在地下,不禁大是惊讶,这春申君有多少名剑,竟用得如此一座坚固的处所专门收藏？春申君没有说话,只回身示意甘茂别动,自己对着剑庐肃然一躬,而后转到了石屋后面。

突然之间,甘茂只听隆隆沉雷滚过,两扇石门缓缓移开。春申君从屋后绕出笑道:“上大夫,请了。”甘茂笑道:“此等圣地,还是客随主家。”春申君不再客套,说了声随我来,跨进了剑庐。甘茂低头一看,脚下是高达膝盖的一道青石门槛,小心翼翼跨了进去,迎面一道高大的影壁,绕过影壁,一道石板阶梯直通而下。奇怪的是,明是看不见窗户,阶梯却绝不显幽暗。大约下得十几级台阶,眼前豁然开朗,一间宽敞明亮的大厅分外清雅,白玉方砖铺地,四面本色木板做墙,一个青石穹隆高高地悬在头顶,一片阳光神奇地从穹隆顶端洒下,厅中干爽异常。再看四周墙上,空荡荡一物皆无。

甘茂由衷赞叹道:“如此神奇处所,纵无名剑,亦是仙山洞府了!”

“噢呀上大夫,没有剑,做这洞窟要啥子了?”春申君一阵大笑,沿板壁走过,啪啪啪啪连拍墙面,四面墙上当当连声,八个窗口霍然弹开,每个窗口都吊着一色平展展的丝帘。春申君撩起离甘茂最近的一方丝帘道:“噢呀上大夫,看看此剑如何了?”

甘茂一打量,这个“窗口”足足有六尺见方,红毡铺底,黑玉做架,一口铜锈斑驳的古剑横展在眼前。甘茂不通剑器，一阵端详，看不出这口两尺多的古剑有何名贵，拱手笑道："在下孤陋寡闻，春申君却是费心了。左右一口吴钩了事，有甚差别?"春申君笑道："噢呀，那是你了。孟尝君说要赠给奇士，此公便必是此道中人，黄歇岂能教他寒碜了?"甘茂笑道："春申君剑器名家，我听你。"春申君连连摇头："噢呀不敢当，要说剑器鉴赏，孟尝君无出其右也。"甘茂惊讶了："如此说来，孟尝君也当有名剑收藏，如何向你来讨?"春申君又是一阵大笑："噢呀上大夫，豪侠如孟尝君者，能藏得何物？我这几口剑，过几年也要被他讨光了去。"甘茂不禁笑道："原是春申君豪侠第一，送宝假手不留名，却比孟尝君赠人结情要高了一层。"春申君顿时愣怔，又突然大笑起来："噢呀呀，上大夫说得好！为黄歇正名也!"甘茂困惑摇头："公子此言，我不明就里。"春申君脸上的笑容孩童般天真明亮："噢呀呀，孟尝君信陵君平原君，那三个剑痴都说我黄歇小气了。上大夫一言唤醒梦中人，我黄歇小气么！豪侠第一了!"说罢大笑良久，软在了地上犹自咯咯笑个不停。甘茂素来机警冷静，不防一句无心之言却解开了春申君心中一个老疙瘩，看春申君那快活模样，也不禁大乐，生平第一次笑得弯腰打跌起来。

笑得良久，春申君打开东面"窗口"的丝帘，双手捧下一口半月形吴钩："噢呀上大夫，这口吴钩包你交差了。"甘茂接过道："自是如此，出自春申君剑庐，绝是上品了。"春申君笑道："上大夫正名有功，黄歇今日也送你一口名剑了。"甘茂连忙正色一躬道："宝剑赠与烈士。甘茂不通此道，万万不敢污了名器。春申君但有此心，府中短剑任送我一口防身便了。"春申君思忖片刻道："噢呀也好，名器在身，不通剑道也是祸害了。好，上去送你一口短剑。"

两人出得剑庐回到茅亭，春申君对守候的侍女一阵吩咐。片刻之间，侍女捧来一个铜匣，春申君打开推到甘茂面前："看看趁手与否了?"甘茂一看，铜匣中一支匕首，一沾手森森一股凉气。剑身堪堪六寸，连同剑格当在九寸左右，握住剑格，分外趁手;棕色皮套极是精致，古铜剑格上还镶嵌了一颗碧绿的宝石。抽开皮鞘，一星青光幽幽流淌，短短剑身如同镜面一般。

"如此名器，不敢承受。"甘茂真心地推却。

"噢呀哪里话来?"春申君皱起了眉头，"这可是我这里最寻常的匕首了，用得而已。若再推辞，客套了。"

甘茂知道四大公子为人，但说客套，便是指你虚应故事了，连忙起身肃然一躬："如此谢过春申君。”

春申君笑道:“噢呀莫客套了,来!酒!”

饮得几爵,原先那个侍女匆匆走回,在春申君耳边低声说了几句。春申君转身对甘茂笑道:“上大夫,明日午时末刻时分,你进殿求见楚王,我不陪了。”

“好!甘茂打这个头阵。说不下,春申君再上。”

“说不下?”春申君骤然大笑起来,“说不下,这合纵攻秦也就完了,黄歇是没奈何也。”笑声中一片凄凉。一言落点,甘茂心中一沉,如此说来,春申君这个后援早已对楚王绝望了,能否说动楚王,就在自己一人身上了。甘茂毕竟不是苏秦张仪,对这种长策说君从来没有过身体力行,如今首次为齐国出使,便是背水而战,心中顿时忐忑不安起来。

次日清晨,太阳还没有上山,甘茂便在驿馆庭院中漫步了。

这是多年在宫廷做长史的习惯,往往是四更天离榻梳洗,然后便要派定一连串的琐碎事务:要誊刻的文书、要立即呈送国君的紧急公文、要迎送的外国使节等,还要同时回答前来请命的宫廷护卫、内侍总管等诸般事宜,尤其要为国君安排好所有的国务会见与细节琐务。总而言之,长史这个官职实际上便是个王室事务总管,最是累人,若没有起早睡晚要紧处还得连轴转的功夫,十有八九都做不好。甘茂却恰恰天生是做这种官的材料,精力过人,学问驳杂,机敏冷静,记忆力非凡,纵是千头万绪的琐碎事情,也能在极短时间里处置得井井有条,更兼善于揣摩上意,往往能在国君尴尬时巧妙转圜,于是显得玲珑活络,路路得通,无所不能,将长史这个中枢大臣做得有声有色。否则,秦武王也不会视为股肱,一举将丞相上将军两大权力压在他一个人身上。然也奇怪,甘茂一做丞相上将军立时捉襟见肘,事事不逮,竟成了他最

甘茂使楚,再议合纵。

是难堪的一段岁月。军前打仗，每每被一班军中大将问得张口结舌。朝中议政，更是无法在一班能臣面前总揽全局，经常是被樗里疾、魏冄等牵着鼻子走。秦武王骤然暴死，他是受命安定局势的唯一大臣，任谁也会借此坐大，至少是权力更加巩固。独甘茂例外，偏偏在朝局安定后被剔除出权力场而做了流亡臣子。想想也是天意，自己每担大任便乱了方寸，每应对事务便化险为夷，岂非命该如此了？今回又是以上大夫之身斡旋楚国，可自己对楚王心中无底，结局会是如何？

虽是彷徨无计，甘茂还是回到书房准备了一番，成与不成只看天意了。

看看日色过午，甘茂上了轺车向王宫辚辚而来。到得宫门，车马场冷清寥落，显然没有官员此时入宫。甘茂下得轺车，不经意间见一匹高大雄骏的胡马拴在车马场粗大的石桩上，毛色闪亮透湿，不断地喘息喷鼻，显见是有人长途奔驰而来。甘茂心中一动，莫非是齐国有变，斥候紧急禀报来了？想到此处，不禁脚下匆匆，上了十六级玉阶便向宫门老内侍递上国书请见楚王。

“楚王已知特使入宫，请了。”老内侍说罢转身一声宣呼，“齐国特使甘茂晋见——”

看来春申君铺排无差。甘茂精神一振，大步进了宫殿。过了迎面大屏，见高阶王座前站着一位黄衫玉冠中年人，白胖无须，正在转悠着听台阶下一人说话。再看厅中，站着一个满面风尘之色的伟岸人物，紫红斗篷，手持长剑，连鬓络腮大胡须看不出年岁。一个说得慷慨，一个听得专心，两人都没有注意到甘茂进殿。

“今闻义士之言，桀宋无道，秦国竟助纣为虐？”黄衫白胖人的口吻很是矜持。

“楚王明鉴！”紫红斗篷者慨然拱手道，“桀宋已是鬼神不齿，天怒人怨。普天之下，唯秦国与桀宋沆瀣一气，图谋以邪恶强力，灭绝中原正道。当此之时，齐王合纵六国，诛灭暴秦，正是应天顺时。楚国若联兵北上，天下一鼓可定也！”

楚怀王摆摆手：“侬只说，联兵攻秦给楚国何等好处？晓得无？”

“好处可是大了。”紫红斗篷者悠然笑了，“一则，楚国可恢复中原霸业，楚王可成弘扬先王大志的中兴英主。二则，淮北入楚，秦国商於六百里并武关、丹阳、峭山东南一并归楚，拓地千余里，楚国岂非大大利市？”

“侬说此话，不作数了。这要齐王说话，晓得无？”楚怀王精明地笑着，白胖圆润的脸上弥漫出无限的满足与自信。

“楚王果真神明无边。”紫红斗篷者哈哈大笑着颂扬了一句，“齐王特使已在殿中，楚王不妨以国书为断。"

"是么?"楚怀王转身高声大气问,"齐王特使何在?"

甘茂止住了笑意,上前几步躬身高声道:"齐王特使甘茂,参见楚王!"

楚怀王惊讶了:"神奇神奇!天意天意!如何这齐王特使说到便到了?"惊讶之余立即绽开了笑脸,"特使请入座。你有齐王国书了?"

"有。"甘茂骤然悟到了说君技法,立即心思顿开,捧出国书高声回答,"此乃齐王亲笔手书,许楚国分秦八百里土地财货也。"

"噢?好好好,盖着王印,看来不假了。"楚怀王接过国书一阵打量,"晓得无,那个张仪,当日许我六百里商於之地,因了没有王印国书,本王才吃了个大亏。这次有王印了,本王放心了。晓得无?要不又说我木瓜了。"嘟哝一阵,抬头问甘茂,"齐王之意,楚国出兵几何了?"

"十万足矣!"甘茂高声大气,直觉自己也神道兮兮了。

"齐国如何?出兵几多了?"楚怀王很是警觉。

"齐国出兵三十万,分地与列国等同。"甘茂又是高声大气。

"如此说来,这齐王图个甚来?没利市,晓得无?"

此刻,甘茂已经对说服此等君王揣摩透亮,知道若以长策大谋对之,无异于对牛弹琴,只须瞄着对方关注的纽结,一本正经地去说便是大道。底气一定,不禁拱手慷慨道:"齐王之利,是与楚王携手,共图中原霸业。楚国得到千里之地后,齐国再灭宋。究其竟,定然使楚国利市落到实处啦。"甘茂也带上了些许楚音,亲和如一家人一般。

楚怀王频频点头,末了笑道:"还有一件,你等不能在郢都鼓噪变法,晓得无?要不,这兵就出不得了,晓得无?"

"晓得!"紫红斗篷者与甘茂同声相应。

紫红斗篷者又道:"启禀楚王,齐国星相名家甘德预言:楚有将星在世,若得此人领兵合纵,大业可成。不知楚王晓得无?"

楚怀王又一次惊讶了:"是么是么?楚有将星?应在何处?却是谁啦?"

"甘德云:此人乃将兵之才,身居高位,久旷无用,愿楚王神目明察。"

楚怀王转悠着兀自嘟哝:"身居高位,久旷无用?那是春申君啦。春申君么,整日聒噪变法,只怕他是心无二用啦。想想,想想,不能做木瓜啦。"

“楚王神明。”紫红斗篷者正色拱手，“若是此人，在下一法可治。”

“噢？快说了，本王也是想治治他，晓得无？”

“此人念叨变法日久，便成痴心疯癫症，实则并非真要变法，无所事事而已。若让他带兵攻秦，上合天心，发了将星之才，自然克了他变法疯癫。若行此计，国中则无人聒噪变法。”紫红斗篷者振振有词。甘茂拼命咬住牙关，才没有笑出声来。

楚怀王惊喜点头：“噢！倒真是一法啦。本王想想，楚国有名将，利市可大啦，好好好！”一连说了三个好，大袖一甩又道，“本王不是木瓜，该进后宫啦。”径自去了。

紫红斗篷者分明憋着笑意，却没有理睬甘茂，转身大步走了。甘茂快步赶出，在车马场边遥遥拱手：“千里驹鲁仲连，何其匆匆如此也？”

紫红斗篷者回身拱手道：“足下使命已成，该当回程。告辞！”

“且慢。”甘茂高声道，“鲁仲连国士无双，在下先表成全使命之谢意。另者，在下尚受人之托，为国士带来一件物事相赠。”

“得罪。在下从来不受人礼。”紫红斗篷者冷若冰霜。

甘茂笑道：“如此说来，孟尝君有眼无珠，在下多事了。”说罢回身便走。

“先生且慢。”紫红斗篷者拱手一礼，“先生是受孟尝君之托？”

“然也。”

“恕鲁仲连唐突。敢请先生交付与我。”

甘茂拱手道：“请国士移步，随我到驿馆。”

“先生但上车先行，在下随后。”鲁仲连一拱手，大步走向那匹神骏胡马。

甘茂本是敬佩这位不期而遇的名士，想邀他同车前往，如今见这位齐国才俊不屑与自己同车共道，叹息一声登车去了。到得驿馆门口，果见鲁仲连快马从对面另一条道飞来，甘茂思忖也不能强求，先自进得驿馆捧出了那口吴钩递上：“此剑乃孟尝君特意相赠，请国士收好。”鲁仲连接过吴钩一打量，大为惊讶道：“先生识得此剑否？”甘茂摇头笑道：“在下不通剑道，唯尽人事而已。”鲁仲连目光炯炯地盯住了甘茂：“百年之前，此剑从越国流落于楚国王室。若是孟尝君托先生向楚王讨得，相送在下，于国无益，恕难受命。”甘茂不禁笑道：“足下说法却是奇了。纵是楚王之剑，如何于国无益了？”鲁仲连神色肃然道：“楚吴越三国王室，历来多有剑痴。一件名器流落，王族便视为国宝之恨，流入齐国便是楚齐之仇。鲁仲连如何能以一己之好恶使邦交成仇？此剑尚请先生收回，鲁仲连不贪富贵，送财物是多此一举。

妥为奉还王室。鲁仲连告辞。"将剑器往甘茂手上一搭，转身便走。

"国士且慢！"甘茂肃然拱手，"在下敬佩国士气节。实言相告，此剑确实不是王室得来，而是孟尝君托在下从春申君手中求得。孟尝君有言：宝剑赠与烈士。唯君堪配此名器，推托过甚，岂非造作了。"

鲁仲连突然一阵大笑："既是春申君之物，我便受了。"从甘茂手中接过吴钩，一句道谢也没有，翻身上马去了。

甘茂一阵怅然，回到驿馆，休憩片刻用过晚餐，向春申君府邸来了。到得书房，却见春申君踱步沉思，长案上赫然放着那口吴钩。甘茂惊讶道："这个鲁仲连恁般死板？一具剑器也如此较真？"春申君回身笑道："噢呀上大夫，鲁仲连便是这般品性，高洁如白云，志节如松柏了。否则，如何孟尝君要拐这个弯子了？然则，也是他说得对了。"甘茂不以为然地笑道："志节高者，往往少机变，他能有甚个谋划来？"春申君大摇其头："噢呀，上大夫差矣！鲁仲连之机变谋略，你我无法望其项背了。他要我将此剑归还楚王，表我无为心志，我便是合纵上将军了。上大夫以为然否？"

甘茂原是为此事而来，思忖片刻不禁笑道："好！我看楚王气象，也只有此等方法有用。"

"噢呀，英雄所见略同，那便如此这般了。"春申君大为高兴。

三日后，楚怀王在大殿正式召见甘茂，当殿回复齐王国书：发兵十万，合纵攻秦。楚怀王换了个人一般，精神振作，慷慨激昂地大说了一番中兴霸业向秦国复仇的雄心壮志，当殿授春申君合纵上将军兵符印信，并亲自发令：旬日后立即发兵北上。

甘茂大喜，立即兼程回齐。此时孟尝君与苏代也先后归来，带回了令人振奋的消息：魏赵韩同仇敌忾，三国各出兵八万，旬日后会兵伊阙①。只有燕国借口国穷兵少，只答应派出两万人马，还没有说定确切日期，苏代觉得很是惭愧。

“燕国大胆！”齐湣王大为震怒，当场拍案吼叫，“要他何用？攻秦胜了，接着便是燕国！”气势分明已经是天下霸主了。

殿中几位大臣却无人应和。孟尝君道：“我王还是先定策攻秦为上。”

“好！燕国回头再说。”齐湣王当殿下令，“田轸为灭秦上将军，率三十万大军会兵伊阙。孟尝君率上卿、上大夫等，总司粮草辎重，本王坐镇巨野守边。”

“臣等遵命！”殿中轰然齐应，分外激昂。

秦国坐大，诸侯恐惧，合起来攻秦，亦在情理之中。

① 伊阙，战国时洛阳南伊水要塞，又称龙门，春秋时名阙塞，因两山相对如阙门，伊水流其间，故名。

第四章　鏖兵中原

一　六十万大军压顶函谷关

夏尾秋头的七月末，河外的广袤原野上开始昼夜过兵了。

骑兵、战车、重甲步兵成方成阵地从刚刚收获过的田野隆隆推进，满载辎重粮草的牛车则从所有的官修大道与田间小道吱吱呀呀地碾了过来，不计其数的斥候游骑流星般地穿梭在原野色块之间。烟尘弥漫，旌旗招展，战马嘶鸣，号角呼应，方圆四五百里的地面上日夜滚动着隆隆沉雷，日夜飘散着呛人的土腥烟尘。旬日之间，三川原野上扎起了连绵不断的各色军营。这军营堪称史无前例的辽阔，从最西面的渑池要塞到最东面的虎牢关，从最北面的大河到最南面的汝水，东西三百余里，南北四百余里，举凡隘口要塞山水形胜等兵家必争之地，都驻扎了大片军营。

一出函谷关，遍野旌旗营帐层层叠叠，寻常军马插翅也难飞过。

说起来也是难以置信，山东六国这次罕见的齐整利落。从齐国联络开始到大军云集，也就是一个夏天。更有不同的是，此次出兵，各国非但都是精兵，且数量比第一次多了许多：齐国主力，铁骑十万，步卒二十万，共三十万大军，连带辎重牛车的老兵民夫，少说也在五十万左右；楚国战车二百辆两万余人，骑兵两万，步兵六万，连带辎重牛马车人，当在十五六万；魏赵韩三国各八万精兵，都是步骑各半，连带辎重运输，大数四十万人左右。只有燕国例外，出了两万步兵，还是自带军粮，没有辎重牛车。如此一来，六国军兵的总数竟达一百余万，仅作战兵力便是六十六万。

之所以各国都有辎重车队，是基于第一次联兵攻秦的教训。魏国拒绝了事先支付粮草而在战后偿还这种方略，非但不从敖仓出粮，而且也拒绝了齐国提出的各国出金从敖仓买粮之策。魏襄王直对孟尝君皱眉头："昔年战败，敖仓被毁，盟邦谁个还我粮来？先付不行，买粮也不行。一有粮荒，金饼能吃能喝了？有粮草便打仗，没粮草，趁早别打合纵算盘。"如此一来，各国牛车民夫都是十数万，声势当真惊人。

自带粮草还如此利落，最根本的原因，是各国都不约而同地觉得这次攻秦的时机绝佳。且不说秦国主少国疑、外臣外戚当道、甘茂出走、老臣凋零这些朝局动荡，便以打仗而言，秦国只有二十万新军，战法神出鬼没的名将司马错被迫出走，那个鬼魅般折腾六国的张仪也被迫隐退，没有名将名相，秦国二十万兵力算个甚来？如此时机，当真是千载难逢。纵然不能灭秦而瓜分之，只要将这个虎狼之国驱赶回西陲河谷草原，甚至是只分了关中沃野、千里河西与商於两郡，谁不认为是天下最大的利市？

如此一来，这次出兵攻秦分外顺当，争相向最靠近函谷关的要塞驻扎，争相做前敌大军，倒是教联军主将田轸大费了一番心思。按照田轸会同孟尝君、春申君的谋划，此次六国大军仍然以大伾山虎牢关为大本营四面集结，虽然距函谷关三百余里，但有利于大军展开推进。但是与各国主将一通气，没有一家赞同，都说阵势过分靠后，不是决战气势。尤其是魏国大将新垣衍与韩国大将申差最为激烈，坚执主张直接推进到函谷关外扎营，"灭秦志气，扬我军威"！赵国大将司马尚也赳赳高声："秦国兵微将寡，此时不进，更待何时？汝等畏缩，我赵军进驻渑池①！"

一片激昂慷慨，孟尝君与春申君无奈，由着本来无甚主见的田轸与魏赵韩三国大将在吵吵嚷嚷中重新分派了驻扎序列：赵国八万大军任前军，驻扎渑池，距函谷关仅有三十余里；魏韩两国十六万大军任后军接应，驻扎洛阳郊野的伊阙山口，距前军百里之遥；齐军楚军燕军共四十二万，任中军主力，驻扎在宜阳城外的洛水北岸原野，距前军三十

① 渑池，春秋时郑地，战国时韩国要塞，因其城堡在渑池（湖泊）岸边，故名。在今河南省渑池县西。

吵吵嚷嚷地分派，恐怕也不是好兆头。难得齐心，就看怎么摆阵。

余里，距后军不到五十里。

这一番分派，从大军态势看，无疑对函谷关形成了三面包围：赵军正面对敌，齐楚主力展开于东南，恰好严严实实地兜住了秦军从崤山东出的通道，魏韩后军则在正东，实际上是第二波猛攻与包抄秦军的主力。因为伊阙通往函谷关几乎一马平川，魏韩两军熟悉地形，又有主力铁骑参战，放马一个冲锋便可直抵渑池战场。而齐楚两军的宜阳驻地却是一片山塬，骑兵驰骋便减了速度，实则似近实远。这也是魏韩两军甘做后军的实际原因。

作为灭秦主力，齐楚两军本是中军。所谓中军，是正面作战的中坚力量，驻扎位置亦当在中央位置，便于策应。然则这次非同寻常，齐楚燕三军共四十二万中军主力，却驻扎在了最拖后的宜阳。原来，孟尝君与春申君是另一种谋划：与秦军开战，不能轻敌冒进，须得稳扎稳打，以强大稳固的防守先行耗掉其锐气，而后一鼓围歼。两军会合后，孟尝君说了自己的忧虑："春申君啊，联军打仗，最怕各军裹足不前。第一次攻秦，若都像燕国子之那般勇迈，何至于一败涂地？这次，我学学张仪，来个自领前军。"春申君哈哈大笑道："噢呀田兄，那田轸纵是听你话，我也不能教你这坐镇丞相喊杀冲锋了。说不得，还是我黄歇自请前军了。"孟尝君笑道："你那几百辆老战车，当得秦军铁骑一个回合？"春申君一脸肃然："我要学屈原兄，这次来个壮士断腕！"慷慨一句却又喟然一叹，"左右啊，这上将军也就一回了，不能教这班将军笑话了我等。"

谁知一会诸将，人人激昂争做前军，大出意料之外。孟尝君与春申君大为放心，自然不再坚持要齐楚两军做前军，可是也只能迁就了各军大将的猛攻主张，无可奈何地赞同了各军前出渑池、伊阙，将拖后稳定全局的重担揽在了齐楚两军身上。

次序派定，各军迅速开进了驻地。各国军营内杀气腾腾，但有操练，便有“诛灭暴秦！复仇夺地”的激昂呼声响彻原野。兵有斗志，将有战心，六国联军第一次出现了上下同欲纷纷请战的场面。尤其是赵魏韩二十多员战将，旬日之内，五次到幕府请战，要立即猛攻函谷关，灭此朝食。

连绵不断的大军营盘，山呼海啸的激荡气势，且不说从来没有见过如此阵仗的洛阳国人目瞪口呆，便是对大军征战司空见惯的魏国人与韩国人也惊讶咋舌了。正在秋收刚刚结束之际，居住郊野的农人们成群结队地聚集在山塬塬峁上，观看大军操练，无不啧啧惊叹。大梁、新郑、洛阳三大都城的商贾们，更是振奋不已，立即出动牛车驮队，将兵士需要的各种物事运到军营外低价热卖，一则赚了利市，二则落了个甩卖劳军的美名。联军士气正高，将军们对商贾的劳军义卖大喜过望，对军营管束自然网开一面，特许军兵出营买卖。将官兵士最是高兴，非但低价买回了凯旋班师之日想送给心爱女人的丝巾玉佩与他国特产，也高价卖出了平时难以出手的抢掠来的细软之物。商贾们笑意盈盈，将士们呼喝连声，人人不亦乐乎。充斥原野军营的激昂杀声，与这买卖大市的欢声笑语，融会成了一道奇特的军营景观。

到处都有商贾的影子。作者一定深入钻研了食货、剑器、药草等方面的情况，才能写得如此仔细。

人人纷纭，都说这是一场旷古大战，暴秦是注定要灭亡了。

三皇五帝以来，谁见过如此用兵声势？夏商周三代大军交战，寻常老百姓想看热闹也难找见地方。因了双方军队加起来，最多也没有超过二十余万者，但凡一个要塞隘口或都城郊野，便是双方战场了。周武王灭商的牧野[①]大战，是三

① 牧野，古地名，在今河南淇县西南，殷末周武王大败殷军于此。

代规模最大的兵争，周军兵车三百辆、虎贲三千人、步兵四万五千人，殷纣大军也只有十七万人，双方兵力合起来，也才二十万出头。进入春秋争霸战，最大的城濮[①]之战，晋国三军总共也才一千多辆兵车五六万人之多，楚军也不过两千多辆兵车十万人左右。进入战国之世，最大的用兵便是苏秦初次合纵后的联兵攻秦。那次是四十余万大军，已经到了人们闻所未闻的地步。而今，一望无际的几百里军营，比上一次合兵攻秦的气势大得惊人了。

河外商旅农人惶恐兴奋地奔走相告："六国大军至少百万，灭秦板上钉钉！"这种口风随着人们的啧啧惊叹，随着奔走天下的商旅们的口舌流淌，随着快马斥候的流星快报，渗透了宫殿都市与乡野山村，一时天下震动了。

气势逼人，看秦国怎么应对。

二　左更白起临危受命

大军压境，秦民慌张，商人先动。气氛写得越紧张，秦国胜得就越刺激。先抑后扬之法。

消息传到咸阳，这座关西大都第一次躁动恐慌起来。

躁动是从尚商坊弥漫开来的。在六国商贾中，中原百万大军压向函谷关所引起的震动，与老秦人的震动不可同日而语。消息一传开，山东商贾们几乎众口一词地说："这下秦国真要完了！"聚集在老白氏渭风古寓里的巨商大贾们立即彻夜会商，秦国将如何对待山东商人？我等是走是留？说来说去，莫衷一是。楚国大商猗顿家族的总掌事猗茅拍案激昂道："秦国灭亡，便在眼前！秦人久处西陲，杀戮掠夺成性，犹比戎狄过之。自知灭国在即，秦人必将要大掠六国商

① 城濮，古地名，春秋卫地。公元前632年，晋文公率齐、宋、秦等国联军战败楚军于此。在今山东鄄城西南临濮集，一说在今河南开封县陈留附近。

贾，以做远遁大漠之准备。猗茅料定，旬日之内，秦军便会突然封锁国界，并将我等财货强行抄没。为今之计，只有一个字：走，立即走！便是这句话，信不信由得尔等。我这便回去收拾，天亮离开咸阳！”说完拔脚就走，众人一片愣怔。

好一个“拔脚就走”，混乱间，只要有煽动者，事情就有可能一发不可收拾。

片刻，巨商大贾们“哄嗡”一声猛醒过来。对呀，危邦不可居，此时不走，更待何时？要真教猗茅说准了，几代辛苦积累的财富甚至身家性命，岂不都要付诸东流？思念之下，人人脚步匆匆离去。顷刻之间，长街车声辚辚，关闭店铺、盘点货物、雇佣车辆，整个尚商坊立即紧张起来。一夜之间，咸阳的车马价钱猛涨了十几倍。许多居住在国人区的老秦人，也被山东商贾们夤夜请来做力夫，一个时辰付一金。老秦人第一次惊讶地瞪大了眼睛——这些山东商人疯了么？好好的钱不赚，跑个甚来？更有一奇，山东商贾们紧急出手豪宅、店铺、酒肆等一应搬不走的物事，一夜之间，一座六进府邸竟跌到了十金的谷底价！饶是如此，秦国商人也不敢买，工匠市井之民更是不敢买。如此一来，山东商贾们越发认定秦国就要动手，老秦民众如何敢与官府争夺？心头滴血也没有办法，只好纷纷求人看管，心中却只存了个全当被劫的念头。一时间人声鼎沸，灯火煌煌，车马如流，塞满了通往咸阳四门的长街大道，最是繁华富庶的半个咸阳顿时大乱了起来。

由古到今，但凡遇战乱，有钱人肯定跑得最快。只有那些最有胆识的少数商贾，才敢大发战争财。这个乱局稳不住，全国就会大乱。

尚商坊是咸阳的财富中枢，这一番天地翻覆的大折腾，立即惊动了新任泾阳君兼领咸阳令嬴显，夤夜飞马来到丞相府紧急禀报。魏冄一听大急，要立即封闭咸阳四门。嬴显沉吟道：“兹事体大，还是禀报太后定夺为好。”魏冄恍然醒悟：“言之有理，立即进宫。”二话不说，立即出门上马，两骑向王宫飞驰而来。

东偏殿大书房里，宣太后正在与秦昭王论说六国大军陈兵函谷关的险情，要年轻的国王儿子拿个主见出来。这便是栽培的办法。

宣太后，虽然秉持国政，却是每逢大事都要这个最终将亲政的儿子先说话，仿佛她自己并没有定见一般。秦昭王寡言多思，只一个字："打！""打容易。"宣太后皱起了眉头，"如何打法？谁个为将？谁个辎重？发兵多少？成算几何？想过么？"秦昭王摇摇头道："个算谋划，要与大臣将军商议再定。我只知老秦人一句老话：赳赳老秦，共赴国难。"宣太后笑了："有个与大臣共商的计较，有老秦人骨气，便是正主意了。"

猛然，一阵沉重的脚步声，同时传来内侍长宣："丞相泾阳君紧急晋见！"

宣太后霍然站起："快请他们进来。"

及至二人大步匆匆进来，泾阳君将事由一说，宣太后便问魏冄："你是丞相，可有个主意？"魏冄一路思忖，已经有了主张，立即一拱手道："臣以为，山东商旅大举入秦，乃两代变法之大功，绝不能毁于一旦。为今之计，只有强留：立即飞檄封锁函谷关，出得咸阳的商旅车队全数追回，派兵看管；待大战结束后，国府可给一定赔偿，山东商贾自然安定。只一句话：定要留住外商！请君上太后定夺。"

手段强硬，合小说中魏冄的性格。

宣太后明亮的眼睛不断地闪烁着，倏忽盯住了秦昭王："国君以为……？"

秦昭王摇摇头："丞相做法，似有不妥。只是，骤然之间，我也没有成算。"

秦昭王拿不定主意，还是得宣太后做主。先拙后精，每个人的成长都有一个过程。小说无意把秦昭王写成神童。

宣太后眉头一挑道："此事刻不容缓，不容细细计议，我拿主意了：立即大开四门，欢送山东商贾出秦。丞相府与咸阳令多派吏员征发咸阳牛车，进入尚商坊，无偿为商贾装载运货。咸阳国人做商贾劳役，一律不受金钱。商贾所留府邸，一律由官府看管；商贾但归，立即归还。其余事宜，循着这个章法便是。"

这才是干大事的人。

“太后妇人之仁也！”魏冄大急，“只怕六国商人要卷起钱财溜之大吉。”

“妇人之仁”这句话可看出魏冄的智商水准。小说扬魏冄性格，抑其智商。宣太后太抢眼，身边的人一不小心就会成为陪衬者。

泾阳君却慨然响应：“太后之言振聋发聩，嬴显以为可行！”

“好！这是长远大计。”秦昭王也恍然醒悟。

“一句话：留人要留心！”宣太后重重地补了一句。

“也是一法。”魏冄素来果敢利落，“左右是要留人，走！立即分派做事。”大手一挥，与泾阳君风一般去了。

两三个时辰之间，咸阳又是另外一番景象了。咸阳令的官印大告示张挂四门，有吏员在告示下反复宣讲：“大秦广开商路，来去自便。国人得为外邦商贾多方便利，趁火打劫者、浑水摸鱼者，当即治罪！”与此同时，官府吏员带领的大队牛车进入尚商坊，山东商贾只要报个数目，便能立即如数领到牛车。商贾若无人驾车，则官府派出仆役驾车，申明无论多远一律送到。如不放心秦人驾车，商贾便可自驾，官府奉送牛车。所有的商贾府邸、店铺、酒肆，都由官府吏员与商贾两厢清点登录，官府立即封闭并派兵看管，申明商贾但归立即归还。不到两个时辰，混乱鼎沸如临大劫的尚商坊已井然有序了。

堵不如疏。大禹治水之法，也是治天下之法。宣太后这一招相当高明。

世间事也忒是怪，如此一来，山东商贾们倒是踌躇难决了。

秦国已经是天下最大最稳定的市场。秦人重农战，但对山东商贾却是秋毫无犯，诚实交易，言不二价，更无赊欠赖账。官府购物更是利落，只要你货好，从不讲价钱，盐铁兵器等大宗买卖尤其如此。山东商贾们当初蜂拥入秦，图的便是这天下最大利市，如今要打仗，要席卷而去，本来就是人人心疼，只怕秦国趁势劫掠，才忍痛割爱罢了。如今，秦国官府不拦不挡，还提供方便，担保你留下的府邸店铺原物奉还。想想山东六国,也不是没有过商贾逃亡风潮,可有一国有这等做派,这等气量?思忖之下,大半商贾立即不走了。尤其是周、宋、薛、卫、中山等中小邦国的商贾以及草原胡商,本国与秦国素无恩怨,本来就不想走,一看秦国官府作为,立马卸车下货。更有心感秦人厚道者,立即重新开张,纵无买卖,也给秦人一个面子了。六国商贾却是不同,本国要与秦国交战,那些由官府权臣出资的商家更坚信秦国必亡,自然还是走了。真正的六国私商,除了一些与本国官府过从甚密,对秦国素有成见,又对秦国强横暴政深怀怨怼的爱国义商,譬如楚国猗顿家族,自然也是走了。除此之外,纯粹的商贾十有八九都留了下来。

商人稳定下来,有助于秦国大局的安定,至少物价不会飞涨,物资不会短缺。无论古今,商人最看重经商环境,安全有保障,商人也乐于营利。

一场商贾逃亡风潮,虽然在一夜之间神奇地平息了,但恐慌却并没有真正过去。毋宁说,秦国朝野的不安,恰恰是从这时开始。

各县县令飞马报来了民众的骚动。埋藏粮食,坚壁财货,已经成为风潮。河西高原靠近魏国赵国边界的民众,已经开始络绎不绝地逃向关中。山东六国来的垦荒新移民最是恐惧,早已惶惶不安地向深山老林逃兵祸了。关中老秦人虽然没有大的骚动,却也是纷纷请战。各大家族的族长族老们不断到县府打问战事,与以往战事前的激昂请战相比,分明多了几分忧心忡忡。最震动朝野的,是郿县与下邽赫赫有名的老秦骑士部族——孟西白①三族已经举族成兵,连老翁女人孩童也在竞相准备各种各样的木棍铁器,准备血战六国!一片恐慌,一片骚动,一片惨烈,这在秦国是前所未有的,即或在秦献公时魏军进逼华山,老秦人也没有过如此震撼慌乱。

民众的慌乱,处理得不好,也易酿成大祸。

① 孟西白,是秦穆公时三位大将孟明视、西乞术、白乙丙的后裔家族,详见本书第一部《黑色裂变》。

魏冄接报，立即与宣太后商议，以秦王名义发布了《告秦国朝野王书》，历数秦国战胜兵威与国府全力一战的强硬心志，末了明告朝野："本王与丞相将亲统大军迎战，必能一战大败六国乌合之众。国人尽可各安其业，无须私组兵卒，无得惶恐出逃。但有散播流言，乱我民心者，决以律法治罪！"这份王书快马兼程送往各县，县令县吏立即全数出动，到山野乡里宣读王书，安定人心。

好一句"乌合之众"，这用语似曾相识！

旬日之内，秦国民众大体安定了下来。知兵者却又立即纷纷上书，举荐统兵大将，对王书中提到的"本王与丞相将亲统大军迎战"，竟是不置可否。老秦人久经大战，几乎每个家族都有成百上千人曾经战死，对打仗再清楚不过，知道那是国君安定人心而已，一个不到二十岁刚刚即位两年且从来没打过仗的秦王，谁能指望他亲统大军？纵然亲统，也是壮壮声威，谁又能指望他果真战胜？假若这个秦王是秦献公或者秦孝公，那谁也不会担心，骑士君王，那是鲜血中滚爬出来的猛士啊。在崇尚耕战公战为本的秦国，民众有着浓厚的议兵传统，军队战力、将领才能、兵器长短、每次大战的经过，但凡稍有阅历者都能说叨一番。辄遇战事，民间知兵之士都会上书国君，或出谋划策，或慷慨请战。虽说这些上书未必件件有用，但也确定无疑地渗透着民心民气对这场战事的信心。目下纷纷举将，显是民众窥透了其中要害——秦国目下没有大将担纲！在大战连绵的战国之世，名将便是邦国长城，没有名将，朝野之心立即悬到了半空，这是谁都明白的道理。

民众稳下来之后，接下来，要确定谁统兵迎敌之事。

唯其如此，朝野关注的第一件大事便是选将。

新旧更替，昭王年少，季君之乱刚刚平定，政局不稳，此时此刻，还真难预料秦国是输是赢。

民众急，咸阳王城更急。调兵遣将这件根本大事，在大军压境的消息传来之日，便立即提上了议事日程。可说了几次，却都没有定见。《告秦国朝野王书》发出后，宣太后立即召来丞相魏冄，来到秦昭王的东偏殿书房连夜会商，说了一时,连庶民举荐的隐士都算了进来,还是拿不定主意。

沉默良久,魏冄慷慨请命:“我亲自统兵,白起为副将,丞相府交樗里疾处置,似为万全之策。”说起来,魏冄堪称文武兼通,且秉性雷厉风行,似无不可。然则丞相总摄国政,要将千头万绪的事体归总理顺并支持战场,也是同等要命的大事,若他去统兵,年迈的樗里疾能担得起这昼夜操劳么?如此一想,秦昭王没有说话。

宣太后对各人长短了如指掌。

宣太后淡淡笑道:“你久在文职,没有统兵阅历,还真不是上佳人选。”

“有白起统兵作战,我只全权谋划,当有胜算!”魏冄颇为自信。

“国君如何?”宣太后依旧是淡淡地笑着。

秦昭王一直在转悠思忖,此刻抬头道:“看来也只有如此。否则,樗里疾与白起搭帮。樗里疾打过仗,再有白起冲锋陷阵,当无不妥。”

魏冄立即摇头:“不行不行。今非昔比,樗里疾二十年前打过几仗,如今只怕对军营都生疏了,再说骑马都艰难,还打仗?”

“这倒不须担心,当年孙膑打仗,还不拄着木拐坐着轮椅?”宣太后笑着,“可打完这一仗呢?秦国老是没有大将之才,也还真是个事了。”

“太后究竟何意?直说。”魏冄听出了宣太后有弦外之音。

宣太后的决断力不让须眉。

“我看,就白起!”宣太后倏忽一脸肃然,“自先王暴逝,白起的作为、本领、军中声望,谁都明白。我看是个大大的将才,无非是年轻了一些,不到三十岁。可孝公即位多大?二十一岁。商君入秦多大?二十二三岁。苏秦张仪出山多大?也是二十六七岁。秦国要后浪推前浪,便要靠这些英年大才。无论是你魏冄，还是樗里疾，都可为将，也可能战而胜之。可是，秦国就还是有相无将，瘸腿。若教白起独当大任，一旦大胜，便有了一个最年轻的大将，秦国也就浑全了！不是么？”

宣太后慧眼识人。难得的是，作者并没有视其“淫乱”为污点。对宣太后刻画令人叹服。

话音落点，魏冄“啪”地拍案道：“太后说得好！我就看好白起，只怕太后信他不过，才想做张虎皮。有太后这番话，魏冄给白起坐镇催粮！”

“母后自是好意。”年轻的秦昭王却皱起了眉头，“然则，万一白起……”硬生生将“落败”两个字吞了回去。

宣太后眉毛一挑道：“战场就是个血海夺路！能没个风险？当年商君收复河西，捷报未传，孝公连举国西迁都准备好了。六国近百万大军，秦国最多二十万，谁敢说谁带兵就一定能敲起得胜鼓了？”

“那好，就白起。”秦昭王叹息一声，“愿他当真是颗将星。”

正在这时，老内侍疾步匆匆走进，上气不接下气道：“禀报我，我王，太，太后，左更，白起，殿外，候，候见……”

“办事老手了，几步路慌个甚来？”魏冄大是不悦。

老内侍缓过神来急促道：“非是在下慌乱，左更白起昏倒在宫门！”

“鸟！不早说！”魏冄怒吼一声早已经拔步冲出，片刻之间，将一个风尘脏污的甲胄将军背了进来。宣太后连忙上来招呼着放到了秦昭王的坐榻上，一看白起面色苍白瘦削，嘴唇青紫，素来干净黝黑的脸膛胡须杂乱虬结，衬甲布衣上似乎还有斑斑血迹，宣太后不禁心中一惊。此时，太医已经被秦昭王传来，上前查看片刻道：“将军疲惫过甚，谅无大碍。老夫一针，再饮得三两盏凉茶便好。”说罢利落出针，一根闪亮的银针捻进了白起手腕尽头的神门穴，随着银针捻动，眼看着白起的眼睛便睁开了一条缝隙。

“快，凉茶。”宣太后亲自接过侍女捧来的陶壶，右手极是利落地托起白起肩膀，左手陶壶已经到了白起皲裂的嘴唇边。只听“吱噜——”一声长响，一大陶壶凉茶竟长鲸汲水般空了。宣太后刚说一声“再来大壶”，白起已经翻身坐起，侍女茶水正到，白起接过大陶壶又是顷刻饮干，片刻之间，精神大为抖擞。

恩宠可使臣子死心塌地。

“白起唐突，参见我王！参见太后！参见丞相！”一如既往，白起依然虎虎生气。

宣太后舒心地笑了：“白起啊，没事便好。别急，先坐下，慢慢说。”转身又吩咐侍女，“叫厨下立即做一大盆炖肥羊来，鲜辣些。”回身一声唏嘘道，“白起啊，急难处总是有你，教我想起了燕山……”大袖一抬，遮住了满眼泪光。

倏忽之间，白起大是感奋：“赳赳老秦，共赴国难。大军压境，探敌定策乃为将本分，不敢劳太后挂怀。”

“如何？你去踏勘敌情！”魏冄大是惊喜。

“正是。”白起急促一拱手，“启禀我王、太后：六国大军尚未到达河外，白起便率十名铁鹰锐士出了函谷关，我等在洛阳伊阙山谷、渑池苇草滩、崤山东南、宜阳铁山各自埋伏踏勘三五日，已经将六国联军实情要害查清。昨夜我等由崤山潜回，兼程回报。敢请我王、太后尽快定策破敌。”

白起做足功课。

魏冄急迫道：“先说，六国联军是否真的百万大军？”

“白起逐一清点军营三遍，军兵六十五六万。连同辎重民伕，大体百万之众。”

实力相当，未必输。一对多，多的那一方很难做到齐心无二，这样就有胜的概率。

魏冄不禁哈哈大笑：“有底了有底了，我出三十万，一对二，不算太弱！”

此时侍女用木盘捧来一个硕大的陶盆，热气蒸腾，香气四溢。宣太后笑道：“先别说了，教白起先咥饱。”此时秦昭王已经站起，亲自从侍女手中接过陶盆，端到白起案头笑道："先咥饱，再说事。"慌得正在说话的白起连忙站起，面色涨红地深深一躬，却找不出一句合适的词儿来说。宣太后不禁笑道："人有真心，上苍有眼。不会应酬日后咱就不应酬，憋个甚来？"一句话，君臣四人一齐大笑。白起顿时坦然起来，肥羊炖吃喝得呼噜山响满头大汗，速度快得惊人，片刻之间大陶盆一干二净。

饭量度人，也是一法。

秦昭王不禁惊讶地"噫"了一声。在燕国战乱的几年里，他与母亲落荒燕山，与鸟兽争食，自认生猛吃喝无人可比。一只烧烤得滚烫的山鸡，常人只咬得一只鸡腿，他已经撕掳得寸骨皆无。今日一见白起这吞噬气势，他竟自愧弗如，不禁笑道："白起啊，你这咥法，是练出来的？"白起接过侍女递来的热汗巾满脸一抹，也不禁笑了："咥饭打仗，白起两长，练不练都一样。当年孟贲乌获不服，与我比咥烤羊，说好每人一只羊腿，七八成熟带血便咥。羊腿一上手，他俩满嘴便啃，我却用短剑将滚烫带血的羊腿，咔咔剁为五六截，而后开咥。此时他俩已经啃了一半，我却片刻间赶上，最后我连羊腿骨都咬碎咥了，他俩连肉还没啃完。只是啊，他俩比我咥得多多了，一人一只羊，还哇哇乱喊没够。"

所谓大将，也必须是吃货。

"轰——"的一声，举座大笑。

秦昭王笑得最响，喘着气道："这，这，这故事有趣。哪日我与你比比，咥烤山鸡。"

白起认真比画着："山鸡？这么大点，有甚个咥头？"

几人又是一阵大笑，秦昭王边笑边点头："看来不是一个等级，没个比。"

宣太后笑道："白起啊，国君与丞相都赞同你来做大将迎战，我也是这般想，你意如何啊？"

白起一阵愣怔，慨然拱手："末将以为，丞相统军，白起力战，朝野心安。”

魏冄大手一挥道：“我给你坐镇粮草辎重，你只放手开打，客套个甚来？”

“朝野情势，你不用担心。”宣太后极是利落，“我看，朝中军中都没事，唯独山乡庶民对你知之甚少，有些担心罢了。你只管好好打仗，这种事有王城与郡县官府。”

秦昭王肃然一躬：“将军受命于危难之际，便是秦国长城，请受本王一拜。”

白起大感惶恐，连忙站起还了一躬：“赳赳老秦，共赴国难！我王信得白起，白起便当赴汤蹈刃，死不旋踵！”

“言重了。”宣太后笑着，“揣着个必死的心去打仗，能有个好？只能是敌手死，老秦人要好好的给我回来，谁个也不能少。记住了？”

白起慷慨正色道：“太后教诲，原是正理。白起铭刻在心：只能教敌手死！”

“便是这个道理。”魏冄接道，“你有甚个请求？一并说。”

“为将者，唯求兵符而已。”白起简洁非常。

宣太后一如既往地挂着笑容道：“国君以为如何？”秦昭王慨然拍案道：“大兵压境，邦国存亡，这场大战非同寻常。我看，但凡彰显大将权力威仪者，尽加白起。”魏冄欣然拍掌：“好！我也是这番想头，不谋而合。”白起分外冷静，向秦昭王一拱手道：“大将权力，臣坦然受之。至于彰显威仪，白起却以为不必了。”宣太后笑道：“这却为何？不是说大将威仪，震慑三军么？”白起拱手道：“将之威仪，有才则自立。我军将士历来朴实无华，仪仗礼节过盛，上下反多有不便。这是白起肺腑之言，尚请我王、太后明鉴。”魏冄哈哈大笑：“白起啊，你偏是没说一条：碍手碍脚，自己别扭。可是？”白起局促笑道：“原是我村气太重，确是有这个想头，不敢欺心。”宣太后听得大是高兴，笑着赞叹道：“不受虚赏，论功任职，我早听说了白起这番秉性。大丈夫本色，要说村气，这村气好也！”魏冄一拍书案道：“便是这般，不说了。明日白起回归蓝田大营，后日秦王亲临蓝田。”

白起一拱手道：“禀报丞相，我要连夜赶回蓝田大营。”

秦昭王关切道：“如何这般紧急？总得沐浴歇息一夜。”

白起匆忙道：“我已让铁鹰锐士先期回营，约定诸将今夜等我会商敌情，不能耽延。”

“如何？你没带护卫，自个儿几百里回来？”魏冄分明是惊讶责备兼而有之。

宣太后一声叹息，悚然动容道：“来人，立即将我的燕山红牵来，给白起坐骑！”白起尚未说话，老内侍已经答应着匆匆去了。秦昭王立即大步走出书房，在廊下对当值将军高声下令："立即派定一个百人骑士队在宫门外等候，护送左更去蓝田！"转身之间，一声悠长的骏马嘶鸣，宣太后那匹火焰般的燕山红便到了宫前车马场。白起向宣太后三人深深一躬，大步出了偏殿书房，飞身上马，风风火火出宫去了。

听着马蹄声渐渐远去，宣太后低声问道："白起成婚了没有？"魏冄一怔道："没有问过，太后想收女婿？"宣太后一笑："我是说，该当问问，有则罢了，没有么，事情自然是我的了。"魏冄道："还是太后周到，这件事我来问问。"宣太后啧啧笑道："你忙你的大事，这种事我在行，不用你管了。"魏冄知道宣太后长于秘事，便道："也好。我便告辞。"说罢匆匆出宫。

千里伏线。可白起成婚与否，宣太后、魏冄俩都不知，似乎不合情理。

清晨，当太阳爬上东方山塬时，全副王室仪仗隆重地出了宫门，在那条宽阔的正阳街缓缓行进，直走了半个时辰。咸阳城万人空巷，从王城宫门到大城门外的白石桥，拥满了观望的百业人众，其中多有留下来没走的山东商人。万千人众默默凝望着青铜轺车上的年轻国王与骑在高头大马上的威猛丞相，没有一声欢呼。仪仗但过，两边人众席卷跟随前行，仿佛依依相送，又仿佛忐忑不安，待王车仪仗到了十里之外的郊亭，原野上已经是人山人海了。秦昭王遥望茫茫人海，一时泪眼蒙眬了。突然，他从轺车伞盖下霍然站起，向四野民众拱手环礼一周，可着嗓子大喊了一声："国人父老们，大秦国战无不胜！"骤然之间，民众山呼海啸般地呐喊起来："大秦国战无不胜——""秦国万岁！""太后万岁！""秦王万岁！"连绵不断的声浪掠过原野，绕着秦昭王车驾隆隆远去了。

午后时分，辽阔的蓝田大营一片紧张忙碌。没有了晚操的号声鼓声喊杀声，覆盖山塬的军帐已经全部拔起；带甲战马已经装备齐整，喂饱刷光，马蹄已经全部用三层粗布包好，整齐排列在校军场，骑士们则在马下各自检查自己的长剑弓箭；除了面具与粮袋，重甲步兵的全副甲胄已经上身，正忙着相互查看，收拾好稍微能发出声响的松动部分；粗大的炊烟随风飘散，大锅炖肥羊的香气弥漫了军营。

秦昭王车驾到得营门，魏冄便笑了："白起好利落，已经准备发兵了。"秦昭王从轺车上站起跳下车道："仪仗马队留在营门，我与丞相骑马进营。"魏冄欣然道："如此正好，不扰军营。"转身对王室长史吩咐道，"十名文吏随行，其余车驾护卫原地就餐等候。"

此时长史已经向营门将军出示了王室金令箭，军营报事斥候已经飞马进营禀报，待王室仪仗车马并一千铁骑护军散开在营外树林中时，便见军营内战车隆隆，白起已经率领十员大将分乘十一辆巡营兵车出了营门。参见礼罢，白起道："启禀我王：巡营兵车一辆可载三人，请我王与随行臣工，一并登车入营。"秦昭王正色道："好！入得军营，自是军法为上。"长史已经清楚，秦昭王话音落点，已经分派十名文吏上了战车。白起对随行大将们一摆手："人各驾车，直入幕府。"十员大将"嗨"的一声答应，各自飞身跳上了一辆兵车。待白起亲自驾驭的载着秦昭王与魏冄的兵车一启动，十辆战车哗啷飞出，直向中军大营而来。

秦昭王魏冄与长史文吏等刚进幕府大厅，从各营飞马赶来的十三员大将几乎同时到达，在帐外与原先的十员大将会齐，在白起率领下铿锵进帐，"唰"的一声整齐拱手轰然高声："参见我王！参见丞相！"

年轻的秦昭王极是练达，在中间长案前虚手一扶，随和笑道："众位将军请入座。白起将军，你还是到帅案前来。"白起答一声"遵命"，跨步走到帅案之前，转身高声下令："众将入座！"二十三员大将"嗨"的一声，唰地分为两列坐在两排将墩之上，连铁甲叶片也不曾轻微响动。

"各将报名！"白起特意增加一道程序，为的是教秦昭王与丞相认识诸将。

"蓝田将军芈戎！"左手第一个年轻将领霍然站起。

"中军副将蒙骜！"

"前军主将王龁！"

"后军主将王陵！"

"步军主将山甲！"

"骑兵主将嬴豹！"

“辎重将军胡伤!”

“斥候总领樗里弧!”

“弓弩营主将孟羽!”

……

二十三员大将连珠羽箭报完,白起又高声发令:“就座,听我王训示。”

大将们唰地重新落座,像一个人般整齐利落。秦昭王手按着腰间那口大将们人人识得的镇秦剑,神色肃然道:“本王与丞相亲临蓝田大营,一则代太后激励全军将士,二则授左更白起统兵大将之权。此战,为大秦立国以来前所未有的一场大战,国命所系,存亡所在。诸将久经沙场,浴血百战,务必同心协力,在白起将军统率下大败六国,战而胜之。”

举帐轰然齐声:“大败六国！战而胜之!”

秦昭王一摆手:“长史宣书。”

长史捧起一卷竹简高声宣读:“秦王稷三年书命:左更白起,临危受命,统军出战六国联军。兹授白起龙符虎符左半,得调国中所有驻军;另授白起鹰符左半,得调都城驻军与王城禁军,并可在郡县临时征发。秦王稷三年秋月。”长史宣罢,满帐肃然无声。龙符虎符自不用说,那是所有统兵大将必须拥有的权力——可调动所有要塞关隘的正规大军迎敌。可这黑鹰兵符却是从来不授给任何将领的秘密兵符,它只能由秦国国君掌控,调遣的是都城与王城禁军以及一切秘密力量。权倾朝野如商君者,也从来没有被授过黑鹰兵符。如今连黑鹰兵符都授给了白起,如何不令将领们惊讶？一时间连白起也感到意外,愣在那里忘记了礼节。

相当于全权委托。此宣太后之胆识,用人不疑,疑人不用,白起必全力以赴。

魏冄拍案高声道:“王命如山！白起犹疑何来?”

“臣,白起受命!”白起不再犹豫,对秦昭王肃然一躬。秦昭王从两名文吏手中接过两只铜匣,郑重地交给了白起。

乐 毅

白起正要谢恩发令，秦昭王却又解下腰间那口镇秦剑双手捧起："左更白起，本王特授你镇秦金剑，军前处置大将，无须禀报。"白起这次却是毫不犹豫高声领命："白起谨遵王命！"双手接过，交给中军司马架在帅案之上，幕府大厅顿时一片肃然。

"听丞相训示！"白起高声发令。

魏冄霍然起身道："我只一句话：魏冄坐镇栎阳，征发督运粮草辎重，确保你等不少干肉，不少春面大饼。若有一兵一卒挨饿，唯魏冄是问！"

小说一笔带过粮草问题，暗示秦国不可能出现六国那样的"乌龙"。小说中第一次六国攻秦，魏之敖仓被袭，军心大乱，六国惨败。魏冄保证供给，后方坚固，军心不会乱。

这番话虽则简单，却实在是大大的不易。古往今来，为将者谁个不知"兵马未动，粮草先行"的道理，谁又不知战事一旦旷日持久，胜败十有八九便在粮草。而今丞相立下军令状，且坐镇故都栎阳，那里非但是丞相的老根，更是关中军粮的大仓，凡此种种一想，将领们大是振奋，齐齐高呼了一声："丞相万岁！"

魏冄哈哈笑道："我万岁？将士们才是万岁，谁立功谁才万岁！"又伸手指点着两排将军，"魏冄没别的本事，记人记得准。你你你你你，一个个我全都记住了，班师之日，谁功劳最大，我喊谁三声万岁。一言为定，记住了？"

"记住了！"大将们憋住笑意，整齐地喊了一声。

魏冄转身对秦昭王道："臣启我王，大军即将开拔，我等早走为好。"秦昭王笑道："正当如此。说好了，谁也不要送。"说罢对着白起肃然一躬，"凯旋班师之日，本王亲迎将军。"慌得白起连忙还礼，抬起头来，秦昭王已经出厅了。

白起凝望着厅外遥遥远去的身影，静了静神肃然下令："各将回归本帐，迅速将我王书令晓谕全军将士。一个时辰后，按商定部署分头开拔。"二十三员大将"嗨"的一声，立即大步出帐。

黎明时分，蓝田塬月黑风高。一队队人马悄无声息地开出了军营，急速散开在辽阔黑暗的原野，向不同的方向兼程疾进。身后的蓝田大营还是军灯高挑，刁斗声声，仿佛依旧驻扎着千军万马。

这一战，小说综合材料虚构之，实要考验新君，兼为新君选拔人才。

三　齐王夜入军营　联军横生波澜

孟尝君听斥候禀报完毕，不禁愣怔道："白起？白起是谁？"

白起初出茅庐，人不知，不为怪。

春申君哈哈大笑："噢呀孟尝君，左右是支滥竽，管他是谁，打败便是了。"孟尝君却皱着眉头不停地转悠，猛然一拍手道："想起来了，张仪曾经对我说起过秦军趣事，有个千夫长叫作白起，秦武王与大力士孟贲、乌获，都在他卒下当过小兵，还有……反正此人非同寻常，有许多故事。"春申君更是乐不可支："噢呀呀，故事顶得千军万马了？一个千夫长竟做了秦军大将，我看这秦国气数也没得几多了。"孟尝君道："还是不能掉以轻心。秦国历来是兵争大国，崇尚耕战，一个人没有真本事，三军如何服他？秦国君臣如何放心他？那可是二三十万大军，不是儿戏也。"春申君笑道："噢呀，认真打仗自然没错了。可要将这个千夫长说成大将之才，孟尝君可是走眼了。想想，七八年来，秦国可曾打过大仗？一个千夫长在袭击巴蜀啊、夺取宜阳啊这样的小仗中露出些许头角，如何便是大将之才了？我看，无非是辅助秦王夺位有功，才给了个左更爵位，实际职权才是个前将军了。这次，没得旗杆从筷子里挑，挑了这根粗筷子而已！"孟尝君不禁被春申君说得笑了："说的也是道理，但愿这白起是个肉头，成就你我一番大志。"

轻敌。

俩人正说得高兴，中军司马匆匆来到："禀报丞相：魏赵韩三将赶到中军幕府请战，不服上将军号令，上将军请丞相即刻前去。"孟尝君一惊，对春申君说声一起去，匆匆出帐上马，向田轸的中军幕府飞来。

原来，驻扎渑池的赵国大将司马尚最早得到秦军拜将的消息，立即马不停蹄地赶到魏营韩营。魏将新垣衍与韩将申差一听大为兴奋，异口同声叫出一声："好！正当其时！"三人没有片刻犹疑，立即飞马宜阳，坚请联军主将田轸明日向函谷关发动猛攻。田轸本是无甚主见，只因与孟尝君议定要慎重出战，只是一句话回了过去："三位将军少安毋躁。听俺说了：联军出战，须得六国大将会商决之，如何能说打便打？"三将大是不服，新垣衍赳赳高声道："秦军一个千夫长，上将军畏敌如虎，何谈灭秦大业？若联军不动，我魏赵韩三军径自攻秦！"司马尚与申差也是一口声跟上："正是，联军不动，贻误战机，我军径自攻秦！"田轸既拿不出高明方略，又是咬定不赞同三将贸然出战，四人在幕府吵成了一片。

不服，不合，危机现。

正在此时，孟尝君与春申君赶到。孟尝君路上已经想好对策，进帐巡视一番，对三将厉声道："六十余万大军做灭国大战，当谋划一个高明战法，务求一鼓全胜。战机越是有利，越是要一举成功，绝不能鼓勇乱战。不管秦军何人为将，秦国大军动向不明，函谷关易守难攻，联军协同尚无成法，贸然开战，一旦受挫，三军锐气大伤，何人承担罪责！"春申君立即呼应："噢呀诸位将军，目下一定要谋定而后动，务求一举成功。大军奔驰疲劳，粮草尚在陆续运输，急于出战，分明不利。"见三位大将似有不服，田轸沉下脸道："俺上将军令，旬日之内，只做三事：养兵蓄锐，安置粮草，谋划战法。但有擅自出战者，立请回归本国！"

毕竟，齐国三十万大军是攻秦主力，孟尝君又是资深望重，三位大将只好悻悻去了。

好容易压下了一班悍将，已经是明月初升。草草用过晚饭，孟尝君春申君便与田轸商议攻秦战法。田轸出身行伍，从来没有统率过六十多万大军作战，仅是率领三十万齐军西来，路上已经被各种军务搅得捉襟见肘，此时只有一句话："丞相但说如何打，田轸发令便是。"春申君算得通晓兵法，可也是第一次做上将军，更有合纵兵败与屈原八万新军全军覆灭的惨痛经历，对秦军的神出鬼没与强大战力心有余悸，真要谋划打法，已将方才对秦军千夫长为将的蔑视忘到了脑后；再加对楚军战力心中没底，不想分兵，反复沉吟，只提出正面猛攻函谷关、吸引秦军来援、趁机聚而歼之的战法。孟尝君思忖再三，摇头叹息道："不行，函谷关外险峻狭窄，大军无法展开。秦军两万，便能顶住我十万大军攻势，他不来援，你却奈何？"春申君一阵沉默，恍然笑道："噢呀糊涂了！如何不去大梁找信陵君？"一言落点，孟尝君恍然醒悟，大笑道："大妙也！走，立即去大梁。"

惨败过，还不吸取教训。多宗罪，难胜。

出得幕府，月色朦胧，夜风送爽。两人大是快意，堪堪上马，却见中军司马疾步走来："禀报丞相上将军：齐王车驾来到营门。"

"齐王车驾？"孟尝君大是惊讶，不及思索，与匆匆出帐的田轸上马一鞭，迎到营门去了。春申君愣怔片刻，摇头叹息一声，径自踽踽回楚军大帐去了。

齐湣王这次是轻车简从兼程而来。齐国大军出动，他便出了临淄，移驾巨野泽西岸。在巨野行营，齐湣王立即下令齐国的五镇兵马——齐国真正久历战阵的二十万老军——向巨野泽秘密开进。另外十万老军，齐湣王则下令全部开到齐燕边境的济水河谷秘密驻扎。这是齐湣王冥思苦想出来的"一石三鸟，声东击西"的大谋划，没有对任何大臣透露，

"轻车简从"四字，写出了齐湣王行事不谨慎，可能偶有奇功，但难长久矣。

由他亲自操持实施。燕国、秦国、宋国,都是齐国弹弓石瞄准的肥鸟,至于究竟打哪一只或先打哪只后打哪只,他还要权衡一番,看看各方情势再定。这便是齐湣王星夜兼程赶到河外的缘由,他要实地踏勘,看看六国联军究竟能否打败秦国。

在大营门口,看着惊讶莫名的孟尝君与一脸困惑的田轸,齐湣王哈哈笑了:"本王兼程而来,尽尽盟主之情,犒赏抚慰六军罢了,丞相上将军无须多心。"

孟尝君走近低声道:"我王轻车远行,国无镇守,涉险未免过甚。臣请我王即刻还国。"

"人言孟尝君豪气冲天,大军之前,如何这般没有气象?"齐湣王一阵嘲讽,又转而低声抚慰,"本王不多事,激励将士后立即便回。"

"王言甚当。"孟尝君转身吩咐道,"请上将军快马传令:六国大将急赴中军幕府。"

"遵命!"田轸倒像是个行伍将军,高声一应,上马飞驰去了。

孟尝君陪着齐湣王一路走过军营,备细叙说了各军驻扎位置以及军营高昂士气,以及秦国命无名之辈做大将等诸般状况。齐湣王虽然并不振奋,听得却是仔细,淡淡笑道:"如这般无名之辈为将,联军灭秦当牛刀杀鸡了。"孟尝君道:"牛刀杀鸡不敢说,胜算却是颇大。"齐湣王道:"孟尝君以为,这场战事需得几多时日?"孟尝君沉吟道:"以田文忖度,在一个月左右。""一个月,也够了。"齐湣王沉默片刻,突兀冒出一句,又立即郑重其事,"无论情势如何突变,孟尝君只须稳住六国大军便是。能打垮秦国最好,只要不落败,便是功劳。"孟尝君听得云山雾罩,不禁惊讶道:"我王莫非另有他图?"齐湣王哈哈大笑:"天机不可泄漏,只管打仗就是。"孟尝君对这个齐王的神秘兮兮素来不耐,不禁

用今天的话来讲,领导常常是来添乱的。

眉头大皱，却也无可奈何，只有默然对之。

进得大帐歇息片刻，便闻帐外马蹄声疾，各国大将连同副将、辎重将军等陆续来到，聚将厅坐得满当当。田轸升帐，只高声说得一句："盟主齐王，驾临河外犒赏三军，请齐王训示！"大将们一听富甲天下的齐王犒赏，大为振奋，不约而同地高呼了一声："齐王万岁！"

全副装束的齐滑王，在孟尝君引导下大步进帐。头上一顶无流苏的红色天平冠，身披一领紫色的绣金斗篷，内穿青铜软甲，也就是时人说的金甲，脚下一双高达膝盖的牛皮战靴，左手持一口三尺长的阔身剑，更兼虬髯戟张，步态赳赳，看得满帐大将目瞪口呆。除了齐国将领，有人不禁轻轻地"噫"了一声。原来这身装束奇特不过——战将甲胄、统帅斗篷、国王天平冠、骑士阔身剑莫名其妙地组合起来，再加上齐滑王的奇特形貌，顿显怪诞异常。若非在中军幕府，又申明了是盟主齐王，这些率直的将军们定然会大哗起来。

齐王这装扮壮不了军威，但大概能辟邪。一笑。作者真是"毁"人不倦。

"诸位将军，"齐滑王高傲矜持地开了口，"本王亲临战阵，激励三军，犒赏各军齐酒一百桶、黄金千镒、牛羊猪各一百头！"

齐国确实富得流油。

"齐王万岁——"大将们惊喜非常，可着嗓子喊了一声。

"只是，本王须得申明：奖罚有度，这般犒赏不能给了搪塞合纵之国。"齐滑王目光一扫，大帐倏忽声息不闻，将军们都惊讶得睁大了眼睛，不知道这个"东海青蛟"要问罪于何人。孟尝君更是忐忑不安，直觉今夜大事不好，可想想这个齐王历来喜欢惊人之举，扫兴者立时便杀，也是无可奈何，倏忽之间想起了甘茂，直后悔没举荐甘茂入军同谋。

齐滑王见厅中一片肃然，大是满意，拉长声调问道："燕国何人领兵啊？"

"末将张魁，参见齐王！"前排坐墩中站起一人，黝黑精瘦须发灰白衣甲破旧,与帐中衣甲鲜明精神抖擞的大将们相比,直是老军一般。

“张魁?”齐滑王冷冷一笑,“名字倒是亮堂,官居何职?”

“禀报齐王:末将职任行仪①!”张魁倒是底气十足。

“行仪? 哼哼,连个将军也不是,带了多少兵马?”

“禀报齐王:燕国穷弱,末将带兵两万参战!”

“两万,都是老卒,对么?”

“齐王明鉴。虽是老卒,一样效命疆场!”

“大胆张魁!”方才还带着一脸笑意的齐滑王突然暴怒拍案,“两万老卒,一个行仪,便来赶这天下大利市? 燕国好盘算! 别家流血,你家分地么?”

张魁拱手高声道:“齐王差矣! 燕国原不出兵,也不贪秦地,我王念及燕齐渊源,念及苏代上卿与武安君苏秦情谊,方才出义兵两万,且自带军粮,如何能说赶利市?”

“一派胡言! 谁家不是自带军粮?”齐滑王声色俱厉,“分明是火中取栗贪得无厌,竟敢大言不惭自诩义兵! 来人,将张魁推出,斩首!”

这一下满帐惊慌。虽说各国大将对燕国都是心存蔑视,但因张魁早已在军中昌明燕国不分秦土,只为全六国合纵名分,所以也不再给张魁难堪。如今这齐王未曾开战,便要立杀别国大将,这在战国盟约合纵中当真可是头一遭,大将们顿时惊慌失措。在座大将春申君最有资望,将军们的目光便齐刷刷聚了过来,连孟尝君也向春申君飞快地瞥了一眼。春申君历来长于斡旋,从首位将墩站起拱手笑道:“噢呀齐王,这未出兵便先斩将,只怕不是吉兆啦。再说,燕国数年战乱,国穷兵弱也是实情,纵然兵少,何至于死罪?齐王心胸如

燕齐有嫌隙,齐王一到,必然对燕军将领发难。总得让齐王表演一番。

① 行仪,燕国军职,掌军中谋议,类似于中原各国的中军司马。

东海，饶恕张魁，必能使燕军拼死力战啦。”

“狡辩之辞！”齐湣王满脸涨红拍案厉声，“杀一个张魁，便是凶兆了？放一个张魁，便是东海了？本王偏偏不信！偏要看看这天意如何！田轸，立杀张魁，无赦！”

大将们骤然变色，眼看连春申君都碰了个大大的钉子，若是别个讲情，还不得陪了杀人桩？毕竟这是齐军大帐，将军们一时冷着脸无人说话了。孟尝君一看情势大坏，正要挺身而起，却不防田轸已经大喝了一声："中军武士，拿下张魁立斩！"便听"嗨"的一吼，早有四名铁甲猛士扑上前来，夹住张魁拖出了大厅。张魁被夹，兀自嘶声大喊："田地，你不是君王，一条海蛇，海蛇！老燕人会复仇，扒了你的蛇皮……"

伏笔。看日后齐湣王怎么死法。

“张魁，竖子猖狂！”齐湣王勃然变色，抽出长剑冲出了大帐，疾步赶到武士身前，只听“噗”的一声，鲜血飞溅，张魁顷刻毙命了。

齐湣王回过身来一阵哈哈大笑。笑声中，大将们却铁青着脸纷纷出帐，从他身边走过，没有一个人向他作礼辞行，连最讲究邦交礼仪的春申君也黑着脸走了。片刻之间，大帐中空空荡荡，只剩下了面色灰白的孟尝君与那个呆若木鸡的田轸。齐湣王也不看两人，对随行御史下令："将张魁斩首，头颅连夜送往蓟城。本王却要看看，这个小小燕王如何说法。"御史答应一声转身便走，片刻之后马蹄声疾，直向军营外去了。

孟尝君始终没有说话。齐湣王也没有理睬孟尝君，只对田轸高声吩咐道："本王去了。三日之后，燕王若低头服罪，便放两万燕军生还。否则，一体斩首，教竖子心疼一番。"说罢长剑一挥，带着一班武士赳赳去了。

阵前诛己将，不祥。

良久，孟尝君长吁一声，独自踽踽出帐，在朦胧月光下直转悠到天亮。

三日之后,斥候飞马来报:燕王已经派出特使向齐王请罪,自认选将有失,并重派将军凡繇前来领军。孟尝君大是狐疑,觉得此事蹊跷至极。从邦交大道看,齐王纵是盟主,擅杀他国将军也是大大开罪于盟邦的不义暴行,任何国家都会奋起报复,轻则毁盟退兵,重则寻衅复仇。可燕王忒煞怪了,竟自请罪责,重新派将。是这个燕王果真软骨病,被齐国声威震慑了?还是另有他图?孟尝君想不出个头绪,来到楚军大帐找春申君说话。

春申君半日思忖,一声喟然长叹:"噢呀孟尝君,我看这不是好兆头啦。不要忘记,燕国姬平可是有为之君,更有乐毅、剧辛一班干才。明是齐国欺凌,他却隐忍不发,只能说,这仇结得更深了,岂有他哉!"

"纵然结仇,燕国又能如何?"毕竟事关邦国,孟尝君有些不服。

春申君摇摇头:"噢呀,人算不如天算,但愿齐王不要再滋生事端。"

想到齐王的怪诞无常,孟尝君顿时沉默,心头沉甸甸的。春申君笑道:"噢呀孟尝君,别想远了,还是说打仗。各军大将已对齐军生分,不能再耽延时日也。"

孟尝君霍然起身道:"我意,三日后攻秦!"

"噢呀是也,打败秦国,天大的事也好说啦!"春申君顿时兴奋起来。

四　河外大开打　初帅刁猛狠

两日过去,六国联军对函谷关发动猛攻的时刻即将来临。

奇怪的是,函谷关城头依旧是那样宁静,黑色旌旗舒展地漫卷着,牛角号悠扬地吹动着,关城下进进出出的山东商贾依然络绎不绝,丝毫没有大战迫近的紧张迹象。驻扎渑池的赵军已经开出了城堡,在函谷关外的山口扎下了坚实的营盘。从大战地利看,正好在关外能够展开大军的那片谷地的出口兜住了秦军。然则,眼看就要发动猛攻了,函谷关竟然还是那一万守军,秦国大军丝毫不见增兵。司马尚大是嘀咕,望着关后那莽苍苍西去的狭长函谷,疑云突生,独建大功的急切之心瞬间消散,连忙飞马来到伊阙山口的魏韩大营与新垣衍、申差商议。说了一阵,莫衷一是,三人又飞马来到宜阳主力大军幕府。

小说爱写秦军的淡定。

连日来，孟尝君也是心下疑惑，焦急地等待着秦军大举增兵。偏偏开战日期在即，秦军增兵杳无踪迹，孟尝君不禁倒吸了一口凉气，心中有些发虚，想更改号令看看再说。恰在此时，前军三大将飞马赶到。孟尝君先稳住了三员大将，立即召春申君前来共商。

听孟尝君与前军三大将一说，春申君倒是笑了："噢呀依我看，此事却是明白啦。白起初帅，必然求稳。为秦军计，稳妥战法莫过于占据地利，于函谷两岸山林中埋伏大军而已了。关城故作平静，那是诱我入伏之计。否则，三十万大军还当真上天入地不成了？"

孟尝君眼睛一亮，顿时恍然大悟："你是说，秦军埋伏在函谷两岸山林？"

"噢呀，岂有他哉！"

"既然如此，我如何破法？"孟尝君大是兴奋。

"噢呀，这可得上将军与前军主将们先说了。"春申君素来看不惯这几人无能贪功，分明要给他们难堪。

田轸浑然无觉，司马尚三人心性粗直加立功心切，没有听出春申君的揶揄，一口声道："春申君便说，但有妙计，我等冲锋陷阵！"

见孟尝君也看着自己，春申君道："噢呀，但凡伏兵作战，其背后必然空虚。若能分兵出击，绕道敌后，前后夹击，当是胜算了。"

"春申君不妨说得仔细，一次商定，俺立即发动！"田轸顿时来了精神。

"噢呀，那我说了。"春申君也不笑了，霍然起身指点着帅案前钉在大板上的那幅羊皮大图，"兵分三路：第一路，赵魏韩三军正面猛攻函谷关，不求克日便下，但求粘住秦军不能分身；第二路，楚军与齐军一部，东南出崤山，绕道拿下武关，进入关中腹地，从背后夹击秦军；第三路，齐军主力兜住函谷关外，一则截击逃亡秦军，二则不使秦军偷出山东。若得如此，似可胜算。”虽然不是命令口吻，显然也是踌躇满志。

把秦军想得太简单。秦军善四面设防，防守固若金汤，丝毫不惧腹背受敌。函谷关凶险，隔此一关，难做到知己知彼。

“我看可行！”田轸率先赞同。

“春申君万岁！”司马尚三人更是兴奋，齐齐地喊了一声，战胜之心立即回归——有如此分派，他们若能先期攻克函谷关，自然是天下头功。

孟尝君笑道：“大军作战，难得有此共识！请上将军发令。”

田轸大是振作，立即到帅案前拔出令箭：“司马尚、新垣衍、申差听令。”

“嗨！”三将答应一声，挺胸拱手。

“明日午时猛攻函谷关，务求大张声势，使秦军不能分身。”

“谨遵将令！”

“春申君黄歇听令。”

“在！”

“率领楚军十万，并齐军十万，东南出崤山、攻武关，前后夹击秦军。”

“谨遵将令！”

“达子听令。”

“末将在！”一员齐军大将高声前出。

“命你率领齐军十万，归属春申君攻取武关。”

“末将遵命！”

田轸慷慨激昂：“俺自率领二十万大军，正面封堵关外山川，各军务必同心协力，一举灭秦！”帐下轰然一声锵锵然出帐,各自飞马去了。

此时,白起大军却兵分五路,兼程行进在函谷关内外的大山之中。第一路铁骑两万,嬴豹为将,从桃林高地[①]的夸父山,越过函谷关南侧陕塬,直插渑池背后大河南岸的谷山密林;第二路铁骑三万,王陵为将,秘密出陕原[②],沿着大河南岸的茫茫苇草隐蔽东进,直插伊阙背后的山峦埋伏;第三路步骑混编五万,王龁为将,出崤山东南,秘密插进宜阳西面的松阳山[③]埋伏;第四路步兵两万,山甲为将,出崤山东南,直插武关之南的臼口[④]构筑壁垒;第五路主力大军铁骑十万,由白起亲自统军,蒙骜为副,直接开进与函谷关毗邻的崤山腹地。

小说对古地形颇有研究。设计周密。

在蓝田大营出发时,白起是前所未有的凝重:“兵贵神速,各军务必在三日后的第一个晚上赶到指定山林。秦国存亡,在此一战。诸位将军与白起摸爬滚打多年,素来坦诚相见,谁个有难处,当即言明,白起立即换将。”

除了死战,别无选择。

全帐轰然一声:“赳赳老秦,共赴国难!”只此一声军前誓词,任何人也无须多问多说了。

“还有一言,”白起对着大将们肃然一拱,“秦王虽赐我镇秦金剑,白起却不想滥施军法立威。我当先行昌明:诸位对战法没有异议,便不得有丝毫违犯,若有违犯,白起不会徇私。”

严明军纪。俗话说,服从是军人的天职!

---

① 桃林高地,即今日潼关山塬,夸父山为其中一山,相传夸父逐日至此渴死,手杖化作桃林而得名。

② 陕原,今河南陕县地带山塬,战国称为“陕陌”,也是秦国与中原的传统分界之一。

③ 松阳山,洛水西部山地,为松阳溪源头,在战国宜阳之西。

④ 臼口,武关东南一百余里的丹水沿岸山口。

举帐轰然一声:“若有违犯,甘当军法!”

白起肃然道:“这次战场辽阔,各军自在一方,须得明确开战次序:到达指定地后休憩一个白日,不得急于开战。次日午夜,由嬴豹、王陵先行发动,狼烟烽火知会我军。此后王龁发动,再此后中军杀出。山甲一军须得固守三日,若无偷袭敌军,方可开出崤山参战。”

“嗨!”将领们轰然领命。

“最后一言,”白起骤然慷慨激昂,“一旦开战,务求猛狠,一举痛歼,打得山东六国疼到心里!诸位切记:各军唯以斩首论功,击溃敌军,不算功劳。”

商君斩首封爵之法,影响甚大,秦军斩首疯狂,越战越血腥。

“猛狠杀敌!斩首论功!”大将们分外亢奋,齐声大吼。

大军五路出发后,白起封好了一个铜匣,派出了两名铁鹰锐士名号的得力斥候星夜送往咸阳王宫,而后带着一个全部由铁鹰锐士组成的百人队赶上了蒙骜的中军主力。这支主力大军的全部行军路程都在秦国境内,虽然专门走人迹罕至的山区,却能昼夜兼程,所以在次日太阳落山之前便到达了崤山腹地。时当八月中旬,秋高气爽,山溪小河谷与苍翠山林的空地间正好歇息。先锋部伍已经事先踏勘好适合扎营的几道最隐蔽的山谷,大军按照出山序列悄无声息地驻扎了下来。骑兵一律靠近山溪,饮马喂马刷马极是方便。步兵一律在林间空地,不冷不热,连军帐也用不着扎起。大军营地派定,立即有军令传下:“不埋锅不造饭,取溪水咥冷食,之后立即大睡!”命令一下,山林河谷间立即开始了快速冷食——打来一袋山溪水,就着一块酱干牛肉与几块粗面硬饼囫囵大咥,一时咥罢,山谷树林响起了漫山遍野的呼噜声。这却不怕有人听见,一则选的是无人居住山林,二则斥候游骑已经放出了方圆五十余里,任何人也进不了任何一个山口。

其余四路大军却有一大半路程在函谷关外,分作了两段走:第一夜到达函谷关内的桃林高地,吃喝大睡一个白天,晚间秘密出山东进。虽然路程都在两百里之内,对秦国新军来说是短途,但依然做了最周详的准备:战马衔枚裹蹄,盔甲固定甲叶,爱咳嗽者事先用布带裹嘴,剑器弓箭号角等一律固定妥当。

白起想得周到。奇袭之兵,最忌走漏风声。不埋锅不造饭,不出炊烟,不留痕迹,不发声音,敌人很难察觉。探子想打探,也难。

对四路出关大军,白起还下达了一个特殊命令:出关军兵只配发酱干牛肉,而不配发酱羊肉。这道将令一下,将军士兵们很是笑了一阵子。可细细一想,羊肉膻味浓烈,只要随身携带,秦人必是大啐;万千人众一起啐,纵是冷食,膻味随风飘散,也难保不被精明的敌军斥候察觉,一旦被敌察觉,出其不意何在?如此想得明白,将士们对这位新统帅大是佩服。《孙子兵法》云:多算多胜,少算少胜,不算无胜。这位新统帅连羊肉膻味儿都算到了,焉有不胜之理?

想得细致。干牛肉的保存期也更长,利行军携带。

如此连续两夜,第三日凌晨,白起在崤山接到各路秘密斥候传来的阴符①:四路大军都已经到达指定山林埋伏妥当。白起立即命令回传阴符:明晚发动。

阴符再现。

正在此时,快马斥候报来一个惊人消息:齐国二十万大军正兼程向宋国疾进,齐王亲自统兵,意图不明。蒙骜大急道:"莫非齐国觉察我军方略,二十万大军快速救援了?我看,提前发动,先发制人。"白起却面无表情地在山溪边的大石上伫立着,朦胧的月光下好似一尊石像,良久沉默,断然道:"原定谋划不变,各打各的。"蒙骜倒吸了一口凉气:"白起,你真的如此笃定?这可是二十万生力军,一旦开入河外,后果不堪设想。或者收军于函谷关内,只要函谷关不失,便

① 阴符,古代以竹板刻特殊线条或形状不同的竹板传递军事秘密讯号,唯两端知晓寓意,是称。

是胜仗。”白起做千夫长时，蒙骜是前军副将，加之秉性厚重诚实，与白起素来相投，故有此推心置腹一说。

白起低声道：“田地决然不是冲着我军来的，这条海蛇要吞灭宋国。”

“啊——”蒙骜长长地低呼了一声，“此时灭宋？不是搬石头砸自己脚么？”

“哼哼，”白起冷笑一声，“人家却不做如此想，这便叫利令智昏。你想，如果不是灭宋，齐王用得着亲自统兵？一个孟尝君，一个上将军，再来一个国王，谁会如此叠床架屋地打仗？”

齐王行事怪诞，但不足为惧。白起不打没把握之仗。

蒙骜不禁嘿嘿笑了：“鸟！你这头脑偏是管用。”又连忙压低声音，“如此说来，六国联军必乱无疑，谁能看着这块肥肉被齐国独吞了？鸟！”

“我不管他乱不乱，只管猛打！”白起一拳砸在大石上。

蒙骜憋住了开怀大笑，一拍胸脯：“鸟！打他个乱仗，杀人算数。”

白起回身命令中军司马：“立即快马下令驻陶邑秦军：齐军但攻宋国，立即佯败撤兵，从河外回师，与王龁会合作战。”

“嗨！”中军司马一声答应，飞步去了。

清晨，太阳刚刚挂在东方山巅，函谷关守将胡阳疾步登上了城头，连续几日没有动静，他已经很是着急了。刚刚拾级跑上城墙，便听箭楼司马急喊一声：“敌军来了！快报将军。”胡阳低喝一声：“沉住气，我来了。”大步赶到箭楼女墙前，手搭凉棚举目一望，脸色立时黑了下来——关外广阔的山塬上，一道金红色的细线正在迎面逼近，片刻之间，朝霞之下的金红色细线变成了汹涌的红潮，沉雷隆隆卷地，旌旗翻飞，铁骑纵横，号角响亮，铺天盖地压来。

“鸟,终是来了。”胡阳冷冷一笑,厉声下令,“聚兵号!”

十支牛角号“呜——”的一声,顿时响彻关城。随着急促凄厉的号角,一队队黑色甲士从十几条石梯马道拥上城头,片刻之间,箭楼两端的城墙上盔明甲亮。胡阳转身大步跨上箭楼中央最高处的鼓架前,摘下两个胳膊粗细的鼓槌,高声喊道:“各队就位,回我号令——”说罢擂动鼓槌,打出一阵急如密雨的急促鼓点。

片刻之间,箭楼下三声短促的牛角号,随即一声悠长的回应:“弓弩一千就位——”

“咚! 咚! 咚!”箭楼高处三声沉重的大鼓。

城头两声长号,一声回应:“滚木礌石一千就位——”

“咚! 隆隆隆隆隆隆隆!”

一声长号,一声回应:“长矛手三千就位——”

“咚咚! 咚咚咚!”

一长两短三声牛角号,跟着一声呼应:“游击手一千就位——”

“咚咚咚! 咚!”

两长一短三声牛角号,又是一声呼应:“搬运手两千就位——”

“咚隆隆隆隆隆! 咚!”

城头猛然齐声大吼:“赳赳老秦,共赴国难!”山鸣谷应间一阵沉雷向远方碾去。

正在此时,远处大军已经凝成了一片辽阔的红色森林。倏忽之间,隆隆战鼓掠过原野,三个硕大的步兵方阵推着云车、抬着云梯,怒云翻卷一般向这座连绵群山中的小小关城压来。方阵之后,三面大纛旗猎猎舒卷,赵魏韩三个斗大的白字在城头也看得分外清楚。

按照田轸的军令,猛攻函谷关从午后开始。这也是春秋

打战也是有行规的。

战国以来的攻城惯例,一则是大军驰骋抵达城下,须得稍事休整;二则是午后攻城,与夜战衔接紧密,士兵不至于脱力。但是司马尚三将却是另有一番想头:函谷关缩于两山之内,城下最多容纳两万多人攻城,赵魏韩三军二十四万人,足够轮番猛攻,无须担心士兵脱力;若能在楚军拿下武关之前攻克函谷关,先期直入关中腹地,那便是一战扬名天下。有了这一番想头,三将不约而同地喊出一声:"早打好!"于是,三军部署惊人的一致:三万骑兵留守大本营,五万步兵轻装疾进,猛烈攻城;关城一旦攻克,立即由后续骑兵长驱直入;即或攻城战旷日持久,各军步兵也可轮换回大本营休整。如此部署之下,这十五万步兵全部轻装,只带一日干粮,只带与攻城相关的兵器,其余辎重全部留在了大本营。

部署一定,三军午夜出动,轻装疾进,在太阳出山时赶到了函谷关下。一看函谷关并无重兵布防,三将大是振奋,一声令下,三军各出一个万人方阵:赵军居中,魏军在北,韩军在南,一齐猛攻。三将在城下约定:谁先破城,函谷关便归了谁的国家。约定一立,三将立即各自晓谕本军,并立下绝世重赏:第一个登上城头者,立赏千金,封千户!对于浴血沙场的军兵来说,赏金多少,原是身外之物,当真战死了还不定领得到;但这千户封地可是子孙承袭万世不移的爵位,当真是千载难逢。如此赏格一出,三军将士人人血脉偾张,三军校武一般,山呼海啸般向函谷关杀来。

重赏之下必有勇夫。

攻城。

城头胡阳大吼一声:"点起狼烟烽火——打!"

战国之世的第一场最大规模会战,就此开打了。

函谷关被当世视作"天下第一关"。

所以如此,最根本处,在于这道雄关从未被任何一国正面攻破过。在春秋战国,唯一在军争中夺取函谷关的,只有魏国上将军吴起，可那也是先夺河西之地而后压迫秦军退出函谷关的。函谷关地形极为特殊：卡在陕陌山塬与崤山的连绵群山之中，且不在山口，而在峡谷入口两三里之后；进得关城，则又是深长如“函”的峡谷。后世《水经注》云：“（河水）北出东崤，通谓之函谷关也。邃岸天高，空谷幽深，涧道之峡，车不方轨，号曰天险。”若仅仅是如此一道长长山谷夹在两座小山之中，或可绕道背后，在兵家也并非难事。偏偏是崤山、桃林高地与陕陌三大块高原山地纠结盘桓，方圆几近千里。仅仅桃林高地之夸父山，便是“广圆三百仞”。函谷关北面的陕陌山塬更是高山连绵，大河奔涌其间，两岸层峦叠嶂，最高的一座开山竟是“方可里余，三面壁立，高千许仞”。如此山塬环结，林木苍茫，人迹罕至，便成了横亘在中原与秦川之间的一道难以逾越的广袤天险。从中原西部进入关中，唯有函谷关一条通道。

函谷关实为天险。

秦国收复河西，重新夺回函谷关后，对关城大加修葺。除了关城全部改用长大的石条砌垒，更重大的改进，是将关城的城墙向两岸山塬各自伸展了十余里，成了以关城为轴心的一道小长城。两端长城的山顶处，设置了两座烽火台，但有敌情，孤直的两柱狼烟在山顶直冲云天，关中的蓝田塬也能一目了然。长城之上，女墙垛口与石条城墙连为一体，箭孔密布却又坚固异常；每隔三丈，有一座码砌整齐的小山——全是打磨光滑的粗大滚木与打成各种形状且大小不一的石块；每隔五丈，有固定在巨大木架上的强弩，同时有一间专门储藏远射箭矢的石屋；小山与箭屋之间，是绵延不断的兵器架，但有战事，除了兵士手中的兵器，兵器架上也插满了各种趁手兵器，绝不至于出现刀剑砍得卷刃而无处可换的情形。为了确保函谷关万无一失，秦惠王时专门向关城之内的军营四周迁移了一千户老秦人。这一千户人家或种田或狩猎,不向官府缴纳任何赋税,一年只做两件事:一个月制石,一个月制木。所谓制石,是开凿坚硬岩石,然后打磨成各种形状大小不同的石块石片。所谓制木,是入山砍伐枯死的树木,截取树干最粗的中段,做成两头尖锐中间粗大的滚木。但逢战事,一千户百姓立即聚集,精壮者组成搬运手队伍,老弱妇幼便为大军舂面舂米造饭。函谷关平日只驻一万步兵,但在这种长期精心构筑的防守壁垒支撑下,直是固若金汤。

皆为攻守之利器。这个设计,心思奇巧。

古代战争中,天险宜守不宜攻。

出关探敌时,白起详细巡查了函谷关防御,末了只问胡阳一句:"大军一旦攻城,能否支撑三日?"胡阳思忖片刻,慨然拱手道:"禀报左更:外无救援,胡阳足可支撑旬日!"白起一摆手:"好！我不增兵。但起狼烟,算你开打。支撑三日,便是大功。"

今日在城头一望,胡阳便知这是一场前所未有的恶战。但他还是按照预先的谋划,将一万甲士分成了两班迎敌,每班五千,每两个时辰一轮换。因了关城两端有长城二十里,所以每班专设了一千名游击手,哪里吃紧赶到哪里。

赵魏韩三军各一万攻城,面对的地形却是大相径庭。先说居中猛攻的赵军。这里正面对矗立在两山峡谷中的关城箭楼,城外大道连同道边低缓山坡,统共也就一二里宽。这里是函谷关的轴心,也是攻城的主要方向。司马尚夺取头功心切,连日来精心筹划:百人一副云梯,千人一架云车,共是一百副云梯十架云车,结实的粗麻绳与铁钩、砍刀、大斧等攻城一应器具,更是反复查验无误。更为厉害的一手是:司马尚从无法直接攻城的后续大军中集中了三千名强弓硬弩手,要彻底压制函谷关的箭雨。

此刻号角一起,司马尚大吼一声:"放箭!"

列好阵势的三千副强弓硬弩一齐开射,密集的箭雨在一片尖啸中向箭楼与城墙猛烈倾泻过去。一时之间,函谷关的箭楼城墙被箭雨淹没，朦胧模糊得几乎从峡谷之间骤然消失了。此时战鼓大起，五十个百人队拥着云梯推着云车山呼海啸般冲向城墙。只要云梯搭住城墙，云车在城下立起，城下箭雨停止倾泻，这攻城战进入了近身肉搏，十有八九便是大功告成了。

眼看云梯呼啸靠住了城墙，云车也高高耸立起来，爬城猛士已经纷纷踏上云车木梯，城上竟还没有动静。秦军吓跑了？函谷关是空城？司马尚心念一闪，哈哈大笑："停射！函谷关是空城……"话未落点，突然城头鼓声大作梆声响亮，仿佛沉雷压顶，密集的巨石沿着城墙斜面轰隆隆滚砸下来，一浪接一浪连绵不断。云梯云车在这隆隆滚来的巨石猛击下，一片嘁里喀喳哎哟哇啦，顷刻之间被击毁压垮挤碎。与此同时，遍布女墙的箭孔射出了密集箭雨，只顾奔突躲避巨石的士兵们做了活活的箭靶，一个个带箭冒血地插在大石缝中无法挪得半步。不消片刻，第一拨五千兵士死伤了大半。

攻天险之地，若无里应外合，唯硬攻硬守，难。肉搏战。持久战。消耗战。

司马尚面色铁青，想喊一句却硬是愣怔着喊不出来，憋得片刻，跳脚大吼道："第二阵再上！拿不下函谷关，都给我死！"

再说北面的魏军与南面的韩军，面对的却是林木葱茏怪石嶙峋的山塬，站在山下，只能遥遥看见函谷关长城上的旌旗狼烟而已，不说猛攻，爬到长城脚下只怕也是难上加难。新垣衍在山坡大石上瞭望片刻，看了看风向，一咬牙吼道："烧——烧光这些山林，踏出一条路来！"魏军一声呐喊，从后军辎重车搬来了几十桶火油，专门浇泼在林木葱茏处。时当中秋，草木已经干黄，一举火把，顿时燎原大火顺着山势烧了上去。

新垣衍哈哈大笑："好风！天助我也，烧——"

南面山下的韩军一看北面大火烧起，顿时恍然，连忙效法。片刻之间,函谷关南面山头也是一片火海卷向长城。两边山头欢呼声遥遥相闻。新垣衍一声大喝:“五千一队,两拨攻山!”此时大火已经烧到山腰,五千军士一声呐喊,牛皮战靴蹚着滚烫的还闪烁着火星的草木灰漫山遍野冲了上来。可忒煞是怪!眼看着大火已到函谷关长城,山风却突然转向,变成了迎面风。这一下情势大变,山火顿时迎面扑来。虽然没了草木,可那迎面扑来的灼热火舌与飞扬的火屑草木灰,钻眼上脸灼得人生疼,冲锋气势顿时缓了下来。更有一样,兵士甲胄多是牛皮做衬底外罩铁片,更别说还有牛皮盾牌、牛皮战靴、皮质剑鞘等,若冲入火海,分明便是引火烧身。所以风向一转,士兵本能地回身避火,挤撞成一团一团。

火攻本乃上计,但军中无会观天象之人。若会观天象懂历法,这火攻可能就成了。

正在此时,函谷关长城上一片呐喊:“起——”

喊声方落,魏军脚下的山体轰隆隆塌陷,成百上千的兵士在惊慌恐惧的惨叫中骤然从地面上消失,一道十多里长两丈多宽的壕沟冒着火星,赫然出现在眼前,仿佛森森地狱一般。新垣衍与后队军士尚未回过神来,城墙上又是喊声大起,巨大的圆石漫山遍野隆隆滚来。这些滚圆的大石与山岩碰撞,大多凌空弹起,飞一般越过壕沟向后队军士砸来。新垣衍大惊失色,喊一声:“收兵!”便狂奔而去。逃开飞石猛袭,回身再看,新垣衍目瞪口呆——那万千圆石一层层滚入壕沟,沟内隐隐传来一声声沉闷的惨号,一星星依稀溅起的血珠,眼看着那三四千兵士竟被全数吞噬了。

圆石巨木若齐下,攻城之士便无处藏身。阵设得不错,但写得秦军宛如天兵,分毫不损,太虚假。

“歹毒!秦人歹毒!”新垣衍跳脚狂吼,“收兵!回中路攻城,杀光秦人!”

函谷关狼烟升起的时刻,站在崤山最高峰瞭望的白起立即回身下令:“传令中军主力,立即向崤山北口隐秘出动,集结待命。”说罢看着狼烟思忖片刻,回身匆匆下山,刚到半山腰，中军司马飞步上山道：“禀报左更：楚齐大军二十万，进入武关东南丹水河谷，山甲所部已经接战！”白起沉声道：“传令蒙骜将军，中军分出步兵两万，卡住楚军后路。”中军司马显然犹疑担心，沉吟道：“如此一来，中军只剩八万铁骑，齐国主力可是二十万大军，冲击之力可能减缓。”白起冷笑道：“我原不想吃掉楚军，可一有变数，放走他暴殄天物。这个变数，你看不出来？”中军司马恍然笑道：“左更是说，齐军灭宋？”白起目光一闪，也不说话径直下山了。

白起胸有成竹。

山甲的两万步兵已经忙碌了两日，装路障，挖陷坑，开壕沟，设马刺，筑鹿寨，搬顽石，将这臼口南面十里之内弄得寸步难行。此地名臼口，可见地形之奇。臼者，舂米器具也。农耕之初，人们掘地为坑，待土坑变干变硬后便在坑中舂米。后来，聪明者发明了石臼，将一块大石头凿出一个大坑，打磨光滑，然后以木杵在坑中舂米。地貌似臼者，便是山地洼陷，状若大坑。这臼口，是丹水河谷的一片小盆地的入口，有两座小山夹峙，进入武关的大道恰恰从臼口中央通过，丹水也从臼口流出直向东南入汉水，进入武关的大道在丹水岸边与水流并行。旅人向西北越过臼口，一日可到武关之下，东南出臼口，一日可出峭山进入楚国。

此处有伏兵。

为了轻装疾进，春申君将笨重的战车与老弱兵卒全部留在了宜阳大营，只余五万精悍的山地子弟兵。对于武关，楚军比齐军熟悉得多，自然是前锋大军，达子的十万齐军压后。认真说起来，春申君并没有将十万齐军当作主力，只是联军作战多有微妙，才依照传统接受了齐军共同进攻而已。究其实，武关秦军只有一万，五万人足以攻克，若五万不行，十五万也同样不行。此中道理，在于武关极为险要，只能以三五万精兵出其不意以奇袭破之，若打成了明仗硬仗，大山要塞有一万精兵当关，纵有十多万大军也无从施展。

正因为清楚个中奥秘，出发时春申君对达子下令："我领五万楚军兼程疾进，你但舒缓而来，照应好不被秦军切断后路便是。"达子对这一带地面极是生疏，自是立即答应："春申君放心攻关，我守住后路。"

疾行一日，楚军于暮色时分涉过均水①，不消半个时辰进入丹水河谷大道。说是大道，只是对商旅车马而言，对于五万大军来说，再宽也显得拥挤不堪。春申君立马道边小山头遥遥观望，扬鞭一指远处隐隐可见的山口："前方是臼口，十人一列，疾行穿过，不得停留。"身边司马飞骑传令。片刻之间，楚军部伍整肃成列，齐刷刷开向山口。春申君的谋划是：一过臼口便分兵绕道，前后夹击，奇袭武关。虽然武关之前只有一条商道，但对于这些出身药农猎户的山民子弟来说，从荒无人烟的大山翻越到武关背后，却不是难事。

突然，轰隆隆连绵沉雷，前军大哗，人喊马嘶。正在山头瞭望的春申君大惊，驰马飞下山头向前军冲来，及至一看，顿时面色铁青——几个巨大的陷坑黑乎乎横在眼前，坑中挣扎着惊慌呼救的士兵与受伤嘶鸣的战马。陷坑虽然不深，坑底却是竹矛林立，士兵战马都是一身鲜血，路上的将士们惊慌叫嚷，一时无所措手足。春申君厉声大喝："点起火把，前军救人，游击斥候前行探路！一个千人队上山，推大石滚路，探明陷坑！"片刻之间，各方忙碌，大片火把漫山遍野地亮了起来。

大约半个时辰，臼口前路面已经探明，再没有陷坑。春申君本来已经大生狐疑，准备撤军，听得再没有陷坑，一咬牙下令："过！穿过臼口！"

在山边大片火把照耀下，楚军大队人马隆隆推进，要以最快的速度穿过臼口。正在前队堪堪进入山口的一刹那，突闻山崩地裂般一片喊杀，两边山头箭如急雨石如沉雷，隆隆之中夹着一片尖啸，铺天盖地般压了下来。楚军不及反应，已经被乱石箭雨杀伤许多，后队尚在继续拥来，一时间自相拥挤践踏起来。楚军混乱之时，突闻一片牛角号凄厉地响彻山谷，大片黑色甲士挺着亮煌煌的长矛吼叫着冲杀出来。那箭雨乱石也忒煞奇怪，始终只在黑色长矛队前面的楚军中砸下，竟配合得天衣无缝。

春申君恍然猛醒，想起派出探路的游击斥候一个没有回来，心知中计，武关已经不可能奇袭，一声大吼："后队回身，撤出臼口！"饶是如此，谷口内的两三千人马也已经被

① 均水，发源于嶓山，从北南流，在南阳山地入丹水，两水交汇的三角地带正在武关东南。

全部包抄，硬生生有来无回。

中了埋伏，有去无回。

楚军一撤，谷口内秦军却没有杀出。春申君心思灵动，立即想到这是秦军以为自己必定要强攻武关，要在这里设伏固守等待援军。春申君天生不是打硬仗的秉性，能打则打，不能打则退，是他历来的用兵之道。更有一点，自屈原的八万新军覆灭，对于秦军他从来没有盲目骄狂志在必得的想法。今日秦军有备固守，耗在这里分明是等秦军主力来吃掉自己，何如早退？利用秦军料我强攻的错误判断，正好安然撤出。思忖妥当，春申君断然下令："后队改前队，熄灭火把，悄然撤军！"

军令一出，万千火把骤然熄灭，楚军大步匆匆地向后回师了。不想方走得半个时辰，斥候飞马来报：秦军大队出了臼口，全力向楚军追杀而来。春申君大惊，立即下令："后军设置路障，大队兼程疾行，急速与齐军会合，出山灭敌！"

但是，秦军的追杀速度迅猛得惊人。一个时辰之内，硬生生黏上了楚军后队，咬住不放，猛烈地厮杀了起来。此时天色已现朦胧曙光，齐军迎面而来的大队旌旗已经遥遥在望，正是楚军堪堪与齐军会合的时刻。春申君恼羞成怒，大吼一声："全军回队！杀退秦军！"楚军大队呐喊一声，转身向秦军山呼海啸般扑来。此时中军司马已经与齐军主将达子取得联络，齐军也摆开阵势压了过来，决意要将这股欺人太甚的秦军一鼓全歼。

孙皓晖写战争，有张有弛，各色人物、各类谋略轮番上阵，简繁得体，堪称一绝。

正在大举冲锋之际，游击斥候又是飞马急报：秦军主力铁骑封住了峭山出口，正全力杀了进来。春申君怒喝一声："一派胡言，峭山之外，何来秦军主力铁骑！杀——"不由分说率领卫士千骑队冲了出去。

这里正是刚刚进入峭山的一片山谷，山甲的两万步兵死死堵在对面山头。楚齐两国的十多万大军在方圆十几里的山谷中展开，一时无法攻下山甲固守的山头。山甲这两万步兵正是秦军步战的精锐之师，人各五样兵器：左手铁盾，右手长矛，左腰大砍刀，右挎弓箭壶，背上还有一柄奇特的大木槌。主将山甲如今已经年逾六十，却是矍铄精壮武功惊人，更兼身经百战，对这商於峭山的一草一木都了如指掌，如今凭险据守，楚齐大军显然无可奈何。按照白起部署，山甲一军只需粘住来敌三日便完了军令。可春申君一撤，山甲顿时急了眼，教这十多万大军出了山，步战锐士颜面何存？不及思索一声吼叫："撇下辎重，轻兵追杀！"秦军锐士的取舍与当年魏国吴起训练武卒的标尺相同，最是重视负重急行军，须得全副甲胄全副兵器与干粮，连续强行一百里且能继续接敌作战者，方能留做锐士。如今军情紧急，关乎锐士杀敌声誉，谁个不奋勇争先？大步匆匆连跑带走，硬生生地咬住了楚军。

"咬"字用得好。

在楚齐两军猛攻山甲步军山头的时刻，峭山谷口杀声大起，旌旗招展，秦军的两万主力铁骑潮水般杀入山谷。山头上山甲大喜，高喊一声："方阵成列——压下山去——"片刻之间，两个方方一百的万人方阵如森森松林，在隆隆沉雷般的战鼓中轰轰轰地压下山，直奔齐楚两军的骑兵而来。与此相反，秦军的主力铁骑则展散开来，冲入两军步兵人海大展神威。本来，骑兵对步兵是绝大优势，步兵对骑兵寻常却是难以抵抗。如今秦军竟打了颠倒，齐楚两军大出所料，一时大乱。楚齐大军虽兵力占优，战力却与秦军悬殊太大，更兼被断了后路压在山谷，措手不及间人心大乱，很难结阵抗敌，情势顿时危急。

山甲的步兵方阵一遇骑兵，立即化为百人队小阵冲杀，打法极是奇特：左手一张与人等高的大盾牌，右手便是那柄奇特的大头木槌；盾牌一搪马上长剑，大头木槌同时猛击马头；战马即或不是鲜血飞溅也是吃疼难忍，狂跳嘶鸣间，骑士

关门打狗之法。

大多被掀翻下马；刚刚落马，立即有大头木槌跟上，“嘭嗤”一声，鲜血飞溅，脑浆迸裂。两军骑兵大是惊骇，不到半个时辰纷纷夺路突围。

崤山激战的时刻，关外主战场发生了惊人的变化。

赵魏韩三军猛攻函谷关一日未下，暮色降临后，司马尚三将大为沮丧，申差哭笑不得地直嘟哝：“娘的，一天没吃没喝，还死伤两三千，这仗打得出鬼了。我看，回大营，明日再来收拾这头恶狼，左右一个时辰的路程。”司马尚与新垣衍对望了一眼，也不再坚持夜战，一声令下，三军拖着十多里长的队伍卷旗收兵，回到渑池与伊阙大营，已经是夜半时分。奔波驰驱一整日的士兵们饥渴疲惫极了，狼吞虎咽地饱餐一顿，倒头便睡，有人手里还拿着油乎乎的酱肉便打起了粗重的呼噜。辽阔的军营，除了隐隐如雷的鼾声，便是呼啸的秋风伴着单调的刁斗声，沉寂得令人心颤。

月黑风高的子夜，埋伏在山塬中的秦军铁骑出动了。

久攻不下，疲劳之师，夜半无防备，偷袭必一击即中。

由远及近，先是王陵的三万铁骑从伊阙背后的大山中呼啸杀出。伊阙山上的大火一起，渑池山中的嬴豹率铁骑立即呐喊杀出。此时，两处三座大营的二十多万联军顿时如炸雷击顶，惊慌大乱，漫山遍野地夺路逃命。渑池赵军往东面逃，想与那里的伊阙韩魏大军会合。伊阙的乱军则被王陵三万铁骑兜住东面追杀，本能地向西部平川猛逃。不到一个时辰，三路逃兵在一片辽阔的谷地乱哄哄相遇了。被一千护卫甲士簇拥着逃命的司马尚顿时恍然，知道伊阙大营也被秦军破了，退路已断，不力战立刻一死。大骇之下，司马尚拼命大吼一声：“不要再跑！没有退路了。向我旗下聚集，跟我杀！”乱军纷纷聚来，嘶声大喊着回身扑向秦军。不一时，新垣衍与申差也各自聚集残兵呼啸猛扑，想杀出一条血路突围攻其不备，秦军大振。

出去。辽阔的山塬上火把盈野飞动，远远望去，竟似普天之下的萤火都流到了这片谷地。

在伊阙渑池山头举起大火时，宜阳山中的王龁大军迅猛出动了。三万铁骑横展在几十里宽的原野上杀向齐军主力大营，两万步兵却在宜阳北面构筑壁垒，堵住了齐军与北面赵魏韩三支乱军会合的必经之路。

此时，白起的八万主力大军已经运动到崤山东北口待命。一见伊阙、渑池、宜阳三处山火大起，白起立即高声下令："号角战鼓，立即杀出。"蒙骜一举长剑，高喊一声："杀——"一马飞出，率领八万铁骑漫山遍野地向宜阳的齐军大营卷来。

从猛攻函谷关开始，齐军大营全军戒备探马如梭。

作为主力大军的实际统帅，孟尝君等待的只是一个出动的方向。他已经对田轸明确了战法："武关函谷关，哪路先破，我军便从哪路长驱直入。两关齐破，你我便各自率军十五万，两路攻入咸阳。"田轸自是摩拳擦掌，只焦急地等待两路捷报。午后时分，遥闻函谷关杀声震天，探马报来的消息却是"攻城受阻，两军胶着"。孟尝君心下疑惑，要亲自到函谷关前看个究竟，正待上马，却见营门游骑飞马驰来，遥遥高声："报！飞车特使已到营门——"孟尝君不禁愕然，连忙与田轸飞马向营门迎来。

飞车特使，是齐国王室的传统设置。但凡大战期间，专门奔驰于战场与国君之间联络沟通，寻常都由精于车骑的将军担任。此时大战刚刚开始，便有飞车特使到来，却令人捉摸不透，莫非齐王又有了别出心裁的新谋划？孟尝君思忖间营门在望，只见一辆驷马铁车鼓荡烟尘轰隆隆迎面冲来。

"苍铁？"孟尝君大是惊讶，何事紧急，动用了他献给齐宣王的天马神车？

“齐王紧急书命！”话音未落，铁车已经在孟尝君马前轰隆止步。苍铁一伸手，一支光灿灿的铜管已伸到了孟尝君面前。孟尝君顾不上与苍铁说话，打开铜管抽出了一幅白绢展开，两行大字赫然跳入眼帘：

> 我已攻宋，半日下陶邑，今日克商丘，三日灭宋。孟尝君当率联军分路猛攻，一举灭秦，成我霸业！

这个主子实在是很难服侍。齐王见小利忘大义，乘燕国内乱攻燕，又借机攻宋，但屡屡得不偿失，虽后称东帝，但没有帝王之相。

“咳”的一声长叹，孟尝君面色苍白，将王书递给田轸，一句话也说不出来。田轸一看大喜过望：“俺王神武，三日灭宋，牛刀杀鸡！”孟尝君勃然大怒：“大难临头，一派胡言！”田轸一时愣怔：“俺不明白，如何大难临头？灭宋不好么？”孟尝君压低声音狠狠骂了一句：“猪头！回帐再说。苍铁，你留下别走。”

回到中军幕府，田轸兀自一副混沌未开的模样。孟尝君面色灰白，重重地敲打着帅案：“宋国这块肥肉，谁个不垂涎三尺？联军攻秦，齐国却趁机独吞宋国，他国如何不急眼？大军云集，这些骄兵悍将若倒戈来攻齐军，如何得了？这不是大难临头么？昏了你！”田轸恍然猛醒，顿时脸色通红：“俺俺俺，真个猪头。叔父只说法子，俺听命！”孟尝君叹息一声，思忖片刻道：“不出今夜，这个消息便会到达各军，要避过这场劫难，得立即撤出。”田轸惊讶道：“这里二十万大军，还有十万跟了春申君去攻武关，一时如何走得脱？”孟尝君一咬牙道：“顾不得许多了。立即派秘密斥候下令武关齐军，相机撤出战场。大营主力，由你率领，暮色时分立即秘密开走。留下三万精骑，由我率领断后。”田轸大急：“俺来断后，叔父先走！”孟尝君冷笑一声：“你断后？还不被乱军活吞了去！我来周旋，再有春申君情谊，或可安然善后。”说罢长叹一声，“只是啊，违背了王命，我命便由天定了。”眼中泪光莹然。

“齐王若要杀，俺顶命！”田轸见孟尝君悲伤，也是慷慨唏嘘。

“莫得乱说！”孟尝君低声呵斥，接着吩咐，“你去下令大军准备，定要隐秘。”

田轸答应一声大步去了。孟尝君看看苍铁低声问：“甘茂，还在临淄么？”苍铁道：“回孟尝君：这个我却知道。一月之前，秦王派专使送信于甘茂，不再视他为逃敌叛秦，许他家族后裔回秦安居。甘茂接书，给齐王留下一封辞官书，悄悄走了，听说去了楚国云梦泽隐居。齐王本想派人追杀，苏代上卿劝阻了。”

孟尝君又是一声长长的叹息，良久无语。本来，他是厌恶甘茂这种人的，可甘茂屡次在齐王喜怒无常时巧妙折冲，使他与苏代多次避免了无常之祸。渐渐地，他对甘茂有了好感，觉得甘茂机智干练又无害人之心，倒是对付这位齐王的上佳人选。如今齐国正在种恶之际，自己又违背王命撤军，若有甘茂在齐王面前为自己设法开脱，或可化险为夷。却不想甘茂云鹤远去了无踪迹，孟尝君顿时生出一种不祥的预感，一片悲凉弥漫心头，久久挥之不去。

甘茂离开秦国后，作为不大，是时候“谢幕”了。

秋日苦短，倏忽之间已是暮色降临。齐国大军趁着夜色匆匆开出了宜阳山地军营，直向东南。这也是孟尝君定下的撤军路线：避过韩魏两国腹地，沿汝水河谷入楚国北部上蔡，再东进泗水，经楚国东北的兰陵、琅邪进入齐国。田轸出身行伍，对行军算是行家里手，对这次秘密撤军部署得滴水不漏。将近子夜时分，除了留给孟尝君的三万精锐骑兵，二十万大军已经走得只剩下断后的两万骑兵。军营之中，依旧是灯火连绵，刁斗声声，任谁也发现不了这里已经是一片空营。

守在空营里的孟尝君，正在焦急等待派往伊阙渑池的秘密斥候，他要及早知道赵魏韩三军有无异动？会不会今夜便来攻杀？断后骑兵刚刚开走，秘密斥候飞马急报：“伊阙、渑池两大营同时遭秦军夜袭猛攻，乱军已经逃奔河外原野，秦军正在追杀。”

孟尝君大是愣怔，猛然心念电闪，一阵哈哈大笑。

苍铁不禁困惑：“友军遭袭，我军面临危险，孟尝君笑从何来？”

“天意啊天意！”孟尝君笑着，“秦军这场袭击，使灭宋、撤军变得堂而皇之。齐国既得宋国，又保全了大军，他国纵然心痛，也是有苦难言。天助齐国也！”

苍铁笑道：“那便赶紧走，乱军来了，天马神车也不管用。”

“不！”孟尝君摇头下令，“苍铁，你立即驾车到宋国，禀报齐王，我在河外救援三晋大军去了。”苍铁还要劝阻，孟尝君一声大喝：“快走，不能将绝世神车丢给了秦国！”苍铁一跺脚：“孟尝君保重。”飞身上车轰隆隆风驰电掣般去了。孟尝君转身大喝一声：“全体上马，杀向河外！”三万骑兵立即出营，暴风骤雨般向河外卷来。

谁知尚未展开，便见黑暗的原野涌来无边无际的火把潮水，恰恰是王龁的三万铁骑迎面杀到。孟尝君眼看退无可退，大吼一声：“杀——”率领三万骑士拼死向前。两军轰然相撞，兵力相等，硬碰硬地展开了浴血大战。原本是料定的一场夜袭战，不想齐军竟开营杀来，一看齐军并无后续大军，王龁不禁大急，生怕放走了齐军主力，一声大吼：“中军号角发令：副将两万原地杀敌，一万铁骑随我旗号杀入齐营！”喊声方落，身边十名号手牛角号大起，两长一短，连续三阵，便见一个万人队迅速摆脱纠缠，随王龁大旗从战场侧翼杀出，恶狠狠向齐军大营冲来。孟尝君已经感到齐军力有不支，见秦军分兵，心知其意，大喊一声：“冲向伊阙，与三晋大军会合，杀！”齐军精神一振，顿时疯狂地向秦军铁骑发起冲锋，要一举冲向河外三军。

便在此时，只听西南原野杀声震天火把如潮，一个辽阔的扇形直从齐军背后与侧翼兜了过来。孟尝君大惊，心知这才是秦军主力杀到，立时大喊：“突围！东北新郑——”率领一千精锐护卫率先杀向东北黑暗处。

蒙骜正率主力铁骑追杀，白起亲自率领的铁鹰锐士百骑队已经赶上，高声下令：“主力铁骑立即杀向河外，全歼三晋大军！王龁所部追杀齐军，三十里为限，立即回军河外参战!”黑暗中号声大起,秦军八万主力铁骑撇下逃亡齐军,暴风骤雨般向河外原野杀来。

渑池与伊阙之间的广阔原野上,正在进行着惊心动魄的大厮杀。秦军铁骑虽然勇猛,然则毕竟只有五万,要将三晋残军包围全歼,显是力所不能。一个时辰的激战拼杀,三晋人马虽然伤亡惨重,但终究还有十多万人,况且也渐渐清醒过来,见秦军兵力不多,畏惧之心大减。司马尚愤然大喊:“秦军人少!杀回赵国——”率剩余的五六万赵国士兵全力向东面冲来。魏军新垣衍与韩军申差见赵军向东冲杀,顿时恍然猛醒,各自大喊一声,合力向东方冲杀过来。如此一来情势大变,原先是秦军铁骑追着团团乱转的三晋军兵猛烈砍杀,并无固定方向,如今十多万大军一股洪流般汹涌卷向东方,秦军所余四万多铁骑纵然依仗快马速度超前挡在正面,可要堵住这疯狂的夺路大军,却是万万不能。

嬴豹王陵急红了眼,两员大将几乎同时大吼:“两翼追上,拼死堵住!”长剑一挥,从两翼风驰电掣般包了上去,抢占了前面一道山口,展开了四个万骑大阵,要整体冲锋拼死一战。司马尚率领赵军冲到阵前,一声大吼:“最后一关,夺路回赵!杀——”一马当先冲杀过来。后队大军也全部展开,怒吼着冲向山口。秦军四个铁骑方阵,顷刻便陷入了杀不退的人山人海。

千钧一发之际,西部原野骤然响起了隆隆沉雷,无边的喊杀声与无边的火把铺天盖地压了过来,正是白起蒙骜的八万主力铁骑杀到了。白起对蒙骜高声道:“你号令大军,我来冲阵。”不由分说将中军大旗与一班司马、斥候交给了蒙骜,一声喊杀,亲自率领锋锐无匹的铁鹰锐士百骑队杀入红色人海。

白起做卒长时就是闻名军中的猛士,入伍一年便获得铁鹰剑士称号,一口十五斤重剑悍猛绝伦,每战必是一马当先所向披靡。无论白起做卒长、什长、百夫长、千夫长、万骑将还是前军主将,都无一例外的是全军尖刀。此刻白起看准了三晋残军要做困兽之斗,若不强力冲杀一举摧毁其斗志,便会耽延时辰,天亮后假若新郑的韩魏援军赶到,便不能全歼这股残军。而全歼三晋加入合纵攻秦的二十四万大军,一开始便是白起的轴心目标——唯痛击三晋,才能彻底摧毁合纵根基!为了这一点,白起明知齐军主力秘密撤退而放弃追杀,便是要集中大军主力吃光三晋一大坨。按照作战传统,白起已经违背了“围师必阙”的兵法格言,强迫敌军做困兽之斗,万一被敌死战胶着而与援军内外夹击，这便是一场备受谴责的大战。可白起相信秦军战力，更要着意开创歼灭战法，所以前所未有地全面夹击，不给逃敌一分退路。

白起百骑队杀入人海，威力势如破竹。这一百名铁鹰锐士都是重剑重甲，战马也是身披铁甲头戴面具，当真是铜人铁马。这种重剑都是将近四尺长，连同剑格，比寻常的长剑还长了七八寸，马上挥舞起来直是巨浪排空无可阻挡。一时间，敌军步兵的盾牌、长矛、短剑纷纷脱手飞出，军卒甚至来不及惨叫一声已经血溅三尺。小山头由蒙骜执掌的中军大纛旗则挂着一串小风灯不断摆动，敌军逃向哪里，大旗便指向哪里，秦军也便呼啸追杀到哪里。

堵在山口的秦军精神大振，铜墙铁壁般堵在山口，三晋残兵不能越雷池半步。眼看身边军马越来越少，浑身浴血的司马尚嘶声大吼："东南，杀向东南——"三晋残余兵马蜂拥向东南方突围杀来。

秦军主力从西来，山口秦军在正东，东南方正是秦军兵力最少的薄弱环节。司马尚三将率领残兵拼死冲来，迂回赶先的秦军铁骑便显得太少，眼看三晋残兵便要落荒四散地逃往无边黑暗的山塬地带了。

正在此时，东南方又是杀声震天而起，恰恰是王龁的五万步骑大军迎面杀到。王龁大吼下令："两万步军，强弓守住山梁。三万铁骑三面展开，兜上去！杀——"漫山遍野地包抄杀来。王龁与狂奔而来的司马尚碰个正着，一阵猛烈砍杀，赵军大旗及仅存的千余骑兵全数被杀。混战中司马尚单骑逃命，那匹阴山战马嘶鸣如飞，堪堪便要脱离战场。王龁胯下战马恰是一匹西域汗血马，大吼一声风驰电掣般追了上去。片刻之间，汗血马飞掠赶上，就在战马超前的刹那之间，王龁长剑闪电般劈下，只听一声惨号一声嘶鸣，司马尚连人带马被劈为两半。

"这厮好快，割下首级。"王龁嘶哑着声音对追上来的护卫骑士吩咐一声，又飞马驰回战场，四处奔驰大喝："敌军不降，全部杀光！一个不留——"

大厮杀进行了一个多时辰，天色将明的时刻，河外山塬终于沉寂了下来。白起下令："整点军马，立即退到函谷关外扎营。"及至大军开到函谷关外扎好营盘，广袤的山塬在秋日的朝阳下混沌无边的雾红，极目望去，伏尸遍野，残烟袅袅，褴褛的战旗挂在战车上兀自猎猎飘飞，负伤的战马犹在悲切嘶鸣。站在山头的白起久久地伫立瞭望着辽阔的战场，心中却是若有所失——只可惜我手中兵力有限，若再有二十万大军，任你孟尝六国没那么快亡。

君狡诈，齐国的主力大军岂能逃脱？

五 君臣将士咸阳宫

接下来，该写庆功了。

旬日之内，六国悄无声息，白起方才下令从函谷关外班师回蓝田大营。

战胜消息早已不胫而走，秦国朝野一片欢腾。各县百姓们争相拥向渭水北岸的大军道路，竹篮中装着现蒸的麦饭团或豆饭团，陶壶中或盛着消暑解渴的凉豆汤，或盛着碧绿的藿菜羹，笑脸盈盈争先恐后地塞到士兵们手里，总是要眼看着黝黑精壮的后生们揣上两个饭团，喝上几口汤羹，方才美滋滋作罢。老孟子说的那种"箪食壶浆，以迎王师"的古朴场面，在渭水古道淋漓尽致地挥洒出来。短短的四百多里路，白起大军竟走了四日，才到蓝田大营。

华阳君兼领蓝田将军芈戎，早在大营外三十里专程迎候，并宣读秦王书："白起班师之日，大军屯驻蓝田，着华阳君就地犒赏。白起率千夫长以上诸将，并斩首十级以上之有功猛士，直赴咸阳受赏得封。"白起遵命将大军交付华阳君，率领一千余名有功将士向咸阳徐徐而来。

路过栎阳，丞相魏冄专程在栎阳城外郊亭迎接犒劳。十辆牛车满当当全是秦凤酒，大陶碗大小酒瓮一字排开半里路长。白起遥遥一马飞来，魏冄哈哈大笑："白起啊，大功臣！给老秦长脸！来，先连干三碗再说话。"白起二话不说，一气大饮了三碗，而后打量着魏冄肃然一躬："丞相辛劳若此，白起岂敢居功？我代三军将士，敬丞相三碗！"

将相齐心，国家兴盛。

魏冄本来就在栎阳坐镇，督运大军粮草辎重，带着东部县令马不停蹄地征发车辆民伕，督促各县制作各种酱肉干饼，寝不解衣，食不甘味，一个多月下来，黝黑干瘦胡须虬结，与出征归来的将士们一般无二。那日魏冄正在栎阳城外清点粮草，函谷关斥候快马飞来，魏冄读了捷报，一跳上车，喜极大吼："秦军大胜了——灭敌三十余万——"两声吼罢，哈哈大笑着一头栽倒在粮草车下。绷紧的心弦终于松缓了——白起战胜之功对于魏冄实在是不同寻常，非但白起是魏冄力保的大将，更重要的是，有白起为大将，魏冄丞相位置几乎是无可动摇。魏冄赞赏白起，白起更是崇敬魏冄这样毫不拖泥带水的丞相，隐隐约约地，双方都引对方为知己。如今白起一句话，将自己的操劳与将士同功，魏冄大为感慨："将军一言，老夫感佩也！看着，我干了。"一言落点，三大碗一气汩汩饮下。

"请将军弃马登车。"痛饮一番，魏冄指着石亭外一辆粲然生光的轺车慨然笑道，"这是太后特意送来的六尺轺车，老夫当亲为将军驾车。"

一急之下，白起的黑脸顿时成了酱色："太后之赐如君恩，固不敢辞。然则，丞相驾车万不敢当。丞相素知白起……"一时没有适当说辞，只憋得满面通红。

白起的形象塑造很成功。善战，但不善虚礼。

魏冄大笑一阵："只是四字无差：白起恶虚。"大手一挥，"小事一桩，随你挥洒便了。日后凡有此等局促，老夫与你挡驾。来，登车。"丞相驾车亲迎白起入咸阳，自然也是宣太后与秦昭王给白起的特殊褒奖。既是王命，自不能随意取消。然则魏冄敢作敢当，历来不拘泥成法，非但爽快地答应了白起，而且自承日后为白起挡驾，虽则是细行小节，却也是寻常大臣难以做到的。

白起自是清楚，一拱手笑道："谢过丞相。"心中顿时轻松，将战马交给护卫，登上了那辆六尺轺车。白起不是富家名士，又是弱冠入伍，从来没有独自驾过如此华贵的轺车。

但凭着对比轺车笨重得多的战车的熟悉，他还是干净利落地驾着轺车上了渭水大道，车声辚辚，马蹄沓沓，别有一番滋味儿。快马轻车赶上来的魏冄笑道："白起啊，这次不世大功，可不可多来两级？"白起摇摇头高声道："这次齐军脱手，不算全功，还是一级扎实。"魏冄大笑："好！听你的，还是一级一级来，我挡着。"

轻车快马，正午时分，咸阳城遥遥在望。将近十里郊亭，亭外车驾皇皇，旌旗仪仗夹道而立，足足有三里路长。魏冄大笑道："白起啊，秦王率百官相迎，你可是大有风光了。"白起停下轺车局促低声道："丞相，这，这却如何应对？"魏冄低声说了几句，白起回身高声下令："将士下马，纵横百十，随我参见秦王！"说罢一跃下车，领着全副甲胄十人一排的将士们雄壮威武地进入红毡铺地的仪仗甬道，反倒比驾着轺车自在了许多。魏冄轺车缓缓殿后，分外孤立显赫。

年轻的秦王早已率领全体大臣隆重等候了半个多时辰，见白起一班将士赳赳而来，兴奋地走出石亭迎了过来。白起一班将士整齐拱手轰然一声："参见秦王！"秦昭王一阵大笑扶住了白起，同时向后排将士一挥手："诸位将士，劳苦功高。"将士们轰然齐声："秦王万岁！"秦昭王向身后长史一挥手："赐诸位将士陈年王酒，人各三爵！"白起一声令下："间隔三尺，散开受赏。"

只听唰唰唰三声，这个纵百横十的小阵形整齐划一地均匀散开，不多不少恰恰分布在甬道中心。仅此一个简单动作，便引来亭下朝臣一片赞叹。班师赐酒本是古老的传统，繁简程度则是各国不同。秦国朝野素无虚礼，秦王一发令，朝中百余名大臣从亭下鱼贯进入仪仗甬道，两百多名捧着铜盘大爵的侍女也随着大臣队伍飘然飞出，分两排川流不息地轮换上酒。秦昭王双手接过侍女捧来的酒爵，对着白起深深一躬："大秦长城便是将军，本王代太后、代朝野臣民谢过将军，将军请干此爵！"白起一身软甲，连忙一个深躬："白起谢过太后，谢过我王。"接过大爵一饮而尽，如此三爵，片刻未歇。

秦王对白起赐酒完毕，大臣们立即开始对散开的将士赐酒。秦军军法极严，军营严格禁酒，等闲将士只有在战胜之后痛饮一回，经常是半年几个月不沾酒，如今大功归来，国王大臣亲赐王酒，谁个不是心旌摇动？一班酒量小的士兵与卒长、什长、百夫长们三爵下肚，已是面红耳热，有几个眼看摇摇晃晃要栽倒了。

旁边魏冄心明眼亮，立即高声下令："一班侍女，即刻将眩晕将士扶上辎车。"侍女们愣怔犹疑，目光一齐瞄向秦王。魏冄勃然大怒，拔剑大喝："他们都是杀敌猛士浴血沙场,尔等有何不堪!”秦昭王目光一闪厉声道:“丞相敬重将士,尔等立即奉命!”侍女们大骇,齐齐一声:“谨遵丞相令!”立即两人一组,将发晕的将士们扶上了亭外一排垂帘的辎车。魏冄哈哈大笑:“这便是了,不敬耕战之士,岂有秦国天下!”笑罢径自举起一爵对整齐肃立的将士们一挥手,“今日谁个醉倒,都是老夫兜着。来,老夫敬后生们一爵,干!”当即汩汩饮干。秦军将士本来就从鲜香的酱肉、新鲜的军粮以及源源不断的兵器衣甲等细节中,心感了这个丞相对大军的垂爱,军中流传着各种各样的“丞相催粮”故事,今日亲见魏冄,觉得这个丞相大有军旅粗豪之风,本能地敬慕喜欢。如今见丞相敬酒,唰地挺身,高喊一声:“丞相万岁!”一齐饮尽。

秦昭王拊掌笑道:“好! 郊迎礼罢,将士们回王宫大宴。”说罢挽起了白起胳膊,“来,你我同车入城。”白起见国君一副不由分说的样子,自觉此时辞谢大是扫兴,无可奈何地被秦王牵着手上了宽敞的王车,在夹道国人的欢呼声中辚辚进入了咸阳。

这日晚上,咸阳宫举行了盛大的庆功夜宴。众将士入席,司礼大臣将白起领到了秦昭王与宣太后中间的座案前。白起大是惶恐,向宣太后深深一躬:“率军杀敌,将军天职。臣虽有微功,却不敢与国君太后并席。”宣太后笑道:“白起啊,老秦人没那么多讲究,说话方便而已,拘泥个甚来?”旁边魏冄呵呵笑了:“将军有所不知,太后最是挂念你了,想与你多说话。来,你坐我这里,我坐到右手去。”说罢站起身来将白起拉过来坐在宣太后左下首席,自己却大步走到秦昭王右下本当是今日白起的座席上。白起仍是一脸通红,却是不好再说,只好入座。

宣太后低声笑道:“白起啊,秦王想封你大良造爵位、上将军职位,我看也是好事。”

迂回之策,不违礼,又体面。

显然，这是宣太后事先通气，怕白起到时再行推辞反为不美。此时，白起只要说一声“谢过太后”，大良造、上将军便顺理成章地做了。可白起却很是不安，拱手慨然道：“一战之功居此高位，于军中不利，恳望太后见谅。”宣太后笑道：“好，我知道了。”说罢看着三尺之外的秦昭王一拍手，“开宴了。”秦昭王点点头，对司礼大臣下令：“开宴。”

司礼大臣站在六尺高的王阶上高亢宣呼：“庆功王宴开始，钟鼓乐舞起——”

秦人礼仪素来简约，进入战国以来，大型庆典从来没有以乐舞开场的。但这次河外大捷是新生代第一次大胜，委实不同寻常。宣太后、魏冄与秦昭王都是激赏之至，于是有了这次前所未有的钟鼓乐舞庆典。虽则如此，这钟鼓却不是中原宴会乐舞的编钟小鼓，而是咸阳宫钟楼鼓楼的大钟大鼓。但听大殿号令一出，“钟鼓乐舞起”的声音便在一排长长的传声内侍的高亢声音中直传咸阳宫门。殿外广场的大钟大鼓顿时遥遥如春雷滚来，跟着是咸阳四门城楼的钟鼓声大作，整个咸阳国人都在呐喊：“河外大捷——大秦万岁——”大殿中虽是一片肃然，但闻这仿佛来自天外的连绵声浪，人人感奋不已，白起与千余名将士不禁齐齐地一声呐喊：“赳赳老秦，共赴国难！”

钟鼓方落，乐声大起。一群麻衣布裙手挽桑篮的少女轻盈地飘进了大殿中央的红毡之上，悠悠散开，提篮起舞，唱起了秦军人人熟悉如军歌一般的《无衣》：

岂曰无衣　与子同袍
王于兴师　修我戈矛　与子同仇
岂曰无衣　与子同泽
王于兴师　修我矛戟　与子偕作
岂曰无衣　与子同裳
王于兴师　修我甲兵　与子偕行

歌声一起，将士们热泪盈眶。这首歌唱的是壮士同心的坚贞友情——不要说没有衣裳，我与你同穿一件布袍；国家要兴兵打仗，磨砺我的矛戈，与你同仇上战场！每当战阵沉寂，每当晚操结束，每当炊烟升起，军营里都会响起这慷慨雄壮的歌声。往往是你对着我唱，我对着你唱，这一营对着那一营唱，那一营对着这一营唱，歌声将整个军营燃烧起来。将士们之间的些小嫌隙，便在这浴血同心的雄壮歌声中冰消瓦解了。如今，这首歌骤然由女子唱来，激越婉转，坚贞悲怆，生发出一股浓烈的与意中人同生共死的情怀，将士们如何不怦然心动？一时间，殿中将士们不由自主地跟着哼唱起来，有几个士兵在歌声中失声痛哭。

歌声沉寂了，士兵的啜泣之声收煞不住清晰可闻。宣太后缓缓地站了起来，眼中闪烁着莹莹的泪光，走到伏案哭泣的几个士兵身边笑道："后生啊，抬起头来，你等会有个可心姑娘的。"说着转身对着黑压压一片有功将士招了招手，"你等，都不要担心。秦王，是不会教功臣猛士做凄凉孤身汉子的。国府这便下书：凡从军丁壮无意中女人者，各县府务须着意撮合，使青壮将士有妻室家园，老来有桑麻之乐，人人有大秦之后！哪个县但有鳏孤将士，县令当即罢黜问罪！"

再见宣太后之手段。军士多庶人，因斩首立功，但妻室家园、桑麻之乐，就需要另外争取，这些，对他们的诱惑力很大。看来作者不仅读先秦史，更读当代史。心思用得巧妙。

"太后万岁！"宣太后话音落点，千余名将士可着嗓子吼了一声。

"你等高兴就好。"宣太后骤然收敛笑容，"我只一句话：大秦国不能使将士寒心，谁使将士寒心，我第一个饶他不得！"又是悠然绽开了笑容，"好了，听秦王对你等的封赏了。"

司礼大臣一声高呼："宣封赏王书——"

王书是由长史宣读的，首封白起少上造爵位并晋升国尉，蒙骜晋升五大夫爵领前军主将，王陵、王龁等一班大将各晋爵两到三级，千夫长以下的有功将佐与士兵爵位晋升最多，大体上每斩首三级便是一级爵位，军中实际职位却都是只晋升一级。有几个千夫长的爵位几乎比王陵等大将爵位只差了两级而已。

商鞅当初颁布的《军功律》规定：士兵斩首一级，晋爵一级；百夫长以上头目，斩首不计功，而以所辖之旅斩首总数论功。随着秦国的强大，军力的增强以及仗越打越大，这种军功晋爵令不得不发生变化，虽则依然是有功必赏，但大体却变成了每斩首三五级赐爵一级。军中将士自然是人人知道这种变化，但依然是求战立功心切。根本处在于：秦法公正，没有身世歧视，即或是穷困的山乡子弟，几次杀敌立功便是显赫爵位。纵然是权臣王族子弟，没有军功，照样是老卒一个。如此法令，谁个不是奋勇争先？

只奖励将军，不足以收买人心。由上到下，无一缺漏，这才叫收服人心。

今日封赏王书一读完，将士们却没有欢呼，都肃然挺身立在当殿，没有一个人说话。宣太后目光一闪笑道："看看，脸都黑着，爵位低么？有话说出来，我替尔等做主。"

"禀报太后！"心直口快的王龁一拱手，"跟着白起打仗痛快，军中将士共请白起为上将军。"话音一落，全体轰然一声："我等共请，白起为上将军！"

"我说呢，"宣太后笑得分外响亮，"我看这事教丞相说说，你等可信得他？"

"信得丞相！"将士们齐齐一声。

魏冄哈哈大笑着站了起来："我来说说。这事秦王、太后可不能背黑锅！原本拟定的王书，白起爵封大良造，晋职上将军。可白起有个老毛病，你等难道不知？他是头犟牛，偏要一级一级来，要与尔等共进退。老夫寻思也有道理，说服秦王、太后，教他做了国尉。白起，你再说说。"

白起红着脸站了起来："诸位将士，不要再说此事了。爵位官职，我等热血男儿计较么？赳赳老秦，共赴国难。忘记了？"

"赳赳老秦，共赴国难！"将士们一声齐吼。

"我还要说一句。"宣太后笑着，"白起虽则是国尉，却是常驻军中的国尉。国尉府那一摊子兵政，由丞相府兼理了。如何啊？"

"谢过太后！谢过秦王！谢过丞相！"将士们终是高兴

地道谢三声，算是一并了结。

一场盛宴直到三更方才结束。白起正要与将士们一起离开，宣太后却招招手："白起，你来。"白起紧走两步："请太后吩咐。"宣太后低声笑道："哪来恁多吩咐了？你呀，该回去看看老师了。听说他老人家病了，还不轻。"白起顿时心中一沉，愣怔片刻道："谢过太后，白起连夜回郿县。"宣太后关切道："放心去，有大事郿县令会去找你。"白起一拱手道："臣告辞。"匆匆去了。宣太后看着白起背影，轻声对旁边的泾阳君嬴显道："你带几个人到郿县去，暗暗保护白起，万一有丧事，立即回报。"嬴显"嗨"地答应一声，也是大步匆匆地去了。

宣太后真是冰雪聪明。作者没浪费这一好素材。

看师傅传授什么秘诀给白起。

对几员大将匆匆叮嘱几句，三更尾四更头上，白起一马飞出了咸阳西门。

六　苍苍五丈塬　师徒夜谈兵

秋夜的下弦月细瘦清冷，渭水岸边的秦川官道一片无边无际的朦胧，急骤的马蹄声越过一队又一队或走或停的商旅风灯，一路洒向西南。过了斄县①，便是郿县了。虽然是霜重雾浓，白起却分明看见了太一山洁白的峰头，看见了渭水南岸那道苍翠的山塬。太一者，北极大星也。一山而冠"太一"之名，足见此山在周秦两代的神圣。

白起生在郿县一个不寻常的村庄，这个村叫太白里。太白者，西方金星也，因其"晨见东方，昏见西方"，因此有了两

① 斄县，战国秦县，大体是今日关中武功县地区；太一山，陕西太白山的古称。

个别称：早晨叫启明星，黄昏叫太白星。在阴阳家星相家的眼里，太白星还是与东方青龙相对的白虎，谓为兵戈之星，或寓意名将，或寓意兵灾，总之是与兵家武运有关。但是，这个太白里却不是因了太白星而得名，而因为它是郿县白氏部族第一大村，时人便呼之为“太白”。商鞅变法时厘定里名，确定保甲连坐法令，“太白”便成为这个白氏第一大里乐于接受的正式名讳。

战国之世，郿县号称“秦国第一县”，当真是威名赫赫。说到根本，是因了郿县是老秦部族的聚居县，是秦国最大的兵源地。但更重要的，还是因了郿县有“孟西白”三大部族。

这“孟西白”是秦穆公成就霸业的三个名将：孟明视、西乞术、白乙丙。这三将浴血同心情谊笃厚，秦穆公之后，三族后裔总是比邻而居，两百多年下来，渐渐占据了大半个郿县。三族都是勤耕善战的大族，历来是贵族布衣之乡，秦国骑士的渊薮。商鞅变法之后，废除隶农井田，举国民众皆成“国人”，孟西白三族的骑士特权与优先论功特权一朝消失，成了与国人同等耕战的寻常老秦人。这时候，孟族与西乞族却因不善农耕而渐渐衰落，白氏部族农战皆精，渐渐地成了郿县第一大族。

但是，白起对白氏部族，对太白里，却没有多少记忆。

刚一生下来，白起便没有父母，叔叔也从来不对他说父母事。在白起五六岁的时日，叔叔白山将他送到了太一山一个隐居名士那里做了学生。十年后，白起回到了太白里，叔叔已经在秦军中做了前军主将，派人来接他到军中去。少年白起拒绝了，他在村边搭了个茅草屋，做了里上输送军粮的脚力。半年后县府征兵，白起立即应征从军。接兵校武的时候，白起的体魄与剑器格斗令接兵千夫长大为惊讶，立即委任白起做了新兵头目。

离开太白里的时候，白起没有丝毫留恋，到了军中也是从来不说家事身世。要不是白山在巡视军营中偶然遇到了白起，他可能永远也不会找这个叔叔。也就是在那个晚上，叔叔白山第一次对他说了父母的故事。

白起的父亲叫白垣，行六，村人呼为“白六”。在商君变法刚开始的时日，白六在缴粮时被少不更事的太子杀死了。白六的新婚妻子生下白起后，也在夫君的墓前撞碑自杀了。老族长与族老们商议，都说这个遗腹子生就异相大有出息，教叔叔白山抚养白起，全族共担白山一家的赋税劳役。白山寻思自己养而不能教，便一门心思地访查高明，最后终于在太一山中找见了那个隐居的武士。白山将自己的家产全部卖给了孟族人，在一个月黑风高的夜晚，将一口袋秦半两悄悄地放在了隐士门外，只给年轻的妻子留下了两间房屋十亩桑田，便去从军了。

除了这个白氏姓氏，白起对郿县对太白里对白氏对家族，几乎都是淡淡漠漠。童年少年唯一铭刻在他心头的，只有老师，只有那个青梅竹马的少女师妹。白起进太一山的时日，老师还是一个坚实厚重而又洒脱不羁的中年隐者，那种强健与力量，简直令人不能相信。

作者的武侠情结很浓。男子要成才，必须要到山上混一混。嬴驷、昭王、苏秦、张仪、白起，莫不如此。

有一年夏天，老师带白起到太一山主峰习练攀岩术。白起左手一铁钩右手一短剑前行攀升，目标是那终年积雪的插天高峰。老师则是一绳一斧，在后指点护持。正在师徒两人攀升到山峰半腰时，骤然惊雷闪电大雨滂沱。片刻之间，匹练般的山洪从苍翠葱茏的山林中隆隆涌出，扑面压顶而来。老师一声大吼："钉住山岩！屏神静气——"白起大力一钩挖进一棵树根，双脚死死蹬住一块岩石，听凭那轰隆隆的山洪从头顶劈面冲来可着山林如万马奔腾般涌下山谷，那情景当真是惊心动魄。偏在此时，突闻隆隆洪水中夹着一股腥臭刺鼻冲来。白起一抖脸上水雾，骤然见一条鳞光火红大树粗细的蟒蛇乘着水头昂首扑来，那长长的芯子似乎还钩挑着被水头激起的蟾蜍山鸡。饶是白起天生奇胆，也惊慌嘶哑地大喊一声："蟒，大蟒！"眼前一黑，几乎要松手滚进滔滔山洪。

千钧一发之际，身后一声大喊："挺牢别动！我来！"几乎就在同时，一道黑影凌空蹿上水头攀住了一棵大树，白起只朦胧模糊地看见了一缕白光如闪电般在头顶掠过，那斗大的蛇头轰隆隆地翻滚在水头上跌进了山谷。惊魂稍定的白起大喊一声："老师小心——"仰头一看，黑色身影被火红的蟒身缠箍在那棵大树上。老师嘶声大吼："白起钉牢！山洪要完了——”这便是神秘难测的太一山，风雨无常且来去迅猛，任是神仙也难测出它的惊险奇绝。老师喊声方落，滔滔山洪骤然变成了潺潺溪流，只剩下夹着寒气的山风兀自呼啸。老师却钉在树上不能动弹了。白起大急，勇气陡增，几钩挖下，攀到那棵合抱粗的大树下，左手抓住树枝，右手短剑咔嚓咔嚓剁向腥臭的蟒身。粗大的蟒身一段一段滚落到山谷，老师脸色苍白地抱着树干闭目喘息。白起仔细一看，老师的双脚硬生生插进了树身。

白起接过老师手中大斧，砍开树干，才拔出了老师的双足。从另一条小路下山后，白起昂昂问：“老师，双脚插树是甚功夫？我要学！”老师哈哈大笑：“那是功夫么？情急拼命，自来神力而已，否则，如何事后拔不出来？这如何教你？”白起扑闪着小眼睛问：“老师怕我被蟒蛇吞了，不怕自己被蟒蛇吞了？你已经被蛇身缠住了也。”老师疲惫地笑着：“白起啊，这是师道，说不明白。也许，你将来收个爱徒，便能知道。”

从那以后，白起认定了老师是自己的父亲，老师那个小女儿是自己的亲妹妹。他跟老师长到十六岁，才走出了莽莽苍苍的太一山。出山时，老师只对他说了一句话：“不做上将军，别回太一山。”硬邦邦一句，转身走了。少年白起对着老师的背影深深一躬，长长地喊了一声：“老师——我会回来的——”也转身下山了。

倏忽之间，十三年过去了，白起虽然还没有做上将军，但毕竟打了一场令天下刮目相看的大胜仗，此时惊闻老师大病在身，如何去拘泥于这个诺言？

太阳还没有升起，秋日的霜雾依然笼罩着山川河流。凭着对缥缈河雾的特殊熟悉，白起知道已经到了渭水北岸的滩头，越过渭水，便是那永远烙在心头的五丈塬了。正在深秋枯水时节，白起双腿轻轻一夹，那匹雄骏的战马长嘶一声冲进了河道，片刻之间泅渡过水，沓沓上了碎石沙滩。白起一带马缰，在大雾中向西南而来，走得不到一里，又是一条小河流。这是发源于太一山北流入渭水的一条支流，因其既毗邻褒斜古道，也是河道从西南向东北斜向而来，时人呼之为斜水。

斜水入渭水的谷口，矗立着一片林木苍茫的小山，老秦人称它为“五丈塬”。有人说，塬高五丈，名实相符。也有人说，山在渭水之南斜水之西各五丈，是谓五丈塬。究其实，谁也说不清楚，却也都叫了五丈塬。从五丈塬向南，一层层山塬叠嶂而上青天，直到那终年戴着一顶白玉大冠的太一山。五丈塬背靠太一山，面临滔滔渭水，林木茂盛，渔猎方便，更兼西北接近陈仓古道，西南紧靠褒斜古道，西出广漠南下巴蜀都很便捷，便成了既是人迹罕至又恰在流动轴心的要害之地。当初进山，少年白起对这幽静的山塬尚是无甚体察，及至从军征战有了兵家阅历，再来揣摩这五丈塬，竟觉得老师忒是了得。

这山里，又必与墨家有关。

浓雾渐渐消散，白起下了战马，取下马背上的褡裢，卸下马具鞍辔，将一袋舂碎的豆瓣儿摊开在一块大石上，又将缰绳在马脖子缠好，轻轻拍拍马头道："火霹雳，这里有草有水有硬料，你随意，好好歇息一番。"一团火焰般的骏马蹭了蹭白起的胳膊，轻轻嘶鸣一声。白起背起褡裢上山了。

苍黄的草木中，一条细碎的鹅卵石小道遥遥伸进山塬，道边一方三尺高的原石，刻着四个大字——白荆古道。白起怔怔地站在石碑前，抚摩着红漆斑驳的大字，心中猛烈地一颤，不禁跌坐在小道中……一个少女的笑声在山林飞扬回荡："大哥，我捡了许多白石头，铺了一条小道，你看！"白起踩了踩路面老气横秋道："镶嵌匀称，不垫脚，很好。"少女咯咯笑道："磁锤[①]！你说，该叫甚名儿？"白起挠着头沉吟起来："这，就叫石子路。""磁锤也！"少女笑得更是脆亮，"我起了名字，白荆古道！好不？"白起摇了摇头："不好。百年之路，才能叫古道。"少女打着白起胳膊一阵娇嗔："真磁锤也！就是好！不作兴白荆百年么？"白起笑了："好好好，就白荆古道。"少女又咯咯笑了："那，你得立个路石，刻上大字！"白起一拍胸脯赳赳道："这容易，我去开一方大石。"

十三年了，小妹妹回来了么？白起出山的那一年，老师将小妹妹送到太一山的"墨家秦院"去了。老师说："医不自治，师不自教。这女子任性，得到墨家去磨炼。"墨家秦院可是大大有名。墨子大师去世后，墨家分为几派，一班与秦国有渊源的墨家子弟离开了神农大山的墨家总院，在太一山建

---

① 磁锤，秦地古方言，今偶有流传，意为憨笨老实。

了墨家秦院。秦国自孝公之后,与墨家素来交好,官府格外照拂墨家,从不将墨家做“以文乱法,以武犯禁”的侠派对待。渐渐地,墨家秦院竟成了与神农山墨家总院相抗衡的墨家根基,在玄奇之后,又出了孟胜、腹䵍[①]两位大师,在天下威名赫赫。白起自然知道墨家,当时对老师说:“白起也想去墨家修习三五年,再回来从军。”老师却断然摆手道:“毋做此想。你当走兵家正道,不能入墨。墨家之路,终是偏锋。”

小道尽头,是一片苍翠松林,出了松林,是靠着塬根掩映在一片竹林中的小院落。青色的石墙爬满了已经枯黄的藤叶,在风雨冲刷中已经变白的两扇小门紧紧地关闭着,除了啁啾鸟鸣,没有白起所熟悉所期盼的那种家园热气,萧瑟幽静得令人心颤。

轻轻推开木门,从来都是整洁利落的庭院铺满了厚厚一层黄叶,那座再熟悉不过的茅亭下也生出了摇摇荒草。白起怔怔地站在院中,打量着面对的四间石板砌成的正屋与左手的厨屋,任枯黄的树叶在脚下飞舞盘旋。刹那之间,白起心头酸热,一股热泪夺眶而出,老师?老师还在么……突然,石板屋中传来一声沉重苍老的咳嗽。

“老师——”白起嘶声一喊,一个箭步冲进了石板屋。

“白起……是,是你么?”空旷的大屋中一如既往的简朴,一张木榻,一顶麻帐,一个嘶哑苍老的声音在帐中费力地喘息着。

“老师!”白起一把撩起麻帐,扑地跪倒在榻前失声痛哭,“白起来迟了。”

木榻上的老人枯瘦如柴白发如雪,在一床大被下单薄得看不出身形。老人打量着榻前这个黑丝斗篷顶盔擐甲的将军,眼中骤然闪出明亮的光彩:“白起啊,终是,成人了。”

“老师!”白起哽咽一声霍然站起,“我即刻背你下塬,去咸阳,请太医治病!”

“不用。我没病。”老人笑着摇摇手,神奇地坐了起来,“白起啊,到院子里坐坐,好多日子不见太阳了。”“对!”白起高兴地笑着,“雾落了,太阳刚出来,正暖和。”便来搀扶老师。老人却一指墙角:“那支竹杖,我自己试试。”白起答应一声,连忙到墙角拿过那支看来很少使用的竹杖。老师接过竹杖,杖头一点,竟咬牙站了起来,颤巍巍走得两步便笑了:“白起啊,行!走,太阳下说话。”“是!”白起高兴地扶着老师一只胳膊,一步一步地来到庭院,坐到了再熟悉不过的茅亭下的石墩上。

---

① 孟胜、腹䵍(tūn):墨子之后的两位巨子。

“老师先坐下，我来收拾一番。”白起知道老师素爱整洁，如此荒芜的庭院，老师心中一定不是滋味。他说着话三两下脱下斗篷甲胄，只穿一身衬甲短布衣，利落地拿起廊下那把山野扫帚菜晒干捆成的扫帚，唰唰扫了起来。老师看着白起，脸上溢满了笑意：“荆梅这孩子，回来也不沾家。白起啊，你说她做甚去了？”

“老师，小妹回来了？”白起惊讶地停下了手中的扫帚。

师傅家必须有个小妹，才有戏。

“三日前回来，看了我一眼，叫我等她，不见了。”

白起思忖片刻眼睛一亮：“老师，小妹肯定是进太一山采药去了。山里多险，我去找她！”撂下扫帚拿起衣甲长剑正要出门，骤然愣怔地站住了。

小院门口，正站着一个热汗津津的少女，一身蓝中见黑的布衣，头上一方白丝巾包着乌黑的秀发，修长的身材几乎与小门等高，背上一个竹背篓，手上一柄细长的药锄，丰满的胸脯正在剧烈地起伏，本来就是热汗津津的脸庞黝黑中透着红亮。白起怔怔地打量着少女，少女的大眼睛也扑闪扑闪地扫着白起。

“你……荆梅小妹？”

“大哥——”少女哭着笑着一声大叫，猛然扑过来紧紧抱住了白起。

“呀！小妹与我一般高了。”白起红着脸对老师笑着。

老师乐呵呵笑道：“生得瓜实，只长个子，没长心眼。”

“快！坐着歇息。”白起连忙摘下荆梅的背篓拿过药锄，“我去打水来。”

“不用。”荆梅一把将白起摁在亭外石墩上，“你只坐下与老爹说话，水呀饭呀有我！”说着一阵风似的飘进厨屋，提来三个陶罐：“凉茶，我走时煮好的。”说罢径自端起一罐咕咚咚喝了个一干二净，刚放下陶罐，白起恰端着另一罐等在她手边。荆梅一笑，也不说话，端起陶罐又是咕咚咚喝了个一干二净。白起眼睛一亮，快步走到廊下拿过褡裢打开："来，酱牛肉，春面饼，先咥几个垫补垫补。""好香也！"荆梅粲然一笑，毫不推辞，左手拿肉右手拿饼大咥起来，不消片刻，将三个春面饼三块酱牛肉扫了个干净。

白起看得心中直发酸，他久在军中当然清楚，没有三日以上的空腹劳作或驰驱奔波，决然生不出此等饥渴。老师晚年有疾，自己不能尽心侍奉，又累得小妹如此辛苦，却是于心何忍？老师一边笑了："口不藏心，能睡能咥，荆梅只差不是男儿身了。"荆梅咯咯笑着向白起一瞥："偏是你儿子好，整日多嫌我了？"老人与白起不禁哈哈大笑。荆梅拿来背篓道："大哥你看，我采了甚宝贝回来？"说着从背篓中小心翼翼地捧出了一个圆乎乎还沾着泥土的带壳硬物。

"茯苓！"白起惊喜地叫了一声，"哪里挖的？"

"太一山玉冠峰下，那棵老松呀，粗得十几个人也未必合抱！"荆梅笑得嘴都合不拢，努出一副老成声音比画着，"我这药方啊，要有一枚茯苓入药，上上之效也。先生说的了！"

看荆梅高兴的模样，白起与老师都开心地笑了。这茯苓，医家们说温补安神益脾去湿，老病尤宜。药农、阴阳家与方士，无不将茯苓看作神物一般。说松柏脂油入地千年，才能化为茯苓，茯苓千年化为琥珀。琥珀为丹药神品，茯苓为草药神品，人服可以去百病而延年益寿。如老师此等老疾杂症，茯苓不啻为救补奇药，白起荆梅如何不精神大振？素来不苟言笑的白起连连笑道："如何煎法？我来煎药，小妹下厨！"荆梅笑着摇手："你坐了，莫添乱。先生说，等茯苓干得几日，他来切分配药，这几日留得有药，忙个甚？"白起道："何方先生？倒是上心。我还说从咸阳请太医来着。"荆梅扑闪着大眼睛道："这事倒有些蹊跷。自你走后，老爹便南下楚国云游去了。我在太一山，腹朜大师忽然告诉我说，老爹回来了，教我回家探望。我一回来，便遇着郿县令领来的先生，一个白发苍苍的老人，开了药方，我便进山找茯苓去了。你说，这郿县令如何知道老爹病了？是你的关照么？"

白起思忖着摇摇头："可能是太后，也可能是丞相，一下说不清楚。"

老师笑道："还不清楚？这是将将之法，也是君臣之情也。"说着喟然一叹，"当年吴起爱兵如子，士兵负伤，亲自为伤兵吮吸脓血。伤兵老母看得哭了，说爱我子者上将军，杀我子者，亦上将军也。邻人不解，老妇哭着说，我子伤愈，必为吴起拼死战场，岂非杀我子也？君道爱将，岂有他哉！"

"老师说得是。"白起慨然一叹，"为国效命，将士天职。太后、秦王与丞相，难得的爱将爱兵，秦军士气，前所未有的旺盛。"说着将大宴之上宣太后亲许将士"每人有妻室"的情形说了一遍。老师由衷地点头赞叹："一个太后，有此智计情怀，千古之下，难有比肩者也！"荆梅笑道："难得老爹！从来没有夸赞过女子呢。"白起不禁乐得哈哈大笑。老人也笑了："君心王道，与男女何涉？"荆梅笑道："我倒是觉着，白起大哥命好，遇上个明主了。"老人一叹："君心无常。这个难说了。"白起道："老师放心，白起但以国事为重，不用揣摩君心投其所好。"老人笃地一点竹杖："这便好。大才名士，都是这般立身。"荆梅插进来笑道："哟，太阳都偏了，你俩爷子说话，我去厨下了。县府送来的肉菜面，一大堆呢。"说罢转身去了。

晚霞将落时分，荆梅将整治好的饭菜一样样端了出来，几个大陶盆摆满了石案：一大盆羊腿拆骨肉，一大盆豆饭藿羹，一大盆秋葵蒸饼，一大盆卵蒜拌苦菜，一大盆粟米饭团，盆盆堆尖，白生生绿莹莹黄灿灿热腾腾香喷喷满满摆了一大案，都是老秦人最上口的家常饭食。羊腿拆骨肉不消说了，加生姜、山葱炖得七八成熟，剥离骨头还带着些许血丝，旁边放一盘盐末儿用来蘸肉，是秦人名扬天下的主菜之一。豆饭藿羹，则是在豆瓣粥中加入豆苗嫩叶（藿菜）混煮成碧绿的豆瓣粥。秦人长期有半农半牧传统，素喜干食，大凡干肉干饼之类皆是其主食。这种菜饭混煮成汤糊的吃法，本是韩国山民的家常习俗。张仪曾对韩惠王说："韩地险恶，民多山居，五谷所生，非麦而豆。民之所食，大抵豆饭藿羹。一岁不收，民不厌糟糠。"①后来，这种吃法也传入了秦国山野，常有山民将嫩豆苗摘下阴干，专门在秋收之后做豆饭藿羹。于是，这豆饭藿羹也成了秦国山野庶民冬春两季最家常的碗中物事。那秋葵蒸饼，却是将落霜后摘下的葵叶撕碎，连同菜汁一起和入舂好的豆面或麦子面，成糊状摊入竹笼蒸出，鲜绿劲软，上口至极。秋葵蒸饼之要，在于所采葵叶须在落霜落露之后。时人谚云："触露不掐葵，日中不剪韭。"便是说的不能在霜雾露水之时采摘秋葵。荆梅午后在园中掐葵，自是正当其所了。那粟米饭团，是将粟（谷子）舂光成黄米（小米），蒸成的黄米饭团，金光灿灿米香四溢。苦菜却是田中的

① 见《战国策·韩策·张仪为秦连横说韩王》。

一种肥厚野草嫩苗，清苦鲜嫩，开水中一焯，加小蒜、山醋拌之，便是爽口凉菜一味。

白起惊喜地打量着一个个堆尖的大盆，乐得直笑："嘿嘿嘿，家常饭，美！军营里可是没这份口福。"荆梅又提来两个酒坛子往石案旁一蹾："太白老酒，尽你喝！"老师笑道："荆梅这是秦墨治厨，一做便是大盆大碗。白起啊，都是你昔日所爱，放开咥。"白起说声那是，便要下箸。荆梅拦住笑道："老是急着咥！来，先干一碗洗尘了！"

白起恍然，啪地打了一下自己的头："磁锤！我先敬老师，老师不能饮酒，我干了！"咕咚咚饮干一笑，"再敬小妹，来！"荆梅抱着酒坛一边斟酒一边笑道："谁个要你敬了？也没个说辞，只管猛喝，磁锤！来，为将军大哥洗尘，干了！"白起笑道："小妹墨家没白进，长文墨了，好！"陶碗当地一碰，两人同时咕咚咚饮了一大碗。老师笑道："白起三碗便醉的，行了。"荆梅笑道："忒煞怪也，吃饭像头老虎，饮酒却是羊羔子，如何做大将军了？"老师这次却没有笑，叩着石案道："你懂个甚来？这便是白起为将的天生秉性：任何时候都清醒过人。一日三醉，还能打仗么？"荆梅咯咯笑道："谁要一日三醉了？他分明是喝得太少了嘛。"白起搓着手嘿嘿嘿乐了："老师却是谬奖了。平日我是不敢喝，抠着自己。今日高兴，喝个痛快。""好！"荆梅大是高兴，利落斟满一碗，"就是这两坛，干完为止，老爹还要与你说话。"白起慨然笑道："饮酒不能说话，算个甚来？只可惜老师不能饮酒了。老师，白起替你老人家干了。"

明月初升，小庭院洒满了月光。两个后生喝得痛快，老人看得泪光闪烁，比自己饮酒还要陶醉。荆梅只是不停地斟酒，两坛太白老酒倒是十有八九被白起一碗碗干了，不消半个时辰，两个五斤装的大酒坛空空如也。白起面不改色，兀自兴犹未尽："还有么？再来！"荆梅咯咯笑道："磁锤！喝开了刹不住车，没了，咥饭。"

"好！咥饭。"白起像个听话的孩童，酒碗一撂，拉过那盆羊腿拆骨肉大咥起来，然后再是秋葵蒸饼，再是粟米饭团，片刻之间将三大盆最结实的主食一扫而光，衣袖一抹嘴笑道："咥好了，样样给劲！"荆梅一直看着白起猛吃，指着石案咯咯笑道："磁锤，星点儿没变。不吃菜，就咥肉。"白起却认真道："你不说我是老虎，只咥肉不吃草么？"荆梅笑得直打跌："哟！亏你个磁锤当了兵，留在家谁养活得起了？"白起嘿嘿笑道："鸡往后刨，猪往前拱，大肚汉有军粮，各有各的活法嘛。"这一下连老师也是哈哈大笑："说得好！天下之大，原是各有各的活法了。"

酒饭一毕，已是山月当空，秋风便有些寒凉。白起对正在收拾石案的荆梅低声道：

“我来收拾，你先给老师取件棉袍来。”荆梅一怔，看着白起的一双大眼骤然溢满了泪水，不待白起察觉，只一点头匆匆去了。片刻收拾完毕，白起在庭院中铺好两张草席，将石墩搬到草席上，看看屋中没有棉垫，便将自己的斗篷折叠起来在石墩上垫了，才将老师扶到草席石墩上坐下。此时荆梅也正好将煮茶的诸般物事搬了出来，片刻木炭火点起，茶香在院中弥漫开来。

少女之心，最受不得这种细心、柔情。

“白起啊，说说，这些年你这仗都是如何打的？”老师终于开始了。

吃喝毕，该谈战争了。

白起红着脸道：“我早有念头，想请老师指点，只是战绩太小，没脸来见老师。不想，老师一病如此。”低头抹了抹眼泪，振作精神，将这些年打过的仗一一说了一遍。

“不错！能打大仗了，终是出息了。”老师轻轻叹息了一声，“你在太一山十年，老师只教你练了体魄武功，还有胆魄心志，并没有教给你兵法战阵之学，这次打大仗，心中有无吃力了？”

“有过。”白起坦诚地看着老师，“若是那个齐王田地不偷吞宋国，孟尝君的三十万大军不夤夜撤走，我当真不知能否包得住六十多万大军。或者，山甲那两万步兵挡不住春申君的十几万联军，武关失守，我也真不敢想会是何等结局。”

“但凡打仗，总有几分把持不定的风险，这叫作无险不成兵。”老师笑了笑，“然则，你在事后能做如此想，将这两处要害看作武运，而没有看作自己本事，这便是悟性，便是长进之根基。须知，兵家之大忌，在于心盲。心盲者，将心狂妄而致昏昧不明也。此等人纵然胜得几次，终是要跌大跤。”

可惜，古今战将中，心盲者居多。

白起肃然伏地一叩：“老师教诲，起终生不敢忘记。”

老师招招手：“荆梅啊，去将那个铁箱给我搬来。”荆梅“唉”地答应一声，快步进屋搬来了一口三尺见方的小铁箱。

老师竹杖点点铁箱道:“打开,给你的。”白起道一声是,见铁箱虽未上锁,却是没有箱盖缝隙仿佛浑然一体一般,便知这是那种内缝相扣的暗箝箱,极需手劲方能打开。白起两掌压住箱盖两边,静静神猛力一压一放,铁箱盖“嘭”地弹开了。老师笑道:“这只墨家暗箱,没有五百斤猛击之力,却是开不得。你只压不击,连环收发,力道大有长进了。”白起笑道:“咥了几百石军粮,还不长点儿力道?”旁边荆梅笑道:“长几斤力气便吹,不羞!”白起只是嘿嘿嘿笑个不停。老人道:“别闲话,将里边物事拿出来。”

白起一伸手,竟是一箱竹简,一捆捆搬出来,月光下封套大字看得分明:《孙子兵法》《孙膑兵法》《吴子兵法》三部,一十六卷!

“白起啊,这三部兵法,兵家至宝也。”老师长长地喘息了一声,缓慢地说着,“古往今来,兵书不少,然对当世步骑阵战做精心揣摩者,唯此三部。《孙子兵法》虽是春秋之作,却是兵家总要,有了实战阅历而读《孙子兵法》,方可咀透其精华,使你更上层楼。《孙膑兵法》与《吴子兵法》,是切实论战。孙膑侧重兵家谋略。吴起侧重训练精锐。孙膑飘逸轻灵,用兵神妙,每每以少胜多,以弱胜强。吴起则厚实凝重,步步为营,无坚不摧,一生与诸侯大战七十二场,无一败绩。此三家兵法,你若能咬碎嚼透而化于心神,大出天下之日,将不期而至也。”

纸上谈兵虽有大害,但不研兵书,也难有作为。《孙子兵法》《孙膑兵法》《吴起兵法》,这些,当是有志者必读之宝典。

荆梅笑道:“既是这样,老爹何不早早送给大哥?真是。”

“你懂个甚来?”老人悠然一笑,“孔夫子说,因材施教。白起天性好兵,说是兵痴也不为过。若先有兵书成见,则无实战好学之心,反倒是兵书成了牢笼。再者,发于卒伍之时,兵书大体也用不上。可是?”

白起顿时恍然，想起当日出山时老师嘱咐："定要从卒长一级级做起，毋得贪功贪爵。"深意原是在此，不禁高声赞叹一句："老师大是！"

"白起啊，兵学渊深如海，实战更是瞬息万变哪！"老师喟然一叹，"你有兵家禀赋，然则，天赋之才须得以学问养之，可成大家。学不足以养才，你也就就此止步了。"

和白起讲学问、讲道，已经迟了。此将道之本，终不为他所悟。

白起性本厚重，听老师说得肃然，不禁咚地叩头："白起记下了。"

旁边荆梅笑了："老爹今日才想起教弟子了。我倒是听人说，白起打仗又狠又刁，不杀光对方不罢手。"

白起昂昂一声："浴血打仗，谁个不狠？都学宋襄公，打个甚仗？"

"为将者，有道也。"老人悠然一叹，"道之所至，却是天意了。白起也没错，都学宋襄公，何如不打仗？白起啊，你只记住：战不杀降，便不失将道之本了。"

"是！"白起慨然应声，"白起谨记：战不杀降！"

还是老师了解白起，白起后来犯下的"罪"，恰恰就是坑杀赵国降兵。白起临自杀前，方有悔意。

明月西沉，霜雾从渭水斜水的河谷里渐渐地弥漫了山塬，山风中的寒凉之气也渐渐地重了。白起背起老师，荆梅收拾了铁箱草席与茶水，三人转挪到屋中，又开始了绵绵的家常话，眼看着霜重雾浓，眼看着红日高升，老人静静地闭上了眼睛。

"大——"荆梅嘶哑的喊声划破了五丈塬的清晨霜雾。

白起默默地站了起来，对老师深深一躬，良久抽搐，骤然放声痛哭了。正在白起与荆梅伤痛不知所措之际，遥闻火霹雳一声嘶鸣，白荆古道上马蹄急骤！

老师之死，是象征手法。标志着白起要真正出山了。

第五章　冬战河内

一　流言竟成奇谋　齐国侥幸脱险

写齐湣王背信弃义，独吞宋国，这是小说的改编之法，作者想借此说明六国乃乌合之众。宋亡的实情并非如此。据《史记·宋微子世家》，宋虽亡于外敌，但实因君偃太荒唐暴虐，“君偃十一年，自立为王。东败齐，取五城；南败楚，取地三百里；西败魏军，乃与齐、魏为敌国。盛血为韦囊，县而射之，命曰‘射天’。淫于酒、妇人。群臣谏者辄射之。于是诸侯皆曰‘桀宋’。‘宋其复为纣所为，不可不诛’。告齐伐宋。王偃立四十七年，齐湣王与魏、楚伐宋、杀王偃，遂灭宋而三分其地”。按此说，宋为齐、魏、楚三国所灭。另据《史记·六国年表》载：齐湣王三十八年，“齐灭宋”；魏昭王十年，“宋王死我温”。两则史料对照，可见灭宋并非齐国一国为之。灭宋时，秦昭王已成年。

紧急召回白起，是魏冄的主张。他只有一句话：“要打仗，就得白起回来！”

河外之战，将山东六国打成了一锅粥，仇恨交错，恩怨丛生，相互间顿时火爆起来。兵败次日，魏赵韩三国立即发难，派出特使飞赴临淄质问齐湣王：“齐国弃合纵大义于不顾，独吞宋国，私撤大军，导致三国二十四万兵马全军覆没，是否公然与我三晋为敌？”汹汹之势，俨然三晋合纵清算齐国。齐湣王嘿嘿冷笑道：“我取宋国之时，合纵大军已经兵败。我不问三晋冒进丧师，以致拖累我军之罪，尔等竟敢先自发难，当真是岂有此理！”那魏国特使是死里逃生的新垣衍，听得齐湣王狡辩之辞，气得浑身哆嗦，声嘶力竭喊道：“孟尝君！你身为联军主宰，你说，齐军何时撤走？我军何时被灭？

说!”孟尝君铁青着脸冷冷道:“事已至此,说有何益?你等只说,三晋究竟要如何了结?”新垣衍怒声吼道:“吐出宋国,四家平分!否则,三晋便是齐国死敌!”赵韩两使一齐高声道:“正是如此,不分宋国,三晋不容!”齐湣王拍案大怒:“甲士何在?将三个狂徒乱矛打出去!”殿前甲士轰然一声,拥上来倒过长矛木杆一通乱打,三个堂堂国使竟被打得嗷嗷大叫着抱头逃窜,齐湣王哈哈大笑:“回去便说:本王在战场等着三晋了。”

三晋特使刚走,楚国特使逢候丑风风火火地赶来了。这逢候丑本是春申君副将,拼死力战,方与春申君带着两万残兵逃回了郢都。春申君本来就招世族大臣嫉恨,立即被罢职关押。怒气冲冲的楚怀王与新贵靳尚及一班世族老臣一聚头,众口一词地要找齐国清算这笔窝囊账。逢候丑与靳尚多有交谊,又对齐国一腔怨愤,自告奋勇做了特使。他进了临淄王宫,铁青着脸递上国书,却一句话不说。

齐湣王冷笑着将国书一撇:“本王懒得看,有话便说。”

“齐国损盟肥己,欺人太甚!”逢候丑硬邦邦一句。

齐湣王喉头发出粗重的咝咝喘息:“便是欺人太甚,楚国却待如何?”

“楚齐分宋,万事皆休,否则,大楚国立即发兵北上!”

“哗啷”一声大响,齐湣王一脚踹翻了王案,暴跳如雷地冲到逢候丑面前,那长着黑乎乎长毛的大拳头几乎便在逢候丑鼻子下挥舞:“逢候丑!回去对芈槐肥子说:本王大军六十万,专取他狗头!记住了!打出去——”

“打出去”三字,有戏剧感。

又是一阵乱矛做棍,逢候丑也是嗷嗷大叫着逃了出去。

旬日之后,快马急报:三晋与楚国联军四十万,要与齐国开战!

孟尝君急了,连忙找苏代商议。苏代一腔悲凉道:“孟尝君啊,莫非你还觉察不出么?齐王已经不需要策士了,也不想斡旋邦交了。他,要一口鲸吞天下了!"说着一声长长地叹息,"看来,甘茂是对的。田兄,你我只怕都要学学甘茂了,死在此等君王手里,实在是不值得也。"孟尝君思忖片刻,淡淡地笑了:"人说危邦不居。苏兄要走,我自不拦。然则,田文根基在齐,却不能撒手。成败荣辱,计较不得了。"说罢一拱手,头也不回地去了。

径直进宫,孟尝君破天荒地对齐滑王沉着脸道:"我王恕田文直言:齐国已成千夫所指,实在是覆巢之危!眼下是四国攻齐,来年可能是六国攻齐。齐国纵有六十万大军,何当天下连绵大战?又能支撑几时?以田文之见:我王当立即改弦更张,化解兵戈。"

"改弦更张?"齐滑王嗞嗞冷笑着,"倒是有主意,本王听听。"

"与山东五国共分宋国,王书悔过,重立齐国盟主威望。"

齐滑王眼中骤然闪过凌厉的杀气,却又骤然化为一丝微笑道:"你是说,将宋国六百里共分?还要本王向五国悔过?"

"唯其如此,可救齐国。"

"你倒是说说,本王过在何处?"

孟尝君根本不看齐滑王脸色,径直痛切答道:"其一,借合纵大军挡住秦国,而我王借机突袭灭宋,有失大道。其二,秦国本已与宋国结盟,且驻军陶邑。然则白起在我王攻宋之时,却突然撤离秦军,教我王得手。此中险恶用心不言自明,秦国就是要我王独吞宋国,而与山东老盟结仇。我王果然中计,被秦国陷于背弃盟邦之不义陷阱,竟至孤立于中原,招来灭国之危。时至今日,亲者痛仇者快,我王过失,已是无可遮掩。若能分宋悔过,痛斥秦国险恶,便可彰齐国诚信,可显我王知错必改之大义高风,更可重树齐国盟主大旗。"

句句中的。

齐湣王极是自负，素来有与臣下较智的癖好，寻常总喜欢对臣子突兀提出极为刁钻古怪的难题来“考校”奏事臣子的学问，臣子但有不知，立显尴尬。有一次与稷下学宫的名士们谈论《周易》卦辞，齐湣王突兀发问：“人云：龙生九子，这九子都是甚个名字?”一班稷下名士你看我我看你，张口结舌。时间一长，齐王“天赋高才”的美名遍于朝野，久而久之，连齐湣王自己也信以为真了。

今日，齐湣王第一次被孟尝君直面责难，心中早已经不是滋味，却硬是要更高一筹，压住火气冷冷一笑：“孟尝君指斥本王两错，本王却以为是两功。其一，天下战国，弱肉强食，谁不欲灭宋？齐国取之，乃是天意，正合大道！其二，联军攻秦，将帅无能，眼看战败之时，我方兴兵，却与借机偷袭何干？其三，秦军畏惧避战，不敢与本王精锐对阵，方撤离宋国自保。有甚大谋深意可言？其四，五国要来分宋，本是强词夺理妒火中烧！孟尝君不思抗御外侮，却与敌国同声相应。这般做丞相者，岂有此理！”

孟尝君听完这一大篇缠夹不清的王言，心中顿时冰凉，铁青脸色道：“田文丞相不足道，邦国社稷之安危，才是头等大事。”

“邦国社稷之安危?”齐湣王脸上一抽搐，突兀暴怒吼叫，“教他们来，本王正要马踏六国，一统天下!”

好大的口气！

孟尝君顿时恍然，不禁倒吸了一口凉气，却也彻底冷静了下来，一拱手道：“齐王做如此想，田文不堪大任，敢请辞去丞相之职。”

“嘿嘿，孟尝君果然豪侠胆气。”齐湣王顿时浮现出一丝狞厉的笑，“来人，立即下书：革去田文丞相之职，不得与闻国政，克日离开临淄!”

孟尝君淡淡一笑：“田文告辞，齐王好自为之。”一拱手头也不回地去了。

齐王多疑，几次毁废孟尝君。

齐湣王气得暴跳如雷，兀自对着孟尝君背影大吼："田文，待本王灭了六国，再庆典杀你！"此时正逢御史从与大殿相连的官署快步走来，齐湣王迎面一声高喝："御史！立即宣召上将军田轸。"御史显然是想向国君禀报急务，却硬是被面目狰狞的齐湣王吓得一迭连声地答应着去了。

片刻之后，田轸大步匆匆地来了。齐湣王不待田轸行礼参见，大袖一挥急迫开口："立即下书国中：再次征发二十万丁壮，一个月内成军！再加田税两成、市易税五成，明日开始征收。"

田轸大是惊讶，且不说这王令已经使他心惊肉跳，更令他不可思议的是，此等军政国务历来都是丞相府办理，如何今日却要他这个只管打仗的上将军来办？本想劝谏一番，但一看齐湣王的气色，田轸只一拱手："是！臣这便去知会丞相府。"齐湣王冷冷道："不用了，丞相已经被本王罢黜。"田轸顿时愕然，钉在当场不知所措了。齐湣王突然盯住了田轸，阴声冷笑道："如何？莫非上将军心有旁骛？"田轸素来畏惧这个无常君主，一听他那咝咝喘息，大觉惊悚，连忙深深一躬："田轸不敢。"齐湣王嘴角抽搐，突兀声色俱厉："误我一统霸业，九族无赦！"

乱国先乱规矩。

"谨遵王命！"田轸突然振作，一声答应，赳赳去了。

回到上将军府，田轸教一班司马与文吏立即出令：临淄大市自明日起增税五成。又派出一队快马斥候改做王命特使，飞赴三十余县、七十余城宣布王命：着即按照数目征发丁壮、增收田税。上将军府顿时紧张忙碌起来，车马吏员川流不息，一时门庭若市。田轸却将自己关在书房，任谁也不见。暮色时分，一辆四面垂帘的辎车出了上将军府的后门，一路只走僻静无人的小街，曲曲折折向丞相府飞驰而来。

却说孟尝君踽踽回到府中，立即吩咐掌书归总典籍交割政务，自己驾着一叶小舟在后园湖中漂荡。及至夕阳西下，孟尝君才猛然想起一件大事，连忙弃舟上岸，恰遇冯驩对面匆匆走来，一声急迫吩咐道："立即到门客院，我有大事要说。"

冯驩，多次救孟尝君于危难。

"主君不用去了。"冯驩低声道，"门客们十有八九都走了。"

"如何如何？"孟尝君大是惊愕，"三千门客，十有八九都走了？"

"还留下二十多个，都是被仇家追杀的大盗，无处可去。"

孟尝君日后要逃出函谷关，还须大盗出手。

孟尝君一时愣怔，突然哈哈大笑不止。那笑声，比哭声还悲凉。冯驩低声道："主君须善自珍重，毋得悲伤。请借高车一辆，冯驩试为君一谋，复相位增封地亦未可知。"

"要走便走，何须借口！"孟尝君勃然大怒，却又骤然大笑，"上天罚我滥交，田文何须怨天尤人。"转身大喝一声，"家老，高车骏马，黄金百镒，送冯驩出门。"

悲愤之下，难做正确的判断。情义不在仁义在，孟尝君还是出手大方，俗套地说，是给自己积德。冯驩自有办法让孟尝君东山再起。

"谢过主君。"冯驩深深一躬，头也不回地去了。

孟尝君站在湖边发呆，一颗心秋日湖水般冰凉空旷。自从承袭家族嫡系，多少年来，孟尝君府邸都是门庭若市声威赫赫，那三千门客令天下权臣垂涎，也更是他田文的骄傲——孟尝君待士诚信，得门客三千，生死追随。不想一朝罢相，却恰恰是这信誓旦旦的三千门客走得最快，半日之间，门客院空空如也！连以忠诚能事而在诸侯之间颇有声望的冯驩也走了，人心之险恶叵测，世态之炎凉无情，竟至于斯。

田文一日废，门客皆"背文而去"，肯留下来的，可能就真的只有鸡鸣狗盗者。

"禀报家主：上将军来见。"那个被冯驩取代而休闲多年的家老，此刻正小心翼翼地匆匆碎步走了过来。

孟尝君恍然："田轸？教他到这里来。"喟然一叹，坐到湖边石亭下。

“家叔，如何一人在此？”身着布衣大袍的田轸大步走来，看着神情落寞的孟尝君，茫然不知所措了。

“别管我。有事你便说。”对这个平庸的族侄，孟尝君从来都没放在心上。

“我看大事不好。”田轸神色紧张，坐在对面石墩上一口气说了今日进宫的经过以及自己的虚应故事，末了道，“事已至此，我该如何应对？家叔准备如何处置？真要与列国开打，我却是如何打法？他罢黜了家叔丞相，国事谁来坐镇？噢，对了，这个齐王，他如何要罢黜家叔了？”一番话语无伦次，显然是慌乱了。

孟尝君冷笑道：“你是上将军，自己打算如何，老是盯着我何用？”

田轸虽然一脸难堪，却是被孟尝君呵斥惯了，只局促地红着脸道：“我自寻思，只有称病辞朝了。再征发二十万新军，仓促上阵，何有战力可言？仗打败了，还不得先杀我？”

“还算你明白。”孟尝君长叹一声，“只是不能太急。我离开临淄后，你须得先举荐一个深得齐王信任的将军，而后再相机行事。做得急了，只怕更有杀身之祸。记住了？”

“是！”一有主意，田轸清楚起来，压低声音道，“家叔何不与上卿商议一番？看有无扭转乾坤之法？”

“上卿？”孟尝君冷笑，“只怕此公已经上路了。”

“如何？上卿也走了？”田轸瞠目结舌，在他的心目中，苏代与孟尝君从来都是共进退的，如何能说走便走？

“你是王族，根基在齐。你都要走，何况一个身在他国的纵横策士？”孟尝君又是一声长叹，“人同此心，心同此理。只怕齐国要一朝覆亡也！”

突然，湖边竹林里一阵长笑，一人高声道：“谁个如此沮丧了？”

“鲁仲连？”孟尝君又惊又喜，大步出亭高声道，“来得好！仲连不愧国士无双也！”

月色之下，一人斗篷飞动长剑在手从竹林中飘然走来：“孟尝君别来无恙？”孟尝君笑道：“别客套！来，坐了说话。”说着上前拉住鲁仲连进了石亭，“这是上将军田轸。这位是名士鲁仲连。二位认识一番。”鲁仲连与田轸相互一拱，算是见过，在石墩上坐了下来。孟尝君这后园湖畔本是经常的会见宾客处，竹林边有一个小庭院长住着几个仆人与侍女，但逢客来，只要孟尝君一声呼唤，便即出来侍候，或茶或酒都是就近取来，极是方便。此时孟尝君只啪啪两掌，两名侍女飘然走来，在石亭廊柱下摆置好了煮茶器具。

“无须客套。”鲁仲连一摆手，“两件事一说，我便要走。”

“何须如此匆忙？”孟尝君正在烦闷彷徨之时，正要一吐心曲并听鲁仲连谋划，听得鲁仲连如此急迫，不禁有些失望。虽则如此，孟尝君也知道鲁仲连不是虚与周旋之人，摆摆手让侍女撤走了茶具，一拱手道：“有何见教？说。”

“第一宗，四国攻齐一事，行将瓦解。一时之间，孟尝君不必担心。”

“此事当真？”田轸不禁惊讶得脱口而出，“今日午时，斥候还报来四国结兵消息！”

“少安毋躁！”孟尝君呵斥田轸一句，却也是惊讶困惑，“如此突兀，却是何故？”

“也许，只能说是天意了。”鲁仲连一声叹息，说出了一段令人瞠目结舌的故事：

联军大败于河外，赵国最是愤愤不平。武灵王赵雍力行胡服骑射富国强兵已经有年，派出的这八万新军精兵，是第一次试手。虑及联军以齐国三十万大军为主力，更有孟尝君春申君主宰，赵武灵王便说：“龙多主旱。派一员战将便是。”主持军政的肥义也认为有理，没有派出名将廉颇，也没有召回在阴山巡视的平原君赵胜，而派了新军将领司马尚领军。这司马尚也是赵国的一名悍将，只要主帅调遣得当，冲锋陷阵历来都是无坚不摧。与此同时，赵武灵王已经部署好了两路大军：一路攻占离石要塞，抢占秦国河西高原；一路趁机吞灭中山国。只要河内大战一得手，赵国立即两面开打，在中原大展雄风。不承想河内大战如此惨败，赵魏韩三军全军覆灭，不啻给了雄心勃勃的赵国当头一棒。

此时，齐国趁机灭宋与齐军在三晋大战秦军时悄然撤出的消息传来，赵武灵王勃然大怒，立时派出飞车特使联络魏韩楚三国，要与齐国大打一场。四国特使赴齐的同时，四国

乱成一锅粥。这边厢打秦国，掉过头来就内讧，皆宵小，难成大事。作者之胜者为王败者为寇的“意识形态”过于强烈，为抬高大秦，把诸王如楚怀王、齐湣王等写得有如失心疯，甚至是智商无下限，不足取。战国七雄，对这一文明各有贡献，像齐宣王、赵武灵王等，皆一代雄君，魄力非凡，他们的历史贡献，绝非一个“败”字所能抹杀。山东六国，为扭转秦独霸天下之局面，也想了不少办法，但造化弄人，秦终得天下。脸谱化的写作，反而降低了小说的“真实”度。如果作者能写出虽败犹荣之感觉，可能更好。写人心之反复，这个路子没有错，但依托于历史的小说，写得太过乖张，将有损小说的说服力。

之间事实上已经议定了出兵盟约。这次是以赵国二十万大军为主,赵武灵王亲自统率。

恰恰此时,四国都城流言蜂起,四国商人也纷纷从临淄送回了种种义报:齐国新征大军二十万,国人赋税猛增五成,合成八十万大军,要一战荡平中原。

消息传开,韩国第一个心虚了。襄王韩仓与大臣们反复计议,都以为但与齐国开战,必是旷日持久的天下大鏖兵,支撑不住的只能是地不过千里、人众不过六七百万的韩国,与其如此,何如早退?然则赵国锐气正盛,魏楚两大国也是气势汹汹,须得巧妙斡旋不着痕迹地置身事外,方是万全之策。密商一番,韩襄王派出了大夫聂伯为特使出使赵国。

聂伯到了邯郸,对赵武灵王说:"韩国原本只有不到二十万兵马,河外一战,八万无存,如今仅余十万左右,除却地方要塞之守军,能开出者不足六万。相比于赵国雄师,实在是杯水车薪也。况韩国多山,素来穷弱,仓廪空虚,实在无能为力。"

赵武灵王冷笑道:"早几日如何不穷不弱?你只说,要待如何,韩国才出兵?"

"我王之意:若得出兵助战,三大国须得预付韩国三年军粮,共三百万斛。"

"啪"的一声,赵武灵王拍案而起:"厚颜无耻!韩国与三国同仇共恨,自个儿雪耻,给谁家助战?赵国一年军粮才五十万斛,你便要一百万斛?有三百万斛军粮,韩国富得流油,再躲在山上看热闹么?韩仓无耻,将这使狗给我打出去!"

这个聂伯被打得遍体鳞伤,狼狈逃回新郑。一说缘由,韩襄王顿时恼羞成怒:"好个赵雍,还没做霸主,便要恃强凌弱了?幸亏没跟你赵国。"立时找来几个心腹一阵密商,派出两路密使飞赴大梁、郢都。

韩国密使对楚怀王说:"赵国已经与齐国订立了密约:齐分给赵三成宋国土地,再助赵独灭中山国,赵不与三国结盟攻齐。赵雍大肥,却要拉三国垫背,无非想成中原霸主而已。韩王不忍楚国一败再败,愿圣明楚王三思。"

韩国密使对魏襄王却是另说:"赵国名为替三晋雪耻,实则要借机攻占魏国河内[①]三百里。赵雍之狡诈阴狠,比田地有过之而无不及,时念三晋旧恨。韩魏如何为他赵国流血?"

楚怀王与魏襄王都是素无主见,顿时大起疑心,立即派出特使飞车赵国, 异口同声

---

① 河内,春秋战国时将黄河北岸平原称为河内,黄河南岸平原称为河外。

表示："齐赵之间，多有流言。若得楚魏加盟，赵国须得先行与齐国一战，以示诚信。"

赵武灵王顿时怒火中烧，一副连鬓络腮大胡须几乎立了起来："齐赵之间，有何流言？说！说不出来，赵雍剁下尔等狗头！"饶是他暴跳如雷，两国特使偏是死死沉默，一句话也不说。赵雍本是一心要与齐国决一死战，一则为五国雪耻，二则想一扫赵国多年的颓势，如今眼见信誓旦旦的盟约竟在突然之间大翻转，气得脸色苍白浑身颤抖，要不是肥义一把抱住，几乎要一剑洞穿两个特使。

特使逃跑了，盟约也眼看是瓦解了。赵国君臣倍感窝囊，都疑心是韩国作祟。赵雍派出得力斥候到三国秘查真相。半月之间，斥候相继来报，祸首果然是韩国。这一下非但是赵雍怒不可遏，一班大臣也是义愤填膺，一口声吼叫着要惩罚韩国。赵雍二话不说，当殿便命平原君赵胜率领精兵十万，对韩国上党①发动猛攻。

……

田轸高兴得连连拍掌喊好。孟尝君却听得大皱眉头："匪夷所思也！这流言大是蹊跷，如何竟与齐国动静如此相符？又如何同时在四国传播了？"

人心不齐，谣言自能乘虚而入，是以不攻自破。鲁仲连为孟尝君解忧。

鲁仲连笑而不答。

孟尝君恍然大悟："噢——是你，鲁仲连流言用间？妙，大妙也！"

鲁仲连摇头笑道："孟尝君既然猜中，我却不便贪功。此计，另有高人。"

"高人？齐国人？还是苏代？"孟尝君惊讶得眼睛都睁

---

① 上党，今山西上党地区，战国时多方拉锯战的要塞之地，战国中期为韩国北部一郡。

田单，高人，以火牛阵闻名于史，善用反间计，屡成。燕齐有深仇大恨，燕屡破齐，齐湣王亡死于异国，田单设法复国。

大了。

“田单，一介商贾，与我莫逆之交。”鲁仲连神秘地笑着。

“田单？莫非是王族末支？”田轸也兴致勃勃地插了一句。

鲁仲连淡淡一笑：“朋友之交，何须考究出身？凡姓田者，都须是王族么？”

孟尝君瞪了田轸一眼，回头笑道：“这通流言，看似简单，实则却是神出鬼没，此人智计，莫测高深。”鲁仲连笑道：“田单久在中原经商，大市均有货栈店铺。河内兵败，我料到齐国将有大劫。恰在邯郸遇到田单，我说了一番情势，他便想出了这个对策。原本只是想缓冲一番，给齐国缓出一段时日，好让庶民百姓逃难。不想一石激起千层浪，四国合纵一朝崩溃，岂非天意也！”

“说到底，还是四国各怀异心。”孟尝君叹息一声，“多少年来，哪次合纵不是如此？但有风吹草动，便作鸟兽散，怨得谁来？”

鲁仲连也是一叹：“强大时谁都想做霸主，危难时谁都想别个做牺牲。争夺是铁定不变，联合是瞬息万变。真正的合纵，永远不会有。”

“不说如此丧气话了。”孟尝君笑了，“第二宗如何？”

鲁仲连面色顿时肃然：“齐国真正的仇家醒来了。”

孟尝君目光一闪：“你是说燕国？”

“正是。”鲁仲连点点头，“乐毅在辽东练兵五年，已成精锐大军二十万。”

田轸急忙问道：“先生如何得知？我斥候营为何没有消息？”

鲁仲连淡淡一笑，没有接田轸话题，只对孟尝君道：“我总在疑心：齐王杀了燕国张魁，燕王反倒派使赔罪，如此忍辱，果真如此畏惧齐国么？与田单分手后，我去了燕国，又去了辽东，终究是揭开了这个谜。燕国正在磨刀霍霍，齐国真正的危难尚在后头。”

见鲁仲连说得凝重，孟尝君不禁笑道：“二十万大军何惧之有了？根本是有无明君在位，有无名将统兵。燕王原本平庸。这乐毅却是何人？值得仲连如此看重？”

“孟尝君差矣！”鲁仲连少见地断然一句，还连带着粗重地喘息了一声，“燕王姬平绝非平庸之辈，依我看，只怕比越王勾践还强得几分。要说乐毅，更是天下少见的名将之才，其先祖是当初魏国名将乐羊。更有上卿剧辛主持国政，也是名士贤才。如此君臣十余年韬光养晦不露锋芒，孟尝君不觉得寒气森森然么？”

齐国见小利忘大义，原与燕太子合谋要平子之之乱，谁知齐国趁乱攻燕，燕大乱，燕人怨齐。燕人强盛，齐国要倒霉。

孟尝君毕竟不是颟顸之辈，听得鲁仲连一番见地，心中顿时沉甸甸的：“四国与齐国已经交恶，若有燕国死力合纵，齐国岂非大难临头？”

“这便是我今日所来本意。”鲁仲连点点头，“也是那位田单兄的主意。辽东之事，也是田单兄说给我的。”

“他却如何知晓？”孟尝君不禁大奇。

“简单得很。”鲁仲连笑了，“田单入辽东收购人参虎骨，进山误入秘密军营，差点儿回不来了。”

“果真如此，仲连以为该当如何？”孟尝君也顾不上细问田单了。

“齐国危难，内外俱生矣！”鲁仲连一声沉重叹息，“外事，我倒是与田单兄谋得一策。可这内事，孟尝君被罢相，如何着手？”

“内事须得如何？你先说说。”

鲁仲连掰着指头道：“其一，立即废止增加赋税的王令。

鲁仲连给了解决问题的思路，余下的，得孟尝君去想办法。

其二，二十万新兵也最好不要征发。其三，派出特使与楚国修好。若能办到如此三项，大难可减一半。”

田轸不禁失笑道：“如此三项，有恁大威力了？”

鲁仲连正色道：“前两项为内乱之根。若不消除，大战一起，难保不生民乱。民乱但起，齐国何在？后一项为兵家退路。若无楚国，齐国断难长期支撑。”

孟尝君默然良久，摇头一叹：“难矣哉！此人疯劲十足，如何扭得回来？”突然眼睛一亮，拍掌笑了，“有了，左右我是闲居，去找一个人回来。”

齐王服软不服硬，得用迂回之策。

鲁仲连笑道：“有办法便好。告辞。”

“留步留步！”孟尝君急道，“你去哪里？”

“秦国。”鲁仲连一笑，身影已在石亭之外，“再去楚国。”便不见了踪迹。

二　咸阳宫夤夜决策

匆匆赶赴秦国，鲁仲连要找已经离开临淄的冯驩。

却说冯驩在孟尝君府领得一辆六尺车盖的青铜轺车并黄金百镒，连夜出了临淄向西而来，昼夜兼程，不消三五日便到了咸阳。对于秦国，冯驩并不熟悉，只识得一个当年出使临淄的樗里疾。寻思一番，冯驩还是觉得应该走樗里疾这条路子。樗里疾虽是闲居养息，毕竟资深望重还挂着个右丞相衔，更兼与孟尝君私交颇深，请他解困最是合适不过。思谋一定，冯驩不住秦国驿馆，而是在齐国商社下了榻。安顿妥当，冯驩一身布衣自驾高车，辚辚来到樗里疾府前。这便是冯驩的细心周到处，他要的是脱得官身国事之形迹，而只以布衣之士身份斡旋。战国之世，布衣名士的游说往往比特使之身更有效用，尤其是褒贬人事，布衣名士的说辞显然更见分量。

樗里疾的府门不同寻常，虽不是门庭若市，却也出入不断。冯驩看得片刻，竟没有见一个来人被门吏拦住，仿佛谁都可以通行无阻。看得饶有兴味，冯驩将轺车在车马场停好，径直走到门前一拱手："在下临淄冯轼，请见老丞相。"说罢抬脚往里走去。

老门吏连忙拦住道："先生莫忙，要见丞相不难，只是要老朽领你进去方可。"冯驩有意作色道："如何别个长驱直入，我却要周折一番？"老门吏笑道："那些人都是办琐碎的，比不得先生要见丞相。"冯驩笑道："原不知情，却是错怪，相烦家老领我进去。""那是该当。"老门吏说罢回头喊了一声，"今日见客止——"正中大门隆隆关闭了，只剩下南边一个偏门开着。见正门合拢，老门吏回身嘟哝了一句："走了。"也不看冯驩，径直前行去了，看似摇摇晃晃，实则却是快步如飞。

"家老且慢行。"冯驩紧走几步追上，"这袋老齐刀，家老拿着了。"说着将一个锵啷作响的牛皮钱袋塞到老门吏手中。冯驩久做孟尝君门客总管，一则是深知门槛精要，二则也是手面大，三则却是见这老门吏委实厚道可亲，没有豪门欺客的恶习，诚心要给他一些好处。这"老齐刀"乃春秋老齐国铸造的青铜刀币，形制规整，铜料上佳，两百余年后被天下视作金币一般，却是非同小可。

"这是做甚？"干瘦黝黑的老门吏钉子一般站住了，"没这规矩！拿回去。"说罢一伸手，那钱袋锵啷一声又回到了冯驩怀中。老门吏又是一句嘟哝："走了。"又头也不回地兀自去了。

一个小细节，写出秦国朝气蓬勃之气象。老门吏不吃贿赂不收礼，说明民众正气，这样的国家有前途。相反，如果离了贿赂寸步难行，这样的国家可能命不久矣。

冯驩第一次入秦，瞬息之间感慨良多，却不及细想，只脚步匆匆地赶上了老门吏。片刻之间过了两进院落,来到了显然是公事书房的一座大屋前。老门吏也不说话,只对冯驩一摆手要他在廊下稍等,轻步走了进去。似乎只是一打转身,老门吏走了出来,还是只对冯驩一伸手做了个礼让,径自扬长去了。冯驩看了老门吏背影一眼,觉得这座府邸处处都透着一种莫名其妙,与其说是右丞相府邸,毋宁说是一座不伦不类还带有几分胡人野气的庄园,分明是粗简实在,却又弥漫着一种教人揣摩不透的诡秘。略一思忖,冯驩重重地咳嗽了一声,肃然一拱道:"临淄故人,求见老丞相——"

"笃笃!"两声闷响,随后是沙哑苍老的笑声,"吆喝甚?端直进来。"

冯驩只模糊听清了"进来"两个字,大步走了进去,却只见满当当竹简的书架中埋着一颗白发苍苍的头颅,一拱手笑道:"倏忽二十年,樗里子别来无恙?"

白发苍苍的后脑勺忽然变成了一张黝黑紫红的脸膛:"嘿嘿,还编出个冯轼骗老夫,我就知道,十有八九啊,是你这弹铗要鱼吃的小子。"

"老丞相好记性,多劳上心。"冯驩知道樗里疾笑骂便是亲近的脾性,不禁大是轻松。樗里疾却笃笃点着竹杖走了过来:"来,这厢坐。茶酒现成,你自随意。"冯驩坐在了与主案对面的长案前,却见这长案两边是左茶炉右酒桶,还弥漫着一股胡人帐篷的气息,不禁笑道:"老丞相不忘根本,还日进马奶三升么?""嘿嘿,"樗里疾笑了,"积习难改也。咸阳临水,太得潮湿,马奶酒驱寒去湿。尝尝,保你不腥不膻。"冯驩提起酒桶斟了一大碗咕咚咚饮下,却觉酸涩辣一齐蹿上鼻腔,连打了几个喷嚏,顿时狼狈。樗里疾哈哈大笑:"齐人不行! 要是赵胜那小子,这桶马奶酒啊,还不高兴得蹦起来?"冯驩拱手笑道:"原是我不善饮酒,要是孟尝君,只怕也是三

孟尝君细心周到。

两桶不够。”“嘿嘿，别提这小子！”樗里疾笃笃点着竹杖，“他的大散寒倒是管用，老夫总算能瘸着腿走路了，实想与他畅饮一回，哼哼，却只是见他不得，一个破丞相恁个忙？连出使都没了？啧啧啧！”

“老丞相，”冯驩叹息了一声，“孟尝君已经被罢黜了。”

“你说甚来？”樗里疾目光一闪笑了，“嘿嘿，这小子也有今日，活该也。”

冯驩知道樗里疾说的是反话，笑道：“若孟尝君来秦，老丞相可是高兴？”

“嘿嘿，倒也是。”樗里疾笃笃点着竹杖，“闲居无事，周游天下。你只回去对他说，来咸阳，老夫管他吃住，最好与老夫结伴，做一回西域游。”

冯驩不禁哈哈大笑：“老丞相好主意！不过，我也有个谋划，或许更好。”

“嘿嘿，老夫就知道你还有谋划。说。”

“齐国之威望诚信，大半系于孟尝君一身。若孟尝君离齐去国，与国便会威望大增，诚信昭彰，而齐国则会威势大衰。目下，齐王昏聩褊狭，竟不容如此股肱良臣。秦国若能派特使隆重迎接孟尝君入秦任相，岂非弱齐而强秦，一石二鸟之妙策乎？”

樗里疾飞快地眨巴着细长的三角眼，没有接话，良久嘿嘿笑道：“谋划倒是不错，果然狡兔三窟之首创者也！只是，此事得秦王太后定夺，人情虽大，老夫却无法卖了。”

原来冯驩给孟尝君铺的是这样一条路。

“自是如此。”冯驩笑着，“老丞相执掌邦交，禀报上去名正言顺。”

“嘿嘿，你倒是精！”樗里疾又是笃笃一点手杖，“你等着，老夫试试。”

冯驩告辞走了。樗里疾没有立即进宫，在书房转悠了足足两个时辰，眼见红日西沉暮霭淹没了咸阳，才吩咐一声备车，坐着那辆特制的宽大篷车进了王宫。

宽大敞亮的书房里，已经亮起了一个巨大的燎炉，木炭火烧得红亮亮，因了高大宽敞而倍显寒凉潮湿的书房暖烘烘一片干爽。围着燎炉，宣太后秦昭王与魏冄白起正在议事，也是热辣辣一片火气。

六国战败而生出龃龉，原是秦国君臣意料中事，所期盼的也正是借着这种龃龉换来一段时日，扎实整肃一番内政，继续扩张实力。作为丞相，魏冄想做的，是在关中修一条大渠，引出泾水灌溉关中的那些白茫茫的盐碱滩。这本是秦孝公与商君的遗愿，秦惠王当政之年，被合纵连横搅得腾不出手来做这件大事，若能在他做丞相期间做成，对秦国无疑将是万世不朽的功业。作为新任国尉，白起想的是立即动手再编练二十万精锐新军，使秦军作战主力达到四十万大军，他便有足够的信心跃马中原，再也不必对合纵抗秦提心吊胆。宣太后倒是无甚宏图大略，只想平静无战事，她便可以趁此机会到燕国去住上一两年，与乐毅多多盘桓。她忘不了那个睿智刚毅的将军。作为秦王，嬴稷只是渴望自己快点儿长到二十一岁加冠亲政，在此之前，最好天下无事。

可是，六国交恶的深彻猛烈，大大超出了所有人的预料。四国攻齐骤然成势，又骤然崩溃。紧接着是令人匪夷所思的赵国攻韩，又是齐国大扩军要荡平天下，燕国秘密练兵要向齐国复仇，接着又是春申君被罢黜、孟尝君被罢黜，等等，快马接连，消息频传，令人目不暇接。每一个消息，都强烈地冲击着秦国君臣，都迅速地改变着秦国朝野的评判走向。然则无论如何评判，所有人都不约而同地说着一句话："山东乱塌火了，秦国总不能干坐。"

魏冄第一个坐不住了，径直找到宣太后面前："六国交恶，天赐良机。臣请急召白起回咸阳，立即商议应对之策，绝不能坐失良机。"宣太后沉吟不定道："白起多年离家，刚刚回去便夺人之情，我是不忍心了。"魏冄昂昂高声道："白起国士良将，岂不知国事亲情孰轻孰重？太后不忍，我便去了。要打仗，没有白起不行。"说罢大步出宫，径直驾车直奔郿县。

到了五丈塬，恰恰遇上白起与荆梅安葬老师。看着那一座黄土坟茔与粗糙的石刻，魏冄热泪盈眶，立即拟了一件《请赐荆禺爵位书》，以"先生育将，有大功于国"为名，请以军功爵封赏并厚葬隐逸名士荆禺。书简拟就，魏冄派郿县令飞马咸阳呈送宣太后。次日清晨，郿县令快马飞回，以王使之身宣读王书：敕封荆禺为少庶长爵位，以上大夫礼隆重安葬，由其女荆梅承袭爵位，着郿县令全权办理。白起原不知情，及至王书一下，连说不妥，说老师一生不求功名，如此做法有违老师心愿。荆梅更是噘着嘴巴不高兴："秦法昭彰，废除世袭，却要我承袭爵位，惹人耻笑，甚个道理？"魏冄大是不悦，总算勉强接受了荆梅不承袭爵位，又是正色道："以正道立功受爵，原是名士立身大道。先生不计功名而为国育才，国府明知其功而不赏，敬贤之道何在？白起，你倒是说说，先生曾经说过不受国家封赏的话么？"白起思忖片刻摇摇头："没有。""这便是了。"魏冄大手一挥，"大丈夫有功受爵，当之何愧？郿县令立即按王命厚葬立石！"白起想想也在理，便对荆梅道："丞相所言，邦国大义。老师既是秦国老民，自当含笑泉下。小妹以为如何？"荆梅只低着头嘟哝了一句："磁锤。听你便是。"

大事一了，魏冄立即对白起说了山东乱象。白起本来打算给老师守陵三月然后与荆梅一起回咸阳，听得魏冄一说，心下立即着急起来，只看着荆梅，脸憋得通红。荆梅噗地笑了："磁锤，看我做甚？"又是轻声一叹，"老父高年亡故，又在临终前眼见你成人成事，也算是死而无憾老喜丧了，何在乎你厮守陵前？"白起吭哧道："那你？"荆梅道："磁锤，还能都走了？我替你守陵，到时自来找你。"白起有些犹豫："这荒塬野岭，我担心你。"荆梅道："婆婆妈妈，磁锤，谁用你担心？去，自个儿好好保重。"魏冄大是高兴，对着荆梅深深一躬："姑娘大义高风，不愧墨家本色。三月之后，魏冄陪白起亲迎姑娘回咸阳。"荆梅笑了笑，眼睛里却闪着泪花："只要他好。我没事。"

英雄美人。

一路快马，天黑堪堪回到咸阳，宣太后已经在秦昭王书房里等候了。

君臣四人一碰头,会商立即开始了。先是年轻的秦昭王将各路快马斥候与商人义报传回的各种消息归总说了一遍,末了激动地叩着书案:“百年以来,山东六国没有过如此乱象。若错过这个良机,教人心痛。如何动手,我却思谋不出,丞相国尉说。”宣太后笑道:“自作孽,不可活。这六国也是,神仙难救。甭着急,慢慢说,总是要瞅准了下手,叫甚来?谋定而后动。”魏冄性急,更加上已经思谋多日,接口便道:“以我看,这是大打出手的好机会。除了齐赵燕三国暂时不能打,魏楚韩三国,就看先咥哪一坨了。”秦昭王道:“齐赵燕为何不能打?”魏冄道:“齐国赵国正在势头,先避避再说。燕国穷、大、远,劳师远征也未必获利,也是先撂下再说。”宣太后接道:“虽说是穷、大、远,可这燕国却不可小视。姬平乐毅,那是上天给齐国预备的一个死硬对头,用不着秦国动手。”秦昭王笑道:“母后总是说燕国好。我却看燕国无甚出息,就一个姬平,一个乐毅,能成多大事?”魏冄摆摆手道:“先不说燕国如何,眼下是不宜动手便了。白起,你说。”

白起也是一路思忖,大体已经有了成算,只不过他素来慎谋,寻常时只要有人说话,总是愿意多听,此刻见丞相动问,一拱手道:“启禀我王、太后:白起以为,丞相谋划颇有道理。目下秦国除边关守军不能动,尚有近二十万大军可开出山东作战。在魏楚韩三国之中,韩国也可暂时放过,因了赵国要攻韩,我无须与赵国在此时交战。以我军兵力,目下东出作战,尚不宜头绪过多,一定要确保一击战胜,得地、得人、得财,扩充我国力军力,为真正的大战打好根基。”

“这话在理。”宣太后笑了,“不纯粹谋战,良将之才。白起难得呢。”

“好!”魏冄也是拍案赞赏,“你便说,如何打?还是那句话:我给你包后。”

但说正事,白起的脸膛就没有一丝笑容:“楚魏两大国,目下都是一摊烂泥,借此良机,三月猛攻魏国河内,而后再立即转身夺楚江汉,如此两战,秦国根基可定。”

秦昭王目光闪烁道:“十多万大军不算多,还要连续大战,兵士受得了么?”显然不放心。宣太后笑道:“别急,听白起说完,这两仗如何打法?”白起慨然拱手:“我王之疑虑,原是兵家之常情。若十多万大军一齐连续作战,确有不堪疲累之忧。但臣之谋划,却是两路进兵,先后开打,以我军战力与目下大势,绝有八成胜算。”秦昭王掰着指头沉吟道:“两路?那就是说,各以七八万兵力攻击两大国?这魏楚两国,可是老大国,些许兵力够么?”白起道:“灭国大战,自然太少。攻城略地,却是绰绰有余。”魏冄一拍案道:“我看可行！魏楚两国，今非昔比，这次狠狠割两块肥肉咥了。还是那句话，我包后。”宣太后笑道：“我不晓得打仗，白起说行，我看便行。放开手脚去打，败了也没甚要紧。秦王如何？”秦昭王知道母后在大事上总是要他说话，全他秦王决断之名义，也断然拍案道：“那便打。还是白起打仗，丞相坐镇后援。”

适时而攻，渐渐蚕食山东六国。

正在此时，书房门口传来一阵嘿嘿嘿的笑声与竹杖点地的笃笃声，紧跟着便是老内侍尖锐的长宣：“右丞相樗里疾晋见——”这也是秦宫法度：重臣进宫，内侍只宣不禀，实际是许可径直进入，只是要对国君事先打个招呼罢了。

随着内侍宣声，宣太后已经站起来笑呵呵地迎到了廊下：“老丞相也真是，每次会商都召你不来，今日没召，你倒来了，成心给我难堪不是？”樗里疾嘿嘿笑道：“太后秦王召不召，我管不来。只要走得动，我便要来。”说着笃笃笃地摇了进来。书房中君臣三人也一齐站起，秦昭王笑着上去扶樗里疾入座，魏冉一拱手算是见过，只有白起肃然一躬：“参见老丞相。”樗里疾雪白的头颅转了一圈：“嘿嘿，君臣文武，四方齐备了。老夫撑持不住了，只说一件事便走。”

“既来了，撑不住也得撑住了。”宣太后就近坐在樗里疾身边笑着，“老眼看远。你先听听他几个的谋划，掂量掂量。”对白起眼神示意，“白起，你给老丞相说说了。”

“嗨！”白起如在军中般挺身应命，将目下各国大势与自己分兵攻击楚魏的谋划说了一遍，末了慨然拱手道：“老丞相文武兼备，当年纵横捭阖于六国，白起敢请教诲。”

“嘿嘿，老夫最是烦为人师。”樗里疾笃笃点着竹杖，“不过嘛，这个谋划实在是好，大胆出奇，人神难料。”

“好在何处了？”宣太后笑问。

“嘿嘿，江汉河内，魏楚灯下黑。谋划选地之妙，魏楚断难预料也。”樗里疾又飞快地眨巴了一阵三角眼，“然则，此战却有一难……”打住不说了。

魏冄先急了：“谋国为上，老丞相何须吞吞吐吐？”

“这叫甚话？”宣太后有些不悦，“听老丞相说了。”

“嘿嘿，无妨，原是老夫吞吞吐吐。”樗里疾笃笃点着竹杖，“这一难，难在为将用兵才智。我军兵少，又分两路，实则一场长途奔袭大战。此等战法，须得为将者大智机变，多方示伪，用兵如神，方有奇效。否则，便身陷泥潭不能自拔。当年司马错最擅此等奇兵奔袭，使秦国的十万兵力直是做成了三四十万的威力。老夫虽也知兵，却从来不敢打这等奔袭战。此中之难，非兵家良将，不足为外人道也。”老樗里疾长长地叹息了一声，显然，是对长途奔袭战有着切肤之痛。

“你是说，白起不堪大任？”魏冄有些不高兴了。

“嘿嘿，非也。”樗里疾眯着细长的三角眼，“老夫只是说，河外大战是连阵决战，白起之才已经是天下皆知。然则奇兵奔袭，白起却没有阅历。老夫提醒而已。白起初次奇袭，不收成效不打紧，只要能震慑楚魏，且安然撤兵，白起便是天下名将了。赵国那个廉颇，还不只是善于御敌于坚城之下，打防守战而已？甚仗都能出神，那是吴起再生了。嘿嘿，老夫话多，聒噪了。”

秦昭王目光一闪突然问：“白起以为如何？”

白起听得很是专注，锁着眉头道：“八成胜算。白起不敢以国命戏言。”

“没有被老丞相吓退，有胆气！”宣太后破例激赏一句，又是微微一笑，“还是那句话，放开手脚去打，败了不打紧。哪有个从来不打败仗的名将了？”

“嘿嘿，这话在理。”樗里疾笃笃连点，“老夫不跌大跤，安得谈袭色变乎？”

魏冄哈哈大笑：“白起，可知老丞相跌了个甚跤么？”

白起红着脸笑了：“当年奇袭房陵，原是两路出兵，司马错出汉水，老丞相出武关。楚国在武关外本无重兵，楚军丹阳守将接商人义报，却故布疑兵，老丞相裹足不前。后来田忌率楚兵北上，正好截住了老丞相后军，秦军死伤万余。”

“嘿嘿，那一战，老夫与张仪都栽进去了。”樗里疾的黑脸涨得通红。

看着樗里疾的窘态，宣太后、秦昭王与魏冄不禁笑了。白起却肃然拱手道：“老丞相虚怀若谷，白起受教。”樗里疾笑道：“嘿嘿，虽是恭维，老夫却是高兴。秦有白起，国家之福气了。”宣太后恍然笑道：“哟，老丞相来有事，快说。”樗里疾点点手杖：“事不大，却难为老夫。孟尝君被罢相，冯驩来做说客，请秦国厚迎孟尝君入秦为相。虽说孟尝君与老夫交厚，嘿嘿，只是冯驩要学苏代为甘茂游说的老法子，老夫却不以为然。”魏冄便道：“孟尝君罢相，早已得到消息。冯驩此举，却是没有料到。孟尝君是个天下人物，到秦国做丞相倒也合适。”樗里疾笑了：“嘿嘿，你这个丞相作态了。迎不迎，那要看邦国利害，不是谁人肚量。”魏冄素来明锐快捷厌恶虚妄，此刻大窘，红着脸拱手道：“老丞相谋国至公，说的是正理。”樗里疾喟然一叹：“谋国至公，只有商君当之无愧，老夫却是汗颜。”一说及商君，难免触及秦惠王，秦昭王不想延续这个话题，插话道：“老丞相，你说冯驩效法苏代，那便是要借秦国之力使孟尝君复位了？”

再说下去，就要对祖宗不敬了。且打住。

“嘿嘿，清楚得很。”

“既是这样，那便好办。”宣太后笑着，“只说孟尝君在位对秦国好不好？”

这才是问题关键。

魏冄道：“目下齐国强大，秦国要在中原得利，便要稳住齐国。齐王田地暴烈无常，叫嚣一统天下，若没有孟尝君制约，可能野心膨胀，当真与我一争高下。”

白起接道：“丞相言之有理，秦国不宜与齐国陷入纠缠。”

“嘿嘿，留下齐国，有人收拾它。”

“我看也是。”秦王一拍掌，“教孟尝君做齐国丞相，目下对我有利。”

宣太后笑道：“好啊，人用我，我反用人，就是个将计就计了。”

魏冄看着樗里疾笑道：“老丞相，你还能远游么？”

“嘿嘿，老胳膊老腿等死了。此事啊，派个年轻大臣最好了。”

冯驩之计成。据《史记·孟尝君列传》，齐王废孟尝君之后，冯驩请车一乘，入秦，说秦王，"秦王跽而问之曰：'何以使秦无为雌而可？'冯驩曰：'王亦知齐之废孟尝君乎？'秦王曰：'闻之。'冯驩曰：'使齐重于天下者，孟尝君也。今齐王以毁废之，其心怨，必背齐；背齐入秦，则齐国之情，人事之诚，尽委之秦，齐地可得也，岂直为雄也！君急使使载币阴迎孟尝君，不可失时也。如有齐觉悟，复用孟尝君，则雌雄之所在未可知也。'秦王大悦，乃遣车十乘黄金百镒以迎孟尝君"，这狡猾的冯驩自己先跑回齐国，又对齐王说秦王欲迎孟尝君之事，齐王于是恢复孟尝君相位。秦王求贤之心不息，后又迎孟尝君。此为后话。

魏冄拍案道："我看，请泾阳君出使齐国。"

宣太后会心一笑："好啊，便是泾阳君了。"

三　商旅孙吴秘定策

没有樗里疾消息，冯驩在商社等得心绪不宁，又担心临淄随时都有出人意料的突变，便匆匆来找商社总事，想听听临淄近日消息。商旅流动不息，消息也连绵汇聚，这便是商社得天独厚的灵便处，也是许多周游士子愿意下榻本国商社的原因。冯驩来到后园总事房，刚到廊下，却猛然一惊，屋中传来清晰话语，一个声音似曾熟悉。

齐国商社不大，却很是富丽幽静，在咸阳的六国商社中算是独一无二。商社不是经商场所，也不是某个商家的私产，而是身在异国的商贾们凑份子建成的公产。这种商社，表面上是接待本国商旅的寓所，实际上最要紧的用处，却是联络本国商旅共谋共议，排解本国商旅间的纠纷，避免进货重复与买卖冲突，对外则尽可能地统一物价，以在秦国大市与他国商人更有力地展开商战争夺。除此之外，商社还有一个隐蔽的使命，便是向本国官府禀报所在国的重大谋划与举动。各国官府与商旅，都将这种消息来源称作"义报"。义报永远都是秘密的，官府不公开赏赐，义报之人也永远不会公然署名。因了这个缘故，义报有了一个通例：由商社归总拟成密书，由顺路商旅送回。在战国之世，这是各国心照不宣的秘密，谁也不会因了这种秘密而限制商旅往来。毕竟，商旅周流财货，哪个国家也不能拒绝商旅。作为商人，则谁也不会因了这是义报而推诿不做。毕竟，国家兴亡是天下大义，四海漂泊的商人也是有根的。因了这种种功能，商社在事实上成了一国商人在他国的号令中心，仿佛一个国家长驻他国的民间“斥候营”。唯其如此，弱国穷国小国建造商社，便往往是国府暗中出一大半钱，商旅们只在名义上分摊些许罢了。但是，商旅众多、实力雄厚的大国商人们，却往往不愿国府染指商社建造，宁肯自己分摊。所为者何来？却也是说法多多，有人说是争个商家名节，有人说为了经商更少束缚，有人说为了不受官场争斗的牵扯，更有人说，是为了避开那些令商旅头疼的义报。虽说是众说纷纭，但大国商社都是商旅自建，倒也是无一例外。魏国、楚国、齐国、秦国，还有现下的赵国，甚至是卫国与原先的宋国这等国虽弱小却有商旅传统的邦国，商社都是商旅们自建的。

商家在春秋战国时期，确实很重要。

在所有这些有名的商社中，齐国商社最是威名赫赫。

从春秋开始，齐国便是有经商风习的大国。管仲首创的“官府国营大市”，使齐国人学会了做买卖，从此商旅之风大开，齐国商旅遍布天下。到了齐威王时期，临淄齐市已经成了与安邑大梁齐名的赫赫商市。齐宣王后期又经苏秦变法，更加之齐国远处东海之滨，蹂躏商旅的大战几乎从来没有在齐国本土发生过，近百年的太平岁月，齐国人的财富几乎是眼看着蒸蒸日上，齐国商人渐渐地超越了魏商楚商，成了天下举足轻重的商旅大国。

虽则如此，咸阳的齐国商社依旧是不显山露水，依旧是秦国迁都咸阳初期建成的那座很不起眼的六进庭院。说它独一无二，这几十年不变便是其一。当咸阳日渐成为最大的商市都会时，其他大国的商社都是翻修改建不断扩地，唯独商旅实力最雄厚的齐国商社，却依然静静地蜷缩在这条林荫覆盖的小街，不可谓不奇。但是，若仅仅是一成不变，齐国商社也绝不会威名赫赫。

孙皓晖重商家之描写，这点，高出其他历史小说不止一筹。

齐国商社的口碑，是在商战中争来的耀眼光环。

自春秋开始，华夏商旅便将商事买卖看作兵争一般。所谓“商家争利，犹如战场”，此之谓也。于是，有了“商战”一说，有了将兵器(刀)作为货币形制的匪夷所思的创举，也有了大商家以兵法谋略经商的种种奇谋神话。前如越国的陶朱公范蠡，后如魏国由商入政的白圭，便是以兵法谋略经商而致成功的鼻祖人物。进入战国中期，各国大商竞相涌现，楚国猗顿氏、魏国孔氏白氏、赵国卓氏、齐国田氏郭氏等。商旅谋略更是汪洋恣肆蔚为大观，以至商旅子弟争相拜赫赫大商为师，修习商战谋略，直如名士学问家招收弟子一般。饶是如此，要将商家谋略学到手，却比名士传授学问还要难。商政大家白圭曾说：“智不足以通权变，勇不足以临机决断，仁不能取予自如，强不能守定心志，虽欲学吾术，终不告之矣！”这是说，一个出色商家，要比修习学问的士子多出许多才智品德意志方面的苛求。老墨子是个不世出的学问大家，当时将士子与商人做了比较，说了一段很有意思的话：“今日士子立身用命，尚不若商人用一布(钱)之谨慎。商人用一布，必求良材而买。士子用命，却多凭意气而缺乏深思明断，岂不悖哉！商旅漂泊四方，虽有关梁之难，盗贼之危，必为之。今士子坐而言义，无关梁之难，无盗贼之危，然而不为。则士子言义，不若商人计利之察！”这个“察”，便是明晰坚定。如此解去，可知商旅之难，更可知成功商人之难。

秦惠王时期，咸阳大市已经成为天下商旅的逐鹿大战场。秦武王暴死洛阳，咸阳的山东商人们很是焦虑了一阵子，才酿出了那场六国联军压境时的逃亡风潮。可是，新秦王即位后，秦国政局日渐稳定，更兼在河外一举战胜六国联军，秦国眼看是无可撼动的天下第一大市了。不管如何爱国，商人们毕竟是不能放弃买卖生计的。山东六国只剩下了一个齐国大市堪与咸阳抗衡，可齐湣王喜怒无常，动不动就要加征商人重税，临淄的商旅人气也渐渐不那么火旺了。相比之下，秦国法令稳定，税制四十余年几乎没有变化，又以“柔远人”(善待远方商人)为宗旨，多方优待山东商人，一个尚商坊天下闻名。于是，咸阳成了天下商旅趋之若鹜的“热市”，非但各国大商云集咸阳，连小商小贩也纷纷拥入咸阳。恨秦国打败祖国也好，骂秦国“虎狼”也好，商旅们却都看准了秦国是个淘金之地，是上佳的商战大场，谁不占领咸阳大市，谁就将失去商界的一席之地。

于是，各国的商旅精华在咸阳展开了不流血的残酷争夺。

开始十几年，是魏国商人占上风。魏国有地利之便，大梁距咸阳不过三五日的牛车路程，货物运输路途短，可以大大压低价钱，加之魏货器物制作精细，压得他国商人喘不过气来。尤其是最要紧的粮食大市，几乎是魏国独居垄断之利。其他诸如韩国的铁、楚国的丝绸珠宝竹器、赵国的马匹兽皮、齐国的海盐、燕国的苎麻丝绵，都只是份额很小的一席之地而已。后来，齐国商人渐渐疲软了。齐货路途远、货运难、价钱高，货物又单一，纵有诸般海鲜，牛车咣里咣当走上半个月也变臭了。渐渐地，齐国商人眼看要被挤出咸阳大市了。

正在此时，苏秦在齐国变法。国府一力支持商旅们周流财货，将齐国器物运出去换钱，再将齐国缺少的外国器物运回来满足国用民需。也是风云际会，便在这齐商萎缩的时候，齐国却传出了惊人消息：商贾大家田氏，要将举家万金投入咸阳经商。说不清是谁的举荐还是商人公推，反正消息传开不久，一个年轻的田氏商人到了咸阳，做了冷冷清清的齐国商社的总事。

铺垫了这么多，原来是为了田单。

这个年轻的商社总事不同凡响。一上手，他便将留在咸阳的几家齐商聚集起来，做了几笔大生意。先是向咸阳大运齐国干货，举凡干菜、干鱼、山珍诸般秦人喜好而又缺乏之物，都络绎不绝运来，价钱却比他国同等货低了三成。接着请准国府，合商社之力，在东海之滨买下大片盐场晒盐，而后将雪白的海盐大量运往咸阳。其时秦国的井盐全赖蜀地，出产很少，海盐几乎没有，国府最是看重盐铁交易。齐国海盐大量涌入，不用自己卖便被秦国官府高价全收。这个总事便又与秦国官府洽商，将秦国河西高原的皮货、秦川壮硕的黄牛、太一山与商於山地的药材等要紧的出关生意，都包揽了过来。运送海盐的牛车队返齐，又满载着这些齐国缺货归来，秦国的齐商两头热销，蓬勃大发。紧接着，这个总事又瞅准了秦齐交好，请准两方官府，准许齐国商社独家经营双方进出的铁料与兵器。如此新招迭出，齐国商人在咸阳大大的

白圭之法，非常管用。齐地自然条件好，鱼盐工商政策宽松，齐人善经商善放高利贷，好奢靡。田单是齐人中翘楚。

商人、有钱人不能小视。太史公曾叹曰:“富无经业,则货无常主,能者辐凑,不肖者瓦解。千金之家比一都之君,巨万者乃与王者同乐。岂所谓‘素封’者邪?非也?”(《史记·货殖列传》)

走红。五六年之间,齐国商社便威名赫赫了。

不长时间,一首商谣在咸阳尚商坊流传开来:

要得满钱　须得做田
大吞大吐　商旅孙吴

这个总事,便是在商战风云中崭露头角的“商旅孙吴”——田单。

冯驩惊讶的是,田单的总事房里如何有鲁仲连的谈笑声?鲁仲连为何来了秦国?身为布衣名士,鲁仲连向来孤傲清高特立独行,连等闲王公贵胄都不屑一顾,田单纵是“商旅孙吴”,也毕竟是个商人,鲁仲连如何与他交好?

“田兄,你却说说,这秦国会如何动手?”屋中传来鲁仲连的声音。

“这却难说。”低沉缓慢的语调,分明是那个总事田单,“就大势说,秦国可能用兵的方向至少有三四处。然则,有一点却明白:秦国不会与齐国开战。”

“如此说来,冯驩游说成功了?”鲁仲连一阵爽朗的笑声。

“正是。”田单声音依然低沉,“秦国怕齐王发疯,便要保孟尝君。冯驩游说,正中下怀而已,仲连兄不要高兴得太早。”

冯驩听得心头一颤,脸不禁红了。秦国将计就计,他如何没有想到?惭愧!正在暗自内疚,却听鲁仲连又道:“田兄莫非以为,秦国有其他用心?”

一阵沉默,田单一声重重的叹息:“难说也!齐国如今是架在燎炉上烤了,六火熊熊,谁知道哪股火烧到要害?”

“我看,秦国目下正忙中原,还不至于打齐国主意。”鲁仲连的笑声很是清朗，“只要秦国不抬头向东海，齐国就有转圜。”

“难说也！”田单又是一声叹息，“齐国已经病入膏肓，药石难治了，孟尝君一人有回天之力？”

冯驩听得憋气，忍不住高声一句：“谁个如此沮丧？长他人志气，灭自己威风！”推开厚重的木门大步进了总事房。

“冯兄果然在此。”鲁仲连起身大笑，“来，这是田单兄，见过么？”

田单拱手微微一笑：“这位兄台入住商社时，与我打过一个照面，报名冯轼，对么？”

“冯轼？”鲁仲连目光一闪恍然笑了，“那是化名了，这位老兄便是冯驩！”

“啊，孟尝君总管，久闻大名。”田单似乎毫不惊讶，“请兄台入座。”说着拿起小燎炉上的陶壶为冯驩斟上滚烫的浓茶，“太一山秦茶，克食利水，尝尝了。”

冯驩拱手笑道：“方才在廊下听得田兄一言，受益匪浅。然则田兄对齐国之评判，冯驩不敢苟同。田齐百年基业，目下又正在巅峰，虽有忧患，却是柱石犹在，说病入膏肓，田兄有失偏颇了。”

道出二人分歧。

“也是一说。”田单毫无争辩之意，只淡淡一笑不作声了。

鲁仲连笑着岔开话题：“冯兄啊，我来咸阳正是要找你。”

冯驩一拱手道：“仲连兄有事，但说。”

“还是孟尝君。”鲁仲连呷了一口热茶，“他不知冯兄入秦，更不知你是在为他复位谋划，只道自己闲居无事，要去楚国找寻甘茂。因为不能预料你入秦能否成功，我当日也无法劝阻。我追你而来，是想待秦国局势而定行止。如今大势已

赵武灵王

经明朗,孟尝君复位指日可待。我想还是我去楚国,孟尝君留在临淄稳定朝局为上。”

冯驩接道:“仲连是说,要我速回临淄,稳住孟尝君?”

“冯兄果然精明。”鲁仲连一笑,“贵公子没受过摔打,忧心忡忡,失意落寞,如何做得大事?你早一日回去,他早一日振作。”

“孟尝君若已去了楚国,又当如何?”冯驩倒是着急了。

“他若入楚,我敦促他立即回临淄。”

“他是找人,你如何能找见他了?”

鲁仲连大笑:“找别人难,找孟尝君,我最有办法。”

“既然如此,我这就去樗里疾府辞行,完后星夜便走。”冯驩一拱手匆匆去了。

鲁仲连喟然叹息一声:“田兄,我也该走了。”

田单笑了笑:“走,到我那里,给你饯行。”

“用得着么?”鲁仲连笑了。

“走。”田单拉着鲁仲连出了总事房,打个响指,一辆篷车从屋后驶出。田单回身对总事房老仆吩咐道:“将先生马匹牵到老院后门。”说罢拉了鲁仲连钻进篷车,放下车帘,篷车辚辚出了商社。

走得片刻,篷车稳稳停了。鲁仲连下车,却见一条僻静的石板小街,一座厚实简朴的门厅,紫红色的木门紧紧关闭着。田单笑道:“走。这是后门。”鲁仲连一番打量,恍然笑道:“前大门是东海盐肆?”“没错。这里才是我的基业。”田单说着走到门前“嘭嘭嘭”拍了三下,高大的门扇打开了一个小小天窗,一个人头一晃,厚重的木门隆隆滑开。跨过一尺多高的青石门槛,便是幽深的门厅,过了门厅,迎面一道完全遮挡了视线的宽大影壁。绕过影壁,豁然开朗,一片青松苍翠池水碧绿的园林涌入眼前,林中屋顶连绵,除了脚下的碎石甬道与那片不大的水池,没有一片空地。

“盐铁重地?”鲁仲连笑了。

“从这里进来的客官,你是第一个。”田单也笑了。

绕过水池,又是一片松林掩映的石屋,过了松林石屋,又是几经曲折,才看到一道足有两人高的弧形石墙,转过墙弯,却看见石墙中凹陷出一个大圆形。

“到了。”田单笑着,啪啪啪可劲拍了三掌,凹陷的石墙隆隆滑开,显出了一道可与人等高的石门,“请了,愣怔甚来?”

“神秘兮兮。”鲁仲连打量一番，“经商便是如此这般？”

“人各有法。”田单笑着，“这里是账房，也是金库，自要隐秘些许。”

“我看，你能做将军打仗了。”

田单悠然一笑，摇摇头道：“将军留给你做，我只要做天下第一大商。”

这座小庭院甚是奇特，三排房子紧密连成了一个“工”字形，一色由山石砌起，只有一人多高。鲁仲连道：“一半在地下？”田单点点头：“果然是将军眼光。来，东厢是我的书房。”说着推开右手突出墙面上的一道木门，踩着石级下到了屋中。鲁仲连跟进一看，却是一间敞亮宽大的厅堂，两面石板书架堆满了各式竹简，北面墙上镶嵌着一副五六尺长两尺多宽的特大竹制算器①，算器格框中的一片片竹算子（筹码）穿在一根根光滑细亮的竹柱上，清晰可见；南面墙上斜挂着一口长剑一支长矛。鲁仲连不禁噗地笑了：“如此书房，也是天下独一份也。”田单笑了：“这叫因地而异，没有你那大书房，却教我如何清雅？”鲁仲连笑道：“看你这锃亮的长矛，忒大的算器，便知这是商家重地，讲究个实用，你倒何曾想要清雅了？”

私密度高。

田单笑笑，手向门后伸了一下，叮咚一声铜铃响，一个清秀的小童站在了高高的门口。田单吩咐道：“云子，尽速整治两案酒食送来。”“俺这就来。”小童脆亮地应了一声，不见了身影。片刻之后，小童飞步进来，轻捷得没有脚步声一般，两三个来回，两张大案上已经是酒食齐备：一陶盆，一铜爵，一木盘，盆中是热气蒸腾的炖羊腿，盘中是黄亮亮的舂米饭团。

---

① 算器，中国古代在算盘发明之前使用的运算筹码盘，通常为竹制长方形框，框中有格若干放置不同形状的算子以代表不同数字，可平置，也可竖式。

田单举爵笑道:“来,临淄老酒,干了。”

“咸阳有临淄酒,难得,干!”鲁仲连大是高兴,举爵向田单一照,汩地一气饮干,“田兄,我从楚国回来时,还来咸阳找你,带楚酒来。”

田单微笑摇头:“那时,我不一定在咸阳。”

“我等你回来。左右这里是你的命根。”

“还是听我的信再定。”田单轻轻地叹息了一声,“归期难说。”

“好,那等你音信。”鲁仲连一顿,“哎,你要撤出咸阳?”

田单默然片刻,摇摇头:“没想好,不好说。”

鲁仲连知道田单多谋深思,未断之事轻易不开口,也不再多问,只是饮酒谈笑,不消一个时辰,两人将一桶临淄老酒扫尽。鲁仲连笑着站起身来:“田兄,我要走了。”田单一笑:“走,我送你出门。”上得书房,那个小童捧着一件物事站在门口。田单接过笑道:“仲连,这是一百老齐金币,打成了一条皮带,你系在腰间,多了你也累赘。”鲁仲连大笑:“好一条腰带!系上了。”说罢展开,却是一条打造十分精致的牛皮宽鞶带,两面全是密匝匝的小袋,一袋塞一个金饼,沉甸甸鼓囊囊,上得腰间平添了几分威武。

“好。”田单打量笑道,“苏秦佩六国相印,便这般气象么?”

鲁仲连大笑一阵:“金不压身,学一回苏秦,走!”出得后门,老仆已经牵着刷洗喂饱的骏马在等候。鲁仲连拱手一声后会有期,上马去了。暮色之中,马蹄如雨,田单沉重地叹息了一声。

鲁仲连总是甩下一屁股烟之后就不见了。神龙见首不见尾。

回到石屋小院,田单下到中间大屋。这是一间整洁宽敞而又略显幽暗的大厅,两位须发花白精神矍铄的老人各坐一张大案,面前摊着竹简,右手拿笔,左手飞快地拨弄着算器中的竹算子。田单轻轻咳嗽了一声，两位老人没有抬头，细长的手指依然飞快地拨动着算子。田单拱手笑道："靖郭先生、槐里先生，请先停得片刻，我有话要说。"

"见过总事。"两位老人一齐抬头拱手，说话的却只有那个更显清瘦的老人。

"槐里先生不见好转么？"田单打量着不说话的老人，关切地问了一句。

"总事的药，他吃得月余，已经能听见高声说话了。"靖郭先生笑了，"重听难治，好在槐里兄笔快手快，精通《周髀算经》，足以补重听之失。"

田单看着须发雪白的槐里先生，突然高声道："两位先生是田氏功臣。没有槐里先生之精实算计，便没有田氏今日基业。我要再延名医方士，治好槐里先生。"

"总事过奖。"槐里老人一笑，抱拳一拱，声音生涩喑哑得令人心痛。

靖郭先生笑道："总事有事，尽管吩咐。老夫与槐里兄揣摩了一套手语，我给他打，方便得很。"

"这法子好。"田单眼睛一亮，踱着步子边思忖边说，"大势可能生变。田氏部族在齐国的大宗田产商铺，须得秘密变卖。在大梁、邯郸、郢都、蓟城的商铺与作坊也要秘密处置，每城只留一座酒肆做招牌。而后，将所有的秦半两都兑成黄金，山东六国的钱币，则一律兑换成秦半两。全部金钱，咸阳留三成，郢都留五成，临淄留两成。咸阳之钱周流买卖，临淄之钱应急族人意外。郢都之钱，全部秘密封存，非我下令，不许以任何名目动用。两位先生，明白没有？"

未雨绸缪之举。田单的心思，让人猜不透。钱分散而置，以防万一。

靖郭先生两只细白瘦长的手飞快地翻动着，脸上一丝笑容也没有，手语打完，沉重地一声喘息："总事，目下各方投金都将有大利可获，骤然削价变卖，实在可惜也！"槐里先生满脸涨红，嘭嘭拍着书案磕磕巴巴道："总事，至少秦，秦国太平无事。好，好个大利市，三成钱周，周转得开？楚国，商家死地，五成钱封，封存在那里，不，不是商家大忌么？总事莫，莫非不，不想经商了？"

后人皆知秦人必胜，但是当局者迷。就是秦王也不敢断言秦会得天下。

田单一声叹息："未雨绸缪，心动也。其中缘由，一时说不明白。就是如此了，半年之内，便要办妥。还是靖郭先生全盘操持，槐里先生抱大账。"又是深深一躬，"田氏若得保全实力摆脱危难，两先生不世大功。"说罢大步匆匆地上去了。

两个老人正在相对愕怔，田单却又匆匆下来了："靖郭先生，有件事方才忘记了：立即在咸阳铁作坊秘密定制五七百副车轴套头，要精铁打造，外形如矛头。"

田单到底是站在哪一国，现在还不清楚。作者善谋篇布局，善选择人物。田单常能出奇制胜，他的故事，引人入胜。

靖郭先生惊愕得张大了嘴巴，忘记了对槐里先生打手语。

四　大型兵器尽现蓝田大营

田单万没想到，他还没来得及变产聚钱，一场大战在立冬这日开打了。

这场神仙难料的突兀战火，是白起与魏冄精心谋划的攻魏突袭战。

咸阳宫君臣四人商定大计后，白起埋头三日，拟就了一份《夺魏河内战事书》，详尽罗列了关于这场战事的大关节。他没有将这份谋划书直呈宣太后与秦昭王，而是先来找丞相魏冄商议。魏冄正在与几名相府属吏商议调集粮草的分路协同，见白起到来，立即散了会商，请白起到书房密谈。白起径直从大袖中拿出一个羊皮纸卷："丞相请过目。"

魏冄展开羊皮纸，条缕分明的大字赫然入目：

夺魏河内战事书

臣白起启奏：山东大乱，秦国当出，楚魏两国皆为我兵锋所指。据实揣摩，首战当从魏始。魏国乃大秦宿敌，且两相毗邻，利于突袭。若能一战大胜，非但富我府库，且使我根基伸展于函谷关外，震慑山东，使之在我对楚开战时不敢驰援。为此，臣拟尽速大举攻魏，方略如左：

其一，破天下常规，立冬开战，以收出其不意之效；

其二，用兵河内，夺魏国故都安邑等数十城，将魏国一举压缩于河外；

其三，此战举兵十万，步骑各半；

其四，此战主旨，突袭拔城，诸般攻城器械所需良多，请拨王室尚坊工匠若干，以增军营快速修葺之力；

其五，此战最迟一月决之，不可旷日持久，暴师他国；

其六，夺地不守，劳师无功。臣请作速调遣干练守吏若干，并酌量征发义兵，夺一城守一城，设官建制，化为秦土。班师之日，即是大秦河东郡设置之日。

少上造国尉白起顿首

魏冄"啪"地一拍书案，霍然站起："好个白起！大手笔！"拿着那张哗啦作响的羊皮纸在厅中大步疾走了好几圈才转过身来，"我看可行，此中细节你我再计较一番，便可呈送秦王太后了。"

不主动出击，就永远不可能成就霸业。魏昭王在位期间，秦屡败魏屡取其地。

"白起想请丞相连署上书，不知丞相以为如何？"

“功劳分我一半?”魏冄有些不悦,“白起啊,老夫纵然强横,还有立身之规。”

“我只是想,如何能使太后秦王更有信心而已。”白起笑了,“丞相若对此战踌躇,连署自然也就作罢。”

魏冄哈哈大笑:“糊涂糊涂,如何连这一层也忘了?”说着大步走到书案旁,提起大笔一看又是一阵大笑,“我说呢,你这名字前如何一大片空白?好!插在前边。秦王若不赞同,有老夫说话。”

“丞相有担待,白起便有信心。”

“打仗你是行家,老夫能做的,只是替你抱后腰。”魏冄摆摆手,“不说这些废话,来,再仔细合计一番。县令、文吏、工匠、义兵、铁料、木料究竟要得几多?秦王少不更事,太后可是心细如发。”白起一声答应,欣然说了自己的诸般估算,两人直商议了一个多时辰。眼看天将暮色,白起匆匆走了。魏冄立即命书吏将方才开列项目数字誊清刻简,自己趁机草草用了晚饭,带着两份书简跳上轺车直奔宫中去了。

三更方过,白起正在书房与国尉府属吏合计府库存储的攻城器械。魏冄匆匆赶到,未及入座,大手一挥道:“行了,着手办事。除了打仗,一切事老夫给你办。国尉府这摊子,你还没我熟。”白起精神大振,一拱手道:“好。我去蓝田大营,国尉府交给丞相。”说罢立即举步出厅。魏冄连忙起身赶到廊下,笑道:“急个甚来?你得给老夫个话:荆梅姑娘来了,教她去找你,还是暂住咸阳?这是太后特意叮嘱,不是老夫饶舌。”白起想也没想便道:“大将入军,无会家人,这是军法。她若来了,在这里住几日等我便了。”魏冄道:“知道了。你放心去,有人照拂她。”白起一拱手:“告辞!”大步匆匆出了庭院,片刻之间,前门火霹雳一声嘶鸣马蹄如雨,渐渐远去了。

庶民之福谈不上,社稷之福倒说得通。

魏冄站在廊下,不禁对着茫茫星空深深一躬:“天降良将如斯，大秦庶民之福，社稷之福也。”转身大步走进书房，“啪”地将一张大羊皮纸往书案上一拍，“都给我听了：旬日之内，务必将开列项目调集到所列地点，但有延误，国法问罪！”

“嗨！”吏员们军营将士般喊了一嗓子。

却说白起快马东去，到得蓝田大营，天色堪堪露出鱼肚白色。进得中军大帐，白起立即风卷残云般饱咥了一顿随时现成的军食——几个冰凉的黄米饭团与两大块酱牛肉，又咕咚咚灌了一皮袋凉开水，立即下令：“聚将鼓升帐。”

片刻之间，帐外马蹄如急风骤雨，甲胄锵锵脚步嗵嗵，二十六员大将铁柱般矗立在了大厅之中。白起一如既往地站在帅案前，拄着那口十五斤重的铁鹰剑，神色肃然道：“奉秦王书命：一月之后，我军将要打一场大仗。今日我发四道将令：其一，蓝田大营四周出入口立即封锁，着行人商旅绕道三十里之外，不得接近军营，此令由斥候营担当。”

“嗨！”斥候营总领樗里狐高声领命。

“其二，蓝田大营的冲车、云梯、弓弩等一应攻城利器，务必于两旬之内查检修葺完毕，同时将咸阳尚坊派来的工匠整编入营，确定每件大型利器至少有五名工匠随时跟随，此令由蓝田将军担当。”

“嗨！”已经是华阳君爵位的蓝田将军芈戎肃然领命。

“其三，步军此次全数出征。一月之内，务必精熟各种攻城利器，每件大型利器至少派定三拨技艺娴熟之士兵，确保能轮换猛攻，此令由步军主将山甲担当。”

“嗨！”听说步军全数出征，须发雪白而又精瘦黝黑的步军大将山甲亢奋异常，一嗓子分外锐急。

“其四，此次大战，出兵在十万之内，各军务必于两旬之内遴选出战精锐，届时全军精选，谁准备最精到，谁便出战。”

装备、步兵、精锐，这些准备功夫做足，白起务求一击即中。

“嗨!”全体将领一声齐吼,大厅中嗡嗡震颤。秦人本来就崇尚军功,商鞅变法奖励耕战之后更是以军功为立身根本,一听要遴选参战,大将们先自热血上涌,生怕自己被留在军营不能参战。

人人求战,这才是真正的虎狼之师。

聚将之后,蓝田大营立即紧张忙碌起来,夜间也是军灯大亮。骑兵各营先忙着勘验战马,十多名畜医忙得满头大汗。骑士们也是分外紧张,跟在畜医身边团团转,生怕自己的战马被畜医按上一个大大的红“病”字木印。接着勘验马具兵器,举凡马身鳞片铁甲、马头护甲、鞍辔肚带马镫、弓箭长剑,都要一一由军营工师验过,稍有瑕疵暗伤,立即换下或送到工匠营修补。最后遴选骑士,伤病未愈者一律裁汰留营疗伤,二十岁以下与四十岁以上的非将官骑士也被一体留营,余下的精壮骑士再一一品评遴选。然没有一个骑士愿意留营,一片慷慨激昂,搞得骑兵主将嬴豹大皱眉头。步军各营则是另一番忙碌景象:从军械库拖出各种大型攻城利器,工师讲说、士卒与器械重新编伍、反复操演,没黑没明地折腾起来。与此同时,魏冄督导的各路车马也纷纷赶来,冲车、楼车、弓弩等种种攻城器械络绎不绝地运到,咸阳尚坊的三百名高手工师也随车赶来,整个蓝田大营热气腾腾,毫无冬日萧瑟气象。

这一次,白起亲自坐镇步军,一一校验步军对各种大型器械是否真正精熟。

这些事情不能假手于人。

战国之世,攻城器械已经很是齐备,举凡被后世视为“无敌利器”的大型器械,大体都已经用于实战。但是,由于步骑野战生发不久,其势正在方兴未艾。列国大战多以郊野决战的方式进行,纵然攻城,也往往是一城两城,且主要是敌方的都城或军辎重地,真正的以一个区域的数十城为目标的大规模攻城战,还从来没有过。正是因了这种状况,寻常大军野战，都不携带大型攻城器械。尤其是秦军，长期以来的大战，大多是与六国合纵大军的对阵野战。当年司马错奔袭房陵与巴蜀，打的也不是攻城战，而是野战突袭，先灭敌主力，而后迫使其逃走或投降。这种战事经历，便使秦军对大型攻城器械必然有所陌生。

河外大战后，白起雄心陡长，敏锐察觉到秦国大举东出的时机已经到了眼前。就在他被擢升为国尉后的第一时刻，也就是他回郿县的那个晚上，他向国尉府发出了第一道命令：三日之内，查清所有府库的攻城器械。

六国合纵之后，秦国十五年不敢窥函谷关。养精蓄锐到今天，该出手了。以前是被动迎击，现在要主动出击。

及至匆匆回到咸阳，国尉府掌书给他送来了一卷清单，赫然开列着：

秦国军辎库五座，攻城器械主存栎阳，大体完好，良工修葺后可用。

数目如左：

冲车共三十二辆：辒辒十二辆　木牛车二十辆

楼车八辆：巢车四辆　望楼车四辆

礮车三百座

飞弋连弩百二十座　蹶张弩五千　臂张弩一万（三千在军）

猛火油八千桶

正是心中有了底数，白起才精心谋划了这场一举夺取河内的攻城大战。

对于战场事，白起的精细是惊人的。他从来不以敌方有各种缺失而掉以轻心，宁可以敌方强大为既定事实，周密做好各种准备。目下，他首先要解决的，是步军将士必得全面精熟这些久违了的大型器械。大型器械的使用，难处不在技巧，而在协同配合。因为这些器械中除了臂张弩与蹶张弩是单兵操纵，其余每件都是数十数百人协同发力，但有凌乱，便大失威力。一辆冲车，车上甲士连同推车冲锋的士卒，至少百人以上；一辆发石礅车，需八十余人在一瞬间同时猛力拉绳，加上运石与保护，几乎两个百人队。如此等等，若无严格操演，必定是器为人累，说不定还窝了大军战力。

军心不齐整，大型兵器就是拖累。

白起心中有底的是，秦国新军自练成以来，无论是商君、车英，还是司马错，每一位统兵大将都注重训练结阵配合的战法。其根本原因，在于秦军兵力始终处于劣势，必须依靠快速灵动的整体配合，才能战胜每次都多出数十万兵力的六国大军。于是，秦军便有了整体结阵协同作战的传统，无论是骑兵步兵，只要不是单兵，都有一套长期形成的在各种情势下作战的大阵法小阵法。正是有了这种传统，如今在一个月内要使步军以大型器械为中心，练成一套行之有效的破城战法，才成为可能。

虽则如此，白起还是亲临步军，亲自看亲自做，仔细品评每一种利器的威力，与将士们一起商讨如何做得更好。白起出身行伍，对步兵骑兵的每一种技艺、战术、战法，几乎都是炉火纯青，更兼天赋异禀性格沉稳，每种战法都能更上层楼，提炼出更加切合实战且威力显著提高的战法。也正是这个原因，白起虽然年轻，但在军中却是深得将士敬重与信任。他亲自坐镇，士卒非但不拘谨，反而是士气更为高涨。

大校场摆满了各种大型利器，一色的精铁打造，当真是赫赫壮观。

冲车专为攻城而设计，精铁制造的冲车，威力大增。适用于以多围少的战争，围而攻之的时候最有效。

第一是冲车。冲车是古老的攻城器具。西周做殷商诸侯时，周文王攻打崇氏邦国，便是用了冲车，才攻克了那座坚固的石头城。到了战国之世，冲车已经变成了以精铁制造的重型利器。实际上，冲车便是一种变形战车，轒辒、木驴、木

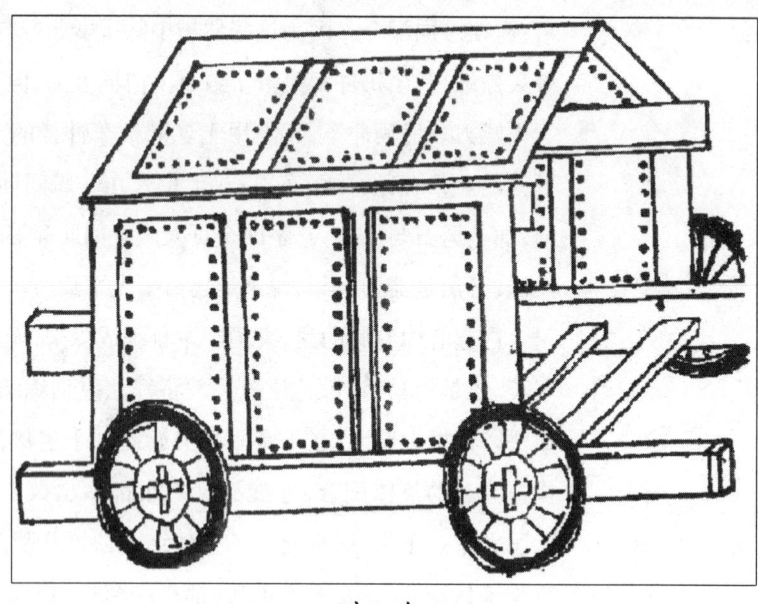

冲 车

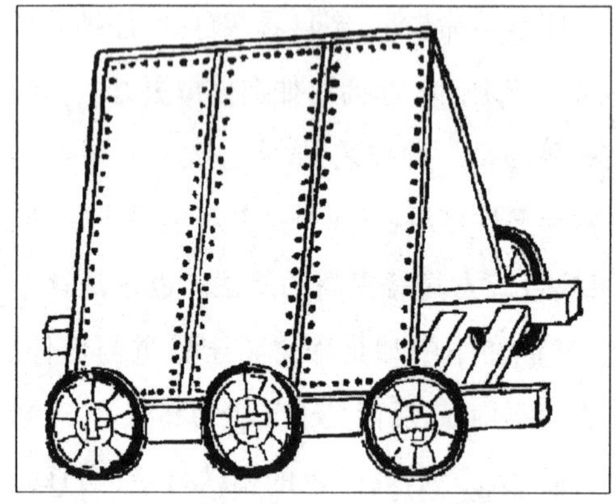

另型冲车（后世称“木驴”）

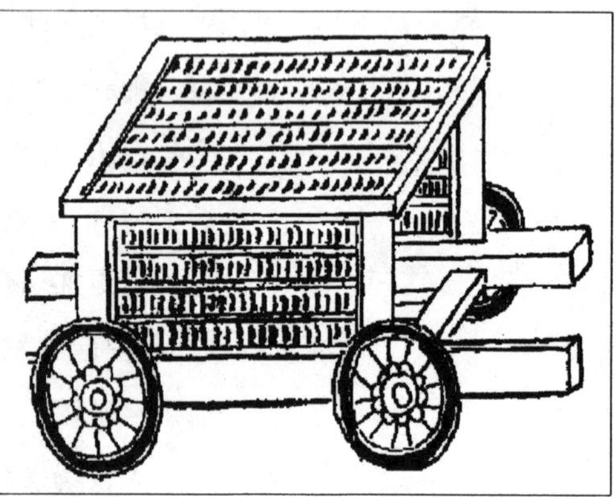

木牛车

牛车，都是冲车的一种，大体都是铁铸车篷，铁铸车辕，下装铁轮，内藏甲士推动，猛烈冲击城墙。

楼车或为楼车之误，或为橹车，通常是楼橹合用。楼车乃农耕用具，牛拉楼车而耕种，楼车并不用于军事。《左传》《后汉书》皆有载。楼车与巢车，到了北宋时期，才有区别。

其次是楼车。楼车是攻城时用的瞭望车，车顶高悬望楼状如鸟巢，时人呼之为“巢车”。后世《通典·攻城战具篇》记载的巢车形制用途是：“以八轮车上树高竿，竿上安辘轳，以绳挽板屋上竿首，以窥城中。板屋方四尺，高九尺，有十二孔，四面别布，车可进退，环城而行。”实际上，便是攻城指挥车。这种楼车在春秋时已经普遍使用。晋楚鄢陵之战，楚共王与太宰伯州犁同登楼车瞭望敌城，留下来一段佳话。最大的巢车可以高达十余丈，比寻常的城墙还要高出许多，由是也被人称为“云车”。

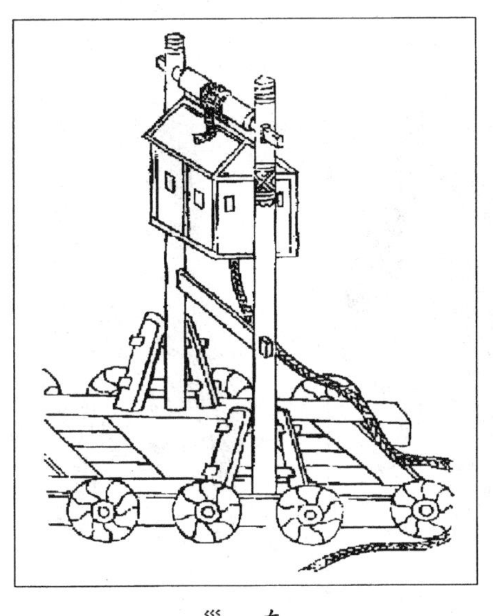

巢　车

登高望远，毫无掩护，容易中箭。

巢车之外，更有望楼车。望楼车稍矮，高五六丈，可是形制简便，只在四只巨大的铁轮上树立一根高杆，杆顶部装上固定的望楼即可。寻常小城堡，此等望楼车足以居高临下瞭望并对攻城大军发布号令。

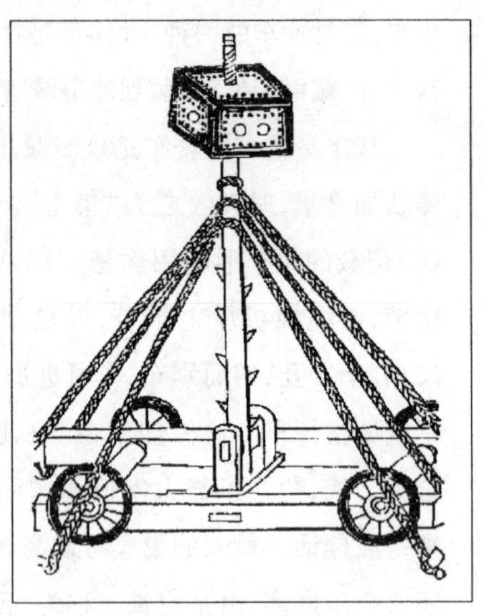

望楼车

窄架礮　　宽架礮　　礮柱埋地礮

其三是礮①。礮,实际上便是发石机。其形制类似井边吊水的桔槔,高约三丈的礮柱或埋在地中,或架在礮架上,礮柱顶端是极富弹性的梢料,称为“礮梢”,少则两梢,多

① 礮,音炮 pào,射石之器。

则十二梢，礮梢越多，发石越重越远。《范蠡兵法》云：“飞石，重十二斤，为机发，行二百步。”[①]这便是单梢礮与双梢礮。在实战中，单梢礮得数十人，双梢礮得百余人，合力猛然拉动绳索，将装置在长竿礮梢上的大石弹射出去，砸向城墙或守军。若有几百座礮密匝匝排在城下，一齐发射十多斤与二十多斤重的大石头，确实是威不可当。现下白起有三百座礮，已经足以威慑任何城池。

其四是飞弋连弩。弋者，以绳系矢而射也。寻常时刻，箭射出去是不能收回的，此所谓开弓没有回头箭。袖箭、短箭犹可，若是精工制作的长箭，不能收回便显可惜，仅那良木箭杆、精铁箭镞便大是难得。后来，聪明的军营工匠们就制作出一种带绳子的长箭，射出去后如果未中，便能收回这支箭再用。这种带绳飞箭便叫作“弋”。殷商时期，弋仅仅是狩猎射鸟的兵器，到了春秋战国，能工巧匠们渐渐将“弋”做成了一种机发大箭，发射机架固定在地，数十人推动绞车才能上满弓弦，可射出一丈长的巨箭，敌军城楼、铁甲、楼橹、盾牌、壁垒等，尽可一箭洞穿。更神妙的是，这种费工费料的大箭尾部带有绳索，一发不中，便有辘轳绞盘曳回再用。善于兵事的墨子将机发大箭叫作“弋射”，军中则呼之为强弩。

对兵器也如此之熟，《大秦帝国》堪称百科全书的小说。

弩是弓箭的革命。弓箭纯粹依靠人的膂力张弓射箭，要在强力拉弓的同时瞄准，若引弓延时太长，人力便难以支撑。《射经》记载：九斤四两为一个“力”，十个“力”为一石，最强的神射手可开十石硬弓，射到将近二百步。但是，以人之膂力，开弓后不能长时间引而不发，瞄准时间很短促，长箭射到五六十步之外，寻常便很难有准头。实战之中，这种膂力弓箭只能近距离地射杀人马，而不能对城池壁垒铁甲坚盾等造成杀伤。

---

① 《范蠡兵法》已失传，只在汉代学者的著作中被引证。

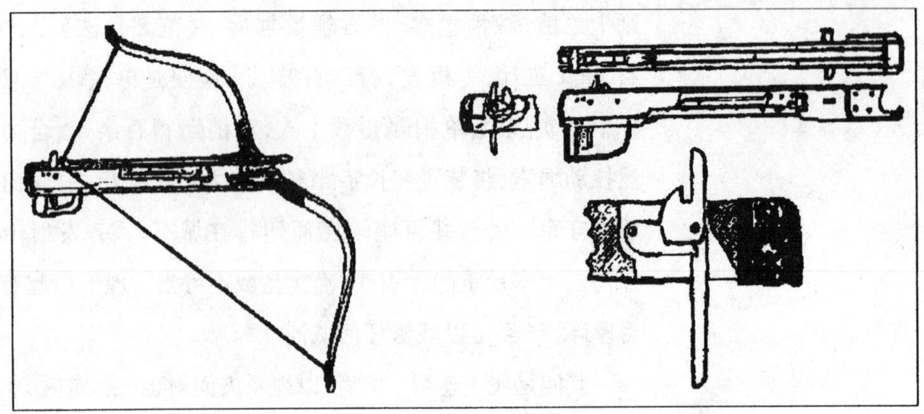

战国弩复原图　　战国弩机结构

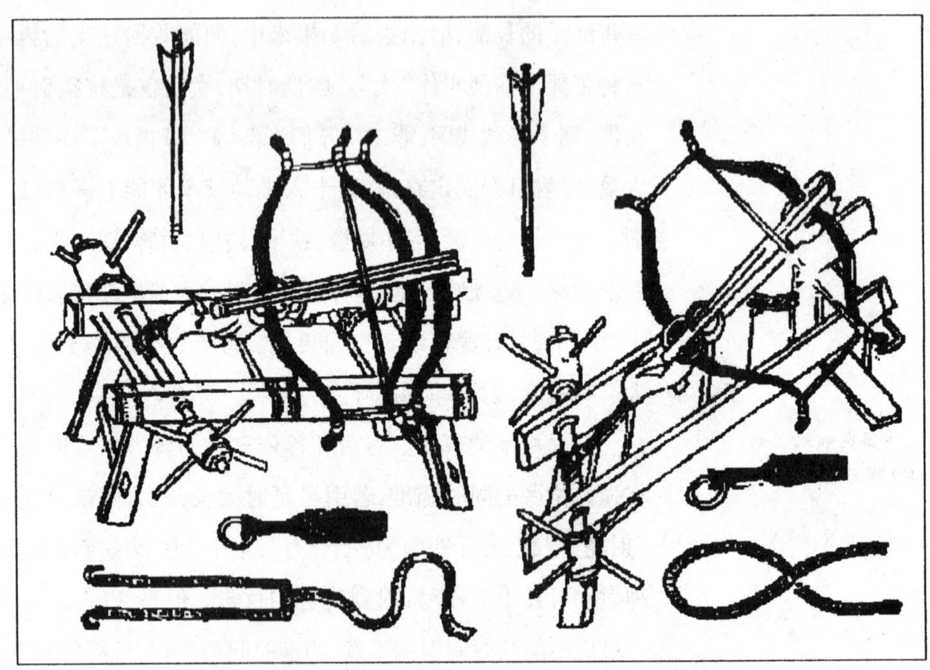

机发连弩示意图

蹶张弩(膝上上弩)

蹶张弩(脚踏上弩)

弩却不同。《吴越春秋》云："弩生于弓。"其发射之理相同。但弩是装有延时机关的大弓，依靠的是脚、腰、膝的更大力量张弓，机发弩更是集数十人、百人之力以绞车张弓上弦；上弦后有固定机关先将箭扣于弦上，而后从容瞄准，同时齐射。如此一来，长大锐利的破坚巨箭应时而生，攻坚战力大是精进。兵法经典多有记载，强弩大箭威力惊人。强弩但发，"箭如车辐，镞如巨斧，射五百步"。一丈长的巨箭，箭杆如粗大的车轮辐条，至少粗过寻常人的胳膊，箭镞如巨大的战斧。如此比一支勇士长矛还要长大锋锐的兵器，挟万钧之力呼啸而来，何物不能摧毁？

杜佑《通典·攻城兵具》称车弩可以"及七百步"，"所中城垒，无不摧陨，楼橹亦颠坠"。防守设施若不坚固，很容易被这种利器攻破。

大型的机发强弩较为笨重，便有了单兵操作的步兵弩。轻兵奔袭或埋伏作战，多用单兵强弩。当年的齐魏马陵之战，孙膑伏兵万弩齐发射杀庞涓，说的便是这种单兵强弩。单兵强弩又分两种：一是用手臂开弓，称为臂张弩；另一种是用脚踩开弓，称为蹶张弩。臂张弩开弓重量有限，不如蹶张弩威力大，所以单兵强弩渐渐地变成了以蹶张弩为主。

战国中期，韩国的弓弩制作名气最大，谿子、时力、距来、少府四家弓师制作的强弩射程都在六百步之外。以至于苏秦说："天下强弓硬弩，皆从韩出也。"但是，随着韩国衰落，韩国工匠们在秦国激赏移民的法令吸引下，也渐渐地随着山东商旅流入了秦国。咸阳的官营作坊打造强弓硬弩的技艺，便日新月异地超出了。目下蓝田大营排列的万余弓弩，全数为咸阳作坊打造。

兵器不断改进，杀伤力越来越大。秦军动不动就斩首——斩首数至少以万计，与其兵器之利也有关。

最后是八千桶猛火油。猛火油，即后人所说的石油。这种可以猛烈燃烧的物事，春秋战国时名称颇多，石漆、石液、石脂水、石脑油、猛火油等，不一而足，有人干脆叫"可燃之水”。战国时,秦国河西高原的高奴[①]是天然猛火油渗流最多的地方,所以秦国的猛火油可说是得天独厚。当时,这种物事还派不上更多的用场,除了当地人盛来烧火煮饭,便是军营取来装桶密封,一则在阴雨天行军扎营时引火野炊,更要紧的,则是用来做火攻之物。但有攻城大战,抛出万千渗透猛火油的木棒,射出万千急燃不灭的火箭,一齐扑向城头城门吊桥壕沟等要害处,燃起漫天大火,抵得上千军万马。

想得周到。古时兵法,少不得火攻之法。猛火油(即后人所称的石油),从何时开始用于军事,难考。五代十国、辽、宋、夏、金、元时代,倒是广泛用于军事。

魏冄办事如霹雳猛火。白起刚到蓝田三日,一队牛车便星夜运来了囤在咸阳府库的八千桶猛火油。对于一次大战来说,这是最富裕的准备了。

这些大型利器在秦军中是第一次集中操演,将士们亢奋异常,唯恐不能熟练操持技巧而被临阵裁汰,不吃不喝不睡地守在大校场反复演练。步兵主将山甲更是老而弥辣,火暴暴地来回巡查,旬日之间嘶哑了声音红肿了眼睛。白起大急,严令全体将士按照统一时段统一号令操演,违令者立即裁汰。这才制止了步军将士无休止地疯狂操演。

这些兵具,未必是同一时代出现的,小说将其集中在一起,说明秦军之强大。

十月初大校,人人娴熟个个精通,无一士卒因器械原因被裁汰。

五　冬战河内　狂飙拔城

隆隆聚将鼓又一次响了起来。

白起升帐发令:步军五万,编为三个大营——冲车营一

① 高奴,今陕西延安地区。

万五千，弓弩营一万，由中军主将蒙骜统领；攻城营两万五千，由步军主将山甲统领；三大营先期两日出河西离石要塞，沿大河东岸山地，向魏国故都安邑秘密进发。骑兵五万，编为四路，第一路一万五千，由前军大将王龁率领；第二路一万五千，由后军大将王陵率领；第三路一万五千，由骑兵主将嬴豹率领，都从陕塬山地隐蔽过河，王龁铁骑埋伏于孟津北岸山谷，王陵铁骑沿大河北岸河滩的无人区秘密进入敖仓渡口北岸的河谷埋伏，嬴豹东进到淇水入河口的山谷埋伏；第四路五千精骑，白起亲自率领，出龙门峡谷渡河，直压汾水入河口的皮氏[①]。五路大军务必于立冬前一日到达集结地，立冬那日一齐发动猛攻。

白起严厉命令："步军先下安邑、蒲坂，再依次攻克河内城池。三路骑兵务必击溃魏国北上援军。我自率五千精骑，扫清河内之零星驻军，并驰援策应各路大军。"

于是，立冬这一日，猛烈的攻城大战在河内突兀开打。

十月之交，立冬是个节气大关。从立冬开始，人们便进入了窝冬期。为了祈祷冬日平安，不要遭受饥寒劫难，大河上下有了一个久远的习俗：立冬吃暖羹。一到立冬之日，举凡山乡城邑，家家都在院中支起一口大锅煮暖冬羹。羹者，五谷菜粥也。舂得黄亮的小米，光洁滑溜的麦仁，雪白肥胖的杏仁，紫红带核的红山枣儿，还有青青的秋葵与晒干的藿菜，殷实之家还要加进各种碎肉骨头，一股脑儿煮将去，一两个时辰后便是一锅五彩纷呈黏滑生香的暖冬羹。呼噜呼噜浑身冒汗地喝完这顿糊饭热羹，便是漫长的冬日了。其时山乡庶民省火缩食，尽可能地将储存的些许五谷接续到来年夏收。于是，民间也便有了冬日寒食的习俗。那时候，除了楚国江南，秦、赵、燕、齐、中山、卫、魏、韩国等整个北方的山野乡民，都有冬日寒食的风习。虽然有人说，"寒食"是晋文公为了追念抱木自焚的介子推，而将清明前一日定为禁火寒食的"寒食节"而起，但究其实，寒食流布天下穷乡僻壤而成久远习俗，实在是生计艰难使然。

民人生计，暖冬羹之后便是窝冬，农夫歇田，商旅歇脚，百工减劳，大事都要等到来年春回大地再办理。邦国政务，立冬节气后也是多谋而少动，列国出使的车马大是冷落，用兵更是自然停止。本来赵国要大举攻韩，眼看着冬日迫近，自然而然地要等到开

① 皮氏，战国魏城，今山西河津西部。

一般而言，冬夏不兴师。秦军此举，有违常例。违时而兵，乃攻其不备之法，但也当讲速战速决，否则，疲兵必败。

春后了。这是一种久远的习俗，却是比礼法更为广泛地被天下所认同，遂成了不成文的规矩。不管其中包括了多少缘由，总而言之是有了“冬夏无大事”这样的天下之风，也才有了“春秋纪事”的讲究——举凡大事，都发生在春秋两季。

唯其如此，尽管列国间虎视眈眈，即将大战的传闻不断，暖冬羹的烟火还是弥漫了大河上下。就是打仗，也是开春之后了，窝冬之期想好对策养足精神便了，暖冬羹还是要吃得热热火火才是。可谁能想到，就在暖冬羹的炊烟弥漫之际，大河北岸轰然一声惊雷，天下顿时瞠目结舌——秦国大军飓风般卷来，河内六十余城岌岌可危。

君臣气度，似还不至于不堪，叙事手法夸张了。

快马斥候流星般飞进大梁，魏国君臣一片惊惶。

年老的魏襄王簌簌抖成了一团：“这这这，岂有此理！如何，便便便冬日与人开战？”

臣子们也乱成了一片，丞相魏齐只不断高声喝问：“丢了几城？啊！丢了几城？”眼看无人应答，高声吼道：“谁愿领兵驰援？封万户！”

饶是如此，几个武臣也是脸色铁青地紧紧闭着嘴巴不吭声。

魏襄王情急，拉长了哭声道：“国尉啊，你倒是说说，该谁领兵了？”

白发苍苍的老国尉叫富无，原是执掌捕盗刑治大权的司寇，因与丞相魏齐不和，被调任职爵稍低的国尉。见国王亲自发问，他皱着眉头黑着脸道：“自庞涓战死，魏国再没有拜上将军，几员领兵大将都在要塞军营，仓促之间，能有何人？”

魏齐见这老人在这个要命关口扯到自己不赞同设上将军头上，连忙一副恍然大悟的模样高声插断道：“臣启我王：

大将新垣衍、公孙喜勇猛善战，可解河内之危。”

老富无一阵冷笑：“社稷存亡，丞相还是一味任用私人，国将不国也。”

魏襄王急迫道：“你倒是举荐一个了！”

老富无铁青着脸色道：“信陵君，现成大将如何不用？”

魏齐涨红着脸厉声道：“信陵君打过仗么？国事不是儿戏！”

老富无亢声道：“名器束之高阁，如何便能放光？！”

魏王昏庸。

魏襄王黑着脸思忖良久，兀自嘟哝道：“找信陵君谋划谋划也可，打仗还是晋鄙新垣衍公孙喜靠实了。”魏齐本来就一心捕捉老国王的颜色，立即高声道：“我王明断，掌玺官立即草令，宣三大将入朝听候王命。”老富无大急，满脸通红地嚷了起来：“河内燃眉之急，纵然用此三人，也得立即派出快马特使，下令星夜北上。召来大梁，往返便是两日。魏齐，可有你这般丞相？我王明断！”魏齐此时如何能眼看这老倔头气焰猛涨，厉声呵斥道：“军国大事，社稷存亡，我王要面授机宜，还要颁赐兵符、设宴壮行。富无，你这国尉白做了！王道法度，岂容如此草率？！”

临阵前还在考虑私人恩怨个人得失，有此臣子，实国之不幸。

“忒聒噪。”魏襄王不耐地摆摆手，“好了好了，派快马特使，召三将回大梁。”

大殿中一片愕然。白发苍苍的老富无一声长叹，径自拂袖出殿去了。一班大臣眼见这个耿介老臣尚且碰得鼻青脸肿，也悄无声息地各自散去了。

直到次日午后，河外将军晋鄙、睢水将军公孙喜、长垣将军新垣衍才分别从驻地赶到大梁①。这时的魏国没有上将

---

① 睢水，魏国开凿的鸿沟支流，南部驻军防楚。长垣，战国时魏国东北部要塞，当时在黄河东南岸，今在河南新乡东部。

军,丞相魏齐独揽军政大权。三位将军风风火火赶到,并不能直接晋见国王领取兵符,而是必须先到丞相府应卯。魏齐先摆了一场接风宴席,与三位将军很是说了一番体己话,透露了朝中大臣的诸般微妙局势,尤其叮嘱了三人千万不要沾那个晦气国尉府的边。酒宴结束,已是三更,魏齐反复念叨着:“社稷存亡,国事当先,老夫与三位辛苦一趟了。”才备齐车辆,领着三人夤夜进宫。

魏襄王人老嗜睡,夤夜被老内侍唤醒,大是不悦,被几名宫女半拥半抱着扶出来,一片懵懂,不管魏齐说什么,都只是点头嗯哼。魏齐看在眼里,不再禀报经过,只轻轻说一声:“请我王颁赐兵符。”

忒煞奇怪!魏襄王的老眼豁然睁开,亮闪闪地打量了三位将军一阵,竟摇晃着老迈的步子,亲自到帷幕后的密室搬出了三只铜匣,又小心翼翼地从胸前贴肉处摘下一支精致的铜钥匙,颤巍巍地打开了兵符匣。

好一个“贴肉处”。

“每人可调五万铁骑。”魏襄王郑重其事地说了一句。

“臣启我王。”老将晋鄙拱手道,“秦军有备而来,汹汹难挡,十五万兵力不足退敌。臣请三路各十万,三十万大军一举退敌!”

“三十万?”老魏王猛然沉下脸,“秦军可只有十万。”

“我王明鉴!”新垣衍心直口快,“秦军虽是十万,但战力强于我军。大魏有四十万大军,若得三十万精锐,便可断敌归路,聚歼秦军,为河外战败雪耻!”

一说到调兵,魏襄王一点不像懵懂老人,黑着脸道:“本王清楚,秦军十万,步骑各半。大魏铁骑十五万,还退不得十万步骑混师?没打过仗么?”

“我等想打一个大胜仗,为国雪耻!”公孙喜慷慨一句。

“大胜仗?”魏襄王冷冷一笑,“列国都成了疯子,齐国赵国楚国，都不防了？你等打仗，他来偷袭大梁，谁来护卫社稷？”片刻之间，俨然运筹庙堂成算在胸。

三位将军顿时默然。魏齐极是老到，适时插上笑道：“我王神明。就是十五万了。至于聚歼，莫做此想。六国联军七八十万，都没聚歼二十万秦军，你能聚歼得了？只要河内不失，便是大胜。”

“正是。”魏襄王矜持地笑了，“本王再加一句：河内六十余城，丢几座小城邑不打紧。只要保住安邑、蒲坂[①]、左邑[②]、朝歌[③]、野王、修武[④]几座大城，许你等大功。”

“好！我王神明！”魏齐大是兴奋，“三位将军，大功便在眼前。”

三位将军愕然相顾，终是谁也没有开口。

魏襄王疲惫地打了个长长的哈欠：“好了，安歇去。明日午后，本王在长亭为你等壮行。”说罢颤巍巍站起，又被四名侍女左右前后地拥抱着去了。

“走啊。”魏齐笑了，“大喜事，愣怔个甚？到我府中再痛饮一番。”

次日午后，大梁南门外旌旗招展仪仗铺排，魏襄王率文武百官到十里长亭为三将隆重壮行，亲赐每人一辆镶嵌着硕大明珠的青铜轺车，随行大臣无不啧啧叹羡。赐酒、赐车、开鼎、赐宴、训诫、赏歌、拜谢等，十几道仪典程序进行完毕，已经是日薄西山了。魏襄王这才一脸庄严地下令：“社稷存亡，将军奋身也！三位将军星夜回营，率兵北上。”

终于，在宏大的壮行乐舞中，三位将军站在璀璨的六尺伞盖下辚辚上路了。风驰电掣的战马，被拴在华贵的青铜轺车后面碎步沓沓地走着。臣子不张王赐，那可是大大的有违国法。整整走了一日一夜，三位将军才回到各自大营。及至魏国三路大军开赴河内，已经是半月之后了。

此时，白起大军已经横扫了半个河内，拿下了三十二城。

白起的部署：先行猛攻紧靠大河东岸的安邑、蒲坂，而后向东向北推进，逐一夺取河内城邑。白起很清楚，此战夺城多少，全在于能否抵挡魏国援军。基于这一判断，白起始终坚持教三路骑兵守住了魏国向河内增援的三处运兵要隘——洛阳西北的孟津渡、

① 蒲坂，古邑名，战国魏地，在今山西永济西。

② 左邑，不详。

③ 朝(zhāo)歌，古都邑名，在今河南淇县。

④ 修武，古邑名，在今河南焦作市东部。

据《史记·魏世家》，魏襄王在位期间，秦取河西之地、汾阴、皮氏、焦、上郡、蒲阳等地，可谓连吃败仗。

敖仓西北岸的广武渡口、濮阳西岸的白马津，而只教步兵全力攻城。

白起对敌方的预料：魏国纵然拖沓，也当在五六日内大举北上；魏国有四十万大军，除了各处要塞驻军，至少出动二十五六万援兵；魏国铁骑在庞涓死后已经衰落，大军以步军为精锐——魏武卒闻名天下，援军很可能以战力最强的步军为主；步军虽然推进慢，但以魏武卒之精锐，秦军铁骑纵然埋伏突袭，最多也只能击溃，全歼几乎不可能。为此，白起准备了后手援兵，必要时教函谷关步兵杀出阻截。只要挡住魏军精锐步兵一个月，河内攻城战便告大捷。若魏军倾四十万兵力北上，秦军就只有在夺取数十城并运走府库财货后撤退，设置河东郡的目标只好暂时放弃。

毕竟，战场瞬息万变，要想打胜仗，先要算到各种败的可能。白起的用兵天赋正在这里，罕见的勇猛，罕见的灵动，更有罕见的冷静。

谁知白起的预料竟然全部落空，斥候营飞骑探马几乎是一个时辰一报，可每次都是“未见魏军动静”。到了第六日，白起大起狐疑，严厉命令斥候营总领樗里狐：“哪有如此颟顸之邦？六个昼夜，爬也爬到了河内，给我将探马直放河外。若魏军有诈未能探清，军法问罪！”白起为将，这是第一次发作。樗里狐大急，亲自率领十三名精干斥候化装成商人，潜入大梁刺探。次日午后，三个斥候带了一个活口回来，樗里狐却仍然留在大梁，继续监视动静。

对手太差，白起空有满腹谋略。

这个活口是个相府书吏，胆小如鼠，一见白起的森煞气势，吓得直打哆嗦，不待发问便结结巴巴将大梁情势说了一遍：魏军大将刚刚确定，正在调集兵马，三路共十五万大军，预计将在旬日之后抵达河内。白起黑着脸反复讯问细节，书吏都毫不犹疑地应声回答，全然没有作假模样。饶是如此，白起依然不敢相信，昔日声威赫赫的魏国如何能这般迟钝？难道是诱兵之计，要将秦军陷在河内四面包抄？可是，撒遍周遭三百里的斥候探马，却没有一处发现异常，竟令素来慎重精细的白起忐忑不安。反复思忖，白起想不出个头绪，狠狠骂了一通："直娘贼！你做肉头，我便狠打。等你撞上来再说，鸟！"

白起立即传下将令，要三路铁骑依旧埋伏渡口要隘，却自率五千精锐骑兵直飞步军大营督战，要在魏军到达前尽可能多地占领城池。

蒙骜、山甲的五万步军原是集中一路攻城，已经拿下了安邑、蒲坂两城。白起到达，立即下令将步军分为三路横推向东，但见城池便攻，务求速决。蒙骜、山甲大是振奋，立即以大型器械为轴心兵分三路，沿着大河隆隆压向东方。

战国之世，楚魏两国城池最多，楚国将近三百城，魏国两百城左右。其他大国都在百城以内，齐国七十余城，秦国八十余城，赵国六十余城，韩国六十余城，燕国五十余城。楚国城多，是因为吞并了吴越两个大国、数十个山地邦国与成百个山地水乡部族。山居部族多有城堡，寻常都举族居住在各种大小城堡之中，夺取城堡，实际上便是占据了邦国或部族的轴心地带。几百年吞地灭国，楚国城池之多便居天下之冠。魏国则是由于崛起最早，逐渐吞并了最富庶的大河两岸平原。河内河外，本来便是诸侯林立之地。小诸侯但有数十里地面，便有两三座城邑，人口几乎全部住在城中。魏国占领之后，设郡设县，渐渐化为统一郡县制，大大小小的城池便做了县府郡府，或做了贵族封地的领主城邑。

这种城邑是财富集中地，守军却很少，官府只有捕拿盗贼的郡县守卒与官员护卫兵士，大城也最多不过三五百兵卒而已。贵族大臣的封地，法度不允许有私家兵卒，最多也只是数百户本族护邑精壮而已，且不能公然成军，只能有事应急。河内城池大大小小六十余座，除了安邑曾经是魏国都城而驻有三千兵马之外，其余城池几乎都是少量的非战兵卒。

寻常城邑不驻军，原是天下通例。城皆驻军，军兵会多如牛毛，任你如何富庶的邦国，也是不堪重负。唯其如此，除了关防要塞渡口等兵家必争之地，一国大军集中驻防集中作战，也是自古通则。哪里有敌情，大军立即赶赴哪里，这便是兵无常地的道理。若有险情而大军不能赶到，意味着遇险地区必定沦陷。毕竟，寻常庶民是根本无法对抗训练有素且装备精良的强大军旅的。

魏军迟迟没有赶到，河内成了没有对手的战场。

秦军首攻安邑。几百座大礅与上万张强弩，在城下架排得黑压压密匝匝一望无边。冲车云梯望楼，山一般层叠矗立。两万攻城甲士大阵列开，黑色盾牌森森闪光。仅是这一番前所未有的气势，便令安邑城头的三千守军惊骇失色。及至战鼓如雷号角长鸣，大石巨矢暴风骤雨般倾泻到女墙箭楼，冲车便隆隆猛撞城门。片刻之间，箭楼轰然倒塌，城门轰然碎裂。不到一个时辰，秦军山呼海啸般涌进了这座河内最大的城堡。

再攻蒲坂。秦军的黑色方阵刚刚列成，城头便挂出了一幅巨大的白布，城头一人嘶声高喊："我是蒲坂令，秦军无伤庶民，蒲坂愿意降秦——"高高望楼上的蒙骜大喊一声："准你投降！官员军卒全数出城，秦军不犯庶民——"

应为"白幡"。

如此两城一下，相邻城邑望风归降。秦军步兵昼夜兼程地行军赶路，只是忙着接收城池。不消旬日，便"夺下"河内西部三十余城。善后接收的，是魏冄的文官部伍与牛车大队，进得一城，立即清点府库，将存储财货连同降官，一同装车运回咸阳；然后大体清点民户，立即划定连坐闾里，恢复市易，等等。如此这般，马不停蹄也难以跟上大军攻占的速度。魏冄又气又笑，不断笑骂："直娘贼！这个老魏嗣也忒他娘豆腐，老夫紧吃都来不及。"

还有这等好事！

情急之下，魏冄只有飞书咸阳告急。宣太后一看，对秦昭王咯咯笑道："这白起啊，直是一只恶狼进了羊群。你看看，得想个法子了。"秦昭王少年心性，高兴得拍案便起："我到河内去！如此一大块肥肉，不信咥不下去。"宣太后笑道："也行，去历练一番也好。只是此事不能教白起知道，免得他分心。"

昭王须得磨炼一番，有军功的王者，权威更高。

秦昭王做事快捷，连夜下令：征发关中全部牛车，每县三百辆，限期三日赶到函谷关集结。然后化名公子季，带着一百名文吏与一个百人铁骑队立即快马东进，秘密赶到河内与魏冄会合。魏冄精神大振，立即将这一百名文武兼通的快马吏员分派到前军接收城邑，将后面赶来的几千辆牛车编队，星夜运输各府库财货。一时之间，河内大道上牛车络绎不绝烟尘弥天而起，魏国百余年在河内积累的不计其数的财富，随着滚滚车轮源源不断地流入了秦国。道边魏人看得心头滴血，却也只有仰天长叹。没有几日，一首童谣在河内流传开来：

三十河东　三十河西
吴白两起　天作玄机

童谣传到一个随从文吏耳中，唱给了秦昭王。秦昭王天赋聪颖，将童谣念叨几遍便笑了："好！魏人将此战看作报应，便免了大仇大恨，看来这河东郡是到手了。"文吏恍然笑道："啊，明白也，吴起当年夺秦国河西，富了魏国。白起今日夺魏国河东，富了秦国？"秦昭王悠然一笑："此乃天地玄机，不许泄露，教他唱去。"

在这万千车轮的烟尘弥漫中，魏国的三路大军北上了。

魏襄王怪异幽闭，在位二十三年，一直没有设上将军，也是战国一奇。因了这个缘故，魏国的统兵将军都直接受命于国王，互不统属。这次北上救援，也没有指命主将，而是各自调兵三路驰援。三将之中，晋鄙资历最老且以忠心耿耿闻名，然才能却是平平。新垣衍年轻善战，却是资历甚浅，唯一的一次河外大战还是大败而归，若不是深得丞相魏齐赏识，便是死罪难免。公孙喜出身世家大族，与魏齐家族有世交情谊，做了睢水将军，却没有打过一次大仗。然无论如何，三人临危受命，还都是极想打好这一仗的。但诸般隆重仪典接踵而来，三将竟无暇在一起聚商方略。离开大梁之日，草草说得几句，也只是商定了各自渡口与渡河后的进兵方向——晋鄙大军从孟津渡河，公孙喜大军从修武渡河，新垣衍从白马津渡河；三军合力攻向北方，将秦军逼进上党山地，至少压回河西。

晋鄙所部原本就是五万大军，不用增调，回到大营立即从孟津渡河。孟津渡口距离西北的安邑、蒲坂两大城只有两百余里，精锐铁骑两个时辰便可到达。晋鄙已经接到探报：秦军主力占领安邑、蒲坂后已经东进，两城只有秦国一班文吏与搬运财货的民夫车队。晋鄙立即下令:先行夺回安邑、蒲坂,再向东北推进。果能如此,第一道捷报传回,大梁便会大为振作,自然也是晋鄙的一份头功。

军令一下,五万铁骑立即沿着大河北岸的山塬向安邑狂风骤雨卷来。正到一片山谷腹地,两边山头战鼓如雷号角大起,黑色铁骑漫山遍野杀来。晋鄙大军都知道秦军主力已经东进,这里已经是秦军后方,万万想不到秦军的主力铁骑杀到,一时惊慌大乱。仓促之间,虽有五万骑兵,却是无法展开,前拥后堵自相践踏,困在了峁峁墚墚之中。

王龁铁骑已经窝了半个多月,骑士们眼见步兵攻城略地进展神速,早眼红得嗷嗷直叫,生怕魏军不来,自己没了仗打不能斩首立功。如今魏军终于出现,秦军骑士早已憋足了劲儿以逸待劳,猛勇冲锋,势不可当。半月之中,王龁已经对伏击地段做了精心料理,山墚沟峁的枯树林,棵棵大树都涂了十数遍猛火油,每个山头都藏匿了引火手。秦军铁骑一个冲锋将魏军压缩进大小沟峁后,引火手立即猛抛火把。顷刻之间,大火便在各个山墚沟峁中猛烈燃烧起来。魏军铁骑是牛皮甲胄,骑士在大火中冲突,皮质甲胄生生成了引火猛料,骑士们浑身大火,纷纷下马惊慌滚地灭火。如此一来,战马离开主人惊慌奔突,夹相纠缠,再也无法形成冲锋战力。秦军却只是守在山口要道,截杀逃窜骑士。

晋鄙老于战场,一见火起,心知不妙,立即嘶声大喊:“回军向南,杀向河滩!”残余乱军一声呐喊,向西南空旷河滩猛冲过来。秦军却只是追杀一阵,便撤了回去,只守定通向安邑的要道不动。晋鄙残兵进入河滩,见秦军没有穷追不舍,争相滚进泥潭水坑灭火。大半个时辰后,火是灭了,却是人人一身泥水,狼狈得再也无法厮杀。晋鄙不禁老泪纵横仰天长叹:“天亡大魏也! 老夫奈何!”反复思忖,只有下令立即回军,同时飞马报知大梁,请魏王作速派遣精锐步兵北上。

中路公孙喜蹒跚难行。因了要调齐五万铁骑而耽延了三日,及至风风火火赶到敖仓渡口,又恰逢运兵的十几艘大船全被敖仓令征用了,渡口只剩下三十多只中小船只。那大兵船是当年吴起做上将军时,请准魏武侯精工打造的,每船可载五百名士兵渡河,共五十余艘,分别集中在孟津、敖仓、白马津三个大渡口。魏国法度:非出征将军之令箭,任何官署商旅不得动用兵船。若大兵船在,连同三十多只中小船只,五万铁骑连人带马,半日光景也就过河了。如今大兵船没了,分明是三日三夜也过不完五万人马。

“猪头！夯货！”公孙喜大骂先期赶到渡口专司准备船只的辎重司马，“你他娘豹子胆！竟敢将兵船脱手，俺灭你满门！”

“将军请看。”辎重司马哭丧着脸递上一面古铜令牌，“敖仓令说，要向大梁王宫输送冬令山货，耽搁不得，每年冬季都是征用兵船。敖仓令有王命剑先斩后奏，末将不敢违拗。”

当的一声大响，公孙喜将那面王命牌砸到了码头石上，大吼一声：“操！渡河！”

敖仓河段是联结魏国大河南北的主要航道，水流平稳航道宽阔，三十多只中小船只一字排开张起白帆，颇为壮观。只是每只船连人带马只站得十来个，渡了四个时辰才过去了两千人马，眼看着冬日的太阳已枕到了山头。公孙喜铁青着脸大喊：“点起火把，夜渡！”片刻之间，晚霞落去，连绵火把将敖仓渡口照得一片通明。饶是如此，等到东方发白，也才堪堪过去了五千多人马，还在暗夜中翻了五只小船。公孙喜声音都喊哑了，却是一点儿办法也没有。磨到午后，大兵船意外地回来了六艘，公孙喜大是振作，立即下令人马上大船横渡。傍晚时分，眼看着过河人马已经有三万多，公孙喜厉声下令：“所余人马一律夜渡。务必于天亮前全部过河！”说罢将敦促夜渡的将军令旗交给副将，自己登船过河整顿大军去了。

夜色苍茫，大船方到河中，突然便见本来幽暗的大河北岸火光暴张杀声震天。骤然之间，站在船头的公孙喜一阵透骨的冰凉弥漫了全身，嘶声大吼：“快！快渡！”

“禀报将军。”兵船桨手的头目快步走来，“北岸码头有大火，不能靠船！”

“靠！就是刀山，也给俺靠上去！”公孙喜眼睛几乎瞪得要出血。

“嗨！”头目一声尖锐呼喊，“慢船稳舵，靠上码头——”

公孙喜厉声大喊：“全体张弓，给俺射出码头！”

就在骑士们张弓搭箭的刹那之间，无边暗夜中一片连绵尖啸，强弩大箭带着呼啸的火焰，犹如密匝匝的火蛇狂泻到樯橹帆布船舷船头，钉在哪里便在哪里蹿起猛火。魏军一轮长箭还没有射完，船头人马已经倒下了大半，整个大船也烧成了一座通明的火焰山。

“狼秦！俺拼了你——”火海中一声大吼，一团火焰从两丈多高的船头飞起，扑向了滚滚滔滔的大河。“将军！”“将军上岸杀敌了！”“跳，拼了！”船头火海一片惊叫，一团团火焰跟着扑下了大河，幽暗的河面顿时明亮起来。

随着团团火焰扑入水中，岸上的火箭也立即跟着飘来，眼见身上带火的入水士兵惨叫一片，却突闻岸上几声短促的号角，火箭骤然停止了。一个粗犷的大嗓子从岸上直飞出来："公孙喜听了：本将军王陵，你的上岸人马一拨一拨，已经被我全部杀光。念你冒死赴险，老秦人放你上岸收尸，装上大船运回去——"

公孙喜堪堪游到残破的码头，一身泥水摇晃着上岸，却见平日堆积货物的偌大货场上尸骨如山，在燃烧未尽的余火残烟中令人心悸，浓烈的尸臭在呼啸的北风中迎面扑来，令人几乎要窒息过去。从未见过如此惨烈阵仗的公孙喜，顿时翻肠绞肚地大吐起来。那个粗犷的大嗓子又随风飘了过来，一阵哈哈大笑："公孙喜，见不得尸体打个甚仗？赶紧回去！小心天亮了我变主意。啊哈哈哈！"

脸色惨白心悸难忍的公孙喜颤巍巍站了起来，对着笑声想怒吼一句，终是浑身软瘫得喊不出来，眼见尸骨堆中一口白刃森森矗立，踉踉跄跄扑了上去，"噗"的一声鲜血四溅，公孙喜软软地倒了下去。喊声沉寂了，火光熄灭了。黑暗中只听王陵一声叹息："小子有种！可惜了。"

正在此时，一骑快马飞到码头："国尉将令：王陵将军守住怀城[①]不动，等候丞相接收，并跟随护卫丞相。"王陵大急："不打仗守在这里做甚？我去增援白马津！"快马使者高声道："国尉有言：各司其职，不得违令抢战！"王陵急急道："好好好，我不抢战。那你说说，白马津如何了？"使者说声正在鏖战，飞马去了。

白马津对岸的淇阳川，却是一场惨烈的血战。

新垣衍勇猛善战，河外大败后立功心切，一回大营星夜

小说写的是魏襄王，白起攻秦，实为魏昭王二、三年期间。据《史记·六国年表》载，魏昭王二年即秦昭王十三年，"与秦战，(解)[我]不利"。魏昭王三年，"白起击伊阙，斩首二十四万"，"佐韩击秦，秦败我兵伊阙"(这次的交手，实韩魏并行，共抗秦国)，公孙喜在这次战争中被俘，后被杀。小说写公孙喜之壮烈，作者敬重死士。随后魏昭王七年，"秦击我。取城大小六十一"。可见在魏襄王及魏昭王时期，魏国面对秦国的蚕食，是节节败退，几乎无招架之力。

① 怀城，古邑名，在今河南武陟西南。

调兵。驻扎在巨野泽的两万骑兵还未赶到，新垣衍便率领三万铁骑先行渡过了大河。一过河新垣衍接到探报：秦军步卒一万五千，已经东进到修武一带，距离淇水只有二百里左右。新垣衍一听怦然心动，三万骑兵对万余步兵，那可是稳操胜券。其时正是午后时分，新垣衍立即整顿军马，沿大河北岸大道向西南兼程疾进。按照铁骑飞驰的速度，最多两个时辰便可抵达修武。

这条大道，中间横着一条由北向南入大河的淇水。淇水东岸与大河北岸的夹角地带，一片连绵山塬，时人呼之为淇阳川。大道冲要处立着一座城堡，便是淇阳①。这淇阳城建在山塬之上，带涧枕淇，亭亭极峻。白马津通向河内西部的大道恰恰从城下经过，淇阳居高临下地扼守在咽喉地带。嬴豹铁骑已经早早到达，埋伏在淇阳川严阵以待。谁知数日之后，还是不见魏军动静。嬴豹机变，下令五千骑士改做步卒，此日深夜一举突袭，攻进了这座只有几百名非战军士的险要城堡。一占领淇阳，嬴豹立即飞报白起，并分兵扼守：一万铁骑埋伏在大道两侧山塬，五千铁骑隐蔽在城内。焦急等待了半个月，嬴豹丝毫不敢大意，探马飞骑撒出周围百里，生怕魏军不走白马津大道。新垣衍一动，嬴豹大是振奋，立即亲自坐镇城外伏击山头，要一举歼灭新垣衍三万铁骑。

新垣衍铁骑风驰电掣，不消半个时辰，冲进了淇阳川大道。待到大队飞一般掠过淇阳城下，恰恰是大军全部进了谷口。正在此时，两岸山头战鼓如雷号角凄厉，林木萧疏的塬坡上旌旗招展，黑色铁骑漫山遍野呼啸着压顶杀来。几乎同时，淇阳城头也是战鼓隆隆，五千黑色铁骑开关杀出，直接堵住了谷口。

新垣衍飞快地向两面山坡一打量，一声大吼道："秦军不多，百骑一阵，杀出淇阳川！"一声吼罢，夺过中军司马手中的大旗连连摆动发令，"前军一万，向前杀！后军一万，回头杀！中军一万，杀向两面山坡！"一阵发令完毕，将大旗又往中军司马怀中一塞，举剑高喊："跟我杀！"带领一千名护卫精锐旋风般杀向东面山坡。

但凡遭遇突然伏击归路被断，大将胆气最是要紧。同是魏军，新垣衍身先士卒奋勇酣战，三万魏军骑士斗志大涨，人人怀死战之心，战场形势立时改观。此时的秦军铁骑，战力已是天下之冠，更兼养精蓄锐以逸待劳，人人都以为一个冲锋便可击溃魏军。谁想魏军非但没有惊慌大乱，反倒是冲上来要反咥秦军。虽说战力有差又是远道驰驱，但兵

---

① 淇阳，河内古要塞，后湮灭，在今河南淇县地带，见《水经注》。

力却多过秦军一倍，又是死战突围之志，一时间与秦军大规模纠缠在一起，杀得难分难解。

嬴豹是秦军的骑兵主将，寻常时日，全部十万铁骑都归他帐下，是秦军威名赫赫的猛士大将。今日伏击战，他本在山头用金鼓旗帜发号施令，指挥全军截杀方向，为的是秦军兵力少，怕包不住魏军。开战片刻，他看出情势不对，紧皱的眉头猛然一挑："司马掌旗，铁鹰骑士上马，随我下山，直捣新垣衍大旗！"话音落点，人已飞身上马，长剑只一举，带着两百最精锐的铁鹰骑士惊雷闪电般压下山来。

秦军的铁鹰骑士是重装骑兵，骑士本人首先须是铁鹰剑士，人人一口十五六斤重的长剑，人马皆是铁甲裹身，只露出两只眼睛，铿锵压来，寻常刀剑箭矢碰到便飞，根本无法凑上去厮杀。如此两百骑激荡烟尘，却没有任何呐喊，直对着"新"字大旗卷来。战国军法通例：大将被俘，领兵五十人以上之官佐全部斩首；护卫与大将同死，有功无罪。唯其如此，大将的护卫亲兵都是精锐死士，新垣衍的一千护卫铁骑自然也是魏军精锐骑士无疑。眼见这股没有旗帜的黑色铁流汹涌压来，护卫千夫长一声大吼："百人队护旗护将，他队三层列阵，杀！"顷刻间与黑色铁流轰然相撞。

一交手，嬴豹的铁鹰骑士大显威风，也不列秦军骑士最擅长的三骑锥，只是单兵散开一个扇面，竟一路砍杀过来。饶是魏军护卫死战不退，却是木片撞到铁塔一般，搭上去便咔嚓飞迸出去。新垣衍在河外与秦军曾有过恶战，冷眼一看，心知不是对手，举剑一声大喝："退下山坡，东向突围！"此时恰恰有一股魏军骑兵冲来裹住了黑色铁流，新垣衍与残余的几百名护卫骑士趁机摆脱厮杀，冲下山立即号令魏军全部回头向来路冲杀突围。

眼见魏军的红色骑兵潮水般卷回，谷口的五千秦军铁骑迅速退后，摆开了三个方阵轮番截杀。但是，拼死突围的魏军死命蜂拥而上，秦军骑士拼死力战，伤亡过半也是无法堵住。正在此时，东面喊杀声骤然大起，漫天火把中大队黑色铁骑飓风般杀来，一面"白"字大旗在火光照耀下分外清楚。

乱军中的新垣衍立时凉气灌顶，嘶声大喊："白起主力来了，卷旗，快逃——"魏军轰然炸开，纷纷向黑暗中夺路逃命，"新"字大旗骤然消失，新垣衍与残余护卫也四散消失在无边无际的黑暗之中去了。秦军追杀出三五里，白起断然下令回兵。嬴豹已经杀得性起，大叫着要捉回新垣衍祭旗。白起大喝一声："军令如山，收兵！"嬴豹见白起恼怒，才气咻咻地收兵回营。

次日清晨清点战场，魏军尸体两万六千余；秦军战死八千，重伤两千余，轻伤三千余，也就是说，嬴豹的一万五千铁骑几乎非死即伤，是前所未有的惨胜。更要紧的是，若非白起的五千精锐铁骑杀到，很可能伤亡更为惨重。气得嬴豹咬牙切齿地发誓："新垣衍，下次不杀你复仇，嬴豹誓不为人！"白起默然半日，长长地一声叹息："惨胜若败，我之错也！我军兵少，新垣衍才敢死战。看来，不能纯粹靠战力，还是要有兵力优势。"见白起如此自责，嬴豹哈哈大笑："说甚来？打仗能不死人？他死战，我才上劲，有咬头！"白起摇摇头，再没有说话。

好不容易才看到秦军的死伤。

三日之后，大梁传来消息：信陵君冒死强谏，请自率二十万步军北上，与秦军决战河内，却被魏襄王与丞相魏齐托词拒绝。

秦昭王很是纳闷道："这魏嗣当真老了？还有几十万大军，为何就不发兵？怪煞！"

魏冄笑道："这老小子，只要看住自己那张王座，管你丢城失地。信陵君若大军在握，老小子能放心了？"

很多大事就坏在这些钩心斗角上。

秦昭王大是感慨，摇头叹息一声："国君做到这般地步，只怕是上天难救也。"

魏冄拍案道："不管他，我看，立即设置河东郡，大跨一步出山东！"

秦昭王思忖道："设郡守土，诸事繁多，王舅都想好了？"

魏冄悠然笑道："当此之时，先要有设郡魄力。河内设郡，大出山东三百里，何等震慑之威？至于诸般细务，我自会与白起商讨妥当，禀明太后定夺。你尚年轻，回咸阳读书便了，操个甚心？"

秦昭王目光一闪笑道："我留在王舅身边，是想长长本事，回咸阳憋闷得慌。”

魏冄笑道：“只是不要出事，随你。”

大梁不发兵的消息在河内迅速传开，河内魏人大失所望，只要秦军一到，立即开城投降。不消旬日，秦军兵不血刃地接收了剩余城堡。至此刚好一个月，河内六十三城全部被秦军占领，无一遗漏。

白起飞马赶到怀城与魏冄会合。

匆匆咥完一顿军食，魏冄递过来一卷竹简：“看看，你我磋商一番，报太后定夺施行。”

白起打开竹简，顿时眼前一亮：

请设河东郡书

臣启太后：河内初定，夺城六十三，地四百余里。河内毗邻函谷关，与我本土相连，若得设郡而治，化入秦国，则可一举震慑天下，立大秦东出之根基，诚为不朽之业也。唯其如此，臣等请设河东郡，诸事如左：

其一，郡治所设于怀城。怀居河内之中枢，有镇抚之便。

其二，河东郡设置十三县，蒲坂、安邑、左邑、皮氏、野王、轵[①]、修武、山阳[②]、河雍[③]、朝歌、淇阳、共[④]、汲[⑤]。

其三，郡守县令本土出，属员遴选旧吏，数比关中诸县减半。

其四，十年之内，不行秦法、不收赋税、不征兵役。

其五，河内驻军两万铁骑，粮草辎重由秦本土输送。

臣魏冄白起顿首

---

① 轵，古县名，在今河南济源南。

② 山阳，古县名，以在太行山之阳得名，在今河南焦作市东。

③ 河雍，不详。

④ 共(gōng)，古国名，后为卫邑，在今河南辉县市。

⑤ 汲，古邑名，在今河南汲县西南。

“好!”白起合起竹简,“丞相思虑周全,我无异议。只是,丞相这次拉上我……”

魏冄大手一挥打断笑道:“不是送你功劳,是老夫要借你大将军威风。”

白起不惯笑谈,脸色通红道:“丞相哪里话来?这一仗打得不干净,有甚威风来?”

魏冄哈哈大笑:“呜呼哀哉!一个月拿下六十余城,还叫不干净?”

白起喃喃道:“淇阳川太窝心,战死八千骑士。”

魏冄眼睛一瞪道:“日后不得将此事挂在嘴边絮叨。天下本无事,絮叨多了便出事。你是严于责己,未必人人如此看。明白了?你只记住:只要打胜,莫说死八千人,就是死八万人,老夫也给你兜着!看谁个敢多嘴?”

白起一笑道:“丞相胆气,为将者之福也。”

魏冄喟然一叹:“官场如战场,自古皆然也。老夫也只是给做事者搂住后腰而已,岂有他哉!”

白起恍然想起方才一个念头,指着竹简笑道:“丞相,这郡所何以设在怀城?安邑是魏国旧都,何不设在那里?”

“这你却不明白。”魏冄呵呵笑着,“安邑虽是旧都,城大繁华,然也是魏国老根,许多事只能睁一眼闭一眼。若官府在此,反倒是多有不便。但凡敌方旧都,只能文火细炖,岁月化之。怀城不同,此地本是殷商古邢国,城名邢丘,周武王伐纣灭之,改邢丘为怀。怀者,安抚追念也。怀城居三河①之冲要,又靠近洛阳,本是晋国老周人根基。民有周秦同源之说,料民理事便顺当一些。再说,国尉不以为,怀地乃是兵家咽喉么?”

白起点头笑道:“这倒是了。安邑有事,函谷关大军半日可达。怀城两万铁骑,可是令赵魏韩寝食难安了。”

“着!正是这个道理。”魏冄一阵大笑。

三日后,宣太后书令直达河内,由秦昭王宣读立行:对白起战功与魏冄谋划大加褒奖,当场擢升白起为大良造爵,职封上将军;魏冄晋爵封侯,虚封穰地,是为穰侯。三军将士并河内吏员,即时论功封赏,尽皆晋爵一到三级,一时人人振奋。魏冄雷厉风行地在河内设置郡县、颁布法令,要将这片中原冲要地带结结实实地化入秦国。

---

① 三河,春秋战国对河东、河外(河南)、河内(河北)的简称。

秦军主动出击,各国不能坐以待毙。

在这忙碌时刻,咸阳接到郢都秦商的快马义报:鲁仲连入楚,正在策动屈原复出恢复合纵,联兵抗击秦国。

第六章 滔滔江汉

一 碧水风雪云梦泽

大雪纷飞的冬日，鲁仲连接到了田单商队的快马急书：河内沦陷。

这时，春申君正在府中与鲁仲连拥炉小酌。一看书信，春申君倏然变色："噢呀自作孽，魏国四十万大军睡大觉了？还有信陵君，都到北溟逍遥游去啦！"鲁仲连粗重地喘息着沉默着，猛然一拳砸到案上："秦国猖狂，欺六国无人乎！"霍然起身，"春申君，我这便上路。来春清明，你我到汨罗相见！"春申君一连声嗟呀惊叹："噢呀呀，说好来春上路了。这大雪塞道，如何走法？"鲁仲连急迫道："等不得了，不见秦人冬天打仗么？"说罢转身便走。到得庭院，一片风雪骤然扑面。春申君大急，跟在后面紧走急说："噢呀慢点，你看这天气，总得备辆车带些干肉干粮啦。"鲁仲连也是边走边

侠士永远同情弱者。

说："不用。经常上路，还能饿着？有风有雪，干净。"春申君转声对跟来的仆人喊道："噢呀，别跟着乱跑，快去牵马。"说话间到了门庭，仆人已经牵来了鲁仲连的骏马在廊下等候。春申君看见鞍辔齐整的骏马，恍然锐声道："仲连且慢，家老，快去拿我那领貂裘来啦！"

鲁仲连大笑道："风雪见猛士，那物事上身累我，不要。"笑罢一拱手告辞，飞身上马，两腿一磕，那匹铁灰色骏马一声短促的嘶鸣，骤然大展四蹄，箭一般冲入茫茫风雪之中。只留下春申君怔怔地伫立在风雪地里，兀自唏嘘叹息。

春申君周到，鲁仲连潇洒。

出得春申君府邸，漫天皆白，整个郢都城垣都陷进了茫茫雪雾之中。鲁仲连有主见，径自走马向城南而来。郢都临水近江，云梦泽伸展出的小江河多在城垣西南，西门南门修建了直通外水的水门。水门下常有各种船只停泊，供旅人官员等从水路出城。寻常时日，一见客官过桥进得码头，船家便在各自船头笑脸相迎，没有人争相呼唤，只任你挑选上船。不管客官跨上哪家船只，其余船家都会遥遥招手，操着或急促或温软的水乡口音喊一声："客官顺风——"离去船家也会对同行笑盈盈喊一声："再会——"回头再笑着一句，"客官，侬坐好了。"小船便悠然荡出码头，漂出水门，融入茫茫水天之中。那份殷殷之情，总是给旅人一片温馨，令远足者怦然心动。鲁仲连熟悉楚国，更是喜欢水乡独有的这一份明亮柔昵，但来江南，能坐船从不乘马。如今风雪漫天，陆路难行，水路却不似北方冰冻，正好不耽搁行程。

冬季兴师，极为不便。南方犹可行，北方寸步难行。这个季节，找个船非常困难。但又要交代飞马而去的经过。

谁想一过那座石桥，水门下一片空寂，大小没有一只船。"有船么？可有船家出水——"鲁仲连焦急，大袖一抹脸上雪水，一声高喊，连呼三遍，都是空无应答，不禁重重地叹息一声，一时愣怔在风雪之中。

"客官，侬有急火事了？"背后码头石下突兀冒出一个苍老的声音。鲁仲连惊讶回头。一堆雪丘中钻出了一个白发苍苍的精瘦老人，一身粗布夹衣，青布包头，双手笼在袖中，一边跺着脚一边上下打量着。鲁仲连忙道："老人家，那些船呢？"老人一笑："客官毋晓得，今冬大雪忒煞猛，有房子的上岸去了，没房子的投亲靠友去了，船也便没有了。"鲁仲连焦急道："水道又没冰冻，不做生计，上个甚岸？"老人笑道："侬毋晓得，水道没冻，人却冻了。官府有令，冬船增税三成。谁想守在这里吃雪了？"鲁仲连又气又笑道："冬日客人少，为何还要增税？"老人呵呵笑道："侬是这般说。官府却说，冬船价高了。"鲁仲连不禁愤愤道："岂有此理！当真昏君。"老人连忙紧张地四面张望了一番，才低声道："毋高声了。侬有急火事，老朽送客官一趟子了，左右在这里也是冻着。"鲁仲连惊喜道："老伯有船？却在何处？"老人向水上那堆雪丘一努嘴："不大，还算快捷了。"鲁仲连恍然笑道："啊，大雪盖了船篷。老伯，我还有这匹马，能载么？"老人打量了骏马一眼沉吟道："客官，侬到哪里去了？"鲁仲连道："东出云梦泽，再到震泽吴越之地。"老人摇头道："侬是远足，马不行。我这小船也只过得云梦，江东没走过了。要不客官再等等，看有无别个船来？"鲁仲连断然道："便是老伯。马，我托在城门守军这里。"老人惊讶道："侬一匹好马，不怕狼兵杀了吃马肉？"鲁仲连笑道："他要杀马，我便杀他。老伯，稍等片刻。"说罢卸下马背上的一只皮口袋，牵马去了。

昏君何其多！贪官何其多！上多少税，都满足不了贪欲心。

老伯恐怕也是经历丰富之人。

过得片刻鲁仲连回来，老人已经将船上积雪除去，一只乌篷轻舟亮在了码头之下。老人站在船头笑着："船桥雪水滑，客官小心了。"鲁仲连说声不打紧，已经大步走过了搭在码头与船头之间的一板桥，轻捷稳健地到了船头："老伯，走。要我帮个手么？"老人已经操起了长长的橹桨，摇摇头笑道："大雪天不能张帆，慢些个，侬毋得急噢。"鲁仲连笑道："只要走,慢也是快。”“客官却是个明理人。”老人呵呵笑着,小船已经悠然荡出了码头,看看将近城门,老人从怀中摸出了一个大铁钱,咣啷一声,准准地丢进了三丈开外挂在城门洞口的一个敞口铁箱。鲁仲连惊讶道:“老伯,好准头!”老人笑道:“三五丈远,客官见笑了。瞎子阿鹏,十丈开外一扔即中,那才叫准头了。”鲁仲连大奇:“瞎子?瞎子能有如此功夫?”老人还是呵呵笑着:“不多算,日每三钱,几十年扔下来,能没个准头?”鲁仲连不禁一声叹息,说不出话来了。

民不聊生,国将不国。

出得水门一个时辰,小船与漫天雪花一起飘进了云梦泽。极目远眺,天是无边的灰,水是断续的蓝。肥大的雪花从天宇深处涌流出来,匆匆地扑向无垠的水面。云梦泽腾出灵动湿热的水雾,紧紧地拥住了冰凉的雪花,悄无声息地升腾起无边的白纱。天地朦胧,小船悠悠,直是在虚无的云天飘荡。

“雪拥云梦兮水天澹澹,孤舟一叶兮我心茫茫——”鲁仲连站在船头,不禁高声吟哦,末了圈起掌筒一声长呼,“云梦大泽——我来了——”

“客官好学问。”老船家呵呵笑着,“雪天走云梦,老朽也是头一遭。”

“老伯,大雪碧水云梦泽,美是不美?”

老人呵呵笑着悠悠摇橹,破天荒地没有说话。一阵风雪呼啸吹过,吹起老人单薄布袍下五色补丁的破旧内衣。鲁仲连心中一颤,顿时觉得不是滋味,蹲身钻进船舱,走出来将一件翻毛短皮袍披到老人身上。老人一回头,满脸通红道:“客官,这可使勿得,船家人不作兴受外财,老朽要招人骂了。”鲁仲连高声道:“天寒地冻,老伯病了,我也走不远。”老人一怔,局促笑道:“呵呵,也是,那便算了侬的船资,老朽生受了。”说罢停下手中橹,将皮袍穿好,又找了一条细麻绳在腰间束了一道，搓着手笑了：“绵暖不如皮，老话在理，侬毋晓得多舒坦了。”鲁仲连拳头捶着胸脯高声道：“老伯，我是后生，有一拨子牛力气，你教我摇橹。”老人呵呵笑着连连摇手：“使勿得使勿得，这风雪无向，侬要上手，明日就漂到糊涂国去了。”鲁仲连大笑：“那便说好，天晴了教我。”老人已经站在橹担前操起了大橹：“侬毋晓得，这橹带舵，没有三年跑船，不教上手的了。”鲁仲连心中一动道：“老伯，这船是你自家的么？”老人又恢复了慈和的呵呵笑声：“是了是了。十年前，老朽才打得这条船。船是家，有船才有家了。”鲁仲连默然良久，长长地叹息了一声。

若鲁仲连是个俗人，老伯也不会冒险出船。

老人猛然高声道：“客官进舱，要起风了。”

“风便风，不怕！正好见识云梦泽汪洋之气。”

说时迟那时快，一道恍若城墙的白茫茫混沌雪雾已经迎面推了过来，隆隆之声夹着尖锐呼啸，势若千军万马。老人大喝一声：“客官趴下！头冲船头。”鲁仲连不及思索，一个滑步倒在船舷抓住了一条固帆麻绳。老人却挺直身板，钉在橹担前牢牢抓着大橹纹丝不动，将船头正正地对着白茫茫突兀高耸的雪山风雷。片刻之间，鲁仲连眼前骤然一黑，一股巨大的推力生生要将他抛将出去。鲁仲连贴在船舷之下，双脚紧紧蹬住了一道板棱，双手死死抓住了麻绳，只觉得尖锐的呼啸掠过，头皮耳目像被利刃飞快地刮过，一阵剧烈疼痛，当即眩晕了过去。

及至睁开眼睛，景象已是大变。天空湛蓝得令人心醉，红红的太阳枕在遥远的水线，碧水长天，明亮得扎人眼睛。鲁仲连挣扎着扣住船舷站起身来，踉跄着脚步一声大喊：“噢嗬——太阳出来了——”如何没有人说话？鲁仲连蓦然回头，顿时惊呆了——船尾橹担前，老人身上已经没有了翻毛皮袍与半长布袍，一身五色补丁的短衣，也只丝丝缕缕地挂扯在棱棱瘦骨上，一条腿紧紧钩着橹担，一条腿弯曲在船板，怀抱大橹弓着腰身，头冲着船头，圆睁着双眼，脸上满是鲜血，一头白发散乱地披在双肩，动也不动地扎在那里，分明一座白石雕像。

“老伯——”鲁仲连一声嘶喊，一步冲上去抱住了老人。

老人已经僵硬了。不管鲁仲连将老人抱在怀里如何努力，老人双手都铁钩一般抓着橹柄，佝偻前仆着僵硬冰凉的身板。鲁仲连大急，三两下脱去自己的丝绵长袍裹住老人，又飞快地钻进船舱从皮袋里找出了路途常备的急救丹药，钻出舱来撬开老人的牙关，含一口水嘴对嘴给老人灌了下去。过得片刻，眼见着老人慢慢松开了双手伸开了腿脚，眼珠轻轻地转动了一下。

“老伯！你醒了？”鲁仲连惊喜地大叫起来。

“好后生，侬好命……”老人艰难地绽开了一丝笑意，“放晴了，树起樯桅，挂上帆，只把住橹担，朝东不动，便入了江东。老朽没将客官送到，惭愧了……”猛然，粗重短促的一声喘息，老人雪白的头颅一歪，没有了声息。

义途必有牺牲。

“老伯，鲁仲连害你也！”猛士如鲁仲连者，生平第一次放声大哭。

惨淡的夕阳隐没了，满天星斗闪烁在无垠的夜空，一钩新月斜挂，激荡的涛声无休止地摇晃着小船随波逐流。鲁仲连静静地坐在船尾，端详着身边盖着长袍的老人，双手只抱着橹柄，任小船向着东方漂去。他不想起桅张帆，只想守护着这个因他而死的老人。蓦然之间，鲁仲连眼前一闪，那是何物？烙印！

小臣地位确实卑贱，但黥刑一说，则有点夸张。

鲁仲连静神凑近，只见老人雪白散乱的鬓发下隐隐两个焦黑中透着肉红的古字——小臣！淡淡月光之下，肉红幽幽，惊心动魄。鲁仲连不禁一个激灵——老人是逃跑的奴隶？没错。方今天下，唯有楚国的贵族封地保留着古老的战俘奴隶制。“小臣”是最低贱的苦役奴隶，名号“小臣”，是殷商古老部族对低贱奴隶的称谓。果然如此，老人一定是经历了常人无法想象的苦难，隐藏了常人无法体察的苦涩，终是沦落船户，却永远地对客人绽开着一副殷殷笑脸。看着老人安详舒展的面容，鲁仲连不禁喃喃道：“老伯，你为何不逃到北方去？魏齐韩赵秦，早已经没有这种烙印古奴了。是了是了，我猜度老伯是离不开水乡，离不开这云梦泽也。”

天终是亮了。太阳虽然又红又大，风却冷飕飕刀子一般。鲁仲连活动了一番手脚，开始收拾张帆。老人这只船虽然不大，却打造得精巧结实，桅杆底部是一副牢牢固定在船体上的“人”字形木架，大约只有三四尺高。齐国靠海，鲁仲连大体还晓得一些船上本事，一番搜寻，找到了躺在船舷沟槽里的一段丈余高的挂帆柱。幸亏是冬雪休船，老人拆了桅杆，否则昨日一定是樯桅摧折帆布碎裂小船倾覆。鲁仲连不及感慨，抱起帆柱一番折腾，终是将帆张了起来。一看风向，正是西北风劲吹，直下东南正是顺风。鲁仲连一阵轻松，对老人深深一躬：“老伯，托你佑护了。顺风，我们走。”如老人所说，鲁仲连只站在撸担前牢牢将橹柄对着东南方，小船悠悠去了。

确如老人所言，侬好命。

漂得一日，红日西沉时，小船顺风顺水地漂到了一座小岛前。

鲁仲连疲累已极，打量一番地势，将小船抛锚在一处极是避风的岩石之下，背起老人提着皮袋登上了小岛。这是一座孤岛，山石嶙峋，草木茂密，积雪中依然露出苍黄青绿。鲁仲连站在最高的一块岩石上将小岛打量一番，断定不会隐藏冬天觅食的猛兽，才放下老人，折来一大堆枯枝断木，打起火镰在避风处燃起了一堆篝火。忍着饥渴，鲁仲连用一口短剑先在山坡上挖出了一个三四尺见方的土坑，又在坑底铺满了松软的茅草，然后将老人轻轻抱了进去，给老人盖上了自己那件长大的丝绵袍；仔细思忖，又找来一方石板，盖住了土坑。鲁仲连兀自喃喃道："老伯，你且先在这里歇息一段时日。日后，鲁仲连定然将你移回郢都安葬，访出你的名姓，给你老人家立一座高大的墓石。"说着将翻出的新土堆在石板上，恰恰一座坟茔。一切妥当，鲁仲连打开皮袋拿出干肉酒囊，将一方干肉端端正正地摆在老人坟前："老伯，旅途之酒无薄厚。来，你先饮了。"提着酒囊围着坟茔洒了一圈清酒，颓然坐在了篝火前喘息起来。分明是饥肠辘辘，鲁仲连拿着干肉却难以下咽，一个朦胧，靠着山石软倒，随即大放鼾声。

不知此事是否还有下文。

一觉醒来，又是山水明亮。鲁仲连自觉精神振作，方才一通大吃大喝，吃喝完毕，在老人坟茔前插了三根高高的青竹，又用剑画了三个大大的"十"字，下岛上船去了。

谚云：冬冷雪后。这一日还是干冷的西北风，鲁仲连却觉得天从人愿，虽是一身夹袍浑身冰凉，精神却分外抖擞。起锚扯帆，片刻之间进入了茫茫云梦。又是一日顺风漂流，暮色时分，辽阔浩渺的云梦泽渐渐收窄，水流也在碧蓝中泛出青灰，远远地青山夹峙，苍苍云梦终是化作了长川东去。鲁仲连大是惊喜，兀自高声长呼："噢嗬！大江滔滔，仲连来也——"

出得云梦泽，是三千里江东地面，也便是吴越两个已经灭亡了的国度，此时叫作东楚。一入江东，有了盎然春意。两岸青山村畴，江面白帆依稀，渔船商船间或总能遇到，比辽阔清冷的云梦泽多了一番生机。鲁仲连从未来过江东，然却带有一张墨家绘制的《江东山水图》，再有不明，遇到船家便问，也还算走得顺当。

过了一日一夜，小船出江，进入了震泽大湖。一出震泽，是老吴国的都城姑苏。过了姑苏，便是鲁仲连此行寻觅的越地大山。想想自己不通吴越方言，更兼水陆皆生，鲁仲连在震泽北口的丹徒①城停了半日，用春申君令牌请官署派了一名颇有阅历的老通吏，又自己雇请了一名年轻力壮的水手，便于夜间进震泽，直下老越国茫茫大山。

鲁仲连火急要找的，是一位隐居在会稽山的神秘人物。

此神秘人能力挽狂澜？

二　隐世后墨再出山

会稽山，既是大禹聚会诸侯之地，也是大禹葬身之地，更是天下享有赫赫盛名的圣地神山。会稽山东麓有口深不见底的古井，井水直通东海，越人称为“禹井”，说是大禹踏勘海水涨落的“眼井”。会稽山上有禹冢，周遭山林鸟雀群落万千，专司禹冢之耘护，春拔草根，秋啄其秽。若有人妄害此鸟，当地越人部族追杀无赦。当鲁仲连站在这座被苍翠松柏紧紧环绕的大冢前时，一时感慨万端。那五六丈高的冢丘五色杂陈，仿佛是上天将天下的各色土壤都搬到了这里。更令人惊讶的是，如此一座小山也似的大冢，却没有一根杂草，疏松坚挺，毫无千年风雨冲刷痕迹，五色土斑斓明艳，干净得如同春日刚刚耕耘过一般。连周遭的松林地面都是了无杂物污秽，山林幽谷清新得令人心醉。

“官府有仆役护持禹冢?”鲁仲连素来求实，不大信遥远的民间传说。

通吏大是摇头：“没没没。会稽山猎户都不进，纵有官府仆役，如何谋生?”

① 丹徒，吴国城邑，秦统一后置丹徒县，在今镇江市郊地带。

突然，森森无边的松柏林海中一阵林涛般的异样声音弥漫了过来。鲁仲连抬头之间，蓦然便见万千飞鸟贴着地面向禹冢掠来，没有一声啁啾鸣叫，起起落落地衔起地面的落叶枯草，盘旋飞舞着从鲁仲连身边掠过，大片出了山林直向遥遥大海飞去。

"噫——"鲁仲连长长地惊叹一声，盯着鸟群飞去的方向良久愣怔。

通吏笑道："越地荒莽，原多神异之说，先生见笑。"

"禹冢神鸟，信哉斯言！"鲁仲连由衷赞叹了一句。

"先生，过了禹冢山，是若邪溪①，过了若邪溪，才是五泄峰，须得赶路也。"

"好，走。"鲁仲连答应一声，跟着通吏轻轻地走出了这片山林。

大约走得一个时辰，翻过了两个山头，眼前一道峡谷。一条山溪挂在半山之上，匹练直下声若沉雷，赫然一片孤潭深深沉在谷底，南山崖上一柱悬空孤石斜斜伸出在潭水之上，奇绝异常。鲁仲连长剑指着山溪高声道："那定然是若邪溪了。"通吏笑道："此水有四奇，先生晓得无？"鲁仲连摇头："我却如何晓得？"通吏指着遥遥山溪道："一奇铸得神剑，山左有欧冶子铸剑石洞。二奇浣得轻纱，山右是西施族人当年的村落。三奇众山倒影，窥之如画。先生说，美是不美了？"

"如何不美，第四奇如何？"鲁仲连饶有兴味。

"这末了最是令人不解。"通吏认真地皱起了眉头，"但有人物在此出奇，此后便不奇了。人云，奇后不奇。"

"莫名其妙，此话怎说？"

"欧冶子之后，若邪溪不能铸剑。西施之后，若邪溪不能浣纱。先生且看，这里早已经了无人迹，都迁走了。"

"奇！"鲁仲连童心大起，"可有谁个在孤石看过众山倒影么？"

通吏摇头："如此之险，谁个上得去？众山倒影只怕是传闻，先生莫得涉险。"

"若是不险，有何看头？"鲁仲连说着话已经大步向山崖走去。

这道山崖青苍苍一道绝壁高耸，半腰凌空伸出一方孤石。孤石之上有一棵亭亭大树，高逾七八丈，此刻一团白云飘过，恰恰掩住了孤石，那大树仿佛生在云端的天树一

---

① 若邪(yé)溪，溪名。出浙江绍兴之若邪山，北流入运河。相传西施浣纱于此，故一名浣纱溪。邪，一作耶。

般，当真是物化神奇。鲁仲连高声问："那是甚树，能在孤石生长？"通吏笑道："这是白栎，比北地的麻栎可是高大多了，生在孤石之上，却是少见。"鲁仲连再不说话，端详一阵，一手用长剑拨打着齐腰深的茅草，一手揪着杂乱丛生的灌木枝杈，不消片刻攀上了山崖。通吏遥遥看去，白栎树梢恰恰在鲁仲连脚下。此时，鲁仲连从山崖边一跃飞起，堪堪地落在了白栎树冠，树冠倏忽一沉，鲁仲连已经大鸟一般落到了孤石之上。

"好！"通吏不禁大大赞叹了一声。

此时白云刚刚飘过，峡谷明澈如洗。鲁仲连乘崖俯视，只见幽幽谷底汪洋着一片碧蓝，潭水四周是层层叠叠的绿树作岸，分明一个巨大的绿盆中盛着一汪碧水，那碧蓝明亮的潭水中涌动着一簇簇嵯峨山峰，直是天地间匪夷所思的图画。

"众山倒影，窥之如画。若无人到此，此说却是如何来的？"鲁仲连兀自喃喃，如醉如痴，"隐匿此等山水之间，谁还去想世间纠葛？"徘徊半日，感慨中来，拔出长剑在合抱粗的白栎树干上一阵刻画，跟着双掌一振，树皮纷落，赫然显出四个大字——误人山水！

正在此时，谷风长啸，一团乌云骤然扑面而来，孤石大树顿时陷入一片黑暗。鲁仲连只觉一股旋风卷来，竟要将他拔起一般，大骇之下，连忙伏在地上紧紧抱住了大树。倏忽旋风卷过，明澈的峡谷已是一片幽暗。再看那峡谷深潭，已是漆黑如墨，森森骇人，哪里还有窥之如画的仙境？

"山雨将来，先生回来——"通吏惊慌的声音一丝细线般飘了过来。

鲁仲连抖擞精神，爬上高大的树冠，飞身一纵，抓住了山崖上一根粗大的青藤，脚蹬手抓地攀上了山头，回到通吏面前，已经是衣衫凌乱满头大汗脸色苍白。通吏笑道："先生形迹，却不像观画之人了。"鲁仲连一阵喘息，大喝了半皮囊凉水，这才长吁一声："天地神异，尽在越地也。"霍然起身，"走！明日赶到五泄峰。"

万山丛中风雨无定，鲁仲连两人一夜半日的路程，经历了七八次风云变幻，次日午后赶到五泄峰，衣服还是半干半湿地紧贴在身上。鲁仲连又气又笑骂道："鸟！隐居这等地方，当真折腾死人。"通吏连忙一嘘，小心低声道："先生莫得无遮拦，五泄峰有山神耳目。"鲁仲连哈哈大笑："好好好，五泄峰好。"看着鲁仲连谐谑玩笑，通吏笑了："先生，你只登上前面这座峰头，便真要说好了。""是么？那走！"鲁仲连也是惦记着心中大事，说得一句，猫腰大步匆匆地向山上爬去。这面山坡虽然很长，却不甚陡峭，只小半个时辰便登上了山顶。举目眺望，鲁仲连长长地惊叹了一声，身子钉在了山头一动不动。

一道青森森的峡谷，对面两座高山造云壁立，夹着一条山溪，飞珠溅玉直泄山谷，望若垂云，却是两百余丈一道大瀑布悬空。一泄之下，两山又骤然重合，伸出了一个平台，垂云白练隆隆跌入平台，又是直泄山谷数十丈，如此连环三泄，跌入最后一道巨大的平台，瀑布宛如白练鼓风，骤然舒展飘开，变成一道十多丈宽广的白练隆隆坠谷。五道瀑布连环而下，直是青山胸前拖曳了一幅飘飘白纱，当真是天地造化。

“如此雄山奇水，如何叫一个‘泄’字？忒煞风景也。”

通吏笑道：“越人将瀑布叫作‘泄’，土语了。”

“五泄峰？暴殄天物！”鲁仲连耿耿不能释怀。

“先生如此上心，不妨取得一个雅名，小吏禀报官府更名如何？”

鲁仲连思忖良久，哈哈大笑：“还是五泄峰了，泄尽天地晦气。噫！有人唱歌？”通吏惊喜道：“有歌声，便有高人。先生且听，这歌非同寻常！”

花这么多笔墨写雄山奇水，是要引出高人来。

青山之中，歌声清亮悠远满山回荡，却不知来自何处。鲁仲连仔细听去，但觉柔情幽幽，却一个字也听不出意思来：

滥兮抃草滥予
昌亙泽予
昌州州
堪州焉乎
秦胥胥
缦予乎
昭澶秦踰
渗惿随河湖[①]

① 这首歌词连同下面的译文，是中国古代唯一用方言字音记载下来的越语歌词，见《说苑·善说》。

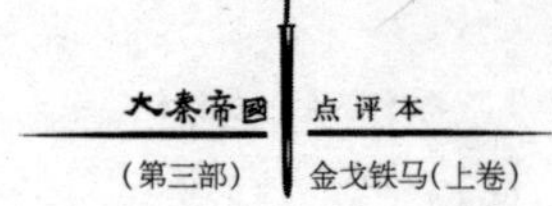

鲁仲连听得满头雾水，大奇笑道："这是天歌，人却是不懂。"

通吏笑道："我用雅言[①]给先生唱一遍，只是大意了。"

通吏悠悠唱了起来：

今夕何夕兮　搴舟中流
今日何日兮　得遇君子同舟
蒙羞被好兮　不訾耻诟
心几顽而不绝兮　相知君子
山有木兮木有枝　心悦君兮君不知

鲁仲连听得大是愣怔，不禁喟然一叹："如此美歌，惜乎竟不入《诗》！"

通吏笑道："《诗》是孔夫子删的，原本没收楚吴越。"

关于《诗》的来历，确有夫子删诗一说。

"这人却在哪里？"鲁仲连怔怔地望着余音袅袅的青山，兀自喃喃着。

"先生唱得一曲，引她出来了。"

"非礼。又不是春日踏青，何能唐突高洁？"鲁仲连想了想上到一块最高的山岩上，两手嘴边一圈，呼喊起来："何方高人？敢请一见——"

一个声音真切冰冷："阁下高名上姓？"仿佛在身边，仍是不见人影。

"在下临淄外墨。"鲁仲连心中一动，突然说了一句隐语。

小说中的墨家，总神神秘秘。

"法同，则观其同。"停顿片刻，真切的声音又飘了过来。

---

① 雅言，春秋战国对官话的称谓。中国自西周开始规定雅言为官场用语，延伸至战国成为交际通用。

“法异，则观其直。”

“赏，上报下之功也。”

“同，异而俱于之一也。”

突然，真切淡漠的声音变成了一阵动人的笑声：“果然千里驹，来得好快也！”笑语还在山谷回荡，一个白色身影从峡谷倏忽飘了上来，堪堪地落在了鲁仲连对面。鲁仲连只是留心盯着对面山林，突觉眼底白影一闪，定睛一看，大是愣怔——面前一个亭亭玉立的少女，白纱裹身，长发披肩，半身隐在花草之中，活活一个仙子在前。

“你……是方才与我对话之人？”鲁仲连终于开口了。

少女一阵笑声：“空山幽谷，能有何人？”

鲁仲连正色道：“音色有定，分明不是一人。”

突然传来冰冷真切的声音：“小技耳耳，岂有他哉。”分明面前少女说话。

鲁仲连再不疑心，一拱手道：“既是如此，鲁仲连请见南墨巨子。”少女一点头：“这个通吏，不能入山。”鲁仲连踌躇道：“我不谙越语，没有通吏岂不误事？”少女笑道：“谁与你说越语了？自找累赘罢了。”通吏在一旁笑道：“无妨无妨，先生自去便了。”鲁仲连道：“荒险山地，足下若出事，我如何心安？”少女冷笑道：“荒险山地？也只你说。”说罢伸手一指，“左走二十步，山崖下便有一客栈。”“客栈，当真？”鲁仲连与通吏皆感大奇，异口同声地惊讶发问。

少女也不说话，白影一闪，倏忽到左手崖下，说声：“看好了。”脚下一跺，地面齐腰身的草木隆隆分开，赫然显出一条宽可容车的石板道。石板道尽头是一面光洁的巨石，巨石右侧一个灰色的凸起之物，活生生一个大纽扣。少女上前在纽扣上“啪”地一拍，轰隆一声，巨石下方滑开了一扇大门。少女指点道：“这是客栈，机关最是简单，就这两处，客官记下了。客栈内一应物事齐全，你只合上山门，便是万无一失。”

通吏只惊愕得发愣，猛然醒悟，连连点头：“开眼开眼，先生便去了，小吏乐得生受一番这山腹奇趣。”鲁仲连也不想耽搁，对少女一拱手道：“如此便好，请带我入山。”

少女遥指瀑布：“五泄之后，跟上了。”只一转身，轻盈飘上了方才鲁仲连看瀑布的山头。鲁仲连大是惊愕，世上果真有如此飞升自如的轻身功夫，况且还是个纤纤少女，当真匪夷所思。当下也顾不得多想，憋足一口气大步登山。上到山顶，少女咯咯笑道：“还千里驹呢，山龟一般。”鲁仲连大喘着气道：“你这轻身功夫，不，不是人。”少女一撇嘴笑道:“呀,自己笨还骂人!”鲁仲连脸红道:“我是说,你云雾飞升,仙子一般。”少女一伸手道:“我来帮帮你,否则呀,日落也到不了。”鲁仲连一摆手:“不用。五泄峰不就在峡谷对面么?”少女一皱眉头道:“对面?就你这笨走,日落还不定能到,来!”说罢将脖颈上搭着的白纱拿下,一伸手绑在了鲁仲连腰间的牛皮鞶带上,“记住,你只提气常步便了,无须使出蛮牛力气。”鲁仲连生平第一遭与女子如此接近,更兼好胜心极强却要被一个少女“提携”,不觉有些窘迫,却又无话可说,只点头道:“好了,试试。”

少女笑道:“第一次,闭上眼了。”鲁仲连高声慷慨道:“不就翻山越涧么,闭个甚眼?不怕!”少女一笑:“人笨脾气还大,好了,起——”骤然之间从山头飞起,向峡谷中飘来,但遇大树与山崖伸出的岩石,少女便是落脚一点。起起落落,总在鲁仲连觉得身子沉重时便恰到好处地落在一个树梢或岩石上,倏忽之间便又飞起,不断地贴着山崖向那高天瀑布飞去。鲁仲连原是文武双绝的名士,轻身功夫堪称一流,今日却是大开眼界。他竭力想教腰间白纱不能着力,却总是不能如愿,任他提气飞跃,那幅白纱总是绷得笔直地趁着他,使他能堪堪借力而不至于落入谷底的森森尘寰。

大约半个时辰,两人降落在一处山坳。鲁仲连一打量,这个山坳恰恰在夹着瀑布的东山山腰,回首看去,遥遥的一柱青峰插天矗立,分明是清晨观赏瀑布的山峰。如此看去,两人方才贴着那座大山飞了一个巨大的弧形,近于抄了个直线捷径。若要走来,要顺着山岭翻越,无论如何也得一日路程了。鲁仲连不禁由衷赞叹:“姑娘天马行空,鲁仲连佩服!”少女脸上一红笑道:“没有你卖力笨走,我也带不动了。”鲁仲连哈哈大笑:“实话实话,鲁仲连今日才知道一个笨字,是笨。”少女不禁莞尔一笑:“笨汉天心,好着呢。”鲁仲

无奇遇,显不出高人之高。

连却猛然惊呼："噫！对面五道瀑布，如何只剩两道了？"少女咯咯笑道："真笨呢，中三道被上下两道遮盖，只在那座高峰看得见了。"一时之间，鲁仲连大是感慨："要观真山，须得登高。信哉斯言也！"少女揶揄道："说过一回了，还说？"鲁仲连大为惊讶："奇了，姑娘如何知道我说过一回？"少女只一笑："走，莫得我师等烦了。"说罢向山坳深处去了。

走到山坳尽头，又攀上一道山崖，瀑布雷声轰鸣如近在咫尺，却偏偏不见瀑布。少女笑道："不用打量，瀑布在山前，出去时自然看得见了。"鲁仲连又是一番感慨："墨家多奇思，这南墨院又是鬼斧神工也。"少女目光一闪道："比神农大山总院如何了？"鲁仲连笑道："姑娘没有去过墨家总院？"少女摇摇头，鲁仲连也不再问了。

上得山崖，是一座宽阔的岩石平台。除了脚下石板道，岩石山体绿树葱茏，将平台遮掩得严严实实，与周围山体一般无二。少女道："你且稍待，我去禀报巨子。"说罢一闪身消失在山崖之中。

片刻之后，少女出来笑道："请随我来。"

鲁仲连跟着少女，进了一座幽暗的山洞。曲曲折折走了百十来步，豁然明亮。鲁仲连一打量，眼前竟是一个巨大的天坑。天坑方圆足有三五亩地，恍若一片宽广的庭院，错落有致地布满了花草竹林与奇异的高大树木，四面石壁高逾百丈，青亮光洁寸草不生；仰头看去，广袤的天空变成了一方碧蓝的画框，几片白云悠然地浮动其中，说不出的高远清奇。饶是鲁仲连见多识广，也为这天成奇观惊叹不止。

穿过一片竹林，眼前绿草如茵，草地中央一座竹楼悬空而立，竹楼下一座茅亭，依稀墨家总院老墨子的天竹阁。少

《韩非子·显学》："自墨子之死也，有相里氏之墨，有相夫氏之墨，有邓陵氏之墨"。墨家一分为三，观念不一。《庄子·天下》："相里勤之弟子，五侯之徒，南方之墨者苦获、己齿、邓陵子之属，俱诵《墨经》，而倍谲不同，相谓别墨；以坚白同异之辩相訾，以觭偶不仵之辞相应；以巨（钜）子为圣人，皆愿为之尸，冀得为其后世，至今不决。"墨家子弟对钜子极度忠诚，生活上"以自苦为极"（《庄子·天下》），强调忠诚与自苦的组织，带有比较浓厚的宗教色彩。小说把墨家放置于山野，让他们遇事则怒发冲冠，无事则逍遥于江湖，这种情状，倒也有一番朝廷之内感受不到的趣味。

女将鲁仲连领到茅亭下笑道："有凉茶，你且稍坐，巨子便来。"说罢飘然去了。鲁仲连只一点头，捧起石几上的陶壶咕咚咚猛饮了一阵，清凉沁香，一抹嘴盯住了那座竹楼，等待着那个自立南墨的老人出现。

天下事也奇。墨家是以对天下兼爱为本的学派，又是纪律最为严明的行动团体，按说最应该传承有序，最应该凝聚不散。然则，老墨子死后，墨家却迅速分解，非但当初的四大弟子各成一派，连稍有成就的年轻弟子也出了总院自立学派。声威赫赫的墨家，竟一时星散为各种墨派。这南墨，是墨子四大弟子之一的邓陵子的墨派。

邓陵子原是楚国江东渔人子弟，少时聪颖灵慧，只是家贫难以求学，只有随父母在渔船上漂泊打鱼为生。有一年，墨子带着几个弟子南下楚国，在云梦泽畔恰遇邓氏渔船，便将这个聪明少年收作了墨家弟子。邓陵子刻苦勤奋，天分又高，不几年便成为墨家弟子中的佼佼者。墨家不求入仕，只奔波天下布学除暴。墨子常常与几个得力弟子分头率领一拨人马行动，久而久之，磨出了四大弟子——禽滑釐、相里勤、苦获与邓陵子。邓陵子最是年轻，非但学问见识不凡，剑术更是墨家之冠。在老墨子晚年，发生了秦国的商鞅变法，墨家以商鞅变法为暴政，欲暗杀商鞅以拯救庶民苦难，邓陵子便是反对变法暴政最坚定的大弟子。几经曲折，墨家与秦国冰释误会，与法家一起，变成了支持秦国变法的最大学派。

老墨子溘然长逝，天下大势骤变，六国合纵抗秦一时成为潮流。对于历来以天下安危为己任的墨家，曾经有过的歧见重新发作了。邓陵子几次提出南下，扶持楚国变法，联合六国抗击暴秦。相里勤与苦获却主张遵从老师决断，支持秦国统一，在天下推行秦法。资深望重的大弟子禽滑釐犹疑不决，主张"静观其变，徐徐图之，毋得躁动"。如此一来，墨家的分立成了无可挽回的必然结局。

便在此时，少年成名的鲁仲连进了墨家总院。

鲁仲连是院外弟子，原本不该对墨家决策发生影响。不想，墨家四大弟子却因争执不下，提出了遵从墨子的"尚同"法度，开设论政台，让全体墨家子弟论战而后决断。墨家本来就有浓厚的开放论战传统，论政台一开，歧见百出，根本无法尚而同之。若是论战学问，鲁仲连自会虚心聆听。然则一论及天下大势，他便大有主张，忍不住跳上高台，慷慨激昂地一口气说了半个时辰，归总一句话：效法苏秦，以合纵为山东六国争取变法天下倾危。六国此时不作为,将来也就无可作为。

时机;秦法失之于暴,不足效法。

鲁仲连的侃侃大论,在墨家激起了强烈反响。邓陵子当即挺身而起:“院外弟子尚且有如此眼光,我墨家兼爱天下,如何竟要拥戴严刑峻法?竟不能为天下大义另谋大道!”接着振臂一呼,“扶持楚国变法者,左袒!”

呼啦一声,墨家的南国弟子两百余人齐齐站起,人人拉下了左臂衣袖。

至此,墨家的分立任谁也无法阻挡了。

谁知恰恰又是鲁仲连挺身而出,站在邓陵子面前气昂昂道:“反对秦法,不等于扶持楚国!楚国旧族根基太深,不足为变法表率。”邓陵子打量一番这个伟岸青年,揶揄地笑了:“我晓得,你是要说,齐国有两次变法根基,墨家当扶持齐国为抗秦盟主,是么?”

“正是!”鲁仲连昂昂高声。

“后生,再过十年,你要改了主意,还可以来找我。”邓陵子轻蔑地一笑,拂袖去了。

光阴荏苒,齐湣王即位秉政,鲁仲连的拳拳报国之心一天天地冷了下去。

终于,鲁仲连开始回味苏秦对屈原春申君的期望,开始回味邓陵子对楚国的激赏,也开始寻觅真正将变法当作生命的强毅人物。几年下来,鲁仲连终于认定:山东六国之中,此等人物只有一个,那便是屈原。屈原虽然被放逐南楚,但他的威望却在楚国与日俱长,只要扶持屈原当政,楚国便可撑持天下与秦国分庭抗礼。鲁仲连与春申君谋划了一个扶持屈原的周密方略,只是需要一股特殊力量来完成。

鲁仲连想到了墨家,想到了当初力主扶持楚国的墨家大师邓陵子。邓陵子创立了南墨,若有他援手,此事大有成算。然则,鲁仲连一直都不明白:邓陵子南下十余年,为何扶持楚国变法的大事始终是泥牛入海?

“禹陵茶天下独有,鲁仲连品尝得出?”一个苍老舒缓的声音从身后飘来。

鲁仲连蓦然回首,却见一个清越矍铄的白发老人正站在廊柱之下,顿时恍然,连忙庄敬地深深一躬:“在下鲁仲连,拜见南墨巨子。”老人笑着一伸手:“无须客套,仲连坐了说话。”鲁仲连一拱手:“谢坐。”坐在了石案右手的石墩上。老人走进廊柱下,悠然踱着步子道:“月前,老夫接到禽滑子的飞鸽书,不想你随后便到。如此急迫,有何大事要南墨襄助?”

倏忽之间,鲁仲连一个激灵。这个当年以凌厉激越著称的墨家大师,眼下显是一副出世风骨,鱼龙变化,令人实在难解。心念闪动,鲁仲连肃然拱手道:“启禀巨子:仲连与春申君谋划得一个方略,要扶持屈原重新出山,刷新楚国,领袖天下。”

“难得也。”老人没有丝毫的惊讶,捋着长长的白须悠然笑道,“十余年之后,千里驹还是回来了。不错。老夫没有看错齐国。”

“当年不闻道,原是仲连褊狭。”鲁仲连坦然道,“今日方悟,仲连愿追随大师,共同扶持楚国,为天下一张非秦大道。”

老人默然良久,摇头叹息:“刻舟求剑,晚矣!”

“大师此言,仲连不明。”

老人沉重地叹息了一声:“楚王昏庸颟顸,屈原心志已失。今日楚国,已成流水之舟。老夫纵有当年刻痕,然沉舟侧畔,如之奈何?”

“大师差矣!”鲁仲连心中一沉,不禁有些急迫,“屈原虽久经沧桑,多有悲怆激愤,然却雄心未改,今秋还上书楚王,力主变法。若屈原秉政,春申君辅之,若楚王昏庸,何不能另立新王?还有……”鲁仲连骤然压低了声音,“以屈原当年暗杀张仪、断然与秦国开战之胆略,安知他不会取而代之?”

老人轻轻地摇摇头笑了,似轻蔑又似嘲笑道:“鲁仲连啊,你可曾读过屈原的《怀沙》篇?”见鲁仲连摇头,老人轻声吟哦:“伯乐既殁兮,骥将安程兮?人生禀命兮,各有所错兮。知死不可让兮,愿勿爱兮。明以告君子兮,吾将以为类兮!”吟哦得罢,喟然一叹,“如此灰冷颓丧,谈何雄心未改了?”鲁仲连一阵愣怔,沉吟道:“赋诗作词,原是伤怀者多,大师似乎太当真了。”老人大是摇头:“言为心声。老夫虽与屈原只一次谋面,然自信看得不差,此人诗情有余,韧长却是不足。总归一句:屈原者,奉王命变法可也,要他抗鲁仲连虽高人隐士，但论眼光，当然不及苏秦。屈原文怨太深，难养枭雄之志。

命变法甚或取而代之，异想天开也。”

鲁仲连默然良久，站起身一拱手：“大师如此说法，后学不敢苟同，告辞。”

“且慢。”老人一招手，“老夫并没说不帮你啊。”

“大师不出山，如何帮法？”

“仲连少安毋躁。”老人笑了，“南墨不同总院，弟子大体都在三楚之地散居。老夫派一名得力弟子随你下山，南墨力量交你调遣，如何？”

鲁仲连大是惊讶，实在不解这老人心思。就实说，如此做法鲁仲连是十分满意的，甚至比邓陵子本人出山更满意。若是老人出山，行动未必亲临，却还要事事商讨，他要不赞同，你便寸步难行。南墨弟子交鲁仲连调遣，没有了诸般掣肘，可放手实施谋划，自然是上上之策。可是，老人何以如此放心自己？要知道，墨家历来是行不越矩的，将大批弟子交到一个院外士子手里，当真是非同寻常。心念及此，鲁仲连不禁沉吟道：“大师究竟何意？不怕鲁仲连失手么？”

“老夫不欲出山，却不想屈了你等心志。”老人一叹，“仲连啊，你但能证明老夫错料屈原，天下大幸也！老夫生平无憾，只是太想犯这个错了。”

“大师……”刹那之间，鲁仲连犹豫了。

孙皓晖笔下，少女都堪大用。

老人却已经转过身去，啪啪啪拍了三掌。一道白影倏忽飞到了亭外，正是方才的少女。老人正色吩咐道：“小越女，你持我令箭随鲁仲连下山，南墨三楚弟子尽听鲁仲连调遣。”少女道：“请老师示下，南院事务交付何人？”老人道：“你不管，我自安排。记得多报消息。”少女兴奋地挺胸拱手：“是，弟子明白。”老人转身又对鲁仲连道，“你便带她去。”鲁仲连大是沉吟：“大师，她，太小了。”老人目光一闪：“太小？只怕你这千里驹走眼也。去了，诸事毋忧。”说罢飘然去了。

“我叫越燕。”少女咯咯笑了，“笨！还愣怔？走啊！”

手法类似于前，莫非姻缘又到？

鲁仲连无可奈何地笑了笑，大手一挥，径自大步向院外去了。

三　南国雄杰图再起

汨罗[①]水畔的春日是诱人的。

霏霏细雨之后，日头和煦柔软地飘浮出来，碧蓝的天空下，绿澄澄的汨罗水在隐隐青山中回旋而去。水边谷地中茫茫绿草夹着亮色闪烁的野花，无边地铺将开去，直是没有尽头。渐渐的，一轮如血残阳向山顶缓缓吻去，火红的霞光将江水草地青山都染成了奇特的金红，混沌中透着鲜亮。没有农夫耕耘，没有渔人飞舟，没有猎户行猎，更没有商旅的辚辚车轮。除了汨罗水的呜咽，这里永远都是一片静谧。纵是明艳的春日，也弥漫着一片绿色的荒莽，笼罩着一片孤寂的苍凉。

骤然之间，一红一白两骑快马从远山隘口遥遥飞来。一个清亮的声音咯咯笑道：“如此好山好水，却做了放逐之地，可惜也！”红马骑士扬鞭一指，粗重的声音道：“看，茅屋炊烟。”脚下一磕，红色骏马火焰般向山麓飞来。

草滩尽处的山麓，耸立着一座孤独的茅屋。茅屋顶上插着一面白幡，幡上有两个斗大的黑字——流刑。茅屋前有一堆湿木柴燃起的篝火，浓浓的青烟袅袅直上。见远处快马飞来，篝火旁一个黄色斗篷者霍然起身，大步迎了上

① 汨罗，水名。湘江支流。屈原投此江而死。

来。

“春申君——我来了——”骑士遥遥招手间飞身下马。

“噢呀仲连兄!”春申君高兴得拉住鲁仲连,“我已等你三日啦!”

“明日才是清明,你急个甚来?”

“噢呀,秦国要攻楚国,我能不急了?”

“秦国攻楚?谁的消息?在准备还是开始了?”鲁仲连着急,一连串发问。

春申君摇摇手:“稍等再说了。噢呀,这是何人?邓陵子大师?”

鲁仲连恍然笑道:“这位是大师子门弟子,越燕,人呼小越女。这位是春申君。”

“见过春申君。”小越女一拱手,没有第二句话。

“噢呀,”春申君也是一拱手急迫问,“莫非大师有疾在身?”

鲁仲连摇摇头:“稍待再说。哎,饿了,吃喝要紧。”

春申君一阵大笑:“噢呀糊涂,看,一只烤肥羊!”

三人来到篝火前,铁架上的那只肥大的黄羊正在烟火下吱噜吱噜地冒油,焦黄得肉香弥漫。鲁仲连眼睛一亮,手中马缰一撂,三步并作两步过来便要上手,却又猛然回身:“哎,春申君,如何你一个人?屈子何在?”春申君一脸苦笑:“噢呀,这位仁兄也是,日每要在水边转悠得两个时辰。今日等你,我没有陪他去了。”骤然之间,春申君哽咽一声,却又勉力笑着望了望衔山的落日,“等等,也该回来了。”

鲁仲连心下一沉,一脸的兴奋倏忽之间连同汗水一起敛去了,只怔怔地望着远处的青山绿水,一声沉重的叹息。

“是他么?”小越女指着漫天霞光里一个小小的黑点。

春申君笑道:“噢呀,一群水鸟飞舞,哪里是人了?”

“水鸟之下,有一人。看,中间那个黑点。”小越女指点着。

渐渐地,黑点变得清晰了——一个须发灰白衣衫褴褛的老人踽踽独行,一群不知名的鸟儿跳跃飞旋在周围,呢喃啁啾,不胜依依。将近青山,老人一挥手长声吟哦:“小精灵,回去也,汨罗水的月亮在等着你们——”话音落点,鸟儿们齐齐地呼啦一声展翅飞去了。

鲁仲连大是惊愕,声音不禁颤抖:“春申君,先生失心疯了?”

小越女咯咯笑道:“与鸟兽通灵,原是个心境,如何便心疯?真是……”脸一红,分明是生生咽下了那个已到口边的笨字。

屈原救不了楚国。

春申君站起身来遥遥高声道："噢呀屈原兄，你看谁来也！"

老人遥遥笑问："千里驹乘着春风来了？"

鲁仲连大步迎上深深一躬："临淄鲁仲连，拜见大司马。"

老人哈哈大笑："大司马？哎呀，老夫听着都耳生了。"说着拉住鲁仲连走到篝火前，将鲁仲连摁到草席上，"春寒泛湿，靠火近点好。"春申君走过来笑道："噢呀，这里还有一个，屈兄老眼昏花么？"老人一番打量，骤然惊叹吟哦："呜呼！美细渺兮宜修，趁西风兮桂舟，令汨罗兮无波，使江水兮安流！"小越女惊讶道："老伯伯，水都不流了，我是个灾星么？"三人不禁一阵大笑，鲁仲连笑道："先生夸赞你，说你细宜装扮，轻柔乘风，连汨罗水都被你迷得没有了波浪。笨！"小越女脸色顿时绯红，高兴得咯咯直笑："原本是笨，怕你说么？"又向老人一躬，"老伯伯，越燕见过，老师问你好。"老人困惑道："老师？姑娘的老师老夫识得？"春申君笑道："噢呀屈兄，这越燕姑娘是南墨弟子了。"老人恍然大笑："光阴如白驹过隙兮，故人忘却。姑娘，你师可好？还那般终日愤愤然么？"鲁仲连接道："大师修成高人风骨，恬淡得快成庄子了，若有愤愤然，倒是天下之福了。"老人抚着杂乱的长须点头叹息："岁月悠悠，不变难得，变亦难得，尽皆天意也。"

"噢呀，烤羊好了，边吃边说。"春申君从茅屋中提出两个坛子叫了起来。

老人笑道："来，姑娘坐了。春申君拉来了一车酒，仲连痛饮便是。"

天色已经完全黑了，一轮尚未饱满的月亮挂在青山之角，山水一片朦胧。四人围坐篝火之前，打开酒坛，切下烤羊，吃喝起来。片刻之间，鲁仲连已将半只烤羊撕掳干净，将两只沾满油腻肉屑的大手在衣襟上一抹，打开那坛专门为他准备的老齐烈酒，一碗一碗地痛饮起来。

"噢呀，猛士多饕餮，仲连是个注脚了。"春申君一介贵胄，纵然豪爽，讲究吃相雅致也成了习惯，见鲁仲连风卷残云，不禁大笑。

屈原笑道："唯大英雄真本色。本色者，天授也。人想学，也是难。"

鲁仲连哈哈大笑："我听孟尝君说，当年的张仪也是狼吞虎咽，全无拘谨。苏秦却是礼仪法度中规中矩。大司马，你说这两人秉性，如何也是一纵一横？"

屈原脸色一沉："狼子张仪，如何能与苏秦相提并论。"

春申君笑道："噢呀，屈原兄最烦那个张仪了，仲连说他何来？"

"不是烦，是恨！"屈原脸色阴沉，"国之仇雠，豺狼爪牙，老夫与之不共戴天。"

"好！"鲁仲连啪地一拍掌高声赞叹，"大司马国恨在心，楚国有望。"

屈原长叹一声："楚国啊楚国，只可惜大好河山也！"

"噢呀屈原兄，"春申君适时插上道，"我与仲连谋划日久，要来一番大举动。若时势有变，你得出山，不能退却了。"

屈原目光一闪："鲁仲连为何要为楚国担当？"

"大司马差矣。"鲁仲连面色肃然，"仲连不是为楚国担当，而是为天下担当。若是苏秦在世，齐国有望，仲连自然不会舍近求远。"

"你且打住。"屈原急迫道，"苏秦变法之后，齐国如日中天，如何无望了？"

"大司马放逐多年，却不知今日之齐国，再也不是昔日之齐国了。"鲁仲连一声叹息，将齐宣王之后的齐国变化大体说了一遍，更对齐王田地的秉性与诸般怪异作为备细叙说，末了道，"国有此等君王，国之栋梁摧折，贤良出走，民怨沸腾，天下视若公敌，齐国却如何领袖天下？仲连身为纵横策士，决意承袭苏秦之志，为天下谋划一条非秦大道。此事之要，首在一个大国强力推行变法，进而领袖天下，最后诛灭暴秦！"

"好志气！"屈原一声赞叹，"后生如斯，诚可畏也。"

"噢呀屈原兄！"春申君大是激动，"仲连以为：山东六国，唯你视变法强国为生命，视楚国强大为终身追求。他说服了我，激励了我，才有这番谋划！"

"快说说，何等谋划？"屈原等不及春申君说完了。

鲁仲连痛饮一碗烈酒，嘴一抹低声说了起来，一口气竟说了小半个时辰。三人都很激奋，又商议了诸多细节，不觉已到了月上中天。屈原兴奋难耐，抱来大堆树枝干柴又点亮了篝火。春申君笑道："噢呀屈兄，你可有新诗，吟诵一篇了。"

"老伯伯诗念得好哩！"小越女高兴地笑了起来。

"也好，"屈原笑道，"常年在山，做得一篇《山鬼》，我便唱来。"

"老伯伯唱，我来吹埙，楚歌是么？"小越女从随身袋中拿出一只黝黑的陶埙，轻轻一触嘴唇，埙音飞了起来，与寻常埙音的呜咽低沉大是不同。

"好埙！"屈原起身一声赞叹，挥舞着褴褛的大袖，脚下猛然一顿，起舞高歌：

若！有人兮山之阿
余处幽篁兮终不见天
路险难兮独后来
表独立兮山之上
云容容兮而在下
杳冥冥兮羌昼晦
东风飘兮神灵雨
雷填填兮雨冥冥
猿啾啾兮又夜鸣
风飒飒兮木萧萧
思公子兮徒离忧
石磊磊兮葛蔓蔓
君思我兮何超远
若！春兰兮秋菊
长无绝兮终古——

歌声随着埙声，飘飘去了。屈原长长地叹息了一声，方才的激奋荡然无存。鲁仲连与春申君也是良久默然。小越女唏嘘不止，抹着泪笑道："老伯伯，这山鬼是个女鬼，找不见她钟爱的公子了，对么？"

屈原落魄。

屈原骤然大笑，摇摇晃晃地跌倒在了篝火旁。

春天的郢都，水门内的小船又泊成了诱人的风华。

连接街市的那道白石桥行人如梭，时有商旅走来呼唤船只出城，码头总有一阵热情温馨的吴侬软语荡漾开来。时近正午，白石桥过来了一队甲士，匆匆封住了街市一边的桥头。紧接着一队挑夫上了石桥，后面一个骑着高头大马的中年人，丝衣华丽，腰悬长剑，马后又是两名带剑武士，气势与寻常商旅大是不同。这班人马一出现，码头的船工们顿时骚动起来，相互观望，几乎是永远挂在脸上的笑容倏忽消退，非但没有人上前延揽生意，反而是一片惶惶不安。

"侬看看，官府又要送货出城了。"

"一钱不给，还是远水，谁个去了？"

"有谁欠官府劳役了？趁早上去应酬，免他瞎点我等。"

"弗为弗为[①]，谁欠劳役，还不找死了？"

正在此时，那个华贵的中年官员走下石桥，傲慢地向码头一挥手道："王宫运货，顶替劳役，谁个愿去了？"连问三声，没有一人回答。官员脸色骤然涨红，向后一招手："来人！给我点出四条大船，谁敢违抗，立杀无赦！"桥上甲士轰然一声拥来，便要下码头强点船只。

突然之间，船工最后边一人高喊："我等六船愿去，弗要点了。"

官员一阵大笑："就说嘛，偌大楚国，没有顺民了？"又骤然拉下脸对着船工们吼道，"尔等本是吴越贱民，日后若再不敬重大楚官府，船只一体烧了。教尔等冻死饿死，葬身鱼腹！听见了么？"

① 弗为，吴语方言，"不会"之意。

船工们死死一片沉默。官员正要发作，那几只划过来的大船上一个黝黑精瘦的汉子在船头拱手笑道："上大夫何须与吴越贱民计较？请上船便了，今日正好顺风！"官员立刻阴云消散，变脸笑道："一个船工，你如何知道本官是上大夫了？"黝黑汉子极是恭顺地笑着："靳尚大夫是大楚栋梁，天下皆知。我等山野庶民，也是如雷贯耳。"官员极感受用，大是感叹："我靳尚有如此口碑，上天有眼也。来人，赏船家赤金一方！"

靳尚身后一个武士喊一声："船家看好了。"嗖的一声凌空掷过来一个金饼。黝黑汉子受宠若惊，忙在船头踉跄来接，不防一步滑倒，扑通一声与方金一起落水，引得周围船家一片大笑。待黝黑汉子水淋淋爬上船来，靳尚高声笑道："不打紧，到了王后别宫再赏你一个。"落汤鸡一般的黝黑汉子连忙拱手惶恐道："小民原是学过几日功夫，想在大人面前露一手，不想却是栽了，见笑见笑。"靳尚大笑道："好，不用勘验，便是你这几只船了，你要真有功夫，本官还不用你了。"笑罢转身下令，"来人，货物上船。"

片刻之间，货物装满了四只大船。靳尚指着两只空船矜持地下令："押船甲士一只船，本官一只船，上。"二十多名甲士拥到了最后的船上，靳尚却与自己的两名护卫一匹骏马上了黝黑汉子精致的乌篷小舟。黝黑汉子惶恐笑道："大人，船小不吃重，大人宝马能否……"靳尚一挥手道："你两个下去，上那只大船。"两名护卫稍有犹豫，靳尚脸色一沉："下去！你俩合起来还没这匹马值钱。它是王后的宝贝，明白么？"护卫诺诺连声，连忙下了小船挤到大船上去了。

"开船了——"黝黑汉子一声唱喝，满载甲士的大船悠然出了码头，之后四只货船，最后是黝黑汉子的乌篷小舟。奇怪的是，码头上所有观望的船家都没有那一声热切的顺风辞，只是冷冷地看着船队出了水门，进了水道，始终没有一个人说话。

船队出了水门，黝黑汉子一声长呼："官府货船，扯帆快桨——"载货大船的船家与桨手们"嗨"的一声应答，各船大帆倏忽扯起，桨手们也齐齐地甩开了膀子划水，船队满帆快桨，片刻漂出了云梦泽北岸。不想一进云梦泽汪洋水面，吃重货船便悠悠地慢了下来。黝黑汉子喊了一声："桨手们歇歇乏，上大夫要在前方漫游散心，我在前面等了。"说罢大橹猛然一划，乌篷小船走云一般掠过船队悠然去了。

大船水手们齐声高喊："老大好身手！彩——"

片刻之后，乌篷小船又飘然飞了回来，船头却赫然站着一个裙裾飘飘的少女。大船甲士们惊愕之际，少女一声长长的呼哨，载满甲士的大船骤然倾斜，樯桅哗啦折断，硬生生地翻了过去。甲士们惊慌呼喊间已经全部落水，虽则说楚人善水，怎奈被大船扣在上面，又是铁甲在身，绝大部分在顷刻之间一命呜呼。两名护卫与几个本领高强的甲士头目勉强逃脱，刚刚浮出水面又被大铁桨迎头拍去，鲜血立刻渗出了一团红云。不消片刻，全部甲士死了个一干二净。

小船少女又是一声呼哨。十多个桨手飞扑水中。将十几具尸体举到了船上。也是片刻之间，便有十几个甲士站在了最前边的大船上。少女一挥手，乌篷小船飞了出去，几艘大船悠悠地跟在了后边。

船队沿着云梦北岸行得小半个时辰，北面山腰一座小小城堡遥遥在望。渐渐靠近，山坳里弯出了一个小港湾，一片青石码头横在了眼前。乌篷小船一靠岸，船头少女倏忽不见，丝衣华贵的靳尚却赫然登岸。只见靳尚矜持地一挥手，接连靠岸的大船上十几个甲士押下一队挑夫，挑着各色货物上了山。

靳尚大摇大摆地走在前边，看看将近城堡，城门外的守护甲士肃然躬身。靳尚也不理睬，只对后面呼喝道："一帮贱民，都给我小心了。这都是王后的心爱之物，但有差错，拿他喂狗！"押货的甲士也是气势汹汹，不断地用长矛敲打着挑夫，跟着靳尚长驱直入进了城堡。又是小半个时辰，靳尚带着甲士押着挑夫们又出了城堡。

片刻之间，船队飞云般飘走了，城堡却依旧静悄悄地矗立着。

正史里的靳尚，确实死于非命。屈原被逐，与靳尚有关，靳尚之死，似乎大快人心。小说稍用夸张手法，让墨家出彩。靳尚实为张旄所杀。

此日清晨，郢都爆出了惊天奇闻：炙手可热的上大夫靳尚被秦国暗杀，头颅被挂在了王宫车马场的旗杆上！郢都街市立即大哗，人们奔走相告，酒肆大跌到一成价供国人聚酒庆贺。谁知偏偏就在国人欢腾的时刻，又有更加惊人的消息传来——王后郑袖被药杀在别宫密室，两日之后才被侍女发现！及至这则消息传开，郢都骤然沉默了。王后郑袖虽然也是与靳尚昭雎沆瀣一气，被楚人气狠狠地呼为“吴女”，然则她毕竟是王后，国人若再欢呼庆贺，岂非连楚王也卷了进来？若楚王都是脏污不堪，那楚国还有指望么？自古以来，市井山野之庶民虽远离庙堂，但对朝局国事却最是明白，谁个是蛀虫奸佞，谁个是谋国栋梁，远远看去，分毫无差。楚国历经劫难，国人更是心明如镜，竟在死一般的沉默中酿出了一场令天下瞠目结舌的壮举。

郑袖究竟怎么死的，无从得知。小说让其死于非命，也是要大快人心。

群众的眼睛是雪亮的？

就在王后郑袖被药杀的消息传出的当夜，一首童谣在郢都巷间传唱开来：

皮已不存　袖也不正

三间不出　日口见刀

天心无语　三楚大劫

于是，郢都国人聚相议论，纷纷拆解这首童谣隐寓的天机。不说则已，一说之下，才发现这首童谣直白如画——“皮”为革，“革”为靳尚；“袖”，不说也是王后了；“三间”是屈原，因为屈原正是在三间大夫爵位上被放逐的；“日口刀”是昭，在楚国，“昭”没有别人，定是昭雎。如此一来，这首童谣便是在明告楚人：奸佞靳尚死了，形迹不正的王后也死了，若是三间大夫还不出山，昭雎还要“见刀”！但是，中间两句连起来，却令人匪夷所思。屈原不出山，为何昭雎就要见刀？莫非上天在冥冥之中已经断定昭雎是阻挠屈原的死敌么？后两句更是蹊跷，天心本就无语，为何“三楚”就要遭逢大劫？“三楚”说的是大楚国，楚国本土连同吞并进来的吴越两国，便是三楚了。那么，“天心”究是何指？

“噢呀！民心即天心！孟子说的啦。”一个儒生突然大喊起来。

“侬个透亮，天心便是民心！”一个吴地士子立即呼应。

“彩——”众人大悟，哄然喝彩。

“这便是说，”儒生压低了声音，“民心若是不动，楚国便是大难临头。”

“心在肚子里，动又能如何了？”一个商人大皱眉头。

众人一片大笑，吴地士子矜持地笑了：“侬毋晓得？民心动，是动于外。动于外，便是要教国君知道民心了。”

“晓得晓得！”商人连连点头，“就是上万民书了。”

“彩——”众人一声呼喝，“上万民书——”

次日清晨，王宫车马场前所未有地变成了人山人海。

商人停市，百工停业，船工停运，庶民百姓从四面八方拥向了王宫，挤满了一切可以插足的方寸之地，连车马场周边的大树上也挂满了各色人等。高大的王宫廊柱下，一片白发头颅打着一幅宽大的麻布，赫然八个血淋淋的大字——天心补楚，三闾秉政！守护王宫的军兵甲士不敢妄动，一员领班大将飞也似的跑进宫中禀报去了。

楚怀王正在昏昏大睡。郑袖靳尚骤然死去，对这个年近花甲却依然精力旺盛的老国王不啻当头霹雳。多少年来，这个老国王已经完全习惯了昭雎、靳尚、郑袖给他支撑的全部日月。比他更老却更健旺的昭雎打理着朝局国事，他只点头摇头便了。正在盛年的靳尚沟通着他与外臣的诸般事务，间或还给他一些甜蜜的玩味。娇媚丰腴的郑袖仿佛永远都那么年轻诱人，每次都教他雄风大振。但凡郑袖带着王子去别宫小住，他便惶惶不可终日，纵是将几个绝色侍女百般蹂躏，也是索然无味，非郑袖回来与他反复折腾才能一泄如注，轻松地睡到日上中天。久而久之，他颓然靠在了这个三角人架上，万事都只在这三个人身上解决。楚怀王由衷地感念上天所赐，不能想象，假如有朝一日没了这个三人架，他将如何度日？

便在他尽情咀嚼着一个国王的美味时，三人架的两个致命支撑突然摧折了。楚怀王听到这个消息时，哼都没来得及哼一声便骤然昏了过去。及至醒来，他浮上的第一个念头便是：上天纵要惩罚他，如何不教昭雎去死？却让两个最心爱的人死了？他不吃不喝不睡，只在园林中焦躁地转悠，完全想不起自己该做什么。一个侍女领班甚是精明，派来了四个平日做郑袖替身的柔媚侍女，操着与郑袖全无二致的吴侬软语，莺莺燕燕地拥着他漫游。一夜漫游将尽，他终于颓然软倒在四具柔软劲韧的肉体上昏昏睡去……

"禀报我王，出大事了……"宫门将领匆匆进来，却钉子一般愣怔了。

晨雾之中，绿草地上一顶白纱帐篷，四个侍女与须发灰白的老国王重叠纠缠在一起，粗细鼾声也混杂在一起，周围一个人也没有，寂静得一片森然。

"内侍何在？郎中[①]何在！"宫门将军大喊起来。

"侬毋聒噪了！"一个裙裾飘飘的侍女头目不知从何等地方飞了出来，圆睁杏眼压低声音嚷嚷着，"侬毋晓得大王两日两夜没困觉？侬毋长眼，嚷嚷大王醒来谁个消受了？侬要有事，找令尹去了。在这里大王醒来也没个用，晓得无？"

宫门将军哭笑不得，想发作却又不敢。这些吴语侍女都是王后郑袖的从嫁心腹，更是楚王的寝室尤物，寻常时日等闲大臣也得看她们脸色，此时楚王没睡过劲儿，没准儿被吵醒了还真将他一刀问斩，却是何苦来哉。想到这里，将军诺诺连声地走了，一出宫门立马派出飞骑向令尹昭雎告急。

昭雎这几日正在心惊肉跳。

靳尚死讯传出时，他很是高兴了一阵子——这个弄臣近年来气焰日盛，借着男风女风一齐得宠，时不时对他这个令尹还带点儿颜色，指斥他这事没办好那事没办好，竟大有取而代之的势头。此子中山狼，得志便猖狂，死得正在其时。谁知还没回过味来，郑袖就被药杀了。这一下，昭雎可是冷汗直流。说到底，郑袖是他的人，是他对楚王设下的绞龙索[②]。二十多年来，要是没有郑袖在王宫撑持，他昭雎当真不知死了几回。如今有人一举杀了靳尚郑袖，可见这股势力决然是来头不小。他们能杀这两个精明得每个毛孔都在算计人的人精，可见谋划之周到细致。令昭雎更为不安的是，这股神秘势力为何要杀靳尚郑袖？反复思忖，昭雎认准了只有一个答案：是楚国的新派势力要改变朝局，挟制楚王变法。果真如此，这股势力岂能放过他这个新派死敌？可是，他们为何却

① 郎中，楚国军职，国王的贴身护卫。

② 郑袖故事，请参阅第二部《国命纵横》。

要放过他呢？没有机会得手？决然不是。只有一个可能：要选另一个时机杀他，以期造成更大的震撼。这个时机，很可能就是他们的变法人物将要出山之前，杀他这个世族魁首为变法祭旗。除此而外，还能做何解释？

昭雎是只千年老狐，既有冷静的评判，又有狡诈的对策。反复思虑，他选定了以静制动这个应对晦明乱局的古老准则，抱定了在这个强劲的风头上蛰伏隐匿的主意，将府中护卫部署得铁桶也似，却绝不踏出府门一步。只要躲过这险境，新派又能奈我何？谁能保定那个朝三暮四的楚王一定会重新起用新派人物？

正在此时，侄子子兰匆匆来到书房，说禁军司马飞马急报：郢都国人宫前血书请愿，强请楚王重新起用屈原变法；楚王昏睡，朝臣不出，紧急请命令尹处置。

“呵呵，棋在这里了。”须发如雪虬结在头顶盘成了一顶白冠，老昭雎两眼闪烁着细亮的光芒，“先杀宫中对手，再以民谣煽动国人上书，而后改变朝局。算器倒是不错。子兰，你也做过一回大将了，想想，该如何处置？”

“无论如何，不能教屈原出山！”子兰咬牙切齿，“否则，昭氏举族当灭。”

“我是问，目下之策该当如何？”昭雎对这位曾经做了一回上将军但却总是憨直骄横的侄子，每每总是大皱眉头。

“目下楚王朝臣俱不理事，叔父当做中流砥柱！驱散乱民，稳定郢都，同时也铲除了屈原黄歇之根基！”子兰大是慷慨。

“之后如何？”

“挟制楚王，以乱国罪灭了屈黄两族，叔父镇国摄政。”

“再之后如何？”

“叔父效伊尹之法，废黜放逐老楚王，拥立一个童子楚王。”

“再再之后如何？”

“昭氏代芈氏。若田齐代姜齐，立他一个新楚国！”

“好！”老昭雎第一次赞赏了侄子，“你能看得久远，这件大事便交给你去做。”说罢走进里间，一阵轻微地响动，抱着一个铜匣走出来放到书案上：“打开。”子兰一端详，眼中放光，熟练地打开铜匣，不禁惊叹一声：“兵符！”昭雎冷冷一笑：“这是我秘藏之兵符。你用它即刻调一万精兵，驱散乱民，围住王宫，不许任何人进出。记住，给府邸留一千铁甲武士，防备那股势力得寸进尺。”

“明白！”子兰答应一声，大步出了书房。

子兰误国。

郢都之内除了王室禁军八千人，便是城防驻军六千人。作为一国都城，城内驻军只能维持在一定数量，不可能多多益善，最重要的防卫力量历来都驻扎在城外要塞隘口。这是天下通例。其中最根本的原因是实战需要——大军驻扎城外要塞，使敌方根本不能接近都城，这才是真正的防守。大军兵临城下，城内孤军困守，那只是极为特殊的驻兵要塞或偶然的战场情势。作为大国都城布防，历来都不会将大军龟缩在城池之内。

唯其如此，子兰要调足一万人马，只能出城。都城内的王室禁军是只听楚王号令的。就是那六千城防驻军，也是要有特殊兵符才能接受上柱国①之外的调遣的。楚国大族分治的历来传统：都城属王族领地，禁军与守军将领均由王族子弟担当，连兵士都是只从王族领地征发。楚怀王虽然颟顸，但对都城内兵马却也是掌控极严，特殊兵符连靳尚也没有见过。昭雎的兵符是十多年前子兰做上将军统帅六国联军时，昭雎以令尹调运粮草的权力得到的。六国联军战败，楚国上下惶惶不安，这只兵符竟鬼使神差地被人忘记了。

楚制：调粮兵符须与调兵兵符同时勘合，大军才能离营。但是，城外大军主将却正好是昭阳，也是昭氏的后进英杰，论辈分还是子兰的宗亲侄子。当此非常之时，这只兵符等同王权，况且昭雎又是主政令尹，调一万兵马入城当是顺理成章。

为防不测，子兰带了十名精锐骑士，一色快马长剑，出得北门向山谷要塞飞驰而去。这要塞军营距离郢都六十里之遥，翻过两道山梁便能望见军营旌旗，放开快马小半个时辰便到。刚刚翻过第一道山梁，下坡进入谷地时，突闻轰隆一

① 上柱国，楚国执掌都城防卫的将领。

声,前边六骑骤然消失。子兰战马突兀人立而起,嘶鸣后退,与后面连环飞驰的四骑结结实实撞在了一起,子兰顿时跌到马下,鼻子唰地喷出一股鲜血。饶是如此,子兰也顾不得疼痛,立即拔剑大呼:"有埋伏!你等断后,我去军营。"又飞身上马要绕过陷坑冲上山梁。

子兰智慧太低,极容易中计。

恰恰此时,一道白影快如闪电般飞来。一个大回旋,子兰头颅飞去,一股血柱冲天腾起,连一声惨叫也没来得及喊出。白影堪堪掠过,一阵箭雨立即倾泻到谷地,片刻之间,陷坑六骑与地上四骑声息皆无。

子兰死得太早。若按正史,子兰之死,应在楚怀王死之后。作者操生死大权,大概是看着不顺眼,早点结果他的性命。

"兵符,给你了。"丛林中一个清亮的女声。

"好!回郢都。"一个浑厚的男声在丛林回荡。

马蹄如雨,骤然从山林席卷而去,山谷又恢复了宁静。

日色过午,楚怀王终于呻吟着郑袖的名字醒来了。

侍女头目连忙跪坐在地将他拥在怀里,一边抚摩一边呢喃抚慰:"大王别怕了,王后困觉了,一忽儿就来,就来,乖乖别怕,先喝一口白玉汁儿了,王后有,我也有,侬尝尝味道好么?哎哟,乖乖咬疼了……"自从郑袖生了王子,楚怀王便有了这个奇特的癖好,每次睡醒来都要郑袖给他喂奶,说那是上天白玉汁儿最好喝了。郑袖几日不在,极少开怀的侍女们又没有这上天白玉汁,只好任他将胸脯咬得出血。懵懂之时,不想这塞进嘴里包住脸膛的竟是肥嘟嘟一对可人物事。恍惚之间,老国王竟以为抱住的当真是郑袖,哼叫着一头扎进那雪白丰腴的怀中,狠狠咂得小半个时辰,才睁开眼睛抹着嘴坐了起来:"你,便是王后了!"手却只是指点着那对肥白的大奶子。

小说把楚庄王之荒淫事,全部栽到楚怀王身上了。据《史记·楚世家》,"庄王即位三年,不出号令,日夜为乐,令国中曰:'有敢谏者死无赦!'伍举入谏。庄王左抱郑姬,右抱越女,坐钟鼓之间",在伍举进谏之后,"居数月,淫益甚",后在大夫苏从入谏后,乃止淫乐,是以"三年不鸣,鸣将惊人"。

"谢过大王隆恩——"侍女头目惊喜万状地猛然将老国

王包在了胸前。

楚怀王雄心大作，一番胡乱折腾，片刻之后满头大汗气喘咻咻，才觉得郁闷稍减，呵呵笑了："这对尤物不输郑袖，上天有眼了。"

"侬晓得无？人家跟王后原本就是姊妹了。"

楚怀王哈哈大笑："好了好了，姊妹便姊妹了。"

正在楚怀王高兴的时刻，一个老内侍匆匆碎步跑来："禀报我王：出事了！宫门拥满了市井庶人，已经跪了三个时辰，要我王出宫受书！"

楚怀王顿时愣怔了，片刻之间却又恍然笑了："我说也，哄哄嗡嗡甚个声响？原是市井坐宫，要减税么？去，找令尹了，本王管这等琐碎了？"

"宫门司马早报令尹了，令尹派出子兰将军，可子兰将军没有音信了！"

楚怀王眼珠打转，一声高喊："靳尚！"却又骤然打住，长叹一声，"乱也，走，本王出去看看啦。"刚要迈步，却回头高声下令，"来人，带新王后去寝宫养息。"又对衣衫零乱的侍女头目笑了笑，这才跟着老内侍走了出去。

一到宫门廊柱下，楚怀王惊愣得站住了。生平之中，他只见过屈氏部族的族老们当年为屈原请命，人数也就是几百个，已经使他手足无措了，何曾见识过这人山人海？片刻之间，楚怀王觉得头轰的一声懵懂了，脸色发青，两眼笔直，不禁哆嗦起来。老内侍连忙靠前扶住低声道："老朽之意：不管市井庶民如何请命，我王尽管答应住，管保无事了。"楚怀王顿时清醒，甩开老内侍笑道："本王早就如此想了，用得你说？下去！"抖擞精神走到廊下矜持地一声高喝，"宫门将军何在？"

"宫门将军朱英在！"

"请庶民三老上前，本王召见了。"

"嗨！"朱英转身走下高高石级，来到跪地请命的一片老人前高声宣谕，"请命人等听了：楚王有命，着三老上阶晋见。尔等推举三人，随我见王。"

片刻之间，三个须发雪白的老人颤巍巍地跟着朱英走上了高高的三十六级台阶，场中民众翘首以待，鸦雀无声。大约顿饭时光，三个老人颤巍巍下了台阶，一个苍老嘶哑的声音喊了起来："楚王英明，答应即刻下书，召屈原大夫还都秉政！"

"楚王万岁！""屈原大夫万岁！"车马场顿时一片欢呼。

"昭雎老狐，如何处置？"有人高声呼喊起来。

"且慢了。"一个老人笑了,"楚王说了,即刻下书,罢黜昭雎令尹之职!"

"彩——""楚王明断!""楚国万岁!"一片山呼海啸掠过了广场。

秦楚公私恩怨太多,秦昭王时,数欺楚,并天下的势头,更甚惠王、武王。秦攻楚,非意料之外。

突然,随着一阵骤雨般马蹄声,一骑飞到王宫阶下一声高喊:"彝陵军报,秦军攻楚——"万千人众顿时僵住。不迟不早,秦国恰恰在这个节骨眼上攻来,谁来统兵对阵?大楚国还能保得住么?

四　江峡大战　水陆破楚

经过一冬紧张运筹,冰消雪化的三月,秦国水军终于编成了。

河内战事一结束,白起给魏冄留下一万铁骑,马不停蹄地班师蓝田,自己又星夜赶回了咸阳。晋见宣太后之后,白起匆匆与荆梅成婚了。这是宣太后的命令:白起不成婚,哪儿也不许去。白起与荆梅原本都没有立即成婚的意愿。可宣太后说得明白:"大将三十无家室,君之罪也。白起若无荆梅这个念想,我能教他等到今日了?一个才士孤女,一个国家干城,却都是孤身漂泊,教我如何做这一国太后了?明日便成婚!我看这也是荆老义士生前遗愿,我便做主了。"白起对这个青梅竹马的师妹原是一片深情,但毕竟从来没有挑明过婚事,老师死得突然,也没有明白说过此事该当如何,所以就存了个与荆梅相处慢慢再说的心思。荆梅虽是深爱白起,却也因他戎马倥偬,总是没有相处一吐心思的时机,也暗暗打定了主意,要改扮男装入军照拂白起,相机再说。如今教宣太后快人快语说了个透亮,俩人红着脸不说话,也算是默许了。于是，宣太后立即亲自操持，只在半日之间便将白起的大良造府收拾得焕然一新。当晚，宣太后带着陪嫁的十名侍女十名官仆，用一辆结满红绫的篷车将荆梅从王城送到了大良造府，沿途观者如潮，热闹非凡。到得府邸，秦昭王亲自司礼主婚，全部在咸阳的秦国大臣几乎都来庆贺，可谓天下独一无二的成婚盛典。

太后、昭王亲自过问白起的婚事，可见白起受宠。

白起素来对不合自己身份的擢升与赐予都觉得忐忑不安，若是职爵之事，他一定会断然辞谢。可这是婚典，按照古老的习俗，国君太后出席功勋大臣的相关庆典也是常情，虽说自己只想悄悄办理，却实在不好推托。若是魏冄在咸阳，一定能体谅自己苦衷，替自己挡得一阵，可偏偏魏冄在河内忙碌，也只好顺势而下了。荆梅自然知道白起禀性心思，只是不断给他眼色："忍忍，便过去了。"

一则是战事在心，二则是实在不堪连绵不断的饮宴盛典。大婚次日，白起一马飞出咸阳，直奔蓝田大营去了。及至日上三竿，宣太后亲乘华车来迎新婚夫妇入宫大宴时，竟只有朴实娴静的荆梅一个人了。荆梅只施得一礼，还没有说话，宣太后便又气又笑道："这个白起不像话，扔下一个新娘走了，是么？虽说也是国事，可我这个娘家人却如何过得去了？荆梅，你莫上心，我这便派人将他给追回来，任你处罚，晓得无?"叮当一串体己话。荆梅噗地笑了："太后莫生气，他就那根犟牛筋，但有仗打，甚事也不顾。"宣太后呵呵笑道："有这想头便好。你也别生气，左右你一个人我一个人，索性跟我进宫住几日去。"荆梅笑道："白起是个粗土人，府中乱得一团糟，容我收拾得两日，再去拜谢太后如何?"宣太后笑了："新娘子知道当家了，好事也。哪有个不行的理论。哎，进宫可不是拜谢我，是你我一起热闹些许，记住了？除非白起回来，你想来便来。"说罢又叫过侍女仆人的头目宣太后做事滴水不漏，善笼络人心。

叮嘱一番，这才上车走了。

白起进得蓝田大营，立即开始筹划攻楚大战。

按照预先谋划，白起第一件事是派出飞骑特使直下江州[①]，限期在一月之内将打造好的战船接收下水，并征发三千名水手等候成军。第二件事，派出蒙骜暂为水军大将，立即奔赴南郑[②]，征发两万汉水子弟练成水军。两件事部署妥当，白起教中军司马将搜集来的楚国山水图与郡县城相关典籍全部搬到后帐，埋头开始揣摩伐楚细节。

大约从西周时起，中原便称楚国与江南小邦国为“南国”。《诗·小雅·四月》便有“滔滔江汉，南国之纪”的咏唱。后来，南国诸侯们渐渐地被楚国一一蚕食了，及至吴越被灭，淮水之南便是楚国天下了。广袤华夏，除了西南巴蜀被秦国占领，整个江南、东南、岭南的苍茫万里，都是楚国疆域。虽说楚国对岭南的实际控制很松散，但是各个岭南部族都以楚国为宗主，却是任谁都承认的事实。也就是说，整个北部华夏战国的所有土地加起来，也比一个楚国大不了多少。于是，对大河之北的中原各战国来说，攻取楚地成了梦寐以求的远图。自春秋以来，中原诸侯以晋、秦、齐为首，不知多少次地与楚国开战，可是，都从来没有打到过云梦泽与长江北岸，激烈的大战从来都只发生在淮水南北区域。到了战国中期，反倒是楚国向北扩张到了淮水以北，直接与魏国韩国在颍水接壤。若从颍水的陈县[③]（楚国北部要塞，也是楚国末期最后一个都城）直达岭南，那可当真是荒莽万里河山。从几百年的战事看，大多数时期，中原战国的军力还都

---

① 江州，战国秦灭巴蜀后巴郡治所，在今重庆市地区。

② 南郑，战国秦汉中郡治所，今陕西南郑县地区。

③ 陈县，陈，古国名。公元前534年为楚所灭，改建为县。在今河南淮阳。

是强大于楚国的，可为何偏是夺不来楚国土地，反而却是楚国步步北上？

有天时有地利，楚地难啃。

攻楚之前，白起想得最多的，便是这个难解之谜。

自从与老师临终谈兵，读了老师赠送的兵书，白起打仗的思路大大开阔起来。白起出身行伍，在战场造诣上很早就达到了炉火纯青的地步。举凡步骑战法、军营调度、辎重运筹、行兵布阵、安营扎寨、长途奔袭等，他都能从一个士兵所能够解决的细节上变换创造出种种独特战法。甲胄兵器的重量，军营帐篷的大小，军食制作的种类，他都能找出最利于作战且又最方便军士行动的最好配置。正因为如此，白起在千夫长的位置上就已经屡次能对大军作战提出精到见解了。尤其是河外之战大破六国联军、河内之战夺魏六十余城这两场以他为统帅的大战之后，白起骤然成熟了。再读兵法经典，他对往昔战事便有了深彻回顾。根本之点在于，他真正悟到了战之胜负根本在疆场之外的道理，也明白了诸如孙武吴起司马穰苴那样的兵家圣者，为何要用大量篇幅去论说战场之外的国政、民生乃至人心向背等的奥秘。也正是在这样的时刻，白起开始谋划对楚大战。为了思虑更为扎实，他专门与魏冄做了一番探究。

“穰侯以为，中原强兵，何以百年来不能夺楚十城以上？”

“白起啊，你又瞄上楚国了？”魏冄哈哈大笑，“老夫之见，却很简单：楚有江水天险，中原无水军，陆路无法逾越，可是了？”

白起却道：“即或江水难以逾越，淮水总可以强渡，何以淮北之地也在楚国手中？”

魏冄一怔：“也是，淮北之地打了百余年，反倒教楚国占了大半，你却说说是何道理？”

"白起以为,道理有二:其一,中原战国战法单一,百余年来唯知从淮北与楚国接壤处开打。楚国淮南江南之广袤本土从未受过威胁,可源源不断地输送兵力粮草做长期抗衡。纵有一战数战之败,也是不伤元气。是故楚国虽弱,却能矗立淮北不退。中原战国虽强,却不能夺取淮北,更不能逼近江水。此为战法谋略之误。"

"有理!"魏冄拍案而起,"其二?"

"其二,大局评判有误。中原战国历来视楚国为南蛮,一如长期视秦国为西蛮;错认唯有淮北淮南才是丰腴之地,汉水、江南、江东、岭南皆是蛮荒莽苍之地,纵拼力夺来,亦于国无助。与此同时,楚国使节、商旅也在中原反复张扬江南荒莽贫瘠远不如中原富庶,楚国要富强,唯有夺取淮北,等等,混淆中原视听,使中原战国误以为果然如此。此一失误,与张仪当年对巴蜀评判之误如出一辙。明锐如张仪者,尚且以为巴蜀蛮荒不毛之地夺之无益,更何况寻常人等?"

分析得头头是道。不过,秦已得巴蜀之地,顺流而下,直取楚地,并非难事。

魏冄一阵默然,良久喟然一叹:"洞若观火,此之谓也!白起啊,老夫是老楚人了,也没想到这战场之外啊。"说着双目炯炯生光,"你既有此想,定有长策,说说了。"

白起走到魏冄书房的那张《九州山水图》下,指点着道:"天下之大,唯江南为最后争夺之地。天赐地利,秦国西南恰与楚国相连,夺得楚国半壁河山,可成秦国更大根基。若得攻楚战胜,便要另辟蹊径:避开淮北老战场,从巴蜀直下江水云梦泽,夺取楚国江汉根基,一举使楚国衰颓。"

魏冄长长地一吁:"如此打法,秦军之短了。我方水军,弱于楚国水师啊。"

白起指着蜿蜒江水道:"楚国水师虽强,然多在吴越之地。云梦泽舟师只是老楚旧部,且长期无水战,兵力已经大大减少。我方水军虽是初建,用途却主要在于运兵,而不是开入云梦泽与楚国水师对阵。我军之要，在于顺流东下，夺取江汉之地的城池，站定陆上根基。”

“好!”魏冄一拍掌，“你将此谋划立即上书。这一番比不得中原陆战，要大动干戈。还是那句老话：老夫给你抱住后腰，只管放手去做。”

“上书太后秦王，穰侯连署如何?”

魏冄目光一闪，立即恍然笑道：“好！算老夫一个。老夫楚人，朝野心安。”

宣太后与秦昭王立即批下了这卷将相上书，并给白起加了一个特职“大良造上将军兼领巴蜀两郡”，同时立即派出快马特使知会巴蜀相[1]陈庄“凡涉军事，悉听白起调遣”。接着便是白起的一道火急军令：“悉数调遣原有战船聚江州，并打造新战船一百艘，限来春三月完工。”

君臣同心。

幕府揣摩三日，白起已经将攻楚方略详细拟定——以战船运兵，顺流下江登岸，夺取楚国汉中郡[2]残余三城、黔中郡[3]东北二十余城、巫郡[4]江北二十余城。方略一定，白起立即升帐发令：以王龁为前军大将，王陵为中军策应，出动步骑大军八万，从武关南下，直插长江北岸的彝陵山地驻扎，等候水军东下。

大军开拔，白起带着中军大帐一班军吏并一个百人骑士队，星夜从南山子午谷直插南郑，要在腊月之前赶到江州。虽然是一路崎岖难行，但白起一行都是当年随司马错奇袭巴蜀的山地老手，翻过南山又是一片春意，没有了中原之地的

---

① 巴蜀相，秦国收巴蜀之后，原巴王蜀王均称“侯”，无治权，秦派遣“相”为执政官。

② 汉中郡，战国楚怀王置，因在汉水中游得名。在今陕西汉中市。

③ 黔中郡，战国时楚置，后入秦。治所在今湖南常德市。

④ 巫郡，当为巫县，在今四川巫山北。

刺骨北风，却也走得畅快，不待一个月到了江州，恰恰是十一月底。

步兵、骑兵陆战还行，遇水则相当于被废掉武功。蒙骜有先见之明。

快马斥候送来军报：先行到达南郑的蒙骜很是快捷，已经在汉水两岸招募了两万熟悉水性的精壮子弟加紧训练水上战法，专一等候巴郡战船东下。白起立即下令蒙骜：水军训练两个月后，立即开赴江北巫山秘密驻扎等候。

时在冬天，水军训练，苦也。

诸事处置完毕，白起与陈庄一起来到江边船场查看战船。江州正卡在白水[①]与江水的交汇口上，水面深阔，岩石成岸，上佳的天然船场。两人登上南岸船场的云车一望，江边樯桅如林，大小船只连绵不断一望无际，壮观非常。

“共有多少战船？”白起大手向江中一划，仿佛要将所有战船都包揽过来。

“大型战船两百艘，小型战船三百艘，不算吴越，比老楚战船多出百余艘。”

“粮草辎重船能征发多少？”

计算得仔细。

“官府货船八百余艘，征发商船千余艘，可得两千艘货船输送粮草辎重。”陈庄本是军中将领，做了文职不打仗大感憋闷，此次参与军旅，虽说不上阵，也很是兴奋。

白起大手一挥：“好！下去看看那些大个头。水战靠船，不能大意。”

“嗨！”陈庄将军一般应了一声，“上将军通晓军旅，若连水军也通了，便是天下无敌了。”白起笑道：“如何我便通不得水战？只要与打仗相关，我都要通了它。”说话间两人下得云车进入船场，开始逐一地登上大型战船察看。

先看的是楼船。这楼船是最大的战船，船上起楼两层或三层，各层排列女墙、构筑战格、树立大旗、装置大型战磁与

---

① 白水，战国时对嘉陵江的称谓。

拍杆；顶楼是将帅金鼓号令与强弓硬弩手，船舷甲板可装载战车战马，桨手数十百人，可载兵士近千人。楼船非但可远距离地以战礮、拍杆攻击敌船，并可凭借自身重力“犁沉”敌船，威力极是强大。因了楼船是帅船，是战船之首，所以后来的水军将领便叫作“楼船将军”。这种楼船，春秋时期首先在吴国被打造出来，统率者便是那个赫赫大名的伍子胥。那时候的楼船，只能容纳两百余士兵桨手。到了战国中期，这种楼船技术已经普及沿水国家。楚国、齐国、魏国、秦国都有了打造大型楼船的船场。楼船术更上层楼，打造得更大了。在秦国，打造楼船之地主要是巴郡的江州。

再便是艨冲。“外狭而长曰艨冲，以冲突敌船也。”这是古人对艨冲的说法。究其竟，这是一种船体狭长而速度快，用于临阵冲突的战船。

这两种大型战船之外，便是可容数十名军士的攻击战船，主要是斗舰、先登、赤马三种。春秋时期，舰被叫作“槛”或“鉴”，战国之世才出现了“舰”这个名称。《释名》对这种“槛”船的解释是：“上下重板曰槛。四方施板以御矢石，其内如牢槛也。”正因了这种舰船有两层厚板打成的木寨，可以抵御敌船之飞矢流石，所以成为水战冲锋的主力战舰。

对白起来说，这些都是新鲜的。

先登与赤马，都是更为轻快的战船。“军行在前曰先登，登之向敌阵也。”也就是说，先登是一种抢登敌船或抢登滩头的攻击船。赤马则是轻疾快船。“轻疾者曰赤马舟，其体正赤，疾如战马也。”也就是说，这种快船船体轻速度快，船身涂成大红色，专门做船队的快速攻击力量。

其余便是特殊用途的船只。一种是侦察敌情的斥候船。“五百斛以上且有小屋曰斥候，以视敌之进退也。”斛，是春秋战国的量具，以斛计重量，说的应当是排水量。一斛若以三百斤计，五百斛即是十五万斤，大体相当后来五六吨的船

鲁仲连

楼 船

艨 冲

《武经总要》中的斗舰

赤　马

只。作为敌情观测船,往往是统帅需要使用的,而且要相对高大,自然不会是小船。在实战之中,这种大型斥候船实际是斥候营号令指挥船。实际的侦察船叫作“艇”。艇是排水量二百斛以下的轻便小舟,除了水手,可乘一人或两人。在实战探敌之外,这种小艇也是临时上下大战船的快捷工具。

察看完船场,白起怦然心动了。在此之前,他将这支水军的作用主要定在运兵与输送辎重两方面,但使步骑大军能够避开无休止的翻山越岭艰难攀登,粮草输送能够源源不断,秦军便有八九成胜算。而这两点对于长途奔袭式的山地作战,恰恰是要命的关键环节。有一支船队能够以极大的输送力量越过崇山峻岭而直达战场,这对于精锐如秦军者,自然是最难得的。能做到这一点,白起已经是满足了。可如今一看这千余艘打造极为精良的各式战船,白起顿时萌生了一个大胆的谋划。

“陈相,江州水手本领如何?”白起突兀一问。

“没说的!”陈庄一指江面,“江州水手天下第一!楚国水面尽在大江下游,水流宽阔平稳,纵然云梦泽阔远如海,毕竟是险滩急流甚少。江州水手不同,常年出江东下,一道巫山大峡谷便是几百里,险滩无数,航道诡秘多变,直如生死鬼门关。江州水手但能上船出江,个顶个好把式!”

“这三千水手都出过江?”

“但凡操舵老大,都出过江。桨手只有两三成没出过,征召时一一查过。”

“好!但有此等水手,秦国水军立马可待。”白起大是振奋,“立即以上将军代秦王名义,赐给所有造船工匠、操舵水手造士爵位,其余水手人赐十金,以彰显其舍业从军之功,大战之后再论功行赏。”

“上将军明断!”陈庄高兴得一拍掌,“这些水手多以贩运盐、鱼为生,仓促应召原是有些不敢说的话。若人各赏赐,家人水手大是安心,士气便大涨!”

“那好,你去办理。”

“嗨!”陈庄挺胸一应大步去了。

倏忽之间已是大年。白起与陈庄在岁末那一日,运了十车清酒三百头猪羊来到了船场,隆重犒劳打造战船的工匠与驻扎江边军营的三千水手。工匠水手们做梦也想不到,威震天下的赫赫上将军白起能在年关之际来犒赏他们这等贩夫走卒,一时间欢呼声响彻大江两岸,许多老工匠老水手都是热泪盈眶,反复念叨着:“过往啥子么,眼下啥子么！有爵位，还有上将军赐酒过年，安逸哩安逸哩！”精壮水手们昂昂振奋，人人喝得满脸涨红，嗷嗷叫着要立即打仗。

恩威并施乃高明的统治术。

“父老兄弟们！”白起站在高高的船台上可着嗓子喊了起来，“歇工三日，好好过年。年节之后，出江东下，为国立功——”

“不歇工！”万千人众齐齐地一片吼声，“下水！上船——出江——”

白起眼中含着泪水，在船台上深深地一躬到底。

于是，年关的江边船场变成了灯火喧嚣的大工地，也成了江州百姓倾泻报国热肠的热闹所在。巴蜀两地归秦已有三十余年，然则，寻常百姓对于秦国还是生疏淡漠的。这次伐楚大战，江州第一次成了秦国的中心地带，上将军亲临巴郡，百姓们从实实在在的接触中，知道了秦国的奖励耕战究竟是个啥子法度，也实实在在地品咂到了这秦国法度就是比当年巴王的狠巴巴盘剥要好得多。单说这工匠水手赐爵一件事，便令巴人大是感动。祖祖辈辈千百年，何曾有过官府因了庶民“舍业从国”而立加赏赐的？再说筹集军粮，官府还是只买余粮，卖余粮多者也赐爵赏金。这样的官府，老百姓如何不感恩奋发？

过于美化这个官府。写秦政时，反复强调民众的感恩，忽略了民众的恐惧。

年关时节本是农闲。船场工匠水手不歇工的消息一传开，万千民众便络绎不绝地拥到了两江岸边，一船一船地送来了不计其数的鱼肉、熏肉、饭团与各种山果酒，一队一队的乐手昼夜守在两岸吹打。船场的工匠水手们更是热气腾腾，人人撂开了光膀子大汗淋漓地可着劲儿猛干。不消三五日，年节还没有过完，全部战船便顺利下水。三千水手们立即上船演练，两岸民众呐喊助威，直是如火如荼。

二月初旬，白起登上了最大的一艘楼船，率领着六百余艘战船与两千余艘粮草辎重船浩浩荡荡地顺流直下了。狭窄湍急的江面上樯桅如林,船队连绵百余里,当真是前所未有的壮阔。

船队行得三日,到了赤甲山峡谷江段。赤甲山是巴郡东部要塞关口,山头一关叫作扞关①。扞关原是楚国建造的西部要塞,秦国夺得房陵之地后,楚国放弃了江峡段的长江防守,扞关便成了秦国巴郡的东部要塞。虽则如此,却由于没有水军,秦国对长江大峡谷的控制也是形同虚设,除了北岸盆地的城堡,沿江峡谷的城堡实际上仍然在时不时出没江峡的楚国水军控制之下。此次秦国船队大举东下,楚国水军早已退到了夷陵②之下,峡谷江段平静无事。蒙骜率领三万水军已经在这里驻守了一月,将关下码头已经拓宽加深整修齐备。这一日,蒙骜在山头遥见江中"白"字大旗迎风招展,立刻命令小艇下水,亲自迎了上去。

及至驶近楼船,被水手领着爬上高高的舷梯,在五六丈高的楼顶俯瞰江水滔滔旌旗连绵不断,蒙骜惊讶得连喊:"了不得!了不得!"白起从号令台走下来笑道:"有甚了不得?旱老虎不能变蛟龙?"蒙骜连连赞叹:"变得好变得好,有如此船队,楚国水军是个鸟!"白起破天荒地大笑起来:"好!这次要看你这水军主将的威风了。"蒙骜摩拳擦掌道:"你只说如何打?我教楚人尝尝大秦水军的厉害!""你来。"白起拉着蒙骜进了号令舱,舱中钉着一幅可墙大的《沿江关塞图》,一指扞关位置,白起道:"旬日之内,你在扞关须将几万水军编成战船队,并须在江面演练两三日。而后第一仗,是与夷陵水师对阵。歼灭夷陵水师,待步军攻克夷陵关城与江峡内两岸城池之后,你便留两成水军封锁江峡,而后立即

有备而来。蒙骜初露锋芒。

① 扞关,又称江关,在今重庆市奉节县东长江北岸赤甲山上。
② 夷陵,长江三峡出口要塞,今日宜昌地区。

率水军东下，直逼云梦口威慑郢都。这是我军第一次水战，你说说胜算如何？"

蒙骜是一员周密持重的大将，此刻断然点头："八成胜算。我已探听清楚：夷陵水师只有百余艘中小战船，水军八千，关城守军两万，周遭百里没有后续援军。我在南郑征召的这三万水军，清一色的渔家子弟，个个在船上如走平地，只要江州水手本事好，演练成军当是快捷无误。我用三百艘战船包抄上去，哪有不赢之理？"

"江州水手、修船工匠，都是天下第一。"白起一句赞叹，接着将江州故事说了一番，听得蒙骜连连感慨百般感奋。白起稍事停顿，接着指点大图道，"从明日开始，这楼船便是你的幕府舰。我要立即赶赴步骑大营，先期奇袭彝陵关，使彝陵水师失去陆上根基。"

"我军粮草基地是否驻扎彝陵？"

白起点头："这件事有辎重营做。你所留下的两成水军，要确保粮草基地万无一失。粮草基地扎好后，只留五百艘货船运粮，其余千余艘空船一律运兵东下。"

"嗨！"蒙骜领命，"我立即回扞关调兵下江。"赳赳去了。

片时之间，楼船大旗飞动号角连绵，一排大战船缓缓靠上了扞关码头。白起将一应与蒙骜交接的后续军务都留给了中军司马办理，自己带着一班军吏与一个百人队乘着一艘斗舰靠上了码头，弃舟登岸，马不停蹄地向东北山地飞驰而去。

三日之后的夜晚，正是春风料峭浮云遮月的时光。秦军三万精锐步兵乘着百余艘大货船悄然横渡峡内江，匆匆登岸，连夜绕道南岸夷陵关背后。夷陵城堡本是三面靠山一面控江，西锁江峡，东控云梦，扼守在万里长江的咽喉地带，号称"天下第一要塞"。虽则如此，夷陵的防守却极是松懈。根本原因，在于夷陵是水上要塞，而能在水战上与楚国水师较量者，似乎还数不上一家。虽然与秦国汉水房陵接壤，但秦国从来没有水军，又在中原刚刚打完河内，如何能横空杀来夷陵？纵然杀来，也是江中鱼鳖，何能与楚国水师抗衡？再加上郢都接连出事，军中大将都在各自探听本部族大臣情势，谁也不曾想到战事。水军大将其实早已经接到斥候飞报：秦军船队出江东来。将军也只说得一句"再探"，一笑了之。

天将拂晓时分，夷陵关的三面高山骤然山火大起，无数渗透猛火油的火箭急风骤雨般从三面山头倾泻到城中。不到顿饭时光，夷陵成了一片火海。满城惊慌逃窜之时，四面杀声大起，临江一面的关城之下又是步军猛攻。伴着密集箭雨，猛烈的巨石战礮片刻间便将城门砸开，将城墙轰塌了几处大洞，黑压压秦军顿时如潮水般杀入城内。城内两万守军已经是多年没有打过仗了，如今正在混乱逃命，部伍荡然无存，将军士兵互不相识，没有一阵像样的抵抗，个把时辰内全部崩溃做了降兵。

白起飞马入城，立即下令灭火，同时将降兵万余人全部集中到城后山地扎营。秦军也立即开出城外，在临江一面扎营防守。次日一早，楚军降卒全部遣散回乡。夷陵本是要塞之地，城中庶民原本只有两万余人，守军一去，秦军又不驻城内，城中庶民大是安静。

夷陵关一丢，江中水师大为惊慌。全部百余艘战船云集江心，准备随时东下。可看得一日，秦军只在岸上扎营大骂，激他们上岸厮杀，江中却连个水军船只的影子也没有。一班水师将军们又骄横起来，觉得这只是秦军突袭的小股人马侥幸得手而已，于是一面飞报郢都令尹府，一面要耗住秦军，等待援军到来一战收复夷陵。可在江中一连等了十日，郢都竟然全无消息。夷陵水师大将昭成本是昭氏子弟，心想定然是郢都昭氏有了危难，否则老令尹不可能撇下此等大事不管，心念及此，立即下令水师东下郢都。可就在船队起锚之际，江峡中竟连绵涌出大队战船，樯桅如林旌旗招展号角震动山谷，斗舰赤马当先，楼船艨冲居中，直压夷陵水师而来。

“升帆快桨——顺流开船——”昭成嘶声大喊起来。

夷陵水师原本结成了水上营寨，全部百余艘战船在江心抛锚，船头向外围成了一个巨大的方形水寨。此时起锚开船，也须按照战船位置一一开动。就在船队开动一大半的时候，顺流急下的秦国轻型战船已经从江面两侧包抄了过来。江州水手惯走险滩急流，秦国的斗舰、先登、赤马在江边又快又稳，片刻之间便在下游全部截住了刚刚扬帆的夷陵水师。

那艘最大的楼船缓缓从江心上游压了过来，楼顶蒙骜高声发令：“全体喊话：楚军投降，秦军不杀。”于是，楼船与艨冲两艘最大战船上的将士们一齐高声呐喊：“楚军投降——秦军不杀——”紧接着其余战船的兵士也齐声呐喊，

可能再大声也听不到吧。战鼓何在？

声震峡谷。

昭成一看大势，明是走脱不了，骤然哈哈大笑：“楚国纵弱，水师却是战无不胜了。蒙骜，你可敢教我摆开阵势一战？！”楼船顶上的蒙骜冷冷一笑，立即高声下令：“船队后退一箭，待夷陵水师列阵水战。”顷刻之间，秦国的黑色船队包围圈齐齐后撤，空开了江心深水地带。昭成大喊一声：“百船水阵，展开——”但见夷陵水师的百余艘战船徐徐展开，船头一律向外，在江心排成了一个巨大的圆阵，仿佛一座刀枪丛林的大山缓缓地顺流压下，喊杀声一起，箭雨急剧向秦军船队泼来。

蒙骜高声发令：“号角：斗舰截杀下游。先登赤马游击两翼，楼船艨冲全力压下。”

一阵呜呜号角，秦军船队各各树起盾牌快速靠拢江心圆阵。楼船上渗透猛火油的连弩火箭带着尖锐的呼啸，直钉黄色船阵的帆布桅杆船舱。甲板的战礮将巨大的石头隆隆砸向敌船。与此同时，那艘坚固高大的艨冲也泼着箭雨以泰山压顶之势隆隆撞上黄色水阵。夷陵水师都是中小战船，经此庞然大物撞来，船阵后队不由自主地漂开。此时楼船也隆隆压来，每遇一船，巨大的拍杆便从高处轰隆隆砸下，黄色小船顿时被拍击得樯桅摧折剧烈摇晃。当此之际，两面先登、赤马快船上的水军甲士吼叫着跳上了敌船猛烈地厮杀。夷陵水师的一大半立即陷入了混乱之中。

在下游迎头截杀的斗舰战法却是奇特：几十只战船一字在江面横开，全部抛锚固定，只是将强弩猛火油箭迎面射去。按水战之法，上游战船顺流而下具有极大的冲力优势，在都靠风帆与桨手做动力的战船上，下游战船很难抵抗上游战船的冲杀。可秦军战船却匪夷所思地抛锚固船，分明死战架势。

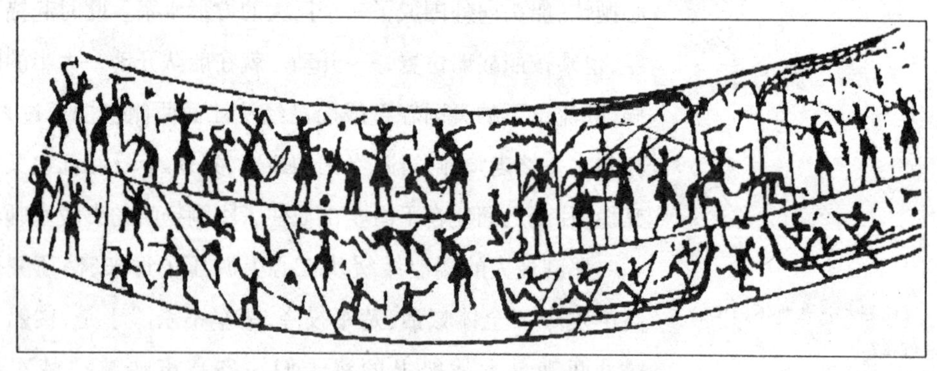

战国铜壶上的水战刻纹

战国铜壶上的水战刻纹

昭成大吼一声:“冲开下江——”前行二十多只快船支起盾牌鼓帆快桨全力冲来,要生生撞开封锁夺路下江。正在此时,斗舰头领一声呼哨,一片赤膊水军飞鱼般跃起入水,倏忽沉入江中。昭成大喊一声:“防备凿船,飞鱼下水!”被称作“飞鱼”的应急水手正待下水,对面箭雨却劲急封住了江面,飞鱼们迟迟不得动弹。

这片时之间,只见江中气泡翻滚,水流打漩,楚军惊慌声四起:“不好了! 进水了进水了!”楚军战船本来轻便,一旦凿开进水便是势不可当。一时之间,前行战船已经纷纷倾斜入水,楚军士兵一片惊慌呼喊。两翼游击的秦军战船趁势杀上楚国残存战船。大约两三个时辰,夷陵水师在一片厮杀中全军覆没了。

夷陵之战一结束,秦军立即封锁峡江出口。而后两万步军乘坐大船溯江入峡,攻占峡江两岸的要塞城池。这峡江两岸,本来是楚国屈氏部族的故乡,也就是屈原的故乡。后来屈氏成为楚国大族,被封在了洞庭郡的丰腴地带,这里只留下了很少的屈氏老族人。因了峡江荒险贫瘠,没有大族愿意受封此地,便做了官府“王地”。因是官地,自当由官府派军防守。但楚国广袤,类似如此荒险城池颇多,只在夷陵驻得一军。除了屈氏老城姊归①,峡江内那些地势险峻的城堡大都少有驻军。说是攻占,秦军却几乎没有打仗,旬日之间一一接收了这些城堡,拿下了整个长江上游。

---

① 姊归,后写作“秭归”,屈氏故里,因屈原放逐,其姊归乡而得名,今重庆市秭归县地带。

三月底，长江春水浩浩的时节，白起大军两千余艘战船大举东下，直逼郢都。

五　白起激楚烧夷陵

郢都已经成了一团乱麻。

秦军恰恰在这个节骨眼上杀来，完全打乱了鲁仲连与春申君的谋划——屈原将出未出，昭雎将除未除，楚怀王将醒未醒，朝野惶惶不可终日，朝局国事一时没有了主心骨。鲁仲连跌脚大骂："虎狼秦国！坏我好局，鲁仲连与你不共戴天！"春申君铁青着脸色只不作声，沉默良久断然道："噢呀，此时不能再乱，须得举国同心，挽救危局！"鲁仲连目光一闪："如何个举国同心？"春申君道："噢呀，请出昭雎，与楚王共商应急啦。"鲁仲连愤然作色："春申君，你如何不说借此推出屈原！莫非白起明日就能打来了？"春申君急迫道："噢呀仲连，楚国大军三十余万，昭氏封地兵员几占三成。仓促之间，没有昭雎出面，且不说大军是否生乱，单说这粮草辎重便难以为继。屈原变法，那是远图。楚国一旦没有了，谁给谁去变法！"春申君自觉太过激烈，长叹一声，"再说了，自丹阳战败，八万新军覆没，屈氏部族已没有了根基。我等纵然强扶屈原主政，只能激发楚国旧族叛乱，谁去打仗？仲连，这是楚国。没有老世族支撑，甚事都是寸步难行啦。"

鲁仲连默然，良久冷冷一笑："我却忘了，春申君也是老世族。"说罢一拱手，"告辞！"头也不回地拂袖而去。

鲁仲连闲云野鹤，本不该入世太深。

春申君连连摇头，骤然之间泪如泉涌，却也没有追赶鲁仲连，思忖一阵，一抹泪水，跳上轺车直奔王宫。当晚，垂头丧气的楚怀王特召昭雎入宫，与春申君共商应急之策。昭雎一接急报，顿时精神大振——上苍有眼，昭氏又一次转危为安。

此刻进宫，老昭雎板着沟壑纵横的老脸，任楚怀王唉声叹气，春申君焦灼万分，只是一言不发。楚怀王颤抖着一夜之间变白了的头颅，哭声乞求道："老令尹，你说话也。郑袖靳尚都死了，你再不为本王谋划，楚国要没有了。"昭雎冷冷道："启禀我王：非是老臣做大，实是老臣寒心也。若迟得几日，只怕老臣头颅也挂在宫门高杆了，屈原那忠臣也回来了。"楚怀王连连叹息道："老令尹哪里话来，谁说屈原要回来了？楚国柱石，舍令尹其谁也！"昭雎依旧冷冰冰道："我王若能给老臣一道王书：永不起用屈原，若得起用，世族共讨之，如此，老臣便得心安了。"春申君咬牙切齿正要发作，楚怀王却暗地里猛一扯他的衣襟，又拍案高声道："好！本王立即下书啦。老令尹只说，如何抗秦？"

"老臣之意：立即迁都。"昭雎只冷冷一句。

"迁都？噢呀，迁到何处去？"春申君急了。

"寿城。"①

"寿——城？"春申君倒吸了一口凉气。寿城，那可是昭氏的封地啊。

楚怀王却并不惊讶，只是追问："迁都举动大，谁来护迁？"

"老臣亲率昭氏六万子弟兵护迁，可保我王万无一失。"

"噢呀不妥！"春申君急道，"那这郢都周遭数十城，拱手送给秦国了！"

昭雎冷笑："莫非春申君有奇策？"

"噢呀国难当头，有何奇正？唯举国一死抗敌！"

"也好。"昭雎微笑着，"老臣请我王两路部署：春申君率军迎敌，老臣率昭氏子弟并王族禁军护驾迁都，正是两全。"

"好！"楚怀王拍案而起，"老令尹高明！既全国，又抗敌，秦国能奈我何？"

春申君长叹一声，牙关紧咬，脸色铁青，却终是没有说话。

次日，郢都开始了惊人的混乱折腾。迁都的消息一传出，国人尽皆哗然，原本热血沸腾的抗秦激情，突然变成了近乎疯狂的忙乱。商人要搬迁店铺存货，富人要收拾财货追随着王室迁徙，农人操心着水田里快要成熟的稻谷，私业百工则千方百计地埋藏还没

---

① 寿城，一名寿春，古邑名。在今安徽寿县西南。按：公元前241年，楚考烈王自陈迁都于此。小说谓楚怀王，是一种灵活写法。

有卖出去的零碎物事；操持水上生涯的渔人水手则忙乱地收拾船只，一则随时准备逃走，二则又忐忑不安地想发一笔国难财，对那些求助于轻舟快船出逃的富户狠狠要个大价钱。只有那些穷得叮当响的郊野隶农与官奴家人，嗷嗷叫着在街头四处转悠，痛骂官府软骨头，自个儿要去打秦国。街市国人如此，宫廷更是忙得昏天黑地。要在三两日内将偌大王城一切可以搬走的物事装车装船打包袱席卷一空，却是谈何容易？没了郑袖靳尚的楚怀王，像被抽掉了筋骨的一堆老肉，只坐在后宫水边发呆，但有人来请命搬迁事务，便是一通大吼："饭袋！酒囊！毋晓得自个儿想想？本王是管这些琐碎之事的啦？"吓得内侍宫女没有一个人再敢来请王命。

闹哄哄折腾了几日，浩浩荡荡的车队船队终于开拔了。楚怀王听说秦国水军大是厉害，不敢乘坐原先自认万无一失的水师战船，改了陆上车队。一辆篷车，八千禁军，三千侍女内侍，再加上昭雎家族千余口与六万昭氏子弟兵，在遮天蔽日的滚滚烟尘中惊慌地向东逃窜了。

白起大军来势汹汹，楚唯有避其锋芒，弃都逃离。白起拔郢，乃楚顷襄王时候的事。作者大概不舍得楚怀王这位荒淫之君，把狼狈之事一发堆给他了。秦昭王二十九年亦即楚顷襄王二十一年，"白起击楚，拔郢，更东至竟陵，以为南郡"（秦表），"秦拔我郢，烧夷陵，王亡走陈"（楚表）。细节虽与史实相去甚远，但小说一直没散，线索未断，逻辑上说得通，故事连得上。

只有春申君留在郢都，向屈、景、项、黄四大部族发出了紧急书令，请求各部族尽速聚拢封地军兵向郢都进发。眼看五六日过去，聚来的军马还不到十万。春申君长叹一声，只好放弃了西上迎击秦军的谋划，就地固守郢都。毕竟，郢都是老楚国根本，只要郢都在，楚国总归有聚拢民心的希望。

恰在此时，白发苍苍的屈原从放逐地奇迹般地赶了回来。虽经长途跋涉，屈原却毫无疲惫之相，一脸红潮满腔愤激，只对春申君硬邦邦撂下一句话："国难当头，屈原只有一腔热血可洒！"春申君精神大振，立即在郢都城外聚集十万大军，请屈原激励将士。

老屈原登上了三丈高的将台，苍老嘶哑的声音悲愤地回荡在猎猎旌旗的上空："三楚将士们：秦军来了，楚王走了！

不要怨恨楚王，有楚王在，楚国便不会灭亡！楚国，是生养我等的故土，是三江子民的家园，而今虎狼窥视，三楚男儿岂无热血！屈原虽是刑徒，也是楚国子民。楚国在，屈原在！楚国灭，屈原亡！屈原的热血与三楚子民一样，永远属于楚国山河。楚国山河，永远属于我等楚人！”

大军将士们一片沉默，唯闻旌旗猎猎之声，虽是人山人海，却如幽深的峡谷一般，没有屈原与春申君所熟悉所期盼的激昂回应，只有漫无边际的茫然木然。一阵惊悚蓦然掠过屈原心头，他不相信自己会与军心民心生出如此隔膜，慷慨激昂地高呼一声：“三楚子弟们，屈原说得不对么！”

突然，寂静的峡谷传来一声高喊：“楚王弃国，屈原大夫为何还说楚王？”

“楚王弃国，隶农流血！”寂静的峡谷突然爆发了。

屈原突然明白过来：这支大军都是各部族的隶农子弟。大约军中的贵族与平民子弟都保护着部族上层们逃往江东了，只将这些历来在军中做卑贱苦役的隶农子弟们差来送死了。屈原曾经亲自训练新军，那八万新军几乎八成都是隶农子弟。且不说彻底废黜隶农制，便是只允许他们同等立功同等受赏，他们都是最勇猛的斗士。八万新军全部战死丹阳，那惊天地泣鬼神的壮烈，是楚国贵族永远的耻辱。可是，那是屈原新军制的威力，今日如何？国王逃跑了，贵族们逃跑了，所有攫取国家权力的食肉者们都逃跑了，只留下他们这些饱受摧残的低贱奴隶来血战虎狼秦国，却要为食肉者保住土地财富与王座，天理何在？君道何在？

骤然之间，屈原愤怒了，一头白发在风中根根竖起，愤怒地雄狮般嘶吼起来：“隶农子弟们，打完仗，屈原请命，楚国若不废黜隶制，屈原以死谢罪！”

“屈原大夫万岁！”大军顿时一片山呼。

商鞅变法，相当于废除了旧的等级制度，庶民有更多的机会立功晋爵，对国家的忠诚度自然会提升，这一招很厉害。有后世之君，深悟此道。楚军无此斗志忠心，难挡秦军之猛。

然则，始终没有屈原所期盼的杀敌报国血战秦国的激昂呼声。

春申君的脸色顿时黯淡下来。他做过几次大军统帅，比谁都更明白楚军的弊端。这些隶农官奴子弟，在军中没有立功受赏与擢升军职的资格，纵然当兵到老，永远都是老卒一个。而大军作战，从伍长、什长、五什长、百夫长、千夫长直到将军，是需要层层统属如臂使指的，如今这支大军除了几个带兵来的二三流将军，作为行伍核心的各"长"统统没有，如何能对训练有素战力骇人的秦军作战？看来，也只有勉力防守了。

次日清晨，探马急报：白起大军已经在纪南[①]要塞登陆，步骑大军正向郢都压来。

春申君原在纪南驻扎了一万守军，在纪南与郢都之间的郊野驻扎了六万步骑混编大军，郢都城内只有三万多步军做最后防守。以兵法眼光看：守大城必战于野，只有在城外野战中战胜敌军，才能真正保住大城。到了城下血战之时，这城池十有八九也就快完了。春申君虽然几乎没有打过胜仗，但兵法才能还是为许多人所称道的，这种最基本的布防谋划还是没有错的。屈原虽然不通晓战阵，但对大势却是清楚，自然也赞同春申君如此部署，只说得一句话："只要守得一月，楚王援军必到。"春申君拍案慷慨道："楚军虽弱，但不缺粮草。只要坚守不出，深沟高垒，纪南郢都互为掎角之势，守得一两个月当不是难事。"

谁知战事进展却大是意外。当日黄昏，传来急报：纪南要塞一万守军只守得一个时辰，被秦军战礮砸开城墙，城内守军全部降秦。

"降秦？"屈原大是惊讶，"秦人没杀他们？"　　奇迹。

---

① 纪南，郢都临江要塞，秦统一后改设江陵县，今湖北江陵县北。

"没有。"斥候骑士绘声绘色,"秦将王陵亲自召见降兵,发给每人一金还乡。凡隶农子弟愿入秦军立功者,立赏造士爵,还立即再发三金安家。"

屈原脸色铁青,猛然顿足道:"我去城外督战! 你留城。"风一般去了。

次日暮色时分,秦军潮水般杀来。火把遍野,杀声阵阵,随风不断传来楚军降兵的喊声:"兄弟们,隶农子弟在秦军能做骑士,有爵位,立功受赏,过来了!""不做楚国官奴! 不受官府欺压! 做秦人自在舒坦!""我等已经是造士爵了! 耕战有功,过来都一样!"在这连绵喊声中,楚军兵士纷纷倒戈,成片成片地丢下刀矛站着不动了。秦军海洋般的火把也渐渐聚成了一个广阔的圈子,楚军降卒流水般走出了战场,走出了火把……

屈原也是临自决前,振臂一呼,改变不了大势。

"上天亡楚——"屈原大叫一声,从马上硬生生栽了下去。

春申君在城头看得清楚,自知守城无望,率领三千黄氏子弟兵连夜出了郢都。在混乱的战场边缘找寻多时,不见屈原踪迹,正要撤回,却见一化装成秦军士兵的斥候火急来报:"屈原大夫被秦军俘获! 正在治伤。"春申君知道秦人素来敬重屈原,落入秦军之手绝不会有性命之忧,厉声下令:"撤出战场,星夜东进安陆[①]!"

几乎是兵不血刃,秦军在一夜之间拿下了郢都。这在白起,实在是出乎意料。原先还准备着一场云梦泽水上大战,不想楚国最强大的云梦水师早已护卫着王室消失得无影无踪,整个楚国西部,都找不到一支主力大军了。

虽则如此,白起依然没有大意,一面派出快马特使急报

① 安陆,云梦泽东北岸要塞,秦统一后置县,今湖北安陆北部地带。

咸阳，请求丞相魏冄来郢都设郡安民，一面派出三路大军逐一接收江汉之间的三十多座城池。这楚国西部正当长江中游地段，本是楚国最为富庶的中心地带。所谓三楚，有一种说法便是楚国的三大块富庶之地——楚西本土、江东吴越、淮北淮南。三块之中，郢都云梦地带是楚国的本土老根，是楚国王族直领的王畿之地，城池多财货多人口也多。其他老部族之所以无法撼动楚国王室，根本因由便在于楚国这片广阔的王畿之地实力最为雄厚。如今，秦军夺下这块楚国根基看来不难，难的是如何巩固地化入秦国？这便是白起谨慎行事的根本原因。与夺取河内尽掠财货入秦不同，白起严令各军：只要楚人不抵抗，便只接城防，不许扰民丝毫，违令者立斩不赦。秦军法度森严，军令一下，大军秋毫无犯，江汉间三十余城平静如常，没有发生一起遗民抗秦事件。

与此同时，白起做了两件事。第一件，先行以大良造名义通令楚西：隶农、官奴、私奴诸种奴隶，一律先行恢复自由民之身，关押者立即释放；由秦军划定居住地段，发放稻谷、帐篷、衣物等，而后再由丞相到来后一体推行秦国新法，分地立业。此令一下，乱源顿时平息，隶农们欢呼不断，成了秦军最得力的拥戴者。

紧接着，白起立即来到军医营探望屈原。

老屈原被俘，终日一言不发，拒食拒药，只闭着眼睛等死，任那个专门看护的老医官如何劝说也不管用。白起进来，屈原依旧肃然端坐在草席上仿佛练气方士一般。白起一拱手道：“屈原大夫，白起久仰大名，特来拜访。”屈原猛然睁开眼睛，将白起打量片刻，冷冷一笑：“竖子屠夫也，屈原不屑与闻。”白起微微一笑：“天下大争，先生也曾率军与秦血战，何独白起攻楚便成屠夫？”屈原冷冷道：“要杀便杀！何须聒噪？”白起肃然拱手道：“先生志在变法，当是天下英雄猛士。白起虽是秦人，对先生亦是崇敬有加，何能使先生死不瞑目？”屈原怦然心动，脸上却是生铁一般，闭眼沉默着。白起转身下令：“来人，篷车送先生回去。”屈原又霍然睁开眼睛：“白起，你不要后悔。只要屈原回楚，永远都是秦国死敌！”白起哈哈大笑：“先生哪里话来？英雄生无对手，岂不寂寞？白起宁愿与先生新军血战，也不愿一阵风拿下这四十余城。先生若能在楚国变法成功，再练三十万新军，白起第一个为先生庆贺！”

屈原沉重地一声叹息，大袖一甩：“不用将军车马相送。”径自去了。

望着屈原背影，白起一声沉重的叹息。

不消一个月，魏冄带着两百余名精悍文吏来到郢都。接收城池、清点府库、料民户籍、委派官吏等,又是一个多月的忙碌,才使诸事初具头绪。五月底,魏冄颁布秦王书令:设置秦国南郡,以纪南为郡治所,以公子嬴腾为首任郡守,统辖峡江之下江汉四十三城,三年内逐步推行秦法。

白起大军驻扎到七月底,要班师了。

临行前几日的一个晚上,白起独自来见魏冄,席地长坐,良久无话。魏冄笑了:“上将军几曾学得臭儒生做派了? 要干坐到天亮么?”白起细亮的三角眼一瞪:“我是不好说也。”魏冄敲着书案:“你我甚事不好说? 岂有此理!”白起道:“穰侯可知,彝陵在楚国的重要?”魏冄笑道:“老夫楚人,能毋晓得? 一则峡江要塞,二则历代楚王陵墓。你,想要说甚?”猛然睁大了眼睛。白起思忖道:“楚国王陵在此,对南郡化入秦国终是不利。”魏冄极是敏捷机警,思忖间道:“老夫想想……你是说,毁了王陵? 断了楚人怀旧念头?”白起点头:“同时激起楚王仇恨,最好倾国与我大战。若能一举灭楚,岂非秦得半壁天下?”又是一叹,“穰侯楚人,故不好启齿,白起一吐为快,穰侯自斟酌了。”魏冄轻轻叩着书案沉吟片刻,突然拍案:“可行! 楚国太大,追着他打,当真还未必追得上。只有引蛇出洞,一刀断头!”末了悠然一笑,“受人之托,忠人之事。老夫纵是楚人,却是秦国丞相。楚王陵墓,关老夫个鸟事了。”白起却没有笑:“穰侯莫要忘了,太后与你,都是芈氏王族。”魏冄大笑道:“你个上将军,专一动此等心思,好没来由也。太后与芈氏王族,八竿子都挨不上! 真正的王族公主,有几个嫁给他国了? 日后再说此等没气力话,老夫给你两拳!”白起哈哈大笑:“与丞相说事,当真快哉! 挨得两拳也高兴。”

次日,白起立即下令大将王陵:率领一千铁骑从陆路兼程赶往夷陵。

王陵虑事周密,到了夷陵关先令军马扎营城外,联络留守水军并准备一千桶猛火油,自己却带了几名军吏登上彝山仔细踏勘。

夷陵者,夷山之陵也。早在三皇五帝时期,这里便是楚人祖先的渔猎区域。在楚人传说中,其最早祖先是黄帝的孙子高阳氏。高阳氏的重孙叫重离,做了帝喾的火正。这个重离神通广大,将用火技巧传遍各部落邦国,“光融天下”,帝喾赐号“祝融”——祝,大也;融,明也;祝融,便是大明天下。后世以祝融为火神,楚人也就成了火神的后裔。到了大约近千年之后的殷商末期,祝融的后裔部族做了西部诸侯周文王的臣子,大约被封在了“熊”地,或以猎熊为生,总而言之姓了熊。

事周四代之后,熊氏部族出了个雄心勃勃的首领,叫熊绎。这个熊绎不甘臣服周邦，率领部族向西南的茫茫大山迁徙，一直走到了峡江两岸的山地，才定居下来艰难谋生。这时候，周已经灭了商，周武王也死了。继任的周成王将熊绎"封"作"楚蛮"，等同男爵，算作最低等级的诸侯。实际上，仅仅是赐了一个表示极大蔑视的封号而已。这时，不知何种因由，熊绎的部族却改姓了"芈"，将部族的城邑建在了长江南岸的丹阳。这个丹阳，就是后来的屈氏故乡秭归。

自熊绎开始，熊氏部族有了"楚"这个后来成为国号的封号，楚人开始以诸侯名义自立于天下。于是，楚人追认熊绎为"先王"，将熊绎陵寝称为"先王陵"。熊绎便葬在夷山。夷山连绵横亘在峡江出口与丹阳之间，先后埋葬了熊绎之后的十几代"先王"。于是，"夷陵"成了楚人妇孺皆知的名号。后来修建的峡江要塞，自然而然地叫作了夷陵。

夷陵是夷山陵群，从西向东依着山势展开。既要陵墓壮观，又受人力限制，于是楚人依山为陵，灵柩葬于山腹，将高耸的山头做了接天的陵顶；而后再圈造陵园，石坊、石俑以及石宫殿耸立地面，便成了一座高墙包围的山地松柏园林。如此一来，每个山头一座先王陵，绵延逶迤松柏苍翠，整个夷山都成了茫茫楚王陵。

"鸟！得老子花一阵工夫整治。"王陵狠狠骂了一句。

次日，王陵下令：水陆两军一万兵士先向夷山搬运猛火油，再将铁锤锹耒等诸般工具运上山头。忙得一日，诸事就绪。王陵下令每座陵寝守定八百名士兵，先向陵园宫殿关节处浇满猛火油，而后一声令下："举火！"顿时号角齐鸣，各个山头同时燃起大火，连绵苍翠的千年古松柏林本来就油脂丰满，一经火头，倏忽之间汪洋火海，峡江天空烟火蒸腾松油香弥漫一时蔚为奇观。

旬日之间，大火方才渐渐熄灭。王陵带着一千骑士上山查看，只见所有的地面物事都被烧成了焦黑的炭团，每个陵

火烧夷陵。顷襄王二十一年，"秦将白起遂拔我郢，烧先王墓夷陵"（《史记·楚世家》）。裴骃《史记·楚世家·集解》："徐广曰：'年表云拔郢，烧夷陵。'"司马贞《史记·楚世家·索隐》："夷陵，陵名，后为县，属南郡。"夷陵到底是县名还是"先王墓"所在，史家的判断不一。在这里，小说取"先王墓"的说法。

园山头都变成了光秃秃的丑陋荒岗,再也没有了往昔林海呼啸宫殿耸立的葱茏景象,根本无须再度捣毁。

"好!变成了乱葬坟。"王陵哈哈大笑,立即飞马急报白起。

白起接报,一面立即派出快马特使飞报咸阳,一面立即下令水陆大军集结云梦泽西岸,推迟班师,准备迎击楚军。

焚毁夷陵的消息传开,非但楚人奔走相告惊慌愤怒,天下各国也无不为之震惊,视为楚国最大耻辱。然则忒煞奇怪,一个多月过去,楚国大军竟毫无动静。各路斥候日日快报,都是一句话:"楚都无异常。"白起又一次焦躁起来,如此奇耻大辱,楚国王室竟能无动于衷?他无论如何不能相信,可偏偏又不能不信。便在此时,咸阳王使飞马赶到郢城,宣谕王书:召丞相魏冄速回咸阳,另有对楚秘策施行;白起大军留驻南郡镇抚,来春班师。

"穰侯啊,这秘策却是甚来?"白起大是困惑。

魏冄哈哈大笑:"太后秦王出了奇,老夫如何得知了?"

"第一次",讽刺意味浓。

六　楚怀王第一次独断国事

迁都寿邑,楚怀王昏昏困觉三个月,不亦乐乎。

寿邑,后世称为寿春,是扼守淮水南岸的一座要塞城堡。城南一片大湖,叫作芍陂,虽不若云梦泽烟波浩渺,却也是方圆百余里一望无际。北临淮水,南拥芍陂,既有农耕灌溉之利,又有商旅舟楫之便,寿邑成了淮南地带的大城,与淮北的陈城遥遥相望,成为支撑整个北楚的两座重镇。淮水两岸多战事,历来是楚国北上中原逐鹿的大战场,当年的楚庄王将寿邑封给了军力最强的昭氏部族。一百多年下来,昭氏精心经营，寿邑成了一座颇具规模的六里千户之城——城方六里，民居千户。

虽则如此，楚王的东迁大军一朝拥到，寿邑顿时显得窄小拥挤起来。随迁百官臣僚连同家族人口足足十五六万，禁军三万，内侍侍女奴仆及尚坊百工三万余，王族嫡系人口及各种奴仆随从也是五六万，运送王室财货的牛车一千辆、大船一千艘、全部车夫水手将近三万，再加上昭雎家族与昭氏子弟兵将近十万，满当当五十万出头，卷着漫天烟尘拥来，将一座宁静的城堡顿时淹没了。城内官署、客栈与富商大贾的所有空房都被紧急征用，饶是如此，却连王室都不够用。于是，城外扎满了连绵帐篷，牛车被改成棚车住人，战船也密密麻麻泊在淮水与芍陂，做了临时仓储府库。站在城头一望，方圆二三十里黄蒙蒙一望无际，活生生与当年越国迁都琅邪一般无二。

长途驰驱颠簸，虽然一路上都抱着那个肥白细嫩的新王后做肉垫，楚怀王仍然是疲惫得连说话的力气都没有了。昏睡三日好容易醒来，老国王想出城走走，谁知刚一出"王宫"，就被满街拥挤的人潮车流与飞扬漫天的尘土吓得坐在了门槛上。

"这这，哪家叛乱了么？没，没王法了？"楚怀王如在梦中。

"侬毋晓得，城里城外一般样呢！还是回去抱侬困觉了。"新王后也慌得眼珠儿滴溜溜转。

"回去回去，困觉困觉。"楚怀王终于选择了最省心的一件事。

乱归乱，楚国毕竟历经多次迁都，像昭雎这般年纪的老臣子人人都经过两三次，只要不打仗，还都挺得住。老昭雎是执政令尹，这里又是昭氏的根基之地，也不去与老国王做无谓絮叨，只打起精神全力周旋调配，将周遭的三个小城堡也圈进了"都城"，竟也在两个月中将乱纷纷的五十多万人马大体安顿就绪。好在寿邑原本丰饶，王室财货在迁徙中也大体是绝大部分都搬了过来，有吃有喝，没有发生大骚乱，局面便渐渐安定了下来。

秋风来临之际，昭雎第一次进宫，动议楚王举行新都大典。终是可以出城了，楚怀王高兴得连连点头："好也好也，老令尹居功至伟，依老令尹谋划了。"于是，出城祭天拜地，向天地通报了楚国"中兴大业于新都"的壮志远图，又书告朝野：新都定名为"寿郢"，依楚国祖制对天下仍称郢都。在城外郊野风光徜徉一日，楚怀王郁闷大消，临回宫时对昭雎颇神秘地一笑："老令尹，'寿郢'这名号好也，长寿之郢，兴国运了。"老昭雎呵呵笑道："我王当真圣明，老臣如何没有想到了？"楚怀王大是舒坦，凑近昭雎耳边低声道："本王有先祖宣王所留之国运秘籍,自能暗合天机了。依毋晓得,今年内楚国大转机,中兴之兆也!”老昭睢连连点头:“大是大是,我王如此说,老臣心下安了。”

楚怀王喜滋滋等待国运转机的时日,陈城令飞马急报:秦国特使泾阳君嬴显入楚,不日将到寿郢。

一石激水浪千层。当此楚国新败正担心秦国趁势猛攻之际,秦国特使南来究竟何意?楚国君臣顿时哗然,纷纷猜测秦使来意,并提出各种各样的应对之策。此时屈原蜷缩放逐之地,春申君因“丢失郢都,丧师十万”之罪,被昭睢以楚王名义贬黜为“驻守安陆,戴罪立功”的野臣,楚国的新派人物几乎已经销声匿迹了。在新都的大臣不是昭睢一党,便是受昭睢一党挟制,但遇大事,出奇地众口一词。然则这次却有了例外,竟是人各有说,且对策也是千奇百怪。

“秦军烧我王陵,人神共愤,天下汹汹。秦国必是慑于天下公议,来向我王谢罪修好。我王当严词谴责,许秦国赔偿十万金重修彝陵。”大司马昭常第一个做出了评判。

“秦国若不重修彝陵,我便出兵夺回郢都!”做了上将军的子弗为是昭睢又一个族侄,正在气盛之时,出语惊人。

“差矣差矣。”上柱国景翠虽是将军,却有一副文人气度,悠然笑着,“秦军夺我四十余城,设得一郡。然此地皆在水乡,秦人本西陲蛮夷北人,惯于放牧骑乘,不服南国水土湿热,定是无法长驻,成了炭团在手。秦使南来,诸位说他要做甚?”说得口滑,景翠学了秦人一句土语,殿堂中哄然大笑。

“上柱国有理,秦人要还我土地,索我钱财!”一个大臣立即响应。

“不对!秦军要撤,怕我追歼,来求和!”一个将军昂昂高声分外气壮。

“诸位所说,失之偏颇也。”太史令郑詹尹摇摇雪白的头颅,“秦人蛮勇虎狼,岂能吐出果腹之肉也?我王迁寿郢,上应天象,秦国岂能不知?秦使此来,畏惧天道休战求和而已。我王可顺势应之,而后相机夺回失地,再北上伐秦。此乃长策远图,万勿逞一时之快,与秦使纠缠于一城一地之得失也。”

一言落点,举殿肃然,朝臣们都被这个能窥透天机的老人的沉稳折服了。

“太史令老成谋国,赏百金了!”楚怀王大是振奋,敲着王案骤然高声,“至于应对,本王自有成算,相机处置了。”

只有权势最大的老昭睢始终沉默,只是笑着听着,一句话也没说。

楚怀王入秦的前奏。

三日之后，秦国特使果然到了。楚怀王已经缓过了劲来，也不与昭雎商议，径下王书令朝臣大会王宫正殿以震慑秦使。次日清晨，楚怀王破例在寅时离榻，一番梳洗着装，又饮下了新王后捧来的一盏五石上药羹，在卯时由四名侍女簇拥着到了正殿。这“五石上药”是往昔郑袖以万金巨价请来一个齐国老方士专门炼制的一种丹药。楚怀王还记得那个老方士的解说：“《神农经》曰：上药养命。何谓上药？五石之炼形，六芝之延年也。五石者，丹砂、雄黄、白矾、曾青、慈石也。六芝者，灵芝、石芝、木芝、草芝、肉芝、菌芝也。五石六芝合，命之所以延，性之所以利，病之所以止也。”从那以后，楚怀王每晚一粒五石丹研磨成粉末再煎成药羹服下。只要此药下喉，他便雄风大振，郑袖便要咯咯笑着俯首称臣。今日事大，他破例在早晨用了，一路走来通身燥热，额头冒汗，劲力偾张，心情特样轻松。

“秦使晋见——”内侍一声高宣，幽暗的大殿中顿时肃然无声。

一个黑衣高冠的中年人大步走进一躬：“秦王特使、泾阳君嬴显参见楚王。”

“泾阳君千里入楚，却是何干？”楚怀王矜持地拉长了声调。

“外臣启禀楚王，”嬴显不卑不亢地一拱手，“秦楚相邻，多有战端。我王欲请楚王会盟，两国议和罢兵，请楚王以天下为重，熄灭战火。”

楚怀王一阵惊喜——天机当真玄妙，刚迁寿郢，便有国运转机。虽则如是想，楚怀王却冷冷一笑：“秦国夺我江汉，毁我彝陵，如何了结？”

“楚王若能议和罢兵，秦国愿退出江汉。”

“且慢！”上将军子弗为从座案霍然站起戟指嬴显，“退出江汉？特使好轻松，烧我先王陵寝，如何处置？”

“上将军以为当如何处置？”嬴显的黑脸沉了下来。

“赔金两万、军粮百万斛，秦王到彝陵祭拜谢罪！”

嬴显嘿嘿一笑：“六十万大军守不住一陵，竟来要战胜国赔金谢罪，当真岂有此理？本特使只一句话：要和便和，不和，秦军不退，楚王自己斟酌便了。告辞！”大袖一甩，要下殿而去。

“且慢。”楚怀王笑着招手，“特使先说说，议和，如何议法了？”

“楚王北上，秦王南下，武关外三十里会盟议和。”嬴显回头两句，径自去了。

“竖子猖狂！”子弗为一声吼叫，“待我手刃此贼，再说议和！”

“岂有此理！”楚怀王第一次发怒了，“啪”地拍案而起，“国运在天，岂能孩童制气了？都归本座，给本王好生揣摩，能否北上议和？”

上柱国景翠高声道：“此等大事，该当请老令尹入朝议决。”

“老令尹年高多病，告休几日了。”楚怀王此刻很不高兴有人提起昭雎。毕竟，这个老权臣的权力是太大了，目下王室又在他地盘上，若不趁着上天护佑之机振兴王权，楚国王室当真便要就此沦落了。这个素来优柔寡断的老国王第一次有了主见，“诸位但说，我自会与老令尹商议了。”

“老臣拙见，”太史令郑詹尹抖着雪白的头颅说话了，“秦使所言，坐实了老臣日前评判：天命楚国当兴，秦国畏惧修好。若秦国特使一味示弱，答应退回江汉并谢罪彝陵，倒有设谋诱王之嫌。今秦使前恭后倨，骄横不承彝陵罪责，老臣以为：这恰是秦国诚心媾和之兆。何也？秦乃强国虎狼，楚乃新败之邦，强与弱媾和，退回失地足矣，安得他求？以天命大运度利害，洗雪彝陵之恨，只能远图，不可急功而坏大计……”

“老太史忒是絮叨。你只说，我王去得去不得？”上将军子弗为大是不耐。

“老臣忖度：天命在身，我王去得。”太史令终于说出了结论。

虽则被子弗为打断，太史令这番话却使一班大臣们大大地有了主见，异口同声道：“臣等以为，我王可去。”上柱国景翠更是高声大嗓道：“兵不血刃而收复失地，不去木瓜了。”一言落点，殿中笑声一片，气氛顿时松快。

“好！”楚怀王一拍王案，“待本王与老令尹商议而后定夺，散朝。”此时楚怀王突觉一股热气升腾于丹田，突兀想拥住身边侍女狼吞虎咽一番，可想起一件大事，生生忍住，疾步下殿，将蹒跚最后的老太史令拉到殿角帷幕后低声道：“老太史，你说老令尹会如何说法了？”白发苍苍的太史令悠然一笑：“我王心思，老臣尽知。唯有一言，我王切记：实则虚之，虚则实之也。”楚怀王大是头疼：“此话何意？你倒是明说了。”老太史令凑近楚怀王耳边低声几句，楚怀王哈哈大笑：“侬果然高明，好好好，便是这般了。”

匆匆走到后宫廊下，老国王已经按捺不住周身飓风般的热气，猛然拉过一个侍女便扑在地上折腾起来。另外三个侍女吓得捂着嘴不敢出声也不敢离开，眼睁睁看着那个侍女被老国王三两下剥光婉转凄厉地呻吟起来……一个侍女蓦然醒悟道：“快，挡住，大王受了风，我等谁也别想活！”三人连忙围住了已经光光翻滚的两具白肉，相互拉起裙裾做了屏风。好容易过了大半个时辰，老国王翻身跳起：“青果子不过劲，找王后了。”将大袍往裸身子一裹，大步匆匆地走了。慌得三个侍女顾不得还躺在血糊糊石板上的同伴，一口声叫着：“大王有风！”边跑边脱下长裙赶上来往老国王身上包。楚怀王包着一身五颜六色的丝衣，身后跟着三个白光光的侍女，风一般进了后宫，吓得迎面侍女们一片叫嚷纷纷逃避。

终于在午后时分，楚怀王从新王后身上爬了起来，虽是飘浮眩晕，却也是一身轻松，细嚼慢咽地吃完了一鼎鹿龟汤肉，这才打着瞌睡登上辎车来到令尹府。老昭雎躺在病榻，没有来迎楚王。老国王一心轻松，毫不计较，满脸流淌着笑意来到昭雎寝室。

“老令尹啊，秦王邀本王会盟和约，退还江汉，去也不去了？”

“我王之意如何？”老昭雎有气无力，声气细若游丝。

“本王么？尚无定见了。”

老昭雎艰难地喘息着：“老臣看来，秦国无道，不能轻涉险地……不，不能去了。”

“好，本王晓得了。”楚怀王目光连连闪烁，“老令尹好生养息，本王择日再来探望了。”说罢起身径自去了。

昭雎冷笑一声，从病榻上霍然起身：“子弗为出来！”一身甲胄的上将军子弗为从帷幕后冷笑着走了出来：“好个昏君，刀搁在脖颈上了还……”“住口！”昭雎一声呵斥，压低了声，“机心无言。任何时候，不许吐露心声，晓得？”子弗为连忙点头，一声不吭了。昭雎一挥手：“随我到密室。”踩着厚厚的地毡无声地消失在帷幕之后。

三日之后，楚怀王在八千铁骑禁军护卫下，带着新王后与四名侍女，随着秦国特使嬴显北上了。沿着颍水河谷行得两日，堪堪将近陈城，却见一支马队突然从颍水西岸的从林中冲出，横在当道不动。楚怀王正在特制的宽大轺车上心不在焉地眺望，遥遥望见当道军马，浑身一激灵道："是秦军当道么？秦使何在?!"正在此时，车前铁骑圈外的护军大将一声长呼："春申君晋见我王！"刹那之间旌旗分开两列，一个身披金色斗篷的熟悉身影大步匆匆地走到了王车前。

"春申君，你不在安陆，来此何干了？"楚怀王对屈原与春申君不同，对屈原是怕是烦，一见头大如斗，生怕他义正词严地教训自己；对豁达谐谑的春申君则颇是喜欢，只要不说国事，很是喜欢与他盘桓。这次春申君丢失郢都丧师十万，举朝问罪，唯独楚怀王不置可否。此刻见春申君风尘仆仆面容憔悴，也不忍去问他罪责，只平平淡淡地说了一句。毕竟，春申君丧师失地，老国王也不能过分娇纵于他。

春申君一拱道："噢呀，臣请我王移步说话，黄歇有秘情陈说。"

老国王皱了一下眉头："秘情？又是屈原回朝，秉政变法了？"见春申君咬着牙不说话，老国王豁达地笑了，"好好好，移步说话。王车进入密林，不许他人跟来。"王车驭手"嗨"的一声，那辆青铜驷马轺车辚辚驶进了旁边的树林。

轺车刚刚停稳，匆匆跟来的春申君扑通跪在了车前。虽说君臣大礼跪亦无妨，但在此时毕竟是极不寻常的。战国礼节简约，君臣大防远不似后世那般森严。君前议事，臣子同样有座，躬身参拜堪称大礼，寻常议事拱手礼节。大臣高爵如春申君者，此举自是非同寻常。

"起来起来！"楚怀王急迫拉住春申君两手，"这般可怜，却是为何？昭雎又为难你了？没事，本王撑着，他又能如何？"

"噢呀我王，此事与昭雎无关了。臣有事相求，王若不应，臣不敢起来。"

"好了好了，本王应，你先起来，跪着我心酸啦。"

"谢过我王！"春申君爬起来一脸急促道，"臣恳请我王，立即还都，不能去武关。臣有秘密斥候报来急讯：武关城内有秦军埋伏，秦王可能有他图！屈原大夫也是此意，这是他托臣呈给我王的血书。"说罢从怀中掏出一方折叠的白绢抖开，十六个暗红的大字触目惊心——秦人奸险，武关虎口，王身系国，毋做楚囚。

楚怀王瞄得一眼，急速打着圈子口中一串嘟哝："血书血书，老屈原有多少血整日写书了？要不是本王护着，他能活到今日了？不好好等个机会，有事只乱搅和了，真糊涂老糊涂啦。"嘟哝一阵，又猛然站定呵呵一笑，"春申君啊，你猜猜，昭雎对此事如何了？"

“噢呀还用猜了？昭雎与秦国张仪时已有勾连，定然撺掇我王与秦媾和了。”春申君满脸通红毫不犹豫。

“我说呀，你等整日咬来咬去不觉无趣么？”楚怀王豁达地呵呵笑着，“本王今日告你：昭雎力谏本王不去武关。他说，秦国无道，不能轻涉险地了。你说，老令尹不是忠臣么？他与秦国谁个勾连了？”春申君大是惊愕，一时结巴起来：“是，是，是么？他，他如何能说此等话了？臣，臣却是不信了……”

“春申君，放心回去了。这回呀，你与老屈原杞人忧天了。”楚怀王第一次变得自信又从容，“这一回，本王不受任何人撺掇，偏是要君心独断了。本王就是不明白，分明是兵不血刃地收复失地，你等倒是都嘈嘈起来，看本王亲自做一件大事就眼红了？毋晓得甚个道理了？回去回去。”说罢一挥手，两个侍女立即飘过来将他扶上了轺车，“走！莫得误了路程，教秦王笑我了。”

金灿灿王车辚辚去了，春申君愣怔地木然地站着，兀自喃喃半日，突然大笑起来。

据《史记·楚世家》的记载，秦某大夫与楚太子私斗，结果楚太子杀掉大夫，逃离楚国。秦楚因此结怨。后秦连破楚军，秦昭王去信给楚王，称，秦楚原为兄弟，但太子杀了秦的重臣，“不谢而亡去，寡人诚不胜怒，使兵侵君王之边”，“寡人愿与君王会武关，面相约，结盟而去，寡人之愿也。敢以闻下执事”。楚怀王见了这封书信，心里七上八下。“欲往，恐见欺；无往，恐秦怒。”昭雎劝其不要去，认为秦国乃“虎狼”之国，不可信。后来在子兰的劝说下，楚怀王前往会秦。屈原也劝谏过，但无法改变楚怀王的一意孤行。楚怀王患得患失，当断不断，终于身陷于秦。在小说中，子兰早已被作者写死。于是有楚怀王“第一次独断国事”。

无力回天。

七　终以身死问苍天

这一小节为“长话短说”之法，怀王与屈原同死。

又是一个春天。汨罗江蓝了，草滩绿了，大山青了。

无边的空旷，无边的荒莽，无边的孤寂。只有一个白发苍苍的老人踽踽独行，漫无目标地徜徉在青山绿水之间。蹚过溪流，爬上高山，老人伫立在高高的峰顶，久久地凝望着北方。渐渐地，太阳吻住了大山，一片金红笼罩了天地，老人依旧钉子般伫立在山头。

突然，一阵长长的战马嘶鸣划破了久远的寂静，连声呼喊在山风中荡漾开来："屈原兄，你在哪里——""屈子，鲁仲连来了——"

老人一阵震颤，长长吟哦："骏马飞车兮，多有悲歌。关山阻隔兮，何得一捷报？"吟哦方罢突然回身，灵猿一般手脚并用，片刻间爬下高高的孤峰，张开双臂迎了上来，与飞身下马的身影紧紧地抱在一起，久久没有分开。

"噢呀屈兄，你头发全白了……"春申君抹着眼泪上下打量着枯竹一般的老人。

"我老，不足惜也！"屈原叹息一声，"你正当不惑，两鬓如霜，如何了得？"

"噢呀，不说这些了。"春申君勉力一笑，"仲连与小越女星夜南来了。走，到茅屋前说话了。"

依旧是那堆篝火，依旧是几块大石几只陶碗。四人坐定，小越女似乎只顾着给篝火添柴给碗中斟酒，时不时瞟得老屈原一眼便飞快地移开目光。鲁仲连与春申君也只拨弄着篝火，一时都没有说话。良久默然，屈原突然目光炯炯道："仲连，说话了，老夫挺得住。"

"屈原大夫，"鲁仲连骤然抬起头来，"楚王出事了……"

"楚王哪一日不出事？"屈原嘴角抽搐，"说，究竟如何了？"

"楚王，被秦国囚禁了。"鲁仲连说话的同时，小越女便盯住了屈原。

屈原两腿一抖，几乎便要软倒。小越女手疾眼快，几乎在同时扶住了屈原。屈原良久沉默，末了一声粗重的叹息："枉自大国，却做楚囚，国耻也！"又是一阵沉默，突然激动地喘息着，"总是一国之君，秦国无非以楚王要挟，攫取我大楚山河而已。为今之计，只有设法救出楚王了。楚王但回，必能洗心革面，楚国当有振兴良机也。"

"噢呀屈原兄，仲连小越女率领南墨两百壮士，原是救楚王去了。"

"好！快说，楚王回来了么？"

"屈原大夫，"鲁仲连一声哽咽，从楚怀王进入武关说起，讲出了一番离奇的故事：

楚怀王一到武关城外三十里，秦国丞相魏冄隆重出迎，商定楚王人马在关外扎营，次日两王在关下楚军营前会盟立约。楚怀王见武关只有三两千人马，斥候也接连飞报周遭百里之内没有秦军踪迹，认定秦国是真心会盟，不禁大是振奋，想先将魏冄说得与楚国一心。与魏冄痛饮了两个时辰，楚怀王赏赐给魏冄十名细腰侍女、一车楚国香橘。魏冄醺醺大醉，非要用两车秦王酒犒劳楚军将领。楚王满脸涨红，高兴得手舞足蹈，立即下令二十员楚军将领拜受秦王犒赏，当即在王帐外痛饮。天将暮色时分，楚王醉了，魏犨醉了，大将们也醉了。就在那个晚上，八千禁军神奇地消失了，连营帐旗号也踪迹皆无。

楚怀王一觉醒来，已是日上三竿。刚刚梳洗停当，帐外鼓号齐鸣，秦国特使嬴显已经到了行辕之外。楚怀王正要出帐，嬴显已经大步匆匆地撞了进来，当头一句喝问："敢问楚王：大秦丞相何在?!"楚怀王顿时蒙了："你说魏犨么？他？对了，他在犒赏大将们饮酒了。对，秦王酒了。"嬴显怒喝一声："哪里有酒？哪里有人?"

楚怀王出帐一看，顿时一个踉跄便要跌倒——旌旗招展的军营已经无踪无影，空荡荡的行辕战车上也没有了一个兵士，只有嬴显带来的一队铁骑黑沉沉横在眼前。老国王大骇，也猛然醒悟，对着嬴显嘶声大喊："嬴显，叫秦王出来说话！"嬴显冷冷一笑："还是楚王自对秦王去说的好。来人！护持楚王入关。"

及至春申君与鲁仲连带着安陆三万兵马赶到丹水谷地时，武关下已经是一片寂然空旷，秦军十万已经扎在了关外山口严阵以待。春申君怒不可遏，要与秦军决死一战，却被鲁仲连死死劝住了。两人带兵退入楚界，鲁仲连提出了一个营救楚王的谋划。春申君要挑选军中猛士三百，亲自前往。鲁仲连正色道："春申君差矣！此等事军兵不如侠士，你纵是上将军，亦不如我。若信得鲁仲连，你便带兵在峭山接应，不日我便有音信。"春申君深知鲁仲连大义高风，毫无异议地赞同了。

鲁仲连与小越女带着随军北上的南墨子弟两百余人，星夜从峭山潜入秦国腹地去了。

这一次鲁仲连决意背水一战，连素来不出面的田单在咸阳的秘密力量也一并拉了出来。旬日之间，查清了楚王被秘密囚禁在南山河谷。

那是一道草木葱茏的峡谷，一角青色屋檐从山腰飞出绿林之外。城堡的大门关闭着，墙外与羊肠山道上游动着隐约可见的黑衣甲士。城堡内一片寂然，天井般的庭院也只是一片青石铺成的空场，没有树木，没有亭台水面，没有任何遮掩人身处。楚怀王孤零零站在院中，仰望蓝天，痴呆悲伤，只是不断地仰天长叹。廊柱下，骤然消瘦的新王后沮丧地坐在石板上，呆呆木木地望着楚怀王。

终于，南山的蓝天上出现了一只不断盘旋的灰色大鹰。渐渐地，灰鹰盘旋于禁宫上空，似乎在追捕一只小雀。楚怀王仰天看着大鹰盘旋，不禁一声凄然长呼："灰鹰！双翅给我,本王要飞回去啦!”新王后轻蔑地撇了撇嘴,依旧木呆呆地仰脸望着空旷无边的蓝天。突然,灰鹰从高高的蓝天俯冲而下,从城堡上空一掠而过,又笔直地冲向蓝天。

一支发光的物事“啪”地掉在了楚怀王头上。楚怀王惊恐地叫了一声,颓然跌坐在院中石板上。那发光物事却“当啷”一声,滚到了老国王身边的石板上。楚怀王回过神来,诧异地捡起发光物事,竟是手指长一支细铜管。端详有顷,他将管头轻轻一拔,里边露出细细一束白绢。老国王顿时惊喜地大叫起来:“信! 快来看啦。”

那正是鲁仲连给楚王的密信,只有六个字——请游大河桃林。

又是旬日,楚怀王在泾阳君嬴显的一千人马护送下,北上蓝田西出下邽,去游览天下闻名的桃林胜地了。桃林塬是一片广袤嵯峨的山地,相传夸父逐日渴死在这片山塬,夸父的手杖化作了茫茫三百里桃林。在桃林山塬的一道必经峡谷,鲁仲连小越女与田单一起,发动了一场突然夜袭。

楚怀王的篷车刚一夺回,田单断喝一声:“仲连快走! 我来断后。”鲁仲连小越女人马立即护持着楚王篷车向崤山东南疾走,田单的两百多人堵在山口与剩余秦军搏杀起来。刚刚走得二三十里,迎面一队黑色铁骑展开在当道,两翼直伸展到两边山腰,一个阴沉的声音冷冷道:“鲁仲连,本将军乃骑兵主将嬴豹。放下楚车,我饶了你等。否则一个不留!”

“交上天决断。”鲁仲连平静回答,将手中长剑一举。

突然,篷车中响起一声凄厉的呼叫:“大王! 你醒醒,别怕呵。”

车旁白影一闪,小越女到了篷车,立刻一声惊慌呼喊:“仲连快来!”

鲁仲连飞身一跃,直上篷车,撩开车帘,见楚怀王肥大的

史籍中的楚怀王还是有骨气的,不答应秦王的要求,滞留于楚,曾逃于赵,赵不让入内,无奈返秦,“怀王遂发病。顷襄王三年,怀王卒于秦,秦归其丧于楚。楚人皆怜之,如悲亲戚。诸侯由是不直秦。秦楚绝”(《史记·楚世家》)。小说中的楚怀王,十分不堪,作者恐怕有“恨铁不成钢”之心。

身躯直挺挺横在车中,隐隐火把之下,眼睛瞪得铜铃一般。惊怔之下,鲁仲连伸手一探鼻息,已是气息皆无。

那个已经变得黑瘦的王后一声哭喊:“大王吓死了！大王可怜哪!”

倏忽之间,鲁仲连心头弥漫出无边的冰冷,两手一插车底端起了楚怀王尸体下车:“秦国还要他么?”声音冰冷喑哑。

“火把!”嬴豹一声命令,几支火把围了过来。

嬴豹下马端详一阵,向楚怀王尸身一躬,又向鲁仲连一拱手:“楚王既死,公等之情亦尽。此去楚国山高水远,运送王尸实在不便。不若各位与我一同将楚王尸身运回咸阳,由秦国护送回楚安葬,如何?”鲁仲连思忖一番,长叹一声,默默地点了头。

“屈原兄!”春申君一声惊叫,扑将过来抱住了屈原。

屈原已经昏倒在篝火旁,苍老而又愤激的脸在火光下惨白青紫。鲁仲连大急,一边来掐屈原的人中穴,一边轻声焦急地呼唤着:“屈原大夫！屈原大夫!”小越女轻声道:“仲连莫急,且将他平放。对了,就这样,你俩离开一些。”待鲁仲连与春申君放开手退后,小越女跪坐于屈原身侧三尺之外,两手同时向屈原太阳穴与脚底涌泉穴伸出。骤然之间,一红一绿两束细微的光芒直注两穴。

片刻之间,屈原头顶一股黑气冲出,脸色渐渐舒展平和。良久,屈原开目,一声粗重的叹息:“上天呵上天,为何将灾难都降了楚国?”两眼泪水夺眶而出。

鲁仲连如释重负含泪道:“屈原大夫,为政重臣,当百折不挠,处变不惊。况乎楚王如此经不得风浪,纵然生还,岂能变法强国？楚国远图,原在扫除奸佞,拥立新君啊!”

“噢呀屈原兄!”春申君急得一头汗水,“我与仲连已经商定:先将你接到一个万全之地养息,由我出面联络新派,拥立新王！仲连小越女率南墨子弟铲除奸佞,而后请你还国秉政变法！老王已经死了,你若振作待时,有可能楚国转机也。”

屈原一脸茫然,良久沉默,断断续续地一阵喃喃:“春申君,仲连,我,怕是不行了。孔子眼看鲁衰而无能为力,他,也是气闷而死的。我,只怕要和孔夫子一样了……楚王是想变法的,可惜他死了,死了,上天何其晦暝也!”

小越女淡淡笑道:“屈原大夫,天道玄远,人道至上,何为一昏聩国王耿耿若此?”

屈原摇摇头:“不,楚王不是昏聩之君,他被奸人蒙蔽了。春申君,鲁仲连,还有小越女，屈原谢过你等情意了。我，哪里也不去。汨罗水，是屈原的归宿。你等走……”

鲁仲连愕然。春申君大急道：“噢呀屈原兄！这是哪里话来？我等如何能丢下你走？楚国等着你，变法等着你！昭雎还要杀你，莫非你连我黄歇都信不过了？啊！”

屈原闭上了眼睛，挥了挥手，转身向那座孤独的茅屋走去了。

料峭的寒风掠过，那堆明亮的篝火突然熄灭了。春申君对着茅屋长长地喊了一声：“屈原兄，过得几日我再来，等我——”悲怆的喊声在空旷的山谷回荡着，被风吹得很远很远。

太阳出来了。汨罗江畔晨雾渺渺，青山绿水陷在了无边无际的迷蒙之中。

屈原从茅屋中出来了，扶着一支青绿的竹杖，消失在弥漫的晨雾里，登上了那座高高的孤峰。晨雾消散，那个身影像一座石刻的雕像，久久地伫立着，久久地仰望着湛蓝深邃的天空。渐渐地，苍翠青山吻住了半边红日，晚霞彤云飞金流彩，天空充满一种深不可测的神秘，一种主宰一切却又永恒地保持着沉默的威严。山下，汨罗江水被霞光照得青绿中透着金红，渔船正在江中缓行晚靠，隐隐有问答酬唱的渔歌传来。

那位圣哲般的老渔夫，依然肩扛鱼叉渔网，漫不经心地从江畔走来。偶然，他抬头看了一眼那熟悉的茅屋，眼神闪过一丝惊异。那柱像渔火一样准时点燃的炊烟没有了，茅屋上挑着一幅长长的白幡，门前也没有了那个白发苍苍的老人。

老渔夫的目光缓缓地向山顶移动着，木然地站住了。

白发飘飘的老人伫立在高高的孤峰顶端，山下是湍急的汨罗江。

老人仰起了高傲而执拗的头颅，凝视着流云飞动的天空，长长叹息一声，沉重极了。上天呵上天，你醒着吧？不，你定然睡着了，睡着了。你有双眼么？不，你定然没有生得双眼，没有！没有！那你为何要做天？为何要受人的顶礼膜拜？上天呵上天，都说你是太古自生，不是人造，不受人制，洞察奸邪，惩恶扬善。真是这样么？不！你混混沌沌，无边无际，不识人间是非功过，全然没有公平，没有正义，没有爱心！你，你还是天么？

天空神秘而沉默，七彩流云的旋涡积淀着久远的愚昧，平静、麻木而又诡异。

突然，火山喷发了，老人高声吟哦——

女娲蛇身蛇心，天，你为何要教她造人？给人布下邪恶的种子？

鲧无德无能，天，你为何要派他去治水？
大禹辛劳治水，天，你为何却要让他受尽折磨？
益有大功于世，天，你为何却要教他被启杀害？
羿残暴放荡，天，你为何成全他夺了相的帝位？
舜屡次受害，天，你为何不惩罚邪恶的凶手？
夏桀昏暴无行，天，你为何不用雷电轰击，杀掉这个暴君？
天呵天……你永远都在昏睡！你给人间留下了多少不平？
太甲杀害了伊尹，为何太甲反而做了国王？
殷纣荒淫无道，为何周文王却不能诛灭他？
周公旦忠贞勤政，为何却有四面流言诬陷他？
周幽王戏弄诸侯，为何还教他高居王位？
齐桓公圣明神武，为何被活活饿死在深宫？
周政王道荡荡，为何伯夷、叔齐死不降周？
楚国多雄杰名士，为何偏是教楚国沉沦败亡？
上天呵上天，你的浩渺宽阔，莫非是用来容纳人间邪恶么？
上天呵上天，你的高远广袤，莫非是用来漠视人间冤狱么？
如此之天，何堪为天也——①
……

太阳完全沉没于山后了，天际陷入了茫茫昏暗。

老人仰天大笑，笑一阵又大哭一阵，摇着头，拭着泪，释然而又迷惘地喃喃着：“上天呵上天，不要责怪屈原骂你问你。你要有灵魂，有双眼，你可能早早都悲伤死了，愤激死了，对么？是了，你听不见屈原的话，你不过一片流云一汪大气而已！真想教你变成威力无边的神座。你？你答应了？答应了？呵，上天答应屈原了！上天开眼了！啊哈哈……”

老人大笑着，从高高的峰顶跃入了一片幽明的汨罗江。

---

① 见屈原《天问》。

"屈原大夫,回来了——"老渔人悠长的喊声响彻河谷,"渔哥们,救屈原大夫,屈原大夫投江喽——"顷刻间山鸣谷应,江面上点点渔火竞相而来,渔人们在船上喊成了一片:"屈原大夫,你在哪里——"

山间火把也从四面八方拥来。

人们边跑边喊:"快救屈原大夫,快跳水了——"

怀王一死,楚国倾危,屈原生无可恋。屈原被顷襄王放流,作《怀沙》后,"于是怀石遂自(投)[沈]汨罗以死"(《史记·屈原贾生列传》)。自杀,通常是贵族保其尊严的办法之一,不为庶民见,不被小吏辱。

茫茫江面上,渔人们的喊声渐渐地变成了无边无际的哭声。

太阳又出来了。渔舟塞满了汨罗江面,渔人们默默地划船寻觅着,再也没有了喊声。岸上挤满了四野赶来的民众,人们沿江而立,向江中抛撒着米粒饭团。一个小女孩跪在地上不断向江中叩头,流泪祈求着:"鱼儿鱼儿,我喂你,千万别吃了屈原老爷爷。"

鲁仲连与春申君闻讯赶来时,已经是三日之后了。

汨罗江的春水静静地流淌着,空旷的山谷唯有大片的水鸟在那座孤零零的茅屋上空盘旋飞舞,嘶哑悠长地嘎嘎鸣叫,弥漫出无尽的悲怆。骤然之间,春申君变得枯瘦苍老,软瘫在茅屋前泣不成声了。

"春申君,屈原大夫不足效法。"鲁仲连平静得有些冰冷。

"没有屈原,黄歇何堪!楚国何堪!"春申君猛然跳起,对着鲁仲连大喊起来。

"立国不赖一贤。"鲁仲连依旧平静得冷漠,"屈原之心,已经在放逐岁月中衰朽了。纵是秉政变法,也是刻舟求剑。君自思之。告辞了。"

春申君大急:"噢呀仲连,你如何能在此时离开我了?"

"春申君,时也势也。"鲁仲连笑了,分明是无奈的苦笑,

“我接到密报:燕国乐毅正在奔走联络,意在灭齐。本想扶楚带齐,不想楚国衰颓如山倒。仲连总得尽力周旋,保住齐国,给天下抗秦留得一线生路。”

春申君惊愕了,良久沉默,低声道:“仲连,黄歇纵然无能,也要拼力撑持住楚国了。齐国若有急难,也好有一片根基。”

“春申君,仲连先行谢过。”鲁仲连叹息了一声,“春申君,临别一言,如骨鲠在喉不吐不快,君姑妄听之:要得撑持楚国,不能效法屈原。屈原之失,在于愚忠。楚怀王之颟顸昏聩,正是楚国衰落根源,屈原却始终寄予厚望。最终如何?楚王悲惨地死了,屈原也跟着悲惨地死了。仲连以为:谋国良臣,绝非一个忠字所能囊括,忠而丧志,照样误国害民。撑持危局,更根本者是胆略,是勇气,是见识,是强韧。君若奋力振作,联结各方,挺身朝堂,拥立新君,疾呼国难而声讨国贼,昭雎们纵然阴险奸诈,安知不会铲除!但有此举,楚国岂能瘫倒灭亡!若一味效法屈原伸颈等死,非但君身败名裂,楚国又岂能不亡?”

鲁仲连戛然打住,对春申君深深一躬,飞身上马,风驰电掣般去了。

春申君痴痴地望着鲁仲连的背影,骤然一个激灵,向着茅屋深深一躬,猛然飞身上马,飞出了幽静空旷的汨罗江。

春申君来收拾残局。

第七章 兴亡纵横

一 燕山气象 赫然大邦

鲁仲连一阵忙乱。

鲁仲连星夜北上，几经辗转，终于在大梁寻着了田单。

自从营救楚怀王之后，田单按照原先谋划撤出了咸阳，将商旅根基暂时扎在了大梁。魏国连年衰退，生意大是清淡。田单已经顾不得思谋商旅振兴，只在埋头筹划另一件大事。正在这时，鲁仲连风风火火地赶到了。一见面坐定，鲁仲连急迫问："田兄，临淄如何？快说说。"田单摇头道："不妙。人心惶惶，流言多得不想听都不行。"鲁仲连心中一沉："孟尝君？如何不见他动静？"田单叹息一声："又被罢黜了，能有甚动静？这次，连唯王是从的田轸也被拉了下来。仲连啊，我看齐国……""别说丧气话。"鲁仲连一口打断，"无论如何，燕国总是还没动兵。一路想来，你我须得分头行事：我去燕国，设法化解燕齐恩怨；田兄回临淄，设法与孟尝君斡旋朝野，逼齐王改弦更张，先平息天下对齐国的戒惧之心。田兄，家国危难，不能知难而退。”每逢危急关头，鲁仲连的坚定果敢总像一抹鲜亮的阳光，使田单感到振奋。虽然是辞色严厉，田单却觉得心中踏实，立即点头道：“好，我也正要回临淄。家老说，临淄的外商已经撤空了，连老世族都在悄悄地寻觅避难之地。族人们都等我回去决断去向。”说到末了，又是一声沉重的叹息。

鲁仲连虽扭转不了大局，但精神可嘉。

默然良久，鲁仲连霍然起身：“田兄，我这便走。”

“事急也不在一时，你连饭还没用！”

“谁说不在一时？”鲁仲连已经拿起了长剑，“你只给我三日干粮、一百金、换一匹好马，我要昼夜兼程。”

“来人！”田单一挥手，“三日干肉干粮袋、两百金、天保，立即来。”

“嗨”一声答应，那个精悍的家老疾步去了。田单恍然笑道：“仲连，小越女没同来？”鲁仲连也笑了：“回南墨复命去了，总不成老跟着我了。”“还回来么？”田单追了一句。鲁仲连脸骤然一红：“这我如何知道？你也忒聒噪。”田单大笑：“呀！鲁仲连也有急色之时，当真稀罕。我是说，小越女奇女子，莫得弄丢了。”此时一声长长马鸣，鲁仲连一笑：“丢不了。走，马来了。”

姻缘到了，挡都挡不住。

来到廊下，精悍的家老已经在牵马等候：“禀报总事：全部物事已在马背皮囊。”

“仲连，这马如何？当得天保名号？”田单知道鲁仲连酷爱骏马，胯下那匹铁灰色胡马非同寻常，先问了一句。

“一听嘶鸣，断是好马！”鲁仲连说完瞄了一眼，双眼顿时一亮。这匹骏马通身黑亮，四蹄雪白，肩高足有六尺余，兔头狐耳，鹰眼鱼脊，威风至极。鲁仲连所学甚杂，曾经读过

《相马经》①，又与赵国著名相马师王良的嫡孙交好，对相马也算略知几分，听田单说出“天保”二字，便知定是好马。天下相马师将好马分为三等：良马、国马、天下马；国马也称“国保”或“国宝”，天下马也称“天下保”或“天下宝”，时人通常也呼为“天保”。及至一端详，才知这匹骏马决然是马中极品，不禁惊叹：“何至天保，直是神品也！”又恍然醒悟，将马缰一下塞到田单手中，“你比我事急，天保你自留下。”

马、剑、器、药，作者都颇有研究。

“哪里话来？”田单又塞回马缰，“你是孤身奔波，讲究个良马利器。我纵事急，毕竟人多，也可换马。不要推辞了，走。”

“好！那我走了。”轻轻一纵，鲁仲连坐上了马背，一声“后会有期”，天保萧萧一鸣，向着大门平稳急走。

“临淄再会——”田单遥遥招手。

重振齐威，还靠田单。

出得大梁北门，鲁仲连拍拍马头：“天保，走了。”那天保短促的一声嘶鸣，大展四蹄，一道黑色闪电般飞了起来。鲁仲连本是出色骑手，伏身马背头接马耳，两腿始终不轻不重地夹着，两耳忽忽生风，两边的山峦林木一排排向后倒去，直如腾云驾雾，不禁一声高喊：“天保，好本事！”

天保果然惊人，非但快如闪电，而且耐力悠长，一气大飞一个时辰，小步疾走片刻，换过气来又是大奔如飞。如此半日一夜，只在中途休憩了小半个时辰，人马各自打尖，又如飞北上。一过易水便是燕国。虽是飞掠而过，鲁仲连也觉察到了一种显然的变化——时当初夏，遍野麦浪翻滚，道边村畴连绵炊烟袅袅，鸡鸣狗吠之声不绝于耳，显然是热气蒸腾的富庶气象，与当年鲁仲连初来燕国时的萧疏荒莽直是两个天地。

鲁仲连奔燕。燕齐仇怨难解。

---

① 《相马经》，长沙马王堆三号汉墓出土帛书，史学界考证为战国人著作。其第一篇《总说》云：“得兔与狐，鸟与鱼，毋相其余。”

次日午后，青青燕山已经遥遥在望了。

“天保，慢了。”鲁仲连轻轻一拍马颈，天保倏忽变为碎步走马。

事实上鲁仲连也不得不慢下来。这条直通蓟城的官道，在十多年前还只是一条坑坑洼洼仅容错车的松土路，两边荒草没膝，与中原的荒野城堡几乎难分伯仲。商旅谚云：“燕山路，颠松骨。铁车散，木车哭。”说的便是这条燕国直通中原的唯一“大道”。最主要的官道尚且如此，燕国穷弱可见一斑。目下却是非同寻常，一入燕国，三丈多宽的夯土路面，除了两边的人道马道，中间可并行三车。到得蓟城之外百里，夯土大道骤然拓宽为六丈，大道两边两层大树，浓荫覆盖路面，夏日凉爽惬意。但最令鲁仲连惊讶的，还是道中车马如流，商旅货车与时常撞到眼前的特使轺车连绵不断。方今天下，除了秦国的关中大道，已经没有第二个国家有如此气象了。燕国素来荒僻，除了马商盐商，中原商旅很少北上。长期以来，燕国的商路实际上只有两条——齐国、北方匈奴与东胡。如今这大道上却是商旅如云辐辏大集，各色货车川流不息，当真令人怀疑走错了地方。鲁仲连不禁大是感慨，人云水暖鸭先知，这邦国盛衰，却是商旅先知。齐国虽是皇皇“东帝”，临淄商旅却已经在悄悄外逃了；燕国虽是老穷贫弱，天下商旅却已经趋之若鹜了。见微知著，这流动的商旅财货，便是国家盛衰之征兆也。如此大势，故国君臣却是醺醺然不知危在旦夕，故国庶民也是陶陶然不知大难将至，鲁仲连一身之力，奈何如之？

离得越近，仇怨越多。邻居很难做到老死不相往来，一往来，矛盾便多。

“商旅停车，骑者下马，勘验照身——”连绵长呼遥遥从城下传来。

蓟城箭楼已在眼前，鲁仲连下马牵着天保，从人流边缘向最边上的小城门洞走来。顺便打量，城门下守军整齐列为四队，中间大城门两队，两边小门各一队，盔明甲亮，精神抖擞，勘验照身毫不马虎。自商鞅变法在秦国实行“照身帖”勘验行人身份，这“照身”便在天下迅速流传开来。学不学变法不打紧，这“照身”制可是一定要学的，查罪犯藏匿、查商旅赋税、掌控国人迁徙动向，都是灵便快捷，何乐而不为？学归学，这“照身”制一到他国却变味，成了市吏城吏敲诈路人钱财的独门利器。田单久走商旅，深知个中奥秘，曾经对鲁仲连苦笑着说：“橘生淮南则为橘，生于淮北则为枳，照身之谓也！你要扶持屈原变法，便对他说：变法不深彻如商鞅，万莫行照身之制，否则，商旅绝路矣！”鲁仲连也是奔波天下的人物，如何不知其中之黑，只不过不如田单那般切肤之痛罢了。听田单一说，鲁仲连恍然叹息：“都说商鞅变法好，可要学商鞅变法，却是谈何容易！”

“你，出照身。”

鲁仲连从披风衬里的小袋里拿出了一件物事，手掌大一寸多厚的一方竹板，上面刻画着他的人头像，写着他的姓名，更要紧的是烙着一方官印。那是官府特制的一种铁印，烧得将红不红，轻轻往刻好头像姓名的竹板上一烙，一方火酱色的阳文官印立刻清晰地凸现出来。发照身帖的都是大国，齐国在苏秦变法时就推行了照身帖制，用的便是这种质地坚实细密光洁发白的竹板，四周还嵌进了一道细亮的铜线，等闲工匠也难以仿制出来。

“齐国人。”城门吏一接过这方极是精致的照身，看都没看先说了一句，然后看一眼照身，再看了一眼面前这个伟岸的汉子，“鲁，仲，连？”鲁仲连淡淡地点头一笑，拿出一只铜刀极其自然地塞到城门吏衣襟的小袋里。这铜刀是百余年前齐国的一种老式刀币，流传至今极是贵重，时人称为“老齐金刀”。对于一个城门吏，纵然小财不断，这老齐金刀也

鲁仲连也不能免俗。

是极为稀罕的金贵物事。

“哎哎！这是何意？”城门吏觉得口袋一沉，立时沉下脸摸出了铜刀，“齐人有钱，便想坏我官身？拿回去，还拿黑眼看今日燕国么？”

“当真不要？”鲁仲连非但没有尴尬，反倒呵呵笑了。

“聒噪！”城门吏很是不耐，“我想要，你倒是借我一颗头了？”

“言重了。”鲁仲连手心掂着铜刀，脸上仍然揶揄地笑着。

城门吏手掌一掠，极是利落地从鲁仲连掌心拿走了铜刀，“当啷”一声撂进了旁边一个陶俑里。这陶俑与人等高，大张着嘴巴，身上却写着大大三个红字——官吞金！城门吏笑道：“满意了吧？还有多少，尽管往里丢，十万八万我都要。”

小吏不贪。燕国有若干类似于秦国的气象。

鲁仲连哈哈大笑，牵着天保回身走了，一路走来感慨百出，说不清究竟是何种滋味，直到齐国商社门前，才收回了飘得很远的思绪。燕齐两国是源远流长的邻邦，齐商素来是燕国的商旅主流。燕昭王即位后的十几年里，齐商更是大举北上，生意做得大是红火。蓟城的齐国商社，本来是齐国在外商社中最不起眼的一个，不到二十年，竟发成了隐隐然与咸阳的齐国商社比肩而立的大社，在王宫西面的一条幽静小街里起了一座六进八开间的大院。来时田单曾着意叮嘱：蓟城齐社的总事曾经是田单的商旅弟子，精明可靠，要鲁仲连还是住在商社。也是鲁仲连素来不喜欢邦交宾客云集的驿馆，那烦琐的礼仪以及与使节们频繁的应酬，实在是机密大事不宜，自是欣然接受了田单的动议。

商社的好处是显然的。那个总事很少说话，便是对雄姿英发的天保，也只说了两个字：“好马！”将鲁仲连安顿在一个僻静小院落，又特意对仆人吩咐了将天保单槽养息，再留下一句话："在下本是田氏门人，先生有事，随时找我。"便匆匆去了。待鲁仲连沐浴梳洗完毕，一个老仆送餐进来，吃过饭再也没有人来了。大树上啁啾鸟鸣，更显得小庭院幽静异常。正当暮色降临，燕山晚风掠过院落，实在是凉爽惬意。

宽袍大袖，散发披肩，鲁仲连在庭院徜徉漫步。虽然一路驰驱奔波，他却没有丝毫的睡意。他要思谋一番，究竟是先见燕王，还是先见乐毅？按照纵横家游说传统，通常都是直接请见国君，成与不成，立竿见影。可在燕国，这个乐毅太要紧了，纵然说通了燕王，乐毅不通还是有可能前功尽弃。倒不是乐毅专权，而是这燕昭王对乐毅十分地倚重，说是言听计从也不为过。

以燕昭王姬平之能，理乱招贤而大兴燕国，对乐毅如此推重，乐毅岂非奇人也？

还是在入楚之前，鲁仲连曾经对乐毅家世作过一番查勘，虽然始终没见过这个乐毅，实在却是歆慕已久了。春秋之世，乐氏的第一个显赫人物是宋国的大司马乐喜。大司马掌兵，乐喜能征惯战，在宋国争霸中功勋卓著，乐氏由此而名闻天下。后来宋国衰落，乐氏族人迁徙到了晋国，在晋国世家大族魏氏的领地做了"国人"，耕稼谋生。到了战国初年，乐氏又出了一个奇才，便是后来赫赫大名的兵家名将乐羊。这时的乐氏虽是"国人"，却是那种仅能温饱自立的平民农户，远非富庶世族，唯一比隶农优越者，是可以从军做战车骑士。这个乐羊聪颖厚重，少时将家中两车藏书反复揣摩，谈吐见识每每令族人称奇。乐羊加冠之年，恰逢魏赵韩三家分晋。魏氏刚刚立国，魏文侯广招才士，魏国一片蓬勃兴旺。乐羊感奋不已，便要从军立功。族老们大是嘉许，合族之力，为他打造了一辆战车与一副上好甲胄，又购置了两匹汾马①，乐羊便做了魏国骑士。那时魏国正在开疆拓土，战事频仍。十年之间，乐羊以赫赫军功做了魏国上将军。

做上将军之后，乐羊的第一场大战是进攻气焰甚盛的中山国。中山国恰恰卡在魏赵燕秦之间的大河东岸山地，夺得中山国，魏国北可直通阴山，南可直抵淮水，无疑便成第一大国了。正因为如此，对中山之战成为当时天下瞩目的焦点。中山国惶恐不安，将在中山经商的乐羊的长子囚禁起来做了人质，派密使胁迫乐羊退兵。乐羊对来使冷冷道："父子，私情也。邦国，公器也。为将者，岂能以私情之生死，乱公器之进退？"中山国

① 春秋战国时期，汾水流域为放牧之地，多出良马，为魏、赵、中山等国的战马源地。

君乖戾暴烈，立即将乐羊之子投进硕大的油锅烹杀；而后立即派特使赶赴魏国军营，声言送给乐羊一份最丰厚的中山礼。中军司马打开木匣，却是一只打造得极为精致的铜箍木桶，桶身赫然四个大字——乐氏肉羹。乐羊一惊，几乎昏倒，却硬是以惊人的定力扶住了帅案，平静地说了一句："且盛一杯过来。"中山特使原以为国君所料无差，乐羊定会神志昏乱而无法统军。不料乐羊平静冷漠如常，大是惊悚，待乐羊坐在案前将一杯羹啜完，当场惊裂心胆，猝死过去。

消息传到安邑，魏文侯大是感慨："乐羊为国若此，竟食其子之肉矣！"

站在旁边的丞相睹师赞却笑说一句："其子之肉，尚且食之，谁人之肉又能不食？"

魏文侯目光一闪，默然无语。

待乐羊一战灭了中山国班师归来，魏文侯大封乐羊于灵寿[1]之地，镇守中山，享万户之民。但是，魏文侯从此却对乐羊有了戒惧之心。乐羊深沉明睿，心知国君对自己有了猜疑，不动声色，接着得了一种需要养息的重病，交出兵符并遣散了族中私兵，请准魏文侯回封地养息去了。族人皆以为乐羊正在功业之时，大是不解，几位族老便来探询激励。乐羊笑道："凡事成于一，败于二，况天有二心也？"从此深居简出，从来不过问国事。后来，魏文侯谋划要夺秦国河西之地，几次欲请乐羊复出，都终因睹师赞那支冷箭而不能释怀，一直没有成行。再后来，若不是吴起从鲁国来投，魏国可能连一代霸业都难以为继。公忠能三才具备的乐羊，终其一生都未能获得魏文侯的信任，竟在长期郁闷中盛年死去，临终叮嘱子孙："我葬灵寿，莫回安邑。"

孟尝君曾说给鲁仲连一个故事：孟尝君祖上曾经问过魏武侯后期的丞相白圭[2]："魏文侯名过齐桓公，而功业却不及五霸，因由何在？"那白圭以商旅奇才做了魏国丞相，见识不凡，悠然答道："魏文侯以学人子夏[3]为师，以名士田子方[4]为友，敬养宾客段干木[5]，此名之所以过齐桓公也。然则，对此三人仅私情而已，重用于国则疑。以私胜公，敬贤多疑，此文侯之短也。是故，文侯名虽盛而功业不及五霸也。"孟尝君对鲁仲连说，白圭

---

① 灵寿，战国中山国内，今河北滹沱河流域之灵寿县地带。

② 白圭，战国时周人，提出贸易致富的理论，采取"人弃我取，人取我与"的方法，成为大富商。

③ 子夏，春秋末晋国人，一说卫国人。卜氏，名商，孔子弟子。

④ 田子方，战国时魏国著名贤士。

⑤ 段干木，战国初魏国人，曾师事子夏。

这段话实际上是在说魏文侯与名将乐羊的故事，只不过顾忌耳目而借用子夏等人之名罢了。

因了这块说不出的心病，乐羊之后，乐氏族人从来不在魏国谋求功业了。到得乐毅成了兵家名士，毫不犹豫地投奔了衰弱的燕国，而不愿留在尽管不断衰落却远比燕国强大富庶的魏国。这个乐毅，目下正在燕国执掌大军，与燕王极是相得，先见他还是先见燕王，还当真是各有利弊。当然，最好是一次能同时见这君臣二人，然则，这样也有一样不利处：一旦碰壁，再也没有了回旋余地。鲁仲连奔走列国，还从来没有为如此一个细节如此细加揣摩过。毕竟，这是关乎齐国命运的大事，一个不慎出错，便是战火连绵，鲁仲连如何能不格外小心？

这一段思忖，是要交代乐毅的来历。燕齐结怨之后，燕昭王礼贤下士，广招贤者。昭王为郭隗筑宫，拜之为师，“乐毅自魏往，邹衍自齐往，剧辛自赵往，士争凑燕。燕王吊死问生，与百姓同其甘苦。十二八年（二十八年），燕国殷富，士卒乐佚轻战。于是遂以乐毅为上将军，与秦、楚、三晋合谋以伐齐。齐兵败，闵（湣）王出走于外。燕兵独追北入至临淄，尽取齐宝，烧其宫室宗庙。齐城之不下者，唯独莒、即墨”（《战国策·燕策一》）。齐败至此，田单绝地反击，令齐国重生。燕复仇，乐毅立功甚伟。乐毅贤，其子孙亦贤。

思忖良久，鲁仲连终是拿定主意：先见乐毅。

二　乐毅算齐见分毫

蓟城东南坊，有一座六进庭院的府邸，是目下燕国炙手可热的亚卿府。

燕国是周武王灭商后首次分封的最老牌诸侯，始受封者是赫赫大名的召公奭，周武王的弟弟。使燕人骄傲了几百年的，正是这最嫡系的王族诸侯名号。也正是这个原因，燕国的一切都原封不动地保留了周人的习俗与传统。都城建筑也是一样，蓟城的格局几乎一个镐京翻版，只不过规模气势略小罢了。与镐京一样，蓟城王宫以外的街区都以“坊”划分，而“坊”的命名则以王宫方位而定。东南坊，便是王宫东南的一片官宅区。这里紧靠王宫远离商市，一色的青石板街，街中大树浓荫，几乎没有寻常行人，但有行走，都是辚辚车马，整个街坊幽静得有些空旷。

令鲁仲连惊讶的是，亚卿府门前车马冷落，与遥遥可见的相邻府邸的访客如梭相比，这里当真是门可罗雀。乐毅的亚卿之位与秦国当年的左庶长极是相似，职爵不是很高，权力却是很实在——领军主政文武兼于一身。无论在哪个国家，此等实权大臣都是百僚瞩目，更不说目下朝野皆知乐毅与燕昭王的莫逆情谊，如何府前车马寥落？

“临淄鲁仲连拜见亚卿，敢请家老通禀。”尽管心存疑惑，鲁仲连还是依礼行事，按照天下惯例，将这些门吏一律呼为“家老”。

“先生是鲁仲连么？”一个带剑门吏从又窄又高的石级上噔噔噔小跑下来，当头一躬，“请随我来。”

“请问家老，亚卿知晓我要来么？”鲁仲连大是惊奇，尽管他与乐毅有可能相互闻名，但素不相识，也没有通过任何人通连中介，如何这乐毅知道他要来？

“亚卿只吩咐：临淄鲁仲连若来，请在府中等我。余事小吏不知。”

知其为说客。

“亚卿不在府中？进宫了么？”

门吏却只一句“余事小吏不知”，匆匆将鲁仲连领进第三进正厅交给一个年轻的书吏，又匆匆回头去了。书吏恭敬地一躬：“亚卿吩咐：事急，片刻不能回府，先生若欲等候，敢请书房消闲。”言下之意，若只稍坐或不想等候，可在正厅上茶，也可以不上茶便走。鲁仲连素来豁达不拘小节，听罢哈哈大笑：“亚卿如此亲和，不等却是如何？”书吏一拱手道：“如此，先生请随我来。”领着鲁仲连出了正厅，过了一道门槛影壁，来到第四进小院。

这是一进极是幽静的小庭院：北面正屋，两侧厢房，南面一道高大的影壁，自然构成了一方天井；天井小院中，一片青竹蓬蓬勃勃；通向后进的走廊都从两边厢房后绕过，进入后园与跨院、厨屋等处的仆役人等，对这里完全没有干扰，幽静中带着隐秘。鲁仲连素来喜欢独居小庭院，对孟尝君那门户繁复的门客院更是熟悉，恍惚之间，觉得这座小庭院直是套在千门万户之中的一个隐士居所，不禁一声赞叹："简、密、静，好所在也！"及至巡睃再做打量，油然生出敬佩之心来。

如此一座庭院通称为"书房"，原本便是奇特。北面三开间正房的门楣之上，一方长约六尺的白底绿纹玉，赫然镶嵌着"莫府"两个大铜字。门前一个红衣文吏垂手肃立纹丝不动，一尊石俑一般。这"莫"是"幕"的古字。后人解说云："师出无常处，所在张幕居之，以将帅得称府，古称莫府①。莫与幕同。"乐毅执燕国大军，莫府却设在如此不起眼的一间石屋，不能不令人感喟。显然，幕府是处置军务的处所，是"书房"最不能为外人涉足的地方了。

东西两侧厢房也各有字，却都是竹牌红字，东曰"数典"，西曰"操乐"。显然，东厢是真正的书房，以"数典"命名，足见藏有诸多典籍。西厢显然是琴室了，但有闲暇，操琴而歌，岂不快哉！鲁仲连原是多才多艺之名士，良马名器诗酒琴剑棋书歌，几乎无不喜好，如今见乐毅"书房"如此格局，不禁大是赞叹："如此将军，真雅士也！"

书吏肃然拱手道："原是亚卿知先生风雅之士，恐先生枯坐无趣，是以请先生进得书房消磨。先生但自坐，我来煮茶。"

听书吏如此一说，鲁仲连大是舒心。久闻乐毅贤名，素常无以谋面，今日一窥，其人尚未露面，便有一股高洁古风悠悠然飘来，如此雅士却是秘密操练二十万大军欲图成一国霸业的大军统帅，书琴伴幕府，虎帐飞长歌，其洒脱倜傥当真令人神往也！恍惚之间，鲁仲连怦然心动了——如此高风雅量之士，直是神交知己。一个朦胧，又一个激灵。乐毅兵锋所指正是齐国，敌意与仇恨正像大山一样横在他们中间，一己之清风能吹散那厚重压城的裹挟着世代仇恨恩怨酝酿着疾风骤雨的沉沉黑云么？

信步走进西厢，鲁仲连一声深重的叹息，坐在琴台前大袖一拂，叮咚琴音清越飞扬，高亢的齐音长歌破喉而出——

天保定尔　　以莫不兴
如山如阜　　如冈如陵

---

① 莫府，即幕府，战国时对帅帐的称谓，后世日本长期采用。解说见《资治通鉴·秦纪一》。

如川之方至　以莫不增
民之质矣　日用饮食
群黎百姓　徧为尔德
如月之恒　如日之升
如南山之寿　不骞不崩
如松柏之茂　无不尔或承——

“曲高和寡，信哉斯言也！”一声大笑从庭院朗朗传来。

鲁仲连轻轻地叹息了一声，从座中站起来到廊下，赫然便见天井中站着一位气度不凡的中年将军：一领大红斗篷罩着细软的鳞片铁甲，一顶青铜矛盔夹在腋下，一头长发散披在肩，与胸前长须相得益彰，一张黑中泛红棱角分明的脸膛，一看便是白脸书生的底子，身材虽不高大，却自有一种伟岸，一身戎装，分明透着几分潇洒神韵。

“《天保》之意，原是尽人皆知，何堪曲高和寡也？”鲁仲连抱拳一拱。

“曲高和寡，又岂在唱和相随？”

“将军之意，是说太平岁月无从力行？”

“高洁者独行，入俗者合众。大争之世，何能例外？”

“大争争太平。从我做起，合众之力，何愁兵戈不息？”

将军大笑：“千里驹果然志向高远，乐毅佩服。来人，院中设座，我与先生痛饮。”

“绿竹之圃，正当清酒。将军大雅也。”

乐毅笑道：“睹物生情。雅与不雅，自在品尝者心中生出。此情此景，有高士则雅，无高士便俗。雅也俗也，原在变幻之中。”

“将军腹有玄机，将个‘雅’字说得透，鲁仲连佩服。”

片刻之间，那名书吏带着一个仆人已经将宴席安排妥

小说抓的人物都非常精准。第一部的秦孝公与商鞅等，第二部的苏秦、张仪及四大公子等，第三部的鲁仲连、乐毅、白起、宣太后等，都是值得大写特写的抢眼人物。

当——两张木案，两片草席，案上一个陶盆一只陶碗，中间立着一只两尺高的红木桶，简洁朴实得没有一样多余物事。那书吏正在斟酒，乐毅拱手笑道："仲连兄入座。"待鲁仲连坐定，乐毅举起了陶碗："先生远道而来，一碗燕酒权做洗尘，来，干了。"鲁仲连双手举碗："得遇将军，幸甚之至也，干了。"汩汩饮了下去，悠然哈出一口酒气，"清寒凛冽，燕酒果然不差。"乐毅笑道："好说，先生但喜欢，临走时乐毅送一车与先生。"鲁仲连大笑摇手："燕酒只在燕山喝，方才出神。"乐毅喟然一叹："也是，穷国无美酒。老燕酒以燕麦酿之，兑燕山泉水而窖藏，清寒有余而厚味不足，天下便有了'燕酒出燕淡'之说。如今不同了，此乃五谷纯酿，易地而酒质弥坚，先生试试了？"鲁仲连不禁有些歉疚，慨然笑道："既蒙将军相赠，鲁仲连自当大饮一车。"

虽各为其主、志趣有异，但性情相投，知音即高山流水，最终要相忘于江湖。

"先生此来，何以教我？"倏忽之间，乐毅脸上的笑容消失了。

鲁仲连见乐毅如此郑重的口吻，不禁肃然拱手道："仲连不才，想为燕齐修好尽绵薄之力，以使两邻庶民有个太平岁月，恳望将军纳我一策，消弭兵戈。"

"先生何出此言？"乐毅慷慨一笑，"三十多年来，齐国咄咄逼人，燕国吞声忍气。齐军入燕三载，掠财无数，杀人无算；燕国割地而不敢求还，大将被杀反而谢罪，齐民入燕争渔而燕国反要赔偿，如此等等，燕国为的便是给庶民求得一个安宁太平，岂有他哉？先生今有太平长策，燕国敢不接纳？先生但说便是。"

"将军谋略，令人敬服。"鲁仲连由衷赞叹一句，微微一笑，"以将军之明，岂不知今日齐国已非昨日齐国，开罪天下，千夫所指，与六国修好尚且不及，何能再对燕国颐指气使？而将军在辽东寒暑十载，练得精兵二十余万，正欲联结天下战国攻齐复仇，眼看兵连祸结，将军却说‘燕国敢不接纳’，岂非言不由衷？”先将话说开说透，而后再来商讨方略方可实在，这便是鲁仲连此刻所想。

乐毅悠然一笑：“鲁仲连果然纵横名家，所见甚透。”却忽然口气一转，“然则，燕国练兵，所在若何？先生却是走眼了。”

“此话怎讲？”

“燕国练兵，所为只有一个：自立于天下，不重蹈覆辙，不再被齐国吞灭。”虽然语气并不激烈，乐毅的神色却是无法撼动的气势，“齐王称东帝，吞并天下之心路人皆知，假若先生做燕人，莫非可以不练兵？”

“罢了，未发之兵，不可测其道。”鲁仲连长长地一声叹息，撂过了这个说不清的话头，“将军，听我目下一策如何？”

“先生但说。”

鲁仲连一口气说了下去：“齐国退还燕国历年所割十五城，并燕南水面；诛杀张魁事件，齐王向燕王谢罪；当年掠燕财货，齐国加三成退还并赔偿；如此做来，燕国可愿罢兵立盟，两国修好？”

“齐王之意？”乐毅悠然一笑，闪亮的目光盯住了鲁仲连。

“齐王禀性虽不同寻常，然邦国安危事大，定能择善而从。”鲁仲连自然知道乐毅疑惑所在，虽则对说服齐王并没有十分把握，但还是坚定明朗。

“好！”乐毅拍案而起，“先生有此大志，乐毅自当鼎力辅助。我这便进宫禀报燕王，先生且在这里消磨一时。”

鲁仲连原本只是想说服乐毅不要反对，然后他便可以全力说服燕王。战场是军人的功勋所在，自古以来，掌兵大臣十有八九都是强硬主战派。乐毅十载练兵苦心备战，而且已经开始了与中原各国的秘密联络，纵是贤明之士，如何便能放弃这个长期谋划的目标？唯其如此，鲁仲连实在没有想到乐毅如此快捷明朗，非但一口赞同齐燕修好，且要立即进宫。一时之间鲁仲连困惑起来，意味深长地一笑：“十载工夫，将军不怕付诸东流？”

“先生差矣！”乐毅哈哈大笑，“好战必亡，忘战必危。乐毅固然好兵，然身为国家重臣，岂能以一己之好恶，度国家之利害？燕国但能不动干戈而收复失地，回复尊严，乐毅何乐而不为？”说罢一拱手，大步去了。

乐毅不当面一口回绝，既是要将计就计，也是对鲁仲连的委婉敬重，不全是权宜之策。

鲁仲连怔怔地望着乐毅背影，百感交集地长叹了一声。

燕昭王正在书房密室端详那幅可墙大的齐国山水城池图。

这是乐毅派遣堪舆师数十次潜入齐国，花费十余年心血精心绘制的一幅秘密地图，只有两幅，一幅在这里，一幅在乐毅幕府。寻常但有空闲，燕昭王都要独自站在这里，长久地默默地端详揣摩。他是在燕国内忧外患剧烈交汇的血火中拼杀即位的，加冠于危难之中，崛起于废墟之上，国仇家恨，点点滴滴都渗透了他的每一个脚印。而在所有的仇恨中，齐国刻在他心头的伤痕是永远都无法泯灭的。

时刻不忘国耻。

说起来，燕齐两国在周武王始封诸侯时都是首封大国，都是带着镇抚边患的重任，在荒莽山原披荆斩棘艰难立国的功臣部族。召公奭[①]、太公望[②]，那是多么辉煌的两个名字啊！西周三百余年，鲁、晋、燕、齐四大轴心诸侯，是支撑整个华夏的四根擎天大柱。鲁晋定中原，燕齐镇边陲，忠心事王，共讨叛逆，四国之间几乎从来没有发生过龃龉。燕齐两国同在边陲，一北一东相毗邻，唇齿相依水乳交融，当真是兄弟之邦。进入春秋动荡之期，齐晋渐渐强大了，鲁燕渐渐式微了。不知不觉，燕国成了追随齐国脚步的附庸式盟邦。纵然如此，毕竟老根还在，终姜齐之世，燕国与齐国还是维系着互相救济辅助的久远传统，边界也从来没有驻军。可是到了春秋后期，田氏取代姜氏公室，齐国成了“田齐”。一切龃龉，一切仇恨，都是从那时开始的。作为王族诸侯的燕国，始终对

① 召(shào)公奭(shì)，姬姓，名奭，曾佐武王灭商，被封于燕。采邑在召(今陕西岐山西南)，是燕国的始祖。

② 太公望，即姜尚，齐国的始祖。

田氏“篡国”耿耿不能释怀，将新齐国始终看作一个异类叛逆，不与齐国通使，还在边境驻守了兵车八百辆。要不是燕国已经衰弱得自顾不暇，拥有“代王讨逆”征伐大权的燕国也许早早就对这个“田齐”兴师问罪了。兴师不能遂心，燕国只有变着法儿冷落这个新贵，禁止通商、封锁关梁、不通使节、不与会盟、边境驻军等，燕齐邦交倏忽降到了冰点。

田氏新齐国立足未稳，急于与大诸侯们修好会盟，通商互助，自然要首先结好燕国这个毗邻的王族大国。反复试探，齐国都碰了硬邦邦的钉子。有一次，两国渔民因在济水捕鱼而大起械斗，齐桓公田午将齐国渔民全部押往燕国，交燕简公处置。谁也没有想到，燕简公竟下令全部杀了齐国渔民，同时对燕国渔民大加褒奖，还破天荒派出特使责令齐国向燕国请罪。燕国的倨傲，终于激怒了这个正在蓬勃成长的新贵，齐国愤愤然开始了与燕国的冰冷对峙。到了战国初年的齐威王田因齐即位，力行变法，齐国实力大长，倏忽二三十年成了天下第一流大国。这时的燕国，却在恪守祖制的懵懂岁月中沉沦为疲弱之邦，除了皇皇贵胄的血统，几乎是要甚没甚。于是，苍老的燕国只有极不情愿地跟在齐国后面亦步亦趋，俨然宗主与附庸一般。

燕文公任用苏秦，燕国终于有了一个崛起的机会。惜乎天不假年，文公尚未来得及等苏秦合纵成功便骤然病逝了。燕易王倒是雄心勃勃，偏偏又重用了更加野心勃勃的子之。这个子之凶狠酷烈，毒杀了燕易王，软禁了燕王哙，最后又逼迫燕王哙将王位禅让给他，接着又毒杀了燕王哙。子之做了燕王，燕国的大劫难骤然降临了。

当时好容易保住太子之位的姬平被迫离国，流落于王族封地。为了复国，他联络王族发动了一场兵变，不想却被凶悍的子之一举击溃。姬平再次流落封地藏身，无奈之下，秘请齐国发兵靖难。齐宣王本来就一直在等待出兵机会，应姬平之邀，立即大举发兵燕国，剿灭了子之，将燕国财货抢掠一空，还大火焚毁了蓟城，给姬平留下了一个满目废墟遍地疮痍的烂摊子。国人在痛骂齐国的同时，也恶狠狠地诅咒着那个搬来齐人的子之。姬平很清楚，要不是将搬来齐兵的恶名转嫁给死无对证的子之，他这个国王很难说不被国人撕碎了祭祖。就这样，做了燕王的姬平深深地掩藏了这个永远流血的伤口，开始了艰难的复国。安抚百姓，恢复生计，求贤变法，周旋列国，练兵备战，终是一步一步地走到了今日。虽然正当不惑之年，他却已似两鬓苍苍的老人了。几十年来，他一日也没有忘记向齐国复仇，虽说没有像越王勾践那样日喊三次，也是经常在梦中霍然坐经子之内乱，又经齐国趁火打劫，燕衰败至极。后燕昭王励志图强，花二十多年的时间使燕富强。

起，看着满天星斗愣怔莫名。

“禀报我王：亚卿晋见。”御书[①]的声音从密室门外轻轻传来。

“禀报甚来？老规矩，请亚卿到书房。”燕昭王一声吩咐，已经出了密室。他从来不在书房接见大臣，唯独对乐毅例外。御书虽然知道这个例外，但见国君独在密室，仍然不敢大意。况且，乐毅刚刚从这里离开不到两个时辰，又匆匆进宫，也实在令人意外。见国君并无异常，御书才轻步走了出去。

“君上，鲁仲连来了。”乐毅大步匆匆走进书房，一拱手一句消息。

“鲁仲连？啊，想起来了，临淄千里驹，新一代纵横策士。”燕昭王常思谋天下大势，对邦交人物极是熟悉，提到便知，“说说，他意欲如何？”

“鲁仲连要斡旋燕齐修好。”乐毅悠然一笑，将鲁仲连在他府中的事体详细说了一遍，“君上以为如何？”

燕昭王心中一沉，一时愣怔默然。对齐国开战，这是他朝思暮想的兴邦大计，也是与乐毅几位重臣长期谋划的秘密国策，眼看要推出水面了，却突然有人要斡旋燕齐言归于好，而且提出了确实令人怦然心动的修好要件，倒真令燕昭王一时回不过神来。齐国若退了燕国失地、赔补了昔年财货，再加上赔罪，再要开战只怕是天下不容；可要说不打齐国了，心中顿时空落落的，血泪浸泡长久压抑的国恨家仇便这般轻飘飘滑过去了？燕国若有六十万大军，燕昭王绝不会接受这种修好之约，齐国不想打他也要打，打出来的物事终是实在。可燕国只有二十万大军，兵力只有齐国的三分之一，

① 御书，战国时期燕国官职，掌国君文书机密事宜。

燕国要复仇，只有合纵天下灭齐；而强大的齐国着意修好，燕国再要灭齐，便失却了道义。“得道多助，失道寡助”，无道伐国，他国出兵便大是难题。说到底，接受齐国修好，燕昭王觉得憋气；拒绝齐国修好，燕国复仇失去了合纵支撑，更是憋气。思忖良久，燕昭王难以权衡，长长地一声叹息。

“君上毋忧，鲁仲连之动议，对我有利。”

“有利？”燕昭王急迫道，“说说，如何有利？”

乐毅从容反问：“君上以为，齐王田地会接纳鲁仲连这个修好动议么？”

“你是说，齐王不会接受修好之意？”骤然之间，燕昭王两眼生光。

“决然不会。”乐毅摇头，“此人禀性乖戾，吞灭六国之野心天下皆知，如何能吐出吃进几十年的肥肉，向一个弱燕低头？”

“有理！”燕昭王一句赞同，又突然犹疑，“鲁仲连想不到这一点么？”

乐毅一声叹息：“知其不可而为之，鲁仲连也。保国心切，他只是全力一争而已。”

“好！”燕昭王拍案而起，“鲁仲连天下名士，你我君臣将这文章做大。”

“为我合纵六国铺路。”乐毅会心地一笑，又是一声叹息，“只怕鲁仲连有不测之危了。”

人争一口气，燕国的复仇大计，不会终止。

“天意如此，人力奈何？”燕昭王笑了。

三　狂狷齐王断了最后一条生路

明知不可为而为之，鲁仲连真高士。

快马三日，鲁仲连终于风尘仆仆地赶回了临淄。

燕昭王在王宫正殿朝会，隆重地接见了鲁仲连，将鲁仲连的斡旋之举书告朝野，当殿申明："本王唯以燕国庶民生计为念，但能收回失地财货，决意熄灭兵戈，与齐国永久修好。"几位世族老臣激烈反对，却都被乐毅义正词严地驳了回去。燕昭王当殿下书：派遣特使携国书盟约，与鲁仲连共同赴齐会商。鲁仲连本在秘密试探，未曾想到燕国欣然接受，并郑重其事地将事情公开化，有些突兀之感；转而一想，如此做来可逼怪诞暴戾的齐王认真思虑，也未尝不是好事，所不利者唯有自己处境也，邦国但安，个人得失何足道也！如此一想，也欣然接受。次日离开蓟城，燕昭王亲率百官在郊亭为鲁仲连饯行，殷殷叮嘱："先生身负邦国安危之重任，功成之日，姬平当封百里千户以谢先生。"鲁仲连只哈哈大笑一阵，与燕国特使辚辚去了。行出燕界，鲁仲连得到义报：燕国已经将消息飞马通报了其余五大战国，燕国接受鲁仲连斡旋的修好愿望已经是天下皆知了。虽然隐隐不快，鲁仲连也只有长叹一声，先将燕国特使安顿在临淄驿馆，当即飞驰薛邑[①]，连夜来见孟尝君。

"仲连啊，想死我了！"一身酒气的孟尝君一见鲁仲连便开怀大笑，"来来来，先痛饮三爵再说话！"

"孟尝君，你却好洒脱。"打量着宽袍大袖散发披肩肥腰腆肚两鬓白发的孟尝君，鲁仲连不禁泪光莹然。眼前的这个肥子活脱脱一个田舍翁，哪里还有当年孟尝君的影子？

孟尝君本来的样子，可能是"眇小丈夫"，临老颓废。孟尝君垂垂老矣，尚能相否？

"别一副惨兮兮的模样，你一来，我便好。来，干起！"

鲁仲连二话不说，连干三爵，一抹嘴道："孟尝君，此时你可清醒？"

"哪里话来？"孟尝君涨红着脸高声道，"三坛酒算得甚

① 薛邑，孟尝君封地，大约在今山东枣庄西南地带。

来？你说事！”

鲁仲连便将燕齐大势、燕国秘密备战的情由以及自己的思谋举动前后说了一遍。孟尝君听得瞪大了眼睛，惊讶之情掺和着浓浓的酒意僵在了脸上。毕竟是曾经叱咤风云纵横天下，孟尝君如何掂量不出鲁仲连这一番话的分量？默然良久，孟尝君“啪”地一拍酒案霍然起身：“仲连，是否要田文再陪你拼一次老命？”

“田兄，唯有你我携手，冒死强谏，齐国尚有转圜。”

“好！”孟尝君大手一挥，“今夜好生合计一番，也待我这酒气发散过去，明日便去临淄。”说罢转身一声令下，“来人，请总管冯驩立即来见。”

孟尝君虽然被第二次罢相，但依照齐国传统，封君爵位却依然保留着。也就是说，这时候的孟尝君只是个高爵贵胄，只能在封地养息，无国君王书不能回到临淄，更不能参与国政。这次要骤然进入临淄，自然要周密部署一番。鲁仲连稍感舒心的是，孟尝君一旦振作，毕竟还是霹雳闪电，尽管门客大大减少，但要顺利见到这个行踪神秘的齐王，还只有孟尝君有实力做到。否则，鲁仲连纵有长策大计，入不得这重重宫闱，徒叹奈何？

片刻之间，冯驩匆匆赶到，孟尝君将事由大致说得一遍，末了一挥大手道：“你今夜便带人赶回临淄，至迟于明日午时将一切关口打通，我与仲连午后进宫。”

“邦国兴亡，绝不误事。”冯驩一拱手大步去了。

“孟尝君，临淄门客们还在？”鲁仲连有些惊讶了。

“总算还有几百人。”孟尝君喟然一叹，转而笑骂，“鸟！两次罢相，客去客来客再去，老夫原本也是一腔怒火，要对那些去而复返者唾其面大辱之。可是啊，冯驩一番话，却将老夫这火气给浇灭了。”

“噢？”几年不在临淄，鲁仲连也是饶有兴致，“冯驩能将孟尝君恩怨霹雳之人的火气灭了？”

孟尝君说，在他被恢复丞相后，那些烟消云散的门客们竟又纷纷回来了。他正在气恼大骂，下令将这些去而复返者一律赶走之时，冯驩却驾着那辆青铜轺车回来了。孟尝君已经知道了恢复相位是冯驩奔走游说于秦齐之间的结果，自然大是感喟，连忙出门迎接。却不想冯驩当头便是一拜，孟尝君大是惊讶，扶住冯驩道：“先生是为那些小人请命么？”冯驩一脸肃然道：“非为客请，为君之言错失也。冯驩请君收回成命。”孟尝君愕然道：“你说我错了？我田文生平好客，遇客从来不敢有失，以致门客三千人满为患，先生难道不知么？谁想这些人见我一日被废，便弃我而去，避之唯恐不及。今日幸赖先生复位，他们有何面目再见田文？谁要见我，田文必唾其面而大辱之！”冯驩不卑不亢道：“谚云：富贵多士，贫贱寡友。事之固然也，君岂不知？”孟尝君气咻咻道：“田文愚不可及，不知道。”冯驩依旧是不卑不亢的一副神色：“君不见赶市之人，清晨上货之期争门而入，日暮市旷便掉头而去么？并非赶市者喜欢清晨，厌恶日暮，实在是清晨逐利而来，日暮利尽而去。此人之本性也，非有意之恶行也。所谓物有必至，事有固然也。今君失位，宾客皆去，不能怨士子势利而徒绝宾客之路。冯驩请君待客如故。”

详情参《史记·孟尝君列传》。冯驩助其位极人臣，虽屡受王猜疑，但每次都能全身而退，得寿终。死后诸子争立，齐魏共灭薛，“孟尝绝嗣无后也”。

“于是，田兄又成了侠义好客的孟尝君。”鲁仲连哈哈大笑。

“人心如海也！”孟尝君百感交集，“你看，我这第二次罢相，算跌到底了，却有几百人留了下来，劝都劝不走。怪矣哉！老夫也糊涂了。”

默然良久，鲁仲连一声叹息：“孟尝君啊，齐国利市也快到日暮了。”

“鸟！”孟尝君一拳砸在案上，“日暮了开夜市，不信大齐就塌架了。”

鲁仲连大笑：“说得好！夜市也是市，只要赶得上也发。”两人大笑一阵，顿时振奋起来，在孟尝君书房直商议到四更天方才歇息。

次日清晨，两人轻车快马出了薛邑城堡，一路飞驰，两个时辰到了临淄郊野。奉冯驩之命，一个得力门客已经在郊亭外守候。与孟尝君耳语一番，门客请鲁仲连先行独自入城在孟尝君府邸等候，而后放下孟尝君车帘，将篷车领入一条小道，绕开车马如流行人如梭的南门，从较为冷清的西门悄无声息地进了临淄。西门是通向燕国的大门，原本也是热闹非凡，自从与燕国龃龉不断，西门便渐渐冷清了。孟尝君虽然车马辚辚，却一个熟识者也没有遇上。到得府邸，鲁仲连已在厅中等候，冯驩也堪堪赶到。孟尝君开口一声笑骂："鸟！生平第一次悄悄进临淄，窝囊窝囊。"冯驩道："南门守将识得主君，只有走西门，若还未进宫满城风雨，大事便要黄了。"孟尝君一挥手笑道："晓得晓得，你便说，王宫关节疏通了么？"冯驩道："疏通了。三个老门客都做了宫门将军，他等鼎力相助。齐王行踪也探听确实：午后在北苑观兵校武。"

"北苑？如何偏找了那个地方？"孟尝君脸色一沉。

鲁仲连目光一闪："北苑不能进么？"

孟尝君没有说话，只咬着嘴唇在厅中踱步。

午后的王宫一片静谧，唯独宫阙深处这片黑黝黝的松林人声鼎沸。

齐威王时期，临淄王宫的北苑原是一片松林环绕的湖泊。齐宣王酷好高车骏马，竟日出城驰骋多有不便，于是堆起几座土山石山，将湖水引出凿成几条山溪，这片两三百亩大的空阔松林便被改成了驰驱车马的"跑山场"。齐湣王即位又是一变，北苑"跑山场"变成了四个校武场——战车场、铁骑场、步兵场、技击场。原因也只有一个：齐湣王好兵好武，经常隔三岔五将各类将士调进王宫观兵校武。齐湣王曾不无得意地对朝臣们说："观兵校武，富国强兵之道，成就霸业之要，激励将士之法，查究奸宄之必须也。"有了如此之多的紧要处，这北苑自然是大大地重要起来。四个校武场修建得大小不等各具气势特色，校武优胜者在这里被赐以"勤勉王事，国之精兵"的名号，立获重赏；失败者则被责以"嬉戏兵政，国之蠹贼"，将军立刻放逐，兵士立刻斩首。久而久之，这王宫北苑成了齐湣王治军立威的重地，也成了齐军将士望而生畏的生死险关。

齐湣王将这观兵校武看作激励朝野的正经大事，寻常时日也常聚来朝臣观看评点，纵然没有下书，某个大臣偶然进宫撞上，也会被召来陪观。然而，令朝臣们大大头疼的是，谁陪观兵，谁就得在最后的赏罚时刻代王拟书。多有大臣对这种因一场比武定生杀的做法不以为然，若恰恰遇上当场斩首出色将领，耿直大臣要力谏赦免，往往便被齐湣王当场贬黜，若遇王颜大怒之际，立时是杀身之祸。十几年下来，在这观兵校武场杀掉的将领大臣已达百余人之众。时日一长，陪王观武成了大臣们最是提心吊胆的差事，等闲大臣谁也不想在北苑晋见齐王。

这样的主子难服侍。难怪孟尝君后要奔魏，又在诸侯之间保持中立。欲报国，无门。

孟尝君之难正在这里。

北苑观兵，进宫虽是容易了一些，但后边的麻烦却是更大。孟尝君本来就是擅自还都，免不得一番费力折辩，若遇斩杀熟悉将军，究竟是说也不说？坚持力谏，有可能连大事都搅得没了；听之任之，一则孟尝君怕自己忍不住，二则军中将领大部都是当年兼领上将军时的老部将，因敢作敢当有担待而名满天下的老统帅，如何能在这些老部属被杀之时无动于衷？若是忍得，孟尝君何以立足于天下？何以当得这"战国四大公子"之名？然则鲁仲连兹事体大，实在是兴亡迫在眉睫，又如何能从容等待？思忖良久，孟尝君一咬牙："走！龙潭虎穴也闯了。"便与鲁仲连按照冯驩的预先谋划，分头从议定路径匆匆进宫了。

却说齐湣王带着一班侍女内侍与御史、掌书等王室臣工[①]，正午时分已到了北苑的剑器场。齐湣王今日很是高兴，下令在观兵亭下摆了一场午宴，还破例下令王室乐队奏了一曲《齐风》中的《东方之日》。这《东方之日》被孔夫子收进《诗》中时原是渔人情歌，因了曲调昂扬，齐湣王又有"东海青蛟转世"之说，变着法儿取悦国君的太师[②]早在多年前便将这首歌重写了歌词，变成了专门的齐王之颂。当年一经演奏歌唱，齐湣王欣然大悦，拍案定为国颂，成为最高规格的庙堂之乐。每有大事或心情舒畅，齐湣王总要下令奏这首颂歌。而臣子们一听到这首歌，便知道齐王气顺欣喜，有事争着说。

"我王有命：两军剑士进宫——"在昂扬宏大的颂歌中结束了午宴，一波波尖亮的声浪从间隔站立的内侍们口中

---

① 掌书，齐国掌管文书典籍的官员。

② 太师，齐国乐工之长（并非西周"三公"之太师），演奏者为"乐人"。

迭次翻滚了出去。

王城南门隆隆打开,等候在王宫之外的一百名剑士们进宫了。虽然两队剑士总共也只有一百名,走在头前的两队将军却有六十余人,一个个顶盔擐甲面色肃然,脚步沉重得如同石磙子砸在地上。大约顿饭辰光,目不斜视昂首挺胸的两队将士被一名老内侍领到了剑器场外。

"剑士下场——将佐分列——"

一阵隆隆鼓声,两队剑士分别从两个石门进场,两边的将军则大步走到各自一方的看台上整齐地站成一排。

这剑器场,便是除了车骑步三军外的技击校武场。因了以校量短兵为主,而短兵又以剑器为主,时人呼为"剑器场"。剑器场虽然是四个校武场中最小的一个,却是建造最讲究的一个。别个校武场都是露天大场,且有山塬起伏林木水面等地形变换,唯有这剑器场是一个方圆三十丈的室内场子,俨然一个硕大无比的厅堂。长大空心的一根根毛竹接成了长长的椽子,体轻质坚的特选木板铆接成长长的檩条,屋顶铺上轻软的三层细茅草,成了冬暖夏凉的特大厅场。场中东南西三面看台,正北面是鸟瞰全场的三丈六尺高的王台。今日没有撞进来的大臣,三面看台上都是空荡荡的,唯有齐湣王的王台上满当当一台,近臣内侍侍女护卫,足足二百余人。

看看空荡荡的观兵台,齐湣王突然有些后悔,技击之术为齐军精华,为何没有将朝臣们召来一睹我大齐之军威?

"禀报我王!"正在此时,北苑将军飞马进场高声急报,"临淄名士鲁仲连,背负羽书求见。"

"羽书?"齐湣王大皱眉头,"教他进来。"

羽书者,信管外插满羽毛也。春秋战国之世,羽书是特急军情的标志。列国连绵征战的年代,也常有本国在外游历的名士或在他国经商的商人,以这种羽书方式向本国国君大臣义报紧急秘情。某人若将插满羽毛的书简绑在背上请见国君,那定然是十万火急,不见实在说不过去。

片刻之间,一名护卫甲士将风尘仆仆大汗淋漓的鲁仲连带到了王台之前。鲁仲连一躬,从背上取下那个插满羽毛的竹筒,高声急迫道:"临淄鲁仲连带来蓟城齐商羽书义报。"齐湣王皱着眉头,接过内侍匆匆捧来的羽书往案上一丢,只拉长声音问:"何事啊?

动辄羽书急报。”鲁仲连高声道：“燕国二十万新军已经练成，正在秘密联结五国攻齐。”齐湣王冷冷一笑：“燕国攻齐？哪一日发兵？攻到何处了？”鲁仲连骤然一愣，又立即高声道：“商旅非军中斥候，只能报一国大计动向。”“大计动向？”齐湣王哈哈大笑，“燕国恨齐，辽东练兵，天下谁个不知，也值得一惊一乍？”鲁仲连第一次面见这个齐王，觉得此人说话路数实在怪诞得匪夷所思，心一横道：“齐王差矣！灭宋以来，齐国已是天下侧目。燕国一旦联结五国反齐，齐国便是亡国之祸。齐王不思对策，却看作笑谈，莫非要葬送田齐二百年社稷不成？”齐湣王目光一闪，非但没有发作，反而似乎来了兴致：“鲁仲连，今日齐国实力，比秦国却是如何？”

“不相上下。”

“还是了。六国合纵攻秦多少年，秦国倒了么？”

“……”

“合纵攻齐，齐国如何便是亡国之祸？”

“……”

“秦为西帝，我为东帝。齐国不如秦国么？抗不得一次合纵么？少见多怪。”

鲁仲连愕然，寻思间突然笑了：“齐王是说，六国攻秦，秦国非但没有灭亡，反而成了西帝。齐国便要效法秦国，大破合纵而称霸天下？”

“呵呵，鲁仲连倒还不是笨伯。”

“敢问齐王，可曾听说过东施效颦？”

鲁仲连苦口婆心，得到一句“乱棍打出去”。

“大胆！”齐湣王拍案怒喝一声，“来人，乱棍打出去。”

“禀报我王！”正在此时，北苑将军又飞马进场，“孟尝君带领三名门客剑士晋见，要与我王剑士较量。”

“好！”齐湣王大喜过望，“宣孟尝君进来。”又转身一指鲁仲连，“教这个狂士也看看我大齐军威，罢场罚他个心服口服。”

鲁仲连刚刚被“请”到王台右下方的臣案前，孟尝君轺车辚辚进场，车后跟着三骑快马，显然是门客剑士。齐湣王哈哈大笑道：“孟尝君，来得好，你那三个剑士行么？”这便是齐湣王，只要高兴，任何法度恩怨都不管不顾；若是不高兴，既往所有的龃龉都会立即提到口边算总账。孟尝君已经罢相，且明令不许擅自还都，齐湣王此时却将这些都“忘记”得一干二净，一心只盘算着那三个剑士。

“臣之剑士，天下第一！”孟尝君应得一声，轺车已经缓缓停稳，被先行下车的驭手扶了下来。望着高高阶梯之上的王台，孟尝君苍老地喊了一声：“启禀我王：老臣上不来也！”齐湣王哈哈大笑，他实在想不到英雄豪侠的孟尝君倏忽之间变得如此老态龙钟，不禁惊讶好奇又好笑，“来人，将孟尝君抬将上来。”及至四名内侍用一副军榻将孟尝君抬到了面前，齐湣王顿时涌出恻隐之心，大度地笑道：“孟尝君年迈若此，还不忘来陪本王观兵，当真忠臣。你安然坐着便是。”说罢转身对身边两个侍女一挥手，“你二人，用心侍奉孟尝君。”这两个侍女本是齐湣王的贴身侍女，派给孟尝君，自然是极大的恩宠。孟尝君既没推辞也没谢恩，一拱手道：“我王尽管观兵，老臣这把老骨头还经得摔打。”齐湣王笑道：“孟尝君但说，如何观兵？先比军剑，还是先比你的门客？”

“但凭我王决断。”孟尝君呵呵笑着，一副随和老人模样。

“好！”齐湣王一拍大案，“先看孟尝君门客，究竟如何个天下第一？”

“且慢。”孟尝君呵呵笑着，“若我门客先下场，老臣便有一请。”

“噢？孟尝君快说。”齐湣王寻思老人絮叨，有些不耐。

“老臣欲与我王一赌。”孟尝君依旧呵呵笑着，一双老眼

齐人好赌。借赌写齐湣王的荒唐。竞技若哄得齐王开心，说不定可以成功说服。

晶晶生光。

“赌?”齐湣王生性冷僻怪诞,任何出格的事都做过,愈是出格之事愈发来劲,却偏偏没有与人赌过,顿时好奇心大起,“孟尝君便说,如何赌? 赌甚物事?”

“呵呵,好说。”孟尝君比画着,“如同宣王赛马,我王与老臣各出三个剑士,谁胜得两阵谁便赢,赌金三千,如何?”

“赌金? 乏味。”齐湣王兴致勃勃地笑着,“要赌赌人,如何?”

“赌人?”孟尝君惊讶地张大了嘴巴直摇头,“匪夷所思! 如何下注?”

“她们两个,本王赌注。”齐湣王笑着一指两个偎依在孟尝君身上的侍女。

孟尝君皱起了眉头:“垂垂老矣,纵有坐骑,老臣已无驾驭之力了。”

齐湣王哈哈大笑:“那好,随你说得一人一事,本王拿它做了赌注如何?”

“谢过我王!”孟尝君一拱手,“只是,老臣却没有这等‘人注’了。”

“如何没有?”齐湣王一指场中,“无论输赢,本王都要这三个天下剑士了!”

孟尝君大笑:“我王赌得有趣。如此,老臣也是一般:无论输赢,都得一人一事。”

“这有何难? 本王不能白占便宜。”齐湣王大手一挥,“典武官,开始!”

典武官令旗当即劈下:“齐军剑士,出场!”

一阵悠扬号角,两队剑士赳赳出场。齐湣王规矩:寻常校武,各军(车骑步水)分作两方较量;技击校武,却是包括了车骑步水四军在内的混成较量;因了技击之术是所有军士的基础功夫,所以车骑步水四军都得派员参加,车兵与骑兵组成一队,步军与水军组成一队,此所谓“短兵联校”。于是,技击校武成了牵连最广影响最大的综合校武。当然,技击校武之所以朝野关注,最要紧的还是齐人技击之风遍于城乡,齐军技击之术闻名天下。“齐人隆技击”,“齐闵以技击强”,是当时天下的口碑。这个“齐闵”,便是齐湣王。有此口碑,可见当时天下已经公认:齐湣王时齐军的技击之术最强。

所谓技击,是兵器格斗的技巧。寻常分作三大类:长兵、短兵、飞兵。长兵是矛、戈、戟、斧、钺等长大兵器,短兵是剑器、匕首、短刀等,飞兵是轻、重、弩、袖等各种弓箭。寻常技击较量,都是三兵同场进行,场面大,高台观看评点也分外热闹。今日齐湣王别有所思,典武官早已看得明白,便将剑器格斗单提了出来。

齐军剑士三十人列成了一个小方阵,清一色牛皮软甲精铁头盔阔身长剑,大见威风凛凛。孟尝君的三个门客剑士却是布衣大袖长发披散,唯一的武士痕迹,是脚下那一双直达膝盖的高腰牛皮战靴，一副洒脱不羁的剑士气度。

“军剑对士剑，三一较量，第一阵——”

随着令旗劈下，第一排三个齐军剑士“嗨”的一声大吼，铁锤夯地般嗵嗵砸到场中央。军剑士剑三对一，这是天下通行的剑器较量习俗。战国时能以“剑士”名号孤身游历者，即或不是卓然成家的大师，也是剑术非同寻常的高手，与讲究配合的军中剑技不同。只要不是军阵搏杀，人们公认剑士比军士高超许多。于是，有了这“军剑士剑三对一”的俗成约定。

甲胄三剑刚刚站定，眼前红光一闪，一个布衣剑士已经微笑着站在六步之外抱剑拱手：“三位请了。”中间军剑一摆手，三剑大跨步走成一个扇形，一声喊杀，三口阔身长剑带着劲疾的风声从三个方向猛烈砍杀过来。布衣剑士手中一口窄长雪亮的东胡刀，眼看三剑展开已经封住了方圆三丈之地，一声啸叫拔地飞起，雪亮的刀光陡然闪电般扫到了中剑背后。此时左右两剑一齐飞到，一把铁钳般堪堪夹住了胡刀。几乎同时，中剑倏忽滑步转身，长剑灵蛇般从剑士胯下直上。剑士大惊失色，情急间一个空中倒转，方才脱出了剑光。谁知刚刚着地，左右两剑如影随形般指向他的双脚，大回旋掠地扫来，活生生战阵步兵斩马足的路数。剑士连忙再度纵身飞起，中剑却凌空指向胸前。剑士的东胡刀当胸掠出，趁势跃向左右两剑的背后，刀锋顺势划向两剑腰背。按照寻常军剑的身手，远远不能灵动到瞬间转身的地步，一刀划出两人重伤，剑士无疑便是胜了。却不想在这间不容发之际，左右两剑竟一齐扑倒在地又连环翻身起身，长剑从躺在地上时一齐刺出，直到跃起刺来当面，一气呵成。剑士挥刀一掠之间，中剑恰恰已经飞步背后兜住，长剑一挥，剑士的长衫拦腰断开，下半截骤然翻卷缠住了战靴，赤裸的肚腹腰身黑黝黝亮了出来。

全场哄然大笑，王台上的齐湣王更是手舞足蹈：“赏！重赏军剑，每人一个细腰楚女。”又转身骤然厉声喝道，“来人，将那个狗熊剑士扒光，乱棍打烂尻骨！”孟尝君大急，正要说话，齐湣王一挥手：“校武法度，谁也别乱说。”

那个剑士面色涨红地愣怔当场，见几名武士手持大棍汹汹而来，向孟尝君遥遥一躬，将那口雪亮的东胡刀倒转过来，猛然刺进了腹中，一股鲜血顿时喷射到迎面扑来的武士身上。

齐湣王哈哈大笑：“好！还算有胆色。御史，也赏他一个细腰楚女。”

“我王是，是说，赏，赏他？”御史紧张得口吃起来。

“还想赏你么？”齐湣王阴冷地拉长了声调。

嘲笑楚王。其实楚灵王好的是细要(腰)之臣,而非细腰之美女,后来以讹传讹,人们就将细腰归之于美女了。《墨子·兼爱》:“昔者楚灵王好士细要,故灵王之臣,皆以一饭为节,胁息然后带,扶墙然后起。比期年,朝有黧黑之色。”说的是国有饥色,而非宫中多饿死。红颜祸水的思路,将此寓言的讽刺对象推演至美女,红颜何其冤。

御史不禁浑身一抖:“臣不敢贪功。臣,立即处置赏物。”说罢走到那个白发苍苍的内侍总管面前低语一句,老内侍向那一排瑟瑟发抖的侍女瞄了一眼:“吴女出列了。”一言落点,那名腰身最是窈窕的少女嘤咛一声昏了过去。老内侍一挥手,两名内侍走过去将那名昏厥的侍女抬到了场中。一道白绫搭上侍女雪白的脖颈,两名内侍猛然一绞,只听一声低声呜咽,侍女软软地倒在一身鲜血的剑士身上……

全场死一般沉寂。

“齐王……”孟尝君的声音颤抖而喑哑,“你,赢了。该老臣说话了。”

齐湣王哈哈大笑:“说,孟尝君随意讨赏,本王今日高兴。”

“老臣只请大王,听一个人将话说完。”

“听人说话有甚打紧?孟尝君,莫非你担心本王赏不起你了?”

“老臣衣食丰足,唯求我王,一定要听此人将话说完。”

“好好好,本王洗耳恭听。”齐湣王虽然还在笑,心中已大是不耐。

孟尝君一招手,鲁仲连大步走了上来,一拱手尚未开口,齐湣王已皱起了眉头:“你,不是方才义报过了么?”孟尝君郑重其事地拱手一礼:“臣启我王:鲁仲连天下纵横名士,我大齐栋梁之材也,若仅是带来羽书义报,鲁仲连何须涉险犯难面见我王?”齐湣王淡淡地一笑:“如此说来,还有大事?说了,谁教本王答应了孟尝君?”说罢往身后侍女怀中一靠,一双大脚又塞进身侧一名侍女的大腿中,躺卧着眯起了眼睛。

鲁仲连见过多少国君,可万万没有想到生身祖国的国君如此荒诞不经。士可杀,不可辱。尽管孟尝君事先反复叮嘱,他还是几乎要转身走了。在这刹那之间,他看见了孟尝君那双含泪的老眼陡然向他冰冷地一瞥。鲁仲连一个激灵,粗重地喘息了一声，回复心神道："启禀齐王：鲁仲连经乐毅与燕王会商，议定齐燕两国罢兵修好之草盟，以熄灭齐国劫难。"鲁仲连没有立即说明修好条件，只大体一句，是想先看看齐滑王反应再相机而动，不想齐滑王只是鼻子里哼了一声，连眼皮也没有抬起来。心下一横，鲁仲连一口气将约定经过、燕国君臣的愿望及齐国要做的退还燕国城池、赔付财货、王书谢罪等细说了一遍，末了道："燕王为表诚意，派特使随鲁仲连来齐，恳请齐王以国家社稷生民百姓为重，与燕国修好罢兵。"

"哼哼！"齐滑王嘴角一阵抽搐，陡然两个侍女惨叫两声，重重跌在大石台阶的塄坎上满头鲜血。鲁仲连一个愣怔间，齐滑王已经跳起指着鲁仲连吼叫起来："大胆鲁仲连！说，谁教你卖我齐国了？退地赔财谢罪，谁的主意？说！"鲁仲连慨然拱手道："我乃齐国子民，保民安邦乃我天职。齐王要问罪，鲁仲连一身承担。"

"好。"齐滑王猖猖一笑，"来人！将这个卖国贼子拉出去喂狗。"

"且慢！"孟尝君霍然起身，"鲁仲连斡旋燕齐，本是老臣授意。齐王要杀鲁仲连，请先杀田文。"声音虽然并不激烈，但那一副视死如归的气势却是从来没有过的。

眼看齐滑王便要发作，御史一步抢前道："臣下建言，听与不听在我王，万莫让今日喜庆被血腥污了。"说完向孟尝君飞快地递过一个眼神，示意他快走。孟尝君与鲁仲连却是昂然挺立，根本谁也不看。便在此时，齐滑王阴冷地盯了孟尝君一眼，诡秘地一笑，大袖一拂径自去了。御史低喝一句"孟尝君快走！"也匆匆跟去了。

"将钟离燕尸身抬回去！"孟尝君大步赳赳走下王台，铁青脸色对门客下令。

"孟尝君，危险。"一个王室禁军头目小心翼翼地上来劝阻。

"抬——"孟尝君雷鸣般大吼了一声。两个门客剑士再不犹豫，立即将一身淤血的尸身抬上孟尝君篷车。孟尝君大手一挥："回府，当道者死！"飞身上马，当先而去。校武场的几百禁军木桩般挺立着，眼睁睁地看着孟尝君车马辚辚远去了。

回到府中，安放好剑士尸身，孟尝君抱尸放声大哭："钟离呀钟离，田文害了你啊……"鲁仲连看得唏嘘不止，却是无从劝起。这个剑士钟离燕，原是燕国辽东的剑术名家，当年因追随燕太子姬平起兵失败而被子之一党追杀，逃入齐国投奔了孟尝君门下，做了三千门客的剑术总教习。钟离燕寡言多思深明大义，历来是孟尝君与燕国联络的秘密使者，对燕齐修好更是上心。孟尝君说他是风尘策士，他却淡淡一笑："一介猎户子弟，唯愿两国百姓和睦渔猎少流血，安敢有他？"此次孟尝君慨然襄助鲁仲连，召集门客商议，这个钟离燕提出了“剑士介入，使齐王乐与孟尝君言事”的对策。本来，孟尝君最大的担心，是眼看“战败”一方的将军被杀而自己不能出面劝阻。一旦将校武变成门客剑士与军剑之间的较量，门客剑士便可“输”给军剑，一则避免了旧部大将当场被杀，二则可使齐湣王在高兴之时容易接受鲁仲连的斡旋大计。谁知变起仓促，钟离燕却不堪受辱剖腹自杀，就连孟尝君与鲁仲连也几乎身死当场。

此情此景，英雄一世的孟尝君如何不痛彻心脾？

暮色时分，哭哑了声音的孟尝君才渐渐平静下来。忙着进进出出替孟尝君照应打理的鲁仲连，也疲惫地走进了书房。两人默默对坐，一时无话可说。

“孟尝君，我总觉得哪里似乎不对劲？”鲁仲连分明有些不安。

齐湣王也是一朵奇葩。身死名裂，怨不得人。叹一声。

“咳！由他去了。”孟尝君闭着眼睛长叹了一声。

“不对！”鲁仲连突兀一句，已经霍然起身，“我去驿馆！”说话间人已快步出门。

大约三更时分，昏昏入睡的孟尝君被叫醒，睁开眼睛，一脸汗水面色苍白的鲁仲连站在榻前。孟尝君从来没有见过赫赫千里驹如此失态，不禁跳起来一把拉住鲁仲连：“仲连，出事了？”鲁仲连咬着牙关一字一顿：“燕国特使，被齐王杀了。”

两国相交，不斩来使。齐王斩燕使，事情再无弯可转。

孟尝君一个踉跄几乎跌倒：“你，你，再说一遍？”

“燕国特使，被齐王杀了。”鲁仲连扶着孟尝君坐到榻上，“一幅白布包裹尸身，写了‘张魁第二’四个大字，教侍从将尸体拉回去给燕王看。”

孟尝君久久沉默了。

“田单回来了。”鲁仲连低声道，“他说，齐王已经断了齐国最后一条生路，劝孟尝君尽快离开临淄，回到薛邑去。”

“仲连，跟我一起走。”

“不。”鲁仲连摇摇头，“我还要到蓟城去，给乐毅一个交代。”

“田单如何？”

“他要安顿族人，转移财货。”

田单精明至极，每能转败为功。

孟尝君长叹一声，泪水夺眶而出：“田齐社稷，生生要被葬送了么？田文身为王族子孙，愧对列祖列宗哪！”鲁仲连无言以对，转身对守在门外的冯驩低声道：“收拾车马，天亮前出城。”冯驩一点头去了。当临淄城头的刁斗打响五更的时分，一队车马悄悄地出了南门。在旷野大道的分岔处，一骑飞出车队，向东北方向风驰电掣而去。

四　乐毅临机入咸阳

当鲁仲连风尘仆仆进入蓟城时，乐毅已经南下了。

特使的尸身运回蓟城，燕国朝野哗然。连日之间，“讨伐暴齐！雪我国耻！”的请愿民众潮水般涌向王宫，请战血书一幅幅挂满了宫门车马场。燕昭王召来乐毅，指着在秋风中猎猎飞动的血色旌旗，脸上绽开了难得一见的笑容：“齐王有大功于我也，亚卿以为如何？”乐毅慨然道：“国人感愤，用兵正当其时。”燕昭王一拍掌道：“好！一个月后发兵。”乐毅摇头道：“臣请南下秦国，来春发兵。”燕昭王思忖良久，长吁一声点头道：“还是亚卿思虑周密。齐为大国，燕国吞不下来也。”于是，在朝野请战的愤怒声浪中，乐毅悄悄地离开了蓟城。

新仇加旧恨，燕出手的时机已到。小说中的齐湣王，昏乱，背信弃义，由独吞宋国（实非一国独吞）写到与燕国合纵，共攻齐国。小说虽与史实相去甚远，但内部的故事逻辑成立。

合纵攻齐，这是乐毅的长期谋划。燕昭王复仇心切，曾经几次要单独发兵，都被乐毅婉转而坚定地劝阻了。乐毅认为:齐国灭宋后已经成了国土堪与楚国匹敌的广袤大国,论起富庶,更是楚国远远不及,更兼有六十万大军,燕国绝不能鲁莽从事;春秋战国以来,螳螂捕蝉黄雀在后的事比比皆是,以燕国之力,独对齐国尚且艰难,又何堪背后偷袭?要攻齐,就必须联络五强,天下共讨之;否则,宁可不动而等待时机。几经碰撞,燕昭王终是渐渐接受了乐毅的主张,虽然对他国分一杯羹总是耿耿于怀,却也终究不失清醒,一直在耐心等待。于是有了燕国的再三退让,包括灭宋时燕国大将无端被杀而燕昭王反而忍辱请罪。在这近二十年的等待中,齐国终于成了天下侧目的独夫,燕国也通过各种秘密通道完成了与各大战国的秘密盟约。攻齐的所有障碍几乎都扫除了,单等一个最合适的时机。如今,这个时机也送上门来了。

可是,这里缺少一个最要紧的环节——燕国秘密合纵,没有纳入秦国。

这是乐毅精心安排的有意疏忽。

秦为天下最强大战国。按照实力,秦国单独进攻齐国完全可大获全胜。可是,秦国却从来没有进攻齐国的谋划。寻常人难以揣摩其中究竟,乐毅却看得分外清楚。自从苏秦发动了六国合纵抗秦,张仪创出了连横应对,齐国一直都是纵横之争的中心点。秦国连横,首先争取的是齐国。六国合纵,主要争取的也是齐国。所以如此,一则因地,二则因力。因地,齐国地处东海之滨,与秦国相距最远,少有兵戎相见。因力,齐国在摧毁魏国的霸主地位之后,隐隐然便是山东六国之首强,只要齐国稍有游离,不做抗秦阵营之中坚,合纵对秦国的威胁便始终不是根本性的。正是基于这样一个历史渊源,齐国对秦国始终没有中原五国那般滴血之恨。于是,齐国在河外大战中弃联军于不顾而径自灭宋,又在秦军潮水般攻势前丢弃联军而保存实力。有此背弃盟约之举,齐国

公元前288年,“十月为帝,十二月复为王”(秦昭王十九年),“为东帝二月,复为王”(齐湣王三十六年),参见《史记·六国年表》。

从此与中原五国反目，成了天下独夫。虽则如此，秦国却没有趁势攻齐，而是将兵锋直指魏楚两个老对手。更令人咋舌的是，就在齐国为天下所不齿的时刻，秦国与齐国约定了共同称帝——齐湣王东帝，秦昭王西帝。

乐毅清楚地记得，当这个消息传到蓟城时，燕昭王惊讶得连呼："咄咄怪事！咄咄怪事！"乐毅却淡然一笑："燕王莫急，此中大有玄机也。""玄机何在?"燕昭王摊着双手连连摇头，"这分明是东西两强夹击天下嘛！"乐毅笑道："秦国要在燎炉上烧烤齐国，田地却以为是雪中送炭。"燕昭王默然良久，恍然大笑："好好好，但愿田地烤个焦黄。"可惜的是，这条老谋深算的妙策却被苏代与鲁仲连破解了。齐湣王田地破天荒地英明了一次，连忙书告天下，取消了"东帝"之号。

值得玩味的是，齐国一取消帝号，秦国也悄悄恢复了王号，"西帝"也消失了。

称帝二月，皆取消帝号。

这起匆匆掠过的两帝风潮，使乐毅真正看准了齐秦两大国的微妙所在。在燕国秘密联结攻齐力量的谋划中，乐毅始终主张不要急于与秦国说破。燕昭王大是不解："秦为最强，合与不合，皆当早见分晓，等事到临头仓促说秦，秦国若责我怠慢，又岂能与我合兵?"当时因有他人在场，乐毅只是笑道："燕王毋忧，此事有臣斡旋，保得万无一失。"也是燕昭王深信乐毅，从此不再过问。

目下，攻齐时机已经到来，秘密联兵也已经就绪，只要将秦国这只最大的"黄雀"拉进合纵，便没有后顾之忧，届时爪牙齐举，自能一举捕获齐国这只大蝉。虽说乐毅满怀信心，但也有几分忐忑。毕竟，邦国大计只有落到实处，才是真的成功。短短几年，秦国陡然扩张了两个大郡，河内郡六十余城，南郡四十余城，就实力而言，比齐国吞灭的宋国大两倍还有余。更不要说秦国消化新国土的能力比齐国强出了几倍。

当此之时,秦国会不会突然产生独灭齐国的雄心?若是秦国有此图谋,燕国的复仇大业大抵要付诸东流了。

不求秦国能出援手,但如能让秦国按兵不动,就是外交上的胜利。

这是乐毅唯一的担心。

由于河内已经成了秦国新郡,一过洹水[1]北岸的宁城要塞,便进入了秦国地界。这宁城本是春秋晋国宁氏封地的北界要塞,叫作宁邑,现下已经被秦国改名为安阳[2],成为燕赵两国进入秦国的第一道关口。勘验过使节关文,已是暮色时分。尽管秦国的这座新安阳整肃异常,乐毅也没有在安阳歇息,而是马不停蹄地直奔函谷关。凭着河内郡守发给特使的特急通行大令,乐毅在五鼓时分进了函谷关。出了长长的函谷又过了华山,便是关中腹地,乐毅下令车马缓辔,一路徐徐观察西进。路过栎阳与蓝田,乐毅特意停车道边,留心遥望了这两处的山川地势,良久方去。秋阳衔山之时,匆匆进了咸阳。

在驿馆驻扎停当,一番梳洗用饭之后,乐毅乘着一辆垂帘辎车向上将军府而来。

在秦国君臣之中,乐毅最熟悉的,应当说还是宣太后与秦昭王母子。可是,乐毅却不愿意直接晋见太后与秦王的任何一位,而宁可先见只有一面之交的白起。虽说只有一面之交,但乐毅对白起却大是激赏。燕昭王曾与臣下议论评点天下名将,感慨吴起之后再无赫赫名将,乐毅却道:“以臣观之,不出二十年,秦国白起将成天下战神也。”那时候,白起还没有打河外大战,军职也还只是个左更,连国尉、上将军还没有做,天下还没有几个人知道白起这号人物。乐毅的突兀评判,使燕国朝堂哄然大笑了好一阵。可乐毅坚信自己的

知白起者,乐毅也。

① 洹水,战国时魏赵交界河流,今河南省北部安阳河。

② 安阳,在今河南省安阳西南。

眼光，白起每打一仗，乐毅都会通过各种途径聚拢密报，精心揣摩白起的打法，从来不放过任何一个细节；然后，乐毅便自己做白起替身，为他谋划下一场大战目标与具体打法。这些年下来，乐毅惊讶地发现：在兵锋所指的大目标上，他与白起竟是惊人的一致。而在具体打法上，则每每不同。更要紧的是，乐毅对白起的秉性操守做了多方秘查，认定白起是个本色英雄，是个响当当的阳谋人物，与白起交往犹如痛饮老秦酒——不黏不缠，清冽醇正，力道灌顶。

上将军府邸坐落在王宫之南的正阳街，林荫夹道，石板铺路，点点灯火中幽静异常。虽然也有车马进入，但决然说不上门庭若市。乐毅目光敏锐，在打开车帘的窗口已经看得分外清楚，进出府邸方向的几乎都是各种军职官员，鲜有高车骏马的重臣权贵。要在他国，只怕恰恰要来个颠倒。到得府前车马场，驭手将车停在一片树影里，下车走到廊下一名带剑军吏前低声说了一阵，那名军吏便匆匆跨进了粗大的门槛。

片刻之后，军吏又匆匆出来，领着垂帘辎车轻盈地进了偏门。

“客来远方，不亦乐乎？[①]”辎车刚刚拐过影壁，道旁树影下一声浑厚的秦音。

“今我来思，行道迟迟。[②]”乐毅听得“不亦乐乎”四字似乎有双关之妙，以为行伍出身的白起也风雅起来，便按照士子唱和之礼，在车上吟哦一句，下车后当头一躬，“燕国亚卿乐毅，参见上将军。”但凡风雅之士，莫不讲求礼节，乐毅官职爵位比白起低了几级，更兼身负秘密使命，自然不敢托大。

先见白起。白起机心不重，不用提防白起放冷箭。乐毅做事稳重。

① 见《论语·学而》，此化用之。

② 见《诗经·小雅·采薇》。

白起本是布衣短打兴冲冲而来，突兀见乐毅大礼相见，大是惊讶，连忙快捷一扶不禁失声笑了："白起村夫行伍，将军如此风雅大礼，扫兴了。"

"上将军引经据典，乐毅安敢怠慢？"

"鸟！听人说过，胡诌一句，甚个引经据典？"话音落点，两人同声大笑起来。白起拉起乐毅道："走！我有老秦酒，醉翻你老哥哥。"乐毅笑道："我带来几桶燕赵酒，也不差。"说着笑着过了两进庭院，来到第三进正厅。

朦胧月光之下，乐毅见这偌大庭院除了北面正厅与西面一排厢房，只有一片水池，水池岸边一片沉沉松林，池中一座高大的石山嵯峨矗立，逼得一池绿水成了蜿蜒绕山的小溪，与松林边几张硕大的石案与点点石墩相照应，粗犷简约中弥漫出一股阳刚雄浑之风。乐毅不禁高声赞叹："凛冽清爽，好个上将军莫府。"白起道："都是村夫，谁也不会雕琢，便成了这副模样。"说罢恍然转身，一嗓子高喊，"荆妹快来！"

话音落点，一个脆亮的声音飘了过来："来了，没咥饱么？大呼小叫。"随着声音，一道身影从沉沉松林中倏忽掠到面前。

"荆妹，这便是乐毅将军。这是荆梅，我妻。"

"怪道疯喊。"一头细汗的荆梅男子般一拱手，"见过将军，你的名字老挂在白起嘴边呢。"

乐毅一打量这个身着黑色劲装在月光下目光晶亮英风飒飒的荆梅，便知这个女子决然不是寻常人物，拱手之间不禁由衷赞叹："龙将虎女，当真天作之合也。"荆梅红着脸一笑："叫我来定是要酒了，我去拿。"说罢转身，倏忽不见人影。乐毅笑道："好身手，只怕万马军中也难选几个。"白起道："直人急性子，我也拿她没办法。走，厅中坐了。"乐毅道："明月当头，松林在侧，入厅做甚？"白起大笑："对劲！没人时我也好在这里猛咥。"

正在两人大笑之时，一个奇怪的身形袅袅娜娜飘了过来。走到近前，却是荆梅——两手提着四只酒桶，头上顶着一个大盘，两边腋下夹着两只大皮袋，双肩上还立着两摞大陶碗。乐毅惊讶地"呀"了一声，站起来要接手，却听荆梅笑道："毛手毛脚，谁也别动。"便见酒桶落地皮袋落桶陶碗落袋间，两手已经端下了头顶的大盘，利落出手，石案上片刻之间琳琅满目，令人眼花缭乱。

乐毅一看，石案上是六个大陶盆，两盆油亮黑红的酱牛肉块，两盆干菜饭团，两盆蒜拌苦菜，六只陶碗的酒已经斟得只差溢将出来，两碗小蒜两碗果醋与几双长大的竹筷，分明是满当当一案军食。白起一伸手道："乐兄请入座。"荆梅笑道："白起就好这大案军饭，乐兄将就些。来，坐对面。"原来这石案四尺余宽六尺余长，全部盆碗都摆成了一边一份，中间空阔地带是蒜醋与一大盆绿菜羹，两边案头各蹲着两只红木酒桶，两人对坐一案，倒真是比那单案分食别有一番气象。乐毅原是名将世家，虽也豪爽洒脱，但在饮食起居礼仪与约定俗成的诸般讲究方面却从来循规蹈矩，在燕国是有口皆碑的风雅"儒将"。今日乍见身为大良造上将军的白起如此朴实率真，不禁大是感喟："唯大英雄真本色，上将军之谓也！"白起搓着手红着脸呵呵笑道："荆妹与我，都不耐烦琐周章，实在咥饱便是，甚个英雄来了？"

菜食看上去简单，实则贵重——有牛肉吃，是上等礼遇，此举更有僭越之嫌。不同的等级，"食"的内容不一样。

"乐兄，来！"荆梅笑着捧起了一只大陶碗，"我与白起敬你一碗，洗尘！"

"好，干了！"乐毅与两碗一碰，汩汩大口饮尽，包揽不住的酒汁竟顺着嘴角流进了脖子，撂下大碗一脸绯红，"快哉快哉，谢过荆梅。"

荆梅一笑："我走了。你两个放开喝，醉了有我。"说罢风一般去了。

"上将军府中，不用仆役侍女？"乐毅终于忍不住将憋在心中的一句话问了出来。

"咳！"白起边斟酒边说，"太后赐了一大拨仆役侍女，可荆妹只教人打理杂务，我与她的所有活计都是自己做，不教仆役侍女插手，我也拿她没治。亏了她还利落，我也没个讲究，便是这般了。太后笑我是随妻而安。乐兄你说，我能不教她做？"素来不苟言笑的白起，说起荆梅破天荒一大片家常话。

"有妻如此，上将军之福也！"乐毅叹羡一句，实在是怦然心动。

"乐兄，不要老是上将军叫我。来！干了！"两人干了一碗，白起拍着石案道，“我白起，老卒一个，打仗是咱的活计。上将军不上将军，与交友何干？白起与乐兄虽只一面之交，然对乐兄却是歆慕已久，乐兄当不得叫我一声兄弟么？”

乐毅大是感慨：“说得好，罚乐毅一大碗！”咕咚咚干了一碗，“兄弟，乐毅痴长几岁，倒是远不如兄弟这般真人见识，惭愧也。”

“哪里话来？”白起慨然拍案，“乐兄多年作为，白起却也清楚。当今天下，堪称名将者，非乐兄莫属也。”

乐毅哈哈大笑：“一仗未打，能成名将？兄弟骂我了。”

“不不不。”白起连连摇头，“名将之才，首在图国、料敌、治兵。《吴子》云：‘勇之于将，乃数分之一耳。’乐兄入燕，变法强国，使弱燕崛起；算敌分毫，使仇国步步入彀；治兵以明，倏忽练成精锐新军二十万。更不说斡旋之才，纵横之能。此等大将，已是不战而屈人之兵，若提兵于战阵之间，自是游刃有余无敌于天下，岂有他哉！”

此等识见，真可谓士别三日，当刮目相看。

“兄弟读兵书了？”乐毅素来听说白起天赋将才不读兵书，今见白起引证兵书见识精当，大是惊讶，不禁一问，却又不待白起回答便是一笑，“若是别个，倒是不在话下。然若与兄弟将才相比，乐毅实在是惭愧了。”

“岂有此理了？”这次却是白起哈哈大笑，“充其量，我只一个战场之才而已。乐兄出将入相，庙堂运筹决胜万里之外。我，战场之外便发蒙，如何能与乐兄之明彻相比？”

乐毅摇摇头淡淡一笑：“将便是将，我只佩服兄弟一人。”说罢又大饮一碗，突兀便道，“兄弟，请教一事：燕国是否到了大打一仗的时机？”

白起目光一闪，脸上笑容倏忽间消失净尽，默然片刻，也是一问：“敢问乐兄如何打法？”

“合纵五国，利市均沾。”乐毅没有丝毫犹疑。

乐毅的重点在“利市均沾”。乐毅对秦国的态度没有把握，“利市均沾”是秦国可能接受的条件。外交无小事，所有细节皆须小心斟酌。

“乐兄此来，联秦出兵？”

“正是。”

又是一阵默然，白起点点头：“该当有这个时机。”

“兄弟是说，还要看燕国给秦国多少利市？”

白起笑道：“乐兄纵横大才，与太后、秦王、丞相去说，我是只管打赢。”

“公私分明，好兄弟也。”乐毅大笑一阵，“来，再干一碗！”

两人至此海阔天空，直到天交四鼓。虽然都是酒意浓浓，乐毅还是撑持着回到了驿馆，白起荆梅也没有执意挽留。若是过得一夜睡得一觉，作为身负秘密使命的特使，与各方周旋都会无端增添一些微妙处。身为大良造上将军的白起，与特使酬酢未尝不可，然则若有过夜之名，便会平添一些多余的解释。心照不宣之下，慨然作别。次日清晨，乐毅醒了过来。老秦酒虽凛冽无双，酒性却极是纯正干净，虽大醉而不缠头，梳洗之后神清气爽。用过早膳已是日上三竿，乐毅登车直向王宫而来。

秦昭王嬴稷早早进了书房，这是他自少年即位坚持下来的常习。

不管太后与丞相如何在实际上掌控着权力，嬴稷都从来没有放纵过自己。不贪游乐，不事奢华，除了睡觉生病，日每天蒙蒙亮进入书房，直到三更过后才离开。读书、练剑、吃饭，都在这里外五进门户重重的书房里。对于政事，嬴稷从不主动过问，然则只要太后丞相来书房议政或请他到别处会商，他也绝不推辞；至于那些必须由他出面的朝会礼仪庆典等，他也会尽心尽力地做得出色；若有适当机会，他也会尽可能地以各种身份去历练自己，譬如河内大战时秘密前往河内

称西帝乃秦昭王十九年。

辅助魏冄建郡安民。二十一岁那年加冠之后，他依然如此，既没有丝毫显露出要亲政的意思，也没有丝毫的懈怠国事，一如既往地维持着这“太后——丞相——秦王”三驾马车的局面。倏忽之间，嬴稷已经过了而立之年，这个“闲王”也做了近二十年，似乎一切都还要平静地继续下去。在大争之世的战国，大权分散政出多门从来都是祸乱根源，偏偏秦国却很平静稳当，一点儿乱象也没有。说到底，这得归功于他那个极为罕见的母亲太后，只要母亲在，嬴稷宁愿这样持续下去，可是，母亲之后……

最能忍辱负重的秦王。宣太后掌舵，再加魏冄、芈戎、白起等能臣辅助，秦昭王实际上也不必操太大的心。秦昭王做影子君王，说得过去。但秦昭王在位期间，秦国极速扩张，到底是谁起了关键作用，值得深究。

“禀报我王：燕国密使乐毅求见。”

“说甚？谁人求见？”嬴稷从沉思中醒了过来，惊讶地离开了书案。

“燕国密使乐毅。”老内侍声音很低，但很是清晰。

默然片刻，嬴稷吩咐道：“立即知会太后：半个时辰后，我带乐毅晋见。请乐毅进宫，东偏殿。”说罢匆匆出了书房。到得东偏殿廊下，嬴稷站住了。蓦然之间，他想在殿外迎候乐毅，更想看看这位曾经对他母子有恩的燕国重臣究竟衰老了几多？他很想从母亲的眼光给乐毅一个评判，却又想不清为何会突兀浮上如此念头？

这片刻之间，一个熟悉的身影已经跟着宫门将军进入了嬴稷的视线：除了头上的帅盔换成了特使的一顶不足六寸的蓝玉冠，还是那一领暗红色的斗篷，软甲战靴，步态劲健潇洒。噢！胡须留起来了，络腮长须，脸上黝黑，比当年更多了几分威猛。好！更有气度了。在这闪念之间，嬴稷已经从廊柱下快步走下六级阶梯迎了过来。

“燕国亚卿、特使乐毅，参见秦王——”

乐毅尚未躬下之时，嬴稷已经笑着伸手扶住了：“阔别多年，亚卿别来无恙？”一句礼节寒暄，嬴稷恳切一笑，“母后与嬴稷时常念叨将军，惜乎天各一方也。”

“握得公器，身不由己，尚望秦王见谅。”

“走，进殿说话。”嬴稷敏锐地意识到乐毅巧妙谦恭地避过了太后话题，心头一热，情不自禁地拉起了乐毅。多年以来，他国使节入秦，都是先见太后与丞相，乐毅却是先见自己这个闲王，实在是难得也。乐毅目下已是天下名臣，此举无论如何总是推重正道也推重自己了。

乐毅贤，充分考虑了昭王的感受。

进得殿中，秦昭王立即吩咐侍女煮茶。煮茶，意味着至少大半个时辰的叙谈。从国君接见使节的礼仪看，即或在“礼崩乐坏”的战国，这也是极为罕见的。乐毅正需要相机切入正题的时间，便也坦然就座。此时，一个白发老侍女从大木屏后走了出来，对秦昭王低声耳语了几句又去了。

秦昭王转身笑道：“今日幸得有暇，与将军煮茶消闲了。”乐毅笑道：“正好，我带来了些许燕山茶，秦王可愿品尝一番？”“燕山茶？”秦昭王惊喜笑道，“却在哪里？”乐毅啪啪拍了两掌，殿外走进了一个燕国红衣文吏，将一个长大的红色木匣放在了乐毅案头。乐毅将木匣打开，拿出一方精致的铜匣笑道：“先品品，若秦王觉得还有当年风味，我教人送一车过来。”秦昭王打开铜匣，耸着鼻子长长地吸了一口气：“好！是这味。”转身放在煮茶侍女的案头，“改煮燕山茶。”乐毅又从长大木匣中拿出了一只晶莹润泽的蓝色玉盒，双手捧起道：“这是一套燕山玉佩。当年，太后很是赞赏燕山玉。燕王知晓，命尚坊玉工特意制作了这套玉佩，请秦王代为敬献太后。”

秦昭王笑道：“将军与太后相识相熟，自己去见，岂不更好？”

“秦王差矣。”乐毅倏忽收敛了笑容，“当年太后与秦王在燕国落难，生计维艰，可不拘礼仪处之。此谓‘危难不拘礼’。而今,太后为一国母仪,秦王为一国之君,乐毅安敢以坊间交谊亵渎之?”

“将军差矣!”秦昭王照样一句,哈哈大笑,“秦人老话,熟不拘礼。何来忒多讲究?情谊不合,虽寻常百姓也当疏远。情谊但合,虽贵为王侯也可成知己莫逆。否则啊,这太后国君便不是人了。”最后一句声调拉得长长的。

“也是一说也。”乐毅淡淡一笑。

“人言乐毅儒将,今日始信也!”秦昭王喟然一叹。

此时侍女已经将茶煮好,一片浓酽清香弥漫殿中,一入口秦昭王大是感喟:“燕山茶克食利水,当真妙物也!”乐毅笑道:“秦人成于马背,多食牛羊肉。燕山茶粗厚味重,正是当得。”秦昭王恍然笑道:“对也,何不将燕山茶种觅来一袋,秦国南山不能种茶么?”乐毅道:“此事何难?明春我便送到秦王手中。只是水土不同,只怕生出茶来也不是燕山风味。”秦昭王笑了:“也是。橘生淮南则为橘,生于淮北则为枳。鱼龙变化,又能奈何?”

说得一阵,秦昭王丝毫没有提及乐毅使命的话头。乐毅心念一闪,不知是因为这个秦王没有亲政而不涉国事,还是刻意回避另有安排?否则,他这个特使绝不会在这日常议政的东偏殿一坐一个多时辰。此种情景,在直率的秦国确实少见。思忖一阵,乐毅道:“启禀秦王:乐毅意欲拜访丞相呈交国书,不能盘桓了。”

“好!”秦昭王站了起来,“但凡国事,对丞相说便了。”

“外臣告辞。”乐毅一躬,却又被秦昭王扶住。虽然没有挽留,秦昭王却坚持将乐毅送到宫门,眼看着轺车去了方才回身。

一路思忖着回到驿馆,乐毅已经恍然大悟,断定秦国已经决定了加盟合纵攻齐,只剩下丞相魏冄与自己开价了。因了神交情谊,白起不便与自己“磋商”此等利害国事。因了那段罹难渊源中自己对太后与秦王的恩义,他们母子也不愿与自己讨价还价。所有的难题都留给了那个铁面丞相魏冄,那么,魏冄要的是何等利市?

一过午,乐毅单车直奔丞相府。魏冄果然利落,片言寒暄并看完燕王国书之后直截了当道:“亚卿便说,秦国有何利市?只说实在的。”乐毅也是不遮不掩道:“秦军若出兵十万,自带粮草,可占宋国故地三百里。”

“少于十万,不带粮草,又当如何?”

“丞相以为如何?”乐毅不答反问。

“好!不啰唆了。”魏冄大手一挥,“秦无虚言。燕国与将军,对秦国有救君之义,立王之恩。秦国出兵五万，自带粮草，不求齐国一城一地，亚卿以为如何？”

乐毅惊讶了，默然片刻，悠然一笑：“丞相有求但说，无须反话。”

魏冄哈哈大笑，大步走到书案前拿过一张大羊皮纸哗啦一抖：“亚卿自看。”

乐毅接过羊皮纸，大字赫然扑入眼帘：

秦国书

秦入攻齐合纵，出兵五万，自带粮草，不分燕齐一城一地。

大秦王嬴稷二十三年十月立

下面一方鲜红的朱文大印。

乐毅将国书放在案上，面色肃然地对着国书深深一躬。

出得丞相府，一阵愧疚之情骤然涌上乐毅心头。看来，自己显然错看秦国君臣了。太后秦王与白起，不是碍于情谊恩义回避讨价还价，而是维护他乐毅的尊严，不想摆出施恩于人的架势而使他难堪。魏冄与自己最是生疏，便由他简捷交代了事。由此看来，秦国君臣对伐齐之事早已经有了决断。从大处说，这是舍利而取义，使山东六国生出的“虎狼暴秦”恶名不攻自破。从小处说，满当当回报了燕国之情，秦国君臣朝野从此便可坦然面对燕国。利害道义，权衡到如此地步，堪称天下大器局也。

战国虽是争利时代，但也未必完全弃义不顾。

当晚，乐毅特意来向白起辞行。白起大是惊讶：“乐兄不见见太后便走？”乐毅摇了摇头：“大计既定，不须烦扰太后了。”白起却重重地叹了口气：“乐兄啊，你却拘泥太甚了！太后气量胜过男子多矣，白起最是服膺，真不忍看她伤心也。”乐毅默然良久，喃喃念了一句：“南有乔木，不可休思，汉之广矣，不可泳思。[①]”不再说话了。白起一挥手：“好。明日清晨，我为乐兄在郊亭饯行。”

“不须了。”乐毅摇头一笑，“国事入秦，兄弟未奉王命，不宜私动。我只问你，攻齐大军，兄弟可否为帅？”

白起一阵大笑：“放着天下第一名将，白起去添乱么？”

“那，秦军五万，何人为将？”

白起慨然拍案：“不管何人为将，秦军都以乐兄之命是从！”

“步军还是骑兵？”乐毅的笑容耐人寻味。

白起目光一闪：“乐兄想要攻城大器械？”

“燕国新军虽成，只是轻兵铁骑而已。”

白起略一思忖道：“五万人马我还是出全数铁骑，以利长途奔袭。攻城大器械在河内安阳还留得几套，正好就近，借你了。”

“好！战后加倍奉还。”乐毅大是兴奋。

次日拂晓，还是晨雾蒙蒙，乐毅给驿丞留下三封辞行书简，便五骑快马出了咸阳。秋高气爽，一路飞驰，大约午后时分到了桃林高地。乐毅归心似箭，不走函谷关大道，要直插山道走一条捷径回燕。

这桃林高地方圆三百余里，横亘在华山（西）、函谷关（东）与崤山（南）、少梁（北）之间的巨大四方地带。桃林高地的南部峡谷直通函谷关，是千百年唯一的出秦险关大道。说它唯一，是说只有这条如函大峡谷可通行车马军旅。也就是说，它是大军出入秦国的唯一通道，而不是说单人独马也唯此一途。在这桃林高地的北部，有一条不大的河流叫潼水，沿着潼水河谷有商旅小道直通大河，过得大河，是河内的蒲坂，比东出函谷关近了数百里。三百多年后，这条河谷小道成了与函谷关并行的大道，于是有了东汉的潼关。沧海桑田，潼关渐渐成了主要通道，函谷关便在岁月中渐渐淡出了。这是后话。

乐毅要走的，便是这潼水河谷。

入得潼水，已是斜阳晚照，秋日将苍莽山塬染得金红灿烂。东南的函谷关已经隐

---

① 见《诗经·周南·汉广》。

没在群山之中，唯有隐隐约约断断续续的号角在残阳中漫游，给这荒莽的山林河谷飘来了一丝边城气息。乐毅翻过了一道山梁，眼前一道淙淙山溪，遥遥便见对面山头上立着一座茅亭，一缕炊烟在茅亭后袅袅飞散，扬鞭一指道："有高士隐居在此。走，茅亭打尖，歇息片刻。"一马冲下山坡越过山溪，翻上了对面山头。

"亚卿且慢！"随行司马一马超前，"亭下山谷似有军马。"

此时，一个声音悠然飘来："亚卿别来无恙乎？"

乐毅一个激灵，瞬息之间心头大跳。凝神片刻，在马背遥遥拱手道："彼何人哉？不见其身。"

"尔还而入，我心易也。还而不入，否难知也。"随着悠然吟哦，一个修长的身影出现在茅亭之下，黑色长裙散发飘飞，信步出亭，婀娜丰满的身姿那般熟悉。

终是要见一面才甘心。

"太后……"乐毅翻身下马，愣怔不前。

"将军不识芈八子了？"

"太后，"乐毅勉力一笑，"流水已逝，刻舟不能求剑也。"

"然则，亡羊固可补牢。"宣太后平静地笑着，"来吧，芈八子为君饯行了。"说着挽起了乐毅胳膊。乐毅面色涨红地将手背了起来："太后，我跟着便是。"宣太后看看窘迫的乐毅，咯咯笑了："我说你个乐毅当真迂腐。你我纵有情谊恩义，总还是没有藏污纳垢了。你这避嫌却实在笨拙，入秦不知会我，进咸阳不来见我，离咸阳也不别我。"宣太后声音突然颤抖了，"我母子在燕国近十年，将军不避非议，与我有救难情谊，也曾视我为红颜知己。此等事天下谁个不知？如何我做了太后，你便拒人于千里之外？好便好了，有甚打紧？如此拘泥礼仪，避嫌自洁，岂非凭空惹出新是非来？"

宣太后坦诚、坦荡。

"太后大是！"乐毅慨然拱手，"我却没省出这层道理，实在惭愧。”

“你能不叫我太后么?”

“……”

“在燕国,你叫我甚来?”

“芈大姐。”虽然红着脸,乐毅还是低声叫了一句。

“哎,这便好。”宣太后笑着又挽起了乐毅胳膊,“走,茅亭下一醉。”

正是落日衔山之时,桃林高地的荒莽山塬在漫天霞光中伸展向无垠的天际,苍苍茫茫的桃林将山巅的太阳托了起来,潼水蜿蜒东去,似一匹锦缎飘绕在万山丛中。

两人饮得几爵,宣太后向南边大山一指:“乐毅,可知那是何山?”

“夸父山。”

“这苍苍林海,又是何名?”

“桃林,亦称邓林。”

“夸父逐日,何等美也!”宣太后站了起来,仿佛在喃喃自语,“夸父山,桃林塬,这片山塬埋葬了一个多么壮烈、多么心酸的灵魂。你说,夸父何以要追逐太阳?”

“……”乐毅默然了。

“他是要圆心中那个大梦。饮干了河渭两川之水,夸父还是没有追上太阳,却活活干渴死了,空留下那座默默的大山,这片绿绿的桃林。乐毅啊,临死时看着远逝的太阳,夸父他后悔么?”宣太后的声音中充满无可挽回的失落与惆怅。

乐毅慨然叹息:“他不会后悔,他有来生。”

宣太后笑了,一脸酡红在晚霞下分外绚烂。

乐毅怦然心动:“芈大姐,你我也是夸父逐日。你追你的太阳,我追我的太阳。只可惜,没有共同的太阳。”

“会有的。”宣太后静静地看着乐毅,“虽然不是今日就有。”

乐毅低声吟诵一句:“与前世而皆然兮,吾何怨乎今生?”

“楚歌?”宣太后眼睛骤然一亮。

“屈原,《涉江》。”

宣太后默然良久,叹息一声:“生非其国,遇非其君,屈子悲矣哉!”

乐毅大饮一爵,慨然道:“天地造化,情谊原本多面。我助你脱难,你助我功业。生其国，遇其君，夫复何憾也！”

“唯余一缕相思，只待来生聚首了。”宣太后也大饮一爵，当啷丢下铜爵一笑，“今日桃林一别，难有聚首之期，芈八子为将军抚琴一曲，以为心中永诀。”

情已至此，夫复何言！

乐毅粗重地喘息着，想说话，却终是没有开口。

宣太后走到廊柱下的石案前，肃然跪坐，十指一拂，古琴叮咚破空。

夸父逐日兮　我做河渭
行影大合兮　今生何期
夸父做山兮　我做桃林
相伴守望兮　何在乎一

“大姐，好！”乐毅爽朗大笑，“行影大合，何在乎一？好啊，乐毅终是透亮也！来，我也为大姐一歌，以作告别。”

“你也能歌？”宣太后惊讶地笑了。

乐毅被她一笑一问，豪气顿发，朗声答道：“岂不闻燕赵多慷慨悲歌之士？今日且听我燕山歌风。”倚柱而立，大袖一甩，高亢粗豪的歌声响彻山塬峡谷——

夸父逐日　飘风发发
长鲸饮川　日月之华
颓然一倒　山林崔嵬
无草不死　无木不萎
山水两望　与天地共长

在国事与儿女私情之间游刃有余，宣太后真乃奇女子。

乐毅一开声，宣太后抓起石案上的短剑敲打着铜爵以为节拍，及至乐毅唱完，宣太后当啷丢掉剑爵，紧紧抱住了乐毅。

“我,该上路了。”乐毅轻轻拍着她的肩背。

“去吧。”宣太后放开了双手,“你终是要追赶自己的太阳了。”

火把点点,马蹄沓沓,桃林高地的山道上渐渐消逝了高大的骑士身影。

茅亭外的那堆篝火久久地燃烧,伴着那个伫立在山头风口的黑色身影。

第八章　幽燕雷霆

一　六百年老诸侯振翼而起

整个冬天，燕国朝野都处在极其亢奋之中。

秦国的无偿加盟使燕国君臣又惊又喜，忐忑不安的郁闷之气一扫而去，陡然之间举朝振作。燕昭王与乐毅、剧辛等几位股肱大臣一会商，立即下书各郡县，将这一大好消息明告朝野。旬日之间，国人一片沸腾，“复我血仇！讨伐暴齐！”的明誓席卷了燕山辽东。

说起来，也是燕人压抑得太久了。几十年来内乱频仍，眼看强邻张扬崛起，燕国却沦落得几乎连韩国也不愿与之比肩了。南边的赵国朝夕巨变雄心勃勃，燕人惴惴不安。东边的齐国杀气腾腾骄横霸道，燕人更是心惊肉跳。然则，国弱民穷又如何能挺起脊梁骨来？苏秦发轫合纵时燕国那一束光芒早就流星般消逝了，无可奈何也，只有在天下低眉顺眼，但凡大国都得卑微以待。齐国带头合纵攻秦，穷弱得连一支铁骑也没有的燕国，还得派出步军追随。纵然如此，狂暴的齐湣王还杀了燕国带兵将军张魁，对燕国极尽羞辱之能事。更有甚者，那支虽然战力很弱但对燕国却极其宝贵的步兵，竟被齐军在逃离战场之时派为后军掩护，硬生生全数惨死在六国乱军败退的铁蹄之下。分明是齐国背弃盟约，单独吞灭宋国而致使联军惨败，战后，齐国反而再度指责燕国“敷衍合纵”，将燕国做了战败替罪羊，强迫燕国割让济水北岸仅存的一百余里水面。燕人心头滴血，燕昭王还得向齐国告罪，忍气吞声地向齐国献地。齐国渔民猎户经常越境到燕国山水渔猎，燕国渔民猎户也只有退避三舍，眼睁睁看着人家呼喝而来扬长而去，连官府也不报……如此数十年，燕人的窝囊委屈已经沉积得快要憋闷死了，对齐国的仇恨更是深深地扎根在朝野山乡。但凡燕人，只要提起齐国，只“呸”的一口，连二话都不屑说。

在燕人将及麻木之时，骤然一声惊雷——合纵六国成功，燕国要复仇了！燕国朝野如何不狂喜大悲？如何不亢奋振作？于是，对秦国的感念，对亚卿乐毅的赞颂，在燕人中不期然弥漫开来。燕人原本慷慨豪迈，春秋三百年与老姜齐共同构成中原北部屏障的岁月，从来都是浓浓的天下情怀，动辄便是“当今天下”如何如何，只可惜倏忽沦落，那慷慨豪迈之气也只做了无穷的叹息。如今云开雾散志气陡长，燕国人的感慨如滔滔易水而一发不可收了。

此处紧扣前文。秦王设下计策，使燕主动与秦联姻，换来一段时间的安定。

恩怨分明的燕人，最是感念秦国。且不说秦国从来没有欺凌过燕国，便是在燕国穷弱的时候，秦国也曾与燕国两次联姻。当年的合纵抗秦是燕国发动的，老秦国非但没有记仇，反倒是再三再四地与燕国修好结盟，做了燕易王王后的秦国公主，还鼎力扶持太子姬平铲除了子之乱党。在燕国乱政迭出的时候，秦惠王竟将王子王妃派到燕国做了人质，以示对弱燕的修好愿望与强固支撑。幸亏燕国没有落井下石，在秦国最是艰难的时候放走了王子嬴稷，之后又隆重送回了秦国王妃，才使得穷弱的燕国对秦国有了一份难得的恩义。老秦国真是当得！燕国有求，财货土地两不沾，还派出精锐铁骑五万并借给燕国攻城大器械。而今天下，哪一大国有如此气度了？说人家虎狼暴秦，呸！还有没有个天地良心了？老秦人与老燕人一个样，恩怨分明，恩仇必报，盟邦就得这个样！燕国偏与秦国交好！山东六国那班黑心贼，几时却将燕国当自家盟友看了？像齐国那条海蛇，呸！掐死它！

燕国人更是感念乐毅。

好端端一个名将之后，不在肥硕魏国吃香喝辣，却千里迢迢跑到被洗劫一空的燕国，图个甚来？做官吧，只是个中大夫爵的亚卿。居家生计，只有十里封地百来户子民，连个无所事事的闲居老世族都不如，粗茶淡饭，布衣牛车，燕国谁个不知？可偏偏如此一个人物，先辅助燕王吊死问孤理乱治穷稳定民心，再大刀阔斧地在燕国变法，废除隶农、削减贵族封地、许民买卖土地、开通私市吸引六国商旅入燕、设立军功奖励平民从军参战、设立农商爵鼓励农夫勤耕商旅勤税等，哪件事都是燕人梦中所想。若非这乐毅新政，燕国人能有今天的日子？更有一样，这个乐毅将新政纳入正轨，便交给上大夫剧辛料理，自己一头扎进辽东练兵去了。十载寒暑，乐毅只回过蓟城两次，硬是在那白山黑水之间练出了二十万精锐新军。说到底，这才是燕国真正的底气。若非这二十万大军，老燕人要复仇，歇着吧你！然则，燕人最为感念者，还是乐毅的人品志节。燕人永远不会忘记，当初的亚卿子之，仅仅凭着五万辽东劲旅，便将燕国折腾得数十年鸡犬不宁奄奄一息。从那以后，燕国朝野便对掌兵大臣心怀忌惮，几乎是不由自主地侧目而视。乐毅练兵之初，也是议论蜂起举国惴惴。乐毅却是非同寻常：不领上将军职爵，不持燕王兵符；自请太子与三位王室元老，到辽东坐营“激励”；粮草辎重每次只领一月，每三个月请燕王观兵一次，每半年请燕王

心有余悸。

遴选二十位德高望重的大族乡老到辽东“劳军”。

如此五六年下来，朝野已经是一片赞颂有口皆碑了。臣民纷纷上书燕王，请授乐毅上卿之位兼掌兵符。可乐毅坚执不受，理由只是一句：“国耻未雪，万户之封于心何安？”便是这硬邦邦一句，燕人谁不怦然心动！自那以后，没有人再为乐毅请命了，各种微妙的非议也一起消失得无影无踪。燕人终于长长地吁了一口气：“乐毅大德，天赐燕国之福也！”

乐毅有大智。不为功名利禄，没有争心，就远离是非。

可如今，燕国复仇在即，乐毅竟还是一个亚卿，这却如何使得？伐齐大战，若非乐毅领兵，谁个放心得下？若再出一个子之带兵杀回，还不是庶民遭罪？人同此心，心同此理，众口纷纷，蓟城国人先动了起来——万民上书、族老请见、工商云集王宫之外，说的喊的都是同一句话：“请拜乐毅为上将军，讨伐暴齐！”

“亚卿，你说本王如何处置？”燕昭王站在王城箭楼，指着王宫车马场的万千人众笑了。

正当其时。

“当此之时，臣愿领上将军之职！”乐毅慨然一拱。

“好！”燕昭王哈哈大笑，“这便是乐毅了，不当其时，虽予不取。若当其时，不予亦请！”笑容又忽然敛去，“此战实是举国一搏，卿当上将军丞相一身兼之，方利于举国调遣。”

“无须如此。”乐毅摇摇头，“臣唯领军职可也。举国调遣，我王与上大夫剧辛足矣。兼领不专精，反倒误了联军诸般事务。”

燕昭王思忖一阵断然道：“也好！上将军主征伐，上大夫理内政，太子督运粮草辎重，本王坐镇协理，便是这般了。”

“我王明断！”

燕昭王雷厉风行，斋戒三日，在燕山南麓举行了祭天大典，向天地诸神通报了讨伐齐国复仇雪耻的意愿，祈祷上天佑护燕国大业一举成功。祭完天地，立即行拜将大典，拜乐毅为上将军，赐兵符王剑并上将军全副仪仗，授生杀大权。拜将完毕燕昭王下书：上大夫剧辛秉持国政，太子姬乐资督运粮草辎重，百官勤政，举国协力，复仇雪耻！

诸侯祭天地不合礼，诸侯当祭山川。在这里，就当是祈福仪式吧。

授上将军之仪式，象征燕国上下齐心，君臣无嫌隙。

燕国顿时沸腾起来，忙碌了整整一个冬天。

在拜受上将军印信的当晚，乐毅带着一班军吏司马，星夜奔赴辽东去了。

二 冰天雪地的辽东军营

出得蓟城往东，有两条赫赫大水，一名濡水[①]，一名辽水。

这两水都是古老的中原诸侯封地。濡水地带是商代封的一个孤竹国，封邑叫作令支[②]。因了言语错讹，又叫作冷支、离支、离枝、不令支。殷商被西周灭亡后，孤竹国出了两个大大的孤忠名士，这便是孤竹国君的两个儿子伯夷、叔齐。这两人都想教对方做国君而先后逃出孤竹。殷商灭亡后，兄弟二人以遗民之身做出了震惊天下的举动——不食周粟，活活饿死！从此，濡水孤竹国名扬天下，周武王竟破例将孤竹国仍然封作了诸侯。到了春秋板荡之期，孤竹国被气势正盛的齐国吞灭了。那时，齐国是姜齐，君主是齐桓公姜小白，丞相是赫赫大名的管仲。可是，春秋末期齐国大衰，整个濡水以东的广袤山水全部被东胡占领了。那时候燕国也是自顾不暇，只好不断派出人质到东胡，求得东胡不来侵犯。燕昭

---

① 濡水，今河北东北部的滦河。

② 令支，今河北省迁安市西部。

王即位，与乐毅同心中兴，决意仿效当年秦穆公扩地西戎，将整个濡水与辽东夺回，为燕国打下一片广阔的后院。君臣一番密商，便在乐毅练兵的第三年，派出曾经在东胡做过人质的将军秦开为将，向东胡发动了突袭。半年之间，这支尚未完全练成的五万新军，将东胡驱赶回了遥远的漠北草原。燕国在这片广袤的土地上设立了三郡：右北平郡（濡水地带），辽西郡（辽水之西），辽东郡（辽水以东）。

从濡水沿东南海边一直向东北驰骋，越过绵延大山，便是滔滔入海的辽水。辽东郡的治所城堡在辽水之东百余里，叫作襄平[①]。燕国的新军大营，在襄平西南的辽水河谷。这里山塬连绵，谷地开阔而隐秘，林木苍茫，水草丰茂，确是练兵的上佳之地。然则，将新军根基扎在这里，绝不仅仅因为辽东地形之便。要说隐秘便利，燕山腹地的连绵峡谷更是上选。

辽东之可贵，在于山水，更在于人。

那时的辽东，西起辽水，东至沨水[②]，南至大海，方圆广袤千余里，山水苍莽，冰雪苦寒，人烟稀少。在中原人眼里，辽东与岭南是大寒大热的两处荒莽之地。然则，便是这苦寒荒莽之地，中原文明却早早就结结实实地在这里扎下了根基。还在殷商时期，这里便是殷商王族大臣箕子的封地，当时叫作箕子国。箕子国的封地城邑在浿水西南，叫作乐浪[③]。周灭商，因箕子贤能，大度地保留了箕子国。整个西周数百年，箕子国庶民被中原人唤作"高夷"，也叫作高句丽、高丽、句丽、句骊等。及至春秋板荡，箕子国一班老世族思念故国，自认殷商臣民而与中原疏远。到了战国之世，叫

说法之一，作不得准。

① 襄平，今辽宁辽阳市地带。
② 沨水，今朝鲜清川之清川江。
③ 乐浪，今朝鲜平壤地带。

作“满”的箕子国国君自立称王,中原战国便直呼其国为“高句丽”了。秦开平东胡,自然也吞灭了这个“高句丽”,当年的箕子国便成了今日的辽东郡。

辽东苦寒荒莽,生就了剽悍勤韧的渔猎部族。千百年同化归流,高丽人与中原人早已经浑然一体。无论男女,都生得精悍结实,吃得大苦耐得大劳,年年岁岁在山林与猛兽搏斗,在大海出没捕鱼,民风极是辛辣猛烈,尚武之风不教自成。当年子之与东胡作战,靠的便是由辽东渔猎子弟组成的五万劲旅。然则,春秋战国以来,辽东的猎户渔民却大都是隶农身份,从军不得做骑士,立功不得受官爵,几乎永远都是军中最为卑微的军卒,纵是战死或重伤,也不能得到丝毫抚恤,甚至连尸体也被无情地丢弃在战场。唯其如此,辽东渔猎奴隶对从军避之唯恐不及。当年子之征发辽东猎户,借着“将在外君命有所不受”的权力私行新政,以安家、赐荒田、许战胜之后抢掠的浮财归己之三法,凑出了五万誓死效命的辽东渔猎子弟,在六国联军中一举成为骁勇之师。辽东人之慷慨善战,可见一斑。

委婉地说明贵族作战力下降。兵源的变化,对统治格局的影响很大。

此等冠绝天下的兵源,是乐毅在辽东成军的最重要原因。

燕国安定之后,乐毅亲自到辽东郡推行新法。他颁布了一道震撼辽东的亚卿令:除了箕子国王族遗民,箕子国的老世族一律迁居辽西,辽东郡可耕田地一律做军功赏赐用!当时的辽西比辽东肥美,箕子国老世族本是老中原之根,虽则也留恋这白山黑水之地的独特风韵,最终还是磨磨蹭蹭地走了。老世族一迁走,乐毅立即大刀阔斧地废除隶农制,将平坦原野的全部荒田,悉数分给愿意改业归农的渔猎新平民;同时颁行《大燕新军法》,但凡新平民从军,每人先赐十亩肥田,但有军功,论功行赏!依着辽东人的心性,这其中任何一重赏之下必有勇夫。社会等级到了一定的时候会发生变化。无论中西，皆如此。战国局势瞬息万变，争心不止，实与社会等级的剧烈变化有关。将这种现象称之为下层颠覆上层，不为过。后世革命，莫不依此理而进行。一个等级长久地安逸，最终会走向衰落。战国期间，实为旧贵族土崩瓦解的阶段。

法只要落到实处，已经是欢呼雀跃了，更何况枷锁顿开，一下子变成了世代梦想的“国人”！骤然之间，辽东渔猎子弟热血沸腾争相从军，短短三个月便有十万精壮入军，后续人群还在络绎不绝地拥来。乐毅原未料到能如此迅猛成军，便下令徐徐征发，边征边练，边练边征，才算刹住了这股从军狂潮。

如此辽东，如何不令大将怦然心动？

酷好兵事的乐毅，终于实实在在看到了一支强兵在自己的大旗下生成，率领如此一支大军与齐国决战，何愁不所向披靡。素有“北弱”之名的燕国，如果能击败拥有六十万大军的强齐，在当今天下不啻一声惊雷。它将宣告燕国的崛起，将又一次大大改变战国的大争格局。如果也能像秦国那样三代坚持新法，燕国必能成为中原逐鹿的强大力量。最后，也许燕国便是统一华夏的主宰。那时候，乐毅的名字将永远镌刻在巍巍史石，成为开创燕国大业的第一块基石。诚能如此，孜孜以求的名将之梦却是何其渺小也！

一路兼程驰驱，乐毅的心绪始终不能平静。

旬日之后，乐毅与幕府班底终于抵达辽水河谷大营。

冬季不宜兴师。

时当腊月，滴水成冰。雪原的寒风从遥远的北方呼啸而来，任你衣甲三重，也是寒彻入骨。一路奔驰颠簸，骑士们的汗水在贴身布衣与外层铁甲间反反复复地结冰融化，早已经变成了铁铠冰甲。一进大帐，乐毅便是连声呼喝：“快！整几盆炖肉来，还有黍米团子，越热乎越好。”留守中军的大将秦开连忙道：“先卸衣甲，看有无冻伤？”乐毅并一班军吏连忙脱衣解甲。一时之间，赤条条二十几条汉子人人一身青紫，脚下战靴却是无论如何也扒拉不下。

秦开扫得一眼,一个箭步蹿到帐口大喊:“医士[①]! 快!”片刻之间,一队军医提着医箱快步赶来。为首一个须发灰白精瘦矍铄的老医士边打量边高声吩咐:“撤去燎炉,打起皮帘,走风半个时辰。将军们能走动便走动,不能走便坐了,只不要出帐,我等一个个操持。”又转身对秦开道,“请来几大盆净雪。”秦开立即大喊发令,少时便有一队军士抬进了七八个大木盆,个个白雪皑皑堆顶。老军医一挥手,跪坐在了赤条条的乐毅脚下,后边的医助们一人守定一个伤者,先用锋利匕首划开战靴,再用大团白雪揉搓双脚,待双脚变热发红便涂上一层清亮的熊油膏。如此这般忙碌了大半个时辰,方才将一班人的冻伤料理妥当。

“上将军,”秦开一拱手,“请到炊营用饭。”

“凉些个不打紧,搬来吃。”一番折腾,乐毅浑身散了架一般,那饥肠辘辘的感觉没有了,只想赶紧吃罢饭理事。

“不行。”秦开固执地一笑,“外凉可治冻伤,内凉可要起病了,还是到炊营好。”

此处可知乐毅有大将风度。若非燕昭王的后继者燕惠王不快于乐毅,乐毅定能有更大的成就。君臣离心,常坏大事。

“好,去炊营。”乐毅在细琐事务上从来不固执己见。

这辽东炊营却与寻常炊营不同。不在帐下设置,却是一大片石板砌成的大房子。远远看去,这些石板屋还没有一人高,屋顶粗黑的大烟囱伸手可及,匆匆涌出的炊烟在寒风中倏忽飘散,全然没有中原军营那种扶摇直上的韵味。原来这辽东酷寒之地,一年倒有小半年冬令天气,一过十月便是北风呼啸。但遇大雪严寒,兵士出帐撒尿,一不小心两腿间便是一支长长的冰棍。军营起炊,大锅大盆的炖肉,刚刚分到兵士碗中便成了冰坨子。虽说军营冷食本是家常便饭,然若

① 春秋战国之前,军中医师由巫师、方士担任,唐以后军医方有“检校病儿官”之名。

顿顿如此，兵士多病，体魄也势必瘦弱。在第一个冬日还没有过完时，乐毅便下令征发了一百多名辽东工匠，兵士轮流做小工，建起了近百座大半截埋在地下的炊营，只要不逢战事，兵士一律开到石板房用饭。在寒天彻骨的辽东，军士们日每能有三顿热乎乎的战饭，当真是谈何容易！仅此一举，兵士们便对乐毅的爱戴崇敬无以复加，乐毅爱兵的名声也风一般流播天下。

旧式军队，强调的是一个忠心。将帅能同吃苦，能体恤士兵，能公正行事，能大胆提拔勇智之士，威信不难建立。

“兵士今冬可有冻伤者？”乐毅一瘸一拐地问。

“来！”秦开索性一下子背起了乐毅，边走边说，“没有。皮靴皮袜加皮甲，能冻个甚来？一冬满营嗷嗷叫，都喊着请战，骑劫叫得最凶。上将军这一来啊，我看直要炸营了。”

“好！”乐毅一拳砸在秦开肩上，“有得仗打，莫担心。”

踏着干雪下了七八级大石台阶，粗大木柱撑起的大厅中暖烘烘热气夹着肉香饭香扑面而来，乐毅又顿时饥肠辘辘，跳下地便道：“走，找个旮旯坐了，赶紧整饭。”原来这地炊大厅一次可容三千军士就食，十排一眼望不到头的白木长案，案下是裁割得极是方正的一块块白木板，每排两面，每面恰是百五十块木板坐百五十人。大厅每面都有六个宽大出口，但闻号角军令，三千军士片刻便可冲上地面。十年练兵，乐毅只要在军营，每餐必得查看军食，与士卒们一起坐在白木板子上饕餮大咥。今日却是不同，乐毅只想赶快回帐部署军务，不想在这里耽延，在旮旯处坐了下来想赶紧吃完便走。刚刚坐定，秦开带着一个炊兵匆匆搬来了一大盆红黑油亮的炖肉、一大盆红红的黍米饭团子、一大碗菜羹、一大碗黍米酒，热气蒸腾浓郁喷香。

写饮食单调，炖肉、凉茶、赵酒、秦酒，一书通行。

“好军食！”乐毅一声赞叹正要下箸，却突然皱起了眉头，“军令不得饮酒，拿走。”秦开笑道：“上将军一路风寒，我特意叮嘱拿来的。”乐毅摇摇头：“军士日日风寒，都有酒么?”秦开无可奈何地笑笑:“好,拿走。哎,这熊掌是军猎之物,你可得吃了。”那个黝黑粗壮的炊兵连忙挺胸赳赳道:“昨日猎回,没错!”乐毅肃然道:“军法有定:熊掌只犒赏当日军猎有功将士。拿走,换一盆山猪杂碎来。”秦开不笑了:“上将军,山猪杂碎不经饿,只给违反军法者吃,至少来一盆山猪肉了。”乐毅喟然一叹:“国耻未雪,安然食肉,问心有愧也。”粗壮黝黑的炊兵呼呼大喘道:“禀报上将军:今日没有山猪杂碎,只有狍子后白!”秦开哈哈大笑:“你看你看! 便是狍子后白,快去拿了!”“嗨!”粗壮黝黑的炊兵噔噔飞步去了,片刻之间换得另一盆炖肉出来,却是肥中缠瘦的一只狍子后腿,足足有三四斤重。乐毅不禁扑哧笑道:“好了好了,去吧。”狼吞虎咽地大嚼起来。

后白者,狍子后臀也。这狍子肥臀,天生两片圆形白毛,辽东猎户呼之为“后白”。猎户常年出入山林冒险,便有了许多莫名其妙的习俗讲究。不吃狍子的白色屁股,是诸多讲究之一。辽东大军十之七八都是猎户子弟,自然也有这个禁忌。乐毅中原名士,自然不相信这个禁忌,更兼不想暴殄天物,眼看天天扔掉这难得的肥肉,便立了一个奇特的军法:狍子后臀列为军中“罚肉”,但有那些无意中违法却又不得不处罚的军士,便罚吃狍子后臀。究其实,狍子后臀劲健肥厚,最是热补。辽东猎户子弟原本个个明白,寻常却出于禁忌不能吃,一旦被罚不得不吃,一吃之后便是偷偷地乐。时间一长,此中奥妙人人尽知,这莫名其妙的禁忌也在军营淡漠了。

这一闲笔,有趣,妙绝。

肉食确实有等级,同一种肉食也有高下讲究,但在色香味俱全及营养之观念下,等级则不攻自破。

一只狍子后臀吞下,乐毅顿时精神大振。看看士兵已经赳赳开进大厅,乐毅连忙从身边出口走了。进得中军大帐,支起硕大的图板,乐毅便与秦开秘密计议起来,直到军营刁斗打响三更,大帐中还是灯火通明。

照例要介绍攻城兵具。第三部的写作特色。

三 轻锐劲健的燕国新军

次日清晨,浓浓的雾气还没有消散,一片牛角号声划破了辽水河谷。紧接着,四面大鼓在两丈高的鼓架上隆隆响起。这是聚将鼓,每隔一刻一鼓。三通鼓罢,大小将领便要从各自军营赶到幕府大帐。中军司马点将完毕,乐毅便站在了长大的帅案前,目光扫过齐刷刷挺身坐在将墩上的二十员大将,大手一挥:"诸位将军,燕王决意讨伐暴齐,燕人复仇之日到了!"

"讨伐暴齐!复仇雪耻!"大将们一齐怒吼。

乐毅拔出令箭:"两个时辰拔营整装,午时战饭,未时开拔。步军居中,铁骑两翼;秦开为步军主将,骑劫为铁骑主将;全军轻锐,兼程疾进;旬日之内,务必开入易城①!"大将们人人振奋,一声呼喝领命,大步匆匆地散去准备了。

午后,二十万大军开出了辽水河谷,在皑皑雪原上像一条火红色的巨龙浩浩西去。沿途常有猎户从茫茫林海飞出,向着这支快步疾走的皮甲大军"噢嗬——"长喊,在路边堆下几只猎物,又带着猎犬飞进了无边无际的山林。虽是茫茫雪原寒风呼啸,这支火红色大军却是健步如飞,速度快得惊人,第三日刚过,已越过了辽西郡。

乐毅练成的这支新军,最大特点是"轻锐劲健"四个字。

燕国有燕国情势,若照着中原战国那般铺排,再过十年,燕国也未必能够练成新军。这国情,一是穷,二是寒,三是缺铁。尤其这最后一条,是燕国成军的致命伤。纵是你出得起

---

① 易城,战国时燕国南部要塞,在易水下游,今河北省易县地带。

高价重金吸引商旅，大肆收买铁料，别国官府也不会教如此巨额铁料出境。战国新军之所以新，全在一个“铁”字。全部装备都是铁制：铁兵器、铁甲胄、铁马具、铁器械。总之，无铁不成军。唯其如此，天下才将战国新军呼之为“铁军”。燕国乏铁，却硬是要练成二十万新铁军，自然只能在铁器之外开辟天地了。带着一班军吏，乐毅细致地盘清了燕国府库的全部存铁，充其量也只打造得七八成兵器。一番思虑，乐毅下令：铁料只打造兵器，甲胄马具器械等全部另谋出路。另在何处？在皮革木材之上。这两样物事恰恰是燕国出产最丰，用之于军，竟是奇妙地大获成功！

若非铁器广泛使用，贵族社会的瓦解没有那么快。铁器让争心如虎添翼，铁器提高了战争的级别。作者留意到铁器的重要，很有眼光。

第一是这铜钉皮甲胄。上古战神蚩尤，用整块兽皮裹身包头，战阵不怕刀斧，部族仿效而流布天下，于是有了甲胄。后来渐渐演变成铜甲、铁甲，作为甲胄鼻祖的皮甲反倒是渐

皮甲胄穿着示意图

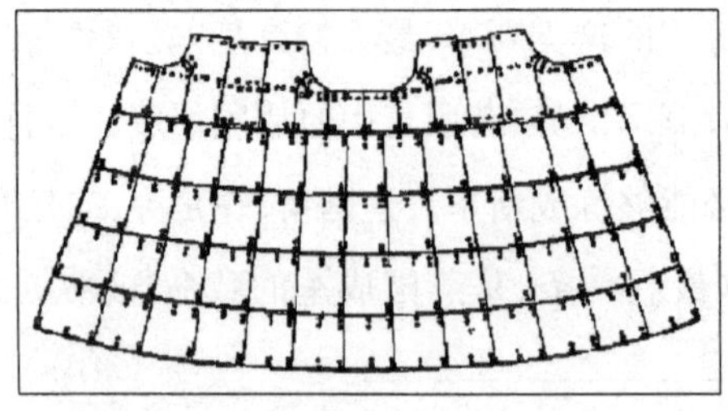

皮甲甲身展开复原图

渐少了。目下的中原战国,人人一身铁甲胄乃是步骑新军之标志,否则便不是新军。

乐毅的办法是:大量买入猎户皮革,猎户子弟带大张兽皮从军者,立即给予赏赐;同时在军中设立皮坊,工匠们自己制皮,自己裁缝,皮盔甲再钉上铜钉,一身皮甲胄便制成了。一经上身,轻便坚韧,竟比铁甲铁胄利落了许多。那时候,一身全副铁甲胄的重量大体都在八十斤左右,重甲更在百斤之上,猛则猛矣,却实在太过沉重。以致到了后世的宋代,限制铁甲打造必须在五十斤之内。但燕军这一身皮甲皮胄加战靴,最重也不超过三十斤,对于身高力大的辽东子弟,丝毫不显累赘,弯腰屈背蹲踞起立伸展自如,连"甲胄在身,不能全礼"这句老话也显得多余了。甲胄成功,马具也照例办理。中原铁骑,马身必有铁包皮披甲。燕国新军的战马披甲,则是两重皮革外钉铜钉,既厚实顽韧又轻便异常,战马负重大大减轻。

第二是木制大型器械。军中大型器械,自来以铜材铁材为主料。秦国新军的大型攻城器械,几乎全数铁制。如此气象,燕国自然无法企及。乐毅的弥补之法,是遴选上好坚实木材,制作大批必备的攻城器械,主要是三种:壕桥、撞车与云梯。

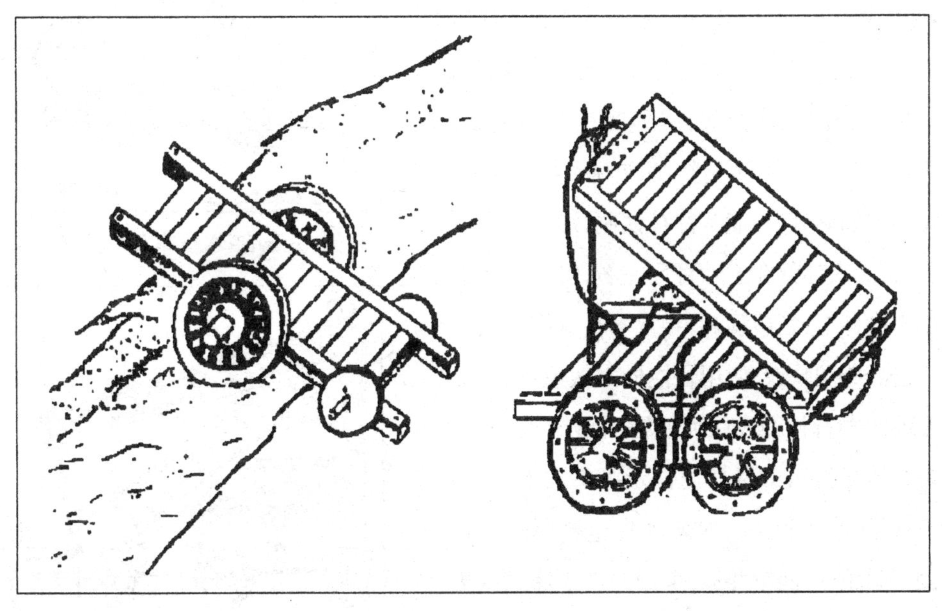

两轮折叠壕桥实用展开图　　　　四轮折叠壕桥行军图

壕桥者，越过壕沟之桥也。《六韬·虎韬·必出》篇载：“太公曰：大水、广堑、深坑，敌人所不守，或能守之，其卒必寡。若此者，以飞桥、飞江、转关与天潢以济吾师。”这里的飞桥，说的便是壕桥。商周时壕桥已经出现。及至战国，壕桥已经发展成为折叠式，下装两只或四只大轮，宽约一丈五尺，可八具并列，总宽达十二丈，万千军士可冲锋过桥。中原大军的壕桥，都是铁轮铁板，一具壕桥用铁千斤之上！如此耗费铁料，燕国如何消受得起。乐毅与工匠们会商，像打造牛车车厢一般打造壕桥：桥轮与轴柱用硬如精铁的青檀木，桥身用清一色的红松木，板厚一尺六寸。如此木制壕桥更有一样好处，折叠轻便，行军利落，四个军士便可拉走。打造成八具后连排试用，大军连踩一月，一样毫发无损。

撞车者，撞击城门之重车也。撞车车架粗大坚固，底部安装四只大轮，推进轻便，在车架顶部的横梁上用绳索悬挂一个巨大的撞杆，撞杆前部安装巨大的撞头，后部绳孔可延伸出数十条粗麻绳。冲近城门，车体四角用大木桩固定，数十兵士横开两列，拉动撞头后部麻绳向后荡开，再合力拽绳向前猛进撞击。若是小城门，往往是十余次便被撞裂，威力实在令人瞠目。撞车最难制作的核心部件，是威力巨大的撞头。中原强国如秦魏齐，撞头都是铁制，形如巨大的矛头，重量大体都在五六百斤左右，安装在粗大的圆木撞杆上，猛撞猛刺，寻常木料城门委实不堪一击。燕国缺铁，便用合抱松木做撞杆，用极为坚硬的岩石打磨成巨大的锤头形撞头（岩石太尖容易摧折），重量却比铁矛撞头加大一倍。一经试用，威力惊人。纵然铁皮包裹厚达一尺余的坚固城门，两车并撞，也能在三十撞之内轰然洞开。

攻击城门之撞车图（铁矛撞头）

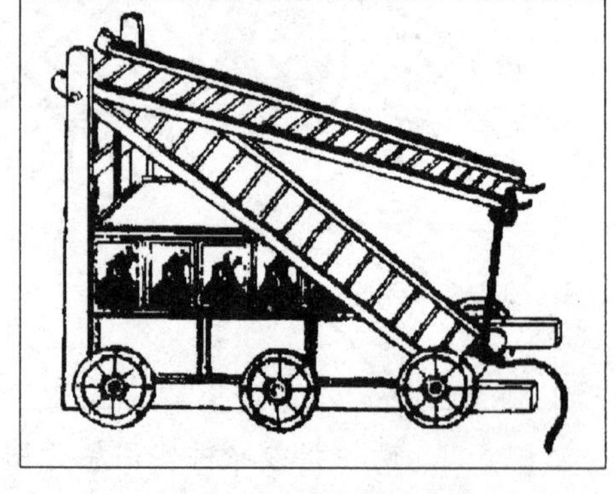

大型两级云梯行军图

云梯者，登高爬城之具也。自从有了城

堡,便有了爬上城堡的云梯。《诗·大雅·皇矣》篇最早记载了云梯:

原诗	大意
帝谓文王	天帝垂训文王
询尔仇方	谁是你的盟邦
同尔兄弟	你们要像兄弟一样
以尔钩援	用你们的爬城飞钩
与尔临冲	用你们的临车冲车
以伐崇墉	去猛攻崇国都城

这"钩援",是梯头带钩的长大木梯——钩住城头,士兵攀缘飞上。西周兵书《六韬》叫作飞梯、云梯。云梯的原始形制很简单,就是寻常木梯加长加宽,再带上能扒稳城砖或城头的铜钩铁钩而已。这种简单云梯一直延续到清朝末期,仍然在军中使用。但是,

三种简单云梯(飞梯)

到了春秋末期，著名工师公输般在楚国却发明了一种大型云梯——底部安装四只大轮，梯身分作两节折叠，梯身下有隐藏士兵的暗厢，攻城时梯身伸展可达五到八丈。这种云梯宽大坚固，可供大队军兵连续爬城，威力惊人。战国初期，几个中原强国都有了这种大型云梯。

然则，大型云梯在诸多关键部位都要用铁料。底轮、大轴、立柱、梯框等，非铁不足以坚固其身。如此大量用铁，燕国显然难以打造，纵然造得一两部也不会起多大作用。根本原因，在于爬城攻击的要害是大量云梯密集靠上城墙，一部两部甚或十几部，都不会产生大军猛攻所必需的密度威力。几经会商揣摩，乐毅断然下令：只大批打造简单的竹制木制飞梯，达到步军每百人一梯；梯头的轮子或钩爪，尽可能地选用坚韧木料或竹料。半年之内，军营竹木坊打造出一千多架各种形制的飞梯，十万步军精神大振。

有了如此三种器械，便具备了攻城的三种必须手段：壕桥过壕沟与护城河，撞车冲撞城门，云梯爬城，新军才成为战法较为完备之大军，否则便不是成型之“全军”。

这些兵具，攻守皆宜。

但是，若与齐国大军的器械相比，燕军这三种大型器械便逊色多了。从此看去，燕国出兵显得有些贸然。然则，大战之胜败历来不仅仅在装备器械。乐毅心中很是清楚，攻齐大战之根本，不在一城一地的攻坚争夺，而在大军野战；只要一举歼灭齐军野战主力，几十座城池大体会成为不设防的财货府库，即或没有大型器械，也是唾手可得。

乐毅聪明，他清楚知道以燕国一国之力，难撼齐国。齐国骄横，树敌太多，关键时刻又常作壁上观，燕国一提议，天下皆响应。

先野战而后取城，谓之野战夺城。这是秦国大将白起开创的最新战法。此时白起已经出战九次，每战必斩敌首十万以上，必拔城数十座，将野战夺城之法展示得淋漓尽致。若是老战法一城一城打去，断无秋风扫落叶之威。不管别国将军是否注意到了白起新战法之精髓，反正乐毅是早早便盯着白起战法揣摩了。

白起做得到,乐毅做不到么?

四 我车既攻 我马既同

大军抵达易水,正是二月初旬。

虽说还是春寒料峭,但对冰天雪地长大的辽东子弟来说,已经是暖和得不得了的天气了。军营中到处嚷嚷着"好野(热)! 好野(热)!""到了齐国,不得野(热)个蒸鸭子!"乐毅便下令全军休整,半月之后进军南皮①与联军会师。这正是乐毅用兵之明澈处:旬日之内兼程进入易水休整,让将士们逐步习惯中原的"野(热)春",保得大军入齐有充盈战力。

倏忽之间,春暖冰消。

在耕牛遍野的时节,四国大军相继开到了南皮周围百里之地。

赵军最先开到,步骑两军六万,领兵大将赵庄。大军驻定,赵庄带着赵王特使,飞车来见乐毅。特使宣读赵王诏书:赐乐毅兼领赵国丞相,合力诛灭暴齐。

战国以来,赵国与燕国是两个摩擦不断的老对手。其中根本,是老燕国对这个取代老晋国而暴发立国的南邻横竖看不顺眼,但有机会,便在后边抽冷子来一下。加上西面的中山国也经常抽冷子偷袭,赵国分外头疼。赵国军力强大,历来对燕国中山国不屑一顾,然则要吞灭燕国以绝后患,却也实在力有不逮。更有一点,赵国从来都是志在中原,实在

乐毅之才智,可以说高于白起。秦国国势日强,白起屡树军功,是锦上添花。乐毅救燕国于危亡,转败为功,只差一步便灭齐国,相比之下,乐毅所面对的情形更难。

《史记·乐毅列传》:"当是时,齐湣王强,南败楚相唐眛于重丘,西摧三晋于观津,遂与三晋击秦,助赵灭中山,破宋,广地千余里。与秦昭王争重为帝,已而复归之。诸侯皆欲背秦而服于齐。湣王自矜,百姓弗堪。"能与秦昭王争重为帝,齐国不是一般的强大。由此也可见这齐湣王也不是一开始就"失心疯"的,"东帝"并非浪得虚名。一些人老了之后,可能就有很多"老人病",诸如一意孤行、懵懂、不讲道理等。齐湣王被胜利冲昏了头脑,是而渐渐"失心疯",不仅仅百姓弗堪,臣下更是弗堪,最有影响的孟尝君,也屡次被废,后来逃至魏国。燕昭王看时机已到,于是使问乐毅伐齐之事。"乐毅对曰:'齐,霸国之余业也,地大人众,未易独攻也。王必欲伐之,莫如与赵及楚、魏。'于是使乐毅约赵惠文王,别使连楚、魏,令赵啗(dàn)说秦以伐齐之利。诸侯害齐湣王之骄暴,皆争合从与燕伐齐。乐毅还报,燕昭王悉起兵,使乐毅为上将军,赵惠文王以相国印授乐毅。乐毅于是并护赵、楚、韩、魏、燕之兵以伐齐,破之济西。"(《史记·乐毅列传》)乐毅之合纵,相当成功。

① 南皮,战国时黄河东岸要塞,燕齐拉锯之地,秦统一后置县,今河北省南皮县北。

不想与这两个老穷邻纠缠。自苏秦合纵,燕国君臣总算渐渐明白了,赵国是抵抗中原风暴的南长城,与赵国为敌并非上策。与齐国结仇之后,燕国更是不想与赵国长期龃龉了。赵国也深知,燕国对齐国是山海血仇,支持燕国对抗强齐,既能削弱争霸对手,又能消弭燕国这只老黄雀后患。如此一石二鸟,赵国自然是第一个响应燕国合纵攻齐。非但出兵,赵王还要效法苏秦合纵之成例,赐乐毅赵国相印,足见此心之诚也。说起来,乐毅在燕国还不是丞相,却要兼领赵国丞相,这在战国实在也是第一遭。

乐毅拜领相印之时,赵国特使凑近低声道:"赵王叮嘱:将军但有不测,赵国便是一窟。"乐毅一怔,旋即接手相印哈哈大笑:"多谢赵王信得乐毅也。"帐中将士自然都以为这是乐毅拜谢相印,谁也不会想到,这片刻之间竟埋下了日后燕赵无穷纠缠的种子。

第二路开到的是魏国,大军八万,领兵大将新垣衍。

要从根子上说,魏国对齐国的仇恨比燕国有过之而无不及。魏国霸主地位的衰落,直接起因于对齐国的两次大败——桂陵之战与马陵之战。自魏文侯到魏武侯直至魏惠王前期,魏国积两代半之长期努力积累的强大战力,在这两次大败中轰然崩溃。其后又在合纵抗秦中被秦国袭击了敖仓,巨大的粮食财货储备,被大火洪水一扫而空。再次追随齐国抗秦复仇,又被齐国狠狠地闪了个嘴啃泥。齐国非但背着盟国联军私自吞灭了宋国,而且在秦国大军潮水般杀来时,丢下联军秘密逃出了战场。凡此等等,魏国朝野无不对齐国咬牙切齿。正欲对齐国复仇,偏偏老对头秦国又大举攻占河内,使魏国又一次遭受重创。在一东一西两个老冤家的夹击下,魏国由八面威风的中原霸主,变成了败仗最多、失地最多、衰落最快、目下又最憋气的夕阳大国。单独出战,既不敢对秦,也不敢对齐。窝囊得几年,襄王魏嗣竟是活活给憋闷死了。太子魏遬即位,这便是魏昭王。遬者,蹙蹙之局促不安也。这个魏昭王如同他的名字,即位后整日愁眉苦脸,闷头思虑如何复仇如何再度恢复霸业。此次燕国合纵攻齐,魏昭王大是振作,与丞相魏齐一商议,立即拍案决断,派出八万主力大军参战,统帅则是对齐国恨得咬牙切齿的新垣衍。

乐毅听新垣衍一报军力,心中便是一沉。魏王当初只答应出兵五万,而今却是八万,完全打破了魏国合纵出兵不逾六万的定规,分明是想在此战大得利市,以振朝野萎靡之气。思忖之间乐毅慨然拍案:"魏王如此果决,联军定然教魏国遂心了。"新垣衍颇显神秘地凑近了帅案:"上将军本是魏人,若对魏国特加照拂,魏王定当厚报。"

乐毅哈哈大笑:“魏国是襁褓小儿么？文侯武侯开国创业,靠谁个照拂?”

“也是也是。”新垣衍尴尬地笑笑,“毕竟父母之邦,总归上将军不会吃亏也。”

乐毅眼睛一亮:“魏王究竟要甚？说明白。”

“老宋国。”新垣衍压低了声音,“不能教秦国吞了宋国。”

“禀报上将军,”正在此时,中军司马大步进帐,“秦韩两军到!”

乐毅迎出帐外,只见四员大将赳赳而来,头前两将黑色铁甲一齐拱手:“秦军主将胡伤、副将斯离,参见上将军!”后行两将红衣红甲,也是拱手一礼:“韩军主将韩举、副将暴鸢,参见上将军!”答礼完毕,乐毅请四将进帐汇聚军情。

秦国五万人马全数铁骑,主将胡伤与副将斯离都是秦军的赫赫猛将。乐毅事先心中有底,自是放心不问。韩国虽然大衰,却也派出了五万步骑,这却是乐毅没有料到的。若按照当年合纵抗秦的惯例,韩国每次都只是两三万人马,这次攻齐却是五万,分明也是大有所图。乐毅心下明白,也不多说,只吩咐中军司马传来燕军大将秦开、骑劫,立即与四国将军会商进军方略。便在此时,突闻帐外马蹄声疾,前军斥候急报:楚军十万北上救援齐国,已经抵达巨野泽南岸!

楚在此次战争中,取齐淮北。小说中的楚齐,皆为多反复之国。初与燕合谋伐齐,后又使淖齿“将兵救齐”,“因相齐湣王”,齐湣王反死于淖齿之手,参《史记·田敬仲完世家》。

“鸟！定是鲁仲连撺掇捏合!”新垣衍狠狠骂了一句。

“何人为将?”乐毅不动声色。

“上柱国淖齿!”

“好,随探随报。”乐毅转身道,“楚军北来,我自有处置,目下但会商破齐之策。”诸将第一次会聚,自然要先从各军战力说起。乐毅深知,联军之难,难在“合众”二字。当年六国合纵抗秦,每次都出人意料地惨败,一个重要的原因,便是联军诸将歧见百出而无法统属于一。若得不重蹈覆辙,便要敬重这些“部将”。最要紧处,是耐心听每个将领说出自己的谋略来,从中仔细揣摩其言外之意,甚至是国君的秘密授命。如此做法,自然是耗时费力。然则乐毅宁肯在此时费力,也不愿在战场掣肘费力。及至议出了大体方略,已经是日落西山了。于是,一场接风大宴在中军大帐摆开,直到刁斗打了三更,将军们才在一片笑声中辞别回营去了。

“备马。”乐毅望着将军们远去的背影,转身一声命令。

秦开笑道:“军营如常,我去巡查。”

“不。我要去楚军大营,你在中军等我。”乐毅低声对秦开耳语了一句。

“这如何使得?”秦开大惊,“楚军为敌,上将军不能涉险!”

“明日午时我便回来。”一言落点,乐毅已经飞身上马,带着三骑风驰电掣般去了。

辽东调兵之前,乐毅已接到燕国商人秘密义报:鲁仲连再下寿郢[①],联合春申君说动楚王,楚国答应与齐国结盟。刚到辽东,乐毅又接到临淄秘密斥候急报:楚国特使淖齿会见齐王田地,提出援助齐国抗衡五国合纵,但要在战后分得旧宋一半土地并琅邪[②]郡南部;齐王大怒,将淖齿乱棒打出。到此为止,齐楚联盟便该当散伙了,如何楚国突然又发兵北上?更令人不可思议处在于:乐毅当初秘密合纵六国时,答应了旧宋全部归于楚国,新君芈横与老令尹昭雎,也都欣然允诺加盟攻齐。后来鲁仲连说动楚国与齐国结盟,是旧宋之外再加了琅邪郡大半,丢失旧都并南郡三十余城而急于有所作为的楚国君臣,在此时背弃与燕国合纵之盟,尚算有个由头。可是,在齐湣王拒绝楚国条件并粗暴凌辱淖齿后,楚国仍然发兵救援,就悖逆得令人咋舌了。

非常之事,必有非常之因。

一番思虑揣摩,乐毅终是理清了这团乱麻。

楚齐两大国,又是一对生死纠缠的老对手。整个春秋三百余年,楚吴越三国要北

① 寿郢,楚国新都城,因在寿地,又沿用旧都名号而称寿郢,今安徽寿县地带。

② 琅邪,本越国后期都城,楚国灭越后设郡,旋被齐国夺取。

上中原称霸,对手便是两个,一个晋国,一个齐国。战国之世,情势为之一变:楚并吴越而田氏代齐,囊括吴越后的大楚国与新齐国接壤千余里(原先是吴越两国与齐国接壤),两个大国骤然正面相撞了。秦国崛起之前,楚国与齐国大战小战不断,既有边界争夺,又有对薛鲁宋邹等小国的争夺,数十年之间相互视若仇雠。秦国崛起,六国合纵抗秦,楚齐之间相对缓和了下来。后来齐国日益强大,楚国却萎靡不振,既面临魏国在淮北的压力,更面临秦国在江汉地带的压力,于是只有与强大的齐国结盟修好以抗衡秦魏。作为齐国,也需要楚国大力牵制秦国魏国,从而削弱自己西进争霸的阻力。两厢各有需求,自是一拍即合,楚齐两国便结成了稳定同盟,虽然还是小龃龉不断,却也从来没有发生过三晋(魏赵韩)之间的那般大血战。齐国权臣孟尝君与楚国权臣春申君之间的私人情谊,更是天下皆知。秦国白起大军攻破郢都后,楚怀王仓皇北迁,将太子芈横派到齐国做了人质。颟顸昏聩的楚怀王此时却是清醒:楚国动荡不宁,权臣虎视眈眈,太子入齐做人质,一则可保护太子在即位前平安无事,二则可保秦国攻楚时,齐国出兵救援。

冥冥之中仿佛有得定数。芈横刚刚做了人质,楚怀王便在秦国做了阶下囚。楚国朝野大为震惊,老令尹昭雎、春申君黄歇皆与太子交好,一致主张立即迎回太子即位。特使到了临淄,齐湣王却拿不定主意,召集朝臣商议。上大夫触子抢先道:“此乃大好时机也!我王当扣留芈横,逼迫楚国以淮北沃野三百里交换。”

“此言大谬也!”孟尝君大是不悦,“若楚国不受要挟,另立新王,齐国徒然落得一个无用人质。非但两国反目成仇,齐国也落得背弃盟邦不仁不义之恶名,谈何大好时机?”

触子深得齐湣王信任,素来不将已经失势的孟尝君放在眼里,针锋相对道:“孟尝君大谬也!若郢都另立新王,齐国便与新王立约:割淮北之地,我便杀了芈横,消除新王后患。若新王不识大体,我便与秦国结盟,拥戴芈横回楚即位,驱逐这个新王!”

“秦国是你手中玩物了?”孟尝君冷冷一笑,“大邦之盟如此儿戏,齐国有何面目立于天下!”铁青着脸色不再说话。

“孟尝君言之有理。”骄横狂暴的齐湣王破天荒地赞同了孟尝君,接下来的话却教孟尝君啼笑皆非,“送回芈横,不战而控楚,无异得地千万里也,岂是区区三百里可以比拟?”转身下令宣来芈横,要这个楚国储君当场立下血盟:终身以齐国为“父邦”,以齐湣王为“王父”,年年纳贡,自称“臣下”。也是事有蹊跷,刚烈血性的芈横,听完后二话不说，一剑剁下右手食指，在白绢上写下了令齐国大臣们瞠目结舌的血誓，双手恭恭敬敬地呈给了齐滑王。

又见断指。

齐滑王骄暴。

“孺子可教也！”齐滑王哈哈大笑，“自今日起，芈横是田横，本王的大儿子。”

芈横毫无颜色，反倒深深一躬：“儿臣田横，参见父王。”举殿大笑，齐呼万岁不止。孟尝君却骤然一身鸡皮疙瘩，不由自主地打了个冷战。

这个芈横，便是当今的楚顷襄王。燕国君臣都说，楚人有奴性，不要楚国加盟也罢。上大夫剧辛更是大笑嘲讽：“唯有如此一个楚王，方做得出此等‘忠孝仁义’之举，当真国奴也！”乐毅虽然没有与剧辛当殿争辩，却始终不相信这个芈横会甘当齐滑王国奴。合纵之时，乐毅曾经与楚顷襄王密谈过整整三个时辰，但说到中兴大楚，年轻的芈横那深沉忧郁的目光顿时两团烈火，每每将嘴唇咬得出血。乐毅一眼认定：芈横极有城府，此人可失之于阴鸷，却绝不会失之于奴性。然则，这毕竟是一己之评判，邦交行径赫然摆在那里，仅靠昔日评判是不能作为应对根基的，必须真实摸清，楚军之图谋究竟何在？

此为城府，不为奴性。

这便是乐毅星夜来见淖齿的因由所在。

楚国大军驻扎在巨野泽南岸，依山傍水连绵展开方圆三十余里，除了时而飘来的隐隐号角，营地一片整肃寂静。在兵家眼里，这分明一支劲旅。齐军未曾出动，楚国便先有十万精兵驻屯边境准备救援，实在是蹊跷不合常理。然则，正是这种不合常理，乐毅的心倒是轻松起来。

“请禀报淖齿将军：燕山老友求见。”乐毅下马，从容走近幕府大帐。

不消片刻，一阵沉重急促的脚步声在嘟哝中砸出帐门：“荒山野水，哪来的燕山老友？像谁，还非得本将军出来？”

突然之间嘟哝声顿住了，接着一声长长地惊呼，“噫呀呀呀！大胡子么？快快快，快进了！”

乐毅哈哈大笑：“大胡子有你大了？吃饭都得用夹子。”

“不消说得，一对胡子兄弟。”淖齿的嘎嘎笑声活像刺耳的老鸹。

进得大帐，淖齿立即从帅案后边的大铁钩子上拿下一个鼓鼓囊囊的皮袋道：“春寒忒个冷，来，先灌它一通了。”乐毅笑道：“你这军帐倒是洒脱，还能饮酒，好，灌一通。”说罢接过酒囊咕咚咚一阵大饮，放下酒囊已满脸涨红。淖齿不禁一阵大笑：“你呀，酒量还是不见长。我这酒将军是出了名的，楚王特许日每三袋，只是太少。”啧啧啧，乐毅一声感叹：“三袋十斤酒还少？当真上蔡酒徒也。”淖齿又是一阵大笑，汩汩饮干了酒囊剩余一半，长满黑毛的大手在嘴边一抹一甩：“行伍老卒没虚话，乐兄夜半赶来何事？只实打实说！”乐毅悠然一笑道：“只要讨你个实打实，不许打圈子。”

淖齿啪地一拍长案：“谁个打圈子，出帐陷马坑！”

“人说淖齿猛火油，没错。”乐毅笑过一句，突然压低了声音，“楚军当真要救援齐国？”淖齿嘎嘎大笑：“怪哉怪哉！大军出动还得有真假，糟蹋粮草么？”乐毅冷冷一笑：“这便是行伍老卒实打实么？我只一句：楚若他图，燕助一臂之力，若真心救齐，乐毅当即告辞。”说罢站起身来要走。“你个乐兄，”淖齿一把扯住乐毅，“酒话莫当真。你只说，真救如何？假救又如何？”乐毅转身一笑：“真救，战场见。假救么，你得先说想吞多大一坨，我得点点府库存货。”

“嘿嘿，痛快！”淖齿晃着酒囊向帐口大喝一声，“帐外千长，不许任何人进帐！”只听帐外嗨的一声，淖齿转身低声道，“老宋加琅邪如何？”乐毅思忖片刻道：“老宋却难，淮北五百里加琅邪，如何？”淖齿兀自嘟哝着：“老宋三百里，淮北五百里，大是大些，却没老宋那般富庶。”乐毅揶揄笑道：“亏了你还是上柱国。老宋是富庶，可与你接壤么？一块飞地，楚国守得住么？”淖齿恍然拍掌：“对！是这个理，楚王想来也能受得。”乐毅笑道：“莫担心，楚王比你我精明。”

“那是！”淖齿一脸钦佩，“若非楚王励精图治，能有这十万精兵？”乐毅目光炯炯地看着言犹未尽的淖齿，一脸肃然道：“你有无秘密使命？大军协同，可不得二心掣肘。”

“哪里话来？”淖齿又是嘎嘎大笑，“我只一句：楚王之命与打仗无关。”

乐毅笑道：“只要打仗不掣肘，余事不消问。来，说说这仗如何打法？你要钉在哪里?”

就着淖齿帅案的一幅羊皮图,两人直说了一个时辰。五更时分,大风刮得一片啸叫。淖齿要乐毅睡两个时辰再走。乐毅笑道:“顾得睡觉么,我得走。”淖齿瞄一眼帐外猎猎翻卷的大纛旗道:“好在顺风,我不留你了。”乐毅一声告辞,大步出帐飞身上马去了。

楚国作壁上观,乐毅便放下心头大石。

堪堪午时,乐毅赶回了漳水大营,先吩咐中军司马派出快马军吏,传令四国大将申时来幕府议事,然后就着大案,边吃冷饭边给匆匆赶来的秦开叙说经过。秦开听罢兴奋得连连拍案:“好好好,去了一大块心病!目下我守住幕府,无论如何,上将军得歇息一个时辰。”乐毅道:“夜来再歇不迟。四大将到来之前,要画好五张进兵图。”秦开惊讶道:“打仗只凭将令行事,画图岂非蛇足?”乐毅摇头道:“联军多将,要立约立信,免得战场自行其是,日后也会少了诸多麻烦,少不得。”秦开便道:“你只说路径,我看着军务司马画。”乐毅又是摇摇头:“此事关涉甚多,还是我自动手。你只督察大军备战,那才是头等大事。”

“与上将军打仗,长学问也!”秦开喟然一叹,匆匆去了。

秦开一走,乐毅便进了幕府起居间。幕府者,大军主将营帐也。究其实,便是临时夯起几道土墙,用大木隔开成一个大厅与几个房间,顶部覆盖牛皮大帐,形同府邸一般。大厅是大将发号施令的聚将场所,周围是军务司马们处置日常军务的房间,视大军规模可多可少。聚将厅后是主将的起居室,即通常说的后帐①。乐毅的幕府起居室小而简朴,没有专门侍奉起居的军仆或侍女,只有一张军榻、一只甲胄木箱、一副剑架、一个三尺深的硕大木盆与两只盛满清水的大桶。

---

① 史家考证:秦兵马俑三号坑便是秦军幕府,总面积三百余平方米。

进了起居室,乐毅卸去了一身皮甲胄,提起木桶向自己赤裸裸的身子猛浇了一通。冷水一冲,疲惫之气顿时消失,擦干身子换上一身干爽布衣,乐毅精神大振,立即到隔间军令室拿出五张大羊皮纸,埋头画起图来。

出身名将世家,乐毅自幼熟读兵书通晓文案。十五岁时,他曾别出心裁地将历代大战绘成了一本图谱,族中老军旅们无不啧啧称奇。这次联军攻齐,是燕国长期筹划的雪耻大战,成败关乎燕国兴亡,实在是国命系于一战,丝毫大意不得。鉴于战国以来合纵联军从无胜战的痛心教训,乐毅给自己定下了十六字规矩——敬将纳言,衡平战利,有分有合,进军立约。

敬将纳言,是基于以往联军统帅的颐指气使而不孚众望说的,是诸将同心的重要一环,看似表面文章,在讲究实力大小的联军中,却实在是极难做到。衡平战利,是对本战可能得到的利市要公平分配,更要尽可能地立即兑现,这是联军要害所在。有分有合,则是联军战法准则:各军统为一战(合),但又有各自的进攻路线(分),既可明白显示各军战果,又不至于发生大的混乱与内讧。正是基于这样一个战法,才有了最后的“进军立约”。

进军立约,是乐毅统帅联军的独特方略。事先将各军的进攻路径画成图式,图下具名盖印以为凭信。如此一来,各军从不同路径独立攻齐,既可免争相抢夺肥地富城,又可免失利之时争相夺路。更要紧者,是战后对各国朝野能有个明白交代。毕竟,既往的六国合纵,每次战后都吵得不可开交,使盟邦反目成仇,其中因由之一,便是对战场与战果都有自己的一套说法。

画好五张进军图,四国大将也陆续飞骑赶到了。乐毅没有使用升帐发令的军中仪式,而是请诸将入座案前,自己先将此战方略说了一遍,末了只是一句话:“会战先灭齐军主力,再五路进兵深入齐地。”魏赵韩三将均无异议,唯独秦国主将胡伤问道:“楚国十万大军进驻巨野泽,联军深入之时,楚军若在侧后袭击,上将军如何应对?”乐毅笑道:“楚军之事,诸将毋忧。燕军方位在南,正好为全军掩护,诸位全力赴战便了。”胡伤慨然拱手:“白起上将军有令:但以乐毅上将军军令是从!末将再无异议。”

“好!”乐毅拿出了五张图,“这是会战之后的五国进军路径图,诸位先看。若有异议,再行商讨。若无异议,各自具名盖印,以为凭信。”

“上将军真信人也!”魏国主将新垣衍一瞄图线,看自己大军正指向老宋国,顿时笑着赞叹了一句。

“好！便是这般！”赵庄也慨然拍案。会战之后，赵军是夺取齐国大河西岸的河间地区。此地正与赵国接壤，原本便是赵国长期觊觎的肥美之地，自然没有二话。

韩国兵力最弱，辅助魏国一起夺宋，战后分给韩国两县之地。韩国主将韩举也是拍案赞同。秦国原本说好不分地利财货，会战后自然班师回秦。胡伤看完图哈哈大笑一阵，突然黑着脸道：“上将军公心可鉴，谁个不服，秦军找他说话！”

“利害交关，不敢言公。”乐毅摇摇手笑道，“诸位有话但说。”

“并无异议！”四位主将异口同声。

“好！”乐毅拍案高声道，“上笔墨，具名盖印！”

乐毅不争小利，合纵更齐心。若钩心斗角，合纵又会付诸东流。

四员主将各自将腰间大带凸起的一个皮盒打开，抠出一方铜印或玉印，在燕国军吏捧来的朱砂印泥盘里一沾，结结实实摁在了各自的进军图上，再提起铜管大笔郑重地写下自己名字，一一交给了乐毅。乐毅对中军司马一声吩咐，上印。中军司马便将乐毅的“燕国上将军乐”的阳文大印一一盖在进军图上。乐毅提笔在已经上印的图上工整地写下“乐毅”两个大字。如此妥当，中军司马再将进军图一一发到了五位主将手中。正在此时，幕府外马蹄如雨，随着一声“军情急报——”的宣呼，风尘仆仆的斥候已经大步冲了进来，“禀报上将军，齐国四十万大军已经抵达济水西岸，声言灭我联军于济西！”

“主将何人？”

“上大夫触子擢升上将军，统帅大军！”

“触子，何许人也？”几位大将几乎是异口同声地问了一句。

乐毅笑道：“这个触子，原本是上将军田轸的中军司马，因筹划王宫校武有功，深得齐王田地宠信，先一举擢升上大夫，不想这次竟做了上将军。”

“鸟！如此宵小之辈，酒囊饭袋无疑。”秦将胡伤轻蔑至极地骂了一句。

“不可大意。”乐毅正色道，“此人久在军旅，经历过几次联军合纵，也单独打过几场小仗，颇有谋划，诸位断不可存轻敌之心。”

“嗨！”将军们心下敬服，齐齐一吼。

乐毅走到帅案前拔出一支令箭肃然道：“五军一令：今夜整军，明晨向济西开进！两日之后，依照进军图，各军在聊城①以东山塬扎营待命！”

次日清晨，五国大军共四十四万，从漳水南岸浩浩荡荡地向济水进发了。一路不疾不徐，井然有序地常行推进。进入齐国境内，却突然兼程疾进，号角动地，烟尘弥漫，声势大是惊人。不需齐军斥候，便是齐国百姓庶民，也是连声惊呼着给大军报信去了。

五　整我六师　如雷如霆

五国攻齐，此为著名的济水之战。

齐国西部，有一道滔滔大水做了天险屏障，这便是赫赫大名的济水。

春秋以来，天下以独立入海的河、江、淮、济为四大名水。四大名水之中，济水最短，却有两源，一出魏国王屋山，一出赵国恒山②，东流至河外山地，两源合为一水，便叫作济水。

① 聊城，战国时齐国西部要塞，在古代黄河与济水之间，为济西重地，今山东聊城西北。
② 《水经注》作“常山”，即北岳恒山，西汉避文帝刘恒名讳改，《水经注》在汉之后，故作“常山”。

济者，齐也，两水归一曰“齐”，因而得名济水。春秋之世，济水东西横贯晋燕齐三国，晋国在上游中游的西北岸，燕国在下游的西北岸，齐国在中下游的东南岸。到了战国，济水成了魏齐两国之河，而以齐国得济水之利最多。数十年来，济水西岸燕赵两国的土地各有百余里都被齐国夺取，济水几乎成了齐国的内河。济水河道宽阔，水量丰沛湍急，横贯齐国西部，自然成了一道天堑屏障。战国之世，举凡齐国出兵大战，战场十有八九都在济水西岸。最著名者，便是大败魏国的桂陵、马陵两次大战。

五国联军大举开来济西，齐湣王哈哈大笑：“天意也！本王正欲灭燕，尔竟送上门来！”没有片刻犹疑，立即擢升触子为上将军，出动大军四十万开赴济西。触子请教作战方略，齐湣王只大手一挥：“济西，我大齐百战百胜之福地也，放开手脚打！只此一战，大齐便要压倒秦国！”触子熟知齐湣王禀性，虽然心中不踏实，却只慷慨高声道：“天佑我王！臣定教五国兵马有来无回！”

齐王骄暴大意。

大军出了临淄，触子忐忑不安了。

自从孟尝君第二次被罢相，上将军田轸也被视作“孟党”被罢黜，触子成了齐湣王的知兵宠臣。做上将军自是好事，但要临阵打仗，触子却是一百个不愿意。自己做了二十多年中军司马①，曾跟随几任上将军经过了大小战场五十余次，除了没有领军上阵搏杀过，对军旅事务熟得不能再熟。谈兵论战，讲说战场逸闻、列国军情、兵家掌故，触子从来都是滔滔不绝如数家珍。正是因了这个寻常人等难以具备的长处，加之机变灵巧善于应对，触子自然被齐湣王大加赞赏。

典型的纸上谈兵者。

① 中军司马，战国时执掌统帅部事务的高级军吏，接近于后世的参军，却比参军多了军务实权。

一次，齐湣王问田轸："河外之战，白起如何打法，竟能以二三十万人马胜我六十万大军？"田轸素来只知猛打猛冲，做上将军也只是唯孟尝君之命是从，从来不揣摩战法，一时竟是张口结舌。"滥竽一支！"齐湣王勃然大怒，立即便要乱棍打杀田轸。已经做了王城校军令的触子情急大喊："末将知晓！末将说给我王！"齐湣王喜怒无常，当即哈哈大笑："好！说好了重赏！要还是滥竽充数，一般打杀！"触子振作心神侃侃道来，一口气说了半个时辰，将白起的用兵路数以及联军应对的诸般缺失，条分缕析地说了个透亮，连当时在座的几员大将都钦佩不止。齐湣王极是聪敏，一口气又问了十几处要害，间不容发，触子应对得当无一错讹。齐湣王当即拍案激赏："大将才也！触子擢升上大夫，主理军政要务。"在齐国，这主理军政要务的上大夫，相当于秦国的国尉，一应大军后勤与边防要塞之后援，均在上大夫权力之内，是仅次于上将军的重职。虽则骤然擢升六级，触子却做得很是不差。这种邦国军政事务，无非是扩展了的大军事务而已，有何难哉！

齐湣王一聪明起来，也不可小视。

然则，做上将军统率战事，却是大大不然。

当初接到燕军开赴漳水的斥候急报，齐湣王召来大将会商，触子还振振有词地当殿陈述了一则谋划，叫作两路进击：第一路，四十万大军济西迎战；第二路，二十万大军扼守济东，截杀逃窜残军。末了触子还慷慨一句："以齐军战力，以我王国运，大齐霸业一战可成！"那时候，触子根本没有想到自己会做上将军。要说军旅善战将军，闭着眼也能在齐国数出十多个。要说堪为大将者，田氏王族便有三五个，如何能轮到触子这个新职上大夫？

可是，事事突兀出奇的齐湣王，偏偏就在当夜三更突然驾临触子府邸，学了一回圣王敬贤，郑重其事地捧着兵符印

有意思。

信长长一躬，拜他做了上将军。也是忒煞怪也，从大汗淋漓地接过兵符印信，触子便发蒙了，心头像深秋的临淄，一团冰霜云雾飘飘荡荡，每个眼看便要冒出灵光的心窍都堵得严丝合缝。那天夜里，他在书房木呆呆地看着兵符印信两个黄澄澄的大铜匣，硬是思谋不出一个战法。及至次日走进中军幕府，竟连二十六员大将各自辖兵多少都想不起来了。那一刻，触子惊出了一身冷汗。

也是那一刻，触子猛然悟到自己根本不是主将之才，最好的归宿，便是辞去上将军仍然做上大夫了事。可是能辞么？以齐湣王暴烈无常的禀性，定然是痛骂他怯敌畏阵，然后将他丢进鲨鱼海蛟出没的成山角[①]海井！

"但看天意了。"长叹一声，触子还是率领四十万大军上路了。老巫师都说齐王是"天命神蛟，当兴国运"。若真有天意，又岂在谁个本领高下？再说两军相当，四十万对四十四万，一对一，败又能败到哪里去了？最不济也能守住济西僵持半年一年，不使联军渡过济水，到那时再请求换将，至少不会被丢进万丈海井。如此一路思忖，触子渐渐缓过了心神。渡过济水，触子心田清明起来，往昔在中军幕府经历过的军务处置之法也纷纷清晰地涌上了心头，一时将令连发，将大军顺顺当当地驻扎了下来。

扎营方定，几员骑兵大将进帐激昂请战，在幕府聚将厅喊成一片："上将军当立即出战！""尽灭五国！成齐霸业！""齐王天命神蛟！我军一战大胜！"

"诸位少安毋躁。"触子板着脸，"后发制人，敌不动，我不动，此战只能如此打法。"

"如此打法，天命神蛟威风何在！"一个做过王宫护军尉的将军大是不服。

"对也！齐王命我等进入济西立即猛攻，上将军领了王命！"

"济西是齐军福地！只管打，包准大胜！"将军们立即跟着嚷嚷。

"诸位诸位，"触子嘭嘭敲着帅案，"神蛟归神蛟，打仗归打仗，要紧的是仗不能打败。打了败仗，谁个敢说是齐王要这样打的？啊！你敢？你敢？都不敢！又嚷嚷个甚来？诸位想清楚，打了败仗要掉头！不听王命而守胜，还有个'将在外君命有所不受'挡着，至多受罚。要哪个？掉头还是受罚！"

一番指点，大将们顿时蔫了下来。毕竟，触子是齐王宠信之人，还有谁比他更熟悉齐王禀性？连触子都打定了胜而受罚的主意，大将们立功扬名的心思便在片刻之间烟

---

① 成山角，又称成山头，战国时齐国最东端半岛，三面环海，今属山东荣成县。

消云散了。说到底,齐王的喜怒无常是朝野皆知的,有功未必赏,有过未必罚,赏罚全在喜怒随心之间,谁愿拿自己的性命去无端冒险?

"楚军已到巨野之南,既然此战艰难,何不联络楚军两面夹击?"沉默之中,一将提出了另一个主意。

"此言差矣!"触子一席话震慑了局面,不禁陡然振作,"我王业已拒绝楚国援兵,我等岂能擅自结盟?楚军北上,无非畏惧我大军战胜之后趁势南下灭楚而已。两军大战,楚军定做壁上观。战胜之后,那个淖齿便要向大齐称臣了,诸位以为然否?"

"上将军大是!"将军们终于服了触子,齐齐赞同了一声。

于是,齐军大营安定了下来,只等五国联军发动而后出战了。

联军的幕府大帐空空荡荡,乐毅与大将们正在营外山头瞭望齐军营寨。

大河与济水之间横宽百余里,并肩向海奔流。两水之间没有高山峡谷,也没有苍莽林木,数百里地带只是连绵起伏的丘陵草原与疏疏落落的山林。中间多有小河流过,冲积出许多纵横交错的小盆地夹杂其中。粗看之下,似乎一览无余。仔细揣摩,却是平中隐奇,大有可供利用的地利。否则,当年的孙膑也不可能两次将伏击战场选在这里。眼下看去,齐军大营扎在对面十多里外的一片山塬之下,南北展开二十余里,后方是滔滔济水。联军大营在聊城以东的山塬地带展开,背后三十余里则是滚滚大河。

背水而战,如士卒齐心,亦可大胜。挖人祖坟,刑罚过重,齐王尽失人心,是以惨败。

"鸟!齐军竟敢背水而战!"韩军副将暴鸢狠狠骂了一句。

"我军不是背水而战么？"乐毅笑道，"背水之地，亦死亦生，利害却是难说。诸位看了这齐军营地阵势，说说如何打法。"

"齐军这营地却是蹊跷。"秦军主将胡伤皱着眉头，"两大坨分开，中间隔开两三里，还各有马步军，是个甚讲究？"

"还当真！"赵军主将赵庄睁大了眼睛，"你不说我还真没留意，你等看出了么？"

几位将军摇摇头，暴鸢低声嘟哝了一句："忒煞怪了！"

"这是齐国老病根了。"乐毅遥指齐军营地，"北营有将旗幕府，这是老军二十万。南营是新军二十万，这是齐王灭宋后新扩充的大军。说新，是成军在后，而不是军制之新。老军将领多是孟尝君旧部。新军将领却全部是齐王田地的亲信。两军素有嫌隙，这是第一次共同出战。触子幕府本该驻在新军，却驻了老军，这便大有文章。"

将军们听得直点头，新垣衍一拱手："上将军如此熟悉齐军，我等佩服！"

"要打胜仗才算。"乐毅谦逊地一笑，"说，如何打了？"

"但听上将军调遣！"诸将异口同声。

"好！"乐毅手中长剑直指齐军营地，"齐老军战力强，留给燕军。齐新军马快兵器新，由四位联手攻灭，秦赵两军为主力，胡伤将军总调遣，如何？"

"秦军请与上将军啃硬骨头！"胡伤慨然拱手，一则是秦军确实想打硬仗，二则也是胡伤对与三晋携手总觉得别扭。

"不行。"乐毅摇摇手，"此次攻齐乃燕国复仇雪耻之大业，燕军自当血战齐军主力。诸位却不能抢我这个功劳。"虽是面带微笑，说得却极为认真。

"嗨！"胡伤赳赳一应，"末将听凭调遣。"

"诸位，"乐毅拔剑在地上画了一个大圈，"我意，你等兵马可如此打法。"一阵低声叮嘱，末了笑道，"若敌情有变，诸位尽可变通行事。"

"上将军谋划得法，我等没有异议。"几员大将异口同声。

乐毅大手一挥："好！各将回营整师，寅时三刻同时发动。"将军们轰然应命，各自飞马回营地去了。

三月末，正是齐国的"中卯"节令，也就是中原的谷雨时节。

湿润的海风从东方浩浩吹来，间或一阵绵绵细雨，恰恰洒湿了干燥一冬的地面，染绿了苍黄的草芽林木，正是不热不冷不干不湿没有泥泞的舒坦季节。寻常时日，这正是耕牛遍野的春耕时光。而今大军对垒，两河之间的庶民百姓已经望风出逃，茫茫原野，除了军营的刁斗马鸣与两河的滔滔水声，无边的空旷寂静。入夜时分，无边乌云渐渐聚拢，绵绵雨丝潇潇落下，及至子夜，漫天雨幕遮盖了广袤的山塬。两边军营遥遥对望，除了风中摇曳的点点军灯，天地一片无垠的墨色。

"天意也！"

触子在幕府廊下仰望漆黑的夜空，轻松地长吁了一声。雨天无战事，这是春秋战国的老规矩了。真想教雨下得更大一些，最好是淅沥泥泞的连绵秋雨一般。联军远来，军粮必然有限，但能阴雨旬日，敌军大半便会不战自退，岂不天遂人愿？思忖一阵，触子大步走回幕府出令室，提笔给齐王写了一份军情急报："大军开赴济西与联军对峙，臣本欲立即出战，奈何大雨连绵，唯等放晴之日尽灭五军，擒获乐毅以献阙下！"写罢泥封，交给中军司马，"立即快马呈报临淄。"轻松地伸了个长长的懒腰，"传令两营大将：趁雨善加休整，天放晴后大战。"将令发完，对站在寝室门口的少年军仆一伸手，"来，就寝了。"

俊秀如少女的少年军仆轻盈地飘了过来，抱起触子进了幕府寝室。

久做中军司马，触子熟悉所有齐军大将的享受路数。一做上大夫，触子便从新军中给自己精心遴选了一个俊美的少年军仆侍奉起居。一经试用，大是满意，便成了随身军仆。大将入军，历来不许带眷属侍女，这少年军仆便是他别出心裁的享受。踩着厚厚的地毡，少年将触子轻轻放在特制的宽大军榻上，轻柔利落地剥去了他的衣甲战靴，又端来一盆事先架在燎炉上的热水，仔细地擦拭了他全身每个角落，给他

俗话说得好，男色也是色。古人好男风，不以为奇，今人反应过度，实在是少见多怪。

盖上了一方轻软干爽的丝绵大被。收拾完衣物水盆，给燎炉加好了木炭，少年军仆吹熄了军灯，悄然无声地钻进了丝绵大被。

一阵剧烈的喘息躁动，触子抱着光滑鲜嫩的肉体发出了沉重的鼾声。

荒唐人做荒唐事。看这写法，就知道一定死得很惨。

沉沉大梦之中，突兀山呼海啸。少年军仆一声尖叫，触子一个翻身坐了起来，粗鲁地骂了一句："蝎子钻裆了！叫！"少年瑟瑟发抖，赤裸裸一指帐外，软软地黏在了触子身上。瞬息之间，连天杀声如大海怒潮般卷来，闪烁的红光映红了整个幕府大帐。

懵懂的上将军顿时一身冷汗，情不自禁地尖叫一声，猛然推开黏在胳膊上的肉体，赤裸裸跳下军榻："快！衣服甲胄！鸟！都在哪里！"及至草草裹上一领大袍，衣甲散乱的中军司马脸色铁青地冲了进来："燕军偷袭！上将军快走！"

"走到哪里去？"触子摘下剑架上的长剑一声大吼，"出营杀敌！"

风快地冲出幕府，触子却瘫在原地不能动弹了。但见漫山遍野的火把冲杀而来，几乎每座齐军营帐都燃起了大火，丢盔弃甲的士兵们狼狈蹿突，大将一个也不见露面，却是如何收拾？中军司马一声大喊："护卫骑队在幕府后边！上将军快走！"不由分说夹起触子向幕府后奔来。三千护卫骑队本来驻扎在幕府左右后三边，可左右两营已经卷入乱兵大火，两名千夫长也不见了踪迹。后营一千骑士正在无所适从地乱作一团，恰恰中军司马夹着触子赶到："上将军在此！上马列队！"不由分说将触子塞上一匹战马，大吼一声，"东渡济水！快！"马队便背着战场大火风卷东去。

堪堪逃到济水岸边，正当清晨时分，蒙蒙细雨之中败兵红压压从身后弥漫卷来。败兵之后，棕色皮甲的辽东骑兵高扬着丛林般的闪亮长剑,正从远处山塬呼啸压来。此刻便是登船,也必是被争相逃命的败兵拖入河底无疑,弃船泅渡,分明要被箭雨钉穿在河面。触子面如死灰,连长叹一声的力气都没有了,只愣怔在马背上打着圈子。在这片刻之间,又见西南山塬无边败兵拥来,黑色的秦军铁骑与红色的魏赵铁骑正潮水般压在身后追杀。

"快！逃回去禀报齐王。"触子对中军司马嘟哝了一句,艰难地滑下战马,"我要殉国了。"突然夺过中军司马的短剑,猛力插进了腹中。"上将军!"中军司马一声嘶喊,抱起触子尸体大吼:"将军遗尸,护军死罪！守住渡口,护尸泅渡!"

以死谢罪。

然则已经来不及了。辽东铁骑已经率先杀到,在惊天动地的"杀光齐人！复仇雪耻!"的怒吼中,长剑翻飞,箭如疾雨,河岸与水面变成了巨大的屠戮场。随后燕军步兵赶到,三万余弓弩手对着泅渡齐兵射杀,六万余步兵列成方阵堵住河岸,十万铁骑在山塬间尽情追杀。追击齐国新军的四支联军也是如法炮制,四面截杀。到得午后时分,整个济水西岸在潇潇雨幕中沉寂了。

伴着军营的粗大炊烟与弥漫河谷的欢呼,五国将领聚到了仓促扎起的中军幕府前。

望着漫山遍野的尸骨,望着血红的济水,乐毅的声音沉重而又嘶哑:"此次杀尽四十万齐军,为的是震慑齐国。此等杀法,下不为例。"

"岂有此理!"魏国主将新垣衍一脸不悦,"齐军当年背弃盟约临阵脱逃,死了多少三晋将士？只有绝杀之战,方可雪我心头之恨！如何下不为例了?"

"征伐有道,绝杀只可一次。"乐毅络腮胡须的黝黑大脸第一次显出了凛冽肃杀,"将军若不赞同我之战法,便请转道夺取老宋国，地利分毫不少魏国。”

“如何？要我提前转道？”新垣衍冷笑连声。

“是将军不遵将令。”乐毅也是冰冷如铁。

韩将暴鸢红了脸：“这这这，这却如何使得？说好的五国分齐，仗没打完便要我等回去么？”因原先议定韩国与魏国一起分宋，暴鸢生怕魏国提前脱离而单独取宋，情急之下，将韩国与魏国绑在了一起说话。

“将军莫急，韩军也可提前脱开联军，与魏军一起取宋。”乐毅平淡至极。

“上将军何须动怒。”韩军主将韩举心中大石落地，笑着转圜，“大战未了，何能自乱？我等辅助上将军攻下临淄，再走不迟。”

乐毅正色道：“法度立后可成军。要打仗，便须统一将令，违令者军法从事。”

“窝囊！”新垣衍立时黑了脸，“这仗打得乏味，告辞。”说罢转身对着司马一声大喝，“号角拔营，走！”头也不回地大步去了。

“上将军，这这这，你当请回新将军。”韩举急得结巴起来。

乐毅淡淡一笑：“韩将军，你也去。”

“快走！还说个甚来？”暴鸢一拉韩举，两人疾步去了。

“鸟！”胡伤骂了一句，“虽说是绝杀痛快，可也得令行禁止不是。秦军没说的，跟上将军打到临淄。”

“我也是！”赵庄慨然拱手，“上将军领我大赵丞相，燕军赵军一家。”

“多谢两位将军了。”乐毅拱手一礼，“当年燕齐结怨，便是齐军入燕杀戮无度之恶果。恶杀复仇，循环往复，天下兵道何在？乐毅无奈一为之，可使燕国朝野恶气稍伸，以利举国同心，绝非要在齐国大开屠场。此中苦心，尚望两位体察一二。”

赵庄有些困惑：“上将军之言，大道也，方才何不对魏韩两将说明？”

乐毅颇为神秘地一笑：“新垣衍有魏王密令：只助燕一战，便疾取宋地。”

“啊？他要撇开韩国？”赵庄惊讶得目瞪口呆。

“鸟！这便是山东六国嘴脸。”胡伤冲口而出，却顿时面色涨红。

“实话实说，无妨无妨。”乐毅哈哈大笑，“此等恶习，原当诅咒了。”

“上将军闻过则喜，真大贤也。”胡伤这次是真心敬佩了。

“将军如此褒奖，不敢当。”乐毅又是一阵大笑，“走！痛饮一番辽东山酒，再议下战。"拉着两人大步进帐去了。

四十万大军全军覆没的消息传开,齐国朝野震动了。

多少年没打过败仗了,如何生龙活虎的四十万大军一夜之间便被斩尽杀绝了,可能么?联军向来无战力,莫非一夜之间变成了蚩尤神魔?燕国穷得几个人穿一条粗布裤,倏忽几年有如此厉害的大军,可能么?一时之间人心惶惶议论蜂起,大多临淄国人连连摇头,一口声的"俺不信这邪"!嘴上如此说,心里却直发毛,逃也不好,不逃也不好,市井巷间之间躁动纷乱得一团乱麻。

以齐湣王之暴,这事干起来绝对不眨眼睛。

王城之中,齐湣王勃然大怒,立即下令诛灭触子九族。连传统刑场也没有,一夜之间,三千余人便被王室禁军斩杀在大小府邸,血腥气息弥漫在临淄巷间,国人无不毛骨悚然。齐湣王余怒未消,清晨立即擢升临淄守将达子为上将军,率领剩余的二十三万大军西进祝柯[①],要据险击溃联军。

达子原本是齐国新军的步军副将,因了训练士卒技击术分外扎实,在王宫校武中屡次获胜,被齐湣王破格擢升为临淄大将。做大将以来,达子最主要的军务还是操持王城校武,还从来没有带兵出临淄的机会,更没有单独率军打过大仗。此次骤然飙升为上将军,达子顿时热血沸腾,决意死战到底以报王恩。

达子跟上,可惜有去无回。

兼程疾行三日,大军堪堪望见祝柯城堡的箭楼,便见漫天烟尘裹着隆隆沉雷从济水东岸压来,烟尘中旌旗猎猎号角声声,恍惚之间仿佛天塌地陷。

"大军列阵!"达子拔出长剑嘶声大喊。

为了快速截住联军,达子的二十三万大军不是步骑一

① 祝柯,亦名祝阿、督杨,齐国济东要塞,今山东济南之西南地带。

体开进，而是骑兵在先步兵随后，辎重更在步兵之后。如此疾行三日，一路拉开了将近二百里。达子的谋划是：祝柯以东一马平川，直到临淄几乎无险可守，只有将乐毅联军堵截在祝柯以西，临淄才能平安；唯其如此，八万铁骑先行进入祝柯要塞凭险堵截，后续步军辎重晚到半日一日，正好在要塞背后的山塬上构筑壁垒，形成第二道防线。大军开拔之前，斥候报来的军情是：联军内讧，魏韩两军已经退出，乐毅下令大军休整旬日再酌情东进。齐湣王哈哈大笑："乌合之众也，合纵联军几曾成过气候？达子，放手狠狠杀！战胜之日，本王亲自劳军！"达子行伍出身，对齐湣王的一言一行素来奉为神明，加上此等军情，达子信心陡长。然则万万没有料到，内讧的乐毅联军却如此快速，竟在三日之内过了济水压到了眼前。

仓促之间，陆续拥到的八万骑兵，在尖厉的牛角号中隆隆横展开来。本来就是人困马乏，更何况全然没有急战准备，后队茫然不知所云，人喊马嘶中正在乱哄哄列阵，对面蓝边红底的"燕"字大旗，与两翼的秦字黑旗赵字红旗已经山呼海啸地压了过来。天幕般的烟尘扑面疾滚，棕色的皮甲，雪亮的刀丛，狂野的杀声，辽东铁骑的棕红色怒潮雷霆万钧般瞬息湮没了紫色的孤岛。仅仅一个时辰，怒潮烟尘便平息了。齐军八万铁骑几乎被包抄全歼，只有小股游骑落荒逃走。刚刚佩起上将军大印六日的达子，死战不退，竟被辽东铁骑砍成了三截。

乐毅厉声下令："步军拖后掩护，铁骑悉数疾进，包抄齐国步军！"

片刻之间，辽东骑师居中，秦赵铁骑两翼，在茫茫旷野展开成一个十多里宽阔的巨大扇面，仿佛苍茫天宇中翼若垂天之云的鲲鹏展翅，向东面逶迤而来的十多万齐国步军压了过来。

齐军步兵正在兼程疾行，突兀便见浑身带血的骑士乱纷纷迎面撞回。一阵纷乱的叫嚷，前行步军大将顿时面色苍白地钉在了当场，军士们哗然骚动，只作势便要回头。步军大将愣怔得片刻，一声吼叫："快！回防临淄！"话音落点，前军回头便跑。"快回临淄"的惊慌喊声比军令传得快了许多。片刻之间，十五万步军漫无边际地撒开大步向东逃跑。顿饭辰光，与长蛇阵一般的辎重牛车大队相遇，不管步军大将如何呼喝要护卫粮草一起回防，惊恐的乱兵只是像决堤洪水般狂奔而去。

傍晚时分，三国铁骑披着血红的霞光终于追了上来。辽东飞骑居中掩杀，秦赵铁骑从两翼超前包抄，及至将溃逃的齐军兜头截住，号称"技击强兵"的齐国步军竟纷纷丢下长矛盾牌,高举着双手投降了。

此时,高举乐毅令箭的中军骑士飞向了战场各个角落,一路喊将过去:“齐军兄弟们,放下兵器,便可回家,联军绝不追杀!”喊声此起彼伏,四面包抄的联军铁骑也让开了东边旷野,一队队赤手空拳的齐军步卒络绎不绝地缓缓拥出了包围圈,渐渐消失在苍茫的暮霭里。

六　军前谋国君臣心

当晚,乐毅在幕府聚将厅为秦赵两国大将举行了简朴的军宴。

宴席未开,幕府廊下的军吏一声高报:“燕王劳军特使到!”乐毅与秦开迎出幕府,上大夫剧辛正从特使轺车前大袖飘飘而来,看见乐毅便张开双臂开怀大笑:“快哉快哉!上将军狂飙两战,天下震动,举国相庆,乐乎哉不亦乐乎!”乐毅也不禁大笑:“正要好酒,便有劳军特使,正当其时也!”剧辛转身高喊:“快!搬十坛王酒进来!”主人一般拉着乐毅大步进了将厅。

“两位将军,这是燕王犒军特使上大夫剧辛。”乐毅一介绍,胡伤、斯离、赵庄与剧辛相互见礼。剧辛豪放之士,谈笑风生地对两国将士大加褒奖,聚将厅顿时热烈起来。一时开宴,剧辛宣读了燕昭王对两国将士的嘉勉王书,特赐胡伤赵庄锦缎各二十匹、辽东貂裘一领、黄金百镒,并特许将两次大战之战利品全数由秦赵均分,将士人人有份。

自来大将出征,稍有见识者都极是看重战胜之后对军卒的赏赐。更有许多名将,将君王对自己的赏赐与将士均分共享。如今,两次大战俘获之财货全数交由秦赵均分,这可是大大出乎两军将士意料。赵军回兵有河间之地可得,尚不消说。秦军却是事先说定的不分财货不得寸土,虽说军法严明,将士不会有异议,但用命他国一无所得,浴血疆场的秦军士卒毕竟是心有不平。如今王书一读,胡伤第一个拍案赞叹:“大哉燕王!真明君也!”须知当时的齐国富甲天下,六十余万大军的财货辎重集中起来,几乎抵得一个小诸侯国的全部财富,盟主燕国舍弃不要而馈赠联军将士,这在战国之世的合纵史上还是头一遭,却是谈何容易!一时之间消息传出,秦赵两军的将士在幕府外欢呼雀跃,

"燕王万岁""大哉燕国"的喊声弥漫原野。

乐毅做事大气。小财不出，大财不入。

中夜时分，军宴散去，大军营地恢复了井然有序的森严与肃静。

幕府大厅的军灯熄了，只有隐秘的军令室依然亮着灯光。卸去甲胄的乐毅与剧辛正带着酒后的亢奋，面色涨红地啜着浓酽的煮茶，兴致勃勃地谈笑着。当年两人同时入燕，那时的燕国还是一片战火后的废墟。倏忽二十三年，以攻齐大胜为标志，两人都算是功成名就了，如何不感慨万端。虽则如此，两人毕竟是明睿深沉之士，只是兴致勃勃地任意评点着入齐见闻，一句张扬之辞也没有。说得一时，剧辛突兀低声问："燕王散齐军财货于秦赵，是否太迂阔了？"

乐毅大笑一阵连连摇头："原是剧兄把得忒细，却非燕王迂阔也。战场之利，与偌大齐国却是几何？一座临淄城，抵得整个燕国，况乎七十余城之富庶财货？燕王之志，岂在区区战场之利市也。"

"乐兄是说，燕王要夺整个齐国？"剧辛骤然一个激灵。

"剧兄以为不是？"

"你也如此谋划么？"

"剧兄以为？"

"不可，万万不可！"剧辛嘭嘭敲着座案，"齐国广袤富庶，民风好武强悍，成军潜力极是深厚。若孤军深入，一旦受阻，悔之晚矣！上上之策，是趁战胜余威，夺取与燕国接壤的城堡关隘并渔猎水面，将齐国疆域压缩到济水之东，使燕国变成实实在在之天下大国。"

"剧兄之策，却非审时度势了。"乐毅淡淡一笑，"寻常作战，夺取接壤城池土地自是正途。然则，今日齐国情势却大为异常，非寻常可比。其一，齐国自绝于天下，没有他国救援。其二，齐王暴虐乖戾，人心尽失。其三，齐国六十余万大军一朝覆灭,举国震恐,人心弥散。有此者三,若不能见机立进,便是拘泥太甚。若沿边地逐一夺城,齐国反有喘息之机。若齐人再拥立一个新王,对齐湣王暴政改弦更张,燕国便会永远失去一个天赐良机。"

剧辛默然一阵,突然压低声音:"楚国十万大军,可是在我背后?"

"剧兄,若楚国真心救齐,又何待今日?"乐毅目光炯炯,"战国之世,一个丧失了抵抗力的大国,能等来的只会是落井下石。所谓唇亡齿寒,雪中送炭,必是利害关联之时,绝非奄奄待毙之际。淖齿引而不发,只能是在等待另一个时机。"

"另一时机?"剧辛惊讶了,"乐兄进军齐国,淖齿会有阴谋?"

"说不清楚。"乐毅一笑,"只要不与我为敌,任他如何盘算了。"

剧辛默然良久,喟然一叹:"邦交相争,原只有赤裸裸利害也!"

"尽是赤裸裸也好,只怕未必总是赤裸裸也。"乐毅笑了。

"乐兄!好自为之。"

直说到五更刁斗打响,方见朦胧曙光,两人顿时一起软在草席上大放鼾声。待军务司马赶来,两人已抵足倒地沉沉酣睡了。

三日之后,二十万燕国大军从祝柯出发了。十万辽东飞骑左右两翼,十万步军居中,大型攻城器械全部揭掉了苫盖篷布,威势赫赫地排在队列之中,不疾不徐地向临淄浩浩推进。济水之东原是齐国最丰腴富庶之地,官道宽阔,村畴密布,短短二百余里之间矗立着三十余座城堡,占了齐国七十余城的将近一半。

时当五月初旬,正是芒种节气。芒种者,既是有芒的黍谷稷下种之时节,又是有芒的大麦小麦收割的时节。农夫们大忙之时,偏偏也是酷暑炎夏即将来临的大热天气,这便是芒种火烧天。按照齐国的独特节令,这时节叫作"中郢"。但不管如何叫法,农家忙种忙收却都是铁定的。寻常年月,这片辽阔富庶的丘陵平原上,此时正是农人遍野牛车与商旅争道的繁忙日子,一切扰民的徭役征发与官府政事都会自行终止,更没有哪个国家会在这与天争食的要命关头打仗。

然则,今年却是不同。

开春以来联军攻齐,百姓们还真是没有太在意。不管齐王如何暴虐失政,齐国的六十多万大军却是实在的,六十多万打不过四十多万,这是任何人都不会相信的。及至连续两次大败,六十余万大军竟在一个月中灰飞烟灭,庶民百姓顿时蒙了。懵懂之中弥漫出一种深深的恐惧——往昔的齐国已经不在，强大富庶早已经被这个齐王葬送了！于是，“宽缓阔达，多智好议论”的齐国人骤然紧张了，一边大骂昏君误国，一边惶惶不安地蜂拥出逃了。历来两国交兵，寻常百姓等闲是不逃的，逃跑的只是富庶大族而已。可这是燕军杀来，谁敢不逃？当年齐军入燕，将蓟城几乎屠戮一空，除了辽东，燕国的精壮男子大多被当作俘虏押到齐国做了苦役。更有甚者，燕国本来就穷得叮当响，那点儿可怜的财货粮食皮张，也都被齐军用几千辆牛车咣当咣当地运到了临淄大市，卖了充作军饷。三十年河东，三十年河西，如今燕国翻了过来，能对齐国人留情么？穷人虽没有多少财货可抢，可被抓做苦役埋骨他乡，也是谁都害怕的。四十三万大军被全部斩杀的消息一传开，齐国老百姓便认定：燕国辽东大军要杀光齐人了！恐慌像瘟疫般弥漫了朝野山乡，在达子率二十三万大军第二次迎战的时候，居住在田野村畴的农人们已经纷纷逃往大小城堡，稍微富庶者一律逃往临淄。毕竟，邦国都城是一国命脉，国府定要全力防守，燕军再厉害，还能攻下临淄？

于是，燕国大军东进之时，原野一片萧瑟，无垠的麦浪翻滚着金色的长波，空旷的村畴一片沉寂。没有袅袅炊烟，没有鸡鸣狗吠，六丈多宽的林荫大道上没有一人一车。只有成群的鸟雀遮天蔽日地掠过原野，扑入麦田叽叽喳喳地肆意蹂躏着。无边无际的丰沃原野，在空旷冷清中弥漫出一种紧张恐惧与仇恨交织的怪诞，这支隆隆推进的大军也不由自主地放慢了脚步。

斥候总领飞马禀报：“上将军，齐人几乎逃光，村畴皆空！”

“下令全军，”一直凝视原野的乐毅断然道，“军马不得入田入村，不得捡拾道边遗弃财货，违令者立斩不赦！”

“嗨！”总领一声答应，率几名军吏飞马出了大队。

秦开马鞭遥遥一指：“沿途城池颇多，若不拿下，我军背后隐患也。”

“毋得理睬。”乐毅长剑一指前方，“改常行为兼程疾进，直压临淄！”

“嗨！”秦开大是振奋，打马一鞭向前军飞去。

次日黄昏，燕军隆隆开到临淄城下，二十万大军分作三大营围住了西北南三面，唯留东门做了缺口。临淄是天下大都，也是齐国财富聚集之地，只要齐军弃城突围，乐毅决意任其而去，不在城下截杀。这是乐毅用了“围师必阙”这个老战法，只三面包围临淄。大军扎定，乐毅与秦开骑劫一起登上了西营的云车，遥遥望去，但见临淄城头遍布旌旗弓弩,甲士密密麻麻站满了女墙垛口。秦开道:“看来有一场恶战。”骑劫本是辽东猛士,狠狠骂道:“鸟!恶战才痛快!不杀光齐人,能叫复仇么?”

乐毅向四面郊野凝望良久方才回头:“齐军虚张声势,临淄一战可下。”

“虚张声势?”秦开大是困惑,“都城被困,能不全力抵抗?”

“临淄情势大非寻常,二位觉察不出么?”乐毅笑着问了一句。

骑劫瞪圆了一双大眼:“上将军但说便是,我只管猛冲猛打!”

“守城必守野,此乃战法之要。”乐毅一指西方,“临淄西部第一道屏障,是济水天险。第二道屏障,是祝柯要塞与周围山隘。最后一道屏障,是来时路过的那座於陵要塞。齐国历来战事都在济水之西,为的是使临淄远离战火。若齐国决意死守临淄,於陵要塞外必有拦截大军,至少壕沟城河之外的山丘当有外围营垒。而今四野不守,要塞无防,只这孤城一座,能有几多兵马?”

秦开一叹:“齐人如此怯懦,枉称尚武大国也!”

“目下齐国情势,与庶民百姓无关。”乐毅凝望着临淄城头,“百姓纵想守城,也须得有个主心骨才是。官府溃散,商旅逃亡,士子隐居,谁来收拾这一盘散沙?我军只要无犯庶民,齐国将化入大燕无疑。”

“慢工文火忒是憋气!”骑劫黑着脸嘟哝了一句。

“为大将者,不能意气用事。”乐毅沉着脸道,“传令全军:临淄城破之时,大军驻扎城外,只许清点府库之军吏与辎重营牛车大队进入。违令者,杀无赦!”

“嗨!”两员大将齐齐应了一声。

次日清晨,燕国大军在城下三面列阵。朝阳霞光之下,万千弓弩整齐排开,云梯、撞车、壕桥等大型器械列在一个个攻城方阵之前,阵势分外壮阔,一旦战鼓雷鸣,便要山呼海啸般猛攻。却在此时,一辆与城墙等高的云车隆隆推进到城下一箭之外,乐毅身披大红斗篷,站在云车顶端的望楼上一拱手高声道:“临淄将士们:我是燕国上将军乐毅。你等但能下城降燕,一律赠金还乡。若执意一战,玉石俱焚,身败名裂!”

唯闻旌旗猎猎,城头一排排紫色甲士石俑一般了无声息。

乐毅略一愣怔,手中令旗终是劈下:“擂鼓攻城!”

骤然之间,三十六面牛皮战鼓隆隆大起,直是沉雷动地。几乎同时,城下万箭齐发杀声震天,一个个千人方阵推着大型器械隆隆向前。撞车惊雷般猛撞城门,片刻间万千军士洪水般卷上了雄峻城墙。几乎不到半个时辰，临淄城便被红色浪潮淹没了，三门大开，燕军呼啸而入！

“禀报上将军，”中军司马气喘吁吁，“临淄无兵防守，一座空城！”

乐毅一惊：“快马传令：骑劫部撤出城外，秦开部入城。”中军司马刚刚离开，乐毅将城外大军交给副将掌控，飞身上马向临淄西门而来。

谁也没有料到，大都临淄竟是一座空城。王城空空如也，军兵没有了，商人与富户也没有了，没有逃走的老弱病残也都是关门闭户，清风过巷无人迹，满城一片萧疏悲凉。乐毅带着两个百人队进了王宫，清理查勘了所有宫殿，询问了几个躲藏在假山中的老病内侍，才知道齐湣王君臣已经在三日之前就逃走了。乐毅立即下令大军撤出临淄在城外驻扎，只一万步军留城，守护王宫与几处府库。

暮色时分，乐毅出城回到幕府，立即急书捷报，飞骑直送蓟城。次日清晨，乐毅在幕府大厅聚集众将，发下五道将令，将全部燕军分作五路，向齐国腹地全面追击残军夺取城池：

第一路秦开所部四万，渡胶水直取胶东诸城。

第二路骑劫所部四万，循泰山东进，直取沂水诸城与琅邪郡。

第三路右军三万，直进齐国西北，夺济水两岸城池。

第四路左军三万，沿北海东进，夺取北部沿海城池。

第五路中军六万，乐毅亲自率领，从临淄居中东进，直抵东海。

就在各路大军陆续出发之时，蓟城王使飞车赶到传下王令：燕王要亲入齐地犒赏大军！乐毅思忖一阵，命其余四路大军立即进发，自领中军在临淄等候燕王。等候期间，乐毅亲自督导，将临淄的九座王室府库打开，除了部分

济西之战后，其他五国皆罢兵而归，独乐毅之兵追至临菑（亦为临淄），“（齐湣王）亡走，保于莒。乐毅独留徇齐，齐皆城守。乐毅攻入临菑，尽取齐宝财物祭器输之燕。燕昭王大说，亲至济上劳军，行赏飨士，封乐毅于昌国，号为昌国君。于是燕昭王收齐卤获以归，而使乐毅复以兵平齐城之不下者”，“乐毅留徇齐五岁，下齐七十余城，皆为郡县以属燕，唯独莒、即墨未服”（《史记·乐毅列传》）。齐国兵败如山倒，若非死据莒、即墨，若无田单，齐早已亡国。

粮食布匹分发救济城中齐人，其余财货全数运回燕国。临淄城内的遗留车辆与燕军原有牛车共数千辆，浩浩荡荡地穿梭运送财货粮食并各种珍宝，尤其是盐铁两项，点滴也没有留下。

大体就绪之日，燕昭王车驾堪堪到来。乐毅迎出三十里，在拱卫临淄的於陵要塞外终于看见了飞驰而来的王车仪仗。打马一鞭，乐毅在林荫大道间迎了上去。

"上将军——"王车上遥遥传来燕昭王熟悉的声音。

"臣，乐毅参见我王！"

车队仪仗辚辚停住，燕昭王利落下车，大笑着快步过来扶住了躬身参拜的乐毅："半年不见，上将军想煞我也！看，黑了瘦了，大胡子更长了。"

"臣亦思念我王。"乐毅笑着，"黑瘦不打紧，铁打一般。"打量一眼燕昭王，心中不禁一沉，"我王太疲累，两鬓白发了。"

"不打紧不打紧。"燕昭王连连摆手，"燕国有此等气象，一头白发又有何妨？走，同车说话。"说罢拉着乐毅登上了宽大的王车。

到得临淄外大营，燕昭王立即颁赐王酒大宴将士，当场下书：封乐毅为昌国君，赐蓟城封地百里，兼领昌国[①]城万户！其余有功将士，尽皆层层封赏，并飞马传书已经东进的四路大军知晓。一时间全军振奋遍野欢呼，"燕王万岁"的声浪淹没了临淄郊野。

大宴之后，乐毅亲驾王车载着燕昭王进入临淄巡视。看着雄伟壮阔的临淄王城萧疏冷落了无人迹，燕昭王不禁感慨中来："暴殄天物也！这般皇皇基业，竟能付诸东流，非桀纣莫属了。"乐毅心中一动道："我王当让太子来镇守临淄，也好省察这前车之鉴。"燕昭王却皱起了眉头："太子执意要去辽东，我本不赞同。可想想教他历练一番也好，便没有再拦阻。"乐毅不禁一怔却又立即笑了："辽东正需巩固新政，有太子督导，自是事半功倍。"燕昭王却是连连摇手："新政？他只想练兵，要给你做灭齐援手。"乐毅笑道："大争之世，太子好兵也不为过。"燕昭王却叹息一声道："田地好兵，却是甚个结果？一国之君不以庶民生计为大道，何来强兵？"

乐毅默然了。他熟悉太子，更熟悉燕昭王。太子的刚愎勇烈举朝皆知，燕昭王只要想到了这一层，就一定会多方督导太子的。身为大臣，乐毅不想在太子话题上多说。太

---

① 昌国，战国时齐城，在当时临淄之南，乐毅灭齐六年中归燕地，在今山东淄博市东南。

子本来就对他这个"儒将"颇有微词，多次与一班老臣议论，指他对齐人太宽。若燕昭王以他的话去教训太子，岂不平添嫌隙？对于太子的指责，乐毅也从来没有对燕昭王提起过，他愿意用真正征服齐国的事实来改变太子，而不愿在成败未定之时做无谓的论争。

伏笔。仍是一朝天子一朝臣的道理。燕惠文不快于乐毅，乐毅出走，燕国辉煌难再。

"上将军，"燕昭王突兀问道，"这田地能逃到何处去？谁敢收留他？"

乐毅笑道："田地可不做如此想也。"突然压低了声音，"我王稍待，乐毅料定：不出旬日当有田地消息。"

"好！"燕昭王笑了，"我倒要看看，这东海青蛟做何下场。"

七　酷刑万刃　瓦釜雷鸣

第二次全军覆没的急报传来，齐湣王顿时慌乱了。

殿中鸦雀无声的大臣们，目光齐齐地聚向了王座。齐湣王却一句话不说，猛然起身跌跌撞撞跑了出去。原本已经六神无主的大臣们惊愕万分，有人便不由自主跟着齐湣王开跑。听得身后脚步杂沓，齐湣王回身一声大喝："尔等何用，滚回去！"几个大臣一个愣怔止住了脚步，眼看着齐湣王向王宫园林惶惶去了。

"噢——我王找国师去也！"一个大臣惊喜地喊了一声。

"禳灾避祸有望矣！"

"快回去！大殿等候天音！"

几位臣子匆忙回到正殿一说消息，大臣们立时精神一振，肃然两列，一边默默祈祷上天佑护，一边静候国师的禳灾大法。

齐滑王匆匆来到王宫园林，跳上一只小舟漂进了大湖，到得湖心岛飞舟登岸，崎岖险峻移步换景的仙山竟杳无人迹，虽是夏日燠热，却萧疏寂静得渗出一片冰凉。齐滑王心下一紧，不禁一声大喊："国师可在？"

"小仙恭候我王。"风中遥遥飘来一个苍老的声音。

齐滑王长出一口气，连忙疾步向山后竹林走来。这座山被齐国君臣视为仙山，取名之罘①，国师的洞府便在这里。寻常时日，齐滑王总要隔三间五地悄悄来到国师仙山，一则让国师为自己固本还阳，二则请国师望气问天以断国运走向。十六年来，齐国几乎每件大事，都是齐滑王在这里与闻了天意国运而后决断的。一如合纵攻秦，一如独吞宋国，一如大肆扩军。这与闻国运吉凶，本来是太庙大巫师的职责所在。但齐滑王却最烦一脸古板的巫师史官，动辄"上天示警，王失君道"的一番训诫，如何教人消受？不若这位童颜鹤发的方士国师，总是在望气察运之后，妥帖地给你一个趋吉避凶的法子。国师更有一样妙处，便是禳灾镇邪，使鸿运康宁永远托着你成就大业。两厢比较，那死板阴沉的龟甲纹路，如何比得这通天彻地祥和无边的国师大法？如今兵败如山倒，上天究竟有何幽微，齐滑王自然要立即定个出路了。

将到竹林，风中苍老的声音又悠然飘来："我王止步。王乃东海神蛟，天霸之气丰沛逼人。老夫卑微小仙，只可与神蛟竹林传音。"清风徐来，齐滑王精神陡然一振，站定身子高声道："敢问国师，天霸既盈，何以丧师失地？"

"天地之气，无缩不盈，盈之在缩，缩之在盈，乃得大缩，方可大盈。"

"若得大盈，本王当向何处？"

"巨野之西，宋卫之间，王气勃然。但入此地，兵灾消弭。"

"本王遵从上天。"齐滑王遥遥拱手，"险地不居。国师当随本王离开临淄，随时赞襄天霸大业。"

"惜乎！"苍老的声音轻轻一叹，"小仙正为我王炼制一炉神寿丹，旬日之后方可开炉。届时小仙自会携神丹来见，以保我王神寿无疆。"

"好！本王在行营等候国师。"齐滑王一拱手下山去了。

回到大殿，齐滑王又变回了那个威风凛凛的东海神蛟，当即宣布：秉承天命，临淄王

---

① 之罘，今烟台芝罘岛，战国方士传为海外仙山。

气尽失，宋卫之间王气沛然，王驾移居，再造天霸大业！臣子们一片欢呼，立即开始了忙碌紧张的移驾准备，偌大王城乱成了一片。

公元前284年七月二十三的四更时分，大队车马悄悄开出了临淄大都。

公元前之类的纪年，不应该出现在正文中。

这支人马绕开了西路燕军的进击方向，从东南绕道，沿淄水河谷向西南的巨野泽而来。因国师指点了天意，齐国君臣谁也没有认为这是逃亡，浩浩荡荡五万多人马，几乎是整个王城都搬了出来。内侍、侍女、仆役、官奴并尚坊各式工匠一万多人，嫔妃并长住王宫的王族子弟三千余人，随行大臣、各种文吏并眷属家人近两万人，王室护卫铁骑一万六千。人多马多车更多，乱哄哄铺排开来，阵势足足三十里长。时当夏日，午间要找树林消暑歇息，暮色要靠水边起炊造饭，日每只能行得三十余里。

无论齐湣王一班君臣如何将逃亡认作移驾，职司护卫的领军大将却是最明白不过的。如此行军，燕军若赶上来追杀，岂不活活一个屠场？然则车马队中冠盖如云，无论领军大将如何紧张督促，也抵不得齐湣王时不时便要歇息的王命。领军大将急得一身冷汗，径直到王车前请令轻装疾行。齐湣王立时沉下脸道："天佑本王，燕军何敢追杀？逍遥走去便是！"

三日之后，一班没有车辆的王族子弟与嫔妃女眷侍女等，累得无论如何走不动了。齐湣王见状，立即下了一道王令："三千骑士改作步军，马匹让于王族骑乘！"护军大将惊讶莫名，飞马从前军赶来力争："臣启我王：紧急之时，骑士如何能没有战马？疲弱不堪者，就近驻扎一座小城堡可也。"

“一派胡言!”齐滑王顿时大怒,“天霸大业,岂能没有王室血脉?区区几千兵卒,死何足惜!”大将铁青着脸色默默走了。战马让出来了,可护卫将士们却像霜打一般蔫了下去,再也没有了生龙活虎的王师气象。

又走得三日,燕军一直没有追来,长长的队伍便轻松起来。于是,王族子弟与大臣们开始纷纷赞颂了。“齐王禀承天命,果然天霸之相!”“我王天威犹在,当真旷古第一王!”诸如此类的种种颂词随着亢奋的口舌弥漫开来。齐滑王听得哈哈大笑:“乃得大缩,方可大盈。天意奥秘,岂是姬平乐毅所能窥视也!”

正在遍野颂扬之时,斥候飞马车前:“禀报我王:已到卫国地界!”

齐滑王霍然站起四面观望,见茫茫巨野泽已在身后,濮阳城箭楼已经遥遥在望,不禁长吁一口气,精神顿时抖擞:“传命卫君:迎接王驾,让出宫殿。本王要在卫国整顿兵马,杀回齐国!”王车旁的御书一脸惶恐道:“我大军战败,大王应折节屈身,方可在卫国立足反攻。如此恐坏大事,愿我王三思。”

“岂有此理!”齐滑王顿时不悦,傲慢矜持地一挥手道,“小小卫国五等君爵,岂可与本王同日而语?毋得多言,作速传令!”

此时护军大将飞马赶到:“禀报我王:卫君率领臣下出城迎来。”

齐滑王大笑:“卫嗣君尚知臣道,备好千镒黄金赏赐!”

片刻之间,齐卫人马在濮阳郊野相遇了。两鬓白发的卫君骑着一匹老马,带着一个百人骑队、几辆牛车与十多名臣子逶迤前来,老远便驻马守候在道边。见齐国人马浩荡拥来,卫君只是盯着齐滑王上下打量,丝毫没有上前参拜之意。齐滑王脸色顿时沉了下来,王车辚辚前出冷冷道:“卫嗣!不晓得附庸臣礼么?”

卫嗣遥遥拱手道:“齐王过境,卫嗣以邦交古礼犒劳可也。穷弱小邦,唯能请齐王略解饥渴之苦,尚请见谅。”不卑不亢,更没有下马。

“卫嗣大胆!”齐滑王暴怒大喝,“两车水酒搪塞,本王乞丐么?”

卫嗣淡淡一笑:“失国逃亡尚妄自尊大,齐国不亡,岂有天理?”

“好个卫嗣。”齐滑王狞厉地一笑,“来人!拿下卫嗣,濮阳做我西都!”

护军大将正在愣怔,便闻卫嗣连声冷笑:“卫国纵小,也有三五万人马,对付你这区区万余败兵,也还是举手之劳。起号!”话音方落,身后百人骑队号角呜呜吹动,濮阳城外的山丘中拥出了队队战车,虽然老旧,却也是旌旗飘摇声威赫赫。

御书低声急道："我王不可意气用事，天霸大业，尚须从长计议才是。"

齐湣王脸色铁青，咬牙切齿骂道："卫嗣！且留你狗头几日！"转身大喝一声，"回军东南，去楚国！"

卫嗣扬鞭大笑："快哉快哉！老夫也战胜一回！田地，走好——"

齐湣王又羞又恼，气急败坏间一口热血"哇"地喷了出来。护军将领大惊，连忙高声下令："太医救治，全军疾进，脱开卫军！"已经是惊慌失措的纷乱大军，轰轰隆隆地卷着烟尘向东南去了。

行得半日，暮色时分又回到了巨野泽畔。此去楚国郢都尚有千里之遥，散架一般的人马早已经没有了张扬谈笑，个个脸色灰白神色疲惫。习惯了钟鸣鼎食富贵豪阔的公子嫔妃们，原本是满怀喜悦地要进濮阳一扫逃亡晦气，人人都盘算着如何在濮阳沐浴一番痛饮一番，再大睡三日，何曾想到这是逃亡之旅？濮阳城外的突然变故不啻一声惊雷，这些惯常颐指气使的食肉者才如梦方醒——齐国王族的显赫光环已经没有了，已经变成了连卫国这等小邦都可以蔑视嘲弄的丧家之犬！齐湣王的突然吐血，更是给这支逃亡乱军雪上加霜，惶惶不安的目光对王车开始侧目而视了，狂热的赞颂也渐渐变成了夹杂着沮丧的怨恨，曾经令人迷醉的天霸神话，顷刻间便被腹诽怒声淹没了。及至在湖畔乱纷纷扎下营盘，各色人等像泄了气的皮囊，一片片地瘫软在茅草丛中，无一人前去做朝王礼拜。

好容易升起了几缕炊烟，大军却轰然骚动起来："楚军来了！楚军来了！"

齐湣王本来在车中昏昏欲睡，闻言霍然起身，遥遥望去，但见残阳暮色中大队军马鼓尘而来，黄色大旗上的"楚"字已经清晰可见。"天意也！"齐湣王长吁一声，这才猛然想起楚国救援而被自己拒绝的一番事来。

护军大将飞马而来："禀报我王：楚将淖齿率大队兵马救援！"

"传命淖齿拜见。"齐湣王转身下令，"王车前出，仪仗成列，臣工两班！"片刻之间，这支奄奄沮丧的乱军又神奇地活了起来，旌旗仪仗猎猎飞舞，大臣嫔妃诸王子肃然成列，俨然王帐辕门气象。这时楚军已经在一箭之地扎住阵脚，一员大将来在王车前下马躬身："楚将淖齿，拜见齐王。"

齐湣王矜持地笑了："淖齿勤王，实堪嘉勉。今本王欲以莒城[①]为天霸大业根基，将军可率本部兵马助我，本王封你为齐国丞相。"

"谢过齐王。"淖齿一拱手，"何时兵发莒城？"

"大军休整一晚，明晨进入莒城。"

"臣留两万兵马护卫。臣请先入莒城，为我王安顿宫室。"

"淖齿果然忠心！"齐湣王一挥手，"你便先去，本王明日即到。"

淖齿转身飞马去了。御书却凑近王车低声道："臣闻莒城郊野多有逃亡庶民，鱼龙混杂，我王还是转往他城为上。""杞人忧天。"齐湣王冷笑一声，"本王神蛟，怕甚鱼龙混杂！传令齐楚大军：饱餐战饭，养精蓄锐，明朝进入莒城！"王车四周轰然一应，号角四起，炊烟遍野，王族们又欢呼雀跃起来了。

次日天刚亮，这支奇特的大军熙熙攘攘上路了。楚军铁骑两翼行进，将这支混杂纷乱的车马人流夹持在中间一里多宽的草地上，仿佛押着战俘一般。王车旁的两百仪仗铁骑，总算还保持着旌旗如林的王室威仪，簇拥着齐湣王的大型王车，辚辚隆隆地碾轧着一两尺深的茫茫苇草向东北开路。整整走得一日，暮色时分方才渡过了沂水，距离莒城尚有三十余里。御书请命齐湣王是否扎营歇息一夜，明晨整肃威仪再进莒城？齐湣王却是亢奋异常："本王竟日颠簸，尚且不累，谁个便累了？立即进发！一鼓作气入莒城！"

进入莒城的诸般美梦毕竟是诱人的，疲惫不堪的逃亡大军黏着湿淋淋的过河衣衫，又打起精神赶路了。一个多时辰之后，翻过了一座小山包，骤然便见河谷里火把遍野人声鼎沸，仿佛临淄夜市一般。有王子高喊："快看也，莒城箭楼！"纷乱人群当即一片叫嚷："莒城到了！快走啊！"齐湣王却是一声大喝："站下！莒城乃大齐地面，当有王者威仪。列队，等候淖齿丞相迎接本王！"

"启禀齐王，"一员楚军大将走马车前，"将军有令：齐王自行入城。"

"如何？"齐湣王一声冷笑，"淖齿反了不成？"

楚将骤然变脸："铁骑列阵！护持王车下山！"

齐湣王傲慢地一笑："莒城有大齐万千子民，本王与淖齿见个真章。下山！"

在楚军两万铁骑威逼下，齐湣王怒气冲冲地带着乱纷纷的逃亡人马拥下了山头。

---

① 莒(jǔ)城，古邑名。在今山东莒县。

一进河谷,两岸全是密密麻麻的各色帐篷,片片火把的暗影中到处躺卧着呻吟呼唤的老弱病残与衣衫褴褛的人群。王车乱军开过河谷,一声声嘶哑的呐喊此起彼伏:"逃国齐王来了!快来看啊——"倏忽之间,遍野人群如乱云聚合,漫无边际的火把向莒城下卷来。御书胆战心惊地提醒齐湣王忍耐一时,齐湣王却勃然大怒道:"本王禀承天命,何惧之有!"

方到城下,大片火把下整肃排列着一个巨大的楚军方阵,中央大纛旗下一方土台,拄着一口长剑的淖齿正硬挺挺伫立在土台上,顶盔擐甲金色斗篷,连鬓大胡须虬结的黝黑脸膛上一副狞厉的微笑。

"淖齿,你敢逆天行事么?"齐湣王长剑一指抢先发难。

淖齿一阵粗粝嘶哑的大笑:"上天也姓田么?当真蠢猪也!"

齐湣王怒不可遏:"本王乃楚国王父!淖齿叛逆,灭你九族!"

"鸟!"淖齿狠狠骂了一句,"天下独夫,丧家之犬,竟还记得欺凌楚国。来人!拿下这条海蛇!"话音落点,轰雷般嗨的一声,两队甲士手持长矛从淖齿身后开出,轰轰地向齐湣王座车逼了过来,一片长矛唰地直指车身。齐国骑士呆若木鸡般愣怔着,王车驭手被逼到喉下的长矛吓得惨叫一声,瘫在了宽大的车辕上。四名楚军甲士一跃上车,夹起齐湣王凌空抛了下来。车下一片长矛铿锵交织,齐湣王恰恰落到一片冰冷的矛杆之上。长矛架一个忽悠,齐湣王又被丢上了土台。

"田地,"淖齿轻蔑地冷笑着,"你不是禀承天命么?今日本将军教你领略一番,天命究竟何物?莒城外有齐国十万逃民,你自对他们说,配不配做一国之君?过得这天命关,本将军便放了你。"

"此话当真?"骤然之间,齐湣王两眼放光。

淖齿哈哈大笑:"齐国庶民若认你田地,淖齿却是奈何?"转身高声道,"父老兄弟们,寻常时日,等闲庶民谁能见到国君?今日齐王便在当场,父老兄弟姐妹们尽可一吐为快,与这个鸟王算一番老账!"

燕军入齐,万千民众恐慌逃亡,主要是两个方向:向东聚向即墨,寻找海岛藏匿珍宝再图谋生;向南聚向莒城,在楚齐边界的沼泽地带刀耕火种狩猎捕鱼谋生。东去者以富户商旅居多,南来者却是穷人居多。逃得数日,见燕军并没有尾随追杀,人群渐渐会聚在了莒城郊野。莒城令貂勃爱民,将府库中的帐篷粮食悉数分发给逃亡难民应急。难

战国中期燕国灭齐之战示意图

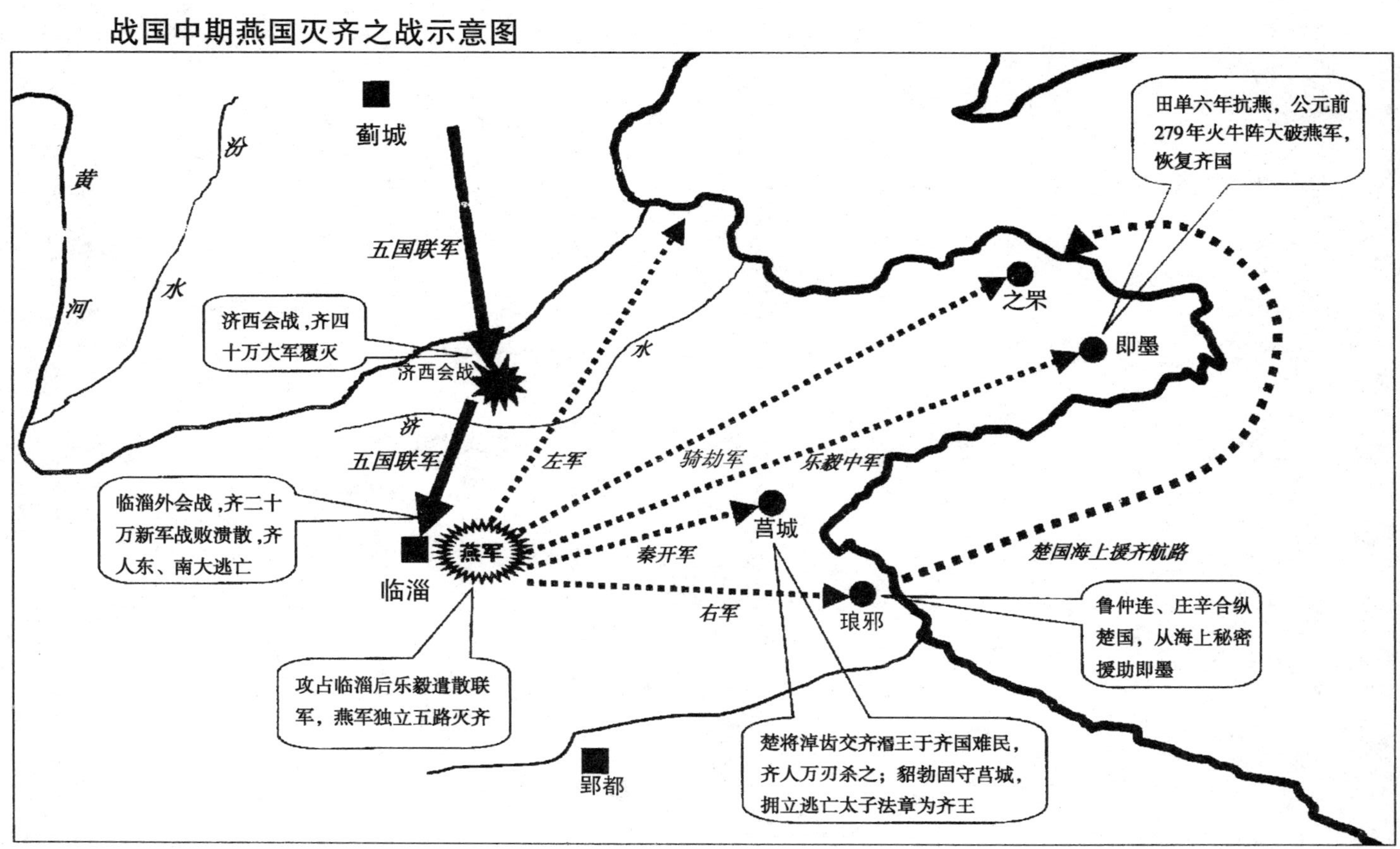

绘图：马丹

民们大为感激，聚在了莒城郊野，要拥立貂勃抗燕。正在乱纷纷没有决断的时日，淖齿带着楚国大军到了。一听说齐王要来，貂勃顿时默然，只对淖齿一句话："百姓离乱汹汹，只怕在下做不得主。"淖齿却只一笑："莒城令毋忧，我只听民心便了。"

消息传开，莒城外的逃亡难民纷纷聚拢，人人都要看看这个将齐国推入血火灾难的东海神蛟何等模样。此时见齐湣王非但没有丝毫自责惭愧，反是一副愚顽气焰，火把下的万千民众顿时人潮汹汹了。

公审。

一个苍老的声音喊道："老夫要问齐王，六十万大军何能一朝覆亡？"

"说！"火把摇动，一片呐喊。

齐湣王冷笑："大将无能，与本王何干？"

轰然一声，人山人海炸了开来，乱纷纷的声音吼成了一片。

"横征暴敛！谁之无能？"

"残害忠正，谁之无能！"

一个精壮赤裸的后生手持火把猛然冲到了土台前："齐东数百里雨血沾衣，庄稼枯死！你是国王，知道么？"

"不知道。"

"齐南两郡地裂涌泉，死伤万千，你这个国王知道么？"

"不知道。"

一个白发苍苍的老妪手牵一个总角小童，拄着拐杖颤巍巍指着土台："我三个儿子都战死了，我等庶民请命于宫外以求善政，哭求三天三夜，你这国王知道么？"

"不知道。"

"你你你，该千刀万剐！"老妪拐杖怒指，一头披散的白发骤然立了起来，倏忽之间，却又软软地瘫倒在了地上。

“老奶死了!”小童尖厉的哭声覆盖了人群,“还俺老奶也！还俺老奶——”

人山人海骤然沉寂了。一片粗重的唏嘘喘息像呼啸的寒风掠过山野,人山人海顿时爆发！“杀!”“为老奶报仇!”“活剐昏君!”随着怒潮般的呐喊,一把把雪亮的短剑匕首纷纷从难民们的皮靴中腰带中拔了出来。

齐滑王跳脚大喊:“淖齿！本王天命东帝,你……”

淖齿哈哈大笑:“瓦釜雷鸣也,我却奈何!”

在这顷刻之间,难民已经汹涌围了上来。有人大吼一声:“一人一刀！千刀万剐!”随着愤怒的喊声,难民们手中的长剑短剑匕首菜刀一齐亮出,火把下杂乱不一地翻飞闪烁着寒光,齐滑王长长地惨号着,片刻之后没有了动静。

《史记·田敬仲完世家》载,淖齿将兵救齐,还被齐湣王拜为相,但后来倒戈,“淖齿遂杀湣王而与燕共分齐之侵地卤器”。齐国,天下富庶强国,沦落至此,齐滑王难逃其责。

次日清晨,一具森森白骨白亮亮飘摇在河谷山头的树梢,干净得没有一丝附肉。成群的鹰鹫飞旋着盘桓着,没有一只飞来啄食。正在这白骨飘摇之时,天空乌云四合电光烁烁,暴雨如注间一声炸雷,山头火光骤然冲起,一团白雾飘过,森森白骨在顷刻间化为齑粉。

暴雨如注却又山头起火,诡异。